DELACORTA

1

DELACORTA

1

Présentation de Serge Brussolo

NANA

DIVA

LUNA

LOLA

VIDA

ALBA

ARTISTES ET PRÉDATEURS,
ou
L'HARMONIE DANS LE CRIME

par
Serge Brussolo

«Tu n'as jamais eu envie de voler la Tour Eiffel ?»
Nana

Difficile d'ouvrir le dossier «Delacorta» sans évoquer *Diva,* le film de Beneix. Ce petit polar branché, au parcours étrange, qui entama son circuit sur les écrans dans une indifférence critique totale pour être encensé quelques mois plus tard par la cérémonie des Césars. Récompense qui le sortit de l'oubli où il était tombé et lui assura une résurrection triomphale alors que tout le monde le croyait mort, enterré, et même retourné à la poussière. Nous ne ferons pas ici le procès de cette sympathique série B, il est toutefois amusant de remarquer que sa subite notoriété provoqua dans le micro-milieu du snobisme intellectuel parisien les réactions habituelles : tous ceux qui défendaient le film du temps de son obscurité se mirent à le détester du jour au lendemain ! Rien là que de très banal chez les critiques toujours prompts à brûler ce qu'ils adoraient la veille. *Diva* devint, un temps, *le* film à connaître «par cœur» si l'on ne voulait pas passer pour un imbécile. Il électrisa le jeune public, en inaugurant l'esthétique «pub» ou «clip» qui allait bientôt déferler sur les écrans et devenir le style obligé des années 80. Couleurs irréalistes, angles bizarres, goût de l'effet gratuit, sophistication extrême. On parla de kitsch, de cinéma néo-pompier... Aujourd'hui, les images de *Diva* paraissent bien banales. Le polar prend l'allure d'une gentille BD ne rendant guère hommage au charme et à la petite musique si particulière se dégageant des romans de Delacorta. Beneix a fait des héros de *Diva* des personnages de dessin animé, souvent agaçants, et qui ne reflètent en rien la complexité dont ils font preuve dans les romans. Oublions donc la pellicule pour ne plus parler que des livres.

Dès qu'on prononce le nom de Delacorta, on provoque une certaine irritation chez le critique, le-monsieur-qui-donne-des-notes-aux-livres-dans-des-journaux, et l'on entend résonner les mots « exagération », « invraisemblable », « bizarre »... C'est vrai que Delacorta est un créateur baroque qu'on a du mal à faire rentrer dans les petites cases bien rationnelles du polar dit sérieux. C'est là justement son grand intérêt. Cette « différence » nous arrête et nous signale à coups de gyrophare la présence d'un véritable auteur. Delacorta désoriente, agace, parce qu'il tourne d'emblée le dos aux habitudes des lecteurs et les prive du confort routinier auquel les a habitués la pratique des séries policières pesamment « psychosociologiques » tant vénérées dans l'Hexagone, ces « polars-vérité » qui collent à la Réalité en distillant un ennui tenace et dont les effluves sont à peu près aussi grisants que ceux de la camomille.

Souvent, chez lui, l'intrigue quitte l'autoroute pour s'engager sur des chemins de traverse, elle musarde, ou se lance dans une excursion non prévue au programme. Elle bifurque étrangement, ou encore devient si complexe qu'on s'y perd. Tout cela ne peut être considéré comme une critique recevable, car l'ambition de l'auteur est ailleurs, c'est celle d'un véritable écrivain désirant avant toute chose nous donner à voir, nous faire aimer des personnages si attachants qu'on a presque envie de les prendre pour modèle. Il y a quelque part dans ces pages, une leçon de vie qui nous souffle à l'oreille la phrase rendue célèbre par le film *Le Cercle des poètes disparus :* « Carpe diem... » Dépêche-toi de profiter du temps qui passe. Essaie de bâtir ta vie comme une œuvre d'art, en savourant les belles choses, les grandes œuvres, en cultivant ton esprit et tes sens. Ne laisse pas s'étouffer tes talents cachés.

Raymond Chandler avait coutume de dire qu'un bon roman policier devait pouvoir se lire indépendamment de l'explication finale, même si l'on arrachait les dix dernières pages du livre. C'est exactement ce qui se passe avec Delacorta. On prend un si grand plaisir à explorer son univers personnel qu'on finit par oublier l'intrigue policière. Avec Gorodish et Alba, il a réussi à créer deux héros fascinants dont les relations – contrairement à ce qui arrive habituellement dans les « couples » célèbres de la littérature policière – ne sont pas figées pour l'éternité, mais bel et bien en perpétuel devenir.

Assez stupidement, on a parlé à son propos d'un monde sophistiqué et invraisemblable, encore une fois l'accusation n'est pas fondée. Si les mondes dans lesquels évoluent Alba et Gorodish *paraissent* invraisemblables à certains lecteurs, c'est parce que ceux-ci n'ont jamais approché la *jet-society* ou l'atmosphère de folie extrême propre à toute la côte californienne. De ce point de vue, on pourrait dire sans crainte de se tromper que Delacorta est le plus américain des auteurs français, celui qui nous fait le mieux sentir – notamment dans *Vida* et *Alba* – le grand délire de la *Coastline* avec sa démesure, ses églises aberrantes, ses sectes et ses *Drop out.* Ces deux livres auraient pu être écrits par un auteur américain, ils ont été rédigés avec un stylo directement trempé dans l'eau de Venice Beach – et il ne fait nul doute que s'ils avaient été traduits de l'anglo-saxon, la critique parisienne les aurait aussitôt encensés.

Non, Delacorta n'exagère pas, il nous parle simplement de mondes que nous n'avons pas l'habitude de côtoyer. Il éclaire pour nous, à grands coups de flash, des sociétés aussi insolites que des formes de vie martiennes. Mais c'est que notre monde est fou. Nous nous plaisons à le répéter à longueur de journée, pourquoi alors faire une moue sceptique quand un auteur nous en donne justement une vue en coupe sans concessions ? Par peur, peut-être ? Parce que nous préférons continuer à imaginer la société américaine à travers les séries télé et les belles images des revues sur papier glacé ? Parce que lorsque nous mettons les pieds aux États-Unis nous ne sortons jamais des sentiers soigneusement balisés à l'usage des touristes ?

Delacorta nous présente avec un humour un peu fou, un sens aigu du raccourci, ce qu'un Bret Easton Ellis nous dépeint interminablement avec un désespoir nauséeux de yuppie en pleine descente de *speed.* Cette différence tient à ce que les personnages de Delacorta aiment passionnément la vie, eux, alors que ceux de Bret Easton Ellis aspirent à se détruire et ne résistent pas à l'engloutissement dans le maelström d'une société devenue folle et qui a érigé l'excès en système. En essayant de rassurer le lecteur, je ne ferai donc que l'épouvanter un peu plus. Je lui dirai : Non, Delacorta n'exagère pas, et si tout cela vous paraît invraisemblable, c'est que vous avez le bonheur de n'avoir jamais mis les pieds chez les fous !

Alba et Gorodish sont nos guides sur la route du bizarre, des yuppies – américains ou français – devenus si riches qu'ils peuvent désormais se payer n'importe quelle folie, tel l'industriel psychopathe de *Luna* s'achetant une autre vie, livrée clefs en main par un psychiatre avide d'expérimentations. Une nouvelle existence, de seigneur féodal, avec tous les esclaves nécessaires, et même une fillette de douze ans qu'on projette de sacrifier aux termes d'un rituel effrayant.

Un monde de fous ? Ou bien de gens si riches qu'ils s'estiment désormais au-dessus des lois ? C'est aussi de cela que nous parle Delacorta : de la puissance et de la sensualité. Des outils nécessaires à la jouissance. Des conditions indispensables à l'épanouissement sensuel.

Alba et Gorodish. Une fillette de douze ans d'une beauté angélique, kleptomane, voleuse à l'étalage, attirée par le vandalisme et le chantage, et Serge Gorodish, un quadragénaire à tête d'asiate, aux cheveux rasés, d'une opacité psychologique un peu inquiétante.

Qui est Serge Gorodish ? On est tenté de répondre un raté, un dilettante, un touche à tout : apprenti-pianiste virtuose, faux enfant prodige, tour à tour peintre, photographe scandaleux et incompris, caricaturiste, chauffeur de gangster… Le verdict est apparemment simple, trop simple en fait, avec un peu d'imagination et en lisant entre les lignes, il est facile d'y voir la dégringolade d'un gosse doué, amoureux des belles choses, ayant du talent… un *certain* talent, mais pas assez cependant pour servir comme il le souhaiterait le culte du Beau dont il se veut le zélateur parfait. Certains diraient « un tempérament d'artiste », avec tout ce que cela implique d'impasses et de pentes savonneuses… Mais est-ce bien vrai ? Gorodish n'est-il pas plutôt un créateur perpétuellement insatisfait parce que trop exigeant ? Ou mieux encore : Un artiste accompli qui n'a tout simplement pas encore découvert son véritable moyen d'expression, celui où explosera son génie créateur ? Et si ce moyen d'expression – cet art – c'était le crime ?

De lui, on nous dit d'emblée qu'il n'a l'air ni bon ni méchant, mais plutôt *fortiche.*

C'est vrai, Gorodish semble évoluer dans un curieux flou

moral, une indifférence civique qui le ferait aisément ranger dans la catégorie des sociopathes. Bien sûr, il est impossible de ne pas évoquer sa pédophilie latente – qui a tant gêné la critique – son amour des très jeunes filles, même si ces idylles demeurent platoniques… Pourquoi du reste platoniques ? Par peur des sanctions légales ? Allons donc ! Si Gorodish ne fait qu'effleurer la peau de ses délicieuses lolitas, c'est pour les garder intactes, inentamées, pour les adorer comme on adore une statue dans un musée. Au plus fort de l'extase artistique, quel geste ultime peut-on tenter pour se rapprocher d'une sculpture belle à mourir : la toucher… mais pas davantage. Ainsi Alba, son grand amour de douze ans, sera-t-il « tenu à distance », et la consommation de l'acte sexuel toujours repoussée à plus tard – officiellement les quatorze ans d'Alba. « Simple truc pour ne pas choquer le bon peuple ! » ont clamé certains esprits forts, la réponse n'est pas aussi simple. Il y a belle lurette que les héros de roman policier n'ont plus à faire preuve de moralité. Si Gorodish refuse énergiquement de devenir l'amant d'Alba, c'est justement pour lui conserver son statut d'œuvre d'art. Tout se passe comme s'il croyait qu'en la rendant femme, il allait la faire tomber de son piédestal. L'abîmer. Dans son esprit, elle doit rester inaccessible, préservée, objet d'adoration que rien ne souillera jamais. Gorodish n'est pas pour autant impuissant ou sexuellement inhibé, on le découvrira à l'occasion de rapports plus ou moins obligés avec des prostituées de luxe. Mais Alba est son « ange », en tant qu'ange, elle doit demeurer immaculée.

La jeune fille s'accommode mal de cette chasteté, et, au fil des romans, on verra grandir son appétit charnel, son désir de devenir enfin une vraie femme et la maîtresse de Gorodish. C'est peut-être là le vrai suspens de la série. Ce désir grandissant d'Alba, et la fuite perpétuelle de Gorodish se dérobant à chaque confrontation. On les verra échanger les caresses les plus brûlantes, mais pas *l'ultime* caresse… Et si c'était là un plan ourdi par Gorodish pour protéger leur amour ? En reculant le moment tant désiré, il installe une frustration délicieuse qui chasse toute routine et les préserve d'une éventuelle déception. Soit, ils ne seront jamais un vrai couple, mais ces éternels fiancés à la mode de jadis ne vivent-ils pas plus intensément leur amour que les baiseurs impénitents auxquels le roman policier nous a habitués ? Il y a dans cette tension, une exacerbation du corps et de l'esprit qui témoignent d'une incroyable maîtrise. Est-ce parce que Gorodish a peur d'être déçu par la vulgarité de l'acte ? Parce qu'il sait, au fond de lui, que la véritable beauté est quelque chose qu'on ne parvient jamais à posséder et qui s'éloigne au fur et à mesure qu'on tente de s'en approcher ? Il veut faire de leur couple un couple d'exception, prisonnier d'une attente formidable et d'un suspens de la chair qui n'est pas sans rappeler les cours d'amour du Moyen-Âge et ces relations à la fois chastes et brûlantes que les chevaliers entretenaient avec leur dame. Cet *amour courtois,* dont on a encore grand mal aujourd'hui à définir la nature exacte. Ici, cependant, la situation est inversée, car la dame se fait pressante, et le chevalier lui impose la retenue. Serge Gorodish tourne autour d'Alba comme un artiste autour d'une œuvre d'art. Sa tâche est rendue difficile par Alba, toujours à le tenter. Elle a l'impatience gourmande et pressée des très jeunes filles, cette attente exigeante qu'a très bien évoquée Colette dans *Mes apprentissages,* et qui finit justement par dépasser les hommes. L'amour de Gorodish pour Alba est impossible dans la durée. Il le sait, et cet aspect des choses donne un côté poignant à leur relation. Alba grandit... On peut se demander combien de temps encore elle correspondra à l'idéal d'un amateur de nymphettes ? N'est-elle déjà pas en train de s'abîmer ? Cette question ne cesse de trotter à la lisière de l'esprit du lecteur. Oui, Alba grandit, et Gorodish sait qu'elle ne pourra plus longtemps encore se satisfaire de la « chasteté » étrange qu'il lui impose. L'inassouvissement est-il réellement un principe de durée, Gorodish a-t-il eu raison de l'appliquer, s'est-il trompé ?

La peur, la jalousie, la frustration, traversent leur amour en de brefs éclairs. Delacorta a magnifiquement décrit le pari impossible d'une idylle « platonique » entre un homme de quarante-deux ans et une fillette de douze. D'un livre à l'autre, leurs relations se modifient subtilement, on sent passer le temps et croître les exigences. Saine, équilibrée et talentueuse, Alba ne pouvait se contenter des chastes baisers du début, leurs rapports ont donc évolué vers ce qu'à une époque on appelait en argot américain le *petting...* C'est-à-dire « tout est permis sauf *la chose* ». Dans le roman qui clôt la série, *Alba,* leur histoire atteint le point critique. Alba essaye de concilier son apprentissage sensuel avec son amour pour Gorodish. Elle a désormais un autre partenaire de flirt qui a son âge. Elle a quatorze ans, l'échéance fatidique est atteinte. Alba et Gorodish vont-ils enfin faire l'amour ? Je ne fournirai ici aucune réponse, mais on réalise tout à coup qu'au terme de deux années d'une pédagogie des plus insolites, Alba est devenue la parfaite élève du maître...

Amour impossible à gérer, donc, qui nous éloigne des banales histoires de fesses dont est saupoudré tout l'univers du polar. Amour menacé par le temps et les exigences de chacun. Delacorta nous dépeint une relation vivante, en perpétuel changement, un pari difficile dont on aimerait connaître l'issue. Hélas, nous n'en saurons pas plus, Delacorta abandonne ses personnages au bord du gouffre, peut-être parce qu'il les sent tout près de la fêlure. Le pacte impossible devient de plus en plus dur à respecter et le lecteur éprouve une certaine appréhension à l'idée de ce qui attend Serge et Alba.

Il y a de l'ascète chez Gorodish, une parfaite maîtrise des pulsions, et surtout, un détachement complet pour tout ce qui n'est pas beau.

Gorodish est un sensuel qui perçoit le monde à travers les lunettes déformantes de l'esthète. Tout, pour lui, doit être construit à la manière d'une œuvre d'art. L'escroquerie, ou le crime, comme le reste.

Ascète et sensuel, Gorodish en arrive à ce paradoxe : il a besoin de beaucoup d'argent pour vivre dans un appartement vide, ou presque. Comme on est loin des héros classiques d'une certaine Série Noire ! Chez James Hadley Chase, on rêve du Gros Coup, mais c'est pour brûler cet argent dans la débauche la plus vulgaire, le sybaritisme de la gueule de bois, des putes, du fric englouti par les tables de jeu, comme si c'était là le seul et unique moyen de « bien vivre ». Gorodish pense différemment. La vérole, la cirrhose du foie, la chandelle par les deux bouts, ne constituent pas pour lui une fin enviable. S'il lui faut beaucoup d'argent, c'est pour acheter sa liberté, la liberté de n'avoir rien d'autre à faire que de caresser les touches d'un piano de concert en écoutant le bruit de la mer sur une plage californienne. Si Gorodish a besoin d'argent, c'est pour acheter l'Harmonie avec un grand H, et non pas la débauche nauséeuse d'un petit malfrat gavé jusqu'au dégoût. Gorodish, lui, a un projet bien particulier, il veut construire sa vie comme une œuvre d'art et orchestrer la mort des autres de la même manière.

Car Gorodish est le chef d'orchestre de l'anéantissement final. Lorsque nous faisons sa connaissance, dans *Nana,* il est occupé à transformer le calme routinier d'une petite ville de province en une monstrueuse tempête. Il est amusant de constater qu'il concocte cette machination comme on compose une partition musicale. Ainsi, il fait s'enfler le murmure d'instruments qu'on entendait à peine avant son arrivée, il construit des harmonies, et tout ce qui était épars, sans lien aucun, va peu à peu se structurer, s'organiser, converger vers un seul but : l'explosion de la ville qui éclatera à grand renfort de cuivres tel un *finale* d'opéra. Gorodish écrit la musique de la destruction. Il tend l'oreille pour déceler un son particulier dans la grande masse confuse du brouhaha quotidien, et ce son devient l'amorce d'une ligne mélodique sur laquelle il va élaborer sa machination. Gorodish est un musicien du crime. Pianiste virtuose peut-être raté (?), il se révèle un génie dès qu'il s'agit de transformer un banal bruit de fond en déflagration définitive. Il construit en détruisant. La ville vautrée dans sa mollesse satisfaite, et où chacun se contentait jusqu'alors de petites escroqueries fripouillardes destinées à gonfler les bas de laine, va devenir un champ de bataille jonché de cadavres. Gorodish est venu y diriger le grand air de la folie, il a structuré la masse informe des haines collectives, il a signé une partition de mort, mais il n'a rien fait d'autre qu'utiliser les potentialités de chacun. La ville lui a fourni des instruments et des musiciens qu'il s'est contenté de diriger, *rien de plus.* Ainsi n'est-ce pas le chaos qu'il fait naître, comme on l'a hâtivement déclaré, mais plutôt une forme perverse et harmonieuse de destruction, une sorte de symphonie *Destroy* dont il a conçu les arrangements.

Gorodish est un musicien du crime, il a beaucoup d'oreille et il sait entendre. Gorodish est un criminel. Il n'hésite pas à tuer, on en vient parfois à l'oublier tant son personnage d'amoureux transi est touchant. On pourrait dire qu'il tue avec sobriété, quand c'est nécessaire, mais le plus souvent, et une fois de plus, il orchestre les choses de manière à ce que ses ennemis soient broyés par la machine sans qu'il ait à se salir les mains.

Gorodish a contracté très jeune la maladie de l'esthétisme, il n'en a jamais guéri. Il aime le beau, la laideur est pour lui une insulte. Souvent il travaille « à l'inspiration », sans avoir rien prémédité, au coup de génie. Un éclair le visite, et, tel un sculpteur, il entrevoit l'œuvre en gestation dans le caillou brut qui s'offre à lui. Il se promène tous les sens aux aguets, s'imbibant de la réalité qui l'entoure, comme un peintre allant « sur le motif ». On le voit, sa méthode criminelle est d'essence artistique.

Un personnage de *Nana* déclare « C'est vrai, les artistes se contentent de peu... ». Exact, Gorodish se contente de très peu, à condition que ce très peu soit d'exception. À l'opposé des truands de la Série Noire, il ne se complaît pas dans la profusion. Il ne désire pas collectionner les femmes, il n'aime qu'Alba.

Il y a du Pygmalion en lui, s'il est habile à repérer ce qu'il y a de pourri dans le corps social, il a également un flair fabuleux pour dénicher chez les plus jeunes les talents cachés. Mécène, il expédie des gamins de province au conservatoire ou autre grande école. Il arrache Alba à sa banlieue sinistre et à un avenir désespérant pour lui donner les professeurs les plus efficaces. Il a l'obsession du talent qu'on étouffe, des êtres d'exception que les médiocres s'obstinent à faire rentrer dans le rang. Il ne veut pas sauver le peuple ou faire la révolution, il ne redistribue pas les richesses aveuglément, il pratique un élitisme étrange dont il fait bénéficier ses élus.

Par tous ces traits, Gorodish en a déconcerté plus d'un. Il est également amusant de constater qu'ayant saigné une ville à blanc, Gorodish la quitte, le coffre de sa voiture bourré de billets de banque, pour s'en aller couler des jours paisibles dans une vieille maison qui sent le moisi, et où il mangera de la tarte aux cerises et des croissants. Le dénuement de ce dénouement a de quoi surprendre. De même, débarquant aux États-Unis, Gorodish achètera une vieille pagode où il vivra dans une austérité qu'on pourrait qualifier de « zen ». À quoi lui sert donc la richesse, est-on tenté de demander ? À acheter des disques, des livres, des platines stéréo, un Leica de 1930… C'est-à-dire des objets d'un coût dérisoire par rapport au butin engrangé et aux risques encourus. S'ils « consomment », Gorodish et Alba n'achètent guère que des outils de Culture, de la nourriture pour l'Esprit. Ils mènent une vie entièrement consacrée à l'approfondissement d'eux-mêmes et de leur sensualité esthétique. Se cultiver et prendre plaisir à la contemplation des différents arts réclament beaucoup de loisirs, donc du temps… donc de la liberté. Donc de l'argent. Ce qu'Alba et Gorodish achètent par le crime, c'est leur droit à la contemplation.

Arrivée en Californie, Alba n'a d'autre empressement que de se lancer dans la méditation transcendantale pour apprendre à se passer de tout. Curieux programme pour une arnaqueuse professionnelle, s'il en est.

On pourrait dire qu'à l'école du crime, Alba s'enrichit beaucoup plus spirituellement que matériellement, et c'est là un des paradoxes qui rend la lecture de Delacorta si fascinante. Notre auteur a le culte de l'approfondissement de soi, de la réalisation spirituelle, de la quête intérieure. Il n'ignore pas toutefois qu'une telle quête est dangereuse, et qu'on finit par s'y perdre, comme Alba se laissant presque engloutir par le Tao, ou l'industriel fou de *Luna* s'abîmant dans ses rêves d'insectes dévoreurs.

Pour conclure, on observera que Gorodish et Alba sont les premiers criminels à savoir recycler intelligemment l'argent de leurs rapines puisqu'ils l'utilisent pour leur épanouissement esthétique personnel, et l'on rangera leurs escroqueries dans la catégorie du mécénat obligé. D'un mécénat autoritaire imposé aux riches, pour l'expiation de leurs fautes, et pour le plus grand bien de ceux qui méritent d'en profiter.

Mais j'en ai déjà trop dit, il est temps pour moi de vous laisser en compagnie des deux amoureux les plus étranges et les plus attachants de la littérature policière : Serge Gorodish, le pianiste expert en symphonies criminelles et Alba, la petite kleptomane qui rêvait de voler la Tour Eiffel.

1979

NANA

Roman

à Émile Z.

1

On aurait dit une gare de train électrique pour gamin, abandonnée dans le jardin depuis dix ans. Ça ne sentait pas l'inépuisable marche en avant du progrès. Faut dire que dans les transports, ils sont toujours en retard d'une diligence. Des wagons rouillés devaient servir de crèche aux clodos de la ville. Une cabane au toit de tôle s'immobilisa dans le cadre de la glace. Ça crissait sec sur les rails, on n'avait pas trempé le wagon dans le beurre. Comme il était monté dans la voiture de queue, il fallait qu'il se tape le quai tout entier avant d'arriver au carré de béton hideux qui servait de gare.

Grand, une tête d'Asiate, des yeux noirs comme des tunnels, le crâne massif et rond, les cheveux taillés à un centimètre, il n'avait l'air ni bon ni méchant. Fortiche, c'est tout ce qu'on pouvait dire.

Sa valise Samsonite grise avait dû bourlinguer pas mal. On aurait dit qu'un tigre s'était fait les griffes dessus. Il portait un costume d'alpaga gris moucheté de noir. Un truc qu'il s'était payé douze ans plutôt. Un rien usé.

Il arriva le dernier devant l'employé de la S.N.C.F. qui tendait une main crasseuse. Sous la casquette posée de travers, les pupilles délavées de l'alcoolique flottaient dans des iris injectés de sang.

Serge Gorodish poussa la porte vitrée à double battant et se trouva dans une salle qui sentait la fumée de cigarette (Gauloises, Royal Menthe et Pall Mall), la transpiration et le papier chaud des affiches de la carte vermeil et des splendeurs du Limousin. Il y avait là un couple, un homme, un chien qui reniflait une corbeille à papiers et une jeune fille blonde, treize ans, qui caressait le chien. L'homme assis sur la banquette l'appela :

– Alba, laisse ce chien tranquille, viens t'asseoir.

Elle se retourna, Gorodish la vit de face. Comme il était amateur de peinture, il la compara à la Vénus de Botticelli sortant de son coquillage puis, après quelques secondes, cette image s'effaça. Gorodish oublia Botticelli. Derrière la blonde beauté d'Alba, ses treize ans, sa peau pâle, son regard à faire sauter le système d'air conditionné d'un cinéma, il y avait la lointaine promesse d'un nirvana. Gorodish n'avait rien contre les paradis artificiels. Il plissa les yeux, traversa la salle et sortit.

Le soleil tapait dur. Il y avait 1 rue principale, 1 parc, 67 magasins, 24 usines et entreprises de petit et moyen calibre, 19 bistrots dont 3 tabacs, 1 librairie, 5 hôtels, 11 restaurants, 3 banques (B.N.P., Crédit Lyonnais et Crédit Agricole), 1 bordel de luxe, 3 églises, 2 prostituées officielles, 1 temple, 1 piscine, 1 journal, 1 prison.

Tout cela pour 12 300 habitants (9 400 catholiques, 387 protestants, 6 150 personnes de gauche, 6 150 de droite). Pas de mosquée, pas de synagogue.

La ville paraissait aussi riche, paisible et confortable qu'une pièce montée pour le mariage d'un président. Ça n'allait pas durer. Serge Gorodish parcourut la moitié de la rue de Gaulle et s'arrêta à la terrasse d'un café-tabac, en face de la mairie. Le Danton était un endroit idéal.

Gorodish s'installa et commanda un panaché. Trois hommes en bleu de travail, le tarin plus rose qu'une églantine, tapaient le carton en compagnie d'une bouteille de Beaujolais. Une vieille femme lisait *L'Écho des Savanes* avec un siamois blue-point coupé qui agitait sa clochette sur ses genoux. On entendait les bruits du flipper et les éclats de voix des chevelus qui se passionnaient pour cette boule de métal qui butait d'une colonne à l'autre, illuminant la poitrine atomique d'une super-Marilyn en couleur. Le compteur marquait 525.

Gorodish regarda son Oméga made in Hong Kong, il était 16 h 47. Il vida son panaché d'un trait.

Alba venait d'entrer dans un grand magasin et déjà, elle sentait monter en elle cette sensation d'extase qui partait des entrailles et se diffusait dans son corps entier. Ses jambes s'amollissaient un peu, ses doigts tremblaient légèrement, elle respirait plus vite, ralentissait sa marche et ses yeux bleus nimbés d'un voile céleste se posaient sur les objets, cherchant ce qu'elle allait voler. À la parfumerie, elle prit un atomiseur de démonstration pendant que la vendeuse cherchait Y d'Yves Saint-Laurent. Elle le fit glisser dans un sac en plastique où se détachaient, en lettres d'or sur un fond noir « Nina Ricci ».

Plus loin, elle s'attarda au rayon des disques, elle resta longtemps, guettant le vendeur. Lorsqu'il s'approcha d'une glace pour refaire le nœud de sa cravate rose, elle entrouvrit le sac noir. Albert Ayler, volume 2, disparut. Elle s'éloigna. Le vendeur se recoiffait.

Ses doigts plongeaient dans les tissus fins et doux des sous-vêtements, avec rapidité et désinvolture, elle emporta une culotte et un soutien-gorge modèle Caroline de Lise Charmel, en maille sparkling, taille 75, couleur ibis.

Elle se reposait maintenant au bar et buvait un lait frappé à la fraise. Elle repéra l'un des trois inspecteurs qui surveillaient le magasin. Il avait l'air aussi à l'aise qu'un poisson rouge dans de la crème fraîche.

Serge Gorodish admirait la façade de la mairie lorsqu'un homme assis à la table voisine lui dit :

– 1730, rien n'a été changé depuis. Du beau travail, non ?

– Mal proportionnée à mon goût, un peu trop haute peut-être.

– Vous avez raison, il y a une petite imperfection. Vous vous y connaissez en architecture ?

– Un peu, j'ai traîné deux ans aux Beaux-Arts.

– J'avais vu dans votre manière de regarder qu'il y avait plus que de l'intérêt banal.

– Vous êtes observateur...

– C'est mon métier, je suis le rédacteur en chef de *L'Indépendant*.

– C'est le journal local ?

– Un peu plus même, il couvre toute la région. Plus de 135 000 exemplaires chaque semaine. Vous reprenez quelque chose ?

– Un autre panaché, avec plaisir.

– François, sers-nous un panaché et un cognac !

– Je viens d'arriver. C'est une jolie ville. J'ai l'intention de retravailler le croquis dans un endroit paisible ; avec la peinture abstraite, on perd la main.

– Vous savez où loger ?

– Non, pas encore.

– Un peu plus loin, dans la première rue à gauche, il y a l'hôtel de la Poste, c'est modeste mais très bien, un ami à moi, vous pouvez y aller de ma part. La cuisine est remarquable, spécialité de cuisses de grenouilles, c'est à ne pas manquer. Je m'appelle Luc Plassin.

– Serge Gorodish.

– Russe ?

– D'origine mais je suis né à Paris.

– Monsieur Luc, il n'y a plus de Rémy-Martin, vous avez fini la bouteille. Qu'est-ce que je vous sers ?

– Hennessy.

– Ça fait du bien un petit remontant.

– Par cette chaleur, j'ai toujours besoin d'un petit coup de fouet vers les cinq heures. En fait, c'est moi qui rédige presque tout le journal. Je n'ai qu'un stagiaire, pas bien futé. Incapable de pondre plus d'une colonne si ce n'est pas un match de football ou de rugby. Si le patron ne m'avait pas ce serait la fin de sa carrière politique.

– Député ?

– Robillard... Vous pensez... Il en rêve mais il n'est pas assez malin pour ça. Maire depuis vingt-deux ans. Grâce à ma campagne. Il y a cinq ans, il a eu sa chance pourtant, mais une petite histoire de chantage a mis fin à ses espoirs. Il aime beaucoup les petites sœurs comme on les appelle ici. Deux filles pas mal du tout d'ailleurs, qui reçoivent sur rendez-vous. Elles avaient touché pas mal d'argent à l'époque pour faire certaines photos. Robillard a laissé tomber. Il a acheté le château pour se consoler. Il est grossiste en vins et liqueurs et chaque année à Noël, j'ai droit à mes douze bouteilles d'armagnac, du comme on n'en trouve plus. Venez me voir au journal un de ces jours, je vous le ferai goûter. C'est à cent mètres, en remontant la rue de Gaulle, vous verrez le canard dans la vitrine.

Le garçon apporta les consommations, le journaliste vida son verre d'un coup, paya, salua Gorodish et s'en alla en passant par le tabac. Il acheta deux paquets de Gauloises bleues sans filtre.

Sur un carnet rouge, Gorodish nota :

Luc Plassin, environ 60 ans, rédacteur en chef de *L'Indépendant*. Alcoolique sous-payé de droite. Guerre d'Indochine (tatouage sur avant-bras gauche). Fréquente les mêmes putains que son patron. Connaît tous les notables de la ville. Regarde toujours sa montre et se gratte le lobe de l'oreille droite. Vit seul. Facile.

Le patron de l'hôtel le regarda d'abord d'un œil torve. Lorsqu'il eut prononcé le nom de Luc Plassin, l'autre sourit, lui fit remplir sa fiche où il écrivit, en face du mot profession : Artiste peintre. Le tôlier jeta un coup d'œil rapide et dit d'un ton savonneux :

– J'avais pensé que vous deviez être un artiste... Luc est un amateur averti. Ici, vous serez tranquille. J'ai deux chambres, la 7 à quinze francs, petit déjeuner compris, la 12 à vingt et un francs, avec douche et vue sur le parc.

– Je prends la 12.

– Je pense que vous avez d'autres bagages à la consigne ?

– Tout est là.

– C'est vrai, les artistes se contentent de peu. Si vous voulez prendre vos repas ici, je peux vous faire un prix, pension complète, soixante francs par jour.

– D'accord.

– Vous pensez rester longtemps ?

– Quelques semaines.

Gorodish posa sa valise sur le lit et ouvrit la fenêtre. Le parc s'étendait devant lui, une nature aussi sauvage et naturelle qu'un cocktail de chez Maxim's. Les jardiniers devaient travailler jour et nuit. Des pièces d'eau, des jets d'eaux ridicules, des arbres coulés au moule.

Une table, une chaise, une armoire en bois clair, une table de nuit. Une porte donnant sur la salle de bains. Au-dessus du lit, une reproduction d'un Bernard Buffet. Il la décroche et la balance dans l'armoire. La cloche de l'église sonne 6 heures, celle de la mairie sonne trois minutes plus tard à une quarte d'intervalle. L'harmonie de l'Église et du Pouvoir.

Il descend à 7 h 30. La salle du restaurant, petites tables

aux nappes à carreaux rouges et blancs, vibre au son de l'orchestre des mastications, succions et déglutitions. Il consulte le menu et choisit une rillette, un lapin à la moutarde, des fruits et une demi-bouteille de Chiroubles.

Il sort, aspire une grande lampée d'air pur qui lui égaye les bronches et part à la découverte de la ville.

Ça clignote, c'est jaune et rouge. Il s'approche : DRUGSTORE. Une musique que Gorodish juge exécrable baigne ce lieu où l'éclairage, la moquette et les sièges capitonnés de skaï noir contrastent vivement avec l'austérité provinciale de la ville. Les boutiques présentent journaux, magazines, livres, disques, et gadgets au rez-de-chaussée alors qu'un escalier mène au restaurant. Gorodish achète *L'Indépendant* et s'installe à une table, au bord du balcon de verre fumé. Il regarde un instant les allées et venues au-dessous de lui, commande un café et se plonge dans la lecture de l'hebdomadaire. Après l'avoir lu entièrement, il sort de sa poche un couteau suisse muni d'une paire de petits ciseaux et découpe la photo du maire en train d'inaugurer avec son épouse la nouvelle salle des fêtes, le programme du cinéma Palace : *Senso*, de Luchino Visconti, à 21 heures et *Les Vierges en Folies*, interdit au moins de 18 ans à minuit ; une annonce de vente d'un piano droit d'occasion à 450 francs, la photo du Président d'une usine de cycles qui pose devant sa cent millième bicyclette vendue, l'adresse du plus grand marché de voitures d'occasion et l'interview de l'un des médecins de la ville qui se prononce contre l'avortement. Il range les coupures de presse dans la poche intérieure de sa veste et boit son café froid. En bas, une chevelure blonde attire son attention. En lui-même, il prononce son nom : Alba. Elle se retourne vers lui, sans le voir. Devant la boutique des gadgets, vêtue d'un jeans en patchwork et d'un chemisier indien, elle essaye un instamatic Kodak. Après un instant d'hésitation, elle sort de sa poche 13 billets de dix francs qu'elle tend au vendeur. Il met l'appareil dans un sac, le lui tend, elle sort. Gorodish la suit des yeux. Elle disparaît, laissant une tache lumineuse dans son esprit.

Assis sur les marches d'un escalier, Gorodish observe l'entrée du Palace. Les motos pétaradent furieusement. Une dizaine de loubards, jeans, cheveux longs, blousons de cuir noir ornés d'une main de tissu rouge cousue dans le dos avec l'inscription « Vampires », rangent leurs machines le long du trottoir. Ils marchent vers l'entrée du cinéma située au fond d'une cour d'immeuble. D'autres silhouettes solitaires s'engouffrent dans le cinéma. Deux couples, quelques vieillards aux dos voûtés, quelques très jeunes gens qui arrivent en mobylettes. Gorodish fixe les visages qui passent, éclairés par la lueur des vitrines. Les traits se fixent dans sa mémoire. À l'intérieur, le film vient de commencer. Des femmes nues se promènent sous les colonnes d'une villa romaine, au loin, dans un nuage de poussière, le héros, manteau rouge flottant au vent, s'approche. Deux femmes s'enlacent. Dans l'obscurité, certains regards avides détaillent les formes des Vierges alors que les commentaires et les rires fusent des balcons où se sont rassemblés les Vampires à la main rouge.

Dans sa chambre, la fenêtre ouverte, Serge Gorodish est assis à sa table. Sur son carnet, il vient de faire trois portraits d'hommes avec un point d'interrogation à côté de chaque visage. Il respire l'air parfumé, allume la lampe de chevet posée sur la table de nuit avant d'éteindre le plafonnier et se déshabille. Il entend le cri d'un coucou, un pas sur l'asphalte et le murmure d'une radio qui vient d'une chambre voisine. Il croit reconnaître le son d'un piano, s'immobilise. C'est bien ça. Il reconnaît l'œuvre, la sonate opus 10 n° 1 de Beethoven. Il regrette de ne pouvoir l'entendre mieux.

Il se glisse entre les draps frais, tire son sac jusqu'à lui, l'ouvre, et d'un porte-documents en cuir usé, il sort une série de photos format 18 × 24. Il contemple un à un les corps de très jeunes filles nues dont les poses tour à tour pudiques et agressives sont sans doute ses plus belles créations. On avait reconnu ses talents et de nombreux collectionneurs faisaient appel à lui. Il publia un album à leur attention. Une œuvre qui ne se trouve plus, même à prix d'or. Un jour, une menace de procès pour détournement de mineures l'obligea à fermer son studio. Il était alors revenu à la peinture, accomplissant pour vivre toutes sortes de métiers passagers. Il n'avait jamais pu supporter de dépendre de qui que ce soit. Les occasions de gagner beaucoup d'argent n'avaient pourtant pas manqué mais elles impliquaient toujours la subordination. Ce qu'il voulait maintenant, dans cette ville, c'était trouver sa voie, la vraie, celle où personne ne pourrait rivaliser avec lui. Il avait le temps, il était là pour ça.

2

À 8 heures, Serge Gorodish était installé dans la rue de Gaulle. Crayon en main, il dessinait les maisons et prenait au passage quelques visages qu'il fixait sur les côtés de sa feuille avec une rapidité prodigieuse. Un visage était pour lui plus précis qu'un curriculum vitae. Il avait dans le temps travaillé comme caricaturiste pour un magazine. Pour commencer, il lui fallait avoir une vision très claire de la ville, de ses principaux points d'attraction, il lui fallait, à travers ses croquis, mettre en place le décor, situer les personnages, découvrir les rouages, les élans, les secrets de cette ville apparemment si calme.

Les magasins commençaient à ouvrir leur porte. Les ménagères apparaissaient, panier à la main. Une Ford Granada blanche se gara à quelques mètres de lui. Un homme d'une quarantaine d'années en sortit, vêtu d'un complet mauve, d'une chemise assortie et d'une cravate noire. Ses chaussures laquées brillaient. Il traversa la rue, entra dans le salon de coiffure. Il était 9 h 15. Les cinq coiffeuses étaient arrivées un quart d'heure plus tôt. Le visage du bellâtre compléta le tableau de famille. Vers 10 heures, le patron du magasin de photo traversa la rue, entra dans le salon de coiffure. Les deux hommes ressortirent aussitôt et se dirigèrent vers la terrasse du Danton. Gorodish rajouta un visage sur sa feuille.

Deux Vampires s'étaient arrêtés non loin de Gorodish. Il les reconnut immédiatement. Ils avaient arrêté les moteurs de leur machine. Alors qu'ils riaient de ce petit peintre du dimanche, leurs visages s'inscrivaient dans l'esprit de Gorodish. Il avait suffi qu'il les regarde une seconde pour que leurs traits jaillissent sur le papier. L'un d'eux l'interpella :

– Alors, Pépé, on dessine...

Gorodish leur jeta un regard indifférent.

Ils firent démarrer leurs motos dans une pétarade d'enfer. En passant devant Gorodish, le plus petit lança son pied dans le bloc qui vola en l'air. Ils étaient déjà loin lorsque Gorodish le ramassa tranquillement.

La secrétaire le regarda d'un air important.

– C'est de la part de qui ?

– Serge Gorodish.

– Un instant. Vous avez rendez-vous ?

– Non.

– Dans ce cas, je ne pense pas qu'il pourra vous recevoir.

Trois minutes plus tard, Luc Plassin sortait de *L'Indépendant* avec Gorodish. Ils choisirent une table à l'ombre à la terrasse du Danton. Le photographe et le coiffeur étaient retournés dans leur boutique.

Il la vit passer sur le trottoir d'en face, elle portait une mini-jupe rouge et un chemisier jaune. Il connaissait parfaitement son visage mais il ne voulait pas le dessiner.

– Comment trouvez-vous l'hôtel ?

– Très bien, c'est exactement ce qu'il me fallait.

– Vous avez commencé très tôt ce matin, je vous ai aperçu de la fenêtre de mon bureau. On peut voir ?

– Si vous voulez.

Gorodish lui tendit le bloc. Luc Plassin ne put faire autrement que de marquer son étonnement.

– Vous avez un grand talent de caricaturiste.

– Ça a été mon métier pendant quelque temps.

– Je reconnais chacun de vos personnages, c'est fascinant. Vous voulez savoir qui vous avez dessiné ?

– Oui, c'est intéressant.

– Celui-ci, c'est Sandro Léonetti, psychanalyste, il a trente-deux ans, installé ici depuis deux ans, une bonne clientèle, il a commencé par donner une série de conférences pour se faire connaître et apprécier du public, des femmes surtout qui le trouvent très beau. Il demande 150 francs la séance et n'a plus une heure libre. On dit qu'il serait marié et qu'il aurait deux enfants avec une femme qui vit en Italie. Ici, je crois qu'il vit seul. Il change de Porsche chaque année et vient d'acheter un terrain sur lequel il va faire construire une maison moderne. C'est Blanquin, l'architecte, qui en fait les plans. Il ne fait pas partie de votre galerie de portraits. On dit que Léonetti a fait la cour à la libraire, une jeune veuve assez fortunée, une de ses clientes d'ailleurs, mais il n'a pas eu de succès. Il se fait manucurer chaque semaine chez François Puig, le patron du salon de coiffure. C'est toujours Jasmina qui s'occupe de lui, celle que vous avez dessinée ici.

– Et Puig, quel genre de type est-ce ?

– Pas très intéressant. Toujours très élégant, comme vous l'avez vu. Il a chez lui cinq filles splendides, mais ce n'est pas ce qui l'amuse. Lui ce sont les jeunes gens. Avec son copain l'antiquaire, ils ont d'ailleurs failli avoir de sérieux ennuis, ils avaient organisé dans la maison de da Sallo, à trente kilomètres d'ici, dans la forêt, une soirée spéciale, l'année dernière. L'un des jeunes garçons mineurs a tout raconté à ses parents. Ils ont menacé de porter plainte si Puig ne leur versait pas des dommages. Il a dû s'exécuter. On dit que ça lui a coûté 100 000 francs et que ce n'est pas fini. Le photographe, lui, est marié. Il est moins voyant et cache bien son jeu. Pas très honnête, il importe ses appareils en fraude de Singapour et Hong Kong. Il achète de vieux modèles d'objectifs qu'il met sur des boîtiers récents. J'ai entendu dire aussi qu'il exportait vers l'Afrique des photos pornographiques.

– Vous connaissez les coiffeuses ?

– Non, à part Jasmina qui est là depuis trois ans. C'est elle qui tient la caisse et qui dirige la boîte en l'absence du patron. Elle a l'exclusivité des quelques hommes privilégiés qui sont admis au salon. Les autres se contentent de l'un des deux autres coiffeurs pour hommes.

– Vous y allez ?

– Vous pensez, c'est trop cher pour moi. 30 francs pour une coupe, 15 pour la barbe. Léonetti y passe chaque matin, c'est sa seule distraction.

– Qui sont les autres privilégiés ?

– Marc de Bonneville, le plus gros industriel de la région, il est propriétaire de trois usines, cycles, matériel agricole, instruments de chirurgie.

André Magne, l'agent immobilier, le château lui appartenait. Il l'a vendu à Robillard. Très riche aussi. Spécialisé dans le trafic d'antiquités, il vend beaucoup de maisons anciennes arrangées et meublées par son compère, Luigi da Sallo, qui fait pas mal de combines avec les fabricants italiens. À l'occasion, ils s'occupent également de peinture, vous savez, tous ces petits maîtres italiens du XVIIIe si difficilement identifiables. Leurs clients principaux sont des ingénieurs américains du centre de recherche des ordinateurs SPADA, à quelques kilomètres de la ville.

Il y a aussi le propriétaire du Drugstore contre l'implantation duquel j'ai d'ailleurs fait campagne. Silvain Saudan est également propriétaire du Cottage, un restaurant de luxe avec six chambres discrètes pour ses amis et leurs maîtresses. Il y habite. C'est un monde à part, la plupart des clients viennent des villes voisines. Il a été condamné à 600 000 francs pour fraude fiscale l'année dernière par le juge Bonneau, un homme qui tranche un peu sur tous ces gangsters. Il fait aussi partie des privilégiés qui vont régulièrement se faire raser chez Jasmina. Voilà pour les clients les plus importants. Les autres sont ceux qui font une folie de temps à autre pour se donner l'impression d'être parmi les riches et les puissants.

– Et Jasmina ?

– Elle habite un studio dans le Balzac, un immeuble de trois étages situé dans la rue qui est parallèle à la vôtre. Jasmina gagne beaucoup, en fait c'est elle qui fait marcher la maison. Je crois qu'elle aime l'argent. Il faut lui donner 10 francs de pourboire si l'on veut obtenir un autre rendez-vous. Son amant du jour, c'est un jeune architecte, celui qui a fait les plans du Balzac, Daniel Lévi. Il est installé à son compte. Un requin.

– Et ça ? demanda Gorodish en désignant la caricature d'un homme pour lequel il éprouvait une répulsion instinctive.

– Paul Ribon... Vous avez raison... Un triste personnage. Pendant la guerre, il a été responsable de la déportation de plusieurs familles juives. Il a été condamné à mort à la Libération mais il est passé entre les gouttes, mystérieusement. Il y a longtemps que je ne crois plus à la justice, mais tout de même... Maintenant, il travaille pour une compagnie de sécurité privée. Les gens ont oublié. Il sait s'y prendre. Il aime l'ordre.

– Vraiment ? demanda Gorodish qui parfois croyait en sa propre justice.

Elle entendit le carillon sonner lorsqu'elle ouvrit la porte du bazar. M. Jean devait bien avoir soixante-dix ans. Il était presque sourd. Il rangeait des espadrilles dans un carton. Elle s'approcha et le toucha à l'épaule. Il se retourna, le sourire aux lèvres. Il portait toujours un béret basque et l'appareil dissimulé dans les branches de ses lunettes ne devait pas être très efficace.

– Il faudra que je fasse changer le carillon, je n'y entends plus rien. Que veux-tu, fillette ?

– Papa demande si vous avez reçu son tire-bouchon à air comprimé.

– Je crois bien, le représentant est passé tout à l'heure, je n'ai pas encore ouvert le paquet. Attends une petite minute tu veux bien ?

Chez M. Jean, on trouvait tout, et ce qu'il n'avait pas, il savait toujours où le commander. Pendant qu'il ouvrait ses cartons avec un couteau Opinel dont la lame était affinée par l'usure, Alba s'approcha du tiroir qui servait de caisse. Elle l'ouvrit lentement, prit six billets de 100 francs et le referma. M Jean jurait. Il ne trouvait pas le tire-bouchon.

– Pas moyen de le dégotter. Dis à ton papa que je le mettrai de côté, il peut passer demain.

Après l'apéritif rituel, Gorodish et Luc Plassin étaient allés déjeuner à l'hôtel de la Poste. La poule au riz avait été excellente et ils avaient vidé une bouteille de Vosne-Romanée 1969 offerte par Plassin. Celui-ci se sentait extraordinairement en verve. Jamais on ne l'avait écouté avec tant d'attention et l'arrivée de Gorodish avait amené de l'imprévu dans sa vie monotone et solitaire. En plus de cela, Gorodish avait du talent, c'était un homme intelligent puisqu'il l'écoutait sans le moindre signe de lassitude.

Après un très bon Roquefort, une mousse au chocolat et un café, ils savourèrent un Armagnac qui venait de la maison Robillard et datait de 1929. En faisant tournoyer délicatement le liquide ambré dans son verre ballon, Gorodish se mit à penser que le sort lui était favorable. Il avait déjà l'impression de vivre ici depuis plusieurs mois et sa galerie de portraits s'étoffait à mesure que sa vision des mécanismes qui permettaient à la ville de vivre en paix se développait et s'éclaircissait. Quelques grains de sable bien placés et tout se paralyserait.

Serge Gorodish passa la première partie de l'après-midi à noter ce qu'il venait d'apprendre. Son carnet rouge était maintenant couvert de dix-sept pages d'une écriture serrée. Sur une feuille qu'il détacha de son bloc, il fit un graphique avec les noms des intéressés et le numéro de la page du carnet où se trouvaient les renseignements les concernant. Puis il passa plus d'une heure, absolument immobile, la tête dans les mains. Ensuite, il se frotta les yeux et traça des lignes droites qui reliaient certains noms à d'autres.

La douche bouillante lui fit du bien. Drapé dans la serviette de bain, il s'allongea sur son lit et somnola une bonne heure en pensant à son enfance. Ses parents morts. Le quartier de la Bastille, son apprentissage de boulanger, les premières leçons de piano avec Nadia, une vieille émigrée russe qui lui tapait sur la tête avec une canne. L'amour exclusif de la musique jusqu'à vingt-trois ans, les petits métiers jusqu'au jour où il était devenu pianiste dans une boîte, sa première paye convenable. Deux nouvelles passions qui allaient peu à peu reléguer la musique au rang d'une activité professionnelle : les jeunes filles et le dessin. Les aventures à demi ratées, la peur des scandales, les longues idylles platoniques. Le dessin avait commencé par être un alibi pour contempler certains corps à sa guise, puis il était devenu plus important que les corps eux-mêmes. Un jour, un petit caïd nommé Jean Saporta l'avait pris en sympathie. Il lui proposait plus d'argent, assez pour satisfaire ses passions, il n'avait qu'à lui tenir compagnie, conduire sa voiture, une Chevrolet Impala bleu ciel à vitesses automatiques. Il avait trempé dans quelques petites affaires, s'était lié avec une prostituée qui, malgré ses vingt-trois ans, s'était spécialisée dans le rôle de nymphette perverse. C'est en attendant son patron au volant de la Chevrolet qu'il avait pris l'habitude de dessiner les visages des gens qui passaient devant lui. Ensuite, il avait laissé tomber, les ordres ne convenaient pas à sa nature. Il avait alors travaillé comme coursier pour un magazine, jusqu'au jour où un journaliste remarqua ses talents de caricaturiste. Il fit de l'homme politique et de la vedette de cinéma pendant deux ans.

Douze motos immobiles dans la nuit entouraient un garage qui servait de lieu de rencontre aux Vampires. Un mini-cassette aux piles usées émettait une musique méconnaissable. Douze garçons et huit filles étaient installés sur de vieux matelas à la lueur de bougies fixées sur des bouteilles. Au fond de la pièce, un drapeau noir sur lequel la main rouge était cousue. Ted, dix-huit ans, avait été le dernier à être admis. Après la cruauté des trois mois d'épreuves, il profitait des privilèges et s'envoyait deux filles. Les autres fumaient tranquillement l'un des joints qui circulait. Il y avait trois conditions préalables pour faire partie de la bande, être admis à l'unanimité comme candidat, amener une moto sérieuse (plus de 350 cc), et une fille. Ensuite commençaient les épreuves : pendant trois mois, la fille appartenait à tous sauf au candidat qui devait revenir dans une voiture piquée dans la rue de Gaulle en plein jour, voler 500 francs et les verser au groupe, tenir une nuit contre les Vampires qui organisaient dans la forêt une véritable chasse à l'homme en laissant au fuyard une minute d'avance, rester sept jours dans le garage sans nourriture, supporter une brûlure au fer sur l'épaule gauche, un sérieux passage à tabac, et enfin, toutes les humiliations que les autres voulaient bien imposer au nouveau.

Certains n'avaient pas tenu le coup et avaient été refusés. La fille devait aussi se montrer à la hauteur, satisfaire tous ceux du groupe qui la désiraient, voler les habits d'un bourgeois qu'on lui désignait, supporter une flagellation, la brûlure au fer et les humiliations. Si elle flanchait, la candidat pouvait se représenter avec trois autres filles. Après, c'était fini. Après trois mois, en cas de succès, c'était la fête, les Vampires étaient admis, égaux à tous les autres, libres de faire ce qu'il leur plaisait. Les jeunes, dans la ville, entendaient des rumeurs sur les épreuves, les Vampires étaient enviés, craints, admirés.

Freddy écrasa l'extrémité du joint dans un couvercle de pot de peinture qui servait de cendrier. Ils avaient décidé de peindre les murs en noir.

– Vous avez vu ce nouveau mec qui traîne dans la ville ?

– Le gars qui dessine ?

– Ouais. Je crois pas qu'on l'apprécie beaucoup. J'ai eu des échos. Les gens se demandent ce qu'il fout là.

– C'est un minable.

– Justement, on pourrait s'en servir.
– Vas-y...
– Admettez qu'on fasse un coup sérieux, si on s'y prend bien, tout le monde croira que c'est lui. C'est à nous de nous arranger. Pas vrai ?
– Pas mal comme idée.
– Ouais, on se rouille, la ville est de plus en plus peinarde.
– Tu as une idée spéciale pour un coup ?
– Il faudrait une bonne préparation mais après ça, on pourrait s'arrêter de bosser.
– Vas-y expose, mec...
– Faudrait être quatre, plus deux guetteurs, les autres prêts à faire de la diversion si on a un pépin...

Après le dîner, Gorodish avait passé une bonne heure à la terrasse du Danton où il avait bu trois cafés, attentif aux conversations, aux visages, aux attitudes. Trois femmes l'avaient fixé avec insistance. Il y avait autant de différence entre lui et Yul Brynner qu'entre une Lamborgini et une 2 CV. Gorodish avait vu passer la Mercedes noire de Silvain Saudan, le patron du Drugstore et avait attendu l'apparition d'Alba à laquelle il s'était déjà habitué. Il ne l'avait pas vue. Il réalisa soudain qu'il n'avait pas le moindre renseignement sur elle. C'était pourtant facile, il suffisait d'aller à la sortie du lycée et de la suivre.

Il passa devant le Drugstore. Toujours la même animation. Ce soir, il avait décidé d'oublier les pions posés sur son échiquier. À 10 heures, il avait rendez-vous avec les deux beautés responsables de l'échec de Robillard à la députation. Certainement deux garces qui lui apprendraient encore plus de choses que ce brave Plassin.

Elles habitaient au septième étage d'un immeuble de grand standing, entrée en marbre, grandes glaces, plantes vertes soignées. Dans l'ascenseur, Gorodish se regarda dans la glace, il se trouva en forme. Il appuya sur le bouton de la sonnette, un carillon d'une tierce majeure, mi bémol, sol. Un bon présage.

Il n'était pas déçu, deux belles filles, une blonde et une brune. Elles commencèrent par lui offrir un gin-tonic. Elles portaient des robes chinoises de soie verte, longues et amples, et semblaient s'intéresser beaucoup à lui. Il est vrai qu'elles avaient l'habitude de voir toujours les mêmes têtes sans surprise, des notables parmi lesquels s'égarait parfois un jeune homme inexpert. Pour qu'il se mette à l'aise, elles le firent passer dans un cabinet où il mit une robe de chambre qu'il choisit dans une armoire.

Il était couché sur un drap de satin noir. Elles caressaient ce corps splendide qui leur était offert ! Les murs de la pièce étaient peints d'une laque bleu nuit sur laquelle se détachaient, placées côte à côte, de grandes glaces aux moulures dorées et aux formes irrégulières. L'image des trois corps se multiplia à l'infini, le mouvement d'abord très lent s'anima peu à peu, quatre spots au-dessus du lit découpaient des formes abstraites dans les chairs qui commençaient à se mêler. Gorodish vit Alba dans cette double femme qui entourait son corps de volupté sans qu'il puisse la délimiter dans l'espace.

3

Serge Gorodish était arrivé depuis plus d'un mois. La ville n'était déjà plus la même. L'observation minutieuse à laquelle il s'était livré lui avait permis de découvrir les antagonismes et les haines latentes. La tranquillité de la ville était celle d'un volcan au repos. Gorodish avait maintenant toutes les cartes en main, il lui suffisait de passer à la seconde phase de son plan, de mettre en communication les divers courants de haine, et d'attendre le résultat, calmement, sans rien faire.

Au cours de ses promenades dans la forêt, il avait découvert, à vingt minutes de la ville, une petite maison, agréable et discrète, totalement isolée. Elle appartenait au garde-chasse. Il sortait de chez lui et avait conclu l'arrangement. Depuis aujourd'hui, il la louait pour deux cents francs par mois. Il avait les clés dans sa poche et lorsqu'il quitta la grand-route pour s'engager sur le sentier qui conduisait à la maison, il eut l'impression qu'il comprendrait encore mieux la ville en s'en éloignant un peu.

La maison apparut entre les arbres, il chercha la clé et ouvrit. Une légère odeur de moisissure régnait à l'intérieur. Un rayon de soleil filtrait par l'ouverture d'un volet dont le bois avait travaillé et qui fermait mal. Il ouvrit les deux fenêtres, poussa les volets, le jour illumina l'unique pièce de la maison. Elle était meublée sommairement, un grand lit, une table, quatre chaises, un évier, une petite cuisinière à bois, quelques casseroles, trois verres, deux assiettes, des couteaux et des fourchettes. Il y avait l'eau mais pas l'électricité. Deux lampes à pétrole étaient posées sur la table. Gorodish les examina. Elles devaient marcher, il suffisait de remplir les réservoirs. La cheminée noircie était encore pleine de cendres, un tas de bûches occupait le côté gauche, dans une caisse Gorodish trouva de vieux journaux et des pommes de pin. Il alluma un feu pour chasser un peu l'humidité.

En regardant les flammes, il pensait à ce qu'il lui faudrait acheter pour vivre dans cette cabane. Il y avait sur le lit deux oreillers et deux couvertures pliées. Il lui fallait une paire de draps, du pétrole pour les lampes, des allumettes, une hache pour fendre du bois (le garde-chasse lui avait indiqué où il pouvait trouver des rondins), de quoi faire sa vaisselle et surtout les produits de première nécessité pour faire sa cuisine lui-même. Cette perspective l'amusa. Il en avait assez des repas pris au restaurant de l'hôtel. La cheminée fumait un peu, à l'aide de la pince, il repoussa les bûches vers le fond du foyer.

Serge Gorodish passa l'après-midi en ville pour trouver ce qui lui était nécessaire. Il s'entendit avec un épicier pour que celui-ci dépose avec sa camionnette de livraison ce qu'il avait acheté au bord de la route, près du sentier. De là, en quelques voyages, il porterait lui-même les cartons dans la maison.

Au cours de l'après-midi, il rencontra plusieurs enfants qui sortaient de l'école. Depuis quelques semaines, ils venaient le voir dessiner dans l'espoir qu'il ferait leur caricature. Il s'entendait très bien avec eux et c'est en leur parlant chaque jour qu'il avait appris le plus de choses sur les gens de la ville. Lorsqu'il les vit, il leur promit de les inviter pour un goûter dans la forêt l'un de ces prochains jours.

Depuis que son ami le journaliste Luc Plassin lui avait consacré un article dans *L'Indépendant* qu'il avait intitulé : « Portrait d'un Artiste », la popularité de Gorodish crût de jour en jour. Les commerçants devenaient mielleux, on le saluait lorsqu'il s'installait à la terrasse du Danton ou lorsqu'il se promenait dans la ville. On ne se méfiait plus de lui et lorsqu'il dessinait, les mères laissaient volontiers leurs enfants s'approcher de cet homme dont le journal avait dit qu'il possédait un grand talent. Luc Plassin s'était simplement mépris sur l'art véritable de Gorodish.

Il avait rangé les bouteilles de vin sous l'évier, le sucre, le sel, le poivre, le café, le pain, le miel sur les étagères, au-dessus de l'évier et le reste des provisions dans le petit garde-manger encastré dans le mur. L'odeur du bois s'était maintenant infiltrée partout, il avait posé notes et croquis sur la table et, allongé sur le lit qu'il venait de faire, il se mit à réfléchir.

Il avait constitué quatre-vingts dossiers sur les personnages qui jouaient un rôle dans la ville. Il avait cherché, pour chacun d'eux, le rival idéal, le concurrent jaloux, les actes du passé que l'on tenait à garder secrets. Pour Gorodish, tout était clair. Entre ces hommes et ces femmes, il avait tracé le lien de la haine, en réalisant pratiquement certaines conjonctions, il savait d'avance quels seraient ceux qu'on allait soupçonner.

Dans un supermarché, il avait acheté des enveloppes ordinaires, du papier à lettres puis à la poste, une feuille de timbres à cinquante centimes. Tout cela l'attendait sur la table de bois. Il avait décidé d'attendre la nuit. Les deux lampes à pétrole étaient prêtes à fonctionner jusqu'au matin. Le carnet rouge était là. Il y avait quatre-vingt-cinq noms et adresses, il ne lui restait plus qu'à rédiger les lettres en fonction de ce que chacun croyait avoir enfoui au tréfonds de lui-même.

Elle regarda la montre Bulowa-Acutron électronique qu'elle avait volée la semaine dernière dans la D.S. verte métallisée de location que des touristes américains avaient laissée ouverte sur le parking pendant qu'ils visitaient le Musée de Numismatique. Il était 3 heures du matin. Elle dormait la fenêtre ouverte car il faisait chaud dans sa chambre située sous les toits. Elle était nue, couchée sur son lit et regardait le ciel. La lune éclairait son ventre. Cette lueur laiteuse la fascinait. Elle retint un moment sa respiration, aucun bruit ne venait de l'étage inférieur où logeaient son père, sa sœur aînée et ses deux frères cadets. Ce soir son père avait encore bu. Elle savait que sa mère n'était pas dans une maison de repos, comme on le lui disait, mais qu'elle était partie avec un homme et qu'elle ne reviendrait pas. Elle avait surpris une conversation téléphonique où son père suppliait sa femme de rentrer. Il buvait avant, maintenant, c'était encore pire. Ici, elle échappait à leur monde, au monde tout entier, elle était libre de rêver et de réaliser ses rêves. Elle se leva, ouvrit avec une clé le tiroir supérieur de sa commode, celui qu'elle appelait son coffre à trésors.

Il y avait, pêle-mêle, des sous-vêtements de luxe, des billets de banque, des montres, des parfums, des stylos en or, des briquets, des foulards de soie, des bagues et des colliers. Elle contemplait son butin, immobile, remplie d'une joie intense. Elle se regarda dans la grande glace placée au-dessus de la commode, elle prit un briquet et alluma la bougie qu'elle avait fixée sur une soucoupe. Elle regardait la flamme monter et découvrait en même temps son corps qui se détachait sur le fond obscur de la chambre. L'air frais glissait sur elle. Elle sortit des bas noirs du tiroir et les mit avec lenteur. Elle les accrocha à un porte-jarretelles noir. Une voiture passa et le silence revint. Elle ne mit pas de soutien-gorge, elle préférait voir ses seins. Elle prit un foulard de soie rouge, le roula, le passa entre ses jambes, et tenant chacune de ses extrémités, elle le fit aller et venir très doucement en bougeant les hanches. Elle se regardait dans la glace et se trouvait belle.

Freddy et Ted étaient à pied. La nuit, ça fait moins de bruit que les motos. La ville était déserte, tranquille. Ils savaient que le peintre s'était installé dans une maison en dehors de la ville mais ils en ignoraient l'endroit exact. Ils avaient le temps. Rien ne pressait. Ce qui comptait, c'était de commencer à installer le désordre et une certaine peur, ensuite, par quelques bavardages, il serait toujours temps de faire porter les soupçons sur ce mec qui aurait mieux fait de choisir une autre ville pour s'installer.

Ils marchaient côte à côte sur le trottoir, les sens en éveil, prêts à se dissimuler derrière une voiture au premier bruit.

– Eh, Freddy, t'as une sèche ?

– C'est pas le moment de fumer avec ce qu'on transporte.

– T'as raison, je n'y pensais pas. Tu sais, je préférerais qu'on se tire ensemble après le coup, si on tombe sur quelqu'un, on a plus de chance...

– Je t'ai dit le plan, chacun d'un côté, c'est ce qu'il y a de mieux.

– Je voudrais bien rester pour voir.

– Moi aussi, mais on peut pas être à la fois les artistes et les spectateurs.

– Quand je pense à tous ces cons qui vont profiter du spectacle à notre place...

– Une fois qu'on se sera tirés on pourra toujours reprendre notre souffle en regardant le ciel.

Ils arrivent au parking, de l'autre côté de la mairie. Ils comptent les bagnoles. Quatorze. Une Lotus jaune, dommage, ils préféreraient la piquer. Trois voitures ne sont pas fermées. Freddy débouche le jerrican et arrose les sièges. Ça servira de foyer. Ils mettent le reste de l'essence un peu partout. Dans la dernière flaque, il pose une poignée d'étoupe, déroule la mèche, Ted l'allume, ils se barrent, chacun dans une direction. Quatre secondes plus tard, un souffle, une explosion qui descend les vitres de la mairie et déjà une lueur rouge dans le ciel. Les premières fenêtres s'ouvrent, la sonnerie d'alarme réveille les pompiers de service. Trois minutes plus tard, la voiture démarre en trombe.

Dans la solitude, au milieu des cris des animaux, Serge Gorodish avait passé la nuit à sa table. À l'aube, il s'était fait un grand bol de café, il avait regardé la forêt s'éclaircir progressivement, assis sur un banc, devant la maison, en sirotant le liquide brûlant. Il se sentait bien. Il ne lui restait plus qu'à coller les timbres sur les enveloppes et à noter les adresses. Déjà, il sentait la chaleur de l'été qui s'infiltrait à travers les branches et les feuilles.

Les lettres étaient réparties dans les quatre poches de sa veste. Il marchait dans la rue de Gaulle. Le ciel était d'un bleu profond. Chaque fois qu'il passait devant une boîte, il y glissait discrètement un paquet d'enveloppes. Lorsqu'il arriva devant la mairie, il vit un attroupement. Il s'approcha, les gens discutaient autour des carcasses de voitures carbonisées. Plassin prenait des photos. Dès qu'il vit Gorodish, il s'approcha de lui.

– Allons prendre un café au Danton...

– J'y allais de ce pas.

– Étonnant non, c'est la première fois qu'une telle chose se produit dans notre ville.

– Un accident ?

– Non. Le commissaire a retrouvé un bidon d'essence, une pochette d'allumettes. On a même utilisé une mèche. Tu n'as pas entendu l'explosion ?

– Vers quelle heure ?

– 3 h 30.

– J'ai un sommeil de plomb tu sais.

Ils s'installent à une table. Le soleil éclaire déjà la terrasse. Plassin prend un air amusé.

– Figure-toi que ce matin, j'ai reçu un coup de fil d'une femme, ou d'une jeune fille. Elle prétendait t'avoir croisé vers 3 h 15 dans la rue de Gaulle. Elle disait que tu portais un bidon d'essence dont la description ressemble bien à celui que la police a trouvé sur place.

– Amusant. Tu n'as aucune idée de l'âge ?

– C'était difficile, je n'arrive pas à savoir. Jeune, je crois. En tout cas, je ne suis pas le seul à avoir reçu ce coup de téléphone. Le commissaire aussi. Il m'a appelé pour me le dire, sachant que je te connais bien. Il n'attache aucune importance à ces ragots, bien sûr, puisque les dénonciateurs sont anonymes. Je l'ai rassuré. Enfin, je t'en parle pour te prévenir qu'une ou deux personnes au moins te prennent comme cible. C'est normal, tu es un étranger.

– Rien ne m'étonne.

– Tiens, j'y pense, hier, au marché de la voiture d'occasion, tu sais, ce grand garage à gauche, à l'entrée de la ville, j'ai vu un break Citroën en bon état, juste ce qu'il te faudrait.

– Cher ?

– 3 200.

– J'irai voir. Combien de kilomètres ?

– Quatre-vingt-sept mille.

Sylvain Saudan, malgré la nuit délicieuse et épuisante qu'il venait de passer au Cottage en compagnie d'une nouvelle fille qu'il avait engagée pour diriger la librairie du Drugstore, n'était pas de bonne humeur. La douce créature avait laissé tomber un flacon entier d'huile parfumée dans son bain. Il empestait le jasmin. Ces odeurs orientales sont agréables à condition de ne pas en abuser. Il avait passé sa robe de chambre en poil de chameau, la fille était drapée dans une vaste serviette de bain mauve. Le garçon frappa, entra et déposa avec discrétion un petit déjeuner royal sur la table de verre. Jus de fruit dans un verre en cristal, tranche d'ananas frais, œuf à la coque cuisson trois minutes quarante-cinq secondes, toast, marmelade anglaise, coquilles de beurre et thé, du Lapsang Souchong qu'il faisait venir chaque mois d'Angleterre afin d'être assuré de sa fraîcheur. Silvain Saudan était un être raffiné, ce raffinement, il le faisait payer très cher à ses amis et clients qui venaient au Cottage, pour y goûter une satisfaction de tous les sens. De plus, le personnel était trié sur le volet et s'il arrivait assez souvent que trois ou quatre couples se retrouvent dans la chambre qu'il avait appelée « La suite champêtre », c'était sous la garantie de la discrétion la plus totale.

En humant le parfum délicat qui montait de sa tasse de thé de Chine, il pensa que la fille qui était en face de lui serait assez large d'idées pour participer à l'une des soirées spéciales qu'il organisait de temps à autre. Comme il contemplait le bleu délicat de son service à thé en Wedgewood qu'il avait acheté très cher à Luigi da Sallo, la fille laissa glisser la serviette jusqu'à sa taille. Le genre de geste qu'il appréciait particulièrement. Il lui sourit en croquant dans le toast qu'il venait de beurrer et de couvrir d'une délicate couche de marmelade. Elle mit trois sucres dans son thé. Cela le contraria. Il vit qu'elle avait les yeux d'une teinte aussi limpide que celle de la porcelaine. Rien n'était jamais parfait. Toute la journée il empesterait le lotus à cause de cette étourdie. Il faut dire qu'au cours de la nuit, il lui avait fait perdre la raison.

– Chéri, tu veux mon œuf ?

– Non merci, je n'en mange qu'un.

– Quelle drôle d'idée de manger des œufs le matin. Tu veux que je revienne ce soir ?

– Il ne faut pas abuser des choses les meilleures, les sens s'émoussent. Attendons trois jours si tu veux bien.

D'une main distraite, il lui caressa le sein gauche en ayant soin de ne pas heurter la théière. Quelle douceur de peau.

Sur le plateau d'argent où le valet de chambre déposait chaque matin son courrier personnel, il vit une enveloppe jaune. Qui donc pouvait bien lui écrire dans une enveloppe bon marché ? Sans doute la publicité d'un grossiste en viande de bœuf, en vins, ou en crème glacée. Il se leva, jeta un regard discret sur l'adresse, elle était écrite à la main. Curieux. Il prit l'enveloppe, l'ouvrit avec un coupe-papier en argent ciselé et se mit à lire. Il avait déjà reçu de nombreuses lettres anonymes, il y a beaucoup de jaloux dans une petite ville où la fortune n'est pas noyée dans le flot des visages inconnus, mais cette fois, il comprit que c'était sérieux et qu'il fallait s'en sortir. Jamais encore il n'avait remis une lettre dans son enveloppe, c'est pourtant ce qu'il fit. La lettre était trop précise pour ne pas avoir été écrite par l'un de ses proches. Il fallait trouver qui et le gagner de vitesse. Tous les moyens seraient bons. Il n'avait eu aucun scrupule pour arriver à la situation qu'il occupait, il en aurait encore moins pour la conserver.

Sur la petite route bordée de peupliers, Gorodish appuya sur le champignon. Elle avait encore de bonnes reprises mais les freins semblaient avoir été bouffés par les mites.

– Le propriétaire était un gars tout ce qu'il y a de plus soigneux, je peux vous l'assurer. Je perdais même espoir de lui vendre un modèle plus récent tant il la bichonnait.

– Ça devait être un grand nerveux, il freinait beaucoup.

– Un peu mou, d'accord. Si vous la prenez et que vous payez en liquide, je vous les refais pour le même prix.

– Je vous en donne trois mille de votre caisse.

– D'accord, ça marche.

– Vous me mettrez aussi un rétro extérieur.

– Si vous continuez, c'est une bagnole neuve que vous allez acheter.

André Martin, professeur de littérature française, alias « Décadence », âgé de 57 ans, avait gardé en même temps que sa fidélité au Général de Gaulle, un goût pour les formules désuètes et emphatiques. Une feuille de papier cartonné à la main, il arpentait la salle de classe et se concentrait, pénétré de son importance et de son rôle. Son regard croisa celui d'Alba, une jeune personne qu'il ne trouvait pas dépourvue d'intelligence, il toussa pour cacher son trouble, s'arrêta et dit d'une voix forte :

– Lycéennes et lycéens, voici votre sujet de composition

française. Vous avez trois heures pour le traiter. C'est un dialogue extrait de l'*Émile*, œuvre de Jean-Jacques Rousseau, est-il besoin de le dire, que je vous prierai de commenter en quelques pages denses et lucides :

«– Êtes-vous jeune ou vieille ?
– Je suis jeune.
– Et votre grand-maman, est-elle jeune ou vieille ?
– Elle est vieille.
– A-t-elle été jeune ?
– Oui.
– Pourquoi ne l'est-elle plus ?
– C'est qu'elle a vieilli.»

Fin de citation. Je répète...

Gorodish avait garé son break près de la porte du lycée. Il regardait les étudiants sortir. Tout à coup, il la vit. Son émotion fut plus forte qu'il ne l'aurait pensé. Il la laissa prendre de l'avance et se mit à la suivre à pied. Elle portait un blue-jean et un t-shirt de coton rouge aux armes de l'Université de Columbia. Aujourd'hui, elle avait choisi de voler des marqueurs de couleur pour pouvoir dessiner lorsque Décadence redonnerait un sujet de dissertation aussi bien choisi.

Les Vampires avaient décidé de se lancer dans les relations publiques. Par groupes de deux, on pouvait les voir, ce jeudi à midi, dans les principaux cafés de la ville. On ne parlait que de l'affaire du parking. Un fou sûrement. Il y avait à cinq kilomètres un asile d'aliénés dont certains abrutis s'échappaient périodiquement. L'été dernier, l'un d'eux avait même uriné sur les gâteaux dans la meilleure pâtisserie de la ville. Et ce type, celui qui gribouille, personne ne sait d'où il vient. C'est peut-être lui... Il a une drôle de tête... En tout cas, ce qui était certain, c'est qu'on avait découvert un bidon d'essence, ce n'était pas un accident.

Il y avait eu, entre dix heures et midi, en pleine rue, trois bagarres entre des citoyens parfaitement honorables. Les deux premières n'avaient pas été trop graves, on avait séparé les combattants à temps. La troisième était plus sérieuse. La police était intervenue. L'un des deux hommes se trouvait en ce moment dans la salle d'opération de l'hôpital où l'on essayait de recoudre son visage. Il avait été défiguré par une bouteille de bière que son adversaire avait brisée contre une table avant de la lui planter en plein visage. Le commissaire Leblond était un homme paisible. Depuis des mois lui et ses hommes n'avaient bougé que pour régler la circulation, faire traverser les passages cloutés aux enfants de la maternelle et coller des contraventions. Le seul fait saillant depuis les fêtes de Noël avait été un constat d'adultère un peu mouvementé au cours duquel l'huissier de service s'était fait griffer sauvagement par l'intéressée. Et voilà que ce matin, on le réveille à 3 h 15. Il avait bien entendu l'explosion mais n'avait pas bougé, pensant que c'était sans doute le boulot des pompiers. Et maintenant, trois bagarres, dont l'une très grave, c'est donc la fin du monde ! Le coupable était devant lui. Assis sur une chaise. Il ne lui avait même pas fait passer les menottes, ils étaient tous les deux parrains de l'équipe de rugby. André était un homme apprécié, un commerçant important de primeurs en gros. Quelle mouche avait bien pu le piquer ? Leblond alluma un Robert Burns, le seul cigare qu'il pouvait s'offrir quinze ou vingt fois par jour et qui avait quelque chose d'un cigare.

– Prends-en un, André. Ça te calmera.

– Non merci.

– Mais qu'est-ce qui t'a pris, bon Dieu ?

– Je ne peux pas t'expliquer !

– Il faudra bien si tu veux que je t'aide. Tu sais, j'ai l'habitude. On en voit de toutes les couleurs dans la police.

– J'ai cru devenir fou quand je l'ai vu.

– Qu'est-ce qu'il t'a fait ?

– Je peux pas, François... Je peux pas...

– Ta femme ?

– Non... Ma femme, je la connais. Je sais bien qu'elle a des choses à se reprocher.

– Mais parle bon Dieu. Quand il sortira de l'hosto, il te fera un procès, ça peut te coûter cher. Il y a des témoins. Tu risques la taule.

– Je sais.

– Quand même, t'es pas un bagarreur, je te connais bien.

La conversation dura plus de trois heures, le commissaire ne put rien tirer de son ami mais il lui sembla comprendre qu'il redoutait quelque chose de beaucoup plus grave que la prison et que les dommages et intérêts. À la fin de l'entretien, le commerçant fut pris d'une crise nerveuse. Il se mit à sangloter. Jamais il ne parlerait de la lettre qu'il avait reçue ce matin en même temps que quatre-vingt-cinq personnes car tout ce qui s'y trouvait était vrai et que le maître chanteur ne proposait aucun marché qui lui eût permis de s'en tirer.

4

Le moteur de la Norton 750 de Filo clapotait gentiment dans la nuit d'été. Il avait pris une départementale tranquille, bordée de champs de blé. Avant de partir, Joséphine lui avait fait une tresse dont l'extrémité touchait presque le ceinturon de son jean. Elle se serrait contre lui. C'étaient leurs meilleurs moments. Ils aimaient quitter la bande et rouler doucement, au milieu de la route, pendant des heures, les nuits de pleine lune, tous phares éteints. C'était le pied. Filo pensait souvent que Joséphine, pendant les trois mois d'épreuves, n'avait pas fait un pli. Il se souviendrait toujours du regard qu'elle lui avait lancé quand ils avaient été brûlés au fer. Elle avait moins gueulé que lui et s'il n'avait pas vu ses yeux, il serait peut-être tombé dans les pommes. Il lui avait appris à manier le rasoir, c'était sa spécialité, un copain arabe lui avait enseigné l'art de découper un mec en morceaux en deux temps trois mouvements. Joséphine lâcha le torse de Filo, l'embrassa dans le cou et enleva son t-shirt. Elle aimait sentir le vent sur ses seins. Filo lâcha son guidon relevé de la main gauche, elle l'aida à se débarrasser de son blouson qu'elle mit dans la sacoche. Filo sentit les seins de la fille sur la peau de son dos. Ils roulèrent comme ça un bon moment puis il lui cria de venir devant. Une gymnastique qui était devenue rituelle. Il se pencha sur le réservoir rouge de la machine pendant qu'elle passait par-dessus lui. Il se redressa lentement alors qu'elle se retournait pour être face à lui. Elle passa ses jambes autour de la taille de Filo et s'allongea sur le réservoir qui cambrait ses reins et faisait ressortir ses seins. Sa tête reposait entre les branches du guidon. Le vent projetait ses cheveux vers Filo. Elle aimait bien le regarder quand il conduisait, droit, les bras tendus, sérieux, les cheveux tirés en arrière, c'était un mec superbe.

Elle approcha les mains vers son ventre et le caressa, elle sentit ses muscles, sa peau fraîche. Elle défit la boucle du gros ceinturon, ouvrit la fermeture Éclair. Pour faire l'amour à moto, Joséphine avait trouvé un truc superbe, elle avait remplacé la fermeture Éclair de leurs jeans par une autre, beaucoup plus longue, qui passait entre les jambes et allait jusqu'aux fesses. Il suffisait de ne pas porter de slip pour prendre un pied gigantesque. Elle ouvrit son pantalon, elle ne pouvait plus attendre Filo. Il se souleva sur ses pédales et la pénétra doucement. Elle se mit à gémir et ses petits cris s'en allaient dans le vent. Elle vit le plumage clair d'une chouette qui passa à quelques centimètres de la tête de Filo. Ils roulaient toujours lentement. Filo bougeait à peine, les vibrations de la moto suffisaient.

Les phares à iode de la Norton giclèrent dans la nuit et illuminèrent la route à l'infini. Filo passa la seconde, mit toute la gomme, la machine bondit en avant, il se souleva et se laissa aller pour pénétrer Joséphine plus profondément, passa la troisième, la quatrième. Joséphine criait comme une dingue, le moteur rugissait, il aimait ça. Il prit trois courbes comme un artiste. Ils fonçaient sur une superbe ligne droite dont Filo ne voyait pas la fin. Ils devaient rouler à 160 km/h. Quand il sentit les spasmes de Joséphine, il ferma carrément les yeux. Ils jouirent ensemble, dans un long cri sauvage, la moto, c'était l'orchestre.

Il ralentit, coupa les phares, reprit la vitesse de croisière. Bientôt, leur ombre fut projetée sur l'asphalte par les feux d'une bagnole qui arrivait sans faire aucun bruit. Filo pensa : sûrement une guinde de luxe. Ils ne bougèrent pas, ils s'en foutaient bien qu'on les voie, au contraire, c'est toujours amusant de faire flipper les caves.

La Jaguar blanche resta quelques secondes à leur hauteur, Filo et Joséphine virent quatre nanas bizarres qui les regardaient en se marrant. Maquillages déments, presque du Fellini.

Des rictus accentués par les bouches écarlates, des gestes saccadés. Soudain Filo comprit : des travestos.

Les phares arrière de la Jaguar se perdaient dans la nuit, devant eux. La bagnole avançait comme si elle marchait à voile. Dommage qu'un si beau moulin ne laisse pas entendre le son de sa voix, pensa Filo.

Joséphine commençait à avoir mal au dos. Elle referma leurs pantalons et passa à l'arrière. Filo se demanda où pouvaient bien aller ces quatre folles, la guinde était immatriculée 75. Sans allumer ses phares, il poussa sa mécanique et se mit à suivre gentiment la Jaguar, de loin, sans se faire repérer. Dix minutes plus tard, la bagnole s'enfila dans un chemin transversal, ils arrivèrent bientôt à un grand portail blanc qui était ouvert et s'engagèrent sur un chemin bordé de cyprès. Filo et Joséphine virent la maison dont les fenêtres illuminées éclairaient une cour pavée encadrée par quatre Vénus sur pied.

– Ça peut être marrant, on devrait pas être les seuls à en profiter, dit Filo.

– Allons chercher les copains, histoire de finir la nuit en beauté.

Les demoiselles Adélaïde Tronchet, Christine Oloff et Germaine Titien, professeurs de piano à l'École privée de Musique de la ville, avaient fait annoncer l'audition de ce soir dans *L'Indépendant*. Elles avaient également dessiné elles-mêmes quelques affiches sur du papier de couleur qu'elles avaient placardées aux vitrines des principaux magasins. Cette audition annuelle avait lieu dans la salle des fêtes, elle attirait pas mal de monde, les familles des élèves venues admirer leur prodige et quelques curieux. Serge Gorodish était de ceux-là. Il avait payé sa place 5 francs, les trois vieilles avaient le sens des affaires. L'entracte était passé. La deuxième partie du programme allait se terminer avec un dernier élève. Jusque-là, rien de miraculeux, les traits boulés et la pédale noyante avaient été de règle. Gorodish s'était installé au premier rang, il aimait avoir de la place pour ses jambes. Le piano, un Pleyel demi-queue modèle D construit au début du siècle aurait pu avoir une bonne sonorité si les gamins n'avaient pas tapé comme des brutes.

Les trois professeurs annonçaient leurs élèves. Deux d'entre elles étaient habillées sobrement, jupe et corsage noirs, cheveux tirés en chignon. La troisième, une petite boulotte, un paquet de nerfs, soixante-douze ans et pas mal d'énergie se prenait pour Isadora Duncan. Des macarons de cheveux filasse entouraient son visage de poupée fripé comme une reinette. Une grande robe violette de tulle et de voile agrémentée de parements brodés la rendait aussi pittoresque qu'un Aubusson. C'était la poigne de fer de l'école, Christine Oloff était d'ailleurs la seule qui avait fait un semblant de carrière. Plassin l'avait rappelé dans *L'Indépendant* de la semaine. L'apogée de sa carrière avait été un récital qu'elle avait donné à Paris, à la salle Gaveau, en 1932. Après, elle s'était retirée. La carrière était trop fatigante pour sa santé fragile. Elle avait préféré se consacrer à ses élèves. Sur sa carte de visite, on pouvait lire, pianiste virtuose.

Lorsque Gorodish vit le dernier gamin s'asseoir au piano et attendre le silence, il fut tout de suite intéressé. Il jeta un coup d'œil sur la feuille ronéotypée qui annonçait le programme : *Kreisleriana* de Schumann. Le gamin devait avoir dans les douze ans. Dodu, un beau visage grave, des petites mains aux doigts courts et déjà musclés. Juste la patte qu'il fallait. Il attaqua. Pour la première fois Gorodish entendit le vrai son du piano. Le seul qui jouait en mesure. Nerveux juste ce qu'il fallait. Un brin de folie. Pas de doute, enfin un vrai talent.

Dans la première partie du premier mouvement, Gorodish attendit le fameux ré que les Grands mettaient volontiers à côté. Le gamin plaça un mi. Il avait déjà du métier, il en fit une appoggiature. Dans la deuxième partie du premier mouvement, il mit un peu trop de pédale dans le passage en si bémol. C'était tout de même superbe mais Gorodish était pour la perfection. S'il l'avait fait comme ça à cet âge, il aurait pris un coup de bâton.

Le deuxième mouvement manquait de legato et de contrôle de poids dans la note supérieure des octaves avec le quatrième et le cinquième doigt mais le contrepoint était si bien mis en valeur que Gorodish crut entendre un quatuor.

Applaudissements. Gorodish sentit une larme d'émotion couler de son œil gauche. Un sacré tempérament ce petit. Il cria bravo, Christine Oloff avait compris qu'elle avait affaire à un connaisseur, elle le gratifia d'un sourire.

Les Vampires occupaient toute la route. Les neuf motos ronronnaient dans la nuit. Filo était devant. Il poussait des cris comme un Apache qui suit une diligence. Ils arrivèrent au chemin, garèrent leurs machines en les dissimulant sous les arbres. Ils avancèrent à pied, passèrent le portail, évitèrent le chemin où le gravier crissait et se disséminèrent sur la pelouse taillée à ras. Ils entendirent la musique qui venait de la maison illuminée. Il y avait trois voitures dans la cour pavée éclairée par un projecteur dissimulé dans un saule pleureur.

Ils contournèrent la maison, se cachant derrière les arbres et les massifs de fleurs. Les portes-fenêtres du salon étaient ouvertes, elles donnaient sur une grande terrasse en dalles où une piscine illuminée faisait une profonde tache turquoise dans la nuit. Deux couples dansaient, le troisième, affalé dans des fauteuils de daim couleur miel buvait une coupe de champagne ; Freddy reconnut l'antiquaire, Luigi da Sallo, et le patron de la boutique de coiffure, François Puig, deux tantes notoires. On s'amusait bien. Da Sallo se faisait rouler un patin par l'un des travestos. C'était touchant. Vraiment dégueulasses ces mecs.

Freddy fit un signe, les Vampires se retirèrent dans le sous-bois et se demandèrent comme ils pourraient se mêler à la fête. Joséphine arriva du parc à voitures :

– Eh, les mecs, les travestos ont laissé les clefs sur leur carrosse. On pourrait leur rendre visite avec. Rien que les filles, histoire de les affoler un peu.

– Pas mal, dit Freddy. Nous on se fera le spectacle, faites quand même gaffe au téléphone, on sait jamais.

– L'Italo est peut-être armé, c'est le genre de mec à sortir un tromblon d'un tiroir.

– Je l'aurai à l'œil, dit Joséphine en sortant son rasoir, manche de nacre, lame de Solingen ouvragée, un cadeau de Filo.

Il n'avait pas encore servi. Un truc à couper une poutre d'un coup de poignet.

– Allez-y, dit Freddy. J'espère que la guinde entrera par la porte-fenêtre.

– Ça doit passer à vue de nez.

Joséphine et les cinq filles entrèrent dans le carrosse. Ça

sentait bon le cuir. Elles refermèrent les portes doucement. Avec la musique, ils n'entendraient rien. Joséphine la mit en marche. Elle passa la première, roula sur les pavés, sur le gazon. C'était plus silencieux qu'un vélo ce truc-là. Elle contourna la piscine, visa entre les deux volets. Elle pensait aux mecs, dehors, qui devaient déjà se gondoler de rire. À travers le pare-brise fumé, elle vit une expression de panique passer sur les visages des pédés. Elle donna un petit coup de champignon, ça passait juste. Elle renversa un guéridon Louis XV et la fragile porcelaine de Saxe qui s'y trouvait. La muse du médaillon vola en éclats. Puig cracha son Davidoff et poussa un cri au moment où la Jaguar s'immobilisa sur la moquette saumon. Les filles étaient déjà dehors avec des sourires gros comme le Titanic.

– Mais enfin, que signifie... émit Luigi da Sallo dans un sifflement.

– Écrase Pizza Queen, lui dit une fille.

Les travestos s'émurent :

– Mais enfin, c'est une agression...

– Vous auriez pu érafler notre toute belle...

– On garde ça pour le dessert, dit Lola, une brune incendiaire aux seins agressifs.

Puig fut le premier à reprendre son sang-froid :

– Mesdemoiselles, la plaisanterie était drôle, j'en veux convenir, prendrez-vous une coupe de champagne avec nous avant de vous retirer ?

– Du calme Miss en Plis, repose-toi sur ton fauteuil si tu ne veux pas qu'on te la coupe.

Da Sallo s'approchait lentement d'un vaste bureau. Comme un chat qui marche à reculons. Il sentit une brûlure à la joue et vit le dessin rouge et bleu de la lame de Solingen. Il s'arrêta net. Plus d'inspiration.

– Doucement les folles, on veut bien rigoler mais il faut vous montrer dociles...

Elles commencèrent à sentir leurs jambes flageoler un rien et jugèrent plus prudent de s'asseoir pour ne pas donner d'idée à ces tigresses. Da Sallo épongeait le sang qui perlait de sa joue avec un mouchoir de dentelle normande fait à la main. L'une des filles prit la bouteille de Veuve Cliquot et la versa lentement sur les cheveux crépés de l'une des folles. Elle en gloussa de plaisir, malgré la crainte.

– Il y a des limites à ne pas franchir, dit da Sallo dans un souffle d'indignation.

– Va tourner le disque au lieu de jaspiner grande truie !

Da Sallo s'exécuta.

Lola poussa du doigt une cafetière en Sèvres qui se brisa sur la moquette avec une grande discrétion. Silence.

Da Sallo allait s'asseoir lorsque Joséphine l'arrêta d'un regard.

– Va au milieu du salon mignonne. J'ai envie de te voir jouer les effeuilleuses.

Da Sallo rougit. Il se planta, droit comme un I au milieu de la pièce. Les filles attendaient. Filo ne put s'empêcher de rire. C'est alors que les pédés découvrirent dix visages qui les regardaient par les fenêtres. Ils comprirent à qui ils avaient affaire avant que les Vampires n'entrent dans le salon en faisant des révérences.

Jean-Louis Lombard était en train de finir la meringue à la crème Chantilly que sa femme lui avait préparée. Il était à la fois content et irrité. À vingt-six ans, il venait de finir un cours de détective et avait été agréé par ses confrères. Depuis trois mois qu'il s'était installé dans la ville, il n'avait eu que deux affaires peu importantes, malgré la publicité qu'il passait chaque semaine dans *L'Indépendant*. Au moment où il songeait à retourner à Paris travailler pour un confrère, la ville s'était mise à se réveiller. Un sale vent semblait souffler depuis quelques jours. Cet après-midi, il avait reçu sept clients et n'avait fini qu'à 9 h du soir. Sa femme avait été contrariée et avait fait brûler le soufflé au fromage. Maintenant, il était plus de 10 h 30 et le western qu'il attendait depuis qu'il avait acheté *Télé 7 jours*, *The Misfits*, de John Huston, avec Clark Gable et la superbe Marilyn venait de se terminer. Vraiment trop bête de l'avoir manqué. Enfin, il avait encaissé plus de 2 000 francs de provision dans la journée, il ne fallait pas se plaindre.

Ce qui l'éonnait, c'est que six clients soient venus le même jour pour une affaire de lettre anonyme. Visiblement ils avaient tous la trouille. Tous lui avaient demandé la plus grande discrétion.

Sa femme lui avait préparé un décaféiné. Il finit sa meringue en prenant le reste de crème avec son index. Il se leva, s'étira en grognant et s'installa dans un fauteuil de simili-cuir noir, alluma une Celtique gros module et se plongea dans un ouvrage volumineux : *La Psychologie de l'auteur de lettres anonymes*.

Le dernier travesti acheva de se dénuder sur le toit de la Jaguar. Les deux précédents avaient eu une crise de nerfs, il avait fallu les gifler. Les Vampires l'avaient fait avec un peu trop de zèle. Ils avaient cogné sec. Les filles s'en étaient donné à cœur joie. Ils étaient un peu sanguinolents mais encore en bon état. Il y eut un temps mort. Les six folles se demandaient visiblement si les choses allaient s'arrêter et où. Luigi da Sallo tremblait pour son Delacroix et pour ses deux de Staël. Il fallait en finir avant que la fille au rasoir ne se mette à les lacérer.

Il ne pouvait plus supporter de voir cet ignoble chevelu assis tranquillement sur son clavecin Neupert. Les pieds fragiles craquaient sous le poids de ce crétin.

– Je peux vous offrir de l'argent si vous partez, articula-t-il avec peine.

– Combien ? dit Freddy.

– Tout ce que j'ai dans mon coffre.

– C'est-à-dire ?

– 2 500 ou 3 000.

– Sors-les ! On verra bien.

Il prit une clé dans un secrétaire, fit glisser une gravure. Il y avait 2 850 francs. Freddy compta et empocha le fric. Un des cinglés tripotait une coupe Ming qu'il venait de saisir dans une vitrine. Da Sallo ne put articuler un mot. Elle traversa la pièce comme une soucoupe de tir au pigeon. Il se mit à sangloter.

– Ben quoi pépé, faut pas pleurer pour une tasse, y a même pas d'anse, c'est pas pratique pour boire le café.

Filo se mit au volant de la Jaguar, passa la première, il démarra sec et écrasa le secrétaire Louis XV signé. Il mit ensuite la marche arrière, sortit de la pièce en éraflant l'aile gauche. Il mit les phares et se livra à une série de glissades sur le gazon à la plus grande joie de ses copains. Il s'arrêta, ouvrit les fenêtres, et fonça vers la piscine au milieu des cris de joie. La Jaguar bascula gentiment dans l'eau turquoise. Elle flotta quelques secondes, Filo ne bougeait pas, immobile comme un bonze en méditation, le regard fixé loin devant lui. Il y eut des glouglous, la Jaguar coula, Filo se dégagea lorsqu'elle arriva au fond. Il avait dû prendre un bon bol d'air. Il sortit par l'échelle, le plus naturellement du monde. Deux des travestis étaient tombés dans les pommes. On les balança à l'eau, ils refirent surface assez vite.

– Allez, les mecs, on se tire, dit Freddy.

– Salut les folles, bonne soirée.

Tout à coup, il y eut un grand silence. Les Vampires disparaissaient dans la nuit. La pelouse restait nue. Quelques glouglous sortirent encore de la voiture immergée. Après plusieurs minutes d'hébètement, Puig commença à se rhabiller. Les autres l'imitèrent. Il siffla entre ses dents :

– Les ordures, j'aurai leur peau.

Puig prit sa voiture, il reconduisit ses quatre amis à Paris. L'un d'eux n'arrêta pas de sangloter. Puig se détendit plus vite, conduire lui faisait du bien. Il avait eu tout le temps d'examiner les gueules de ces ordures, il ne tarderait pas de s'en occuper. Le voyage ne fut qu'une longue lamentation.

Luigi da Sallo ouvrit l'armoire de son cabinet de toilette. Il savait que François rentrait à l'aube. Il était content d'être seul. Comment supporter la vue de ceux avec lesquels on a connu l'humiliation. Il prit trois cachets de mépronizine pour trouver plus vite le sommeil. Il revint au salon, contempla l'horrible gâchis d'un œil de noyé. Il ouvrit une armoire dans laquelle se trouvait sa chaîne stéréophonique Fisher, la brancha, prit dans les disques un enregistrement de Madrigaux et de chansons de Monteverdi. Il écouta le « Lamento della Ninfa » effondré dans son fauteuil. Pour se calmer, il alluma un Davidoff.

Comment aurait-il pu deviner qu'un homme que la lueur de la piscine découpait en contre-jour visait le centre de son front large et limpide avec une carabine Remington à répétition. Le canon cuivré s'immobilisa. La balle pénétra juste au-dessus de son sourcil gauche. Le corps glissa comme une marionnette dont on coupe les fils. Le cigare fumait toujours entre les lèvres de l'antiquaire.

Lorsque François Puig voulut entrer par la véranda, il entendit le saphir du pick-up tourner dans le dernier sillon.

5

Le préposé aux cloches mettait le paquet. C'était dimanche de la Pentecôte, 10 heures. Il y avait trois églises mais Saint-Just, c'était l'Église. Celle du gratin et des gens bien nés. Depuis un quart d'heure, les caisses rutilantes se garaient dans le parking spécial réservé aux fidèles. Un bel échantillon de ce qu'il y avait de mieux, Citröen-Maserati, DS Palace, Rover, BMW 3000, Mercedes de tout poil sans oublier quelques superbes américaines. On n'allait pas à la messe à pied.

Devant la bâtisse, un pur exotico-baroque 1920, ce n'étaient que sourires entendus de gens qui se reconnaissaient comme étant de la même couvée, celle qui était sous la lampe infra rouge 24 heures sur 24, comme à R.T.L. On parlait de faire le Kenya et son safari sauvage, de découvrir les charmes voilés de l'Orient ou d'aller passer ses vacances dans l'Antarctique. C'était le dernier truc. Quinze jours dans une baraque surchauffée avec de vrais esquimaux gervais. Le pied quoi.

Les extravagances vestimentaires étaient limitées chez les hommes. On était plutôt pour une certaine sobriété campagnarde quand ce n'était pas carrément l'équipement complet du parfait chasseur. Du côté des femmes, ça folâtrait dur. Quelques grandes asperges de jeunes filles aux intonations flûtées comme des rossignols en folie adoptaient la classique tenue d'équitation.

On commençait à entrer pour trouver une bonne place. Ça n'allait pas tarder. Le curé regarda par l'œilleton vissé dans la porte de chêne, le public était installé. D'un geste, il ordonna à l'un des deux gamins qui servaient de baisser une manette qui fit gicler la lumière des projos sur l'autel. Léon de Bonnefeuilles avait un certain sens du théâtre et avec la concurrence de la Piste aux Étoiles, il s'agissait de se mettre au parfum. C'était comme pour l'encensoir, il tenait à le garder et à le faire fonctionner. Il savait que sa silhouette, noyée dans les brumes shakespeariennes de l'encens, prenait sous les projecteurs une valeur dramatique qui serait aujourd'hui rehaussée par son costume rouge et les trémolos profonds de son organe de contralto.

Il ouvrit la porte et poussa les mômes en avant. Il les choisissait petits pour que l'attention des masses éduquées se porte sur lui. Silence. Il marchait vers l'autel. Il savait qu'il avait une sacrée présence. On aurait entendu voler un ange. Certains jours, il ne tenait pas la grande forme, mais aujourd'hui, ça allait marcher sur des roulettes. D'autant plus qu'il avait préparé un sermon choc pour inaugurer son nouvel ampli japonais qui crachait dur dans les enceintes allemandes haute fidélité. Il s'était rajouté un poil d'aigu pour que ça vrille mieux les chairs des pécheurs.

Ses fidèles admiratrices, *l'Union des Femmes pour la Sauvegarde de la Moralité*, étaient groupées dans les deux premiers rangs. Il les avait sélectionnées lui-même. Trente-deux femmes du meilleur des mondes. Et après la messe, ce sera le pique-nique annuel dans la forêt. Il fallait qu'il les émeuve. Il avait toujours eu envie de rétablir l'usage des applaudissements. Les concerts donnés dans l'église l'ulcéraient. Il en aurait bien voulu aussi. C'était humain.

Arrivé devant l'autel, il commença tout de suite. Un train d'enfer. Le rythme c'était quelque chose. Il aurait pu ouvrir un cours d'interprétation pour jeunes prêtres. Lui, c'était l'Orson Welles du Sacré. Citizen Kane, il connaissait un peu. Sa lecture des Actes des Apôtres (2,1-11) il la cisela comme Horowitz le faisait avec une sonate de Scarlatti. C'était fabuleux !

Après ce départ en flèche, pour mieux amener l'intensité dramatique du sermon, il fit l'évangile sans le moindre vibrato, plat et linéaire, soutenu et cantabile. Sans presser, soumis au rythme implacable de saint Jean.

Le sermon dura 7 minutes 35 secondes. Autour du thème « La violence et la drogue » il avait construit une mélopée envoûtante et sauvage qui dès la troisième minute tira les larmes à 1527 spectateurs-fidèles. Un record.

Mais le moment d'extase pour lui, c'était l'Offertoire et la Communion. Il ouvrit sa boîte d'argent, tira le capuchon de l'encensoir sur les chaînettes et versa avec une petite cuillère un fin mélange (2/3 d'encens pour 1/3 de Black-Bombay) sur la pastille autocombustible. Ses bronches devinrent lumineuses comme des coraux du Pacifique, le feu de Dieu s'écoulait en lui et les enfants de chœur commencèrent à vaciller. Les fidèles des premiers rangs connaissaient doucement l'extase dont ils attribuaient la venue aux charmes magiques du représentant de Dieu.

Les femmes de l'U.F.S.M. souriaient comme des archanges tout entières dans leurs fantasmes libérés par la vapeur divine. Lorsqu'elles s'approchèrent de l'autel pour communier, elles connurent l'extase dominicale.

Léon de Bonnefeuilles plantait les hosties dans les bouches ouvertes avec la fougue, l'allure et la précision d'un matador. Alba, vêtue d'une longue robe blanche, était plus céleste que jamais, elle respirait les nuages odorants de fumées et ses yeux bleus devenaient limpides et brillants comme une source. Elle attendit, sans jamais s'agenouiller lorsqu'une place se présentait, elle voulait rester le plus longtemps possible. Elle posa un regard impénétrable et vierge sur le fantoche. Le Black-Bombay elle connaissait pour en avoir tiré quelques joints au lycée mais ce qu'il ne connaissait pas, lui, c'était ce qu'elle avait préparé pour le pique-nique.

La lame vibra dans le tronc de l'arbre comme une flèche de Cheyenne. Le gamin commençait à savoir s'y prendre. Au moins aussi doué pour le lancer de couteau que pour la musique. Gorodish avait invité le petit pianiste de l'audition avec une dizaine d'autres gamins pour passer la journée de dimanche dans la forêt. Il avait été les cueillir sur la place de la mairie, à 11 heures, après avoir fait le plein de victuailles pour nourrir ce petit monde.

Ils étaient tous autour de Gorodish. Il montrait comment tenir la lame, comment ouvrir la main. Gorodish jetait le couteau avec une si grande énergie qu'il dut aller le déplanter lui-même.

– Ça te dirait de te présenter au conservatoire de Paris, en octobre ?

– J'aimerais bien. Mes parents avaient pensé me faire travailler avec l'un des professeurs pour préparer le concours mais les leçons sont trop chères pour eux. Ils préfèrent que je continue avec Mme Oloff.

– Je m'en occuperai mon gars, à condition que tu travailles

dur. J'irai voir tes parents pour arranger ça. Tu dois prendre une leçon par semaine pendant tout l'été.

Il en entrait partout, ils se pressaient autour de la table sur laquelle Gorodish découpait les poulets qu'il avait achetés chez le traiteur. On piochait dans la moutarde, les cornichons et les grosses tranches de pain beurré.

Ils voulaient tous venir habiter dans la forêt avec lui. Il fit un feu de cheminée et ouvrit les cartons d'éclairs au café et au chocolat. Qu'est-ce que ça pouvait dévorer à cet âge. Il était sûr que ce gamin avait un grand talent. Peut-être réussirait-il à faire ce que lui-même avait raté. La musique, elle lui resterait toujours vissée au fond des entrailles.

Il était heureux depuis qu'il avait acheté ce vieux piano. Les feutres étaient bouffés, le bois vermoulu, mais il marchait quand même.

Il s'assit et commença le Concerto Italien. Les gamins en oublièrent les éclairs.

En plein deuxième mouvement, dans un silence religieux, il pensa tout à coup à son ange mystérieux. Maintenant, il l'appelait A. C'était plus mystérieux. Est-ce qu'elle aimait la musique ?

Jean-Louis Lombard progressait lentement mais sûrement. C'est en tout cas ce qu'il disait à ses clients qui commençaient à s'inquiéter. Comment pouvait-il progresser sans avoir entre les mains l'une de ces fameuses lettres anonymes ?

Le commissaire Leblond le fit asseoir.

– Alors, cher confrère, toujours en panne.

Toujours. Pas moyen d'y voir clair.

– J'aimerais mieux être à votre place qu'à la mienne. Moi je deviens fou. Ça n'arrête pas, jour et nuit. C'est pas d'aujourd'hui que je suis commissaire. Quelle mouche a piqué tous ces gens ? Quant à Bonneau, le juge, il ne sait plus où donner de la tête. C'est incompréhensible. Il me faudrait dix fois plus d'effectifs. Tout le monde a la trouille. À partir de dix heures du soir, il n'y a plus un chat dans la rue. Heureusement d'ailleurs. Je commence à avoir peur de répondre au téléphone. Jusqu'où va aller cette vague de folie ? Les gens disent que c'est la chaleur. L'année la plus chaude depuis 1927 à ce qu'on dit. Enfin, espérons que le cirque va calmer les esprits. Vous pensez y aller ?

– J'ai autre chose à faire.
– De très beaux animaux d'après l'article de Plassin.

Boulou, le clown, était au volant de la vieille Cadillac bariolée et sillonnait la ville. Á côté de lui, Saga, la trapéziste, diffusait de la musique dans les haut-parleurs placés sur le toit et appelait les populations à venir nombreuses pour acclamer les artistes de l'un des plus prestigieux cirques de France.

Pendant ce temps-là, des gamins visitaient la ménagerie, admiraient les roulottes rouges et vertes ainsi que le chapiteau dressé à l'entrée de la ville sur un grand terrain vague. Un éléphant balançait sa trompe avec ardeur, un lama du Pérou regardait les visiteurs d'un air hautain. Depuis la veille, les gamins de la ville ne dormaient plus. C'était la fête annuelle. Il y avait aussi des fauves terrifiants, des singes, des chevaux.

Chico, 145 kilos de muscles, une gueule taillée au bazooka, la cervelle d'un moustique et l'oreille gauche ouvragée comme une nappe au crochet avait mal supporté vingt ans de combats dans les endroits les plus minables d'Europe, ceux où il fallait du sang, il avait commencé par la boxe et fini par le catch. Il travaillait dans le cirque depuis sept ans. Il crachait du feu, cassait des chaînes, soulevait des poids et brisait des planches d'un coup de poing. Pour monter le chapiteau, il remplaçait une grue. Un type utile.

Il était assis sur une énorme chaise en osier fabriquée spécialement pour lui et qui gémissait chaque fois qu'une mouche faisait tressaillir un muscle de son corps. Ses petits yeux inexpressifs et enfoncés étaient rivés sur la page des faits divers de *L'Indépendant*. Il émit un râle qui fit comprendre à Fanfan, un garçon de piste de soixante-huit ans, enfermé dans un corset de fer depuis qu'il était tombé d'un trapèze il y a une quarantaine d'années, qu'il voulait exprimer quelque chose. Ils partageaient cette roulotte depuis cinq ans.

– Vas-y, Chico, dis-je. Allez, j'écoute...
– Dans c'te ville, articula Chico en s'y reprenant plusieurs fois, ils sont tous dingues. Jette un coup d'œil là-dessus.

Les trente-deux femelles assoiffées de vertu et de moralité débouchèrent dans une charmante clairière, accueillies par les gazouillis de charmants petits oiseaux. Quelle idée merveilleuse, ce pique-nique. M. le curé, entouré et choyé, tenait Alba par la main. Bien qu'elle ne soit pas d'une famille particulièrement recommandable, ces dames s'étaient amourachées de cette jeune fille si délicieuse, si pure et si belle. Alba était en quelque sorte leur image de marque. M. le curé lui-même reconnaissait à la jeune fille une remarquable intelligence.

– Peut-être pourrions-nous nous arrêter dans ce bel endroit et goûter cette délicieuse journée que Dieu dans sa bonté a bien voulu nous accorder...

Un concert de piaillements et de petits cris hystériques accueillit les propos du brave homme dont l'esprit était encore embué par les saintes vapeurs.

On mit une couverture sur l'herbe et le prélat s'installa au milieu de ses admiratrices.

– Votre sermon, mon Père, m'a transportée dans les plus hautes sphères. Quelle langue, quelle maîtrise de l'art oratoire, quelle passion dans vos propos concis et brûlants comme les feux de l'enfer. Vous feriez rage à Notre-Dame.

– En effet, c'était absolument merveilleux et vous citez le grec avec un naturel qui nous confond, vous devez maîtriser cette langue comme si Marie elle-même l'avait déposée dans votre berceau. Il est vrai que les de Bonnefeuilles sont tous des érudits.

Le prélat buvait le baume que ces femmes merveilleuses versaient sur son âme. Il avait vu, pendant son sermon, les mouchoirs de dentelle éponger discrètement les larmes que ses mots arrachaient. Il savait faire monter les pleurs du tréfonds de la sensibilité féminine, les fixer, incertains, au bord de la paupière, avant de les faire glisser sur les joues délicatement poudrées. Il ne connaissait pas de plus profonde satisfaction.

Alba semblait absente, elle était assise dans l'herbe, un peu à l'écart.

– Regardez-là, dit une femme à sa voisine, on dirait un Renoir. Quel charme, quelle délicatesse, quelle beauté. Cette robe blanche lui va si bien.

Des petits groupes se formaient peu à peu, des paniers on sortit des sandwiches de pain de seigle, saumon fumé, jambon cru, dinde, ou beurre aux herbes fines spécialement préparés par ces dames.

Le prélat se voyait offrir sur des serviettes damassées d'exquis petits fours dont la tiédeur s'harmonisait à merveille avec la coupe de champagne qu'on lui servit. Il était fier de ses paroissiennes et regrettait souvent de ne pas multiplier au cours de l'année les occasions de telles sorties. À l'abri du feuillage, assis à la lisière de la forêt, on se gavait avec raffinement. L'une des dames poussa l'audace jusqu'à essuyer elle-même la main gauche du prélat qu'une tranche de tomate venait de souiller en tombant. Il s'abandonna, comme un évêque auquel on baise l'améthyste.

Après que chacun eut bien bu et bien mangé, deux jeunes gens apportèrent, comme par enchantement, deux tonnelets de camping qui contenaient le thé que Monsieur le curé avait préparé avec l'aide d'Alba, le matin même. Ce thé, il faisait partie de sa légende, de son personnage et chacune de ses admiratrices savait qu'il en était un grand amateur.

Pour cette circonstance, il avait choisi un mélange de thé de Darjeeling et d'Earl Grey, rehaussé par une pointe de sucre et quelques citrons verts qui avaient macéré dans le liquide précieux.

Il tenait à le servir lui-même dans les gobelets et les timbales d'argent de ces dames. C'était sa contribution personnelle au repas champêtre. Alba jeta un regard discret sur sa Bulowa-Acutron. Les trente doses de L.S.D. qu'elle avait volées à un petit fourgueur du lycée n'allaient pas tarder à faire leur effet. Elle les avait fait fondre dans le liquide brûlant pendant que le curé découpait les citrons en rondelles.

Les têtes commencèrent à dodeliner, les pupilles devenaient grosses comme des grains de raisin. Plusieurs femmes s'épongèrent discrètement le front. Serait-ce le champagne qui tournait si délicieusement la tête ? Le curé commença à glousser pour une raison métaphysique connue de lui seul, en quelques secondes, ce fut un fou rire généralisé.

Une femme tenait un brin d'herbe dans sa main et murmurait d'une voix chaude et sensuelle :

– Que c'est beau, que c'est beau...

Une autre se mit à ramper dans l'herbe, son corps se trémoussait, elle avançait comme un serpent, en sifflant.

Le curé eut tout d'un coup l'impression qu'il avait dû forcer la dose de Black-Bombay. Il sentait que ses yeux essayaient de sortir de sa tête. Des fourmillements s'emparaient de son corps tout entier.

– Nous devrions nous tenir plus correctement, articula l'une des femmes qui tentait de se ressaisir.

Alba n'avait pas pris de thé. Elle mimait une douce folie en se promenant parmi ces dames. L'une d'elles se mit torse nu pour mieux apprécier la délicatesse du vent. Elle avança à quatre pattes vers le curé, se leva et lui tendit la main. Le curé se leva, l'air très sérieux. Ils dansèrent quelques pas d'un tango fantôme avant de jouer aux avions.

Il y avait une drôle d'ambiance. Une ancienne protestante convertie se mit à chanter un cantique. Trois folles jouaient à saute-mouton, une autre s'amusait à découper la robe de sa voisine avec un couteau de cuisine. Elle sectionna l'attache de la taille, trancha le dos du chemisier, la brctelle du soutien-gorge et le slip. L'autre, hagarde, se laissait faire avec un sourire béat. Alba l'aida à se lever et fit tomber les vêtements, l'autre lui caressait les seins.

Le curé était tombé sur un panier de sandwiches et s'empiffrait avec bonheur. Il en mangea trente-cinq et fut pris d'un hoquet sauvage. Lorsqu'il vit la femme nue, à quelques pas de lui, il prit un panier, s'approcha d'elle, la coucha dans l'herbe et commença à la couvrir consciencieusement de moitié de petits pains de mie à l'intérieur beurré. Une femme tomba d'un arbre sur lequel elle était montée et ne bougea plus. Celles qui jouaient à saute-mouton commençèrent à se battre comme des furies, se lacérant le visage à coups d'ongles. Alba s'approcha d'une mémère qu'elle ne pouvait pas voir en peinture et lui décocha un furieux coup de pied dans le ventre alors qu'elle récitait des litanies incompréhensibles.

Une petite boulotte disait un poème de Mao Tsé-toung comme un automate :

Rouge, orangé, jaune,
Vert, bleu, indigo, violet
Qui danse au ciel et fait tournoyer ces rubans irisés ?
Après la pluie, le soleil reparaît à l'horizon.
Peu à peu, cols et montagnes virent au bleu.

Alba sortit son Instamatic Kodak de son panier et fit trois chargeurs de photos, scènes pittoresques et touchantes d'un déjeuner sur l'herbe qui resterait dans la mémoire de chaque participante.

À la tombée de la nuit, des silhouettes hagardes se faufilèrent entre les arbres de la forêt et tentèrent de rentrer chez elles. Seul le curé dormit sur place jusqu'au matin.

Alba n'avait pas attendu la fin des réjouissances. C'était trop lamentable. Elle était rentrée chez elle, certaine que personne ne parlerait jamais du pique-nique dominical.

À six heures, plus à l'aise dans ses jeans et sa tunique indienne, elle prit un billet à la roulotte du cirque où les gens faisaient la queue. La deuxième représentation allait commencer dans quelques minutes.

Ça sentait la sciure et les animaux. Elle était assise. Les musiciens commençèrent à jouer cette musique qui la faisait pleurer. Un homme en chapeau haut de forme et redingote noire s'avança éclairé par deux projecteurs bleus qui découpaient sa silhouette dans des ellipses de lumières.

Gorodish était au milieu des enfants qu'il avait invités au cirque pour finir la journée. Ils croquaient des bâtons de nougat qu'il venait d'acheter à une jeune fille qui passait avec un panier.

Après un numéro de dressage de chevaux blancs, il y eut un jongleur qui s'entourait comme un paon d'anneaux recouverts de paillettes qui scintillaient sous l'éclat des projecteurs. Alba admirait la rapidité des mouvements des mains alors que tout semblait évoluer si lentement. Elle était fascinée par les cercles lumineux qui bougeaient dans la nuit. Lorsque les lumières du cirque se rallumèrent, elle vit Gorodish, face à elle, de l'autre côté de la piste. Il parlait avec une jeune fille du lycée. Les lèvres d'Alba commençèrent à trembler, elle pâlit et pour la première fois, elle ressentit dans son ventre une étrange douleur. Celui pour lequel, toutes les nuits, elle inventait une étrange cérémonie au cours de laquelle son esprit s'échappait dans des sphères inconnues, était là, inconscient de sa présence et de sa beauté au point de parler à une autre femme. Elle aurait voulu le jeter dans la cage d'un lion et le contempler pendant qu'il se serait fait dévorer, morceau par morceau.

L'obscurité revint. Les acrobates montaient aux trapèzes. Elle essaya de retrouver le visage de Gorodish dans la pénombre mais elle ne le voyait plus. La musique s'arrêta, le tambour roula et les corps des trapézistes volèrent harmonieusement. Leurs costumes jetaient mille feux, Alba regardait ces formes humaines passer dans un espace indéterminé qu'elle appelait le ciel. Elle ne sentait plus son corps, son esprit semblait s'être figé dans l'espace où la lumière bougeait.

Le Mage du Cachemire marchait lentement vers le centre du cirque. Vêtu d'une tunique d'un rouge éclatant et d'un turban turquoise sur lequel luisait un diamant, il tenait les bras en croix et avançait comme sur un tapis volant. Les mouvements de sa marche étaient imperceptibles. La musique indienne donnait à sa démarche une allure magique qui fascinait Alba. L'orchestre se tut. Après un long silence une voix diffusée par les haut-parleurs emplit le cirque :

« Mesdames et Messieurs, le grand Mage du Cachemire a rapporté d'une mystérieuse région de l'Inde, les plus grands secrets de la magie pour que vous en soyez les témoins.

Cet homme aux pouvoirs illimités n'est pas un illusionniste et pour vous prouver que son secret n'a rien d'un truquage, il exécutera devant vous son fabuleux numéro avec celle d'entre vous qui voudra bien venir lui prêter son concours... Y a-t-il une jeune fille qui veuille bien venir... »

Alba se leva. Dès qu'elle eut fait quelques pas, un halo de lumière s'empara de son corps. Un projecteur blanc-bleu la suivait alors qu'elle descendait vers le Mage immobile.

Elle marchait dans la sciure puis sur le tapis rouge au centre duquel se trouvait le Mage. Elle s'arrêta à un mètre de lui et demeura immobile, fluide, prête à tout pour brûler à travers cette présence magique le corps et l'âme de Gorodish. Elle vit les mains brunes et osseuses du Mage approcher de son visage. Il la prit par le tempes. Elle sentit une chaleur lente qui s'insinuait dans son crâne comme un fleuve de lave. Les yeux noirs du Mage semblaient l'absorber tout entière. Le silence était partout. Bientôt, elle ne sentit plus rien d'autre que cette immense chaleur qui atteignait ses mains et ses pieds après avoir irrigué la totalité de son corps.

Le Mage la lâcha, il fit quelques pas en arrière. Elle était immobile, comme figée sous les feux des projecteurs. Il s'approcha de nouveau et d'un mouvement imperceptible, il la fit basculer dans ses bras. Il la tenait maintenant contre lui. Sa longue chevelure blonde pendait vers le sol, découvrant ses tempes délicates et son cou, limpide et clair comme la chair d'un lotus.

Peu à peu le Mage tendit les bras qui soutenaient Alba, droit dans la lumière, comme une morte. Il ferma les yeux et demeura plusieurs minutes sans que le poids du corps lui demande le moindre effort.

Il se mit à reculer imperceptiblement. Le corps d'Alba ne fut bientôt soutenu que par ses mains.

Après une nouvelle période de concentration et un roulement de tambour très doux, ses mains se détachèrent du corps d'Alba qui flottait dans l'air. Il recula encore. Il baissa les mains le long de sa tunique rouge et s'inclina légèrement en avant dans le fracas des applaudissements. La lumière s'éteignit.

Alba sentit une décharge électrique traverser son corps. Elle était sur ses pieds, dans l'obscurité, ses jambes tremblaient un peu. Elle sentit les mains fortes du Mage qui la tenaient par les épaules et sa voix mélodieuse qui lui disait :

– Ne bougez pas, revenez lentement dans votre corps, respirez profondément...

Lorsque la lumière revint, elle eut conscience du fracas des applaudissements qui n'avaient pas cessé.

– Venez, sortez avec moi, il faut attendre encore un moment avant de regagner votre place. Elle marcha avec le Mage vers le grand dais décoré de franges dorées. Le rideau se referma, il la fit asseoir sur une chaise. Il retourna saluer le public. Elle vit deux jeunes garçons qui manœuvraient avec des cordes l'ouverture du lourd rideau rouge qui s'était ouvert devant eux comme la grotte d'Ali-Baba.

Trois écuyères passèrent au galop. Il était là.

Gorodish se frayait un passage vers le rideau qui venait de laisser passer les chevaux. Il lui restait encore quelques dizaines de mètres à parcourir.

Le Mage souriait gentiment à Alba.

– Je préfère rentrer chez moi, dit-elle.

Il la fit sortir.

Elle se trouvait seule. Le bruit du cirque paraissait lointain. Tout près d'elle, le rugissement d'un lion la fit tressaillir. Les cages roulantes avaient été amenées près d'un tunnel grillagé qui entrait sous la grande tente. Elle tira machinalement un verrou, la porte grillagée s'ouvrit, elle s'enfuit. Après trente mètres, elle s'arrêta et se retourna, le fauve sortait tranquillement de sa cage.

Après avoir regardé quelques êtres humains avec indifférence, le lion rencontra Gorodish, ils s'arrêtèrent l'un en face de l'autre :

– Je vois qu'Alba est pour la libération des innocents.

– Si le roi de la jungle n'a plus le droit de se promener, quelque chose ne va plus dans le royaume de Shakespeare...

– Rentre dans ta cage...

– Tu te prends pour Tarzan ? demanda le lion.

– Non, pour Superman...

– Dans ce cas, dit le lion, je retourne dans ma prison. J'attendrai une prochaine vie.

6

Gorodish fut réveillé à l'aube par le chant des oiseaux qui montait de la forêt tout entière. Après avoir vu trois personnes dévorées sous ses yeux par le lion et cherché en vain aux alentours des baraques du cirque, il était rentré et s'était couché. Son sommeil avait été entrecoupé de visions fulgurantes et célestes où les corps déchiquetés par le fauve se mêlaient à la vision du corps limpide et pur d'Alba qui flottait dans l'espace. Il la sentit, chaude et frémissante contre son corps, il voyait encore sa bouche humide entrouverte, ses seins, son ventre limpide dans la nuit. Dès son réveil, l'idée de perdre A si vite, de ne plus voir ce corps céleste qui lui avait appartenu, le fit souffrir dans toute sa chair. Il essaya de retrouver la somnolence qui le reliait au corps de A mais il avait l'impression qu'un projecteur éclairait l'intérieur de son crâne, faisant s'évanouir toutes les zones d'ombre dans lesquelles le rêve se cachait.

Il ouvrit les volets de la cabane. La forêt baignait dans une lumière laiteuse, les feuilles encore humides de rosée brillaient étrangement. Avec une poignée de brindilles jetées sur des braises, il ranima le feu de la petite cuisinière à bois. Il mit trois bûchettes qui crépitèrent. Les mains tendues vers le feu, il se réchauffait. Bientôt l'eau se mit à chanter dans la grosse bouilloire cabossée. Il se fit une tasse de thé bien fort, ajouta trois sucres et du lait et finit un morceau de poulet qui restait du pique-nique.

La plupart des élèves rêvassaient en regardant par les baies vitrées le grand chêne de la cour dont le feuillage frémissait sous le vent. Quelques grosses têtes s'effilochaient la matière grise sur le problème d'algèbre et noircissaient du papier avec zèle. La plupart des autres feuilles ne contenaient que l'exposé du problème, l'année touchait à sa fin et l'on pensait surtout aux vacances.

Jeanne Leluc, trente-deux ans, professeur d'algèbre au lycée depuis sept ans, commençait elle aussi à être gagnée par l'atmosphère de torpeur qui envahissait la classe. Elle mit ses lunettes, contracta la bouche, fronça les sourcils et balada son regard chaud comme une racine carrée sur les rêveurs qui firent mine de se remettre à l'ouvrage.

– Geneviève, voulez-vous fermer la fenêtre, je vous prie.

Une grande feignasse constellée de taches de rousseur se leva comme une girafe et s'approcha de la fenêtre en traînant la savate. Ce que les jeunes peuvent être mollachus de nos jours, pensa Jeanne Leluc.

– Quelqu'un a-t-il terminé, demanda-t-elle d'une voix qui crissait comme une scie électrique.

Silence. Mouvements de têtes négatifs.

Elle comprit qu'il ne se passerait rien avant que la cloche ne sonne 10 heures si elle n'agissait pas.

Elle s'adressa à son favori, un adolescent au regard perdu que seuls les chiffres semblaient émouvoir.

– Roger, avez-vous bientôt terminé ?

Il sentit qu'elle allait l'appeler au tableau noir pour terminer devant tout le monde. Il rougit, avala sa salive deux fois. Une voix monotone comme le battement d'une pendule suisse sortit de son gosier :

– Presque, Madame.

– Venez au tableau et terminez donc devant vos camarades.

Roger se leva, traversa la salle de classe et monta sur l'estrade en s'accrochant un pied. Il chaussait du 43 et tombait tout le temps. L'équilibre, il ne connaissait pas.

Trois minutes plus tard, il se retourna vers Jeanne Leluc, le regard implorant. Il était mauve.

– Quelqu'un a-t-il été plus loin ?

Il fut rassuré par le silence de plomb qui accueillit la question du prof. Il était toujours le plus fort. Il retrouva son teint naturel blanc-jaune.

Elle se leva, tendit une main énergique vers la craie que l'émule d'Einstein lui remit avec émotion. Le tableau s'illumina de chiffres.

Soudain, un sifflement déchira l'air. Le poignard se ficha dans le cadre de bois, à quinze centimètres de l'oreille gauche de Jeanne Leluc. La lame vibrait encore lorsqu'elle tomba dans les pommes.

Le conducteur de la grue tira un levier de fer et la Jaguar émergea lentement des flots. André Puig regarda le véhicule décrire une courbe dans l'espace et se poser sur le gazon comme un hélicoptère. On accrocha le véhicule par l'avant à une dépanneuse et tout le monde s'en alla. Puig se retrouva seul. Il était maintenant chez lui. Son ami da Sallo lui avait tout laissé, excepté une somme d'argent liquide dont il avait fait don à une clinique italienne pour jeunes aveugles.

Puig entra dans le salon et s'affala sur un fauteuil. Les visages de Filo et José s'étaient gravés dans son esprit et le hantaient jour et nuit. La police était complètement submergée par les événements et l'enquête commençait à peine. Le commissaire était un crétin, il l'avait jugé tout de suite. Il appela la bonne et lui demanda de préparer les coupes de champagne.

Une DS 21 entra dans la propriété, roula sur le gravier et s'arrêta dans la cour. Puig sortit par la véranda et marcha à la rencontre de ses invités. Trois types à l'air mauvais marchaient sur la pelouse. Son ami Simonetti, un trafiquant d'héroïne qui était le plus gros fournisseur des États-Unis, ne s'était pas moqué de lui. Il faut dire qu'il avait mis le prix.

Le premier type tendit la main et se présenta : Franco Mutti. Maigre, le visage traversé par une balafre rose qui se détachait sur sa peau bronzée. Cheveux noirs gominés, un air à la Rudolph Valentino. Sapé comme un prince. Le chef.

Les deux autres n'avaient pas l'air d'avoir inventé l'eau

tiède mais ils donnaient l'impression qu'on aurait pu leur attaquer la couenne au marteau-piqueur sans les déranger. Deux montagnes d'acier.

Ils s'installèrent dans le salon. Puig fit sauter le bouchon de la bouteille de Veuve Cliquot. Franco Mutti apprécia cette boisson raffinée avant de se mettre à l'ouvrage. Les deux autres auraient préféré un Coca ou une bière.

Le jet d'eau du grand bassin, détourné par le vent, mouillait le chemin où passaient les flâneurs de la ville. Alba resta quelques secondes sous l'eau fraîche, elle sentit les gouttes ruisseler sur son visage et vit un arc-en-ciel qui se formait. Elle se mit à courir. Sa jupe très courte volait autour de ses jambes lisses et douces comme des pétales de rose. Un vieillard assis sur un banc la regarda passer. C'est à peine s'il eut le temps de graver dans son esprit l'image fugitive de cet être céleste. Alba s'arrêta. Elle était à bout de souffle et son chemisier rouge, mouillé par l'eau, collait à son torse et laissait entrevoir ses seins qui palpitaient. Elle passa ses mains dans ses longs cheveux blonds qu'elle repoussa en arrière.

À dix mètres d'elle, un homme filmait sa femme qui marchait devant le bassin. Tout à coup, elle vit, sur le banc, un sac à main et un appareil de photo. Elle jeta un regard rapide vers le vieux. Il était reparti dans ses rêveries. La femme était de trois quarts et ne la voyait pas, l'homme avait l'œil rivé à sa caméra. Alba passa devant le banc et sans même ralentir, elle glissa une main dans la courroie de l'appareil de photo qu'elle tira vers elle d'un geste rapide. Elle continua sans se retourner, toujours à la même allure, l'appareil collé contre son ventre. Dès qu'un arbre la cacha, elle se mit à courir. Elle n'entendit rien. L'homme devait encore filmer. Elle s'arrêta près d'une caisse à papier, l'ouvrit et trouva ce qu'il lui fallait : un journal et un sac en papier. Elle entoura l'appareil dont l'objectif de 200 mm pointait dangereusement et le dissimula dans le sac. Elle quitta le jardin public sans se presser.

Elle monta directement dans sa chambre et sortit l'appareil. C'était un Pentax ES II avec un objectif Takumar. Elle enleva l'étui de cuir et caressa le boîtier. Elle aimait le poids et l'œil de l'objectif qui la regardait. C'était exactement ce qu'il lui fallait pour prendre des photos de Gorodish. Elle avait un copain au lycée, un vrai dingue de photo, qui lui avait appris à se servir d'un 24 × 36. Il avait même un labo où elle avait avec lui tiré quelques photos. Un type qui aurait fait n'importe quoi pour un baiser.

Filo sortit du Drugstore où il venait de s'offrir un sandwich club et une bière. Il alluma une Bastos avant de faire démarrer sa machine et de l'enfourcher. Le serveur lui avait fait un sale œil. Un trouillard. Il regarda sa montre, il était déjà 9 heures, il faisait presque nuit. Le grand coup, c'était pour ce soir. En attendant, il avait rendez-vous avec Joséphine, il fallait qu'il se grouille, il était déjà en retard. Deux nanas le regardaient avec admiration. Un peu jeunes pour lui. Il donna deux ou trois flambées au moteur, se passa la main dans les cheveux, débraya et passa la première. Il démarra tout doucement, les départs en flèche c'était bon pour les mecs qui jouaient les durs en mobylettes gonflées. On fait pas ça avec une machine froide.

La DS noire démarra lentement. Devant, il y avait le gros phare rouge de la Norton.

– Du gâteau, dit l'une des montagnes.

– Ouais, répliqua l'autre, je m'demande pourquoi y font appel à des professionnels pour c'te roulure.

– Gardez votre salive, dit Franco Mutti. D'après ce que je sais ce gars se défend pas mal avec un rasoir. Tâchez seulement de ne pas y laisser de viande.

Mimi, le plus gros, émit un grognement sourd en signe de doute. Mimi, c'était le diminutif de Mirage 4, un surnom qu'on lui avait donné à cause de sa rapidité fulgurante. Un gars qui ne s'était encore jamais fait recoudre. Tout ce qu'il avait ramassé, c'était un pruneau de 30 mm dans la cuisse gauche. Il plongea ses mains dodues comme des carpes dans les poches de sa veste et sur ses paumes ouvertes, il contempla d'un air béat ses instruments de travail. Deux rasoirs aux manches nacrés qu'il tenait de son grand-père. De vraies pièces de musée. Avec ça, il pouvait couper une âme en deux dans le sens de la longueur.

Bébert lui, se contentait d'un Cobra 38 Spécial. Il s'en servait assez bien pour avoir vécu jusqu'à l'âge avancé de cinquante-deux ans. Dans le métier, c'était estimable.

Alba entra dans le labo que Julius avait installé dans une remise à outils, au fond du jardin. Il était assis devant sa glaceuse, sur une caisse. Une ampoule dénudée pendait du plafond. Alba savait que ses parents étaient bourrés de fric. Il avait un appareillage superbe.

– Salut Alba, tu as l'appareil ?

– Oui, mon père a bien voulu me le prêter.

– Fais voir.

Elle le sortit d'un sac de plage.

– Mince, un Pentax ES II. C'est autre chose que ton Instamatic. Tu as quoi comme objectif ?

– C'est le seul, papa n'a pas trouvé les autres.

– Ça manque d'ouverture pour photographier la nuit. Il faudra forcer sur la pellicule. Tu as de la chance, j'ai fait des essais avec de la Record, 3 200 Asa, on ne la trouve qu'à Paris. J'en ai encore quelques-unes. Il faut quand même qu'il y ait un peu de lumière. Je te conseille de travailler à une ouverture de 4,5.

– Tu seras là demain matin ?

– Toute la journée, il faut que je fasse mes tirages de la semaine, j'aurai pas mal de travail. Tu penses venir ?

– Si tu veux. J'aurai peut-être un film de fait.

– Tu veux photographier ce soir déjà ? Il est tard. Ton père te laisse sortir ?

– Je me débrouille. Il croit que je dors chez une amie.

– Tu as de la chance. Moi c'est terrible. À part la photo, je ne peux rien faire.

– Tu vas travailler tard ce soir ?

– Oui. Le samedi, ils me fichent la paix, si je reste ici. Ils disent que je m'abîme les yeux, c'est tout.

– Écoute, si tu veux, je reviendrai te voir. On tirera les photos.

– Formidable. Tu ne veux pas que je vienne avec toi ?

– Non. Attends-moi.

– Bon. D'accord.

Julius mit l'éclairage rouge et chargea le Pentax. Il fit avancer la pellicule jusqu'à la première photo et régla l'appareil.

– Tu changeras d'ouverture pour ne pas descendre au-dessous du soixantième s'il y a peu de lumière.

Il lui tendit l'appareil, elle le mit dans son sac. Elle était si belle dans la lumière rouge. Julius s'approcha, lui caressa le visage. Elle souriait. Il la serra doucement et l'embrassa sur la bouche. Elle se laissait aller contre lui. Julius embrassait très bien, il était gentil, plus doux que les garçons avec lesquels elle avait déjà flirté.

– Attends-moi, même si je reviens très tard.

– Je reste là, ne t'en fais pas.

Il ouvrit la porte et regarda la douce Alba qui disparaissait dans la nuit. La tête lui tournait légèrement, comme chaque fois qu'elle l'embrassait.

Filo s'arrêta devant le pavillon des parents de Joséphine. La DS noire eut juste le temps de se ranger le long du trottoir. Ils virent la fille sortir et monter derrière Filo. Mimi laissa échapper un sifflement admiratif.

Ils étaient sortis de la ville. La Norton filait à 80 km/h sur une petite route. Filo et Joséphine avaient le temps. Ils n'avaient rendez-vous qu'à minuit devant le garage. Joséphine souleva les cheveux de Filo et l'embrassa longuement dans le cou.

Franco conduisait. Il les suivait de loin.

– On y va ? demanda Bébert.

– Attendons encore un peu, on est trop près de la ville.

Joséphine eut un pressentiment. Elle se retourna. Elle vit la DS qui roulait tous feux éteints. Il y avait un poil de lune.

– Eh, Filo, y a une bagnole qui nous suit tous feux éteints. Elle était déjà là quand je suis sortie.

Filo se retourna rapidement et vit la masse noire. Elle était bien à cent mètres. Il jura, passa en seconde et mit toute la gomme.

– Eh patron, dit Mimi, j'ai l'impression qu'ils prennent de la distance !

– Nom de Dieu, cracha Franco, en rétrogradant.

Il écrasa le champignon et alluma les phares.

Joséphine se serra contre Filo. Elle avait la trouille. Le compteur de la Norton marquait 180 km/h. Les phares à iode illuminaient la route droite dans la nuit. Filo jeta un coup d'œil dans son rétro. Il avait dû prendre deux cents mètres mais il avait l'impression que la DS revenait lentement. Son moulin ne pouvait pas donner plus, il hurlait comme le monstre du Loch Ness. Leur seule chance c'était les virages et il y avait bien encore deux kilomètres de route rectiligne. Il se colla sur le réservoir. Joséphine s'aplatit contre lui en se retournant toutes les trois secondes.

– On remonte, Patron, dit Mimi.

– Ce petit salaud a une sacrée machine.

– Norton, dit Franco Mutti.

Bébert avait sorti son feu et l'avait posé sur ses genoux. Filo lâcha à peine le pied pour prendre la première courbe. La machine se coucha. Joséphine entendit les pneus de la DS qui hurlaient à vingt mètres, dans son dos. Filo prit les trois courbes suivantes à 160, c'était le maxi.

Franco fut obligé de rétrograder pour ne pas quitter la route. Dérapage pas tout à fait contrôlé. Une petite embardée, un coup de frein, il arriva à redresser juste avant le deuxième virage, le compteur était à 110 km/h. Il ne tenait pas à y laisser sa peau. Bébert avait attrapé son Cobra juste avant le premier virage.

La route était droite à nouveau. Filo sentit une sueur glacée qui coulait entre ses omoplates. Il savait qu'il y avait un chemin de terre qui coupait la route pas loin. C'était leur seule chance. Le temps de rétrograder pour tourner à droite, la DS était de nouveau à dix mètres. Il dérapa un peu dans la boue, la DS vacilla dans le hurlement des pneus. Franco ne put pas tourner. Il était de travers sur la route. La marche arrière siffla, la voiture tanguait.

Coup de frein, il passe la première, s'engage sur le chemin. Bébert est projeté au plafond par les chaos.

Filo s'est dressé sur les pédales. Un vrai cross. Il reste en seconde.

Les amortisseurs de la DS claquent comme des castagnettes. Mimi et Bébert sont prêts à bondir.

La roue avant de la Norton est projetée à la perpendiculaire. Filo et Joséphine ont à peine le temps de se relever.

– Laisse-le-moi, hurle Mimi en sautant de la DS.

Joséphine est derrière Filo. Il voit deux masses gicler de la carrosserie avant que la bagnole ne s'arrête. Un mec est devant lui, jambes écartées, sa silhouette massive découpée par les phares de la DS. Un éclat de lumière dans chacune de ses pognes. Un autre part sur la gauche. Rien de plus solitaire et glacé que la campagne, pense Joséphine. Filo se jette en avant, une terrible brûlure, l'impression que son bras gauche se détache, il sent un trou à la place de son oreille gauche et quelque chose de chaud qui coule comme un fleuve. Son rasoir entre dans les chairs. Les phares l'aveuglent. Mimi voit le côté du cou qui se détache, tout blanc dans la lumière, sa main gauche part en faucheuse. Un cri, Filo s'écroule. Mimi voit la lune là où il y avait le type. Soudain, il a l'impression qu'une pale d'hélicoptère lui passe à travers la gorge. Il reste longtemps debout, comme un bonhomme de neige, ses bras battent en éventail. La garce, il l'avait oubliée.

– Nom de Dieu, je suis mort, pense-t-il en s'écroulant.

– Bouge pas Bébert ! hurle Franco.

Bébert tient la fille dans sa mire, en position de tir rapide. C'est comme si elle était déjà morte.

– Lâche ton coupe-papier ou je te descends comme une lapine !

Joséphine balance son rasoir dans le champ. Un grand vide dans sa tête.

Elle se met à hurler.

Quelque chose de noir devant elle. La matraque de Franco s'abat sur son crâne. Il fait jour. Elle glisse, la terre s'ouvre sous ses pieds.

– Fous-moi cette poule dans la bagnole, avec un peu d'héroïne, on en fera une pute superbe et docile.

Gorodish assis à sa table, la fenêtre ouverte sur la nuit, dégustait un saucisson pur porc. Il était 1 heure du matin. Alba était à vingt mètres. Elle l'avait en plein viseur, quel visage sublime... Elle prit trois photos, à l'abri d'un marronnier. Comme elle allait recharger son appareil, elle entendit un craquement. Instinctivement, elle retint sa respiration. Bientôt, elle entendit d'autres bruits à peine perceptibles. Son cœur essayait de sortir par son crâne pour filer dans l'espace. Dans la petite clairière, à la limite des arbres, elle vit trois silhouettes se détacher sur le fond obscur du feuillage. À l'opposé, elle en vit cinq, puis d'autres encore. Comme un chat, elle se laissa glisser sur le sol et rampa en arrière pour se dissimuler dans un buisson. Ses mains moites glissaient sur le métal froid de l'appareil. La maisonnette se détachait, prise dans le silence. Des formes se fondirent dans ses murs.

Gorodish se versa un verre de beaujolais. Il adorait casser la croûte en pleine nuit. Tout à coup, il se figea. Il avait l'oreille fine. D'instinct, il glissa de sa chaise et s'empara du tisonnier. Il ouvrit la porte de la cabane et attendit. Il savait qu'il y avait quelqu'un de l'autre côté du mur.

Une silhouette apparut dans l'encadrement de la fenêtre.

– Pose ton gourdin, pépé, on te veut pas de mal.

Trois types étaient déjà dans la maison et le ceinturaient. Gorodish savait qu'il était inutile de résister. Ils l'attachèrent sur sa chaise avec une cordelette.

– Vous voulez du fric, demanda calmement Gorodish.

– T'es pas un angoissé, pépé, on te fait pas peur ?

– J'en ai vu de toutes les couleurs...

– Forcément, dans la peinture.

– Prenez le fric, dans la boîte à biscuits, sur la cheminée.

Une fille ouvrit la boîte. Gorodish savait qu'ils ne trouveraient pas le reste.

– On n'en veut pas à tes économies...

Alba les voyait. Ils étaient tous rentrés. Elle se leva tout doucement, visa. L'objectif tremblait. Elle avança jusqu'à l'arbre, s'appuya et prit quatre photos. Elle voyait Gorodish attaché et les sept ou huit têtes des Vampires. Alba retourna dans son buisson. Elle vit un morceau de coton sur le visage de Gorodish. Elle reprit une photo. Ils l'endormaient au chloroforme ou à l'éther. Ils le mirent sur le lit sans doute car il disparut du champ.

Alba les vit sortir. Ils volaient le break Citroën. Trois formes étaient allongées sur le capot, deux sur la galerie. Les phares percèrent la nuit, la voiture s'en alla doucement et les rires des Vampires se perdirent dans la forêt.

La porte de la cabane était ouverte. Elle entra. Il était là, sur le lit. Ils avaient défait ses liens. Alba regarda ce visage aux paupières baissées. Elle posa la main sur la poitrine de Gorodish. Il respirait très doucement. Alba s'agenouilla, caressa le front de Gorodish et approcha son visage jusqu'à ce qu'elle puisse sentir son souffle. Tenant sa tête entre ses mains, elle embrassa ses lèvres charnues, sans bouger, prise d'une extase profonde.

Alba recula à l'angle de la pièce et prit deux photos de Gorodish endormi. Elle s'enfuit, laissant la porte ouverte.

Alba retrouva la bicyclette qu'elle avait volée cachée au bord du chemin, près de la route. Elle avait mis l'appareil dans l'une des sacoches. Quelques minutes plus tard, elle arrivait en ville. La route déserte défilait toute seule sous la bicyclette. Son corps léché par la nuit lui semblait appartenir à l'espace. Elle ouvrit son chemisier jusqu'à la ceinture de son jean pour mieux sentir le vent. Elle passa devant le Danton, le cinéma, les magasins. Tout à coup, elle faillit tomber d'émotion. Tout au bout de la rue, rangée le long du trottoir, le break de Gorodish. Elle s'arrêta, rangea sa bicyclette le long du trottoir, prit son appareil et s'engagea dans une ruelle perpendiculaire qui lui permettrait d'arriver presqu'en face de la voiture.

À cinquante mètres, juste sous un lampadaire, la silhouette du break se détachait devant les baies vitrées du Crédit Agricole. Il n'y avait personne dedans. Elle se rapprocha. Sur la gauche, en face de la banque, un immeuble en construction. Elle vit l'écriteau : Chantier, entrée interdite. Elle se faufila dans un interstice de la palissade. Elle avait peur. Des gouttes d'eau tombaient dans un bidon. Elle marchait dans la boue et distinguait mal les obstacles qui se trouvaient sur le sol. Elle parvint au pied d'un escalier qu'elle commença à monter. Il n'y avait que l'ossature de béton de l'immeuble, des courants d'air, des tas de sable et de briques. À tâtons, elle parvint au premier étage que la lueur de la rue éclairait un peu. Elle s'approcha de la fenêtre. La voiture était là, sous elle. Elle prit une première photo et attendit. Une voiture passa. Un peu plus tard, une mobylette. Elle avait froid et se sentait affreusement seule. Un chien hurlait à la mort, au loin. Le visage de Gorodish se surimprima à la vision qu'elle avait de la rue. L'ambre de la peau engloutit la grisaille.

Tout à coup, Alba se figea. Elle entendit un bruit de porte, des pas et des chuchotements. Le bruit s'amplifia. Quatre Vampires apparurent à l'angle de la rue, elle leva son appareil et déclencha. Elle arma, déclencha encore. Ils s'approchaient de la voiture et portaient un sac de toile. Elle put encore les photographier avant qu'ils ne montent dans la voiture, les feux s'allumèrent, le moteur se mit à tourner, elle prit un dernier cliché

Dès que la voiture eut disparu, elle comprit ce qu'elle venait de faire pour Gorodish. Il devait dormir.

Alba s'assit sur un tas de briques et attendit de se calmer pour pouvoir redescendre.

7

Dans le garage fermé au jour qui se lève, les Vampires sont affalés sur les matelas et les coussins. Les bougies illuminent les épaisses couches de fumées qui flottent à différents niveaux au-dessus des corps mêlés. Les chiloms ont marché comme des hauts fourneaux, Freddy avait ramené de Paris 100 grammes de Chitral super-frais qui venait d'arriver. Ils n'avaient même pas pris la peine de faire des joints.

Dès le retour de la banque, ils avaient découpé le sac. Sacrée déception, ils avaient mal calculé leur coup et n'avaient trouvé que 4 500 francs en liquide. Le reste représentait des valeurs dont ils ne savaient pas quoi faire. Ç'avait été le silence, l'effondrement. Un si bon plan, un pigeon pour casquer, et pas de fric à la banque. Ils auraient dû attendre la fin du mois où toutes les payes de la région se trouvaient rassemblées.

Freddy avait sorti le haschisch emballé dans du papier d'aluminium, c'était son cadeau à la communauté. Les spécialistes avaient commencé à préparer les chiloms et dès les premières bouffées, tout avait été oublié. Ça défonçait dur. Les nerfs du corps se dénouaient en une violente secousse, la chair et l'esprit commençaient à planer. Une fille avait demandé où avaient bien pu passer Filo et José. Après, silence, expressions extatiques, corps qui se dénudaient et s'approchaient les uns des autres avec une lenteur de serpents.

Une orgie sardanapalesque au ralenti où seuls s'élevaient les chants d'amour et de jouissance.

Gorodish se réveilla vers huit heures du matin. Il avait la tête un peu lourde. Lorsqu'il vit que tout était ouvert, il se souvint des Vampires. Il regarda autour de lui. Rien n'avait changé. Dehors, la voiture était toujours là. Pas à la même place. Les clés étaient dessus. Ils avaient fait une promenade. Merveilleux. Gorodish eut l'impression de maîtriser l'esprit de ces crétins comme des avions, modèles réduits, téléguidés. Il ne lui restait qu'à faire un petit tour en ville pour savoir ce qu'ils avaient fait.

Gorodish se rangea devant le Danton. Il était bientôt 9 heures. Plassin sirotait déjà un blanc sec. Décidément, il écrivait le journal à cette terrasse.

– Salut Balzac !

– Salut Gorodish.

– Tout va bien ?

– À chaque jour son événement. Cette nuit, le Crédit Agricole a été cambriolé. Heureusement, les caisses étaient vides, 4 500 francs et quelques titres. Ce n'est pas bien grave.

– Autre chose aussi, on m'a piqué mon break. Emprunté je devrais dire, car ce matin, il était chez moi.

– Curieux...

Gorodish but un café-crème et mangea deux croissants. Plassin et lui montèrent ensuite dans le bureau de *L'Indépendant*.

– Tu permets que je jette un coup d'œil au courrier avant que nous passions chez le commissaire.

Plasson ouvre quelques lettres. Une grande enveloppe jaune non timbrée. Il sort les photos et les étale sur le bureau en prononçant tous les noms des saints du calendrier. Gorodish s'approcha. S'il avait chiqué, il l'aurait avalée... Il avait la tête froide, mais là, c'était un peu beaucoup.

Photo 1 : Gorodish en train de manger du saucisson.

Photo 2 : Gorodish attaché sur une chaise entouré de Vampires.

Photo 3 : Gorodish chloroformé.

Photo 4 : Gorodish couché sur son lit.

Photo 5 : Le break devant le Crédit Agricole.

Photo 6 : Les Vampires qui s'approchent avec le sac.

Photo 7 : Les Vampires qui entrent dans la voiture.

Photo 8 : La voiture qui s'éloigne.

– Joli petit film. Trop de grain, j'aurai de la peine à le faire passer. Pellicule Record. Pas de flash. Je ne savais pas que tu avais un photographe attitré.

Plassin n'avait pas fini sa phrase que Gorodish avait déjà conçu le déroulement d'un plan qui serait le feu d'artifice d'une longue préparation.

Le commissaire venait d'ouvrir son enveloppe. Pour une fois qu'on lui apportait du tout cuit. Ça n'arrivait pas tous les jours. Il fit venir trois voitures dans lesquelles s'engouffrèrent quinze hommes armés de mitraillettes. La première histoire qui serait vite réglée depuis le début des hostilités. Il ne se demanda pas une seconde qui avait bien pu faire ces photos. On n'attendait plus que lui, il s'engouffra dans la 404 noire et laissa Gorodish et Plassin au planton qui tapait leurs témoignages. Le panier à salade suivait.

Gorodish avait signé sa déposition. Il entra dans la boulangerie, acheta six croissants. Puisqu'on était dans la photo jusqu'au cou, il fallait continuer.

Marbre de l'entrée, grandes glaces, plantes vertes. Il était un peu tôt pour ce genre de visite mais il fallait faire vite. Septième étage. Mi bémol, sol. Il dut sonner longtemps, les charmantes créatures étaient encore plongées dans un sommeil réparateur.

– Quelle idée, mon chou, de venir à cette heure ?

– J'apporte les croissants et je suis prêt à faire le café.

– Tu nous l'apporterais au lit ?

– D'accord.

Les roucoulements de chattes somnolentes qui venaient de la chambre bleue se mêlaient au murmure de l'eau qui bouillait. Gorodish mit cinq cuillères à soupe de café 100 % Brésil dans le filtre en papier. Il fallait les réveiller. Il trouva le plateau, le beurre, le lait, la gelée de groseilles, le sucre et les couverts.

Il entra dans la chambre. Une lumière laiteuse pénétrait à travers les rideaux de soie, elles étaient nues dans le grand lit noir. Il déposa le plateau entre elles, les embrassa sur le front et s'allongea en travers du lit, comme un empereur romain. Elles s'émerveillèrent de l'art subtil avec lequel il servait un petit déjeuner.

– Tu devrais venir plus souvent mon chou, c'est tellement agréable de t'avoir.

– Je me suis installé dans la forêt depuis quelque temps.

– Tu veux dire que les charmes de la nature remplacent les nôtres ?

– Non, bien sûr. Mais ce matin, je suis venu pour affaires.

– Raconte, chéri.

– Vous connaissez le juge Bonneau ?

– Oui. C'est-à-dire qu'on l'a connu. Il vient très rarement depuis quelques mois. Et maintenant, avec tous ces scandales, toutes ces histoires incroyables, beaucoup de gens sont effrayés de venir chez nous. Les affaires sont moins bonnes.

– Justement, je pourrais vous aider à remonter le courant.

– On a toujours pensé que tu étais un amour.

– J'ai appris qu'à une époque, vous aviez des talents de photographes. Robillard, par exemple.

– C'est vrai, on l'a fait, mais on a laissé tomber. C'étaient plus simple d'augmenter les prix. Robillard, c'était un sale type. On l'a presque fait pour le salut public.

– Et Bonneau, vous l'avez sur vos archives ?

Elles ne répondirent pas tout de suite et se mirent à rire.

– Oui, il a des goûts un peu spéciaux. On le menait à la cravache.

– Magnifique. Combien ?

– Déshabille-toi, chéri, on parlera d'argent tout à l'heure.

Les voitures s'étaient arrêtées à cinq cents mètres du garage. Il y avait sept motos. La moisson serait bonne. Les policiers, armés de mitraillettes, avançaient lentement, courbés en deux. Ils se répandirent en éventail et encerclèrent le garage. Lorsque le commissaire constata que tout le monde était en place, il prit trois hommes avec lui, sortit son pétard et s'avança vers la porte coulissante. Il pensa tout à coup qu'il avait été idiot de ne pas demander à Plassin de venir faire un reportage. Pour une fois que la police accomplissait une action d'éclat.

Ils ouvrirent la porte, bondirent à l'intérieur et restèrent figés sur place. C'est à peine si deux ou trois têtes se remuaient. Le commissaire eut l'impression de voir un dragon à douze têtes et à quarante-huit membres. Ils n'allaient quand même pas être obligés de démêler tout ça !

Les trois hommes écarlates, baissèrent la pointe de leurs armes. Il y avait de sacrées belles filles là-dedans. Un vrai harem pour sultan. Il flottait une drôle d'odeur. Le mélange du parfum des chairs, du patchouli et du Chitral était difficile à identifier pour des représentants de l'ordre. On commençait à noter leur présence mais la défonce durait encore.

– Debout là-dedans ! hurla le commissaire.

Il fallut bien cinq minutes pour que chacun retrouve ce qui lui appartenait.

La procession sortit du garage au ralenti pour pénétrer dans le panier à salade comme si ç'avait été une cathédrale.

Dommage pensèrent les hommes qui étaient à l'extérieur. Ils n'auraient donc jamais l'occasion d'utiliser une mitraillette ailleurs que dans un stand de tir ?

Gorodish était content. Non seulement elles s'étaient occupées de lui comme des fées mais encore, elles lui avaient laissé les photos pour un prix raisonnable. Il entra au Drugstore. Il était 15 heures. Il avait faim.

Il dégusta un poulet au curry, une carafe de beaujolais et une coupe Super-Mirage-Stromboli-Fuji-Yama arrosée à la liqueur de cassis. Au lieu de prendre un café normal, il commanda un Irish coffee.

Sans ces sacrées photos, avec les trois témoignages de ceux qui avaient vu son break stationné devant la banque, il pourrait attendre dans une cellule qu'on veuille bien l'interroger sur son emploi du temps.

À l'instant où ses lèvres touchèrent la crème fraîche de l'Irish coffee, Gorodish vit Alba, à l'autre extrémité du restaurant. Elle s'approchait. Tout à coup, il comprit qu'elle venait vers lui. Il posa son verre. Son cœur se mit à cogner. Elle portait son jean et sa tunique indienne. Alba s'arrêta devant Gorodish et s'assit tout simplement. Une sacrée fille, pensa-t-il.

– Tu me payes un Banana Split ?

– Avec plaisir.

– Tu sais, les photos, c'est moi.

– Avec un Instamatic ?

– Non, Pentax ES II automatique, objectif 200 mm si tu veux tout savoir.

– Pas mal.

C'est tout ce que Gorodish trouva. Il était soufflé. La serveuse s'approcha et prit la commande.

– C'est bon ton truc ?

– C'est du café, du whisky et de la crème.

– Je peux goûter ?

Gorodish lui tendit le verre. Elle avait des yeux brumeux et mystérieux comme un fond de toile de Léonard de Vinci. Elle le prit avec une grande douceur et but lentement.

– Comment as-tu fait ?

Elle leva les yeux vers lui, le regarda avec un sourire indéfinissable, longtemps, sans rien dire. La serveuse apporta le Banana Split et le posa devant Gorodish. Il goûta un peu de glace vanille, de crème et de confiture de fraises.

Alba but une longue gorgée, la crème dessinait le pourtour pulpeux de sa lèvre supérieure. De la pointe de sa langue rose elle fit disparaître ce nuage effilé.

– C'est parce que je suis amoureuse de toi.

Il y eut un long silence. Alba tira le Banana Split vers elle et poussa l'Irish coffee vers Gorodish.

– Hier soir, avant de prendre ta photo, je t'ai embrassé.

Gorodish vit que les joues d'Alba s'empourpraient légèrement.

– Je suis venue la nuit pour t'observer sans que tu me voies et prendre des photos de ton visage, de tes mains.

Elle mange un peu de glace, le regarde à nouveau.

– Je suis amoureuse de toi parce que je sais que tout ce qui est arrivé dans la ville, c'est toi qui l'as fait. Tu te rappelles le jour de ton arrivée, à la gare, dès que je t'ai vu, j'ai su qu'il allait se passer quelque chose de formidable.

Alba finit sa glace et laissa une banane.

– Écoute, il faut que je rentre chez moi, je suis déjà en retard, mais si tu veux, lundi après-midi, à la sortie de l'école, je reviendrai, je pourrai rester jusqu'à six heures. D'accord ?

– Je serai là.

Alba prit la main gauche de Gorodish, l'attira vers elle en la faisant glisser sur la table et y déposa doucement ses lèvres. Elle se leva et partit. Gorodish la vit descendre rapidement l'escalier de verre, sa chevelure blonde ondoya une dernière fois et disparut.

Gorodish demanda un cognac.

Le commissaire vida le sac de la saisie sur une grande table. Ils avaient fouillé le garage de fond en comble, ouvert les matelas, labouré le sol et partiellement démoli les murs. Rien n'était caché.

Le planton tenait une grande feuille blanche fixée sur une planchette de bois avec une pince de métal. Le commissaire s'éclaircit la voix et commença :

– Trois revues pornographiques interdites sur le territoire.

– Un revolver Browning 6.35.

– Sept fourneaux de pipes destinés à fumer de la drogue.

– Quatre pipes style oriental.

– Un paquet de photos de tortures infligées à des membres du groupe, hommes et femmes.

– Les citations du Président Mao Tsé-toung. En trois mots.

– Une plaquette de haschisch de 47 grammes.

– Deux seringues hypodermiques.

– 4 500 francs dérobés au Crédit Agricole.

– Des pastilles non identifiées.

– Des cassettes avec des enregistrement licencieux ou violents.

– Une petite bouteille de liquide non identifié.

– Dix-neuf carrés de matière transparente et brune, 2 mm chacune.

– Des aiguilles à tricoter pour faire des fléchettes.

– Cinq rasoirs.

– Huit couteaux à cran d'arrêt.

– Un fusil de chasse à canon scié.

Lundi matin, 10 h 35. Le juge Bonneau venait de sortir de son bain. Il était rouge et congestionné par la chaleur de l'eau. Il monta sur la bascule et regarda le cadran avec une grande satisfaction. 117 kilos. Il avait perdu un peu de poids grâce à un régime draconien. Il se mit de profil et se regarda dans la grande glace. Il n'était pas mal, il allait pouvoir se permettre de manger à sa faim.

Pour l'occasion, il avait mis un très beau costume bleu nuit avec une chemise bleu ciel et une cravate bordeaux. Son gilet gris peau de pêche complétait tout cela d'une manière exquise.

Sa femme était partie faire les courses. Il lui avait demandé de bien vouloir choisir un gigot pour le déjeuner car après l'audience, il aurait faim.

Sur la table de la salle à manger, la bonne avait préparé les toasts au miel et le café. C'était parfait. Il avait peu dormi cette nuit. Vers 11 heures du soir, le commissaire lui avait apporté les aveux signés des quatre meneurs, ceux qui avaient activement participé au hold-up. C'était parfait, il n'y avait rien à dire. Une affaire qu'il fallait régler tout de suite. Au moins, la presse ne pourrait-elle pas l'accuser d'avoir laissé traîner cette affaire et pour une fois qu'il y avait des coupables, ils allaient déguster.

Il s'essuya la bouche avec une serviette rose. Ce café n'était pas fameux, il faudra qu'il en avise sa femme. Changer de fournisseur, il n'y a que cela.

Il consulta sa montre. Dans moins d'une demi-heure, ces petits assassins en puissance écoperaient de deux ans de réclusion ferme. Il l'avait décidé pendant la nuit. Et puis cette saisie, il n'y avait pas que la drogue mais aussi cette horrible littérature qui transformait la jeunesse du pays en dépravés sexuels. Sans compter la politique.

Dans le hall d'entrée de son appartement, il passa sur ses manches un rouleau de papier adhésif qui enleva jusqu'à la dernière poussière. Il l'avait acheté en Suisse lors de ses dernières vacances. Quel peuple ingénieux. Quelle santé morale dans ce petit pays. C'est là qu'il prendrait sa retraite. Comme il allait sortir, il se trouva nez à nez avec la concierge qui montait le courrier. Il la remercia, entra pour poser les missives sur le guéridon Henri II, lorsqu'une enveloppe un peu plus grande attira son attention. Il la palpa, l'ouvrit avec curiosité.

Le fauteuil Henri II le reçut comme un météorite tombé du ciel. Sa tension à 22. Il avait l'impression d'avoir traversé le désert de Gobi à pied en ne buvant que de l'eau de pluie. Sa main moite cherchait le nœud de sa cravate, il se toucha l'oreille gauche. La synchro n'était plus parfaite.

Comme il essayait de reprendre son souffle, il vit qu'il y avait une lettre, il s'éventait sans le vouloir avec la feuille de papier :

On n'en veut pas à ton fric mon gros Loulou. Simplement, un sentiment d'humanité nous étreint à la pensée que de braves et presque innocents jeunes gens risquent de connaître les horreurs de la prison pour une durée de... Combien avais-tu décidé de leur donner ? Pour que ces photos restent inconnues de la population, je suggère une peine de 15 jours. Il faut quand même leur donner une leçon.

Un ennemi qui te veut du bien.

Le commissaire l'attendait au bas des marches du palais. Ils se serrèrent la main.

– Alors, Monsieur le Juge, content de ce coup de filet je pense ?

– Merveilleux, mon cher, merveilleux.

– Une peine sévère je suppose.

– Eh bien voyez mon cher, toute la nuit, ma conscience a été tourmentée par ce cruel problème. Avons-nous le droit vraiment d'empêcher ces adolescents qui ont perdu la tête quelques instants de se réinsérer dans la vie normale en fréquentant des jeunes gens sains de corps et d'esprit. Certes, il faut un exemple, mais une fois que la justice a rendu son verdict, combien d'âmes égarées à tout jamais et qui sombrent à cause de l'immonde promiscuité des lieux de détention. Ma conscience a dit non. Je ne les relâcherai pas cependant et je compte tout de même marquer le coup. Quinze jours ferme, je pense que c'est la décision la plus juste et plaise à Dieu que cette leçon les ramène dans le droit chemin.

8

16 h 35. Gorodish est là, assis à la même table. Elle a eu peur un instant qu'il ne vienne pas, qu'il préfère continuer seul son aventure. Elle ne le lui aurait pas pardonné.

Il la regarde, elle porte une robe de coton blanc à manches courtes. Elle s'assied. Pose sur la banquette un sac de plastique noir, Nina Ricci.

– Quelle cuite aujourd'hui... Tu vas bien ?

– Tu veux boire ? proposa-t-il.

– Deux Cocas, si tu veux bien. Avec du citron.

– Tu as quelque chose derrière la tête, on dirait ?
– Oui. J'ai préparé une surprise pour toi.
– Je peux voir ? demanda-t-il.
– Attends que j'aie bu mes cocas. Ça ne se passe pas ici.
– Explique-moi de quoi il s'agit.
– C'est une filature.
– Je ne sais pas si c'est une bonne idée. Il faut peut-être mieux éviter de nous faire remarquer dès le début de notre collaboration. On peut aller très loin toi et moi. J'y ai beaucoup pensé. Je crois même qu'il n'y a pas de limite à ce que nous pouvons faire. À condition de faire les choses progressivement.
– Moi je te connais un peu, mais toi, tu ne me connais pas encore. Au fait, je me demande toujours où tu veux en venir. Comment ça va finir tout ça. Les voyous sont en prison. On dit qu'ils n'ont eu que quinze jours. Les gens de la ville s'entretuent gentiment. Toi tu attends. Sans rien faire. Et tout à coup, quelqu'un que tu n'avais pas prévu entre dans tes plans.
– Justement, je les ai refaits en fonction de nous deux. Ce n'en sera que mieux.
– D'accord, mais comment ?
– Patience. Bientôt on sera parti de cette ville pourrie.
– Tu veux dire que tu penses m'emmener avec toi ? s'étonna-t-elle.
– Ce n'est pas ce que tu croyais ?
– C'est-à-dire que j'imaginais qu'on allait rester ici, faire des trucs dans la ville, presser le citron jusqu'au bout.
– Je crois que tu sous-estimes notre avenir.

Lorsque Gorodish eut payé les consommations, Alba lui demanda simplement de la suivre de loin et de regarder. Gorodish ne comprit pas tout de suite ce qu'elle avait prévu pour donner à cette filature un peu de sel.

Alba marchait sur le trottoir de gauche de la rue de Gaulle. Gorodish était sur celui de droite.

Elle entra dans un grand magasin. Gorodish suivait, à quinze mètres.

Alba traversa le magasin en diagonale, se faufilant entre les étalages. Gorodish vit qu'elle était différente. Il y avait un je ne sais quoi de félin dans sa démarche, elle semblait s'abstraire de l'entourage bruyant. Elle arriva au rayon des disques, son rayon préféré. L'un des plus dangereux. Pour une fois, elle ne s'attarda pas devant la partie réservée aux disques de jazz. Gorodish, lui, fit semblant de s'y intéresser, il fallait laisser quelque distance entre eux. Il fut heureux de la voir fouiller dans les classiques. Elle aimait donc cette musique ? Il se rapprocha un peu, histoire de voir quel compositeur elle avait choisi. Beethoven. Elle était plongée dans les différentes versions des sonates pour piano. Alba semblait avoir du mal à se décider. Elle sortit un disque et jeta un regard interrogatif à Gorodish. Il fit la moue. Un peu plus tard, elle sortit Alfred Brendel. Gorodish lui fit un clin d'œil. Elle le fit glisser dans son sac en plastique noir. Puis, avec l'assentiment de Gorodish, elle s'attaqua à un coffret. Les quatre concertos de Rachmaninov par Rachmaninov.

Gorodish s'apprêtait à les payer et chercha de l'argent dans sa poche, lorsqu'il leva les yeux, Alba n'était plus là. Il la vit un peu plus loin, à la librairie. Drôlement habile la gamine. Pas aussi innocente qu'il l'avait imaginée.

Elle était devant lui sur l'escalier roulant. Il voyait ses longues jambes, sa peau dorée qui sortait de la robe de coton écru. Le tissu léger dessinait la forme de ses hanches. On aurait dit une gazelle. Gorodish faillit coincer la semelle de sa chaussure. On était au troisième.

Elle regardait les électrophones exposés dans les vitrines.

Tout à coup Gorodish vit un homme qui semblait l'observer. C'était un inspecteur. Comment la prévenir ? Il était derrière elle. Alba ne pouvait pas le voir. Le vendeur s'approcha.

– Mademoiselle, puis-je vous donner un renseignement ?

– Est-ce que vous avez des électrophones à pile ?

– Mais certainement. Nous avons ici trois modèles. Tout dépend de la somme que vous désirez mettre.

– Je ne sais pas exactement...

– Vous avez ce modèle-ci à 168 francs, cet autre à 252 francs et enfin un appareil de très bonne qualité, stéréo, avec deux haut-parleurs incorporés, une excellente tête, une très belle présentation à 390 francs.

– Formidable, j'ai eu juste 400 francs pour mon anniversaire. Je le prends.

– Vous verrez Mademoiselle, vous ne le regretterez pas.

C'est d'une excellente qualité. Garanti un an. Voulez-vous une démonstration ?

Gorodish vit à ce moment que c'était lui que l'inspecteur surveillait. Évidemment ; il devait avoir l'air un peu perdu. Il s'approcha d'une vitrine et montra un intérêt sérieux pour les appareils qui étaient exposés. Le type s'éloigna.

Alba sortit son porte-monnaie de son sac et paya. Le vendeur semblait d'un enthousiasme extrême, il lui offrit un chiffon antistatique, un bras qui nettoie le disque automatiquement et quelques dizaines de sourires.

Ils sortirent enfin du magasin. Elle l'attendait sur le trottoir avec un carton.

– Tu as ta voiture ?

– À cent mètres.

– Allons poser tout ça.

Gorodish prit le carton.

– Tu te débrouilles bien. J'ai eu peur. Il y avait un inspecteur.

– Je les connais comme si je les avais faits. Ils sont trois. Un à chaque étage. De temps en temps, ils changent d'étage. Je les vois venir de loin. Ne t'inquiète pas, j'ai payé en argent volé.

Gorodish ouvrit la porte arrière du break et posa le carton.

– Est-ce que tu peux me conduire à l'église ?

– Où ça ?

– A l'église Saint-Just. J'ai une affaire à traiter, dit-elle en riant.

Gorodish mit en marche. Au moment où il allait passer la première, elle lui prit la main et l'embrassa rapidement.

– Les disques, l'électrophone c'est pour toi. À une condition, c'est que tu m'apprennes à conduire.

Gorodish démarra, il passa la seconde, la troisième et posa sa main droite sur celle d'Alba. Sa peau était chaude et douce. Il se demandait s'il rêvait tout éveillé. Elle retourna sa main et serra celle de Gorodish.

– Tu peux te ranger sur le parking, j'en ai pour cinq minutes, il faut simplement que je voie le curé.

Elle sortit les disques de son sac noir et partit en faisant un clin d'œil à Gorodish. Il la vit pousser la lourde porte horrible de la sacristie. Quatre minutes trente secondes plus tard, elle était de retour.

– Tu crois que je viens de gagner combien ?

– Tout dépend de ce qu'il y avait dans les troncs...

– C'est bon pour les gagne-petit, la ficelle et le caramel mou. Moi je viens de gagner une brique.

– J'aimerais bien savoir comment.

– Comme ça, dit-elle en sortant de son sac une pile de photos qu'elle posa sur les genoux de Gorodish.

Il vit quelques-unes des scènes les plus délicieuses d'un certain pique-nique paroissial. Son rire faisait vibrer les tôles.

– C'est vraiment ta spécialité, la photo.

– Ce n'est pas mal pour de l'Instamatic, tu ne trouves pas ?

– Le glaçage est mauvais, tu as oublié d'essorer tes tirages.

– Ce n'est pas ce qu'a trouvé le curé. J'ai cru qu'il allait crever. Il est vraiment stupide ce type. Il a voulu garder les tirages. Il n'avait jamais entendu parler de négatif. J'ai dû lui expliquer.

– Qu'est-ce qu'ils avaient pour être dans cet état ?

– L.S.D. Tu n'en as jamais pris ?

– Non.

– Il faudra que j'en repique au lycée. On fera un trip ensemble. D'accord ?

– Si tu veux. Il est plein de fric ce curé.

– Pas encore, mais d'ici demain soir, il aura fait la quête chez ses admiratrices. Elles en sont bourrées. Au fond, j'aurais dû demander plus... Je pourrais y retourner ? Demander trois briques ?

– Tu sais qu'il est 6 heures ?

– Bon, il faut que j'aille faire à bouffer pour mon père et la famille. Ils auront des sardines. Demain, je ne peux pas venir. Sauf si tu veux m'accompagner chez le curé vers 7 heures.

– Je t'attendrai devant le drugstore.

– Mercredi, on pourra passer toute la journée ensemble. Je m'arrangerai.

– Je t'invite chez moi...

– Formidable !

– Madame recevra M. le Curé dans un instant, si vous voulez bien prendre place dans le salon rose...

Léon de Bonnefeuilles n'était guère d'humeur à goûter les merveilles qui s'entassaient dans le salon intime. Comment donc une enfant si délicieuse, si charmante, pouvait-elle se livrer à cet affreux chantage... Comment exposer le problème à ces femmes qui déjà avaient oublié cet instant d'égarement. Il entendit des pas, retira prestement le doigt méditatif qui explorait sa cavité nasale. Il avait commencé par la plus riche en souhaitant que son don lui permettrait d'éviter une partie des visites suivantes. La haute porte s'ouvrit, elle apparut, dans une robe de soie blanche qui léchait le parquet luisant.

– M. le Curé, quelle joie, une visite impromptue... Vous offrirai-je une tasse de thé malgré l'heure matinale ?

Il s'inclina. Il se sentait pâlir.

– Chère amie, le motif de ma visite est à la fois grave et délicat, je ne sais au juste comment aborder la question...

– Je vous en prie, mon cher, pas de détours entre nous, allez droit aux faits...

– Vous souvient-il, Madame, d'un certain pique-nique...

– Oh...

Elle s'assit. Sous la poudre, son visage avait viré au super-blanc. Elle bafouilla, se reprit. Le curé s'assit.

– J'aurais pensé que vous auriez le tact de ne jamais effleurer ce sujet scabreux...

– Croyez que c'est avec la plus grande gêne, j'y suis contraint.

– Expliquez-vous...

– Chantage, Madame. Hier soir, on m'a fait parvenir certaines photos accablantes. On réclame une somme de 10 000 francs pour me remettre les négatifs.

– Mais c'est épouvantable. Comment nous en sortir. L'honneur de l'Église et celui de ses plus grandes fidèles se trouvent donc menacés...

– J'ai rassemblé le peu d'argent que je possède et n'arrive pas au-delà de 3 000 francs. Croyez bien que j'aurais tout fait pour éviter cette entrevue.

– Mais enfin, pourquoi vous adresser à moi, je ne suis pas la plus compromise si mes souvenirs sont bons.

– C'est exact Madame. Mais votre générosité passée me fait espérer...

– Voyons, vous savez bien que je n'ai pas de disponibilité. Je ne possède en tout et pour tout que 5 ou 600 francs. Je ne peux tout de même pas vous faire un chèque !

Alba jeta les petits pois dans la casserole. Aujourd'hui, sa sœur aînée n'était pas là pour préparer le repas de son père. Elle regarda la montre électrique de la cuisine, il était 12 h 10. Il n'allait pas tarder à rentrer. Heureusement que ses deux frères déjeunaient à la cantine. Alba n'aimait pas rester seule avec son père car dès 12 h 30, son humeur se modifiait en crescendo. En ce moment, il devait boire son cinquième Ricard. Pour l'amadouer, elle avait acheté une bouteille de Bordeaux à la place de l'éternel 9° familial. Elle entendit la porte.

– Bonjour Papa.

– Bonjour. On est seul à midi ?

– Tu sais bien que Solange est chez le dentiste.

– C'est vrai, j'avais oublié.

Il s'installa, découvrit la bouteille. Son œil s'alluma.

– Tiens, une bonne bouteille, c'est gentil ça.

– Ton steak, tu le veux saignant.

– Bleu.

La fumée envahissait la cuisine, Alba ouvrit la fenêtre.

– On n'est pas souvent ensemble...

– C'est vrai...

– Justement, ça tombe bien, je voulais te causer... Tu penses parfois à ton avenir, à ce que tu voudrais faire comme apprentissage ?

– Apprentissage... Tu sais bien que je veux continuer mes études papa.

– À quoi ça sert quand on est intelligente ? C'est bon pour les crétins et les riches. Moi je peux plus tourner tu comprends. Il faudra que t'apportes de l'argent, comme ta sœur. Paul et Simon, ils en ont encore pour des années avant de pouvoir travailler. Tu sais, t'es jolie, tu trouveras vite un mari. Les études, ça sert pas...

Il se versa un troisième verre plein à ras bord, comme sur le zinc. Il commençait à s'échauffer.

– Le fric, moi je le fabrique pas, et tout augmente, j'en ai ras le bol de payer.

– Bon, ne te fâche pas, j'y penserai.

– J'ai un bon copain, chef du personnel à l'usine d'instruments de physique, je peux lui en parler, enfin, dès que t'auras l'âge. Puis là-bas, il y a des ingénieurs, des partis intéressants. Une fille comme toi, ça se case vite... Ta sœur, elle sait pas s'y prendre. Quand je pense qu'elle pourrait être mariée depuis au moins deux ans, elle rencontre que des cloches !

– Tu as rapporté *L'Indépendant ?*

– Je pense bien, il y a tous les détails sur le hold-up. C'est pas croyable ce qui peut se passer dans une ville qu'était encore tranquille le mois dernier. On fait comme en Amérique. Comme à Chicago. C'est la folie complète.

Gorodish était au soleil, assis à la terrasse du Danton avec son ami Plassin. Ils avaient décidé de déjeuner ensemble au restaurant de la Poste. Plassin avait apporté *L'Indépendant.* Gros titre de première page :

QUI A PHOTOGRAPHIÉ LE HOLD-UP ?

Plassin avait pu récupérer les photos. Ce n'était pas extraordinaire mais l'intérêt passait avant la technique. Le numéro devait s'arracher. Plassin avait pondu plus de copie que jamais. Les détails ne manquaient pas. En deuxième page, un encadré qu'il avait soigné pour blanchir définitivement son ami.

« Qui est Serge Gorodish ?

« Cet homme que tout le monde respecte et tout le monde connaît a été la proie de voyous qui ont voulu se servir de lui pour endosser la responsabilité de leurs actes. Après avoir volé sa voiture, par de faux témoignages, ils ont essayé de faire porter les soupçons sur lui, alors qu'ils se livraient, dans le garage qui leur servait de repaire, à de scandaleuses agapes.

Heureusement, la bonne foi de Serge Gorodish n'a pas été mise en doute et l'aurait-elle été que la publication des mystérieuses photos l'aurait blanchi.

Mais qui est donc cet homme, cet artiste, ce nouveau venu dont la ville devrait s'enorgueillir ?

Serge Gorodish est avant tout un amateur de beauté. Mais il ne limite pas son amour de l'art à la contemplation, il crée lui aussi, il peint, il dessine, il joue du piano. Les enfants sont semble-t-il les premiers à l'avoir compris et adopté, ce qui est d'ailleurs réciproque.

Nous n'avons pas été étonnés d'apprendre que Serge Gorodish était également mécène. En effet, lors de l'audition annuelle des professeurs de piano qui présentent chaque année au public les jeunes talents de la ville, Serge Gorodish remarqua un élève de Mlle Christine Oloff. Grâce à lui, ce jeune homme peut maintenant espérer un brillant avenir. Que Serge Gorodish oublie les incidents fâcheux de ces derniers jours car notre ville est fière d'accueillir un tel homme. »

Gorodish posa son verre qu'il venait de vider.

– Tu me fais trop de publicité, tous les parents vont m'envoyer leurs génies pour que je leur paie des études !

– C'était nécessaire.

Plassin ne croyait pas si bien dire. Cet homme était sensible.

Dans la solitude de la forêt, Gorodish coupa le moteur du break et éteignit les phares. Il avait sur lui les 10 000 francs qu'Alba avait soustraits au curé. Elle n'osait pas les conserver dans sa chambre. Gorodish souriait dans la nuit. Il ouvrit sa porte, entra et alluma les lampes à pétrole. L'audace de cette fille était incroyable. Ce soir, ils avaient parlé du père d'Alba. La première étape était une petite préparation psychologique : il fallait qu'il lise l'article de Plassin. Ensuite, une visite suffirait.

Gorodish se fit trois œufs sur le plat avec du lard fumé. Il engouffra une demi-baguette et trois tasses de thé.

Sur sa table, il ouvrit l'électrophone. Tout semblait marcher. Il enleva la cellophane qui protégeait les disques. Il se demanda quel disque il écouterait avant de s'endormir. Pour finir, il opta pour la sonate op. 106 de Beethoven par Brendel. Dès les premières mesures, il fut dans les hautes sphères. Demain, à 11 heures, il avait rendez-vous avec Alba. Ils passeraient la journée ensemble.

Avant de sombrer dans le sommeil, il vit la tempe d'Alba sur laquelle il avait déposé un premier baiser, à la limite de la chevelure. Son parfum planait comme un brouillard dans ses rêves.

9

Gorodish attendait dans le break garé le long du trottoir. La portière s'ouvrit, Alba était à côté de lui, il ne l'avait pas vue venir.

– Excuse-moi, je suis un peu en retard mais j'ai discuté avec papa. Il a lu l'article sur toi. Je l'ai amené doucement. Je crois qu'il est à point pour ce soir mais il faudra y aller doucement.

– Ne t'en fais pas, j'ai tout prévu.

– Je ne crois pas qu'il refusera.

– Certainement pas. De toute manière, je trouverai une solution pour que nous puissions rester ensemble.

– On va chez toi ?

– J'ai acheté tout ce qu'il faut pour le déjeuner.

– Du vin ?

– Tu bois ?

– Non mais j'ai envie d'en goûter.

– J'ai écouté l'un des disques hier soir, ça marche très bien. Tu es un ange.

Alba avait posé un sac assez volumineux sur le siège arrière. Elle le montra à Gorodish.

– Qu'est-ce qu'il y a là-dedans ?

– J'ai apporté une partie de mon butin. Il vaut mieux être prudent. Si tu veux bien le garder chez toi. Je ferme ma chambre à clé mais j'ai toujours peur que mon père l'enfonce d'un coup d'épaule lorsqu'il a bu. Il ne supporte aucune résistance. J'ai plein de trucs pour toi. Pour papa, j'ai dit que tu viendrais vers 8 heures, ça te va ?

– Très bien. J'ai préparé chaque nuance du discours que je vais lui faire.

Gorodish ouvrit les fenêtres. Cela lui faisait une curieuse impression de voir Alba chez lui, si confiante, comme s'ils se connaissaient depuis toujours. Il y avait déjà entre eux une extraordinaire complicité.

Elle posa le sac sur la table et sortit un à un les joyaux de sa collection.

– Tout est pour toi, tu prends ce que tu veux...

Il y avait deux Oméga automatiques, une Tissot, une Bulowa-Acutron, une Patek Philippe et quelques montres plus ordinaires. Trois briquets Dupont, un Dunhill, un Braun électronique, deux briquets design de grande taille. Des stylos en pagaille : Shaeffer, Parker, Waterman, Pélican, MontBlanc etc. Une caméra super 8 Nizo S 560, deux mini-cassettes, des cravates, des objets de maroquinerie, deux pipes en écume de mer, un sac à main en crocodile, un poignard malais, une miniature du XVIIIe, une paire de chandeliers, une boîte de carton remplie de bagues, de colliers, de bracelets, un microscope, des flacons de parfum, des poudriers et des étuis à cigarettes.

– Tu sais, j'ai encore pas mal d'autres choses. J'ai simplement apporté ce que j'avais de plus beau.

– Tu ne t'es jamais fait piquer ?

– Si, la première fois, pour une plaque de chocolat. Ce n'était pas grave mais j'ai décidé de ne plus jamais me faire prendre. Maintenant, je travaille presque scientifiquement. Mais ça ne m'intéresse plus tellement de voler tout ces petits objets. Ce que je voudrais, c'est voler des voitures, des autobus, des trains, des avions, des bateaux, des grosses choses quoi. C'est pour ça qu'il faut que tu m'apprennes à conduire.

– Tu n'as jamais eu envie de voler la Tour Eiffel ?

– Je ne me sens pas une âme de mécano, il y a trop de boulons à défaire.

Gorodish touchait les objets splendides. Il ne savait que choisir. Il enleva sa montre. Il l'avait achetée dans un tabac. La Patek Philippe lui plaisait, il la prit. Alba enleva sa Bulowa-Acutron qu'elle remplaça par la montre de Gorodish. Ils remirent les objets dans le sac en riant.

– Tu veux déjeuner ?

– J'ai une faim terrible. Laisse-moi déboucher le vin.

Ils étaient l'un en face de l'autre. Ils trinquèrent et burent une gorgée de Fleurie. Gorodish avait acheté du pâté en croûte, du foie gras, une salade et une tarte aux fraises.

– C'est drôlement bon...

– Si tu veux vraiment apprendre à conduire, il faut te limiter à un verre.

– On le fera cet après-midi ?

– Dès qu'on aura fini.

– Chouette !

Alba se mit à taper dans ses mains. Elle dévorait, ses yeux bleus plantés dans ceux de Gorodish qui en oubliait de manger. Il pensa une seconde à l'avenir et le vit comme une grand-route droite et lumineuse, pleine de folies.

Alba piqua avec sa fourchette un grand morceau de pâté qu'elle approcha lentement de la bouche de Gorodish.

– Tu ne manges rien ?

La gelée de groseille teinta ses lèvres, elle les essuya de la pointe de sa langue rose.

– Dis donc, j'ai appris par des copains qui sont venus chez toi que tu savais lancer le couteau. J'étais très jalouse de ne pas être invitée, mais d'un autre côté, cela ne me disait rien d'être avec toi avec d'autres gens. Je voulais être seule, comme maintenant. J'y pensais tout le temps tu sais. Le jour, la nuit, même dans mes rêves. Combien de temps faut-il pour bien lancer le couteau ?

– Tout dépend de ce que tu appelles bien et combien de temps tu t'exerces chaque jour.

– Je veux dire assez bien pour tuer quelqu'un ?

– Quelques mois. Tu as envie de tuer quelqu'un ?

– Oui, j'aimerais bien, surtout comme ça. Avec un fusil, il n'y a aucun mérite. Toi par exemple, si tu n'arrives pas à convaincre mon père, je te tuerai...

Dehors, la lumière était blanche. Il faisait très chaud. La forêt était figée et somnolente. Alba portait un jean et une tunique légère. Ils montèrent dans le break, Gorodish rapprocha le siège du volant.

– Le démarreur ici... Bon... Maintenant, desserre le frein à main, enfonce la pédale d'embrayage et passe la première... Gorodish posa sa main sur celle d'Alba et lui fit sentir où se trouvaient les quatre vitesses et la marche arrière.

– Tu passes la première... Voilà... Maintenant, tu appuies un tout petit peu sur l'accélérateur... Pas plus, comme ça, c'est bien... Tu lâches doucement la pédale d'embrayage et tu t'occupes du volant... Vas-y... Tâche d'éviter les arbres...

La voiture fit trois petits bonds en avant, le moteur eut quelques hoquets puis la vitesse se stabilisa. Alba était tendue, toute droite, cramponnée au volant, elle se mordait la lèvre inférieure. Les pointes de ses petits seins étaient dressées dans la lumière que les feuillages des arbres laissaient pénétrer par masses denses et compactes.

– C'est bien... Passe la seconde en débrayant... Je vais t'aider...

Le break se faufilait sans problème, malgré les chocs des trous qu'Alba ne pouvait pas toujours éviter. Ils arrivèrent à un croisement de deux chemins de terre. Alba vira comme une habituée.

– Je peux passer la troisième ?

– Non, ne va pas plus vite, attends que nous sortions de la forêt.

Un petit lièvre sauta devant le capot, Alba bloqua sans débrayer, la voiture cala. Elle redémarra seule, sans problème, plus en douceur.

Alba roulait à 60, en troisième, sur la route de terre sineuse entre les prés. Un nuage de poussière s'élevait à l'arrière du break et s'étirait au-dessus de l'herbe.

Alba cria :

– C'est formidable... Tu sais, à la fin de la semaine, c'est les vacances, je viendrai tous les jours, tu me feras conduire hein ?

Elle regarda Gorodish, la voiture dévia et roula sur les bas-côtés. Gorodish redressa le volant, sans se presser. Elle ressemblait à ces actrices qui conduisent des voitures rapides en studio tout en échangeant de longs regards langoureux avec leur partenaire.

Le couteau se planta bien dans le tronc de l'arbre mais elle ne l'avait pas lancé avec suffisamment de force, le poids du manche le fit pivoter et tomber.

– Ça commence à venir, le mouvement n'est pas mal, mais il faut toujours penser que tu veux planter ton couteau dans un arbre qui se trouve dans la même ligne de tir mais dix mètres plus loin. C'est le seul moyen d'avoir vraiment de la puissance. Il ne faut pas hésiter à la fin du mouvement, comme ça tu vois.

Gorodish lança avec force. Alba eut de la peine à retirer la lame du tronc.

– La manière dont tu ouvres la main est importante. Ni trop tôt ni trop tard, nettement, comme ça !

– Tu oserais te mettre devant une planche, comme à la foire, et me laisser planter des couteaux autour de toi ? demanda Alba.

– Je crois qu'il faut que tu fasses de sérieux progrès. La lame n'entrerait pas bien profond, mais suivant l'endroit, ça peut être mauvais.

Alba se mit à rire, elle fonça sur Gorodish et lui donna un coup de poing à l'épaule.

– Tu sais te battre ? dit-elle dans un souffle.

Gorodish la prit par la taille et l'arracha de terre, il la tenait en face de lui. Il l'approcha et la laissa glisser contre lui. De ses tempes et du dessus de sa lèvre supérieure perlait une fine rosée. Il essuya ses tempes avec la paume de sa main et ses doigts pénétrèrent dans la soie de sa chevelure. Elle restait contre lui, immobile, ses grands yeux bleus dans ceux de Gorodish.

– Tu oserais, toi, te mettre devant le tronc et me laisser planter le couteau au-dessus de ta tête blonde ?

Sans un mot, elle releva le défi. Elle courut vers le tronc et s'immobilisa, les bras en croix, comme la femme qu'elle avait vue à la foire.

Gorodish ramassa le couteau planté dans la terre, il se concentra, leva son bras avec lenteur. Alba ferma les yeux. Elle sentit un grand vide dans son ventre. La lame entra dans le tronc avec un bruit sec, trente centimètres au-dessus de sa tête. Elle rouvrit les yeux, ses jambes étaient un peu molles mais elle était fière d'avoir osé.

Ils étaient rentrés dans la maison et avaient écouté le troisième concerto de Rachmaninov. Alba n'écoutait jamais de musique classique, mais d'instinct, elle comprit l'importance que cela avait pour Gorodish. Par amour pour lui, elle écouta en silence, jusqu'au bout. C'était beau.

Gorodish relevait le bras de l'électrophone. Alba vit son crâne sous les cheveux courts.

– Tu sais, pour aller voir papa, il faut te faire beau, il est vachement sensible à l'apparence des gens. Surtout un mécène, ça doit être super bien sapé. Je trouve que t'as les cheveux sales. Tu veux que je te les lave ?

Gorodish était assis dans l'herbe, torse nu, une serviette de bain autour du cou. Alba avait rempli un broc d'eau froide. Elle mouilla le crâne de Gorodish en prenant de l'eau dans le creux de sa main. Elle le savonna doucement. Il sentait ses doigts fins glisser sur sa tête.

– Tu as les cheveux trop courts pour que ça mousse beaucoup. Tu devrais les laisser pousser un peu.

– Ça fait moins de travail...

– Tu sais, je veux bien y passer une heure...

Elle lui savonna les oreilles avec lenteur, fit pénétrer son doigt.

– Je n'avais jamais vu que tu avais des oreilles si grandes...

– C'est pour mieux t'écouter mon enfant !

– Comme tu as une grande bouche monsieur le loup...

Alba était debout en face de lui. Il voyait ses hanches et devinait son ventre sous le tissu de sa tunique que la lumière rendait transparent.

– C'est pour mieux te manger mon enfant !

Gorodish souleva la tunique d'un geste rapide et mordit ce ventre dont la douceur lui caressait le visage. Alba cria et bondit en arrière. Ses mains étaient blanches de mousse. Elle posa une main sous la tunique à l'endroit que Gorodish avait mordu. Elle riait.

– Tu es vraiment un loup. La prochaine fois, je te fous du savon dans les yeux !

Gorodish l'attrapa par les hanches et la rapprocha de lui. Elle continua à le savonner, lui massa la nuque, descendit vers ses épaules. Elle s'agenouilla devant Gorodish avec un sourire qui venait de son être entier.

– Comme tu as une belle bouche monsieur le loup...

Les lèvres de Gorodish se posèrent sur celles d'Alba, il sentit les petites mains savonneuses qui glissaient le long de ses bras. La bouche d'Alba était douce et vibrante, parfumée comme un lotus.

Gorodish posa son verre de porto. Il était seul avec le père d'Alba, dans le petit salon.

– C'est réellement l'une des enfants les plus douées que j'ai rencontrées. Une intelligence remarquable. À mon avis, elle peut aller très loin.

– Je sais, je sais, elle a toujours été dans les premières de sa classe en travaillant à peine. Mais vous comprenez, depuis que ma femme m'a quitté, j'ai de la peine à joindre les deux bouts. Elle avait une meilleure paye que moi. Quant à ma fille aînée, elle fait ce qu'elle peut. Mais dans la famille, c'est Alba qui a tout pris, comme on dit. Dans moins de deux ans, elle pourra travailler, et je pense qu'elle aura vite une bonne situation.

– Je ne m'intéresse pas aux enfants qui peuvent avoir une bonne situation. Seuls les grands esprits me passionnent. Alba en est un.

– Je suis très flatté vraiment que vous vous intéressiez à elle. J'ai lu sur le journal que vous aviez aidé un jeune garçon qui est maintenant à Paris... Mais je crains que pour Alba...

– Vous savez, cher Monsieur, la famille de ce jeune homme est aussi dans une situation difficile et depuis que je leur verse une somme de 1 000 francs par mois, ils arrivent à tourner.

– Ah bon... Bien sûr... Évidemment... Vous pensez bien que je demande pas mieux que ma fille gagne de l'instruction pour avoir un métier plus intéressant...

– Si cela vous arrangeait, je pourrais bien sûr mettre la même somme mensuelle à votre disposition. Je suis prêt à le faire si vous voulez bien me confier l'entière responsabilité du développement intellectuel d'Alba. Il faudrait qu'elle quitte cette ville pour Paris le plus tôt possible. Dans ces cas-là, il faut viser très haut. Les meilleurs professeurs. Après, l'esprit est trop figé, c'est trop tard...

– Je comprends...

Alba était seule dans sa chambre. Elle ne parvenait pas à trouver le sommeil. Gorodish avait gagné. Il allait l'emmener. Il ne lui avait pas encore dit quand ils partiraient mais elle savait que ce serait bientôt, très bientôt même. Son esprit tournait à une vitesse folle. Son imagination se perdait, revenait au point de départ, recréait un univers différent du précédent. Avec Gorodish, tout était possible. Elle pensait à ses lèvres, si grandes, si chaudes, à cet air un peu froid et dur qu'il avait et qu'elle adorait. Elle se leva, elle transpirait. Elle n'arrivait pas à concevoir qu'ils étaient libres de faire ce qui leur plairait, d'aller où bon leur semblerait, sans avoir de compte à rendre à son père qui ne demanderait rien tant que l'argent arriverait régulièrement. Elle se mit à penser à la ville, aux gens qu'elle connaissait, à la vie qu'elle avait eue jusqu'ici. Tout lui sembla médiocre et terne. Elle aurait voulu partir tout de suite dans le break, avec Gorodish, sans rien emporter.

Alba, nue, s'assit sur le bord de la fenêtre, les jambes pendant dans le vide. La nuit tiède caressait son ventre.

Gorodish fit le tour de sa cabane en dansant dans l'obscurité. Il avait gagné. Toutes les lignes de son plan convergeaient vers un point qui se rapprochait de jour en jour, après, il ne resterait plus qu'à faire la moisson. Il compta mentalement : encore douze jours de patience.

Il ne voulut même pas penser à ce qui se passerait après. Tout était réglé au quart de poil. Inutile de dépenser de l'énergie pour rien. Il s'affala sur son lit et s'endormit tout habillé.

10

Devant la grande porte noire de la prison, les Vampires au grand complet attendent depuis plus d'une heure la sortie de leurs quatre copains. Ils ont amené les quatre motos qui semblent, elles aussi, attendre leur Maître. Personne ne parle. La mort de Filo et la disparition de Joséphine ont laissé un sacré trou. L'ambiance du garage n'est plus la même depuis que les flics y ont fait irruption. C'est devenu triste et lugubre. L'enthousiasme n'y est plus. Les Vampires sont nerveux, abattus. Le fait qu'on ait pu mettre quatre d'entre eux en tôle leur semble une faillite. Ils se croyaient les maîtres de la ville.

Une fille s'approche et donne un coup de chiffon aux réservoirs des quatre machines. Il faut au moins qu'ils aient du plaisir à les retrouver. On fume nerveusement. Ça ne marche pas fort.

Dans le silence et la chaleur, ils entendent des pas. Une petite porte s'ouvre dans la grande porte. Ils sortent les uns après les autres, comme des chiens. À la vue des copains, ils sourient, se redressent un peu. Ils n'ont plus de cheveux. Leurs têtes ont l'air fragiles. On les a passés à tabac, ça se voit. Ils ont tous le visage tuméfié.

Sans rien dire, ils enfourchent leurs machines. Les quatre filles montent derrière eux, les autres motos commencent à pétarader comme une dernière insulte au bâtiment lugubre. Ils partent dans une direction, font demi-tour et repassent devant les murs de la prison à plein tube, comme pour un dernier défi.

– Bonjour Monsieur Gorodish. Elle est au poil. J'ai fait tout ce qu'il fallait. Graissage, vidange, réglage des phares et des freins. La batterie était presque morte. Je l'ai changée.

– C'est parfait.

– Maintenant vous pouvez y aller, elle est prête. On dit que vous nous quittez pour de bon ? C'est bien vrai ?

– Oui, je crois que je vais rentrer à Paris, la ville commence vraiment à devenir dangereuse.

– Je sais, c'est bien malheureux, un coin si tranquille. C'est vrai que vous n'avez pas connu ça.

– Si, un peu, au début. C'était bien agréable.

– Vous savez, c'est cette bande de jeunes qui a tout fait, ils ont pourri le pays. Je sais pas ce que vous en pensez, mais des types pareils, on devrait les garder en tôle. Je ne sais pas si vous êtes au courant, on les a libérés ce matin, et croyez bien que ça ne fait la joie de personne. Vous connaissez le proverbe : qui vole un œuf vole un bœuf. Avec ce qu'on leur a mis, je ne vois pas pourquoi ils se tiendraient tranquilles. Tous les commerçants voient ça d'un sale œil.

– C'est pour ça que je pars. Vous comprenez, ils ont des motifs de m'en vouloir.

– Pour sûr. À votre place, je ferais pareil.

Gorodish paya et mit le cap sur le centre de la ville où il devait prendre Alba. La nouvelle de son départ s'était répandue comme une traînée de poudre et depuis quelques jours, il avait remarqué que chacun semblait le regretter. Ils avaient honte de l'image de marque de leur ville. Les articles de Plassin avaient contribué pour une large part à créer ce complexe de culpabilité. Lorsqu'il avait fait ses dernières courses, le boulanger lui avait offert un éclair au café, un autre commerçant, une bouteille de vin.

Gorodish s'était demandé s'il saluerait quelqu'un avant de partir, il n'avait trouvé que Plassin. C'était au fond l'un des seuls braves types de la ville et Gorodish dut bien convenir que sans lui, la tâche aurait été plus difficile. En passant lentement dans la rue de Gaulle, Gorodish vit tous ces visages qu'il connaissait. Presque chaque personne était devenue une connaissance intime, chacune évoquait des faits, une parcelle de la grande mosaïque qu'il avait lentement échafaudée. Il se gara devant le Danton, s'installa au bar où il but un dernier panaché. Tout le monde le regardait.

– C'est bien dommage ce départ, dit le barman, on vous avait vraiment adopté dans la ville et croyez-moi, ici, les gens sont plutôt méfiants. On avait pris l'habitude de vous voir, quoi.

– Moi aussi je m'y étais fait, c'était bien agréable.

Le commissaire venait boire son blanc sec du matin. Gorodish le savait, il n'était pas là par hasard. Il voulait lui aussi exprimer publiquement ses regrets.

– Alors, c'est bien vrai ce bruit qui court, vous partez ce soir ?

– Malheureusement oui. Je reviendrai sûrement un jour. Dans quelques années, qui sait ?

– Je vous offre le coup du départ !

– Avec plaisir.

– D'un autre côté, vous voyez, je serai plus tranquille. Vous n'êtes pas sans savoir que les voyous sont sortis ce matin, et, entre nous, je craignais un peu des représailles contre vous, bien que vous ne soyez qu'indirectement mêlé à leur histoire. Mais vous savez, ces gens-là, ça ne pense pas.

Gorodish monta. Toute la famille d'Alba était là. Sa valise était prête. Son sac aussi. Elle n'avait emporté que quelques affaires. Ils étaient figés comme des pions sur un échiquier, Gorodish but un dernier verre. Le père avait la larme à l'œil, les deux petits frères aussi. Il leur promit qu'Alba viendrait les revoir d'ici quelques mois quand il aurait trouvé une école pour elle et que tout serait arrangé. Le père avait déjà touché trois mois d'avance. Ça tempérait son chagrin. Et puis, au moins, toute la ville savait que sa fille avait été choisie par Gorodish pour ses capacités extraordinaires.

Ils leur firent cortège jusqu'en bas. Le sac et la valise furent posés sur le siège arrière. Alba embrassa tout le monde. Elle avait la larme à l'œil, elle aussi. Dans tout son corps, elle sentait monter l'ivresse profonde de l'aventure, de l'inconnu qui s'ouvrait devant elle. Gorodish serra longuement la main du père. Après tout il lui devait bien un peu de reconnaissance.

Les Vampires entrèrent dans le garage. Depuis l'intrusion des flics, ce n'était plus pareil. Il faudrait trouver une nouvelle planque, mais où ? Ce n'était pas facile. Ils s'étaient déjà réapprovisionnés en herbe marocaine. Les quatre prisonniers s'assirent sur les coussins, on leur prépara à chacun un joint. Le plus dur, ç'avait été le manque de femmes. Comment font-ils pour ne pas tourner dingues, les mecs qui en ramassent pour quelques années ?

Les autres fumèrent aussi puis les filles s'occupèrent sérieusement des abstinents. Il ne leur fallut pas longtemps pour dissiper l'atmosphère maussade.

Après, on se mit à parler, il ne fallait tout de même pas se laisser abattre au premier coup de malchance. La première chose à faire, c'était de venger Filo et de retrouver Joséphine. Ça n'allait pas être facile. Tout le monde était d'accord, c'était une vengeance de cette ordure de Puig, ils auraient mieux fait de lui faire la peau tout de suite. La vengeance, c'était l'une des premières lois qui liaient les Vampires l'un à l'autre. Le mec, ils allaient s'en occuper.

Gorodish et Alba avaient dîné avec Plassin qui avait eu de la peine à s'en aller. Il était 11 h 30. Gorodish rangea le break près de la porte de la cabane. Il était convenu avec le propriétaire qu'il laisserait les clés sur la porte. Il mit les sacs et les valises à l'arrière pendant qu'Alba vérifiait s'ils n'avaient rien oublié. Il restait encore un sac dans lequel Alba avait caché son butin le plus secret.

– Viens, on y va !

– Attends une seconde, je veux te montrer quelque chose.

– Tu sais qu'on est pressés...

– Deux minutes ?

– D'accord.

Elle passa à côté du break avec le sac et s'avança dans l'obscurité jusqu'à la limite de la clairière.

– Tu t'en vas ?

– Tu es fou, attends jusqu'à ce que je te dise d'allumer les phares.

Gorodish s'assit au volant du break. Il ne la voyait plus. La nuit était trop sombre. Le silence était percé de milliers de petits sons à peine perceptibles. Il se demanda ce qu'elle pouvait bien manigancer. Il fut tenté de la rappeler, mais après tout, il fallait se faire aux caprices imprévus.

– Vas-y, allume !

Les phares ouvrirent un large couloir jaune dans la nuit. Elle était dans la lumière, à trente mètres, devant les arbres frémissants, immobile, les bras levés vers l'obscurité du ciel. Sa peau claire se détachait entre les bas noirs, le porte-jarretelles satiné et le soutien-gorge obscur. Gorodish la regardait comme on regarde une apparition. Elle se mit à bouger les bras et les jambes, à tourner lentement sur elle-même. Gorodish ne savait que contempler, lorsqu'il se perdait le long des jambes qui glissaient dans l'obscurité, la blancheur du ventre, des hanches et des épaules qui se dessinaient si bien disparaissait pour surgir quelques secondes plus tard. Alba recula et se perdit dans les buissons. Le spectacle était terminé. Il éteignit les phares.

Il entendit son pas dans l'herbe, elle s'était rhabillée. Elle portait une jupe très courte et un chemisier qu'elle laissait ouvert. Elle entra dans la voiture, jeta le sac à l'arrière et se laissa glisser dans les bras ouverts de Gorodish. Ils s'embrassaient sauvagement. Gorodish tenait la taille d'Alba entre ses mains, il sentait sous la chair délicate, les muscles de ce corps qui se tendait vers lui. Elle parlait dans la bouche de Gorodish :

– Ça t'a plu ?

– Beaucoup.

– Je recommencerai quand tu voudras, très longtemps si tu veux. J'ai plein de choses comme ça dans mon sac.

Elle attrapa un foulard de soie rouge et le lui tendit :

– Sens-le...

Gorodish y enfouit son visage, un parfum fauve et suave prit possession de lui et le bouleversa.

– Je pensais toujours à toi, il est pour toi, mets-le autour de ton cou. Tu ne m'as pas encore dit où on allait ?

– Surprise... On y sera bientôt.

– Tu trouves que je suis une femme ?

– Bien pire que cela.

En traversant la ville endormie, ils croisèrent les Vampires. Gorodish eut un peu froid dans le dos mais il eut l'intuition qu'ils avaient mieux à faire que de s'occuper d'eux.

Lorsque François Puig entendit les vrombissements des motos, il comprit qu'il lui restait quelques secondes à peine pour sauver sa peau. Il était en robe de chambre, au milieu du salon. Il fit un pas vers le téléphone, un autre vers le secrétaire où se trouvait son 7.65 et lorsqu'il fit le troisième en direction de la porte-fenêtre pour la fermer, il se trouva nez à nez avec la première moto qui entrait. La première fois, ç'avait été une Jaguar, ce soir, c'était une Kawasaki 750 cm^3. Il y en eut d'autres. Puig se retrouva pris dans un cercle infernal de mécaniques montées par des démons. Puis ce fut le silence. Un vrai silence, sans rien d'autre que les tremblements d'un homme.

– Salut Figaro. On profite de la belle maison tout seul ce soir ?

Il ne put rien répondre, les mots se coinçaient dans sa gorge.

– On voudrait simplement savoir ce qu'est devenue Joséphine, tu sais, celle qu'était avec Filo, le mec que tu as fait raccourcir ?

– Absolument pas, ce n'est pas moi... ce n'est pas moi, je n'y suis pour rien.

– Évidemment, tu crois quand même pas qu'on te soupçonne, on sait bien que t'es pas le genre de mec à arracher les ailes à une mouche.

– Il faut me croire, je n'y suis pour rien !

– Le nom, l'adresse de ceux qui s'en sont chargés.
– Je l'ai appris par les journaux comme vous...
– Bon, puisque tu fais des difficultés...

Quelques secondes plus tard, Puig était attaché sur le clavecin. Ils le déshabillèrent au rasoir, de temps en temps, les lames avaient un peu mordu les chairs, il saignait gentiment. Les dents de Puig claquaient comme des castagnettes.

Ils n'eurent pas besoin de faire appel à l'apprenti charcutier, Puig donna le nom et l'adresse.

– C'est bien, t'as fait un effort. Pour te récompenser, on ne te fera pas traîner trop longtemps.
– Traîner où ça ?
– On va te descendre tout de suite, sans te faire attendre.
– On peut s'arranger, j'ai beaucoup...
– Pas cette fois, la mort appelle la mort.

Les flammes montèrent dans la nuit. Le gigantesque brasier se reflétait dans l'eau de la piscine. Lorsque les Vampires furent certains qu'il ne sortirait pas de là, ils s'en allèrent. Filo était vengé, quant à Joséphine, ils la retrouveraient peut-être.

La route était droite. Gorodish fonçait. Alba s'était endormie sur son épaule. De temps en temps, de sa main gauche, il lui caressait le visage et les cheveux. Il écoutait sa respiration calme. Il se demanda tout à coup s'il avait déjà eu une telle sensation de paix dans sa vie. Après un instant de réflexion, il dit non, à haute voix, et ce fut tout.

11

Il n'y aurait plus de trains jusqu'à demain matin. Le grand parking de la gare était silencieux. Tout à coup, une Renault 4 bleu marine qui se confondait avec la nuit, émit un grincement. La montre-réveil de Paul Ribon, ancien collabo, venait de sonner. Il bâilla, regarda son cadran lumineux, il était 3 heures du matin. Elle lui avait coûté cher, cette montre, mais c'était le seul moyen de faire son travail. Autrement, tout de suite après sa première ronde de surveillance, il s'arrêtait pour piquer un petit roupillon et se réveillait à l'heure du premier train, le lendemain matin.

Là, pas de problème. Les patrons des trois banques qui l'avaient engagé avaient bien spécifié qu'ils entendaient le voir circuler toute la nuit d'une banque à l'autre. Pour lui, maintenant, c'était simple. 11 heures : première ronde. Il passait devant les trois succursales, descendait de voiture, s'approchait de la porte avec sa torche électrique, constatait qu'elle était bien fermée et retournait au parking. Dodo, deux heures. À 1 heure du matin, même topo. Là, il était tranquille, pas besoin de descendre de voiture, tout le monde dormait.

Bon, c'était l'heure de la troisième ronde. La R 4 démarra à contrecœur. Les feux de la gare clignotaient à l'orange. Il passa devant la B.N.P. en ralentissant. Un peu plus loin, il y avait le Crédit Lyonnais, et enfin, le Crédit Agricole. Tiens, un break était garé devant. Curieux. Il repensa à la ronde précédente, pas de doute, cette 504 verte n'était pas là. Tout de même, on ne cambriole pas deux fois la même banque le même mois. Enfin, il valait mieux s'en assurer. Il se rangea en deuxième position, un peu plus loin et fit marche arrière jusqu'à la hauteur de la 504. Il regarda à l'intérieur, personne. Avec sa torche allumée, il s'approcha de la porte principale. Heureusement, elle était bien fermée. Il enleva la main qui caressait l'étui de son 38. Il n'avait encore jamais eu à s'en servir. Il savait que les patrons des banques étaient anxieux, c'était la fin du mois, et juste avant les vacances. Tout à coup, un bruit le fit sursauter. Il eut l'impression que ça venait de l'intérieur. Il ne pouvait rien voir à cause des stores à lamelles qui étaient baissés. Il se souvint tout à coup qu'il y avait une porte sur le côté. Il contourna le bâtiment, sortit son arme et avança vers la porte. Il appuya sur la poignée. Elle s'ouvrit.

Il sentit quelque chose de long et fin qui entrait dans son cœur. Il était mort.

L'homme courut jusqu'au break. Il portait quatre sacs qui paraissaient bourrés.

4 h 10. La Simca de la police traversait lentement la ville par la rue de Gaulle. Eux aussi faisaient des rondes. Il fallait bien avec tout ce qui se passait dans cette sacrée ville.

– Ils pourraient bien nous laisser un bistrot d'ouvert. C'est pas humain des nuits pareilles.

– Faut dire que pendant le jour, nous on dort.

– Toi peut-être, mais moi, dès 11 heures, plus moyen de dormir, c'est le réflexe de l'estomac, j'ai toujours faim.

– Fume donc, ça remplace, la nuit.

– Tes vacances, où tu comptes les passer ?

– Pérou, y a des années qu'on attend ça avec ma femme.

– Nous c'est le camping sauvage, y a rien de tel et c'est pas cher.

– Faut tout de même le matériel.

– D'accord, mais une fois que tu l'as, tu peux t'en resservir.

– Moi je prends des photos. Paraît que là-bas, y a des Indiens et tout. Je vais en ramener pas mal parce qu'à Noël, on se paie le projo, tu viendras passer une soirée.

– T'es sûr qu'y a des Indiens ?

– Je peux même te montrer le dépliant.

– Moi je croyais qu'ils étaient dans des réserves.

– Ça c'est en Amérique. C'est pas les mêmes, ceux-là y sont gentils. On les laisse aller et venir. Pas des cannibales. Ils sont catholiques.

– Moi l'étranger, j'aime pas. Y savent pas manger. Une fois, j'ai été en Angleterre pour chercher ma fille qu'apprenait la langue. Y z'élèvent que des poules dans ce pays et encore, y z'ont pas l'idée de manger autre chose que les œufs. Une bonne poularde à la crème, pourtant, ça se défend. Et pour ce qui est de boire un coup, alors là c'est la misère. Impossible de trouver autre...

– Dis donc, la bagnole du nouveau gardien, qu'est-ce qu'elle fout là. Y sait pas se ranger ce type.

– Encore un qui marche sur nos plates-bandes.

– Allons voir.

La main du commissaire renversa le verre d'eau de Vichy avant de pouvoir saisir le récepteur. Quel était donc le dingue qui lui téléphonait à cette heure juste au moment où il rêvait qu'il mettait la main sur Al Capone. Trois ans d'enquête fichus !

– Alli !

– Allô...

– J'écoute !
– Monsieur le commissaire...
– Nom de Dieu, Fauchard, vous vous payez ma gueule ou quoi ? Je vous ai dit de ne me déranger sous aucun prétexte. Vous avez vu l'heure ?
– La Banque... cambriolée et le gardien, assassiné...
– Laquelle ?
– Crédit Agricole.
– Touchez à rien, j'arrive !

Quand le commissaire arriva, il y avait déjà un attroupement devant la petite porte de la banque. On s'écarta pour le laisser passer. Le médecin légiste était déjà là.
– Alors ?
– Très curieux, on l'a tué avec une épingle à tricoter. Elle a dû traverser le cœur.
– Avec quoi ?
– Une épingle à tricoter.
– Par Saint Louis, les Vampires !
Une étincelle venait de se faire dans son esprit, il se souvint de la saisie et de ces curieuses fléchettes fabriquées avec des aiguilles à tricoter qu'ils avaient trouvées dans le garage. Cette fois, ça allait chauffer.

Il arriva sur les chapeaux de roues au commissariat. Dix minutes plus tard, deux voitures bourrées de flics partaient en direction du garage. Cette fois, même le commissaire avait pris une mitraillette.

Dans le garage, personne ne dormait. Ils étaient dix. Les aventures des quinze jours passés valaient bien une nuit de conversation. Freddy sortit pisser. Lorsqu'il entendit les pneus de deux bagnoles qui jouaient aux vingt-quatre heures du Mans, il ne fut pas long à comprendre.
– Les flics ! Débinez-vous !
Dans le hangar, on aurait dit que tout le monde avait été branché sur le 220 V. Freddy courait dans la nuit. La forêt n'était pas loin. Deux filles et un type suivaient de près. Une

BSA 550 démarra en trombe à la barbe des poulets. Ils sortirent des voitures avant que celle-ci ne s'arrête.

– Tirez à vue, gueula le commissaire.

Il lâcha une rafale qui coupa en deux la colonne vertébrale de la fille et du type qui étaient sur la moto. Il y eut un ziz-zag, une explosion, des flammes. Ils avaient leur compte. Les deux qui sortirent du garage à ce moment-là virent une bonne dizaine de mitraillettes cracher leurs flammes dans leur direction. Ça rentrait en eux comme un vol de bourdons.

Les flics comprirent que les autres s'étaient déjà barrés. Ils lâchèrent quelques rafales au hasard, dans la nuit, en direction de la forêt.

Paolo qui était en train d'escalader une barrière eut l'impression que Frankenstein venait d'enfoncer sa main dans ses tripes. Il poussa un petit cri avant de rester mort, en équilibre sur la barrière. Jeff qui était à dix mètres se retourna, il était trop tard pour faire quelque chose. La lisière n'était pas loin. Il vit les faisceaux des torches fouiller la nuit. Il pensa aux films de guerre où les projecteurs géants illuminaient le ciel à la recherche des avions ennemis. Ça y est, il avait un obus dans le moteur gauche. Il crachotait des flammes. D'un coup sec, il tira la verrière du cockpit. Il tira sur la sangle de son parachute. L'avion descendait en vrille. Il sauta. Le choc d'ouverture fut brutal. Il descendait doucement dans la nuit. Le sol se rapprochait à une allure folle. Il roula, ramena le parachute. C'était un pays qu'il ne connaissait pas. C'était la mort.

– Bonjour, madame Comine.

– Bonjour, monsieur Gorodish. Ça fait bien plaisir de vous revoir au pays. Il y a longtemps que vous êtes là ?

– Je suis arrivé hier soir. J'ai besoin de me reposer un peu. C'est toujours aussi calme le village ?

– Toujours. Il y a trois habitants de plus, c'est tout.

– Ça doit faire dans les cent vingt-sept ?

– Quelle mémoire ! Vous savez, les croissants au beurre, comme vous les aimez, je n'en fais plus. Ça revient trop cher.

– Ce n'est pas bien grave, je vais prendre six ordinaires.

– Vous prenez de l'appétit.

– Je m'occupe d'une fillette, pour ses études. Vous la verrez un de ces jours, elle est gentille.

– Vous êtes bien bon. Les Chastin n'ont pas encore oublié ce que vous avez fait pour leur garçon. Vous savez qu'il est architecte maintenant ?

– Il a été encore plus vite que je ne le pensais.

– Il s'est installé à Paris, dans un gros bureau.

– Ça fait toujours plaisir d'aider les gens qui le méritent, pas vrai ?

– Vous savez, on a lu les articles sur vous. Le journal vient jusqu'ici. J'en ai toujours quelques-uns en dépôt. On est bien fier de vous. Un de ces jours, je vous préparerai une tarte aux cerises, c'est la saison.

– Quand vous voulez. Si vous pouviez demander à Maria de venir le matin chez moi, ça m'arrangerait bien.

– Elle sera bien contente de vous revoir. Une grande maison, ça demande de l'entretien. Vous avez vu le cèdre du Liban, il a eu une petite maladie au printemps, mais on l'a sorti d'affaire.

– C'est une chance. Sans lui, la maison serait à vendre.

– Toujours le mot pour rire Monsieur Gorodish !

La maison de Gorodish était à cinq minutes du village, dans un grand parc. Ce n'était pas une beauté, style 1900, mais c'était tranquille et il y avait un arbre splendide. Il passa la grille, roula sur le chemin de terre et s'arrêta devant la maison. L'herbe était haute, tous les volets fermés. Alba devait encore dormir. Il regarda le toit d'ardoises et se demanda s'il avait toujours quelques fuites lors des orages violents.

Gorodish ouvrit les volets du premier étage. Ça sentait un peu le moisi. Il ouvrit les trois portes-fenêtres de la grande pièce qui donnait sur la terrasse. Il y avait là une petite table de fer de couleur verte et quatre chaises. Il les sortit. Il aimait bien prendre le petit déjeuner dehors en regardant son arbre.

Il entra dans la cuisine et ouvrit les placards. Maria avait acheté du café, heureusement. Le réfrigérateur faisait un bruit d'enfer. Il l'avait acheté d'occasion. Il ouvrit le gaz, mit de l'eau à bouillir, prépara tout ce qu'il fallait pour prendre le déjeuner sur la terrasse. Il était 8 h 30. Il écouta. Aucun son ne venait du premier étage où Alba dormait encore. Il jeta un dernier coup d'œil sur la table. Rien ne manquait. Le soleil éclairait la façade de la maison de biais, en passant à travers les feuilles des arbres.

Gorodish traversa le salon. Les meubles étaient plus beaux que la maison mais il y avait un sacré mélange de styles. On trouvait un peu de tout. Gorodish aimait bien les ventes aux enchères et il ne pouvait jamais se priver d'acheter les objets qui lui plaisaient. On se serait cru dans la boutique d'un antiquaire. Il fut heureux de voir la lumière du soleil sur les bois poussiéreux. Il regarda son Erard demi-queue. Un sacré instrument, surtout dans les basses. Il joua très *piano* le début d'une invention à trois voix de Bach avant de monter voir Alba.

Il traversa la pièce sans bruit, tira les rideaux et ouvrit les volets. Elle dormait toujours dans la même position que lorsqu'il l'avait transportée de la voiture au lit. La couverture rouge était rabattue sur son ventre. Elle devait avoir eu trop chaud pendant la nuit. Ses cheveux blonds étaient étalés vers la droite, cela dégageait son profil. Gorodish vit ses petits seins soulevés par le rythme lent de sa respiration. Sur la chaise, près du lit, la jupe, le chemisier, les bas, le slip, le porte-jarretelles que Gorodish lui avait délicatement enlevés pour qu'elle dorme mieux. Lorsqu'il avait décroché les bas, la main inconsciente d'Alba s'était approchée de la sienne et s'était posée sur elle. À la lueur de la lampe, il avait cru deviner un imperceptible sourire sur son visage. Elle avait gémi lorsqu'il avait dû la retourner pour dégrafer le soutien-gorge et la soulever pour faire glisser le slip. Avant de rabattre la couverture sur ce corps adoré, il avait posé ses lèvres sur les genoux, la toison clairsemée de poils blonds, les pointes plus sombres des seins et le front, grande masse claire entre les cheveux d'or.

Gorodish ouvrit l'armoire et sortit une robe de chambre bleue turquoise, Vanity Fair, souple et légère, qu'il avait achetée dans une boutique américaine. Il la posa sur le lit. Peut-être serait-elle un peu trop longue mais la couleur lui irait à ravir. Il se pencha sur elle pour la réveiller d'un baiser puis se ravisa. Il voulait lui laisser le plaisir de la découverte. Gorodish redescendit. Il y avait une vieille cloche, sur la façade de la maison. Il tira trois fois la corde.

Alba ouvrit les yeux. Elle sentit l'inhabituelle douceur des draps. Sa main remonta le long de son corps. Elle ouvrit les yeux, vit le haut plafond, la fenêtre par laquelle elle aperçut le faîte du grand cèdre. Il y avait une vaste armoire, une coiffeuse surmontée d'une glace au cadre doré et une porte ouverte. Elle bâilla, s'assit sur son lit et se frotta les yeux.

Tout ce dont elle put se souvenir fut qu'elle était partie avec Gorodish. Elle regarda sa montre. Il était 9 h 5. Elle eut l'impression d'être perdue sur l'immense lit. Ça n'avait pas l'air d'être un hôtel. Elle enfila la robe de chambre. Jamais elle n'avait touché de son corps un tissu aussi doux. Elle passa ses sandales. Elle ouvrit une porte qui donnait sur une salle de bains. Il y avait tout ce qu'il fallait. Elle s'aspergea le visage d'eau fraîche et se donna un coup de brosse rapide. Où donc était passé ce satané Gorodish ?

Elle explora les pièces de l'étage. Il y avait une grande chambre semblable à la sienne, une autre beaucoup plus petite, une autre encore. Seule la première était éclairée par le jour. Le lit était défait. Alba entendit le bruit du vent dans les branches des arbres. Elle vit une autre petite pièce qui devait servir de laboratoire de photo.

Le tapis rouge de l'escalier était très usé. Elle descendit sans faire de bruit. En bas, il y avait une bibliothèque, un grand hall, une cuisine où elle sentit l'odeur du café. Elle traversa enfin le grand salon dont elle remarqua les meubles étranges et disparates. À ce moment, elle sut que cette maison ne pouvait appartenir qu'à Gorodish. Elle le vit, assis à la table de la terrasse. Il riait en l'observant.

– Enfin réveillée Princesse ?

Alba traversa la pièce en courant et se jeta dans le bras de Gorodish. Elle riait aussi.

– On va rester là ?

– Un peu, si ça te fait plaisir.

– C'est merveilleux. Quel silence. On dirait qu'il n'y a personne à des kilomètres à la ronde.

– C'est à peu près vrai.

– C'est drôlement chouette !

– Je suis allé chercher des croissants.

– C'est la première fois que j'ai envie de dévorer un petit déjeuner.

Alba resta un moment immobile, serrée contre Gorodish. Elle avait vraiment l'impression d'être une femme. La maîtresse d'un type un peu fou et merveilleux. Elle passa la main dans ses cheveux et fit un mouvement de tête qui fit comprendre à Gorodish ce qui se passait en elle.

– Tu sais, hier soir, j'étais un tout petit peu réveillée quand tu m'as montée dans la chambre mais je ne voulais pas me réveiller complètement. C'était formidable. J'avais l'impression de me voir rêver. J'ai seulement senti ta bouche et je me suis endormie complètement.

Gorodish lui tendit un croissant. Il versa le café qui fumait dans les tasses.

– Tu n'as pas de Nesquick-Banane ?

– Non.

– C'est drôle, on ne sait pas encore tout ça, combien l'autre prend de sucres, ce qu'il aime, tout quoi.

Alba trempa son croissant dans son café. Gorodish en fit autant. Ils se mirent à rire.

– C'est à toi cette maison ?

– Oui.

– Elle est vraiment jolie.

– C'est à cause de l'arbre.

– Tiens, c'est drôle, c'est la première chose que j'ai vue en me réveillant.

– C'est pour ça que je t'ai mise dans cette chambre.

– Il y a quelqu'un ici ?

– Non, personne.

– C'est à qui cette voiture ?

– À moi.

– On en a deux alors

– Oui, mais celle-là vaut très cher.

– Faut pas exagérer, ce n'est qu'un break 504...

– Oui, mais il y a 950 000 francs dedans.

Cette fois, ce fut Alba qui s'étouffa.

Gorodish dut lui taper dans le dos. Elle comprit tout de suite qu'elle avait passé la nuit seule dans la maison.

– On ne va pas s'éterniser à la campagne, hein ?

– Tu as quelque chose contre le calme ?

– Je vais te dire comment je vois le proche avenir : trois jours d'amour fou, trois jours de sommeil, ensuite, on file à Paris, je pique une Rolls, on fait les grands couturiers et on dévalise la Banque de France.

Serge se leva, il embrassa l'épaule d'Alba, la serra contre lui.

– Est-ce que tu as déjà pensé à la vasectomie ? demanda Alba sérieusement.

– Pas encore, dit Serge.

– Il faudrait, dit Alba, autrement tu risquerais de me faire des enfants. Ce n'est pas vraiment mon rêve.

– Pas de précipitation, dit Serge.

– J'ai plein de trucs à apprendre, plus vite je commencerai, mieux ça vaudra.

– D'accord, dit Serge en entraînant Alba vers le piano. Je vais te donner ta première leçon de musique.

1979

DIVA

Roman

Pour Nell, ma DIVA.

1

Alba passa devant la vitrine du Drugstore Saint-Germain. Sur les trois hommes qui, à cette heure, savouraient des glaces, le premier manqua d'avaler sa cuillère, le deuxième déglutit avec peine, étouffé par ses sensations et le troisième balança trente balles sur la table et courut derrière l'étoile filante.

Ils avaient vu une fille très jeune, une longue chevelure blonde, un corps divin révélé par un collant de danse rouge et des bottes. La raison pour laquelle le premier faillit avaler sa cuillère était que le collant s'échancrait sur la poitrine et sur le dos et que de fines attaches passaient sur les épaules, révélant tout le haut du buste.

Le deuxième, plus maniaque dans le détail, avait vu que la fille ne portait ni slip ni soutien-gorge et, dans l'ample foulée de la divine gazelle, il avait noté l'extraordinaire fermeté de la cuisse longue et douce qui se frottait contre la peau d'un grand sac de cuir.

Le troisième ne savait pas exactement ce qu'il avait vu, mais il avait jailli de son siège. À peine sorti, il tomba sur une féministe frisée qui lui planta un micro sous le nez :

– Monsieur, je fais une émission pour France-Culture, voulez-vous bien répondre à quelques questions ?

– Volontiers, dit en souriant bêtement le type brisé dans son élan.

– Qu'est-ce qu'un homme, pour vous ?

– Je ne sais pas moi, le contraire de la femme.

– Pouvez-vous me décrire cet homme qui vient de passer ?

– Je ne sais pas... Il est grand...

– Vous n'avez rien remarqué d'autre ?

– Non...

– Lorsque vous regardez une femme, que regardez-vous ?

Le type réfléchit dix secondes en se frottant le nez, puis répondit d'une voix mal assurée :

– Les yeux...

– Cette femme qui passe, devant le cinéma, vous pouvez me la décrire ?

– Elle est très bien faite, jolie, vraiment. Une chevelure frisée auburn, une taille superbe, tiens, elle ne porte pas de soutien-gorge...

– Je vous remercie, monsieur, dit la frisée en pêchant un autre client.

– Qu'est-ce qu'un homme, monsieur ?

– Un homme, c'est quelqu'un qui est fort. C'est surtout ça.

Après avoir écouté la première question, celui qui avait jailli de la vitrine comme un obus de 75 se mit à tracer en direction de la chevelure blonde qui planait au loin. Il la rattrapa un peu essoufflé.

– On se promène, fit-il, pas sûr de la qualité de son entrée.

Alba vit un dragueur, la quarantaine, beau mec un peu fatigué par ses exploits, un peu caramel mou, le genre qu'elle détestait.

– Oui, et vous ? dit-elle avec son plus candide sourire.

– Moi aussi. Je vous emmène au cinéma si vous voulez.

Alba s'arrêta, regarda sa montre et lui dit l'air désolé :

– C'est bête, j'ai pas le temps.

– On peut aller écouter de la musique dans ma voiture, si tu veux, je suis garé juste en dessous, au parking.

– Vous avez de la pop ?

– Bien sûr.

– Bon, d'accord. Il faut juste que je passe à la pharmacie. Vous m'attendez ici ?

– D'accord, dit le type, proche de l'explosion.

Il attendit deux minutes voyageant dans le futur. Qu'est-ce que cette petite salope pouvait bien acheter dans une pharmacie ? Tout à coup, elle fut devant lui. Ils descendirent dans les sous-sols du parking. Le type, goujat, ne lui ouvrit même pas la porte de sa Simca-Chrysler.

– Tu es très belle, tu sais, dit-il en s'emmêlant les pinceaux parmi les cassettes. Il mit les Frères Jacques. Alba fit une moue dégoûtée, elle ouvrit son sac duquel elle sortit un gros calibre de plastique noir qu'elle venait d'acheter au Drugstore et le pointa vers la poitrine du type en le prenant à deux mains, comme au cinéma.

Le type se fit tout petit dans son coin, il était terrorisé.

– Amène ton fric, gros porc ou je te descends, dit Alba avec un calme olympien.

Le type sortit son portefeuille en tremblant. Il compta les billets de cent. Il y en avait douze. Comme il ouvrait une poche pour sortir des billets de dix francs, Alba lui cracha :

– Garde la monnaie pour ta fille, tu lui achèteras un collant.

Alba d'un geste rapide arracha les billets, elle sortit de la voiture et disparut.

Un quart d'heure plus tard, Alba se retrouva dans les boutiques de la Tour Montparnasse. Elle faisait du lèche-vitrines, tout en pensant à Gorodish, son petit Serge, comme elle l'appelait. Ils s'étaient rencontrés dans une petite ville, près de Paris. Un jour, dans la gare minable, Alba avait vu descendre du train un type pas comme les autres. La quarantaine, grand, une tête d'Asiate, des yeux noirs comme des tunnels, le crâne massif et rond, les cheveux courts, une gueule fascinante. Alba l'avait regardé passer, il l'avait fixée l'espace d'une seconde et le déclic avait eu lieu.

Dans les jours qui suivirent, Alba continua son petit train-train de kleptomane tout en allant au lycée. Elle l'avait revu, en train de dessiner. On disait que c'était un peintre. Après quelque temps, les gens commencèrent à s'insulter, à se battre, à se tuer parfois, et seule Alba comprit qui était la cause de cette panique soudaine.

Le peintre paisible avait transformé la ville en un petit Chicago. Un jour, ils s'étaient trouvés face à face et chacun avait reconnu en l'autre le complément indispensable de sa propre nature.

Gorodish avait l'âge, l'expérience, Alba avait la fraîcheur, la folie, l'ambition, un manque total de scrupules, une intelligence, une sensibilité.

Les treize ans d'Alba étaient le masque fabuleux derrière lequel s'échafaudaient des plans à couper le souffle.

Très vite, la folie s'était installée entre eux. Gorodish avait décidé de sortir Alba de son trou. Avec un peu d'argent, il avait convaincu le père d'Alba qu'une enfant aussi douée avait besoin d'un tuteur et ils avaient quitté la petite ville avec neuf cent cinquante mille francs dans leurs poches, le temps de voir venir. Ce qui fascinait Alba, c'étaient les dons de Serge. Il avait tout fait dans la vie. Quand on commençait par être apprenti boulanger, puis qu'on faisait dix heures de piano par jour, pas celui de Bécaud, celui de Rachmaninov, jusqu'à l'âge de vingt-trois ans, c'était intéressant. Comme la musique classique est difficile, Serge avait fini par être pianiste dans des boîtes jusqu'au jour où il était passé de l'autre côté de la barricade en devenant le chauffeur d'un truand. Après quelque temps, il avait laissé tomber et s'était reconverti dans le dessin et la caricature, la photographie aussi, jusqu'au jour où il prit le train et descendit dans une petite ville pour monter un grand coup.

Maintenant, ils avaient décidé de s'installer à Paris.

Jules venait d'enfourcher sa mobylette. Il se foutait de la petite pluie fine qui tombait, il se foutait de tout, zigzaguant entre les voitures en direction du théâtre des Champs-Élysées pour assister au premier concert européen de la chanteuse noire Cynthia Hawkins, une super-Diva dont la voix de soprano avait fait défaillir la critique américaine. On avait affiché complet trois jours après l'ouverture de la location. Jules appuya sa mobylette contre un arbre. Plusieurs centaines d'amateurs faisaient la queue dans l'espoir de trouver un billet. Jules défit les courroies qui maintenaient sa boîte à violon sur le porte-bagages et se pointa au contrôle. Il était coursier chez RCA et avait obtenu une place grâce à la complicité de Myriam, l'attachée de presse. Pour elle, il aurait porté des disques jusqu'en Chine.

Le hall grouillait de vieilles tanches envisonnées, façades peintes et chromes refaits qui allaient et venaient comme des poissons rouges au bout du rouleau pour faire admirer leurs nageoires molles et tachetées.

Jules reconnut tout ce qui comptait dans le monde musical parisien. Les directeurs artistiques des maisons de disques étaient là au grand complet. Il salua Jack Miller de RCA, encapé de noir et décontracté, qui promenait son œil malin de mec auquel on ne la fait pas sur ses collègues un peu plus collet monté. Jack Miller avait une machine à écrire branchée sur son ordinateur de cervelle et il n'y avait pas un gros bonnet de l'assistance qui ne reçoive sa missive hebdomadaire rédigée dans un style anarchico-limpide impérieux et séducteur qu'aucune secrétaire au monde n'aurait pu écrire à sa place.

Jules reconnut en passant une vieille morue de critique musical dont la femme (tout le monde le savait, personne ne le disait) chantait comme un syphon de lavabo en délire. Un mec qui n'aimait pas les belles voix, une roulure à la gueule de piranha qui bavait *once a week* sur les ondes et qui roulait des yeux en préparant son vitriol.

Jules traversa le grand bassin en évitant requins et brochets parmi lesquels naviguaient quelques folles charmantes et naïves qu'un contre-ut bien placé faisait monter en barbe à papa.

Jules se paya un programme, puis fit le vide. Ce n'était pas le moment de se laisser envahir par la médiocrité. Dans sa tête, il remplaça la vision de l'aquarium par celle de la Diva dont le portrait faisait littéralement éclater la première page du menu : Schubert-Schumann-Brahms.

Les ouvreuses tirèrent une gueule longue comme le bras de le voir arriver aux fauteuils d'orchestre à deux cents balles en jean et blouson d'aviateur en cuir brun sur lequel l'usure d'un bon quart de siècle avait laissé sa trace.

Il était au troisième rang, au milieu. Pour y arriver, il écrasa quelques pompes de chez Jourdan, puis il se laissa glisser dans son siège comme dans une baignoire. Autour, on chuchotait sec. Jules attendit qu'on l'ait oublié pour ramener sa boîte à violon à la verticale entre ses jambes. N'allez pas croire que Jules passait son temps à insuffler du nerf à son *staccato.* Il aimait trop la musique pour chatouiller un Stradivarius de bazar. Dans sa boîte, il n'y avait ni violon ni archet, mais tout simplement un Nagra avec ce qu'on trouvait de mieux comme micros : des *Shoeps.* Il avait mis des semaines à bricoler le tout, améliorant sans cesse sa mallette de prise de son. Il lui suffisait d'appuyer sur un déclencheur placé dans la poignée pour que le magnétophone se mette en marche. La balance était préréglée d'après l'acoustique de la salle, la place à laquelle il se trouvait et le type d'instrument qu'il avait à enregistrer.

En cinq ans, il s'était constitué une collection unique de bandes prises sur le vif et pour lui les Divas reproduisaient à l'infini les moments sublimes des concerts. Même un technicien de chez DGG auquel il avait fait entendre un récital de

Leontyne Price à l'Opéra en était resté la gueule ouverte. Tout le fric de Jules était épongé par cette unique et violente passion qui absorbait son être.

Le chant, il connaissait comme si sa nourrice avait été une soprano aux seins noirs auxquels il aurait tété de la musique liquide.

Jules se mit à regarder le plafond 1910 de Maurice Denis. Des couleurs pastel à faire s'étrangler Andy Warhol. Les muses s'en donnaient à cœur joie. Jules regrettait simplement qu'elles ne pissent pas plus souvent. Ça piaillait dur à tous les étages.

Jules concentra son attention sur la scène vide où le Steinway luisait comme une perle noire. Dans sa tête, les visages multiples de sa Diva dont il avait découpé les photos dans les magazines américains auxquels il était abonné, se mirent à tournoyer en faisant naître dans son corps des gerbes de frissons. Il s'assura que ses micros dissimulés dans les angles supérieurs de la boîte étaient bien dirigés vers la scène puis, comme le début du concert se faisait attendre, il jeta un œil sur la biographie de Cynthia Hawkins : elle était née dans le Mississippi. On ne disait pas en quelle année, mais Jules savait qu'elle avait trente-deux ans. Études à la Julliard School de New York. Premier récital à Carnegie Hall en 1970. Shoenberg, le critique le plus dur du Nouveau Monde, écrit dans le *New York Times :* « La magie d'une voix qui atteint au sublime et vous tient en haleine de note en note, jusqu'aux plus rares extases. » Débuts au Metropolitan Opera deux ans plus tard dans le rôle d'Aïda. Sa prestation est suivie d'une ovation de quarante-trois minutes. D'autres rôles : Tosca, Pamina, Cléopâtre, Léonora, Donna Anna, Tatiana, Amelia, Carmen, etc.

Cynthia Hawkins, en dépit des offres qui lui sont faites, refuse obstinément d'enregistrer des disques, de se produire à la télévision et à la radio, ce qui contribue à faire de chacune de ses apparitions une manifestation unique et exceptionnelle.

Cynthia Hawkins refuse de donner plus de vingt concerts par saison car, dit-elle, il lui est impossible de mourir plus de deux fois par mois.

Clac, projecteurs, silence. Le couvercle du piano renvoie un reflet d'or sur le fond de la scène. Attente. La petite porte s'ouvre sur la gauche, Cynthia Hawkins paraît dans une robe rouge, somptueuse. Elle s'avance. Tissu fendu sur la cuisse, chevelure comme une auréole, visage plein et sensuel, une trace d'anxiété. Jules met le magnétophone en marche. Le pianiste commence. C'est un lied de Schubert. La voix entre dans le corps de Jules, les premières larmes coulent sur ses joues. Il pénètre à l'intérieur de la musique.

Depuis trois jours, Serge et Alba étaient à la recherche d'un appartement. Dans l'après-midi, on leur avait présenté un superbe huit pièces au coin de la rue de l'Université et de la rue de Beaune, au dernier étage, avec terrasse, ascenseur privé. Serge avait dit oui. Il était seul dans l'appartement vide. Le bruit de l'interphone tira Serge de ses rêveries qui flottaient comme un brouillard autour du corps d'Alba.

Elle apparut chargée de paquets qu'elle laissa glisser sur la moquette, le type qui était derrière elle fit de même.

– Salut, Serge. Je te présente Mohamed. Il a été super gentil. On a bourré son taxi. Il est resté avec moi tout l'après-midi.

Gorodish serra la main du Berbère. Il avait une bonne tête.

– Tu as un numéro de téléphone ?

– Oui, pourquoi ?

– On va beaucoup rouler, alors, si tu es libre...

– D'accord...

– *Ouacha*, dit Serge exhibant le peu d'arabe qu'il connaissait. Passe demain matin vers 10 heures, on ira faire des courses. Il nous manque encore des choses.

Ils vidèrent deux bières chinoises pendant qu'Alba sirotait un Coca, Gorodish le paya, lui laissa un bon pourboire, puis il se retrouva seul avec son ange des ténèbres.

Elle l'embrassa sur le coin des lèvres et se mit à tout déballer, exhibant un à un les fruits de ses pérégrinations.

– On va dormir comme des dieux, dit-elle.

Il y avait deux sacs de couchage rouges, des matelas gonflables, des couvertures, des oreillers, une bouteille Thermos chinoise, une lampe de table design italienne, du café, du sucre, du lait, des tasses, quelques couverts, du Nesquik banane.

– Pas mal pour commencer, non ?

– C'est parfait.

– Je suis allée à la Samaritaine, c'est extra. Qu'est-ce qu'on a envie de piquer comme trucs, là-bas.

– Je te laisserai une pièce pour entreposer ton butin de

guerre, mais pour le moment, on va s'occuper de se faire un appartement vivable. On en a au moins pour une semaine.

– C'est déjà vivable, on a de quoi se pieuter, la cuisine est tout installée, le téléphone marche. Que veux-tu de plus ? Il y a de la moquette, on n'a qu'à foutre des coussins partout, j'aime bien vivre par terre. On remplit le frigo et voilà.

– On ne va tout de même pas camper, dit Gorodish.

Pour l'instant il jugeait du volume de la pièce et voyait déjà les rayonnages de disques, une super chaîne hi-fi et lui, affalé sur un canapé ou des coussins, peu importe, en train d'écouter...

À cet instant, surgirent dans sa tête les premières notes (ré-do-mi-si-do-sol-mi-do) des Variations Diabelli de Beethoven. Une œuvre qu'il avait travaillée dans le temps. Gorodish planait dans les hautes sphères par la seule force de son imagination.

Alba avait disparu dans la cuisine où elle se préparait un Nesquik banane géant. Elle en but la moitié et revint vers Serge.

– Moi j'aimerais un labo photo. On a au moins une pièce qui ne sert à rien. Tu m'apprendras à tirer ?

– Si tu veux, mais avant le labo photo, on va acheter des lits, des fauteuils, une table.

– Tu es vraiment con, c'est pas un garde-meuble ici. On a eu la chance de trouver un grand truc sympa et vide et toi tu ne penses qu'à le remplir. Le seul truc dont tu aies vraiment besoin, c'est une super chaîne hi-fi pour écouter ton Rachmaninov et compagnie. Je t'assure, on est bien par terre.

– Dans le confort, on pense mieux, dit Gorodish amusé.

– C'est pas vrai puisqu'on dit que la plupart des grands artistes ont vécu comme des chiens. Moi, ce que je veux, c'est devenir une artiste dans ce que j'ai choisi, je veux monter des coups vraiment grands, tu comprends.

– On va couper la poire en deux, on achètera des coussins pour que tu puisses te vautrer sur la moquette pendant que je serai sur un bon canapé de cuir, OK, dit Serge conciliant.

– Comme tu veux, chacun son trip.

Alba ouvrit la grande baie vitrée du salon qui donnait sur la terrasse, elle fit quelques pas, c'était superbe. Elle imagina une forêt, tout le long, pour se réveiller en voyant des arbres.

Elle aurait bien voulu que Serge mette un peu plus de passion dans la discussion, mais il restait toujours calme, imperturbable alors qu'Alba rêvait de disputes orageuses suivies de grands attendrissements couronnés par une réconciliation tendre et amoureuse. Elle se décida pour une attaque-surprise :

– On va dormir dans un grand lit alors, dans la chambre à coucher avec glace et tout. Tu sais, je n'ai pas encore l'âge de faire des mômes, de toute façon, je prendrai la pilule.

– Il n'en est pas question, tu auras ta chambre, ton sac de couchage et ton lit de camp.

– On ne va pas dormir ensemble ?

– Non.

– Tu as déjà entendu parler du fossé des générations ?

– Je t'achèterai une pelle pour le combler.

– Et toi, tu ne feras rien ?

– On montera des coups.

– J'aime mieux ça. J'avais un père, je l'ai balancé, j'en veux pas d'autre. Si je suis tombée amoureuse de toi, c'est parce que tu n'étais pas comme les autres. Mal sapé, mais avec des yeux... Le seul truc de luxe que je voudrais, c'est une grande baignoire ronde, comme les stars de Hollywood. Ce serait super !

– OK, petite garce.

– Ça et un vrai labo, c'est tout ce que je veux.

– On finira par être d'accord. Pas de bagnole ?

– Le métro et le taxi, tu crois que c'est fait pour les Apaches ?

– Tu sais que je commence à trouver un filon...

– Tu es sur un coup ?

– Je crois.

– Tu ne veux pas me le dire ? J'aurai peut-être des idées.

– Il faut le laisser mijoter encore un peu.

– Quand je pense que je serais encore en train de moisir dans ma petite ville si je ne t'avais pas rencontré. Je n'aurais jamais osé rêver d'une vie si chouette, libre... Tu sais que j'ai la dent, si on sortait bouffer quelque chose, mon petit Serge ?

Alba et Serge sortent. La pluie a cessé. Ils se tiennent par la main, Alba veut aller dans une pizzeria, Serge se laisse conduire.

Le concert se termine. Après le troisième bis, Jules fonce vers les coulisses. Il est un des premiers. La porte de la loge exiguë est fermée, la Diva fait attendre ses admirateurs. Lentement, leur foule grossit devant la porte. Jules reconnaît l'un de ses copains disquaire, une folle, blonde et merveilleuse, qui connaît l'opéra comme personne et qui lui fait des prix. L'émotion les empêche de parler. Enfin, la porte s'ouvre, ils s'engouffrent dans le réduit qui sert d'écrin à la sublime créature.

Elle s'est changée, une très belle robe noire au décolleté bordé de brillants a remplacé la robe de feu, négligemment jetée sur un fauteuil.

Jules a de la peine à retenir quelques larmes. Elle lui fait un gentil sourire et signe son programme. Jules reste comme fasciné, d'autres admirateurs le poussent de côté. La robe est là, toute proche. Sans savoir ce qu'il fait, il saisit la robe par une manche et doucement la tire et la roule sous son blouson de cuir, puis il sort en jetant un dernier regard à la Diva.

Il sort avec d'autres, passe devant le gardien de l'entrée des artistes, rejoint sa mobylette pris d'une intense jubilation. La robe est contre lui, il file sur les boulevards, heureux, les oreilles et le corps pleins de musique.

Il rejoint le 20e où il habite une grande chambre qui donne sur les boulevards extérieurs, gueulant dans la nuit des bribes de lieder.

Jules met les quatre derniers lieder de Strauss sur la platine, règle son ampli, jette son blouson dans un coin et se couche sur le matelas posé par terre, la robe de la Diva contre son corps, il hume le délicieux parfum dont elle est encore tout imprégnée. Quelle folie !

Jean Saporta n'était pas Louis XIV, mais la splendeur de son petit Versailles, bien isolé et bien gardé, dans l'Oise, avait de quoi en foutre plein la vue. La piscine chauffée, le bain turc, la salle de billard, les petits maîtres du XVIIIe siècle, les arbres rares, le cuisinier chinois, le silence même, tout sentait le fric et l'ordre.

Objet parmi les autres objets, Nadia appartenait à Saporta. Elle était là pour briller et brillait en apparence. Il faisait nuit, il y avait des lumières partout dans la maison silencieuse. Saporta n'était pas là.

Nadia n'en pouvait plus. Derrière chaque objet, elle voyait les petits sachets propres d'héroïne dont Saporta abreuvait la

France. Saporta était un industriel de la came et de la prostitution comme d'autres le sont du sucre ou de l'acier. Parfait produit de son propriétaire, Nadia avait commencé par être une ouvrière zélée de l'usine avant d'être remarquée par le patron. Elle avait gravi tous les échelons de la promotion. Ses vingt-sept ans étaient lourds à porter. Une légion de garces se bousculaient au portillon pour la remplacer. Saporta lui faisait l'honneur de la tolérer, mais depuis quelque temps, elle sentait approcher la fin de son règne éphémère.

Depuis trois semaines, Saporta ne lui avait pas parlé. Quelques mots secs avaient salué son retour à la vie après qu'elle ait tenté de se suicider en s'ouvrant les veines :

– Sache qu'on ne se suicide pas sans ma permission.

Ces mots, elle ne cessait de les répéter. Elle avait peur. Saporta ne daignerait plus toucher un objet réparé. Même une toile retouchée lui faisait horreur. Une femme à plus forte raison. Qu'allait-il faire d'elle ? Au mieux, lui donner la permission de mourir. La vendre peut-être ? Saporta s'était flatté devant elle d'avoir cédé l'une de ses maîtresses à un ami irakien.

La seule différence entre Nadia et les autres filles était qu'en deux ans Nadia avait soigneusement retenu des choses importantes, pensant ainsi se constituer un jour une rente à vie. Bien vite, elle avait réalisé qu'on ne faisait pas chanter Saporta, mais elle avait continué à observer et à tendre l'oreille.

Son raisonnement était simple. Saporta régnait par la peur. Aujourd'hui, elle n'avait plus peur car elle acceptait la mort. Saporta était donc à sa merci.

Son plan était prêt depuis longtemps.

Nadia monta dans sa chambre, elle mit une cassette vierge sur son magnétophone et commença l'enregistrement qui mettrait fin à la carrière de Saporta.

D'une voix tremblante, elle se mit à disséquer l'organisation de Saporta, indiquant avec rigueur les différentes ramifications dont elle avait connaissance, tant dans le domaine de la prostitution que dans celui du trafic de l'héroïne. Enfin, elle donna des noms, sans oublier celui du policier qui couvrait Saporta.

Après cinquante minutes d'un travail bien fait, Nadia s'arrêta, la gorge sèche, essoufflée, terrorisée par le processus irrémédiable qu'elle venait de déclencher. Elle dissimula la cassette dans un tiroir de lingerie, se coucha sur son lit en espérant que Saporta ne l'empêcherait pas de sortir demain.

Comme elle croyait assez peu à la chance, elle n'osa pas se réjouir encore, cependant quelque chose montait en elle, un sentiment de force inexplicable et profond. Elle se plut à imaginer la fin de Saporta, dans une cellule, abandonné de tous, faible, payant ses crimes, enfin.

Tard dans la nuit, elle entendit la Mercedes glisser sur les gravillons. Saporta monta se coucher sans passer la voir.

Serge déplia les lits pendant qu'Alba déroulait les sacs de couchage.

– En attendant d'avoir des pieus, j'espère que tu es tout de même d'accord pour qu'on dorme l'un près de l'autre.

– La prochaine fois, je t'emmènerai dans un bon restaurant.

– C'était super ce soir, non ?

– Pas mal.

Gorodish s'enfila dans son sac rouge pendant qu'Alba prenait une douche interminable. Il la vit arriver nue et ruisselante.

– On n'a même pas de serviette de bain. Demain, j'irai en acheter de très grandes.

– Essuie-toi avec ta chemise et fous-la sur le radiateur.

Gorodish ne put s'empêcher de contempler les lignes pures et lisses de ce corps adoré.

Alba éteignit, entra dans son sac et vint se blottir sur l'épaule de Serge. Elle s'endormit très vite et Serge déposa sur ses lèvres un léger baiser.

2

Jules venait de balancer le dernier coffret d'Horowitz dans la sacoche de sa mobylette. Derrière le plexiglas, il avait monté une petite boîte à cigares où il posait son magnétophone à cassettes. L'air était plus doux, comme si le printemps allait succéder à l'automne. Les nuages blancs se déplaçaient par groupes. Jules aimait son boulot. Il se sentait libre, la voix de Leontyne Price qui ce matin-là chantait Carmen montait vers lui, tous ses sens étaient tendus vers la voix pure, il se faufilait adroitement entre les voitures, sans casque car il ne pouvait supporter d'avoir les oreilles bouchées. Ce matin, il allait déposer le coffret à Radio-France. Au lieu de prendre les quais, il poussa jusqu'à l'avenue de la Grande-Armée pour boire un pot avec d'autres coursiers qui se retrouvaient dans un bistrot et échangeaient leurs courses au ticket. Jules était payé au mois, il faisait ses courses lui-même, d'autant plus qu'il avait toujours affaire aux mêmes personnes et qu'il les aimait bien, car tout ce qui touchait à la musique le passionnait.

Il avait dans sa poche le petit mouchoir brodé qu'il avait trouvé dans la robe rouge de sa Diva. Il savait qu'elle était descendue au Ritz et projetait d'y passer. Qui sait, il aurait peut-être la chance de la voir.

Mohamed arriva vers 10 heures, comme convenu. Alba lui offrit un café, elle venait de se lever, Gorodish avait eu le temps d'aller acheter des journaux : *Métro* et *Libération*, puis il s'était arrêté à Pan Musique, rue Jacob, où il avait écouté plusieurs chaînes hi-fi. Pour finir, il s'était décidé pour une chaîne Technics et des enceintes Elipson. Un technicien devait venir installer le tout dans l'après-midi.

Gorodish était un peu absent, il méditait.

– On commence par quoi ? demanda Alba.

– Tu as une idée ?

– Je retournerais bien aux Galeries Lafayette pour les casseroles et tout le barda de la cuisine.

– Moi je pencherais plutôt du côté canapé, lit et table.

– Viens avec moi, il y a tout ce qu'il faut là-bas.

– D'accord.

Mohamed conduisait comme un chauffeur de limousine, en douceur. Deux heures plus tard, ils commençaient à déballer et à ranger. Gorodish avait laissé faire Alba, elle semblait s'en tirer très bien. Il avait acheté un lit. Pour le reste, il avait son idée. Il trouverait sans doute ce qu'il cherchait dans les boutiques de luxe du boulevard Saint-Germain où il irait flâner cet après-midi.

Cette fois, Alba désirait aller déjeuner au Drugstore, à cause des glaces.

Vers 11 heures, lorsque Nadia se fit monter son petit déjeuner au lit, elle apprit que le patron était déjà parti.

Une demi-heure plus tard, elle montait dans sa Lancia et filait vers Paris. Elle s'assura qu'elle n'était pas suivie avant de s'arrêter près d'une cabine. Le seul homme auquel elle pouvait faire appel sans risque, c'était Michel Krantz, l'un de ses anciens amants, un détective privé sans grande envergure, mais d'une irréprochable honnêteté.

– Allô ! Michel...

– Qui est à l'appareil ?

– C'est moi, Nadia.

– Que se passe-t-il ?

– J'ai quelque chose de très important pour toi. Des renseignements. Une mini-cassette. Je voudrais que tu la transmettes à quelqu'un de sûr.

– Je n'aime pas beaucoup ce genre d'affaire... Enfin, pour toi, je veux bien risquer le coup.

– Je passe chez toi ?

– J'ai déménagé, c'est compliqué, j'habite à Sceaux. Voyons-nous plutôt à Paris. On peut déjeuner au Dupont-Wagram si tu veux. Dans une heure.

– D'accord. À tout à l'heure.

Au Ritz, depuis la veille, c'était la panique. Au moment d'aller dîner au restaurant de l'hôtel où son agent Simon Weinstadt avait invité la crème des critiques et les responsables des maisons de disques, la Diva s'était aperçue de la disparition de sa robe. On avait couru au théâtre, on avait cherché partout, en vain.

La Diva, bouleversée, avait refusé de quitter sa suite. De toute manière, elle était trop émue, trop vidée de toute substance pour affronter les questions des journalistes et repousser gentiment les propositions des maisons de disques. Ce soir-là, elle avait tout donné à son public. Jamais peut-être, elle n'avait chanté si bien. Sa robe rouge, elle l'avait mise pour son premier récital, puis dans d'autres occasions importantes qui s'étaient toujours soldées par d'immenses succès. Cynthia Hawkins était terrorisée à l'idée d'affronter, dans quinze jours, le public londonien vêtue d'une robe nouvelle. Elle était prête à annuler ce concert. La Diva n'avait pas dormi de la nuit, comme cela se produisait toujours après les concerts. Elle avait attendu en vain et ce matin-là, lorsque Simon Weinstadt vint la trouver en exhibant fièrement la une de *France-Soir* qui titrait : « Qui a volé la robe de la Diva ? », elle ne put retenir ses larmes. Simon Weinstadt dépliait *Le Figaro, Le Matin, Le Quotidien de Paris* où les comptes rendus du concert étaient dithyrambiques. Il savait que celui du *Monde* serait à la hauteur. Un seul article traînait Cynthia Hawkins dans la boue. Il titrait : « La Diva Coca-Cola. » La signature, tout le monde la connaissait, c'était la vieille morue repérée par Jules. Fort heureusement, le sinistre individu n'écrivait dans aucun quotidien important, et Simon Weinstadt se garda bien de faire lire l'article à Cynthia.

La Diva, pour se faire pardonner son absence d'hier, avait promis de donner une conférence de presse dans l'après-midi et les journalistes commençaient à arriver dans les salons du Ritz.

Michel Krantz s'était installé à une table ronde, à l'écart. Nadia le reconnut à peine. Il avait l'air fatigué, usé. Il souriait, mais son visage était amer. Nadia eut un peu honte de sa propre apparence marquée du sceau de Saporta.

– Tu as changé, dit-elle.

– Nous avons suivi une progression inverse.

– Plus maintenant, je crois que nous en sommes au même point.

– Ça me fait plaisir de te revoir.

– Tu es la seule personne en laquelle j'ai confiance.

– Pourtant tu dois en connaître du monde, fit Krantz amer.

– Oui, tu sais quel genre de gens.

– C'est sérieux ce que tu veux me remettre ?

– Je te le dis, c'est de la dynamite. Si cela parvient dans de bonnes mains, c'est fini pour lui. Tu comprends ?

– Pourquoi ?

– Je n'en peux plus, dit Nadia dans un souffle.

– Bon, j'ai déjà pris contact avec quelqu'un de très sûr. Dans quelques heures, le processus sera amorcé.

– Merci.

– Veux-tu que je m'occupe de ta sécurité ?

– Tu sais bien qu'il n'y a plus de sécurité possible pour moi. On me retrouverait n'importe où. De toute manière, je suis foutue.

– Tu lâches la rampe, dit Krantz en laissant tous les traits de son visage tomber vers le bas.

– C'est déjà fait depuis quelque temps.
– Laisse-moi essayer de t'en sortir. Reste avec moi. Je n'ai personne dans ma vie.
– Ce ne serait qu'un sursis. Tu ne connais pas Jean.
– Je sais. Écoute, je n'ai pas faim. Il est plus prudent de nous séparer tout de suite.
Nadia lui passa la cassette, elle regarda une dernière fois son visage et reprit la route de Beauvais. Elle s'arrêta deux fois, ouvrit les vitres de la voiture pour essayer de respirer normalement.
Chang, le cuisinier chinois de Saporta, était très énervé. Il venait de recevoir une information et n'arrivait pas à joindre le patron. Encore une fois, il essaya le numéro de la Mercedes et, cette fois, Saporta répondit.
– Que se passe-t-il ?
– C'est urgent, Monsieur, urgent ! J'ai reçu un appel téléphonique émanant d'une personne qui travaille à la brasserie Dupont à Paris et cette personne croit avoir reconnu Mademoiselle Nadia, laquelle aurait rencontré un nommé Krantz et lui aurait remis une cassette.
– Nadia est-elle rentrée ?
– Non, Monsieur.
– Si elle arrive avant moi, qu'elle ne ressorte à aucun prix.
– J'y veillerai, Monsieur.
Saporta raccrocha.
– Nous rentrons, Louis. Rapidement.

Alba avait avalé une pêche Melba et une coupe Khuri. Gorodish voulait rester dans le quartier ; elle avait envie d'aller se promener sur les Champs-Élysées. Elle remonta le boulevard Saint-Germain, passa place de la Concorde et remonta vers l'Arc de Triomphe.
En passant devant Lido-Musique, elle entra. Elle voulait offrir un disque à Serge. Elle descendit au sous-sol et flâna un moment, indécise.
Elle s'arrêta devant la photo de Pollini. C'était les préludes de Chopin. Tout à coup, elle eut envie de le voler. Une dame parlait à un jeune type en blouson de cuir. Ils n'avaient pas l'air de faire attention à elle. Ce qui devait être difficile, c'était de sortir une fois au rez-de-chaussée. Elle fit glisser le disque

sous son poncho et sortit discrètement. À l'étage, c'était la cohue. Elle se faufila et sortit. Personne ne l'interpella.

Elle fit dix mètres, se retourna. Elle avait réussi. Serge allait être content. Payer des disques, ça lui semblait stupide.

Jules avait abrégé la discussion avec la disquaire. Il avait vu Alba s'en aller avec son disque. Elle avait bien réussi son coup. Il déboucha dans la rue et vit la chevelure blonde, assez loin déjà. Il sauta sur sa mobylette et la rattrapa en roulant entre les piétons étonnés.

– N'aie pas peur, je ne suis pas de la boîte. Je suis coursier. Tu aimes la musique classique ?

– Bien sûr, sinon je piquerais du disco.

– Tu aurais pu te faire prendre.

– C'est un magnéto, ce que tu as autour du cou ?

– Oui, j'aime travailler en musique.

– C'est un truc cher ?

– Assez, oui.

– Tu l'as piqué ? fit Alba avec un sourire.

– Non, tout mon fric passe dans la musique.

– Moi j'aime piquer. Même si j'ai du fric sur moi.

– Comment tu t'appelles ?

– Alba, et toi ?

– Jules.

– C'est ton vrai nom ?

– Oui. J'aimerais bien t'offrir un disque, chez RCA où je travaille, il y a un super catalogue d'opéra et pas mal d'autres choses. Tu aimes l'opéra ?

– Je connais pas bien. J'aime surtout le piano.

– Là, j'ai pas trop de temps, j'ai une course urgente à faire, mais si tu veux, on peut se voir demain, je t'apporterai le disque.

– D'accord, où est-ce qu'on se retrouve ?

– Devant Lido-Musique. Si tu peux vers midi et demi, j'ai du temps libre.

– OK, salut, Jules.

– Ciao !

Alba le regarda partir. Il était sympathique. Il avait des cheveux châtains frisés, un visage un peu triangulaire, un regard sombre et vif, pas prétentieux. Alba n'appréciait pas le genre étudiant.

Ce type lui plaisait parce qu'il travaillait et que son métier lui semblait intéressant.

Paula était inspecteur. C'était l'un des meilleurs agents de la police des Mœurs. Lorsque Krantz lui avait téléphoné, elle avait tout de suite compris qu'il s'agissait d'un gros coup, le plus gros de sa carrière. En marchant vers les Champs-Élysées, elle se demanda si vraiment la cassette contenait de quoi faire boucler un homme aussi rusé que Saporta. Krantz avait l'air de le croire, et sa hâte à se débarrasser de l'enregistrement semblait le confirmer. Paula jeta un coup d'œil rapide sur l'affiche du film. C'était *Barry Lindon*, de Kubrick. Elle était exactement à l'heure. Il lui fallut un moment pour s'accoutumer à l'obscurité. Elle compta les rangs, trois à partir du fond et repéra tout de suite le pardessus clair de Krantz. Duel au bord d'une rivière. Au coup de feu, Krantz lui tendit la cassette. Elle la fit glisser dans la poche de son imperméable. Krantz quitta la salle quelques minutes après. Paula resta jusqu'à la fin du film, puis elle prit un taxi sur les Champs-Élysées. Quelques minutes plus tard, elle était chez elle, avenue Bosquet. Elle se fit un café.

Paula avait décidé de conserver la bande jusqu'au lendemain matin. Elle savait que Saporta avait de hautes protections. Il s'agissait de bien choisir celui à qui elle la remettrait.

Son visage, entouré de cheveux bruns et frisés, était tendu. Une fine ride marquait son haut front. Elle se fit couler un bain et se plongea dans la mousse bleue. Pour prendre de grandes décisions, c'était son endroit de prédilection. Elle pensa aux vacances de Noël qu'elle irait passer à Marrakech, seule ou avec l'homme du moment.

Une heure plus tard, elle avait décidé qu'elle donnerait la cassette à Boulanger, le chef de la brigade. Il n'y avait pas de raison d'en faire profiter les Stupéfiants en priorité, d'autant plus que le quart des prostituées de luxe travaillait pour Saporta.

Nadia fut étonnée de voir la Mercedes. Elle entra dans le salon. Saporta était debout. Petit, maigre et sec, sa force était concentrée dans son visage au teint sombre tout entier dévoré par un regard qui ne semblait jamais se mouvoir : les paupières elles-mêmes donnaient l'impression de ne pas s'abaisser.

Saporta ne portait que des vestes croisées, taillées dans les plus belles étoffes. Un léger rembourrage élargissait ses épaules. Ses cheveux courts, gris et soignés, étaient partagés par une raie impeccable sur le côté gauche. C'est lorsqu'il souriait que Saporta avait l'air le plus féroce. Pas un trait de son visage ne bougeait.

Nadia comprit qu'elle était perdue. Elle tremblait.

– Je t'avais dit de ne jamais revoir Krantz. Dis-moi exactement ce qu'il y a sur cette cassette.

Les mots ne sortaient plus de la gorge de Nadia. Louis était dans un coin en train de tripoter une revue.

– Alors...

– Tout.

– C'est-à-dire ?

– Tout ce que je sais. L'organisation. La drogue et le reste.

Nadia parlait comme un automate. Elle avait l'impression d'être déjà morte. Elle n'avait presque plus peur.

– L'adresse de Krantz ?

– Sceaux. Je ne connais pas l'adresse exacte.

– Louis, fous-moi ça à la cave, on s'en occupera plus tard.

Louis attrapa Nadia et la balança dans l'escalier. Nadia se retrouva dans un carré de béton, derrière une porte blindée, étonnée d'être encore en vie.

Jules venait de découvrir l'article de *France-Soir*. Son amour pour la Diva avait fait le reste. Il avait filé chez lui, récupéré la robe, le mouchoir et, maintenant, il fonçait vers le Ritz. Des journalistes partout. Jules serrait la robe sous son blouson. Pourvu qu'elle soit là. Jules s'adressa au concierge qui le regarda comme s'il désirait voir le pape.

– Tous ces messieurs attendent depuis fort longtemps. Mme Hawkins ne reçoit personne.

Jules demanda une enveloppe. Il y mit le mouchoir de la Diva et fit porter la lettre.

Une minute plus tard, un groom le conduisait à la suite de la chanteuse.

Ça cognait dans son cœur comme dans la sonate pour deux pianos et percussions de Bartok. Il attendait dans le salon, debout, cherchant ce qu'il allait dire lorsque la Diva fit son entrée. Elle le reconnut tout de suite.

– J'ai la robe, madame, dit Jules avec précipitation.

– Tu veux de l'argent ?

– Non, pas du tout, dit Jules en ouvrant son blouson. Excusez-moi, elle est un peu froissée.

– Pourquoi l'as-tu rapportée ?

– J'ai lu l'article. J'ai compris que c'était plus important pour vous que pour moi.

– C'est gentil, assieds-toi. Tu veux boire quelque chose ?

– C'est pas la peine...

– Tu aimes le thé ?

– Oui...

Cynthia Hawkins décrocha le téléphone et commanda deux thés. Jules n'en revenait pas. Il avait l'impression d'être écarlate. Il aurait voulu que le temps fasse une pause sérieuse pour mieux savourer ces instants. Il souhaita que le service soit très lent. Elle était là, devant lui, dans une robe bleu-vert, aux multiples reflets, coupée dans un sari indien. Il sentait son parfum qui imprégnait la pièce. C'était le bonheur à la puissance dix. Elle vint s'asseoir en face de lui.

– Le concert, hier, c'était... je ne sais pas comment vous dire...

– Ne cherche pas de mots, ce sont toujours les mêmes. Il suffit de voir le visage des gens pour comprendre et hier, quand je t'ai vu, j'ai compris.

– Je ne sais jamais quoi dire dans ces cas-là... Je sais tout ce que vous avez fait, enfin tout ce qu'on lit dans les magazines américains.

– How... You speak English... You are a real fan...

Jules flippait complètement de voir le sourire de la Diva. Il la regardait, c'est tout. Un larbin vint déposer le plateau, elle lui servit son thé, elle, Cynthia Hawkins, la Diva.

– Elle est un peu froissée, la robe... J'espère que je ne l'ai pas abîmée...

– Tu as dormi avec ?

– Non, enfin, pas vraiment.

– J'ai envie de te faire un cadeau.

– À moi, vraiment...

– Viens.

Jules se leva, elle le prit par la main et le conduisit dans sa chambre. Il y avait des trucs partout, plateau sur le lit, bouteilles d'eau vides, vêtements jetés pêle-mêle, valise de daim ouverte.

Cynthia ouvrit la porte de l'armoire surmontée d'une applique. Il y avait au moins trente robes pendues les unes à côté des autres. Ça éclatait de couleurs, partout, et des chaussures, des écharpes, un vison noir, noir comme Cynthia, un manteau de bestiole comme on en voit dans les cirques, tigre ou léopard.

– Prends la robe que tu veux, je te l'offre.

– Vraiment... pour moi ?

– Choisis.

– Je ne peux pas, je préfère que vous choisissiez.

– Comme tu veux.

Cynthia fit courir ses mains fines parmi les étoffes électriques. Elle sortit une robe longue, gris perle, décorée d'une broderie ton sur ton qui faisait un pan tombant en diagonale sur la poitrine et à l'extrémité duquel scintillait un brillant.

– Tu veux celle-ci ? J'ai beaucoup chanté avec.

Elle lui mit la robe dans les bras. Ils retournèrent au salon. Jules ne trouvait pas les mots. Il était dingue de bonheur. Même le thé avait du mal à passer dans sa gorge nouée. Le téléphone sonna. Cynthia promit de venir tout de suite.

– Les journalistes m'attendent, c'est mon agent, Simon Weinstadt. Il va falloir que je descende.

– Vous allez rester longtemps à Paris ?

– Au moins dix jours, mon prochain concert est à Londres le 8 novembre.

– Qu'est-ce que vous allez chanter ?

– Schubert, Wolf, Fauré.

Jules avait fini sa tasse de thé. Il se leva, plia la robe avec soin et la mit sous son blouson. Tout à coup, il sentit quelque chose qui partait du fond des entrailles et montait dans sa gorge nouée. Il serra les lèvres, il essaya de se retenir en vain, ses yeux se mouillèrent. Cynthia ouvrit la porte. Elle le prit par les épaules, toujours ce sourire magique. Elle l'embrassa sur les joues.

– Téléphone-moi demain vers 10 heures, OK ?

Jules hocha la tête et disparut. Ça commençait à être les chutes du Niagara. Dans l'ascenseur, il mit ses lunettes de soleil et traversa le hall d'un trait. Il fit un salut de la main à un journaliste en conversation avec le directeur artistique de la Nippon Columbia et l'un de ses collègues. Les deux Japonais le regardèrent. Ils avaient l'air anxieux.

– Qui est-ce ? demanda Mihara.

– C'est un coursier de chez RCA, il adore l'opéra, répondit le journaliste.

– Il a été reçu, nous espérons que Mme Hawkins n'est pas en train de conclure un arrangement avec nos remarquables collègues.

– Ils n'auraient pas envoyé un coursier.

– Qui sait ? À la guerre comme à la guerre, dit le Japonais fier du choix de l'expression.

L'arrivée de la Diva resplendissante mit fin à la conversation. Jules roulait.

Jules roule. Tant pis pour le boulot. Il a l'impression d'être sur un tapis volant.

Un taxi vachard lui fait une queue de poisson. Il est obligé de passer sur le trottoir pour ne pas tomber. L'ennemi irréductible du coursier. Après quelques jurons, il reprend sa route.

Dès qu'il est chez lui, il branche son ampli, son œil parcourt les étagères de bois pressé où s'alignent plusieurs centaines de disques et de coffrets d'opéra.

Dans la pièce blanche de quatre mètres sur cinq, les Célestion Ditton 66 font des trous noirs. Au mur, des photos des plus grandes chanteuses au milieu desquelles apparaît sa Diva, représentée par un superbe portrait noir et blanc de grand format reproduit d'après celui d'un magazine américain. Un collier de perles étincelle sur la peau noire. Jules regarde un instant la bouche fascinante.

Le plancher est maculé de taches colorées. Un peintre habitait les lieux avant lui. Dans un coin, un petit réfrigérateur, une table branlante où se trouvent un camping-gaz à deux trous et quelques ustensiles de cuisine. Jules prend un yaourt aux fruits, puis il s'installe confortablement sur le matelas posé dans un coin et qui lui sert de lit. Ses vêtements sont fourrés n'importe comment dans les casiers à disques de bois pressé qui sont encore inoccupés. Il a prévu grand, mais d'ici quelques mois, il faudra qu'il construise une autre aile.

La bande miraculeuse est sur son Nagra. Il appuie sur la touche. Il reconnaît le silence du théâtre des Champs-Élysées. Il prend son souffle, le piano commence, puis la voix, dans toute sa splendeur, dans toute son intensité contenue. Les enceintes restituent à merveille le grain de la voix, les moindres fluctuations de timbre, le vibrato très pur, serré, presque immatériel, la respiration, le frémissement, toutes les subtilités du lied s'écoulent en lui, comme un fleuve. Le piano est clair, présent, juste ce qu'il faut, tout est parfait.

Jules oublie le monde, tout entier dans la musique, tout entier suspendu dans l'espace, blotti contre la robe de sa Diva dont s'exhalent les délices d'un parfum sensuel et subtil.

3

Michel Krantz avait passé sa soirée à taper le carton avec des copains. Lorsqu'un taxi le déposa devant son pavillon, fruit d'une vie laborieuse et sans grands succès, il n'était pas loin de 3 heures du matin.

Dans le jardin, il jeta un coup d'œil mélancolique à la coque d'un petit voilier qu'il s'était mis à construire d'après les plans fournis par une revue spécialisée. De deux choses l'une, ou le plan de la revue avait été conçu par un incapable, ou Krantz n'était pas doué pour le bricolage. Il savait bien que son bateau n'arriverait jamais jusqu'à la mer, mais comme il y travaillait tous les week-ends depuis les premiers beaux jours du printemps, il ne voulait pas perdre un temps égal à démonter ce qu'il avait fait. Ce bateau, c'était un peu son rêve. Toute la soirée, il avait pensé à Nadia. Il n'en revenait pas de l'avoir eue commd maîtresse. Une fille pareille avec lui... Ce salaud de Saporta l'avait bel et bien bousillée. Krantz avait senti qu'il n'y avait plus rien dedans, c'était une expression à lui qu'il trouvait parfaite.

En marchant sur les petites dalles de béton qui menait à la porte du pavillon, il appela son chat qui avait l'habitude de sortir le soir.

– Toto, viens mon Toto, viens voir ton papa.

Après tout, il n'avait qu'à coucher dans le garage. S'il ne venait pas, c'était sans doute qu'il avait trouvé à manger. Krantz appela encore une fois. Il avait l'habitude de dormir avec son chat.

Il ouvrit, alluma. Il eut de la peine à reprendre son souffle. Saporta et ses anges gardiens étaient assis dans ses fauteuils.

Un truc, genre 38 à silencieux, était pointé vers lui, et Toto était là, sur les genoux de Saporta. Les chats sont bizarres.

– C'est minable chez toi, Krantz. Je te l'ai dit il y a quelques années, tu n'as pas la gueule d'un type qui réussit. Est-ce que tu crois qu'on va te descendre ?

Ils n'ont pas perdu de temps, pensa Krantz. Secrètement, il admirait l'efficacité de Saporta. Ce n'était pas pour rien qu'il restait à la tête de son empire et que tous ceux qui lui cherchaient noise finissaient allongés dans l'ascenseur qui mène au sous-sol.

– Que voulez-vous ?

– On voulait te souhaiter la bonne année, dit Paulo, celui qui tenait le flingue.

Pas le genre courtois. Saporta, lui, avait plus de classe.

– Tu as une petite chance de t'en sortir. Où est la cassette ?

– J'ai passé la main, c'était trop gros pour moi.

– Tu aurais dû y penser avant. Explique.

– Dès que j'ai reçu le coup de fil de Nadia, j'ai téléphoné à un inspecteur, une connaissance, de la brigade des Mœurs. Je l'ai rencontré une heure après avoir vu Nadia et je lui ai remis la cassette.

– Tu n'as même pas pris le temps de l'écouter ?

– Non, je ne voulais pas tremper là-dedans.

– Tu manques d'ambition, c'est mauvais pour la santé. Le nom et l'adresse ?

– Et si je ne vous les donnais pas ?

Paulo se mit à glousser de rire.

– Plaisante pas, petit père, on est fatigués. On n'a pas l'habitude du travail de nuit.

– D'accord, d'accord. Elle s'appelle Paula Dumézil, 64, avenue Bosquet.

– Tu connais ce nom-là, Louis ? demanda Saporta.

– Oui, elle travaille aux Mœurs.

– Vous voyez, je ne vous mène pas en bateau, dit timidement Krantz.

– Si j'avais un arc, dit Paulo, je te descendrais, tu ne vaux même pas une balle.

– Relève ta manche, dit Louis, en préparant une seringue et un garrot.

– C'est quoi ? demanda Krantz effrayé.

– Un petit somnifère.

– Si je dois crever, je préfère une balle...

– Tu ne vas pas te mettre à pleurer pour une piqûre, dit le patron. Tu te réveilleras. Rappelle-toi d'une chose simplement. Tout se sait.

Krantz fut un peu rassuré par la dernière phrase. Il tendit son bras ; quelques minutes plus tard, il s'endormait sur le fauteuil, pour de bon. C'était ce que Saporta appelait une crise cardiaque.

– On rend visite à la fille, patron ?

– Non. C'est un flic. Il faut y aller doucement. Si la bande était en circulation, je le saurais. C'est pour tout à l'heure. On va patienter.

Gorodish aimait se lever tôt. À 8 h 15, il était de retour chez lui avec une pile de journaux. L'appartement commençait à devenir confortable. Un grand canapé de cuir, des fauteuils bas et profonds, une chaise relax, idéale pour lire ou écouter de la musique.

Il déposa les journaux sur la table de verre et sortit sur la terrasse qui faisait le tour de l'appartement. De grandes baies vitrées donnaient sur les chambres. Il s'arrêta un moment pour regarder Alba, fourrée dans son duvet. Lorsqu'elle dormait, son visage tranquille, un peu boudeur, ses longs cheveux blonds lui donnaient un air de jeune divinité au repos. Gorodish ne put s'empêcher de sourire. Sa vie serait faite de surprises, il le savait.

Gorodish prépara le petit déjeuner. Café noir pour lui, Nesquik banane froid pour Alba, toasts, beurre et confiture. Il déposa le tout sur la table de verre, puis d'un baiser sur le front, il alla réveiller Alba, qui protesta en se coulant au plus profond de son sac.

Dix minutes plus tard, Alba fit son apparition vêtue d'un collant de danse en laine noire.

– Tu as déjà fait le tour de Paris ?

– Presque. Je suis allé chercher des journaux.

– Tu vas lire tout ça ?

– Toi aussi.

– C'est nouveau ce truc ?

– Tu verras, on apprend beaucoup de choses, je veux dire des choses qui peuvent nous intéresser, tu comprends. Avec un peu de pratique, on apprend à flairer les papiers utiles.

– Tu ne veux pas me désosser le boulot ? dit Alba, câline.
– Non, chacun sa technique.
– D'accord.

Alba se concentra sur son petit déjeuner, engloutit quelques tartines, puis elle s'allongea sur le canapé en prenant une pose de star hollywoodienne.

– Tu es content de ta chaîne ?
– Très. Le disque que tu m'as offert est beau.
– Ce soir, tu en auras un autre. Un coffret d'Horowitz.
– Tu as l'intention de le piquer ?
– Non, on va me l'offrir. Hier, j'ai rencontré un jeune type qui est coursier chez RCA, très bien, on doit déjeuner ensemble. Une bonne relation, non ?
– Peut-être, dit Gorodish d'un ton indifférent.
– On l'écoute, ton disque ?

Serge mit le disque sur la platine. Ils écoutèrent en silence. Alba commençait à aimer ça. Ensuite, ils passèrent deux heures à éplucher la presse. Gorodish posait des questions pour savoir ce qu'Alba remarquait. Un peu brouillon, mais il fallait de l'entraînement.

Alba avait espéré que Serge se montrerait un peu jaloux de son rendez-vous avec Jules, mais le vieux renard n'avait pas touché à l'hameçon.

Paula se réveilla tard. Son réveil n'avait pas sonné. Avant toute chose, elle vérifia si la cassette se trouvait toujours là. Une demi-heure plus tard, Paula sortait.

Dès qu'elle fut dehors, elle repéra une grosse Mercedes et trois hommes qui semblaient attendre. Quelque chose se noua dans son ventre, un frisson se répandit dans tout son corps. Elle marchait sur le même trottoir. Elle n'eut pas besoin de se retourner, elle entendit claquer une portière, elle était filée.

Paula fit quelques dizaines de mètres, puis elle héla un taxi qui venait des Invalides. Il fallait surtout qu'elle donne l'impression de n'avoir rien vu.

– À l'Étoile, s'il vous plaît.

» Déposez-moi devant le Quick-Élysée, dit Paula.

Elle s'installa à la terrasse et commanda un petit crème. Elle ne vit pas la Mercedes, mais quelques minutes après, deux hommes entrèrent et allèrent au bar.

Paula avait peur, la cassette était dans la poche de son

imperméable, elle aurait pu la toucher. Elle pouvait essayer de les semer dans l'une des galeries marchandes des Champs-Élysées, mais elle risquait de précipiter les choses. Elle se demandait pourquoi ils n'avaient pas tenté de prendre la cassette dans l'escalier de son immeuble.

Dix plans contradictoires lui traversèrent l'esprit. Pour finir, elle choisit de tenter de mettre la cassette en lieu sûr, de continuer sa promenade et d'aller la récupérer lorsque la filature cesserait. Le tout était de trouver un endroit où elle pourrait cacher la cassette. Elle pensa descendre aux toilettes, mais elle était certaine qu'elle serait suivie. Elle risquait de tout compromettre. Paula paya, elle sortit et descendit les Champs-Élysées en flânant, sans essayer de semer ceux qui la suivaient. Elle cherchait désespérément un endroit où déposer la cassette subrepticement et ne trouvait rien qui ne fût risqué.

Depuis 9 heures, Jules sillonnait Paris, regardant sans cesse sa montre, attendant l'heure fatidique.

À 10 heures moins 5, il appuya sa mobylette contre un arbre, devant RCA, et il se rendit à la cabine la plus proche. Après une ou deux minutes d'attente, il entendit la voix chaude et mélodieuse de sa Diva.

– Bonjour, c'est Jules...

– La robe te plaît toujours ?

– Oui, bien sûr...

– Je pensais t'inviter à déjeuner, mais c'est impossible. J'ai beaucoup de rendez-vous et je dois travailler avec Geoffrey, mon pianiste, qui doit partir à Cologne. Mais si tu veux, rappelle-moi demain, vers la même heure, ce sera peut-être possible.

– On va déjeuner ensemble...

– May be...

– Je pense tout le temps au concert...

– Tu es gentil...

– Bon, je rappelle demain...

– Bye...

Jules avait de la peine à croire à ce qu'il lui arrivait. Des gens importants attendaient des jours pour voir Cynthia Hawkins et lui leur grillait la première place sur la ligne d'arrivée. Jules monta chez RCA, il avait un sacré paquet de disques à prendre car il avait groupé toutes ses courses de l'après-midi pour pouvoir rester plus longtemps avec Alba. Il devait entre autres passer aux Buttes-Chaumont pour arroser les gros bonnets des dernières parutions.

Paula passa devant le Drugstore et prit l'avenue Matignon. Sans trop savoir pourquoi, elle décida de continuer, cherchant désespérément. Tout en marchant, elle sortit la cassette de sa poche et la fit glisser dans la manche de son imperméable.

Une glace lui permit de voir que les autres étaient à une bonne trentaine de mètres derrière elle. Il fallait risquer le tout pour le tout. Elle ne réfléchit pas. À quelques mètres d'elle se trouvait une mobylette, l'une des sacoches était ouverte. Sans ralentir, elle baissa le bras, sentit la cassette glisser dans sa main et juste au moment où celle-ci se trouva au-dessus de la sacoche, elle ouvrit les doigts. Elle entendit le bruit de la cassette qui tombait. Son cœur battait très vite. Il ne lui restait plus qu'à souhaiter qu'ils n'aient pas remarqué son geste.

Elle entendit de lourds pneus qui passaient sur la déclivité du trottoir pour accéder aux places de parking. Elle comprit que c'était la Mercedes de Saporta.

L'avant massif et silencieux de la voiture parvint à ses côtés. Un fourgon de gardes mobiles stationnait à moins de cinquante mètres. La voiture la dépassa. Elle reconnut la silhouette de Saporta qui se tenait à l'arrière. Le troisième homme devait la suivre à pied. Le chauffeur fit une marche arrière pour prendre une place. Saporta sortit. Il venait vers elle, souriant, l'air d'un homme d'affaires courtois. D'après les photos qu'elle connaissait de lui, elle l'aurait imaginé plus brutal, moins homme du monde.

– Je pense que vous me connaissez. Je désirerais vous parler un instant. Puis-je vous inviter à monter dans ma voiture ?

Paula fut un peu décontenancée. Elle avait peine à croire que Saporta allait l'enlever à côté d'un car de gardes armés de mitraillettes. De toute manière, elle n'avait plus la cassette et ne risquait pas grand-chose. Saporta n'était pas du genre à flinguer un inspecteur.

– Ce ne sera pas trop long ?

– Quelques minutes au plus.

Saporta lui ouvrit la portière. Elle entra et se mit au milieu du siège. En même temps que Saporta prenait place à ses côtés, Paulo ouvrit l'autre porte et s'assit. Elle était bien encadrée.

– Vous savez ce que je cherche ? demanda presque timidement Saporta.

– Une cassette, je suppose ?

– Vous avez deviné.

– Comment se fait-il que vous arriviez si tard, un homme comme vous ?

– Voulez-vous dire que vous ne l'avez pas sur vous ?

– Au risque de vous décevoir, je dois vous avouer que cette cassette est déjà parvenue aux personnes intéressées.

– Pouvez-vous me dire de quelle manière ?

– J'avais pensé la conserver jusqu'à ce matin, mais j'ai changé d'avis au cours de la nuit. Un motard est venu la prendre. Je redoutais un peu votre visite.

– Pourquoi ? Vous voyez que tout se passe très bien entre nous. Puis-je vous demander à quelle heure le motard a pris livraison ?

Paula hésita une seconde. Elle sentait la question-piège.

– Un peu après minuit, je crois.

Elle avait tapé juste. Saporta serra les dents.

– Ne serait-il pas possible que vous l'ayez sur vous ? demanda Saporta un peu brusquement.

– Désirez-vous me fouiller ?

– Avec votre permission, pourquoi pas.

Aussitôt, les mains expertes de Paulo la palpèrent des épaules jusqu'aux bottes.

– C'est un tout petit calibre, dit-il en palpant l'arme qu'elle portait sur elle.

– Vous savez bien que tout est dans l'art de s'en servir. Vous êtes satisfaits ?

– Elle n'a rien, patron.

Saporta était un peu pâle. Il ne répondit pas tout de suite. Il reprit vite son assurance.

– Il ne me reste qu'à vous remercier de votre compréhension. Puis-je vous conduire quelque part ?

– J'aurais volontiers dit oui, mais étant donné l'endroit où je vais, on ne comprendrait pas très bien ce qui me vaut l'honneur d'être en votre compagnie.

– Comme vous voulez.

Saporta sortit et la salua. Paula continua à marcher dans la même direction en respirant profondément l'air qui commençait à sentir l'automne et les feuilles mortes.

La Mercedes quitta le parking, la dépassa et disparut dans l'avenue Matignon. Paula, n'excluant pas la possibilité que Paulo revienne à pied, s'arrêta près du car des gardes mobiles et demanda, après avoir exhibé sa carte, qu'on lui détache momentanément quelques hommes. Le capitaine qui se trouvait là l'accompagna en personne avec deux gardes armés de mitraillettes.

Paula revint sur ses pas. Tout à coup, elle eut l'horrible impression que la terre s'ouvrait sous elle : la mobylette avait disparu.

Saporta composa un numéro. Un homme de la brigade des Mœurs décrocha.

– C'est Jean.

– Un problème ?

– On est dans le bain jusqu'au cou. Une cassette très compromettante a dû parvenir au service dans la nuit.

– Quelle provenance ?

– Quelqu'un de mon entourage via Paula Dumézil. Un motard aurait pris livraison cette nuit chez elle.

– J'en aurais entendu parler.

– Peut-être est-elle aux Stupéfiants...

– Je vais me renseigner, rappelle-moi dans une heure.

Alba, vêtue d'un jean super-collant, d'un gros pull bleu touareg et de bottes neuves, attendait devant Lido-Musique depuis quelques minutes lorsqu'elle vit arriver Jules et sa mobylette passe-partout. Il avait l'air illuminé.

– Où veux-tu aller ? demanda-t-il.

– Au Drugstore.

– Bon, je laisse ma mob ici, et mes colis au Lido.

Ils remontèrent les Champs. Jules marchait comme une écrevisse pour mieux voir cette divinité soudainement parachutée dans sa vie. Tout en marchant, il lui tendit le coffret Chopin-Horowitz.

– Tiens, tu verras, c'est sublime.

– Tu es vraiment gentil. Je peux t'embrasser ? lui dit-elle, passant à l'action avant d'avoir vu que Jules avait rougi.

Ils trouvèrent une table dans un coin et s'assirent face à

face. Jules enleva son blouson. Alba était déjà en train de feuilleter la carte.

– Je veux un hamburger spécial.

– Moi aussi. Qu'est-ce qu'on boit ?

– Du jus de pomme.

Ils avaient commandé et, maintenant, ils se regardaient en silence. C'était la découverte.

– J'aimerais bien faire des tours dans Paris avec toi en mob. Je ne connais pas grand-chose encore. Il y a quelques jours que j'y suis arrivée.

– Tu viens d'où ?

– Un petit bled paumé.

– De jour, on se fera piquer par les flics si je te prends sur le porte-bagages.

– On ira de nuit, ou je piquerai un vélomoteur.

– Tu peux sortir le soir ?

– Je fais ce que je veux. Pas toi ?

– Si. Je vis seul. Je gagne mon fric. Je suis libre. Mais toi, tu ne vis pas avec tes parents ?

– Non.

– Tu as une chambre ?

– Non. J'ai une sorte de père adoptif, si tu veux. Un mec super, qui m'a sortie de ma campagne parce qu'il me trouvait douée. Il s'occupe de moi.

– Au poil. On pourra aller au cinéma ou faire d'autres trucs.

– Serge ne veut même pas me mettre au lycée. Il dit que les professeurs sont trop cons. Il va trouver lui-même des types extra qui viendront à la maison et comme on n'en a pas encore parlé, je suis libre toute la journée. Si tu veux, quand tu fais tes courses, tu peux passer. Je te donnerai mon adresse et mon téléphone.

– J'ai souvent du temps libre. Tu as une bonne chaîne chez toi ?

– Une super. Serge vient d'en acheter une. Il est fana de musique classique. Il m'apprend plein de choses. Jusqu'ici, j'aimais surtout la pop, Patti Smith surtout. Tu m'attends une seconde, je vais faire un petit tour ?

– OK.

Il la regarda s'éloigner. Quelle chance d'avoir rencontré une fille pareille. Quand elle parlait, on avait l'impression d'être traversé par son regard. Des yeux derrière lesquels il y avait toujours un sourire mystérieux.

Le garçon apporta la bouffe. Alba revint une minute plus tard. Elle s'assit, souleva son chandail, Jules vit la peau claire de son ventre duquel un livre sembla sortir.

– Tiens, c'est mon cadeau.

– Un livre sur la Callas !

– Je l'ai piqué. Ni vu ni connu. Tu es content ?

– Tu penses !

– Alors embrasse-moi, ça se fait quand on reçoit un cadeau.

Ils se penchèrent l'un vers l'autre par-dessus les hamburgers et leurs joues fraîches se touchèrent.

– Ça te ferait plaisir d'aller à l'Opéra avec moi, un soir ?

– J'aimerais bien, dit Alba en arrosant ses frites de Ketchup.

– Chez moi, j'ai des centaines de disques et de bandes. Il faudra que tu viennes.

– Tu penses qu'à ça ?

– À quoi ?

– À la musique.

– Tu pourrais venir demain soir ?

– Tu habites où ?

– Loin, dans le vingtième, sur les boulevards extérieurs.

– D'accord, je prendrai le métro.

– *Nel profondo*
Cieco mondo
si precipiti la sorte
Già spietata a questo cor.
Vincerà l'amor più forte
con l'aita del valor.

– C'est un poème italien ?

– C'est ce que chante Marylin Horne dans l'*Orlando Furioso* de Vivaldi.

– C'est le mec qui a composé *Les Quatre Saisons* ? dit Alba en fronçant les sourcils.

– Exactement.

– Tu vois, je ne suis pas si nulle que ça en musique...

Cinquante minutes après avoir appelé une première fois, Saporta composa le même numéro.

– C'est Jean.

– J'ai l'impression que tu t'angoisses sans raison. Tout est calme. On n'a jamais aussi peu parlé de toi. Je te rappelle dès que j'ai des détails. Tu es certain que Paula a reçu cette cassette ?

– Absolument.

– Je ferai tout ce que je pourrai.

– Je te répète que tu es compromis.

– On s'en est toujours sortis jusque-là.

Dix minutes après le coup de fil de Paula, Boulanger, le chef de la brigade des Mœurs, arrivait sur les lieux suivi d'une voiture bourrée d'inspecteurs. Paula entra dans la 404 noire. Elle était livide. Elle raconta tout.

Boulanger piqua une vraie crise de fureur. Il prit des mesures immédiates, plaça ses inspecteurs en leur donnant l'ordre d'arrêter tous les coursiers. Il lui fallait la bande à tout prix.

Jules avait écouté le superbe *Don Giovanni* de Mozart dirigé par Carlo Maria Giulini, puis après une pause d'une bonne heure pendant laquelle il était resté en suspension dans l'espace, il avait réécouté la bande de sa sublime Diva, le visage enfoui dans la robe gris perle. La vision de Cynthia occupait tout son esprit, tout son corps. Il l'imaginait dans ses bras, il sentait le goût de ses baisers. Tout à coup, il lui vint une idée. Il connecta sa mini-cassette et son Nagra et fit une copie de la première moitié du récital.

Sur le coup d'une heure du matin, il prit sa mobylette et descendit les boulevards jusqu'à l'Étoile. La nuit était claire et parfumée. Il ne faisait pas trop froid. Jules rêvait d'un corps contre le sien.

Il prit l'avenue Foch, fila dans la contre-allée où se pressait un plus grand nombre de voitures. Bientôt, à la lueur des phares, il vit les premières gazelles noires, belles, sinueuses comme la nuit, sensuelles, jambes magiques que les robes fendues et les shorts laissaient à l'admiration des chalands.

Jules se faufilait entre les voitures. Il passait au ralenti devant les filles, joyeux, ébloui par leur beauté, séduit par un sourire ou par la pose d'un corps.

Tout à coup, sans savoir pourquoi, il s'arrêta devant une

longue fille qui semblait souple et lisse comme une panthère noire. Elle avait les cheveux courts et crépus comme les aimait Jules. Les traits fins du visage éclairés par les yeux en amande et par une bouche aux sinuosités pulpeuses, ouverte comme un fruit inconnu, finirent de décider Jules.

Il rangea sa mobylette sur le trottoir et partit en direction de la piaule, main dans la main avec la fille.

– Comment t'appelles-tu ?

– Karina, et toi ?

– Jules. Tu sais, je suis dingue amoureux d'une chanteuse noire. J'ai une de ses robes sous mon blouson. Tu voudras bien la mettre et l'enlever pendant qu'on l'écoutera chanter ?

– C'est une mini-cassette ?

– Oui.

– Si tu veux. J'aime bien les clients qui ont de gentilles fantaisies. Tu me feras un petit cadeau ?

– Bien sûr.

– Je sens qu'on va bien s'entendre tous les deux.

Karina avait allumé une bougie aux reflets orange. Jules, comme un sultan parmi les coussins, regardait Karina qui jouait bien son rôle de chanteuse. La bande défilait sur le Sony. Jules était fasciné.

Très lentement, Karina retirait la robe gris perle qui glissait sur son corps sombre comme la peau d'un serpent noir. La moitié du corps de Jules suivait les inflexions de la musique, l'autre se laissait aller aux charmes de Karina.

La robe glissa sur le tapis. Karina vint s'accroupir entre les jambes de Jules. Il admirait ses seins dressés dans la nuit et la masse sombre, arrondie du pubis. Jules s'abandonna, se laissa couler en arrière, parmi les coussins. La bouche de Karina lui fit oublier la musique. Bientôt, elle se glissa sous lui. Il la pénétra doucement. Elle souriait, amusée du plaisir de Jules. Elle l'attira contre elle. Le contact de ce corps à la fois ferme comme de l'ébène et doux comme une brise, les mains qui parcouraient son corps, le contact de la tempe et des cheveux frisés contre sa joue, les ongles enfin qui s'enfoncèrent dans sa chair le portèrent aux sommets de la jouissance.

Jules riait. Il était heureux. Ils étaient couchés côte à côte.

– Ça me ferait plaisir que tu reviennes.

– Moi aussi. Tu es là tous les soirs ?

– Oui.

Cette nuit-là, Jules rêva beaucoup.

4

Boulanger avait mis le paquet. Dès sept heures du matin, flics et inspecteurs tombaient sur le râble de tous les coursiers qui pointaient leur roue avant dans le secteur et fouillaient leurs sacoches.

Les enquêteurs, dont Paula faisait partie, dressaient, non sans mal, la liste complète des coursiers engagés par les sociétés qui avaient leur siège dans les immeubles proches de l'endroit où Paula avait déposé la précieuse bande. Le problème venait du nombre de coursiers habitués à venir sur les lieux. Il y avait ceux dont on pouvait trouver l'adresse et les autres, qui travaillaient au ticket, des maisons spécialisées. Dès qu'une première liste fut établie, six inspecteurs commencèrent à aller tirer les sonnettes, mais la plupart du temps, ils trouvaient porte close. L'excitation commençait à grimper. Ce que les flics ignoraient, c'était la présence d'une bonne dizaine de types pas très recommandables qui suivaient les opérations de près. Saporta les avait triés sur le volet. Dans une chambre du George V, il attendait à côté du téléphone après avoir passé une nuit plutôt agitée. Toutes les activités de son réseau avaient été mises en veilleuse, tous les transports de came suspendus ; dans les bas-fonds, tout le monde était au vert ou suivait de près l'affaire du coursier.

À 9 heures moins 5, une mobylette arrivait place de la Concorde et remontait les Champs-Élysées. Même d'un hélicoptère on aurait reconnu la conduite extatique de Jules. Ce matin-là, c'était *La Tosca* chantée par Leontyne Price qui le faisait planer dans les hautes sphères. La mini-cassette était solidement coincée dans la boîte à cigare, derrière le plexiglas, et Jules buvait avec délice les inflexions et les magnifiques coups de gueule de la chanteuse.

Arrivé au rond-point des Champs-Élysées, il prit l'avenue

Matignon sur la droite et sa rétine ne tarda pas à être impressionnée par le charme subtil de l'uniforme policier.

Les flics, auxquels on avait gravé au burin le mot *coursier* dans le mou dédale de leur cervelle, réagirent à peu près en même temps et commencèrent à plusieurs voix une symphonie des sifflets dont le contrepoint hasardeux vint vriller les délicates oreilles de Jules.

Dans sa tête, tout retourna au temps saccadé du muet, une profusion de suppositions le traversèrent, le temps de faire quelques mètres. Parmi celles-ci : la Diva a prévenu les flics que j'avais piqué sa robe.

Les flics convergeaient vers Jules en lui montrant du doigt le point précis de la chaussée où il était censé finir sa course.

Jules ignorait pourquoi tous ces flics étaient là, mais tout ce qu'il savait, c'était qu'il ne fallait surtout pas s'arrêter. Il évita les deux premiers par un brusque crochet, passa tout juste entre les deux suivants et comme il voyait qu'il aurait de la peine à éviter le reste de la basse-cour qui déjà venait barrer l'avenue Matignon, il vira sur la gauche grâce à un dérapage plus ou moins contrôlé et mit toute la gomme pour remonter la rue de Ponthieu.

La R 12 des flics démarra sur les chapeaux de roues, remonta un brin du sens interdit et s'engouffra derrière Jules. Le compte-tours bloqué sur le rouge tant le moteur gueulait, accompagné par la plainte des pneus.

Négligeant les questions de priorité et les feux, Jules mettait toute la sauce, mais la sirène des poulets commençait à s'imposer, de plus en plus proche, pendant que Leontyne Price, imperturbable, continuait sur sa sublime lancée.

Pendant ce temps-là, des bagnoles de flics remontaient les Champs dans l'espoir de cueillir Jules à l'une des avenues transversales.

Il n'y avait plus que quelques mètres entre Jules et la R12 lorsqu'un naïf ralentit, histoire de reluquer une place de parking. Jules passa sur le trottoir, évita une élégante qui avait le tarin plongé dans une vitrine, décolla un brin en descendant du trottoir pendant que les flics s'évertuaient à faire comprendre qu'il fallait leur laisser la voie libre. Jules prit vite deux cents mètres d'avance et se mit à jubiler lorsqu'il vit une Estafette arrêtée au beau milieu de la rue. Le chauffeur livrait un caisson de bouteilles.

Comme Jules se doutait bien qu'on devait l'attendre en haut de la rue, il eut subitement l'idée de traverser la Galerie Point-Show qui donnait sur les Champs.

Son pneu avant poussa brutalement la porte vitrée qui faillit ratatiner un flâneur. Il passa devant les boutiques, un restaurant, des visages effarés, une boîte à sandwiches, une pharmacie, un cinéma, le hall d'exposition Sony ; là, Jules freina sec et mit pied-à-terre, histoire de flairer le vent avant de faire sa sortie. Pas de flics à l'horizon. Il traversa l'avenue, prit la rue Marbeuf, continua sur sa lancée et passa sur la rive gauche où l'on devait parler un peu moins de lui.

Ce n'est qu'au moment de mettre pied-à-terre pour aller écluser un panaché qu'il se mit à trembler. Tout de même, toute cette flicaille, c'est bien pour un gars qui vient de faire le mur de la Santé, mais lui, il s'était contenté de piquer une robe et de la rapporter. Il n'y avait pas de quoi faire venir les blindés. Jules sentait qu'il y avait un os dans cette histoire, mais il était bien incapable de savoir lequel. Sa Diva pouvait-elle l'avoir donné ?

Gorodish remontait tranquillement le boulevard Saint-Germain. Il n'avait pas la démarche d'un angoissé. Parfois, il s'attardait devant une vitrine, admirant un bouddha de bois polychrome, un meuble ou une toile.

Il s'était rarement senti si bien. Il savait qu'il faudrait songer à mettre un coup sur pied. La petite et lui flambaient du fric, mais son compte était encore loin d'être à sec. S'il pensait au futur, c'était simplement parce que les gros coups nécessitaient parfois un important investissement et qu'il y avait peu de banquiers qui avançaient sur projet dans la noble profession qui était la sienne.

Gorodish arriva devant chez Pan-Musique au moment où le patron ouvrait sa grille. Comme on ne se fait pas une vie avec cinq ou six disques, Gorodish entra et se laissa aller. Il acheta les dix symphonies de Gustave Mahler, *Le Chevalier à la rose* et *Don Quichotte* de Richard Strauss, les quatuors de Schönberg, un volume de sonates pour piano de Schubert, les neuf symphonies de Beethoven-Klemperer, les quatuors, les sonates pour piano, les trios du même Beethoven, le deuxième concerto pour violon de Béla Bartok, *L'Offrande musicale*, et les œuvres pour violon seul de Bach et s'arrêta avec l'intégrale des quatuors de Mozart.

Mister Milletre ne se départit pas de son calme habituel. La journée commençait bien. Il fit vingt pour cent de réduction à Gorodish qui fit patiemment cinq voyages pour transporter le tout dans son appartement où sa petite fée épluchait consciencieusement la presse du matin, couchée sur la moquette, très simplement vêtue d'un porte-jarretelles de satin noir, d'un slip et de bas assortis. Confortablement calée dans des coussins, elle feuilletait les journaux et trempait des biscottes dans une tasse de chocolat chaud.

Gorodish mit sur la platine la Sixième de Mahler. Il fallait au moins ça pour faire passer son émotion matinale. Il se mit ensuite dans son fauteuil-relax, l'appellation convenait parfaitement, et tout en regardant Alba, il essaya d'écouter. Quel souffle, ce Mahler !

Jules commençait à récupérer. Pour en avoir le cœur net, il décida d'appeler sa Diva.

– Jules, c'est toi, je me réveille à peine, répondit une voix brumeuse.

– Moi, je suis tout ce qu'il y a de bien réveillé. J'ai eu une matinée mouvementée, une vraie chasse à l'homme, les flics me sont tombés dessus comme un essaim de guêpes. Je ne sais pas ce qui m'a pris, au lieu de m'arrêter, je me suis tiré et j'ai réussi à les semer. J'ai eu peur à cause de la robe. Tu n'as rien dit ?

– Si tu penses vraiment ça, ce n'est plus la peine de venir me voir, dit Cynthia vexée.

– Tu sais, dans la panique, je ne savais plus où j'en étais. De toute manière, il me semblait que les forces mises en place ne correspondaient pas à mon petit larcin.

– Je préfère entendre ça.

– Que peuvent-ils me vouloir ?

– Il y a peut-être eu un hold-up. Ils t'ont pris pour un autre. Peut-être un contrôle de routine, je ne sais pas, moi. Tu aurais dû t'arrêter.

– D'accord, mais sur le moment, j'ai eu une mauvaise intuition.

– N'y pense plus. Tu ne risques rien.

– J'aimerais bien passer te voir après mon travail.

– À quelle heure ?
– Vers dix-huit heures.
– OK, I wait for you, gangster.

Weinstadt avait l'air réjoui. Cynthia le rejoignit, plus resplendissante que jamais.

– Je vous avait dit que cela partirait très fort en Europe dès les premiers concerts. Voilà les propositions que j'ai reçues jusqu'à présent : Abbado propose *Salomé* en 1982, à la Scala. Karajan voudrait un récital pour le festival de Salzbourg en 1981 et il cherche une date plus proche pour un concert avec orchestre à Berlin, nous n'avons pas encore parlé du programme. Bernard Lefort est aussi très enthousiaste, il aimerait *La Tosca* avec James Levine en 1981, Covent Garden voudrait *Lulu* avec Boulez, Mutti propose les quatre derniers lieder de Strauss tout de suite après votre récital de Londres, Jessye Norman est souffrante. Il y a encore d'autres choses de moindre importance.

– C'est un bon début.

– Il y a d'autres propositions plus épineuses mais fort intéressantes...

– Je vois ce que vous voulez dire, les maisons de disques...

– Exactement. Les gens de DGG sont venus spécialement de Hambourg pour le concert, ils sont prêts à tout pour vous avoir et étant donné les engagements de Karajan, ils ont des projets assez précis à vous soumettre. Ceux de Decca sont venus de Londres, Philips d'Amsterdam, les Japonais même sont là sans compter EMI, RCA et une maison française, Érato. Tous sont prêts à vous signer un contrat d'exclusivité avec un programme d'enregistrement sur plusieurs années.

– Vous savez, mon cher Simon, que depuis des années, on me propose de tels contrats et si je n'ai pas accepté à New York, pourquoi accepterais-je maintenant ? Vous savez ce que je pense du disque. Il me faut le public pour faire des miracles.

– Les *live-recordings* existent. J'ai abordé le problème et justement...

– J'ai une perception de la voix telle qu'aucun enregistrement ne pourra me satisfaire. Et même, si c'était possible, je trouve angoissant qu'un moment de magie puisse être reproduit des dizaines de milliers de fois. Ce n'est plus de l'art. Il y a toujours des moments faibles qui ne sont acceptables que parce qu'ils sont uniques, je n'aimerais pas qu'on puisse les reproduire. Vous comprenez, Simon ?

– Imaginez que vous ayez accepté d'enregistrer le concert de l'autre soir... Tout était sublime...

– Pour la première fois peut-être depuis que je chante.

– Alors ?

– Alors rien. Ceux qui étaient là s'en souviendront.

– Mais pour le total développement de votre carrière, le disque...

– Écoutez, Simon, Glenn Gould fait des disques et ne donne pas de concert. Moi, c'est le contraire, OK ?

– Bien. J'espère pour la musique que vous changerez d'avis un jour.

Nadia avait la fièvre, elle grelottait ne sachant plus si c'était le jour ou la nuit. Elle dormait par intermittence, se réveillait au milieu des cauchemars, la peur au ventre. Elle avait soif et faim, personne ne lui avait apporté quoi que ce soit depuis l'instant où elle avait été enfermée.

Elle aurait donné n'importe quoi pour avoir une couverture, de l'eau, du pain. Elle savait que Saporta était capable de la laisser mourir là, sans le moindre secours. Elle n'avait même plus la force de crier.

Jules venait de passer une heure avec Cynthia. Ils avaient parlé de musique. Cynthia lui avait posé des questions sur la manière dont il vivait, mais Jules n'avait pas grand-chose à dire car son existence était tout entière habitée par la musique.

Lorsqu'ils se séparèrent, Jules avait repris place sur son tapis volant. Il ne vit même pas les Japonais de la Nippon Columbia qui l'attendaient à l'intérieur de leur Toyota.

Jules regarda sa montre. Alba devait venir vers vingt heures. Il avait juste le temps de faire les courses.

Comme ses notions de l'art culinaire étaient plutôt succinctes, il acheta un poulet rôti, des chips, une salade, des Fontainebleau, des boîtes de bière et de Coca et couronna le tout par un kilo de dattes fraîches.

Sa Diva l'ayant assuré qu'il ne courait aucun danger, c'est le cœur tranquille qu'il gravit les marches qui menaient à son studio.

Les Japonais s'étaient garés. Derrière les vitres teintées, ils se demandaient si leur filon était le bon, mais comme dans leur tête bien organisée aucune explication normale et satisfaisante ne pouvait justifier les rencontres de Cynthia Hawkins et d'un coursier de RCA, ils décidèrent d'attendre.

Alba était un peu en retard car elle avait voulu trouver des gants de peau fourrés pour Jules. Elle aimait bien faire des cadeaux. Pour accompagner les gants, elle avait fouillé dans son stock d'objets volés pour en extraire une très belle Omega en acier poli.

Jules était en train de goûter son assaisonnement un peu fort en vinaigre lorsque Alba frappa.

Elle l'embrassa en se mettant sur la pointe des pieds (Jules mesurait 1 mètre 86) et lui fourra son paquet dans les bras.

– J'aime bien chez toi. On vit de la même manière, par terre. Les chaises, les tables, les pieus et tout le tralala, c'est vraiment de la dépense inutile. Je peux regarder ?

– Tu es là pour ça, vas-y.

Alba fut impressionnée par le nombre de disques et de bandes qui remplissaient les casiers.

– Tout ça, c'est de la musique classique ?

– Oui. Il y a aussi de la musique indienne, de la musique arabe, de la musique japonaise.

– Serge a fait une razzia aujourd'hui. Il est rentré avec une cinquantaine de disques au moins, si ce n'est pas plus. Il est comme toi, tout pour la musique. Remarque, je n'ai rien contre, j'aime bien même et d'ici quelque temps, je deviendrai fortiche. En tout cas, ils n'ont pas perdu de temps les compositeurs, quand tu vois ce qu'il y a dans les magasins.

Alba s'approcha des photos des Divas.

– Qu'est-ce que c'est que toutes ces filles-là... J'espère que tu n'es pas comme ces mecs qui se font des petits tableaux avec des photos de leurs conquêtes...

– Ce sont des chanteuses...

– Ah bon... Tu fais de la peinture ?

– Non, mais le type qui habitait ici avant moi était peintre. Tu as faim ?

– Terrible.

– J'ai acheté deux ou trois trucs, viens.

Jules avait tout posé en vrac devant le lit. Alba était à l'aise. Elle regarda une pile de disques nouveaux que Jules n'avait pas encore rangés dans les casiers.

– J'aimerais bien que tu me fasses écouter quelque chose de planant pendant qu'on bouffe.

Jules hésita, puis il mit sur la platine un disque d'extraits d'opéras de Puccini chantés par la Callas. Comme entrée en matière, c'était ce qu'il fallait.

Jules s'assit à côté d'Alba. Il découpa le poulet maladroitement et s'aperçut qu'il avait oublié d'acheter du pain. Alba le regardait faire, amusée. Il lui ouvrit une boîte de Coke, puis il fouilla dans le casier à vêtements, trouva un foulard en indienne rouge qu'il déposa sur la lampe pour atténuer l'éclairage.

– C'est super comme ça, dit Alba.

Tout en écoutant la Callas, ils puisaient dans les chips avec enthousiasme et le poulet perdait peu à peu ses membres entourés de chair encore chaude. Alba mangeait tout avec les doigts, même la salade, et Jules oubliait ses tracas du jour en éclusant quelques boîtes de Carlsberg.

L'un des Japonais était sorti acheter des sandwiches dans un café voisin. Ils ripaillaient chichement, sans poisson cru ni saké, mais Kazuhichi Mihara était prêt à tout pour faire signer Cynthia Hawkins.

Les quatre Fontainebleau vides, il ne restait plus qu'à faire un sort aux dattes, tâche à laquelle Alba et Jules s'employaient activement. Alba décida d'écluser elle aussi une boîte de bière, puis elle étendit ses jambes, s'installa confortablement entre les coussins et pensa que le moment était venu d'offrir la montre à Jules.

– Viens près de moi, lui dit-elle.

Elle prit sa main, enleva sa Kelton mitée et sortit de son jean l'Omega.

– Elle a beaucoup de valeur car c'est un des premiers trucs que j'ai piqués.

Comme Jules commençait à digérer ses récents succès auprès des femmes, il l'embrassa avant qu'elle ne le demande.

– J'aimerais te faire écouter quelque chose de très beau. Une bande que j'ai faite moi-même. Une bande pirate. C'est ma spécialité. Toutes les bandes qui sont là ont été enregistrées pendant des concerts. J'ai tout un dispositif.

– Comment tu fais ?

– Tout est planqué dans la boîte à violon que tu vois dans le coin.

– Pas mal.

– C'est la dernière, je viens de la faire. Une chanteuse noire américaine extraordinaire.

– Cynthia Hawkins...

– Tu connais Cynthia Hawkins ?

– Tu vois bien.

Jules un peu abasourdi connecta les casques à l'ampli. Il s'approcha d'Alba, régla la hauteur des écouteurs et repoussa la chevelure blonde pour qu'elle ne soit pas gênée. Alba était docile, prête à se laisser emporter par la musique.

Elle entendit le silence, le piano, puis la voix. Jules s'était mis tout près d'elle, casqué lui aussi, ils se tenaient la main.

Alba sentait quelque chose qui se liquéfiait dans son corps. Des sensations nouvelles la parcouraient, la voix la prenait doucement de plus en plus loin, de plus en plus profondément. Elle avait presque peur. Elle entrait dans un pays inconnu et tout son corps se laissait aller. Comme pour s'assurer qu'elle n'était pas seule à faire le voyage, elle s'approcha de Jules qui la prit dans ses bras.

Lorsque la bande se termina, ils enlevèrent leurs casques et restèrent l'un contre l'autre, très longtemps, échangeant des baisers qui auraient coupé le souffle à n'importe quel coureur de fond.

Vers 3 heures du matin, Alba pensa qu'il était peut-être temps de rentrer. Jules lui remit un double de ses clés pour qu'elle puisse venir quand elle voulait, puis il appela un taxi. Ils descendirent ensemble, sans parler. Jules attendit que la voiture ait disparu, puis il remonta chez lui. Il avait toujours pensé qu'il y avait des divinités qui présidaient aux choses de la musique, mais cette fois, il sentait leurs bienfaisants rayons caresser son âme et son corps.

Comme les Japonais étaient obstinés, ils avaient suivi le taxi, avaient soigneusement noté l'adresse de la jeune fille blonde avant de rentrer se coucher à l'hôtel Nikko.

Gorodish entendit l'ascenseur et prit son souffle. Alba de son côté était affolée par le bruit de la sonnerie. Elle avait l'impression d'y avoir été un peu fort. Pourvu qu'il dorme, pensa-t-elle.

Quand elle entra dans le salon, ses jambes commencèrent à flageoler. Elle avait l'impression que les yeux de Gorodish allaient l'épingler contre le mur, comme un papillon rare.

– Encore un coup comme ça et je te ramène dans ton bled pourri pour que tu fasses la popote à ton vieux et que tu torches ton petit frère.

– Excuse-moi, je ne le ferai plus.

– On n'en parle plus. C'est réglé.

Aussitôt, le visage de Gorodish changea. Alba respira un bon coup. Elle avait pigé.

– Si on se faisait un Nesquik ?

– D'accord.

Alba disparut dans la cuisine. Elle en profita pour récupérer. Elle apporta les verres et s'assit près de Gorodish, sur le canapé. Gorodish comprit que si la gamine oubliait sa prédilection pour la moquette, c'était parce qu'il avait tapé juste.

– J'ai entendu quelque chose d'extraordinaire ce soir.

– De la pop ?

– Non, une chanteuse noire, Cynthia Hawkins, tu connais ?

– Un disque ? fit Gorodish malin.

– Non, une bande.

– Ah bon...

– J'ai jamais ressenti ça en écoutant de la musique. J'ai eu l'impression de m'envoler. Sublime.

– Comment l'a-t-il eue cette bande ?

– Il l'a faite lui-même. C'est sa spécialité, il a tout un appareillage dissimulé dans une boîte à violon.

– C'est un magnétophone à cassettes ?

– Non, un supertruc. Un Magra ou quelque chose comme ça.

– À part le son du piano et la voix de la chanteuse, est-ce qu'on entend autre chose ?

– Les applaudissements, parfois quelqu'un qui tousse.

– Pas de souffle ?

– Non, je ne crois pas.

Le sourire de Gorodish était beau à voir. Il avait l'air plutôt content.

– Tu as lu les journaux, ces derniers jours ? demanda Serge.

– Oui, bien sûr, c'est d'ailleurs pour ça que j'ai reconnu le nom quand Jules me l'a dit.

– Tu vois, c'est utile. Qu'est-ce que tu as retenu d'autre ?

– Que c'était une star en Amérique, que c'était son premier concert en Europe. Que tout le monde avait trouvé ça super. C'est tout.

– Tu oublies la chose la plus importante.

– C'est quoi ?

– Cynthia Hawkins n'a jamais fait une émission de radio ou de télévision, elle n'a jamais fait de disque, il n'existe aucun enregistrement de sa voix et le concert de l'autre soir était peut-être le plus beau qu'elle ait jamais fait.

– C'est vrai, je me souviens maintenant.

– Tu commences à comprendre ?

– Oui. Je crois que c'est une super idée.

– Tout compte fait, je suis très content que tu sois sortie ce soir.

– Ça va être un coup fabuleux. On ne va pas pigeonner Jules, hein ?

– Non. Il aura sa part. Demain matin, dès que tu te réveilles, tu l'invites à dîner. Il a le téléphone ?

– Oui.

Serge et Alba finirent leurs laits respectifs et allèrent se coucher. Alba aurait bien voulu rester près de Serge, mais elle eut l'impression qu'il ne fallait pas trop pousser ce soir-là. Elle s'engouffra donc sagement dans son duvet et s'endormit en pensant aux baisers de Jules et au visage de Gorodish.

5

Il était plus de 9 heures lorsque Jules s'éveilla. Comme il n'avait pas envie de retomber sur les poulets, il jugea préférable de téléphoner chez RCA, une grippe arrangerait l'affaire.

– Salut Myriam, c'est Jules.

– Jules, on se demandait ce que tu devenais ? Ici, c'est la panique. Il y a des flics partout. Des inspecteurs sont venus pour avoir les adresses des coursiers.

– Tu leur as donné la mienne ?

– Il a bien fallu. Pourquoi, tu as fait quelque chose ?

– Non. Sauf hier, ils m'ont sifflé quand j'arrivais. J'ai eu la trouille, je me suis tiré.

– Ils arrêtent tous les coursiers, je ne comprends pas pourquoi. En tout cas, c'est pour une affaire sérieuse.

– Je t'appelais pour te dire que je suis grippé. Tu peux te débrouiller ?

– Bon. Ne t'en fais pas. J'en parlerai au chef du personnel.

– C'est gentil. Si tu as des nouvelles, tu me passes un coup de fil, OK ?

– D'accord. Je continue à suivre la chasse à l'homme, salut.

Jules fut étonné de ne pas encore avoir reçu la visite des flics. Évidemment, il n'était pas le seul coursier à travailler dans le coin. Il jugea tout de même utile de ne pas moisir dans le secteur. Les poulets malins ne le laisseraient certainement pas tranquille puisqu'il avait fui.

Dix minutes plus tard, ganté de neuf, il sautait sur sa mobylette. Il mit une cassette : le dernier disque de Leontyne Price, un récital Schumann. Le ciel était limpide. Un petit air frais lui taquinait le visage.

Karina était aussi belle le jour que la nuit. Il était 15 h 30. Depuis un moment, elle traînait dans son studio, écoutait du disco et se vernissait les ongles. On sonna. C'était son mac qui venait prélever soixante pour cent des recettes de la nuit dernière. On l'appelait Jeff. Comme tous les membres du réseau de Saporta, il était vêtu avec élégance et discrétion. Ni chaussures laquées ni Cadillac rose. Le patron voulait que ses hommes aient l'air neutre. Une neutralité légèrement parfumée d'oseille, sans plus. Jeff ne parlait jamais avant d'avoir le fric et, ce jour-là, comme la recette était bonne, il s'assit sur un coin du grand lit, décidé à faire un brin de causette.

– Tout se passe bien ?

– Pas de problème, mon gros loup. En ce moment, les clients ne sont pas trop désagréables. C'est au début du printemps qu'ils se déchaînent, maintenant ça va. Il y a longtemps qu'on n'a pas passé un petit week-end ensemble.

– Je sais, mais en ce moment, je suis très occupé.

– Beaucoup d'affaires ?

– Non, comme d'habitude, mais le patron veut absolument

mettre la main sur un mec qui nous file entre les pattes. Un petit con de coursier.

– C'est marrant ce que tu me dis là, j'en ai eu un l'autre soir, gentil d'ailleurs.

– Raconte...

– Un jeune type, dix-huit ou vingt ans. Il a voulu que je passe une robe et que je joue le rôle d'une chanteuse d'opéra.

– Tu sais où il travaille ?

– Une maison de disques, je crois. Il me semble que c'est RCA.

À ces mots, le sang de Jeff s'agita comme si on le passait au mixer.

– Nom de Dieu de nom de Dieu, c'est notre mec. On peut vraiment dire qu'on est passés à côté du coche. Tu l'as bien soigné ?

– Assez, oui. Il m'a dit qu'il pensait revenir, mais tu sais, ils disent tous ça.

– S'il revient, tu téléphones tout de suite au numéro que je vais te donner. Ce sera bon pour moi et pour toi aussi. Je t'inviterai à Deauville, ma biche.

– Tout un week-end ?

– Trois jours, si tu veux. Passe la consigne aux autres filles, au cas où il aurait envie de changer. Tu vois où ça mène de bien faire son boulot. Le client doit devenir un habitué. C'est un des grands principes de la maison.

Paula en était à son sixième coursier. Elle n'avait pas encore eu le temps de déjeuner et s'arrêta dans un café, pas loin de chez Jules. C'était le prochain sur sa liste.

Après un croque-monsieur et un ballon de beaujolais pris sur le zinc, elle monta jusqu'au studio. Comme personne ne répondait, elle sortit son trousseau à tout faire et ouvrit la porte. Elle avait un mandat de perquisition pour chaque adresse.

Dès qu'elle vit l'alignement des cassettes, elle prit un sérieux coup d'aiguillon.

Paula commença son travail avec minutie. La cassette qu'elle recherchait était une Memorex C 60 et son œil ne tombait que sur des cassettes Agfa ou BASF. Elle ne manqua pas de remarquer combien Jules semblait aimer l'opéra. Enfin une Memorex. Paula la tira nerveusement, mais l'inscription qu'elle lut sur l'étiquette argentée lui enleva tout espoir : *Un Ballo in Maschera/Price*. Paula admira la chaîne. Pas mal pour un coursier. Il est vrai que le mobilier se bornait à l'indispensable. Paula fouilla dans les poches des vêtements, sous le matelas et dans les moindres recoins. Tout à coup, elle réalisa qu'elle avait oublié de regarder dans le lecteur de cassettes de la chaîne. Il était vide.

Jules regardait souvent l'heure. Son Omega était superbe. Il était fier que ce soit Alba qui l'ait piquée. Pour passer le temps, il décida de lui téléphoner, peut-être pourrait-il la voir ?

– C'est Jules.

– On dirait que tu as des antennes. J'ai essayé de t'appeler ce matin, mais ça ne répondait pas. J'ai parlé de la bande à Serge, il serait supercontent de l'entendre. Il t'invite à dîner ce soir.

– D'accord. Le problème, c'est que je ne peux pas repasser chez moi chercher la bande. Je t'expliquerai.

– Je peux y aller, si tu veux.

– D'accord. Ne la perds pas surtout.

– Ne t'inquiète pas.

– Je viens à quelle heure ?

– Quand tu veux, dès que tu es libre. C'est au dernier étage.

– Bon, à ce soir.

Comme Jules n'avait rien de spécial à faire, il décida de se payer une toile. On donnait *Médée* de Pasolini avec la Callas, dans un cinéma du Quartier latin.

Paula entendit un bruit de pas dans l'escalier. Elle s'assit sur le lit. Alba ouvrit. Elle se demanda ce que cette fille foutait là. Décidément, Jules filait ses clés à n'importe qui.

– Salut, dit Alba avec hauteur.

– Bonjour. Je suis une copine de Jules. Vous ne savez pas s'il va rentrer bientôt ?

– Aucune idée. Normalement il revient vers 7 heures. Tu peux l'attendre.

– C'est ce que je vais faire.

Alba, sans se soucier de la présence de Paula, ouvrit le Nagra et prit la bande du concert qu'elle rangea dans sa boîte.

– Bon, salut, dit Alba en regardant à peine Paula.

Elle se demandait pourquoi cette fille n'avait pas enlevé

son imper. Elle semblait un peu coincée. Jules aimait peut-être les femmes mûres, comme on dit.

Mohamed attendait en bas. Il reconduisit Alba chez elle.

Gorodish n'eut pas la patience d'attendre Jules. Dès le retour d'Alba, il plaça la bande sur son Revox et s'installa dans son fauteuil pendant qu'Alba se faisait couler un bain.

Techniquement, la bande était sans défauts. Musicalement, Gorodish eut l'impression que deux grandes ailes le tiraient dans l'espace. Il n'avait jamais entendu ça.

Lorsque la bande fut terminée, il la rembobina avec soin et la remit dans sa boîte, puis il alla jusqu'à la salle de bains où le visage et les épaules d'Alba flottaient sur la mousse qui sentait la lavande.

– Alors, c'est bon ?

– Sublime.

– On va pouvoir changer la salle de bains. Tu l'auras ta baignoire de star.

– On pourra se baigner ensemble, comme ça. On va au restaurant ce soir ?

– On pourrait rester ici. C'est mieux pour parler.

– Il n'y a rien à manger.

– Ce n'est pas grave, je vais téléphoner à un traiteur.

Gorodish retourna au salon. Il aimait bien lorsque Alba relevait ses cheveux et découvrait la perfection de sa nuque. Il se demanda dans quelle tenue elle apparaîtrait ce soir.

Chez Gargantua, Gorodish commanda du saumon fumé, un rosbif accompagné d'une purée de légumes, un gâteau au chocolat pour Alba et un sorbet à la prune et au whisky pour lui ainsi que du champagne et quelques bouteilles de savigny-lès-beaunes. Lorsque Jules arriva, il reçut d'abord la gueule de Gorodish. Impressionnant la première fois. Ensuite, ce fut au tour d'Alba. Elle apparut drapée dans une grande écharpe blanche pailletée d'argent qui couvrait son corps comme un brouillard, laissant deviner en transparence les délicieux fragments d'une chair que les mouvements de l'étoffe livraient parfois au regard.

On écouta la bande et lorsque la Diva laissa comme dans un souffle sourdre la dernière note, quelque chose d'important s'était passé entre Serge, Alba et Jules. Mieux que les mots, la musique avait tissé entre eux un lien et, dans le silence, chacun en eut conscience.

C'est à ce moment-là que fut apporté le repas. Comme il n'y avait pas encore de grande table, Serge, Jules et Alba s'installèrent dans le salon, autour de la table de verre, sur des coussins, pendant que le serveur, lui aussi loué pour la soirée, s'occupait de servir et de tenir au chaud la suite du menu.

– Tiens, à propos, dit Alba d'un ton suave, il y a une femme qui t'attend chez toi.

– Qu'est-ce que c'est cette histoire ?

– Je t'assure. Quand je suis arrivée, une fille était assise, sur ton lit. Je me suis demandé ce qu'elle foutait là parce qu'elle n'avait pas enlevé son imperméable.

– Tu lui as demandé son nom ?

– Non. J'ai pris la bande. Elle m'a demandé où tu étais. J'ai dit que j'en savais rien.

– Personne n'a la clé de chez moi, c'est impossible...

– C'est sérieux.

– Il n'y a que deux solutions, ou elle était là pour piquer ou c'était un flic.

– Tu as donc commis quelque larcin ? demanda Gorodish amusé.

– Pas vraiment, mais hier matin, c'était bourré de flics avenue Matignon. Ils m'ont sifflé et je me suis barré. Il y a eu une petite poursuite et j'ai fini par les semer.

– Pourquoi ne t'es-tu pas arrêté ?

Jules rit puis il leur expliqua :

– Après le concert de Cynthia Hawkins, je suis allé dans sa loge et je ne sais pas pourquoi mais j'ai piqué la robe qu'elle avait mise pour le concert.

– Ah, c'est donc toi l'homme mystérieux dont parlait *France-Soir*.

– Ce qu'ils n'ont pas dit, c'est que le lendemain, pris de remords, je me suis pointé au Ritz où habite Cynthia et que je lui ai rendu sa robe.

– Elle n'a pas appelé les flics ? demanda Gorodish de plus en plus intéressé.

– Non, elle était très gentille. On a bu du thé et après, elle m'a fait choisir une robe dans son armoire et me l'a offerte.

– Tu l'as revue ?

– Oui. Presque tous les jours.

– Elle sait, pour la bande ?

– Non, je n'ose pas lui en parler.

Gorodish vida son verre, le champagne était un peu trop glacé. Le saumon par contre fondait dans la bouche.

– Je te propose une affaire, Jules.

– Pourquoi pas, ça tombe bien, j'ai envie de m'acheter un autre Nagra.

– Cette bande, elle vaut de l'or. Si tu veux, je pourrais traiter l'affaire. Personne ne saura d'où vient la bande. Les maisons de disques ont de l'argent. D'après ce que disent les journaux, tout le monde essaye de faire signer Cynthia. Avec la concurrence, les enchères peuvent monter vite et fort.

– C'est vrai. Ils sont tous là, au Ritz. Ils attendent. Ils espèrent. Ils tentent de séduire Weinstadt.

– Qui est-ce ?

– C'est l'imprésario de Cynthia pour l'Europe. Un type qui a le bras long.

– C'est à lui qu'il faut proposer le marché, alors. Les maisons de disques seront très vite au courant.

– Il va se méfier. C'est un type très difficile. Lorsqu'un de ses artistes signe avec une maison de disques, il dirige lui-même les enregistrements, il supervise tout. Une sacrée oreille.

– On lui fera écouter la bande. Elle n'a aucun défaut, me semble-t-il.

– C'est ce que je pense.

– Es-tu d'accord sur le principe de me laisser négocier la vente ?

– D'accord. Comment est-ce qu'on partagera ?

– Moitié, moitié.

– OK, pas de problème. Combien peut-on demander ?

– On ne demandera rien. On met la bande aux enchères. Les prix vont monter très vite.

– C'est une bonne idée.

Alba trempait les lèvres dans sa coupe. Après tout c'était grâce à elle que Serge et Jules se rencontraient.

Gorodish coupait de fines tranches de rosbif pendant que le sommelier servait le vin en se demandant ce qui pouvait bien réunir cet étrange trio. Il regardait Alba avec des yeux de langouste et, comme elle le regardait aussi, il commença à en prendre la couleur. Pour quoi se prenait-elle, cette gamine ?

Il lui aurait volontiers filé une fessée. Alba le savait. Elle jouait avec lui comme une chatte avec un mulot.

Paula perdait patience. Jules devait se cacher. Plus elle restait dans le studio, plus elle avait l'intuition d'avoir trouvé son homme. Elle décida de rentrer et de revenir demain, très tôt pour le piquer au saut du lit, si toutefois il était rentré. Paula sortit. Elle referma la porte et descendit. Comme elle sortait de l'immeuble, elle aperçut une Toyota bleue aux vitres teintées qui se garait. Elle continua son chemin et lorsque les deux Japonais sortirent et se dirigèrent vers l'immeuble, elle les suivit, sans savoir pourquoi.

Les obstinés de la Nippon Columbia étaient décidés à faire un tour chez Jules qu'ils savaient en train de ripailler rue de l'Université. Comme ils n'étaient ni truands ni flics, il leur fallut un certain temps pour ouvrir la porte. Paula, à l'étage inférieur, s'amusait de leurs essais. Elle leur aurait volontiers prêté son passe.

Enfin, les Japonais réussirent à entrer. Dès qu'ils eurent refermé la porte, ils commencèrent à jubiler. Tous ces disques, toutes ces photos de chanteuses, l'installation hi-fi, tout semblait confirmer leurs doutes. Mihara s'approcha de la boîte à violon, une très belle boîte Hill pour deux violons. Il l'ouvrit et resta stupéfait devant le Nagra en poussant des exclamations de samouraï qui tire son sabre.

Tout cela était remarquablement fabriqué, les micros bien disposés, et lorsque Mihara regarda les titres des enregistrements, il n'eut pas de peine à comprendre pourquoi ce coursier avait de si bons rapports avec Cynthia Hawkins.

Il existait certainement une bande du concert. Ils mirent une heure à fouiller l'appartement de fond en comble sans parvenir à trouver l'enregistrement.

Ils ne craignaient qu'une chose, que Jules ait déjà vendu la bande à RCA, mais comme ils connaissaient la réputation de Weinstadt, ils pensaient qu'ils en auraient été informés. Tout se sait vite dans le métier.

Il n'était pas impossible qu'ils aient une longueur d'avance sur leurs collègues. Pour avoir cette bande, ils étaient prêts à tout.

Paula les suivit jusqu'à l'hôtel Nikko, puis elle demanda

qu'ils soient mis sous surveillance et filés. C'était peut-être la connexion qui la mènerait à Jules.

Après le dîner, Jules s'était isolé quelques instants pour téléphoner à sa Diva. Il lui avait demandé mystérieusement de passer la voir ce soir, tard. Elle avait accepté.

Vers 1 heure du matin, Jules ravi quitta Gorodish et Alba. Il décida de laisser sa mobylette dans le quartier et d'aller au Ritz en taxi pour ne pas attirer l'attention.

Jules cadenassa sa mobylette. Il était devant la librairie La Hune, boulevard Saint-Germain.

Il prit un taxi et tout en roulant vers l'entrée discrète du Ritz, rue Cambon, il se dit qu'il avait une sacrée confiance en Gorodish pour lui avoir laissé l'original de l'enregistrement de sa Diva.

6

Jules traversa la longue galerie où quelque deux cents vitrines exposaient tout ce qu'on pouvait trouver de plus cher à Paris. Il se faufila entre les grandes colonnes de marbre et prit sur la gauche le grand escalier qui montait aux appartements de Cynthia. Il frappa à la porte qui donnait dans le salon. Cynthia ouvrit. Elle portait une ample robe d'intérieur en soie bleu ciel. Jules entra.

– Que se passe-t-il, mon petit Jules ?

– Je ne sais pas, dit Jules en enlevant son blouson, mais j'ai peur.

Ils s'assirent sur le canapé, face à la cheminée surmontée d'un trumeau XIXe et fleuri qui recueillait leur image. Une horloge, des chandeliers, un bouquet de glaïeuls pourpres donnaient au salon un aspect à la fois coloré et feutré qui accueillait le silence comme un luxe suprême. Cynthia était belle et, dans la douceur de l'éclairage, son visage prenait des reflets presque cuivrés.

– De quoi as-tu peur ?

– Depuis quelques jours, il se passe des choses curieuses. La police me recherche et je ne sais pas pourquoi. On a fouillé mon appartement. J'ai l'impression d'être suivi. Je sens qu'il se passe beaucoup de choses autour de moi sans savoir exactement quoi.

– Pourquoi fuir si tu n'as rien à te reprocher ?

– Je ne sais pas, c'est venu comme ça. Mais maintenant je commence à avoir vraiment la trouille.

– C'est quoi la trouille ?

– Peur...

– Yes, I see. What can I do ?

– Je n'ose plus rentrer chez moi. Je suis sûr qu'on m'y attend. Je ne sais plus où aller. J'ai des amis chez lesquels j'ai passé la soirée, mais je crains qu'on connaisse leur adresse.

– Tu veux dormir ici ?

– Je n'osais pas te le demander.

– Ce n'est pas un problème, c'est grand, il y a place pour deux.

– Je ne sais pas comment te remercier.

– Tu sais, je suis toujours entourée de gens qui se ressemblent dans tous les pays. Très riches, aimant parfois un peu la musique, mais surtout la réussite. Jamais ces gens-là ne feraient quelque chose pour un jeune artiste. Ils attendent que tu sois une star. Ils veulent que tu sois capricieuse, fantasque, cruelle même, c'est amusant pour eux. Pas un ne s'intéresse à ce que je suis vraiment, pas un n'aime la musique avec passion. Ceux qui m'aiment vraiment, je ne les rencontre jamais, ou juste le temps de signer un programme.

Jules regardait Cynthia. Il oubliait les tapis, les glaces, les tableaux, tout cet univers de luxe qui l'impressionnait pour ne plus penser qu'à Cynthia.

– Je comprends.

– C'est pour ça que j'aime bien que tu sois là. C'est pour ça que tu peux rester. Les vrais gens, les vraies personnes, je ne sais pas comment on dit, je les reconnais tout de suite.

Jules et Cynthia parlèrent tard dans la nuit. Lorsqu'ils furent fatigués, Cynthia donna un oreiller et des couvertures à Jules qui s'installa sur l'un des canapés et s'endormit aussitôt. Cynthia resta un moment à le regarder puis elle déposa un baiser sur son front avant d'aller se coucher.

Gorodish venait de trouver le numéro de téléphone de Simon Weinstadt. Il était un peu tôt pour appeler, mais mieux valait le prendre au saut du lit. Le téléphone sonna longtemps. Pour finir, on décrocha.

– M. Simon Weinstadt, s'il vous plaît.

– Je ne puis déranger M. Weinstadt à cette heure, répondit la voix angélique d'un jeune homme. Pouvez-vous rappeler vers 10 heures ?

– C'est extrêmement important.

– Je suis son secrétaire particulier, peut-être pouvez-vous me dire de quoi il s'agit ?

– Il s'agit d'une bande remarquable du dernier concert de Cynthia Hawkins qui est en ma possession.

– Si vous voulez bien attendre quelques instants...

Une minute plus tard, Gorodish entendit la voix d'un homme qui vient de s'éveiller et qui tente de donner l'impression qu'il travaille depuis au moins deux heures.

– Mon secrétaire me parle d'une bande qui aurait été faite du concert de Mme Hawkins...

– C'est exact.

– Cela aurait pu m'intéresser, mais étant donné que je n'ai vu aucun micro sur la scène, je ne pense pas que cet enregistrement ait plus d'importance qu'un souvenir. C'est d'ailleurs tout à fait illégal. C'est une cassette, je suppose ?

– Si vous voulez des détails techniques, je peux vous dire que la bande a été faite avec un Nagra. Les micros étaient à quelques mètres de Cynthia Hawkins.

– Ah, vraiment... Dans ce cas...

– Le mieux serait que nous l'écoutions ensemble.

– Avec plaisir. Pouvons-nous nous rencontrer dans un studio d'enregistrement privé qui se trouve rue de Seine, dans les sous-sols du numéro 68 ?

– Très bien. J'habite assez près. Disons dans une demi-heure ?

– C'est entendu.

Gorodish se méfiait. Le bonhomme avait l'air redoutable. Il alla au studio à pied. Il n'avait plus la démarche d'un flâneur. Lorsqu'il vit Weinstadt, son impression fut confirmée. Il fallait jouer serré. Ils prirent place dans le salon d'écoute. Gorodish confia la bande au technicien après s'être assuré qu'aucun magnétophone ne tournait et qu'on ne ferait pas de copie de sa bande. Weinstadt était aimable et glacial. Silence.

Dès le début du premier lied de Schubert, Weinstadt blêmit.

Ça n'avait rien d'un bricolage d'amateur, comme il le craignait. Il ne dit rien, feignit même de tendre l'oreille et grimaça légèrement à l'écoute d'un toussotement à peine perceptible. Le rythme de son cœur s'accélérait. Il avait compris que ce serait l'un des disques du siècle. Il fallait jouer dur dès le départ. Il ne dit rien jusqu'à la fin de la bande, puis il se tourna vers Gorodish :

– L'enregistrement n'est pas sans défauts, mais il est acceptable. C'est tout de même très loin de ce qu'on aurait pu faire en studio.

– Peut-être, mais c'est la seule qui soit sur le marché.

– Vous désirez vendre cette bande ?

– Oui. C'est le but de notre rencontre.

– Vous comprenez bien que cette bande n'aura de réelle valeur qu'à partir du moment où l'artiste donnera la permission qu'on l'utilise à des fins commerciales. Autrement, ma foi, ce ne serait qu'un objet de collection pour lequel je suis d'ailleurs prêt à vous faire une offre raisonnable. Mais croyez-moi, je connais Cynthia Hawkins depuis plusieurs années, je suis son agent exclusif pour l'Europe et j'ai eu l'occasion de lui proposer de nombreux contrats d'enregistrement qu'elle a toujours refusés. Il y a chez elle une méfiance, et c'est là un mot bien faible, pour la chose enregistrée. Je pense qu'elle refusera. Toutefois, comme je vous l'ai dit, je veux bien prendre le risque de traiter avec vous.

– Et quelle somme me proposeriez-vous ?

Weinstadt demeura songeur un instant. Il commençait à penser que Gorodish devait être gourmand.

– Disons, vingt mille francs...

– Je crois que nous ne nous sommes pas bien compris. Je vais vous faire part clairement de la manière dont je conçois cette opération. Je voudrais, puisque vous connaissez maintenant la bande, que vous preniez contact avec les différentes maisons de disques pour les avertir, simplement, que la bande est à vendre. Les propositions viendront d'elles-mêmes, vous servirez alors d'intermédiaire, je crois que c'est votre métier, et vous serez rémunéré au taux de votre pourcentage habituel.

– Vous oubliez que, sans moi, il est impossible d'avoir l'assentiment de Cynthia Hawkins et que c'est à cette condition que les maisons de disques offriront un prix intéressant. À moins que vous ne vous adressiez à une maison pirate. Leur adresse est difficile à trouver et ces gens-là ne possèdent pas d'importants moyens. Étant donné les circonstances, il me semble qu'un partage serait plus équitable. L'un sans l'autre, nous ne pouvons rien, ensemble, nous pouvons tout. Ce sont là les bases d'une bonne association, me semble-t-il.

Gorodish gratifia Weinstadt de son plus beau sourire. Il laissa passer un temps assez long, ce qui sembla décontenancer l'imprésario.

– Qui vous dit que je ne sois pas en mesure de décider Cynthia Hawkins à signer un contrat ?

– Je la connais.

– Laissez-moi le temps d'essayer. Si j'échoue, je prendrai en considération votre offre, mais j'ai un atout que vous ignorez et qui est considérable. Je réussirai.

– Je suis son conseiller et mon avis compte beaucoup pour elle. Elle a confiance en moi.

– C'est très bien. Si vous voulez, fixons un rendez-vous dans quelques jours. Entre-temps, j'ouvrirai seul les enchères. Vous serez surpris.

– Je ne pense pas que vous puissiez réussir. Comme tous les mondes fermés, celui de la musique a ses usages en matière de finance et vous les ignorez. Il me suffit de dire que la bande est bonne pour qu'on me croie sur parole. Vous devrez le prouver, on ne vous connaît pas et, je vous l'ai dit, la bande présente des imperfections. Si je cautionne l'opération, tout le monde aura confiance. Les prix seront en conséquence, dès le départ.

Gorodish, toujours souriant, alla récupérer sa bande dans la cabine du technicien. Il referma la boîte avec soin. Il savait que Weinstadt l'observait et qu'il commençait à perdre un peu les pédales. Il fallait jouer serré jusqu'au bout. Gorodish revint dans le studio.

– Je suis désolé que vous ayez refusé ma proposition. Je pense que nous aurons l'occasion d'en reparler, dit Gorodish d'une voix neutre.

Weinstadt était bouleversé à l'idée que cette bande pourrait arriver sur le marché sans être passée par lui. Il ne pensait pas que Gorodish réussirait, mais il restait un doute en lui. Il fit une moue pâle :

– Essayons de nous entendre. Il faut aller vite dans ce genre d'affaires. Consentez-moi un pourcentage raisonnable et je pense que vous n'aurez pas à vous plaindre.

– Votre pourcentage habituel est de dix pour cent, je crois.

– Oui.

– Je veux bien vous en donner quinze, c'est ma dernière proposition.

– J'accepte, pour la musique.

– Nous aimons tous deux la musique il me semble...

– Une voix comme celle de Cynthia est unique.

– Je vous appelle ce soir pour faire le point. Pouvez-vous faire préparer les contrats ?

– Je m'en occupe.

Ils repartirent chacun de leur côté. Weinstadt était dans un état d'excitation extraordinaire. Penser que ce moment unique de la musique était sur une bande excellente le mettait hors de lui. De toute manière, il ferait une belle affaire et son prestige allait s'accroître.

Weinstadt rentra chez lui à pied. Il mettait son plan au point. Dès qu'il fut de retour, il décrocha son téléphone. L'ordre dans lequel il appelait n'avait guère d'importance. Quinze minutes plus tard, les directeurs de DGG, de Philips, de Decca, de RCA, d'EMI et de la Nippon Columbia étaient mis au courant. Aucun ne demanda à entendre la bande. Weinstadt avait dit qu'elle était exceptionnelle.

Une panique indescriptible commençait à s'emparer des représentants des diverses firmes. Des télex partirent à Hambourg, à Amsterdam, à Londres, à New York, à Tokyo pour demander jusqu'où l'on pouvait aller.

Une heure plus tard, le directeur de DGG recevait un télex en réponse au sien : « Plafond illimité, nous voulons cette artiste en exclusivité. »

Pendant ce temps-là, Jules était en train de prendre un petit déjeuner à l'anglaise, installé face à sa Diva. Il avait oublié le danger, il avait oublié la police, ils parlaient d'opéra et Cynthia était étonnée de l'étendue de ses connaissances en la matière.

Ils firent un sort aux œufs, aux toasts, aux confitures et recommandèrent du thé.

– Que fais-tu aujourd'hui ? demanda Jules.

– Je vais travailler un peu, comme chaque matin. Ensuite je dois déjeuner avec le directeur de l'Opéra de Paris pour parler de projets. Cet après-midi, je vais chez un couturier me faire faire une ou deux robes, j'ai vu des choses très belles, et je pense rentrer à la fin de l'après-midi.

– J'ai peur de sortir de jour. Est-ce que je peux attendre la nuit ? Je passerai par la porte arrière.

– Tu fais ce que tu veux. Pour moi, il n'y a aucun problème. Je regrette simplement d'avoir tous ces rendez-vous.

– Je t'attendrai.

– Viens, je vais te faire couler un bon bain de mousse et pendant ce temps, je travaillerai.

– Je pourrai laisser la porte ouverte ?

– Si tu veux. Je travaille toujours seule, tu sais, en robe de chambre. Personne ne m'a jamais entendu travailler...

Jules se laissa glisser dans la baignoire. La voix le faisait trembler de bonheur.

Saporta était devenu incapable de couper ses havanes à la dent, comme il en avait l'habitude. Il était devenu si nerveux qu'il bousillait chaque fois son cigare.

Non seulement il piétinait dans le vide, mais les flics, eux-mêmes, qui pour la circonstance étaient ses alliés, ne parvenaient pas à mettre la main sur ce maudit coursier de RCA. Il y avait bien sûr le secret espoir que le gamin ferait une visite aux putains de l'avenue Foch qui, chauffées par leurs macs, n'attendaient que ça. Il y avait du fric à la clé. Le George V était devenu une vraie centrale téléphonique où Saporta, d'heure en heure, était tenu au courant de l'évolution de la situation.

Ce qui le mettait hors de lui, c'était que tout semblait gelé. Il avait des hommes partout. Les consignes étaient précises : il fallait la bande, à n'importe quel prix.

Saporta était prêt à faire bousiller n'importe qui pour la récupérer.

Même ses repas, il les prenait au George V, en compagnie de ses tueurs préférés. Depuis le début de l'affaire, il n'avait même pas eu le goût de baiser l'une des charmantes filles qu'il avait à disposition jour et nuit. Il commençait à s'angoisser sec et même la nuit, il rêvait d'araignées et d'insectes immondes qui parcouraient son corps couvert de cloques vertes d'où suppuraient d'innombrables liquides.

Tout se passait en silence. Paulo et Louis astiquaient leur artillerie comme de jeunes bonnes espagnoles se seraient attaquées aux cuivres, tout en douceur.

Comme les Japy étaient prêts à aligner les sacs de yen pour avoir la bande, ils ne s'angoissaient pas trop. Pourtant, Mihara voulait continuer à suivre sa piste. C'était plus prudent. Les autres ne manquaient pas d'oseille et, dans ce genre de duel, on ne pouvait jamais savoir qui allait lâcher le dernier plomb. Nos Japonais, donc, après avoir reçu leur télex de Tokyo et téléphoné à Weinstadt pour lui dire qu'ils étaient prêts à taper un grand coup, sans préciser la somme, allèrent déjeuner au restaurant Osaka et, tout naturellement, ils se retrouvèrent sur le coup de 15 heures aux abords du Ritz où ils espéraient bien prendre contact directement avec celui qui avait enregistré la bande.

Ce qu'ils n'avaient pas vu, c'était que depuis l'instant où ils avaient quitté le Nikko, une voiture discrète les suivait. Dans cette voiture, il y avait Paula qui ne se fiait qu'à son intuition, et trois inspecteurs pour lui tenir compagnie.

Ce soir-là, Jules dîna avec sa Diva. Ils restèrent dans l'appartement et dégustèrent l'une des spécialités du chef, le foie gras au porto, suivi d'une délicieuse côte de bœuf. Ils restèrent encore un moment ensemble, puis Jules décida qu'il était temps de risquer une sortie. Cynthia lui fit promettre de revenir s'il avait un problème et lorsqu'elle l'eut quitté après l'avoir embrassé sur le front, elle se surprit à penser à lui avec inquiétude.

Jules avait demandé un taxi. Il sortit rapidement et s'engouffra dans la Mercedes en donnant l'adresse des Deux-Magots. Les Japonais démarrèrent. Ils attendaient depuis huit heures. Les flics, tout en douceur, continuèrent à allonger le cortège qui passa la Concorde et prit la direction du boulevard Saint-Germain.

Jules, qui avait vu des films policiers, savait qu'il fallait toujours vérifier si l'on était suivi. Il le fit par jeu jusqu'au moment où il réalisa qu'une voiture bleue ne décollait pas de son champ visuel. Cette fois, sa trouille revint à grandes enjambées. Il sortit l'argent de la course et se dit qu'il ne fallait pas traîner. Il prépara la clé du cadenas, paya et demanda au chauffeur de se faufiler un peu, moyennant un pourboire de vingt balles.

Les Japy virent la Mercedes blanche qui décollait. Comme ils étaient plus forts en musique qu'en conduite, ils eurent un peu de mal à suivre. Il y avait maintenant quelques voitures entre eux et Jules.

Les flics comprirent tout de suite qu'il fallait larguer les Japonais pour avoir une chance de récupérer le coursier et pendant que les Nippons invoquaient les divinités du Shinto, la 504 se propulsa à la recherche du temps perdu.

Jules gicla de la Mercedes comme un ballon de rugby. Il s'énerva trois secondes sur le cadenas, ouvrit l'essence et se mit à courir en donnant des gaz. Le moteur commençait à tousser lorsque se déclencha la sirène des flics et qu'il vit une grosse bagnole noire foncer sur lui comme un bourdon dans le crissement des pneus qui hurlaient à la mort.

Jules vit les portes qui s'ouvraient. C'était *L'Odyssée de l'espace,* la grosse bête s'ouvrait, libérant les satellites qui fonçaient vers lui en sautant comme des danseuses au milieu de la circulation. Bruit de freins. Tôle emboutie. C'est à ce moment que le moteur de la mobylette commença à tourner dans l'huile et que Jules put sauter sur son siège en évitant deux bagnoles. Les flics réintégrèrent leur satellite pour pouvoir le coincer un peu plus loin.

Jules vit la vitrine du Drugstore avec des gens levés, on avait l'air de le regarder.

La rue de Rennes, et de nouveau la bagnole des flics qui s'était sortie du trafic et lui filait le train. À ce rythme-là, Jules en avait pour trois secondes. Il fallait ruser. Jules tourna sur la droite dans la rue Bernard-Palissy qui n'avait rien d'une autoroute. Les flics s'engouffrèrent derrière lui, éraflant au passage une belle guinde mal garée. Jules avait l'impression de sentir la respiration de la bagnole sur sa nuque. Il était temps de commencer un slalom spécial.

Jules tourna dans une autre rue dont il ignorait le nom. Il y avait là un type qui roulait peinard, les flics le poussèrent sans ménagement et reprirent du terrain. Ils étaient décidés à l'avoir, ce petit salaud.

Jules remontait vers Montparnasse, il prit un sens interdit en priant les anges de lui balancer un poids lourd, mais il ne fut pas entendu. Jules passa devant la Fnac, ça pouvait devenir dangereux, il traçait maintenant vers la Tour. Comme il y avait un peu de circulation, il gagna cinquante mètres, grilla les feux à Montparnasse et se demanda où il allait aller lorsque les anges, avec un peu de retard, étaient-ils suisses les bougres, lui glissèrent dans le pavillon qu'il fallait foncer vers la brasserie du Maître Kanter et bien qu'il n'ait pas l'intention d'aller y déguster une choucroute, Jules se laissa guider par les voix divines.

Les flics se foutaient de cabosser leur tôle. Ils mettaient le paquet et reprenaient un peu de terrain. Ils crurent que Jules allait prendre la rue d'Odessa, mais ils eurent la surprise de leur vie.

Encore une fois, c'étaient les anges désœuvrés qui soufflaient à Jules son itinéraire et Jules leur obéit. Il entendit :

– Descends l'escalier du métro.

Il descendit l'escalier du métro. On ne l'avait pas secoué comme ça depuis la dernière trempe que son père lui avait filée pour ses quinze ans.

Les flics sautèrent en marche et dévalèrent l'escalier à grandes enjambées.

Jules n'avait pas le temps de méditer au portillon que des petits génies de Polytechnique avaient inventé pour coincer les honnêtes gens. Il rattrapa une porte vitrée, destinée à la sortie, du bout de son pneu avant, au moment où l'un des flics se pétait une cheville à l'arrivée de l'escalier.

Jules était dans le couloir. Il descendit un nouvel escalier et mit la gomme à contre-courant pendant que les flics galopaient à s'en faire sauter la pompe.

Jules voyait les gens s'aplatir sur les murs blancs. Il avait l'impression d'être dans une grande salle de bains.

Il arrivait aux tapis roulants qui conduisent à la gare SNCF. Il prit l'allée de côté, tourna la tête une seconde et vit l'un des flics déboucher à son tour. Jules sentit que le poulet ne tiendrait pas le rythme jusqu'au bout du couloir, surtout que sa mob prenait de l'élan. Il devait bien faire du soixante maintenant. Il entendait gueuler. Des gens se couchaient. Merde, les flics n'allaient tout de même pas tirer !

Jules arrivait au pied de l'escalier. Pas question de le grimper autrement qu'à pied. Il se décida à abandonner sa compagne fidèle lorsqu'il se souvint des gants d'Alba qui traînaient dans sa sacoche. Il regarda. Le flic était encore loin. Jules plongea la main dans la sacoche et pêcha, outre ses gants, une cassette Memorex qu'il fourra dans la poche de son blouson.

Il était maintenant dans la même situation que le flic avec le souffle en plus. Jules se fit l'escalier en quelques grandes enjambées. Plutôt que de sortir directement sur l'esplanade où il craignait une mauvaise surprise, Jules traça jusqu'aux taxis et s'engouffra dans la seule bagnole disponible.

– Décolle en vitesse, le mari de ma maîtresse me poursuit, il veut ma peau.

Le chauffeur amusé mit la gomme. Jules se retourna. Il vit une sorte d'obus gicler au milieu de la chaussée au moment où le taxi disparaissait. Le chauffeur qui avait jeté un œil au rétro dit à Jules :

– Vous tracassez pas, il est en panne.

7

Jules réalisa tout à coup qu'il ne savait pas où se faire conduire. Tous ses refuges étaient grillés. On connaissait son adresse. On l'avait suivi depuis le Ritz. Alba et Gorodish étaient certainement repérés. Il ne pouvait aller dans aucun hôtel. Il n'avait plus sa mobylette.

Jules avait l'horrible impression qu'un étau se resserrait autour de lui. Il ne comprenait plus rien.

– Où est-ce que je vous pose, alors ? demanda le chauffeur.

Jules cherchait en vain un refuge possible, rien ne lui paraissait sûr. Il se sentait prisonnier dans une voiture. S'il n'avait pas eu sa mobylette, les flics l'auraient déjà eu. La mobylette, c'était son truc à lui. Il connaissait Paris comme sa poche. Il fallait qu'il trouve une autre mob. Un instant, il songea en piquer une, mais c'était un risque inutile. Il se mit à chercher parmi ses camarades coursiers. Il en connaissait quelques-uns. Le taxi arrivait porte d'Orléans. Jules repéra une cabine.

– Arrêtez-moi là.

Dès qu'il descendit du taxi, il eut l'impression de ne plus être en sécurité. Un regard suffisait à le plonger dans une profonde angoisse. Il regardait partout, prêt à prendre la fuite au moindre signe suspect.

Il feuilleta l'annuaire, il en oubliait les lettres de l'alphabet. Enfin, il trouva le nom d'un copain et composa le numéro.

– Salut, c'est Jules.

– Tu m'as tiré d'un rêve super.

– Est-ce que tu peux me rendre un service ? Je suis dans un sacré merdier.

– Qu'est-ce qui se passe ?

– Je peux pas t'expliquer maintenant, mais j'ai absolument besoin d'une mob tout de suite.

– Pour combien de temps ?

– Un jour ou deux, maxi.

– Je travaille demain. C'est impossible. Par contre, si tu veux, je peux te prêter ma Yamaha.

– C'est un gros calibre ?

– Une Trial 125.

Jules commençait à souffler.

– Je te revaudrai ça. Je vais te demander encore un truc : est-ce que tu peux me la livrer à la porte d'Orléans ? J'ai la trouille de venir chez toi.

– Je vais rentrer comment ?

– Je te passerai le fric du taxi.

– Si tu veux. On se trouve où ?

– Viens porte d'Orléans, je te repérerai.

– Ça marche.

Jules n'osait pas sortir de la cabine. Il observa un long moment, puis se décida à risquer le nez dehors. Il avait peur d'entrer dans un café, il craignait de marcher dans la rue de peur d'être interpellé par des flics en maraude. Pour finir, il entra dans une cour d'immeubles et attendit.

Toutes les voitures de police de Paris avaient le signalement de Jules et sillonnaient la ville à sa recherche. Tout ce qui portait un jean et un blouson de cuir était arrêté. Boulanger, Paula, toute la Brigade étaient sur le pied de guerre.

Jules ressortit. Quelques minutes plus tard, son copain arrivait et lui laissait la moto. Jules ne s'attarda pas. Il lui fila du fric et démarra en direction du périphérique. Les flics ne devaient certainement par le chercher par là. Il faisait un peu froid. Il mit ses gants et fonça. Il se dit qu'il pourrait sortir de Paris et se planquer à la campagne, mais il ne trouva personne en qui il eût confiance. Jules était décidé à tourner sur le périphérique jusqu'au moment où il aurait une idée.

Lorsqu'il vit l'écriteau qui annonçait la porte Dauphine, un déclic se produisit dans son esprit. Il pensait à Karina. Si elle acceptait de passer la nuit avec lui, il était tiré d'affaire. Il sortit du périphérique et s'engagea dans l'avenue Foch. Tout à coup, un mur noir apparut dans son esprit. Il avait à peine cent balles sur lui. La fille refuserait certainement. Comme il ne trouvait aucune solution de remplacement, il décida de tenter sa chance.

Il tourna sur la gauche et se mit à descendre lentement la contre-allée, tremblant à l'idée que Karina serait peut-être partie avec un client.

Il passa devant cinq ou six filles lorsqu'une main s'agita vers lui. C'était Karina en super short de cuir et cuissardes noires.

– C'est gentil de revenir. J'ai souvent pensé à toi.

– Moi aussi. Je suis embêté de te demander ça, je suis complètement paumé. Les flics me cherchent. Je ne sais pas où aller et je n'ai que cent balles. Je pensais peut-être passer la nuit avec toi. Je te passerai le reste du fric la prochaine fois, si tu veux bien.

– Ne t'angoisse pas comme ça, ce n'est pas grave. Le seul problème, c'est mon type. Si je ne lui donne pas le fric demain, je vais me faire massacrer. Si tu veux, on peut faire un truc : je continue à travailler jusqu'à 3 heures du matin, je te file les clés de mon studio et tu m'attends. J'emmènerai les clients à l'hôtel. Tu te souviens de l'adresse ?

– Oui, mais pas de l'étage.

– Troisième, la porte de droite. Tiens, les clés.

Jules embrassa Karina.

– Viens vite, j'ai la trouille d'être tout seul.

– Deux petites heures...

Jules se faufila dans les petites rues silencieuses et désertes. Il rangea la moto sur le trottoir et monta.

Karina marchait vers le café le plus proche. Elle avait envie de vomir. Un instant, elle songea prévenir Jules, mais dès qu'elle eut pensé à Saporta et à la manière dont il avait fait arranger quelques filles qui n'avaient pas suivi ses ordres, elle se résigna.

Karina prit un jeton à la caisse et descendit au sous-sol. Jamais elle n'avait senti un tel dégoût d'elle-même. De son sac, elle tira le numéro qu'on lui avait donné et prit son souffle avant de le composer.

– Hôtel George V...

– La chambre 103, s'il vous plaît.

– Saporta..

– C'est Karina. Il est chez moi.

– Bien, retourne au boulot. On te contactera demain.

Saporta raccrocha.

Jules, en enlevant son blouson, avait sorti la cassette et l'avait examinée, pensant qu'il s'agissait de l'un de ses enregistrements. Comme il fallait tuer le temps en attendant la douce Karina, il avait branché le magnétophone et s'était installé pour écouter.

Dès les premiers mots, le son pathétique de la voix de Nadia glaça Jules. Après avoir décliné son identité, parlé en quelques mots de sa vie et de sa rencontre avec Saporta, elle annonçait sa disparition ou sa mort dont à l'avance elle accusait Saporta.

Commençait ensuite, d'un ton neutre, comme celui d'un courrier dicté, l'énumération des noms de ceux qui travaillaient pour Saporta dans le réseau de la prostitution. La voix de Nadia définissait le rôle et la responsabilité de chacun ainsi que le secteur dont il était responsable. Après avoir démantelé le réseau des call-girls et de quelques maisons spécialisées dans les mineures, la voix énuméra les lieux de prostitution qui étaient sous le contrôle de Saporta.

Tout à coup, Jules eut l'impression que son cœur allait s'arrêter. Il entendit la phrase suivante : *Toutes les prostituées noires qui travaillent avenue Victor-Hugo, rue de Presbourg et avenue Foch sont sous le contrôle direct de Saporta.* Jules bondit sur l'appareil, il arracha la cassette, récupéra son blouson au passage et dévala l'escalier quatre à quatre. Il venait de comprendre pourquoi on en voulait à sa peau. Il ne savait pas comment cette cassette se trouvait en sa possession, mais soudain, tout s'éclaircissait.

Comme il arrivait dans l'entrée de l'immeuble, il entendit un crissement de pneus. Il hésita une seconde, repéra une porte qui devait donner dans un réduit ou une cave et au moment où il rabattait la porte sur lui, il vit deux silhouettes se découper derrière la vitre d'entrée. Il entendit les hommes monter très rapidement, attendit quelques secondes, reprit son souffle et sortit sans bruit.

Saporta et Paulo étaient montés, armés de 38 à silencieux. Louis était resté au volant de la Mercedes qu'il venait de ranger entre deux autres véhicules lorsqu'il vit Jules sortir et enfourcher une moto.

Louis se jeta sur la boîte à gants pour attraper son calibre. Il entendit le moteur pétarader à l'instant où ayant terminé de visser le silencieux, il bondissait hors de la Mercedes. La moto démarra dans le hurlement du moteur. Jules était à plus de trente mètres lorsque le premier coup de feu fit le bruit mat d'un ballon qui frappe le sol. Louis vida son chargeur.

Saporta et Paulo passèrent presque à travers la vitre et sautèrent dans la Mercedes alors que Louis tirait sa dernière balle. Paulo avait pris le volant. Il recula de trois mètres en écrasant une Volkswagen et mit toute la gomme.

Jules sentit une terrible douleur lui déchirer la jambe. Le choc le fit vaciller, il fit une embardée, toucha une camionnette de l'épaule et, d'un coup de reins, il réussit à remettre la moto droite. Il entendit le bruit de tôle compressée puis le hurlement des pneus qui subissaient la terrible accélération de la Mercedes.

Jules remontait vers la contre-allée de l'avenue Foch pendant que Saporta, penché à la fenêtre de la Mercedes, vidait un chargeur dans la nuit.

Jules déboucha comme une guêpe furieuse sur la contre-allée et fonça à travers les jardins, en évitant les bancs et les arbres. En descendant le trottoir de l'avenue Foch, il décolla, passant de justesse devant un flot de bagnoles qu'un feu venait de libérer.

Jules souleva le pneu avant pour mieux passer l'autre trottoir et se perdit dans la nuit des petites ruelles sombres pendant que la Mercedes de Saporta s'arrêtait en face d'un arbre têtu qui ne voulait pas céder le passage.

C'était la première fois que Paulo voyait le Patron sortir de ses gonds. Il aurait fallu lui filer un flacon de Tranxène pour le calmer.

Saporta décrocha son téléphone et donna l'ordre à tous ses méchants de se mettre en maraude. Une demi-heure plus tard, la ville était garnie de truands. Ils avaient l'ordre de tirer à vue.

Jules continua jusqu'au moment où il n'entendit plus rien. Il s'arrêta dans une rue tranquille pour examiner sa blessure. La balle avait traversé la jambe à hauteur du mollet. C'était pas beau à voir. Avec son mouchoir, il se fit un garrot, puis il essaya de penser.

Il était sûr d'une chose, c'était que les flics, comme les truands, voulaient sa peau. Jules tenait à peine debout. Il tremblait de tout son corps, cherchant où il pourrait se réfugier. Il était décidé à laisser la moto dans un coin, mais il lui fallait trouver un taxi.

Jules roula lentement jusqu'à la place du Trocadéro. Il avait l'impression que tout son corps se liquéfiait, que ses nerfs et ses muscles l'abandonnaient.

Il fallait qu'il téléphone à Gorodish. Lui seul pourrait le sauver. Il entra dans une cabine et composa le numéro. C'est Alba qui répondit. Il était sans voix.

– Alors, tu batifoles avec ta chanteuse, prince charmant...

– Alba, ils ont essayé de me descendre ! Je suis blessé ! J'ai tout compris. Il faut que Serge me sorte de là autrement je suis foutu.

– C'est les flics ?

– Non. Des truands.

– Tu es gravement blessé ?

– À la jambe, ça va aller je crois.

Gorodish, qui écoutait d'une oreille distraite, bondit du canapé où il se trouvait et arracha le récepteur des mains d'Alba.

– Est-ce que tu saignes beaucoup ?

– J'ai mis un garrot.

– Écoute bien ce que je vais te dire. Peux-tu prendre un taxi ?

– Oui.

– Fais-toi conduire au Drugstore de l'Étoile, à la porte de derrière. Ensuite, tu vas à la pharmacie, tu achètes du coton, de l'alcool et une bande. Tu montes dans les toilettes, tu désinfectes ta blessure, tu fais un pansement serré et tu ne bouges pas jusqu'à ce que j'arrive. Est-ce que ton pantalon est déchiré par la balle ?

– Oui, il y a du sang aussi.

– Essaye de marcher sans boiter et de ne pas attirer l'attention. S'il y a du monde à la pharmacie, monte directement aux toilettes, j'apporterai ce qu'il faut. Vas-y mon vieux, courage, j'arrive.

Jules monta dans un taxi et donna l'adresse du Drugstore. Ils croisèrent une voiture de police qui roulait au pas. Jules avait l'impression qu'il ne pourrait jamais sortir du taxi.

Gorodish réveilla Mohamed et lui demanda de rappliquer sur les chapeaux de roues et de faire le plein d'essence. Pendant ce temps, Alba s'habillait : elle s'y reprit à deux fois pour enfiler son jean.

Gorodish prit un pantalon, un pull et une veste de tweed pour Jules, il fallait qu'il change de silhouette.

Tout se bloquait dans la gorge d'Alba, elle ne pouvait dire un mot. Serge la serra contre lui dans l'ascenseur.

– Ne t'inquiète pas, on va le sortir de là.

Ils attendirent quelques minutes devant l'entrée. Mohamed habitait à la Bastille, il lui fallait le temps d'arriver.

Gorodish remonta à l'appartement. Il mit son vieux colt 45 américain dans la poche de son manteau et rejoignit Alba.

Chaque fois que Jules posait sa jambe gauche sur le sol, une douleur le traversait. Il entra à la pharmacie. Il fit un effort pour sourire en demandant ce dont il avait besoin. Une jeune femme le servit avec indifférence.

Jules monta vers les toilettes. Son front était couvert d'une sueur glacée. Il craignait qu'on ne remarque sa jambe blessée. Dès l'instant où il referma sur lui la porte des toilettes, il se mit à sangloter nerveusement. Il lui fallut au moins cinq minutes avant de pouvoir remonter son pantalon, désinfecter, enlever le sang et faire un pansement. Ensuite, il attendit, terrorisé chaque fois qu'il percevait le moindre bruit. Il avait peur d'attirer l'attention en restant trop longtemps dans les toilettes. Sa panique devint telle qu'il était prêt à sortir. Il ne cessait de se répéter : Serge va venir, Serge va venir.

Tout se mêlait dans sa tête. Comment cette cassette était-elle arrivée dans la sacoche de sa mobylette ? Comment la police et les truands l'avaient-ils su ? Pourquoi la police ne le protégeait-elle pas ? Autant de questions qui lui semblaient relever de la plus totale absurdité.

Kazuhichi Mihara et son collaborateur de la Nippon Columbia n'avaient pas eu de peine à relier Jules, Alba et Gorodish. Ils se doutaient que l'homme aperçu dans la rue, seul ou avec Alba, était sans doute à l'origine de la mise en vente de la bande de Cynthia Hawkins. Ce qu'ils ne comprenaient pas, c'était pourquoi la police s'intéressait tant à Jules. Il devait tremper dans une histoire extérieure à la musique, mais personne ne savait dans quoi.

Le numéro un de la firme japonaise conservait toujours l'espoir d'avoir un élément de persuasion de plus que ses collègues. Il avait fait une offre importante, avait laissé entendre qu'elle n'était pas définitive et qu'on pouvait en discuter pour avoir le temps d'aller jusqu'au bout de sa piste.

Mihara n'avait pas tardé à se rendre compte qu'il était plus apte à diriger un enregistrement qu'à remonter une filière. Il avait donc téléphoné à Tokyo pour qu'on lui recommande un homme capable d'aller plus loin.

Cet homme, un Japonais, vivait en France. Mihara n'avait obtenu aucun renseignement très précis sur ses fonctions. On lui avait simplement assuré qu'il remplissait les conditions requises pour mener une enquête délicate.

Mihara lui avait indiqué l'adresse d'Alba et de Gorodish. Il soupçonnait Gorodish d'avoir de coupables relations avec cette jeune fille mineure. L'agent qu'il avait engagé devait s'en assurer. Si Mihara avait misé juste, il aurait le moyen qu'il recherchait pour faire pression sur Gorodish. L'agent avait d'ailleurs l'ordre de ne pas s'en tenir à cette seule hypothèse et de fouiller minutieusement le passé de Gorodish.

Mihara, malgré l'heure tardive, ne dormait pas. Il se saoulait consciencieusement au saké en rêvant à la pochette de disque où seraient réunis le nom de Cynthia Hawkins, le sien et celui de la firme dont il était le directeur artistique.

Le cœur de Jules bondit dans sa poitrine lorsqu'il entendit

frapper à la porte. La voix de Serge vint le rassurer aussitôt. Il ouvrit. Serge lui passa les vêtements.

Jules se changea. Il commençait à espérer, mais il leur fallait encore sortir de Paris.

Jules sortit et jeta un coup d'œil dans la glace. Il se passa le visage à l'eau tiède, Gorodish prit le sac qui contenait le jean et le blouson et ils descendirent, l'un derrière l'autre, sans oublier le pourboire.

Ils ressortirent par-derrière et lorsque Jules s'assit entre Serge et Alba, il ressentit un grand soulagement, comme s'il venait de passer le relais à quelqu'un. Gorodish lui avait demandé de ne pas parler devant Mohamed.

Ils restèrent donc silencieux. Mohamed prenait la direction de l'autoroute du Sud. Ils repassèrent sur le périphérique puis s'éloignèrent de Paris.

Alba tenait la main de Jules qui reposait la tête sur son épaule. Gorodish ouvrait l'œil. Il s'assura à plusieurs reprises qu'ils n'étaient pas suivis.

Deux heures plus tard, le taxi s'engagea dans un grand parc après que Gorodish eut ouvert la grille. Alba reconnut le chemin de terre, l'herbe haute, le grand arbre et la silhouette de la maison de Gorodish. C'était son refuge, l'endroit où il l'avait conduite après avoir mis la petite ville à feu et à sang. Pendant qu'Alba préparait un bouillon, Gorodish alluma un grand feu dans la cheminée du salon. Ils approchèrent un vieux canapé défoncé de l'âtre et là, enveloppé dans des couvertures, Jules leur raconta en détail tout ce qui s'était passé depuis le moment où il les avait quittés, la veille.

Alba monta dans la chambre de Gorodish et descendit un vieux magnétophone. Ils écoutèrent la bande entièrement. Gorodish était soufflé. Ils étaient tous les trois sur un caisson de dynamite. Le seul point positif était que Gorodish connaissait Saporta. Il avait été son chauffeur du temps de sa jeunesse où il avait plus ou moins baigné dans les milieux de la pègre. Saporta à cette époque était un jeune truand débutant, mais Gorodish n'avait jamais douté que son patron irait loin.

Serge se garda bien de parler de tout cela.

– Ils ne nous lâcheront pas, dit Jules.

– Ne t'inquiète pas. J'arrangerai tout.

Alba imaginait de monter des coups, mais elle n'avait jamais pensé risquer sa vie à ce jeu supérieur. Jules avait failli être tué. Il s'en était tiré par miracle.

Gorodish examina la blessure de Jules et lui refit son pansement. La balle avait traversé le mollet, sans atteindre l'os. C'était douloureux, mais Jules ne risquait rien.

Gorodish lui donna des calmants et des antibiotiques. Jules et Alba allèrent se coucher.

8

Gorodish resta près du feu. Son colt 45 posé près de lui, sur le vieux canapé, tout pouvait arriver. Il fallait être prêt. Bientôt, le salon commença à s'éclaircir. Le jour se levait. Serge entendit un coq chanter, cela lui fit du bien.

Vers 8 heures, il se fit un café noir, puis décida de rentrer à Paris avec la bande. Il fallait faire vite. Garder cette bande, c'était aller vers une mort certaine. Gorodish avait décidé de contacter Saporta.

Il monta jusqu'à la chambre d'Alba qui dormait profondément. Il s'assit au coin du grand lit et lui caressa le front doucement, jusqu'à ce qu'elle s'éveille.

– Je vais à Paris. J'emporte la bande. Il faut s'en débarrasser. Prends soin de Jules. Je vous téléphonerai. J'espère venir vous chercher demain.

Alba bougea la tête en signe d'assentiment et se rendormit aussitôt.

Gorodish emporta son colt et la cassette. Il chercha les clés et les papiers du break 504 qui eut un peu de mal à démarrer, puis il prit la direction de Paris.

Tout semblait calme rue de l'Université. Gorodish trouva une place et monta chez lui. Il brancha la machine à café, mit une dose pour dix tasses et s'installa dans son fauteuil-relax. Il savait que le moindre faux pas pouvait lui être fatal.

Gorodish était en train de déguster un pur Colombie délicieux lorsque le téléphone sonna.

– Monsieur Serge Gorodish ?

– De la part de qui ?

– C'est le père d'Alba...

Gorodish avait complètement oublié qu'Alba avait un père. Il se souvint par la même occasion qu'il ne lui avait pas envoyé son chèque mensuel.

– Comment allez-vous ?

– Très bien, j'appelais pour avoir des nouvelles de la petite, pour savoir si elle travaillait bien et si vous étiez content d'elle.

– Vous savez, ses progrès sont extraordinaires. Ils dépassent mes espérances. Je pense qu'elle ira très loin. Au fait, j'ai l'impression de vous avoir oublié ce mois, ne craignez rien, je ferai le nécessaire aujourd'hui même.

– Ce n'est pas grave, monsieur Gorodish. Je ne vous appelais pas pour ça, mais au sujet d'une curieuse visite que j'ai reçue. Un monsieur japonais est venu me trouver pour venir me remettre une calculatrice électronique offerte par sa firme comme cadeau publicitaire. J'étais très content. On a parlé et c'est seulement au bout d'un moment que j'ai compris qu'il voulait savoir des choses. J'ai parlé de mes enfants. J'ai parlé d'Alba qui était très douée pour les études. Il m'a proposé de lui faire un cadeau à elle aussi puisqu'il travaillait sur Paris. Il m'a demandé son âge, si elle vivait en pension et je lui ai cxpliqué qu'elle avait un tuteur et c'est seulement après le départ de ce monsieur que j'ai trouvé tout ça pas catholique. Alors, je voulais vous prévenir. On ne sait jamais.

Gorodish comprenait que tout se compliquait. Il remercia le père d'Alba, lui promit une visite prochaine et s'excusa de ne pouvoir lui passer sa fille qui suivait un cours de danse indienne.

Cette histoire de japonais lui fit penser qu'il devait appeler Weinstadt. Il composa son numéro privé.

– Weinstadt...

– Où en sont les enchères, cher monsieur ?

– Je n'ai pour le moment que les premières offres mais elles sont importantes : Philips offre trois cent mille francs, les Japonais de la Nippon Columbia sont prêts à monter jusqu'à quatre cent mille, mais l'offre la plus intéressante tant du point de vue financier que du point de vue promotionnel et artistique me semble être celle de la DGG, qui n'a pas articulé de prix, mais dont le directeur m'a assuré qu'il voulait remporter le marché, à condition, bien sûr, que Cynthia Hawkins accepte un contrat d'exclusivité accompagné d'un programme d'enregistrements planifié sur cinq ans. Je pense qu'il faut attendre un peu. Les contrats sont prêts, nous pourrons signer dans quelques jours.

– Cynthia Hawkins a-t-elle accepté le principe de l'opération ?

– Je ne lui en ai pas parlé. J'attends l'offre définitive de DGG.

– Bien, je vous rappellerai.

Gorodish se remit sur son fauteuil-relax et continua l'examen de la situation. Si les Japonais fouillaient sa vie, ils risquaient aussi de fouiller son passé. Ils voulaient la bande et cherchaient une piste pour le faire chanter. Gorodish avait entre les mains deux enregistrements qui valaient leur pesant d'or pour autant qu'on soit encore vivant pour dépenser tout ce fric. Il fallait que tout soit réglé dans les quarante-huit heures, il ne restait plus qu'à trouver comment. Des centaines de circuits commencèrent à cliqueter dans le cerveau de Gorodish.

Le téléphone l'interrompit à nouveau. C'était encore le père d'Alba.

– Figurez-vous qu'il est revenu. J'ai joué à l'idiot. Je lui ai raconté des choses sans intérêt et sans en avoir l'air, j'ai réussi à savoir deux ou trois choses. Il est à l'hôtel de La Grande Chasse et pense rentrer à Paris cette nuit. J'ai l'impression que c'est un individu suspect. S'il vient vous proposer de la marchandise, n'achetez rien. J'ai lu un article sur ces démarcheurs qui vous font des cadeaux, il paraît que ça cache toujours un piège. Méfiez-vous. C'est peut-être de la camelote, sa marchandise.

– Ne vous en faites pas, je suivrai votre conseil. S'il se présente ici, je le mets à la porte. Au fait de quoi avez-vous parlé avec lui ?

– De rien d'extraordinaire, je lui ai raconté toutes les histoires qui ont secoué notre petite ville, les Vampires, les morts, le hold-up, enfin tout ça. Vous savez ici, c'est le sujet de conversation favori, quand on a rien à se dire, on en revient toujours là.

– C'est gentil de m'avoir prévenu. On passera vous voir bientôt.

Gorodish raccrocha. Les choses se compliquaient beaucoup

plus qu'il ne pensait. Ce Japonais commençait à lui échauffer les oreilles.

Une demi-heure plus tard, le téléphone sonnait encore.

– Monsieur Gorodish ?

– C'est moi.

– Je n'ai pas encore l'honneur de vous connaître, mais j'aurai le plaisir de vous rencontrer bientôt car j'ai été chargé par la Nippon Columbia de négocier avec vous un contrat pour l'achat d'une certaine bande magnétique.

– Je ne m'occupe pas directement de cette affaire, je l'ai confiée à l'agent de Mme Hawkins que vous connaissez certainement. Le mieux est de vous mettre en rapport avec lui.

– Nous sommes en rapport avec M. Weinstadt, mais la proposition que j'ai à vous faire dépasse certainement en intérêt celle des autres maisons de disques.

– Comme je vous l'ai déjà dit, seul Simon Weinstadt est en mesure de répondre à votre offre, répliqua froidement Gorodish qui continuait à jouer les idiots.

– Je crois que vous ne comprenez pas très bien la nature de mon offre, monsieur Gorodish. Elle vous intéresse personnellement dans la mesure où j'ai appris certaines choses vous concernant et qui, d'après moi, sont assez importantes pour arrêter net l'extraordinaire inflation que connaît le prix de votre enregistrement. Nous sommes bien sûr disposés à payer une certaine somme, mais pas plus. Il faudrait donc que je vous rencontre au plus vite pour mettre au point les termes de notre arrangement.

– Je peux vous recevoir dans une heure ou ce soir assez tard car ma journée est très remplie.

– Je préfère ce soir.

– Disons 23 heures, chez moi.

– C'est entendu.

Le choix tardif du Japonais confirmait à Gorodish que le maître chanteur ne quitterait pas la petite ville avant le soir. Il lui restait sans doute quelque chose à découvrir pour étayer sa pression.

Gorodish se versa une septième tasse de café, il brancha son ampli et mit sur la platine la sonate opus 10 n° 1 de

Beethoven par Alfred Brendel. Dans les moments difficiles, il fallait être tout à fait calme.

Alba s'éveillait en s'étirant comme une chatte. Elle se demanda quelle heure il pouvait bien être. Tard, certainement. Aucun bruit dans la maison. Elle resta un instant à fixer le plafond, revivant les instants merveilleux qu'elle avait passés dans cette maison. Elle eut envie de voir le grand cèdre et ouvrit les volets. C'est à ce moment qu'elle se souvint du départ de Serge. Comme elle était nue, elle se drapa dans le couvre-lit et rejoignit Jules installé dans la chambre de Serge.

Il dormait encore. Alba ouvrit les volets, elle le regarda un instant. Il devait rêver car ses yeux et sa bouche étaient agités de frémissements.

Comme le lit était grand, Alba souleva les couvertures et se glissa aux côtés de Jules, sans abandonner le couvre-lit. Elle le laissa dormir encore longtemps et la tête bien calée sur le grand oreiller qui sentait bon, elle pensa à tout ce qui s'était passé depuis le jour où ils s'étaient rencontrés à Lido-Musique. À la soirée qu'ils avaient passée ensemble, à la musique, aux baisers de Jules. Puis elle pensa à Serge, à sa froideur apparente et aux rares moments où il se laissait aller. Alba se demandait si Serge l'aimait comme elle l'aimait. Elle se demandait pourquoi il ne la traitait pas vraiment comme une femme, pourquoi il ne la prenait pas plus souvent dans ses bras pour l'embrasser comme elle en avait envie. Elle avait l'impression que Serge ignorait tous ses appels, tous ses signes, toutes ses agaceries longuement méditées et qui ne portaient pas leurs fruits. Elle se dit que Serge aimait peut-être une autre femme, car elle était une femme et voulait le prouver. Toutes ses idées tournèrent longtemps dans sa tête sans qu'elle trouve de réponses satisfaisantes. Serge la trouvait peut-être trop jeune. Alba toucha ses petits seins et serra les épaules pour leur donner plus de volume. Sa poitrine allait grandir encore, c'était sûr. Elle se demandait combien de temps il lui faudrait attendre et pensa à ces crèmes ou ces lotions d'Afrique dont on vantait les mérites dans les magazines.

Alba se leva, elle descendit au salon, prit une pile de revues et se mit à chercher l'annonce qu'elle avait vue si souvent. Lorsqu'elle la trouva, elle déchira le coin de la page, ouvrit le secrétaire poussiéreux où elle trouva une enveloppe, une feuille de papier et un stylo à bille et de sa plus belle écriture, elle commanda cinq pots de la crème africaine vantée par la publicité en se disant qu'elle finirait bien par avoir Gorodish comme une vraie femme pouvait avoir un homme.

Après avoir rédigé l'adresse, elle mit la lettre dans la poche de sa veste et remonta se coucher aux côtés de Jules qui avait terminé son rêve.

Alba avait envie que Jules l'embrasse comme il l'avait fait l'autre soir. Elle adorait ses baisers qui laissaient le corps chaud et tremblant, un peu comme lorsqu'on avait de la fièvre. Elle écouta un merle qui chantait et cela la fit penser à Cynthia Hawkins. Elle savait bien que Jules était amoureux d'elle. Il devait certainement rêver d'elle tout à l'heure. Cette pensée refroidit son corps et son esprit. Elle se glissa hors du lit et descendit préparer un plateau de petit déjeuner avec ce qu'elle trouva dans les placards.

Fort heureusement, Maria était passée par là, il y avait du Nesquik banane, du chocolat, de la confiture anglaise, des crackers et du lait concentré. Comme elle pensa que Jules avait besoin de quelque chose de fort pour sortir de ses rêves, elle lui fit du café.

Alba posa le plateau sur le lit et réveilla Jules en lui pinçant le nez, c'était ce qu'il y avait de plus efficace. Après tout, ce n'était pas de sa faute s'il ne s'était pas réveillé au bon moment.

Jules grogna un peu. Il avait plongé directement dans la réalité.

– Tu es dure de me réveiller comme ça.

– Ton café va refroidir. Il fallait que ce soit rapide.

Jules voulut s'asseoir dans le lit. Il avait oublié la jambe et le mouvement brusque qu'il fit lui tira un cri de douleur.

– J'avais oublié.

– Tu as bien dormi ?

– Pas mal. Où est Serge ?

– Il est à Paris. Il est parti très tôt ce matin. Il veut régler cette histoire de cassette.

– J'espère que tout va bien se passer...

– Tu ne connais pas Serge, dit Alba d'un ton tranquille en buvant son Nesquik.

Jules et Alba finirent le paquet de crackers.

– Quand va-t-il revenir ? demanda Jules inquiet.

– Demain, peut-être. Il doit nous téléphoner.

– Quand je pense qu'ils ont failli m'avoir, ces salauds. Ça fait une drôle d'impression, tu sais, quand on te tire dessus.

– Évidemment, on est plus peinard au concert.

Comme Jules sentit une sorte d'acidité dans cette remarque, il n'insista pas.

Jules se mit à penser à Cynthia. Il l'imagina dans son appartement du Ritz et se demanda si on lui avait déjà parlé de la bande du concert.

– À quoi penses-tu ?

– À ma mobylette. J'ai dû l'abandonner pendant la poursuite. Je me demande si je la récupérerai.

Alba finit le pot de confiture à la cuillère. C'est dingue ce que les types pouvaient mal mentir.

– Il faut que je te refasse ton pansement, dit Alba en disparaissant drapée comme dans une tragédie antique.

Elle remonta avec de l'eau chaude, une serviette, du coton et de l'alcool.

Jules sortit sa jambe de sous les couvertures et s'allongea. Alba défit la bande en posant le talon de Jules sur sa cuisse. Le coton était tout imbibé de sang. Lorsque Alba vit la blessure, elle eut pitié de ce pauvre Jules et trouva qu'elle l'avait traité trop durement. Après tout, Jules avait toujours été adorable avec elle.

Après avoir lavé la plaie et désinfecté, Alba remit la bande et l'agrafe, puis aida Jules à remettre sa jambe sous les couvertures. Elle posa la cuvette sur le sol et se mit dans le lit. Jules transpirait un peu, l'alcool l'avait horriblement brûlé, mais il n'avait rien dit. Alba essuya son front avec le drap, puis elle prit ses joues brûlantes dans ses mains fraîches et regarda Jules longtemps avant de poser ses lèvres sur les siennes, d'ouvrir sa bouche et de se serrer contre lui.

Gorodish avait donné une bonne dizaine de coups de fil pour obtenir le numéro de Saporta. C'est au George V, pour finir qu'on lui donna le numéro de téléphone de la Mercedes.

– Saporta...

– Je ne sais pas si tu te souviens de moi, il y a longtemps, j'étais assis à l'avant d'une belle Chevrolet Impala bleu ciel.

– Si, je me souviens très bien, Serge Gorodish.

– Il faut que je te voie le plus vite possible.

– Peux-tu attendre quelques jours ? Je suis sur une affaire qui me demande tout mon temps.

– C'est justement à ce sujet-là que je veux te voir.

– Où et quand ?

– Disons dans une demi-heure au troisième sous-sol du parking qui est devant la Brasserie Lipp.

– D'accord.

Gorodish prit une douche pour se donner un coup de fouet. Il commençait à sentir les effets d'une nuit sans sommeil.

Il s'habilla de frais, passa le colt 45 dans sa ceinture, contre ses reins, mit une épaisse veste de laine et dissimula la cassette dans un coffret de disques avant de sortir.

Son plan était fait. Il ne restait plus qu'à souhaiter que tout baigne dans l'huile jusqu'à la fin.

9

Gorodish descendit à pied par le petit escalier qui menait aux sous-sols du parking Saint-Germain. Au troisième niveau, il poussa la porte et se trouva dans le long couloir gris. Il regarda sur la gauche et se mit à marcher.

Il vit l'avant d'une Mercedes, puis un appel de phares. La portière arrière s'ouvrit. Un homme venait à lui. Il ne le reconnut pas immédiatement. Saporta avait beaucoup changé. Il avait pris avec les années un air à la fois plus féroce et plus neutre. Seul son sourire qui ne faisait remonter qu'un seul coin de la bouche était resté le même.

Ils se serrèrent la main, chacun cherchait à jauger la puissance de l'autre. Ils se fixèrent de longues secondes.

– Allons dans la voiture, nous serons tranquilles pour parler, dit Saporta.

Ils s'installèrent. Saporta ordonna à Louis d'aller faire un tour à pied. Il voulait rester seul avec Gorodish.

– Tu sais que tu es le seul qui m'ait quitté sans jamais essayer de marcher sur mes plates-bandes. Je me suis toujours demandé si tu avais vraiment laissé tomber. Je n'ai plus jamais entendu parler de toi depuis le jour où nous avons pris ensemble notre dernier dîner.

– J'ai laissé tomber, puis j'ai repris. Tout le monde ne trouve pas sa voie immédiatement. Toi, on peut dire que c'était une vocation précoce.

– C'est vrai, à quinze ans, ma vie était tracée. Avec qui travailles-tu ?

– Seul.

– Et comment cette bande est-elle arrivée jusqu'à toi ?

– Par hasard.

– C'est tout de même curieux, dit Saporta qui n'avait pas l'air de croire Gorodish.

– C'est ce que j'ai pensé.

– Tu l'as vraiment, cette bande ?

Gorodish ne répondit pas, mais il souleva ses paupières un peu lourdes et jeta un regard glacé à Saporta.

– Donc tu l'as et tu veux la vendre.

– J'ai depuis quelques années un compte en Suisse et il y a longtemps que je n'ai pas songé à l'approvisionner. Tu sais que ces gens-là font payer un intérêt négatif à leurs clients étrangers.

Saporta sortit un havane d'un étui de cuir. Il l'alluma consciencieusement et regarda Gorodish d'un œil glacé.

– Combien en veux-tu ?

– Disons un million. Un million de francs suisses, bien sûr.

Saporta envoya une longue bouffée parfumée au plafond. Depuis quelques jours, il était très nerveux.

– Tu ne trouves pas que tu vas un peu loin ?

– Tu es libre de refuser. Ce n'est pas tout. Je voudrais que tu fasses descendre un Japonais qui n'a pas été régulier. Il est en France. Il me semble que ce n'est pas cher pour vingt ans de liberté.

– Je peux te proposer quelque chose de plus intéressant à long terme. Une association. Moitié, moitié.

– Écoute, Jean, nous avons nos habitudes. Tu n'as jamais partagé ta couronne et moi j'ai toujours travaillé seul, alors, restons-en là.

– Il me faudra du temps pour réunir la somme.

– C'est bien naturel. Je te laisse jusqu'à minuit ce soir.

Saporta écrasa son havane dans le cendrier. Il n'avait pas l'habitude qu'on lui parle sur ce ton. Tous ceux qui l'avaient fait étaient morts.

– Et si c'était impossible ?

– La cassette serait remise en circulation.
– Je pourrais t'en empêcher.
– Non. Tout est prêt. Il n'y a aucune autre porte de sortie.
– Où est-il, ce Japonais ?
– Dans une petite ville près de Paris. Il doit rentrer ce soir. La route est peu fréquentée. Il faudrait que ça ait l'air d'un accident.
– Parce qu'en plus de tes exigences financières, tu veux un travail fignolé...
– Tu sais bien que tu n'entendras plus jamais parler de moi dès que l'affaire sera faite. Tu aurais pu tomber sur quelqu'un de plus dur.
– Admettons que l'argent soit versé sur ton compte dès cet après-midi et que le Japonais soit mort ce soir, quand aurais-je la cassette ?
– Après l'accident. Nous pouvons nous retrouver sur la même route, un peu plus loin.
– Tu n'as pas peur ?
– J'ai beaucoup moins de raisons que toi d'avoir peur. J'ai pris toutes mes précautions. Si tu veux savoir ce que j'ai fait depuis vingt ans, je peux te dire que je me suis spécialisé dans la branche et que j'ai atteint une maîtrise presque totale. C'est pour cela que tu n'as jamais entendu parler de moi. Ta cassette, je l'ai cherchée et je l'ai trouvée avant toi, avant les flics. Cela devrait te convaincre. Je ne serai au rendez-vous qu'après confirmation de mon banquier.
– On va s'en occuper tout de suite. Appelle-moi à la voiture d'ici deux heures. On fixera le rendez-vous.

Gorodish sortit de sa poche une feuille de papier où il avait écrit l'adresse du Japonais. Saporta lui serra la main, Gorodish sortit et Louis qui n'était pas loin prit le volant de la Mercedes.

Une 604 beige se garait à proximité de La Grande Chasse. Louis en sortit. Après s'être assuré qu'il n'y avait qu'une seule issue à l'hôtel, il s'installa au zinc d'un café voisin et attendit. Son œil exercé ne quittait pas la sortie de l'hôtel.

Paulo avait eu du mal à dénicher un Berliet robuste et de poids. Pour finir, il avait réussi à traiter l'affaire. Il en informa aussitôt le patron qui, pour une fois, avait pris le volant de sa Mercedes.

Ils avaient rendez-vous sur un pont qui surplombait l'autoroute. Saporta arriva le premier. Il fit quelques pas, fuma un cigare sans trop s'éloigner de sa voiture jusqu'au moment où la silhouette massive du camion apparut sur la bretelle de l'autoroute. Paulo descendit de l'engin.

– Je crois que cela devrait faire l'affaire, Patron.

– Allons examiner la route.

L'endroit qu'ils avaient choisi se trouvait dans une cuvette à trente kilomètres de Paris. La route à cet endroit n'était qu'à une voie. Il y avait là un croisement presque invisible, la petite route qui traversait la nationale étant cachée par le mur d'une ferme. Une barrière de protection empêcherait le véhicule du Japonais de dévier de sa trajectoire.

– Qu'en penses-tu ? demanda Saporta.

– C'est très bien. Il y a un peu de circulation et il ne verra le camion qu'au dernier moment. J'éteindrai mes phares pour plus de sécurité.

– Bon, il ne reste plus qu'à attendre le coup de fil de Louis et celui de Gorodish.

Saporta retourna s'installer dans sa voiture. Il se servit un whisky sec.

Paulo rangea son camion et rejoignit le Patron.

Saporta le chargea de donner les coordonnées du rendez-vous à Gorodish, puis il marcha jusqu'à une auberge. Il avait un coup de fil urgent à donner.

Le téléphone sonna dans l'un des bureaux de police des Mœurs.

– C'est moi... Où en es-tu ? demanda Saporta.

– Toujours rien, ce mec n'arrête pas de nous filer entre les pattes. On finira par l'avoir. On connaît tous ses contacts. Il faudra bien qu'il fasse une erreur.

– Je crois que je suis en train de te prendre une encolure juste sur la ligne d'arrivée. J'ai repéré la bande. Si tout se passe bien, je l'aurai d'ici quelques heures.

– Bravo. Es-tu certain de ton affaire ? Tu ne veux pas un coup de main ?

– Ce n'est pas nécessaire. Je crois qu'on va s'en sortir.

– C'est un peu ennuyeux pour moi tout cela. L'histoire a été loin. On attend des résultats en haut lieu. Il faudrait trouver une solution qui satisfasse toutes les parties.

Saporta réfléchit un instant, puis après avoir tiré une bouffée de son cigare, il dit :

– On peut trouver une solution. Laisse-moi réfléchir un peu. Je suis dans ma voiture, rappelle-moi dans un moment. Disons deux petites heures.

Saporta retrouva le calme et le silence. Il marchait le long de la route et voyait au loin la silhouette du camion. Il respirait profondément. Dès qu'il aurait la bande, il s'occuperait de Nadia. Il se demanda ce qu'il allait en faire. Lorsqu'il rejoignit sa voiture, il n'avait pas encore trouvé. Il voulait quelque chose de bien, quelque chose qui servirait d'exemple et dont on se souviendrait dans le milieu. Il fallait dissuader les envieux et les aigris. On ne s'attaquait pas à Saporta lorsqu'on tenait à la vie.

– Gorodish a téléphoné, Patron. Je pense qu'il sera là dans une petite heure.

– Toujours rien de Louis ?

– Non.

Saporta retourna examiner le lieu présumé de l'accident. Il fallait maintenant trouver une solution pour que les flics puissent briller à leur tour. Les journalistes remuaient trop les affaires lorsque la police échouait, et ce n'était bon pour personne.

Louis balança un billet de dix francs sur le comptoir. Le Japy venait de sortir. Comme il traversait la rue et venait à sa rencontre, Louis rétrograda et prit le temps d'acheter un paquet de Gitanes.

Le Japy passa devant le café. Il portait des lunettes et marchait le corps penché en avant, comme s'il allait tomber. Louis sortit du café et le suivit de très loin.

Le Japy entra chez un traiteur. De la rue, Louis le vit se pencher sur les plats. Il faisait un brin de causette avec le patron, montrant du doigt les pâtés, les salades, les petits fours. On devait lui faire un cours sur la cuisine française. Ce n'est qu'après une bonne dizaine de minutes qu'il commença à faire emballer ce qu'il avait choisi. À en juger par la quantité, il devait avoir l'intention d'organiser une réception.

Louis le vit sortir une liasse de billets et payer. Il portait deux paquets en remontant vers l'hôtel. En passant, il s'arrêta et fourra le tout sur la banquette arrière d'une Renault 16 immatriculée à Paris, puis il rejoignit l'hôtel. Cinq minutes plus tard, un jeune garçon portait sa valise et la rangeait dans le coffre.

Louis avait regagné la 604.

Le talkie-walkie posé sur le siège avant de la Mercedes sonna.

Paulo répondit.

– Il vient de prendre sa voiture, on s'en va. Je pense qu'on arrivera dans une demi-heure. Je te rappelle tout à l'heure.

Gorodish rangea son break derrière la Mercedes et rejoignit Saporta.

– Tout se passe comme tu veux ?

– Pour le moment, oui. Il faut que je te parle, Serge. Je suis un peu ennuyé à cause des flics. J'ai là-bas certaines protections. Pour l'histoire de la bande, on travaillait la main dans la main. Certains types là-bas étaient aussi intéressés que moi ou aussi compromis, si tu veux. Ils me demandent de leur sauver la face en arrangeant quelque chose pour qu'ils ne soient pas bredouilles, tu comprends...

– C'est clair, mais tous les flics ne travaillent tout de même pas avec toi et si tes types retrouvent la bande, qui te dit que les autres, les vrais flics, ne mettront pas le nez dedans ?

– Justement, c'est à ça que je pense depuis un bon moment et j'ai eu une idée. Ce coursier, je suppose que tu le connais puisque tu as la bande ?

– Je le connais. Ce que je voudrais savoir, c'est comment cette bande est arrivée dans sa mobylette ?

Saporta se frotta les yeux et regarda Gorodish, amusé.

– C'est simple. J'ai flairé la piste dès le début. Quelqu'un de mon entourage a remis la bande à un flic que je filais pendant qu'il transportait la cassette. La fille ne savait comment planquer la cassette. Elle pensait qu'on allait l'intercepter, alors, en passant devant la mobylette de ton coursier, elle a balancé son fardeau dans la sacoche et nous ne l'avons pas vu. Le problème est qu'au moment où elle a voulu la récupérer, le coursier était parti. Amusant, non ?

– Original en tout cas. Que penses-tu faire pour les flics ?

– Il faut qu'ils récupèrent une cassette. Pas celle que tu vas me remettre, bien sûr, mais une autre, identique.

– Et qu'est-ce qu'il y aura dessus ?

– C'est de cela que je voulais te parler. D'après la police, ce coursier aime la musique, c'est ton avis ?

– Oui.

– Que peut faire un type qui aime la musique avec une cassette trouvée dans sa sacoche ?

– La réenregistrer.

– Exactement. C'est ce qu'on va faire. Connais-tu le genre de musique qu'on trouve chez lui ?

– Oui...

– Alors, tu vas acheter une cassette Memorex C 60 et tu vas enregistrer de la musique. Ensuite, tu vas dire à ton coursier de téléphoner aux flics, n'importe où, ça reviendra automatiquement là où il faut et il fera la petite comédie du type qui craque et qui n'en peut plus d'être persécuté par les méchants. Il ne sait pas ce qu'on veut de lui. Il ignore le but de la chasse à l'homme. Il dira simplement aux flics qu'il est chez lui et qu'il les attend. La cassette sera posée n'importe où. Les flics la trouveront. Ils lui demanderont à quoi rime cette musique. Il expliquera que c'est une cassette trouvée et qu'il en avait besoin pour enregistrer un programme. Si on lui demande s'il l'a écoutée, il dira que cela ressemblait à une pièce policière de la radio. Est-ce que tu peux arranger le coup ?

– Je pense que c'est possible. Les flics, enfin ceux qui ne travaillent pas avec toi, vont être verts.

– L'inspecteur qui ira récupérer la cassette fera partie des flics honnêtes. Seul celui qui l'enverra sera au courant.

– Je veux bien essayer.

– Il faut que ce soit fait cette nuit, c'est possible ?

– Oui.

– Bon, on marche comme cela. Dès que le gamin est chez lui et que tout est en place, tu me fais signe et je lance le truc. Bon, ton Japonais est parti. Un de mes hommes le suit. On ne va pas tarder à avoir des nouvelles. Veux-tu voir l'endroit de l'accident ?

– Je te fais confiance pour la mise au point.

– Où se fera l'échange ?

– Dans ma voiture, après l'accident. J'attendrai sur la route, un peu plus loin. Tu me dépasseras, tu t'arrêteras devant moi, à cent mètres, et tu viendras à pied, seul. Je te remettrai la cassette.

– Tu prends des précautions...

– N'est-ce pas à cela que tu dois d'être en vie ?

Saporta gratifia Gorodish d'un nouveau sourire en coin et lui offrit un cigare. Ils fumèrent un instant en silence, puis Gorodish regagna son véhicule. Il ne restait plus qu'à attendre le signal de Louis.

Simon Weinstadt était un peu pâle. Le moment était venu de dire à Cynthia qu'il y avait une bande de son dernier concert. Pour faciliter les choses, il l'avait invitée à dîner chez Lapérouse. Ils venaient de prendre place. Cynthia avait bien senti que Simon était anxieux. Ils commandèrent des fruits de mer et lorsque le champagne fut servi, Cynthia lui demanda d'un ton détaché :

– Que se passe-t-il, mon petit Simon ?

– Je ne sais pas comment aborder la question. Il s'est passé beaucoup de choses ces derniers jours.

– À mon sujet ?

Simon Weinstadt but une demi-coupe de champagne, il rassembla ses esprits et cracha le morceau :

– Il existe une bande de votre dernier concert à Paris. Je l'ai entendue. Elle est excellente.

Le sang de Cynthia ne fit qu'un tour, sa lèvre supérieure frémit, Weinstadt eut l'impression qu'elle allait lui arracher les yeux.

– Qui a fait cette bande ?

– Je l'ignore. Je n'ai rencontré que la personne qui semble en être propriétaire. Elle est à vendre.

– C'est ridicule. Personne ne peut vendre ma voix sans mon autorisation. Je veux cette bande, vous m'entendez Simon, je la veux.

– Nous pouvons l'acheter, si vous voulez, mais c'est hors de prix. Les maisons de disques ont fait des offres considérables.

– Je suppose qu'elles n'achèteront pas avant de m'avoir fait signer un contrat. La bande vaut donc beaucoup moins cher que ne le pense son propriétaire, non ?

– En principe oui, mais vous n'ignorez pas que les maisons de disques pirates sont de plus en plus nombreuses, tant aux États-Unis qu'en Europe. Une telle bande serait une très grosse affaire pour l'une de ces maisons. On ne vous demandera pas votre permission pour la mettre sur le marché clandestin. Certaines de ces maisons sont très riches, extrêmement bien organisées. Elles publient des enregistrements des plus grands artistes. Je pense que si la bande ne passe pas par nous, elle sera vendue ailleurs.

– Vous avez contacté les maisons de disques avant de m'en parler, pourquoi ?

– Je voulais être en mesure de vous indiquer les offres définitives. C'est une habitude. Je n'aime pas que les artistes participent à cette cuisine, si je puis dire.

– Alors, ces offres ?

– DGG propose un programme d'enregistrements sur cinq ans avec Karajan, Giulini et Abbado. Un contrat d'exclusivité avec l'avance que vous désirez.

– Et pour la bande, combien proposent-ils ?

– Quatre cent mille deutsche mark.

– Une bonne affaire, avec ma voix.

– Il y a un autre problème. Lorsque Philips a su que DGG prenait l'avantage, son directeur m'a fait part de son intention de lancer une autre chanteuse noire américaine qui a un répertoire semblable au vôtre et qui vous ferait une concurrence importante.

Cynthia éclata d'un rire magnifique :

– Il n'y a pas d'autre chanteuse noire. Ils peuvent enregistrer qui ils veulent.

– Bien sûr. Vous savez ce...

Subitement, Cynthia devint comme une tigresse en furie. Elle se leva brutalement, renversa les coupes de champagne et traversa le restaurant comme une étoile filante en demandant son manteau. Elle était hors d'elle.

Son chauffeur, étonné de la voir ressortir si vite, se précipita pour lui ouvrir la porte de la Cadillac noire.

– Roulez, n'importe où !

Le chauffeur prit la voie sur berge. Il avait l'impression de transporter une bête fauve.

Saporta avait expliqué à son flic qu'il aurait la cassette dans la nuit. Il rappellerait pour lui donner l'heure exacte de la livraison.

Gorodish attendait. Il ne pensait à rien. Il observait. Son colt 45 était posé à côté de lui.

Louis voyait les phares rouges de la voiture du Japonais, loin devant lui. D'ici dix minutes, il s'arrêterait sur le bord de la route pour prévenir Saporta et Paulo.

Le Japonais regarda sa montre. Il était 9 h 45, il avait le temps, son rendez-vous avec Gorodish n'était qu'à 23 heures. Il huma le délicat parfum qui embaumait la voiture, ralentit et se rangea sur le bas-côté, à la lisière de la forêt. Il ouvrit ses paquets, étala soigneusement chaque chose, déboucha sa bouteille de corton-charlemagne avec un couteau suisse et commença par engloutir deux tranches d'un extraordinaire saumon fumé.

Louis le dépassa, continua, attendit un moment dans un chemin de traverse puis, voyant que le Japonais n'arrivait pas, il fit demi-tour pour aller voir ce qui se passait.

À la lueur du plafonnier, il vit le Japonais qui tenait un friand d'une main et une bouteille de l'autre.

Louis s'arrêta un peu plus loin, il fit demi-tour tous phares éteints et se rangea sur le côté.

Saporta prit le talkie-walkie :

– Il s'est arrêté pour pique-niquer. On est à douze kilomètres. Je rappelle dès qu'on repart.

– Méfie-toi, cela cache peut-être quelque chose.

– J'ouvre l'œil.

Saporta rejoignit le camion à pied et donna l'ordre à Paulo de couper le moteur. Lorsqu'il lui dit que le Japonais pique-niquait, Paulo fit des yeux ronds comme des boules de billard.

Après avoir ripaillé pendant vingt-trois minutes et vidé sa bouteille, le Japonais rangea tous ses petits papiers, il éteignit son plafonnier, remit sa ceinture de sécurité et démarra.

Louis, aussitôt, envoya le signal. Paulo sauta dans son camion et le fit avancer jusqu'au carrefour, puis il éteignit les phares. Le talkie était autour de son cou. Il fit donner un peu le moteur. Ça tournait bien.

Cinq kilomètres avant le point de rencontre prévu, Louis mit la gomme, il fit un appel de phares au Japonais, le dépassa, continua sur sa lancée et se rangea dans un chemin de traverse, à deux cents mètres du camion. C'était lui qui devait donner le signal à Paulo. Il s'agissait de ne pas se tromper de voiture.

Paulo s'était attaché avec une sangle au siège du Berliet. Le choc risquait d'être sérieux. Il donnait des coups d'accélérateur, un peu nerveux.

Soudain, des phares jaillirent dans la nuit, au loin. Ça devait être lui. Paulo repéra bien le court trajet qu'il avait à faire pour couper la route au Japonais.

La Renault passa devant Louis en déplaçant l'air. Il fonçait, le bougre.

Louis appuya sur la touche du talkie et dit calmement :

– C'est bon.

Paulo laissa les phares jaunes s'approcher. Le Japonais vit un camion qui semblait arrêté, en haut d'une côte. Il appuya sur le champignon pour ne pas perdre de la vitesse.

Lorsqu'il ne resta plus que cinquante ou soixante mètres entre les phares et lui, Paulo s'accrocha au volant, il fit une courte prière, tout en lâchant l'embrayage et en donnant toute la sauce. Les trente-cinq tonnes du Berliet bondirent sur la chaussée. Il y eut un crissement de pneus, un effroyable bruit de tôles qui volaient en éclats.

La R 16 s'enfila sous le poids lourd et ce qu'il en restait ressortit de l'autre côté.

Paulo eut l'impression qu'un coup de poing l'avait déplacé de cinq mètres. Il regarda sur la gauche : une masse de ferraille informe venait d'exploser. Ce n'était même pas la peine d'aller voir. Paulo reprit son souffle, le camion roulait encore. Il passa les vitesses sans problème et prit la direction de Paris, suivi par Louis.

Saporta démarra à son tour. Il prit la même route. Bientôt, le break de Gorodish apparut dans ses phares, mais il n'y avait aucune silhouette au volant.

10

Saporta ralentit. Il dépassa la voiture de Gorodish. Elle était bien vide. Comme il était seul, il décida de s'en tenir à ce qui avait été décidé.

Il rangea la Mercedes à cent mètres, laissa tourner le moteur et se mit à marcher vers le break, les sens tendus à travers la nuit, la main sur le 38 qui était dans la poche de son manteau.

Il n'y avait aucun bruit à part le doux murmure du moteur qui s'atténuait de plus en plus.

Saporta parvint enfin devant le break. Il s'immobilisa quelques secondes, puis ouvrit la portière. Sur le siège avant, il vit une cassette et un magnétophone. Il attendit encore un peu, pensant que Gorodish allait peut-être se montrer, puis comme rien ne se passait, il introduisit la cassette dans l'appareil. Il reconnut tout de suite la voix de Serge :

« Laisse ta voiture où elle se trouve et prends la mienne. Les clés sont dans le vide-poche. Laisse les tiennes sur ton véhicule et suis les indications que je vais te donner. Prends la route de Paris pendant trois kilomètres et tout de suite après le garage Total, prends la petite route, sur la droite. »

Saporta démarra et suivit les indications de Gorodish.

Dès que la voiture eut disparu, Gorodish sortit de la forêt. Il tenait son 45 à la main. Il s'installa au volant de la Mercedes, fit demi-tour et partit dans la direction inverse de celle de Saporta.

Comme il se méfiait, il avait préparé un itinéraire pour s'assurer que ni Louis ni Paulo ne pourrait suivre le patron. S'il l'avait fait changer de voiture, c'était pour éviter que Saporta ne se serve de son téléphone. Gorodish voulait le voir seul à seul et, pour cela, il avait pris toutes les précautions.

Pendant que Saporta suivait un itinéraire compliqué dans les plaines de la Beauce, Gorodish se rendit directement au lieu du rendez-vous. Un ancien château d'eau du sommet duquel on dominait toute la région et d'où l'on pouvait repérer facilement tout véhicule inopportun.

Gorodish gara la Mercedes devant la tour de béton. Il y monta. Saporta serait là d'ici dix minutes.

Saporta suivit scrupuleusement les indications. Enfin, il

déboucha sur une très longue ligne droite et lorsqu'il vit au loin la silhouette du château d'eau, il comprit que c'était le lieu du rendez-vous.

Saporta se gara derrière la Mercedes. Il fallait maintenant qu'il monte au sommet de cette tour lugubre. Il prit le petit escalier de fer et grimpa en faisant attention de ne pas glisser. Lorsqu'il parvint sur la plate-forme, il était un peu essoufflé. Gorodish était là.

– Tes exigences sont satisfaites, tu as l'argent, je t'ai débarrassé de ton Japonais.

– Voilà cette fameuse cassette, dit Gorodish en la sortant de sa poche.

– Tu as réfléchi à ma proposition ?

– Je te l'ai dit. Je reste seul. Tu peux descendre et vérifier la marchandise.

Les deux hommes se fixèrent un moment. Gorodish sentait bien ce que pensait Saporta. Ses yeux crachaient une haine incommensurable. Saporta recula jusqu'à l'échelle sans quitter Gorodish des yeux. Il descendit, entra dans le break, prit le magnétophone et changea de cassette. Puis, tout en regardant l'échelle et le sommet du château d'eau, il écouta les premiers mots de l'enregistrement. C'était bien ça.

– N'oublie pas la cassette pour les flics. J'attends que tu me préviennes pour leur donner le feu vert.

– Ce sera fait dans la nuit. J'appellerai le numéro de la voiture, cria Gorodish du haut de sa tour.

Saporta monta dans sa voiture et disparut rapidement. Il était hors de lui. C'était la première fois qu'un homme lui dictait sa volonté. Il se jura d'avoir un jour la peau de Gorodish, mais pour le moment, il lui fallait conclure l'affaire et ensuite, il lui resterait le plaisir de faire payer à Nadia l'humiliation dont elle était la cause.

Pendant qu'il rentrait à Paris, il imagina pour elle les tortures les plus atroces. Il se demandait d'ailleurs si on ne pouvait trouver quelque chose de pis qu'une mort lente.

Gorodish laissa disparaître la Mercedes, puis il monta dans son break et fonça en direction de sa maison de campagne. Alba et Jules devaient l'attendre dans l'angoisse.

Sur la route, il s'arrêta dans une station-service et leur téléphona de se préparer. Tout était fini ou presque.

Dès qu'il fut de retour au George V, Saporta appela le numéro privé de son ami de la police des Mœurs :

– Ça y est, Boulanger, nous avons la bande.

– J'attendais ton appel. Je n'en dormais plus.

– Tout est arrangé pour ta cassette.

– Sais-tu ce qu'il y aura dessus, que je ne sois pas trop étonné devant mes collègues ?

– De la musique, tout simplement. De l'opéra. Amusant, non ?

– Maintenant que nous l'avons, tout peut sembler drôle.

– Je t'appellerai dès que le gamin sera chez lui.

– Vers quelle heure ?

– Aucune idée. Le seul problème qu'il nous reste à régler, c'est le coursier. Il a entendu l'enregistrement.

– Tu en es certain ? dit Boulanger que cette perspective inquiétait.

– Absolument. Il faut le descendre.

– Je ne peux pas m'en charger. Il y a eu trop de bavures dans la police depuis quelque temps. Entre ça et le coup de la bande, ça me coûterait ma place.

– Très bien, je le ferai moi-même. Il faudra que tu lâches tes flics lorsque j'aurai terminé.

– Préviens-moi tout de même dès que le gamin sera chez lui. Il ne faut pas qu'on arrive trop tard.

– D'accord, à tout à l'heure.

Saporta raccrocha. Il n'aimait pas faire la sale besogne, mais l'affaire était trop délicate pour la confier à Paulo ou à Louis. Il irait seul. Il y avait des années qu'il n'avait tué personne.

Boulanger réfléchissait intensément depuis le moment où il avait terminé sa conversation avec Saporta. Il avait tremblé, préparé sa fuite en Amérique du Sud et maintenant, tout était terminé. Boulanger se versa un cognac. Il en avait besoin.

Depuis quelques années, il attendait le grain de sable qui paralyserait les rouages de l'admirable machine mise au point avec Saporta. Boulanger, en neuf ans de collaboration, avait amassé une très belle fortune. Sa retraite était préparée. Il avait une magnifique propriété au bord de l'océan. Là-bas, il pourrait mener ouvertement la vie qui correspondait à sa fortune.

Boulanger avait envie de demander sa mise à la retraite anticipée pour jouir plus longtemps du magot accumulé.

Il se voyait très bien finir sa vie entouré de quelques splendides créatures. Le seul problème, c'était Saporta. Il accepterait difficilement de perdre la protection de Boulanger, et Boulanger le savait.

Il but son verre très lentement. Quelque chose était en train de germer dans son esprit. Il attendit un peu, la chose se concrétisa. L'idée était risquée, mais excellente.

Jules et Alba venaient de terminer de fermer la maison lorsque les phares de la voiture illuminèrent les herbes folles qui bordaient l'allée de terre. Ils étaient heureux de retrouver Gorodish. Alba surtout, car elle se doutait bien que Serge avait négocié la cassette et que l'affaire était dangereuse. Elle n'en avait rien dit à Jules. Ils avaient beaucoup parlé, mais Alba avait toujours évité d'aborder les sujets qui pouvaient toucher à sa vie avec Serge.

Gorodish les embrassa tous les deux. Il avait risqué gros.

Ils partirent aussitôt. Serge avait arrangé une histoire pour que Jules n'ait plus peur.

Gorodish lui expliqua qu'il avait parlé aux flics et qu'ils avaient accepté d'oublier les délits mineurs de Jules s'il leur rendait la cassette. Il ne serait pas inquiété. C'était la seule manière d'arrêter la chasse des gangsters qui auraient bien fini par l'avoir.

Jules était fatigué par toute cette histoire. Il ne pensait qu'à retrouver la paix, le travail, la musique. Depuis quelques heures, son esprit était entièrement occupé par Cynthia. Il en parla :

– Serge, as-tu des nouvelles au sujet de la bande de Cynthia ?

– Oui. Les prix ont atteint un plafond raisonnable. Il ne reste plus qu'à faire signer la chanteuse. Weinstadt s'y emploie.

– J'espère qu'il a réussi à la convaincre.

– Si ce n'est pas encore fait, j'ai bien peur que ça tombe à l'eau. À moins de s'adresser à une maison de disques pirate.

– Tu en connais ?

– On trouvera, si c'est nécessaire.

Jules demeura un instant plongé dans ses rêveries. Il voyait la chambre du Ritz et Cynthia dans sa robe rouge.

– Nous allons rentrer à Paris, dit Serge, on va te conduire chez toi et tu attendras. Pas longtemps. Une demi-heure au maximum. Les flics viendront, tu leur donneras la cassette, tout sera terminé. Nous pourrons penser à la musique. D'accord ?

– Si tu crois que c'est bien...

– C'est la seule solution. Il faut qu'ils sauvent la face et donnent l'impression de l'avoir trouvée, cette foutue cassette.

Ils entrèrent dans Paris. Il y avait peu de circulation. Ils arrivèrent bientôt chez Jules. Serge lui remit la cassette. Serge et Alba montèrent avec lui pour le rassurer, puis ils le laissèrent en lui promettant de le voir dès le lendemain. Gorodish conduisit Alba à une station de taxis et lui donna les clés de l'appartement.

– Enferme-toi et attends-moi sagement.

– Tu ne rentres pas avec moi ?

– J'ai encore une affaire à régler.

Serge embrassa Alba, puis il reprit la direction du studio de Jules. D'une cabine il appela Saporta :

– Le gamin est chez lui, tu peux envoyer les flics.

– Il a bien compris ?

– Oui. Il attend.

Gorodish planqua son break dans une petite rue et remonta chez Jules. Au lieu de frapper à la porte, il gravit l'étage suivant, sortit son 45 et attendit.

Boulanger avait réveillé Paula au milieu de la nuit et l'avait fait venir chez lui immédiatement. Son plan était en place. Il ne restait plus qu'à poser les pions et à patienter.

Le téléphone sonna. Il quitta Paula et prit l'appareil dans sa chambre à coucher.

– Le gosse vient d'arriver chez lui, dit Saporta d'une voix déminéralisée, laisse-moi une heure avant d'envoyer ta volaille.

– Fais le travail proprement qu'on en ait définitivement terminé avec cette affaire.

– Compte sur moi.

Boulanger revint au salon. Il était anxieux, tout allait se jouer dans le dernier cent mètres. Il espérait que Paula serait à la hauteur. Ils foncèrent dans leur voiture. Boulanger n'habitait pas très loin de chez Jules.

– Comme c'est toi qui as commencé l'affaire, je te la laisse jusqu'au bout. Ça te permettra de réparer ton erreur.

– J'apprécie votre geste.

– Le gamin a craqué. Il est à bout. J'ai pensé que tu saurais le prendre comme il convient.

– J'essayerai.

– Je t'attendrai à la brigade. Il y aura les Stup et tous les gros bonnets. Pour une fois, on ne pourra rien nous reprocher. J'envoie une voiture pour te chercher. Pendant ce temps-là, je vais réveiller ces messieurs.

Boulanger arrivait devant chez Jules. Comme Paula sortait, il lui dit :

– Tu as ton calibre ?

Paula tapa sur sa poche en signe d'assentiment et disparut dans l'entrée sombre de l'immeuble.

Jules ne savait pas pourquoi il tremblait, mais il était mort de peur. Il tentait en vain de se calmer, mais le moindre bruit le mettait en transe. Jules s'était fait un grand bol de café. Il était sur son lit à côté de la cassette et dès l'instant où il avait entendu la portière de la voiture claquer, il était resté paralysé, le regard fixé sur la porte. Il entendit un pas dans l'escalier, puis un silence. Enfin, on frappa.

– Qui est-ce ? demanda Jules.

– La police, tu peux ouvrir.

Jules ouvrit. Il fut étonné de voir un visage de femme, souriant.

– Entrez...

Paula s'assit sur le lit.

– C'est ça ? dit-elle en prenant la cassette.

– Oui.

– Tout est fini maintenant, ne crains rien.

– Quelle folie, toute cette histoire ! Je n'en peux plus.

Boulanger, après avoir donné l'ordre, de sa voiture, qu'on rassemble tout le monde, s'était garé à quelques centaines de mètres. Il était remonté en se dissimulant vers l'immeuble de Jules et là, dans une entrée qui lui faisait face, il attendit.

Saporta vint à pied. Il le vit passer sur le trottoir d'en face.

Il ne restait plus qu'à patienter. Boulanger avait tout prévu. Enfin il allait se libérer de l'homme qui avait fait sa fortune. C'était une façon de bien finir son service. On lui en serait reconnaissant.

Boulanger n'avait pas hésité dans son plan à sacrifier Paula. Après tout, c'était elle qui l'avait fourré dans ce pétrin.

Saporta allait descendre le gamin, Paula, et lorsqu'il ressortirait, Boulanger l'aurait à son tour. La boucle serait bouclée, le silence assuré à tout jamais.

Saporta montait l'escalier comme un chat. Il sortit son 38 et vissa le silencieux tout en continuant à progresser. Attentif au moindre bruit. Le vieil escalier de bois émit tout de même quelques lugubres plaintes qui semblèrent se déployer dans le silence.

Paula buvait un café que Jules venait de lui préparer lorsqu'elle entendit un bruit dans l'escalier. D'instinct, elle sortit son arme et fit signe à Jules de ne pas bouger d'où il se trouvait. La pièce formait avec l'entrée un angle droit et Jules serait à l'abri pendant une ou deux secondes. Sans savoir pourquoi, Paula avait la certitude que la porte allait s'ouvrir. Elle se glissa jusqu'aux toilettes, laissa la porte entrebâillée et attendit. Il y eut encore un grincement.

Paula entendit ensuite la porte qu'on ouvrait doucement.

Jules était livide. Il se laissa couler derrière l'une de ses enceintes Célestion.

Paula vit d'abord la masse sombre du 38 alourdie par le silencieux, puis le profil de Saporta.

Saporta bondit dans la pièce. Il lui fallut un quart de seconde pour voir les mains de Jules accrochées au baffle.

Au moment où il allait tirer à travers la masse noire du haut-parleur, sa tête explosa comme une citrouille. Paula avait bondi dans la pièce. Elle avait tiré deux fois et ce n'est qu'après plusieurs secondes qu'elle abaissa son arme. Elle enleva rapidement son manteau pour couvrir la tête de Saporta. Le sang et les morceaux de cervelle avaient giclé partout. Paula vit les mains de Jules accrochées au baffle. Il se releva doucement. Il ne put retenir un long sanglot nerveux. Paula le prit dans ses bras. Jules ne pigeait plus rien. Il avait cru comprendre que flics et truands marchaient main dans la main et voilà qu'un flic lui sauvait la vie. Il regarda Paula, comme pour chercher une explication sur son visage.

– Pourquoi me regardes-tu comme cela ?

– Tu ne travailles pas avec lui ? dit-il en montrant le corps.

– Ce n'est pas un flic, c'est Saporta.

– Justement. Saporta travaille avec les flics. C'est sur la bande. Boulanger, tu connais ?

– Quoi ! hurla Paula...

– Boulanger, je suis sûr du nom. Il protège Saporta.

Paula comprit en un instant que Boulanger l'avait envoyée à l'abattoir.

Boulanger sursauta. Il venait d'entendre deux coups de feu tirés sans silencieux. Il eut peine à croire que Saporta aurait pris ce risque. Il décida d'attendre une minute avant de monter et, pendant cette minute, il réalisa que Paula avait peut-être descendu Saporta. La chose lui semblait impossible, mais pourtant...

Saporta ne sortait pas... Il fallait y aller, régler leur compte au gamin et à Paula. Ensuite, il ne resterait plus qu'à changer l'ordre dans lequel on avait tiré.

Saporta avait descendu les deux autres, il allait lui régler son compte. Il fallait faire vite. Paula devait être encore sous le coup.

Boulanger fonça, il poussa d'un coup d'épaule la grande porte vitrée et monta les marches quatre à quatre.

Paula poussa Jules dans les toilettes, elle referma la porte, s'assit sur le lit et pointa son arme sur le cadre obscur de la porte restée ouverte.

Dès qu'une masse de couleur claire remplaça l'obscurité, elle vida son chargeur. Boulanger, qui s'attendait à surprendre Paula et à la trouver désarmée, n'eut pas le temps d'ajuster son tir. L'une de ses balles passa au-dessus de la tête de Paula, puis Boulanger fut projeté contre la balustrade de l'escalier. Paula s'approcha. Il était mort, son visage exprimait une sorte d'étonnement.

Jules sortit.

– Cette fois, c'est vraiment fini, dit Paula d'une voix blanche. Elle composa le numéro de la brigade et demanda qu'on envoie une ambulance et le supérieur de Boulanger.

Quelques têtes apparurent derrière les portes entrebâillées, mais personne n'osa sortir.

– Il faudra que tu passes nous voir pour qu'on prenne ta déposition.

– Tout de suite ? demanda Jules épuisé.

– Demain dans la journée, ce sera suffisant. Tes idées seront plus claires après une nuit de repos.

– Tu peux fermer la porte ? demanda Jules.

Paula poussa la porte du pied.

Gorodish était soulagé. Comme Paula avait réussi à descendre Saporta, il avait espéré qu'elle liquiderait aussi Boulanger. Pendant toutes les minutes qui avaient précédé, Gorodish s'était tenu prêt à intervenir. Il avait pris des risques pour Jules, mais mieux valait laisser les flics se débrouiller. Ils sont parfois à la hauteur.

Lorsqu'il avait entendu la voix de Jules, Gorodish avait rangé son 45 contre ses reins, puis il avait enjambé le corps de Boulanger. Les quatre balles l'avaient touché à la poitrine et au ventre.

Gorodish était descendu sans bruit. Il était remonté dans sa voiture et avait pris la copie conforme de la cassette rendue à Saporta, son assurance-vie, en quelque sorte. Maintenant que Saporta était mort, il n'en avait plus besoin. Il était préférable d'éviter qu'il y ait trop de remous lorsque les hauts dirigeants de la police découvriraient la bande retrouvée par Paula. Et puis pour elle, c'était le seul moyen de justifier son action.

Accessoirement, l'enregistrement permettrait de coffrer les Louis, les Paulo et autres acolytes de Saporta. Restait maintenant à remettre cette bande à Paula. Il ressortit de l'immeuble, entra dans la cabine la plus proche, composa le numéro de Jules :

Paula répondit.

– Qui est à l'appareil ?

– Ça n'a pas d'importance. Prenez la bande que vous avez trouvée chez Jules et descendez dans l'entrée de l'immeuble. Dans la boîte aux lettres de Jules, vous trouverez une autre cassette, la vraie. Ne lui en parlez pas et descendez vite car il n'y a pas de serrure à la boîte.

Gorodish raccrocha. Paula entendit au loin les sirènes des voitures de police.

– Je remonte tout de suite, attends-moi une seconde, dit-elle à Jules.

Dans la boîte aux lettres, elle trouva la cassette. Elle remonta rapidement.

– Qui c'était, le téléphone ?

– La brigade.

– Tu veux un autre café ?

– Je veux bien, mais avant, passe-moi cette cassette, je suis impatiente de l'entendre.

Paula tendit à Jules la cassette qu'elle venait de récupérer dans la boîte aux lettres. Jules brancha son ampli et la voix pathétique de Nadia commença son récit.

Paula pensa qu'on venait de lui rendre un fier service. Elle ne comprenait rien, mais l'essentiel était d'avoir la bonne bande. Elle dit à Jules :

– Tu peux arrêter. Je voulais juste voir de quoi ça avait l'air.

– C'est lugubre.

Paula reprit la cassette.

Un régiment de flics et de gros bonnets de la police montait l'escalier.

– On va nettoyer tout ça, dit Paula en montrant le sang. Il vaudrait mieux que tu ne restes pas là en attendant. Tu sais où aller ?

– Oui. Je peux donner un coup de fil ?

– Tu n'oublieras pas de passer demain ?

– Non, j'y serai.

Paula lui écrivit l'adresse et son nom sur une feuille volante.

– Tu viendras directement à mon bureau, le planton sera prévenu.

– D'accord.

– Bon, passe ton coup de fil et va-t'en. Cela ne va pas être beau à voir. N'oublie pas de me laisser les clés. Tu as un double ?

– Non, mais ça ne fait rien, je ne reviendrai pas avant d'être passé te voir.

Jules et Paula échangèrent un sourire las. La pièce était déjà pleine de monde. Le boulot de routine commençait.

Jules décrocha son téléphone et commanda un taxi. Paula l'accompagna jusqu'à la voiture.

Les flics écoutèrent la bande et au fur et à mesure que les

noms des complices de Saporta défilaient, les différentes brigades donnaient les ordres d'aller cueillir tout ce beau monde.

Les grandes vacances allaient commencer dans le milieu.

Le taxi roulait tranquillement, comme si rien ne s'était passé. Le ciel s'éclaircissait, la vie recommençait. Le jour allait se lever. Jules était affalé dans son siège. La vie lui paraissait belle. Il n'avait plus qu'une seule image en tête.

11

En rentrant, Gorodish trouva un télégramme : « Appelez-moi à n'importe quelle heure. Weinstadt. » Gorodish était fatigué. Il téléphona tout de même à l'imprésario :

– Que se passe-t-il ?

– Je crains que nos plans ne soient bouleversés par l'attitude de Cynthia Hawkins. Je lui ai parlé de la bande. Elle était hors d'elle. Nous n'aurons jamais son accord. Une tigresse en furie. Je suis très ennuyé. Si je lui reparle de ce projet, elle me quittera et vous comprendrez que je ne tienne pas à perdre une artiste d'un tel talent. J'aimerais donc me retirer de cette affaire. La seule chose que je puisse pour vous, Cynthia Hawkins l'a d'ailleurs proposé, c'est racheter la bande en son nom, mais je crains que le prix ne vous intéresse pas.

– Écoutez, je vais réfléchir un peu et je vous rappellerai dès que j'aurai une proposition à vous faire. Pouvez-vous me donner une idée du prix que Mme Hawkins serait prête à payer ?

– Cinquante mille francs, tout au plus.

– Bien, je vous rappelle demain mais je ne pense pas en effet que cela puisse m'intéresser.

Gorodish ne put s'empêcher de sourire. Il aimait l'obstination de cette chanteuse à ne pas vouloir enregistrer. Comme il allait rejoindre Alba, il entendit le timbre de l'interphone. C'était Jules. Gorodish lui ouvrit. Le gamin avait l'air sonné.

Il lui fit un récit hâtif et désordonné des derniers événements. Gorodish le rassura. Tout cela était fini.

Jules prit place sur le fauteuil-relax.

– C'est dégueulasse chez moi. Ils sont en train de nettoyer. Est-ce que je peux dormir ici, j'irai mieux tout à l'heure.

– Bien sûr. Aucun problème, dit Serge.

Alba fit son apparition.

– Si on se faisait un petit déjeuner, j'ai faim, dit-elle.

Serge, Jules et Alba se retrouvèrent dans la cuisine. La table se chargea de fromages, de confitures, de café et d'œufs. Ils étaient tous trois affamés.

Il faisait jour maintenant. La lumière blessait leurs yeux fatigués.

– J'ai parlé à Weinstadt pour l'histoire de la bande. Il parait que Cynthia est folle de rage. Il est terrorisé. Elle refuse de signer un contrat avec une maison de disques. Elle propose de racheter la bande. J'aime bien ça. C'est original.

Jules manqua de s'étrangler.

– Lui vendre la bande, à elle... C'est impossible... Tu ne veux pas faire ça ?

– Je n'ai pas dit ça. Elle propose de la racheter, c'est tout. De toute manière, cette bande est à toi, tu es libre d'en faire ce que tu veux.

– On avait décidé de s'associer... Si tu as une autre idée, pourquoi pas... lui vendre à elle, c'est impossible...

– On a tenté un coup, on a échoué. C'est dommage. Mais d'autre part le plaisir de voir quelqu'un refuser un contrat de DGG qui doit être assorti d'une avance extraordinaire est une satisfaction pour l'esprit. Je t'assure, Jules, cette bande, tu en fais ce que tu veux. La seule chose que je te demande, c'est de me la faire entendre de temps en temps.

– Tu es un type formidable, Serge.

Alba engloutissait un énorme morceau de roquefort. Elle les trouvait amusants tous les deux avec leur bande.

– Qu'est-ce que tu vas en faire alors ? demanda-t-elle à Jules.

– Je ne sais pas. J'y penserai quand j'aurai dormi.

– C'est une bonne idée, dit Alba, on va aller se pieuter.

Elle se leva, embrassa Jules et Serge avant de disparaître.

Serge donna un sac de couchage à Jules qui s'installa sur le canapé du salon. Gorodish pensa qu'il avait bien mérité sa bande.

Gorodish se déshabilla, il entra sous le jet chaud de la

douche où il passa vingt bonnes minutes pendant lesquelles son esprit se vida de tout ce qui s'était passé ces derniers jours.

Gorodish entra dans sa chambre. Il eut le dernier choc de la journée. Alba était allongée dans son lit.

– Je ne peux pas dormir. Laisse-moi rester avec toi.

Serge ne répondit pas. Il savait qu'il avait été un peu dur avec Alba et avec lui-même. Ce matin-là, il décida de se laisser aller. Il se coucha auprès d'elle. Elle était nue. Il sentit le corps d'Alba chaud et frémissant contre lui. Il embrassa ses lèvres si douces et si parfumées. Alba le regarda avec un sourire d'ange :

– Tu sais, c'est toi que j'aime. Jules, c'est juste un copain.

Comme Serge ne tenait pas à commencer une conversation qui aurait terni ces moments de magie, il laissa ses lèvres prendre celles d'Alba. Il la sentit trembler. Elle se serrait contre lui de toutes ses forces.

Lorsque Jules s'éveilla, il était un peu plus de 16 heures. Il prit une douche, rasa sa barbe de trois jours, puis il essaya l'eau de Cologne de Serge et commanda un taxi.

Lorsqu'il vit l'entrée du Ritz, il fut pris d'une frayeur terrible. Cynthia était peut-être partie à Londres.

Il n'osa pas monter directement et préféra téléphoner de la réception. Lorsqu'il entendit la voix chaude de Cynthia, son cœur se mit à battre terriblement. Il prit l'escalier pour monter plus vite et arriva tout essoufflé.

Cynthia l'embrassa sur les joues en lui caressant le front :

– Je me suis terriblement inquiétée. Que s'est-il passé ?

– C'est tellement incroyable que je ne sais pas par où commencer. Tout est fini. Si tu veux bien, je te raconterai cela plus tard, depuis le début. J'ai tout compris maintenant.

– Si tu veux. C'est dommage, j'ai une répétition tout à l'heure avec Geoffrey. Il est rentré d'Allemagne. Le directeur de l'Opéra me prête la grande salle. Comme il y a des grèves, je peux la garder toute la soirée.

– J'aimerais tellement venir.

– Tu sais que jamais personne n'écoute mes répétitions.

Jules eut l'air si consterné que Cynthia ajouta :

– Personne à part toi.

Jules était aux anges. Il lui fallait bien ça pour oublier.

– Est-ce que tu es libre, maintenant ?

– Oui, j'ai deux heures.
– Je t'emmène quelque part, OK ?
– Si tu veux. Je préviens le chauffeur.
Jules ne fut pas malheureux de voir les grooms cavaler pour leur ouvrir les portes.
Ils entrèrent dans la grande Cadillac noire. Jules eut l'impression d'être dans un salon où flottait la divine odeur de Cynthia.
– Où allons-nous ?
– Rue de l'Université, dans le sixième.
La Cadillac glissait comme un requin, sans le moindre bruit. Cynthia prit la main de Jules dans la sienne. Ils se regardèrent et commencèrent une conversation muette. Jules pensa tout à coup qu'il aurait pu mourir avant de connaître ce moment.
– On peut s'arrêter là, dit Jules.
Le chauffeur vint leur ouvrir. Jules avait pris les clés, il n'eut pas besoin de réveiller Serge et Alba.
Une simple montée en ascenseur avec Cynthia semblait à Jules l'une des choses les plus belles que l'on puisse vivre.
Jules fit entrer Cynthia au salon après l'avoir débarrassée de son manteau de vison noir.
– Assieds-toi dans ce fauteuil, dit Jules.
Cynthia intriguée obéit.
– C'est beau ici, c'est chez qui ?
– Des amis.
Cynthia portait un foulard de soie blanche. Jules s'approcha d'elle, il défit le foulard et le lui mit délicatement sur les yeux. Cynthia ne dit rien. Il voyait son sourire.
Jules s'approcha de l'ampli et du magnétophone. Il avait tout préparé. Il fit partir la bande.
Les premières notes du piano emplirent la pièce, immédiatement suivies par la voix.
Cynthia arracha le foulard et se leva. Jules fut effrayé. Cynthia resta debout quelques secondes, ses yeux lançaient des éclairs. Elle ne dit rien, Jules sentait qu'elle commençait à écouter. Elle se rassit sans quitter Jules des yeux jusqu'à la fin du lied de Schubert. Dès les premiers applaudissements, elle fit signe à Jules d'arrêter la bande.
– Comment as-tu cette bande, Jules ?
– Elle est pour toi, c'est mon cadeau.
– Tu veux dire que c'est l'original ?

– Oui. Il n'en existe aucune autre copie.

Cynthia réfléchit un instant :

– C'est toi qui l'as enregistrée ?

– Oui, dit Jules un peu timidement, craignant ce qui allait se passer.

Cynthia continuait à le regarder, son expression était indéfinissable. Jules se demandait si elle allait le gifler ou se jeter dans ses bras.

Pour finir, après un temps qui lui sembla très long, il crut déceler un sourire sur le visage de Cynthia.

– Passe-moi la suite, dit-elle.

Cynthia écouta la totalité du concert. Elle était bouleversée. Elle s'écoutait pour la première fois.

– Tu me la donnes vraiment...

Jules remit la bande dans sa boîte, il déposa un baiser sur le carton et le tendit à Cynthia.

– Allons-nous-en, dit Cynthia, il est temps d'aller à l'Opéra.

Ils remontèrent dans la Cadillac. Jules sentait que Cynthia ne pouvait pas parler. Ils roulèrent un moment, puis, en arrivant à la Concorde, Jules sentit la fourrure du manteau de Cynthia qui entourait son cou et son épaule. Elle le fit glisser contre elle et le tint dans ses bras jusqu'à l'Opéra.

Jules eut du mal à sortir de la voiture. Il avait l'impression d'avoir fumé une douzaine de joints.

Un jeune homme très élégant les attendait à l'entrée des artistes. Il baisa la main de Cynthia et salua Jules :

– Monsieur le Directeur est en discussion avec les responsables syndicaux, il me prie de l'excuser de ne pas vous recevoir personnellement, mais si vous voulez bien me suivre, je vais vous conduire à la scène. Votre pianiste vous y attend.

Jules se laissa glisser dans un siège qui lui parut à l'idéale distance de Cynthia.

La voix s'éleva, extraordinairement pure, elle emplit la salle. Jules reconnut un lied de Schumann. Il frémissait de tout son corps. Parfois, Cynthia s'arrêtait, parlait un instant avec Geoffrey, puis ils reprenaient.

Cynthia chantait pour Jules seul et il le savait.

Après une longue répétition, Cynthia rechanta l'un des

lieder de Schumann qu'ils avaient travaillé, puis elle s'arrêta.

Cynthia embrassa Geoffrey qui fit un signe de la main en direction de Jules qui planait dans les hautes sphères.

Cynthia rencontra le jeune homme élégant qui venait à sa rencontre dans les coulisses.

– Vous avez terminé, Madame ?

– Oui, mais j'ai une faveur à vous demander...

– Je vous en prie...

– Pouvez-vous éteindre toutes les lumières de la salle et laisser seulement l'éclairage du plafond de Chagall... Il y a des années que je rêve de le contempler seule et longtemps.

– Rien de plus facile. Restez le temps que vous désirez. Vous n'aurez qu'à m'appeler au 312 lorsque vous voudrez que je vienne vous chercher.

Cynthia gratifia le jeune homme de son plus beau sourire, puis elle entra dans la salle.

Jules sursauta lorsque toutes les lumières s'éteignirent. Il entendit une porte claquer puis, dans l'extraordinaire silence tapissé de velours rouge, il vit la silhouette de Cynthia qui s'approchait de lui.

Elle avait posé son manteau sur ses épaules et, dans la très belle lumière qui l'enveloppait de douceur, Jules, incapable de parler, vint à sa rencontre.

Cynthia tendit les mains vers le visage de Jules et conduisit sa bouche contre la sienne. Jules eut la sensation de fondre dans un univers tiède qui l'aspirait. Il pensa que ça devait être le paradis. Il était peut-être mort, tué par une balle, et tout ce qui lui arrivait maintenant faisait partie des choses qu'on connaît après le dernier souffle.

Le manteau de Cynthia tomba sur le sol. Jules eut l'impression que le manteau entraînait leurs corps dans sa chute. Le visage de Cynthia disparut sous la robe de soie blanche qui déferlait comme une vague laissant la peau sombre comme une plage de sable noir sur la fourrure.

Jules sentait qu'il n'avait plus de vêtement. Contre lui, impalpable et nuageux, le corps de Cynthia n'était plus séparé du sien. Jules eut l'impression que soudain la salle se renversait. Le ciel n'était qu'une symphonie de couleurs pures sur lequel se détachaient parfois le visage, le cou et les épaules de Cynthia qui lui fit l'amour longtemps, presque sans bouger, comme dans un rêve qui n'avait pas de fin.

1979

LUNA

Roman

For Chuck... Top of the world, Ma!

1

Soudain le froid s'était barré et l'été était venu d'un coup. Alba n'avait pas attendu les beaux jours pour se mettre en forme. Depuis deux mois, elle s'adonnait au jogging avec une passion et une régularité qui étonnaient Gorodish.

Ce matin-là, le soleil vint la cueillir dans la blancheur des draps.

Alba s'étira comme un chat en passant les mains dans sa longue chevelure blonde. Elle tira le drap déjà tiédi par le soleil et laissa son corps boire un instant la chaude lumière. Elle prit ses petits seins dans ses mains comme pour voir s'ils n'avaient pas un peu poussé pendant la nuit car, depuis quelques semaines, elle les frictionnait avec un baume africain dont la publicité assurait à ses utilisatrices le développement d'une poitrine ferme et abondante. Sa peau semblait légèrement dorée. Son corps souple et félin, aux longs muscles harmonieux, occupait en cet instant même les rêves de Serge qui dormait dans la chambre voisine.

La ville était encore calme. Alba ouvrit la baie vitrée qui donnait sur la terrasse d'un superbe appartement situé au dernier étage d'un immeuble du sixième arrondissement. Ils dominaient les autres fenêtres, si bien qu'aucun œil ne put suivre le réveil de la nymphe qui d'un pas dolent, à peine sortie de sa coquille, nue comme personne, fila vers le réfrigérateur et se prépara son Nesquik banane avant de retourner sur la terrasse. Elle s'installa dans un vaste fauteuil de rotin couvert de coussins et contempla les feuilles fragiles des quelques bouleaux qui frémissaient entre son œil et le ciel. C'était Gorodish qui avait planté cette forêt, elle avait acheté le fauteuil.

Alba prit une douche glacée, s'épongea dans une immense serviette parme et, au moment de passer son survêtement rouge, décida qu'il était temps de jogger en short. Elle sortit une paire de jeans de son armoire et coupa les jambes le plus haut possible avec des ciseaux à ongles.

Elle essaya : ce n'était pas mal. Comme elle ne pouvait pas sortir torse nu, elle passa un T-shirt bleu et à peine la porte de l'immeuble franchie, elle partit à un train d'enfer. Alba aurait pu faire une pub pour Kawasaki. Comme chaque matin, elle descendit la rue de Beaune, traversa le pont Henri-IV et se retrouva sur les allées tranquilles du jardin du Louvre. Ce n'est que lorsque l'Arc de Triomphe se découpa dans la perspective des Champs-Élysées qu'elle ralentit son allure. Elle prit sa vitesse de croisière. Il n'y avait pas encore de circulation, l'air était pur.

En arrivant à la hauteur de Lido-Musique, elle s'assit sur un banc pour récupérer. Elle aimait bien faire cette partie du trajet à tout berzingue, c'était une sorte de défi. Mais avant de sprinter vers l'Arc, il fallait une petite pause. Une Lancia gris perle remontait les Champs, pépère. Alba la vit ralentir, puis s'arrêter à deux mètres d'elle. Un beau jeune homme aux cheveux noirs et bouclés, bon chic, bon genre, chemise bleue et pantalon clair, contourna sa guinde, sûr de lui et de ses dents blanches :

– Salut, je m'appelle Steve. C'est super, ce matin, il fait complètement beau et je tombe sur une nymphe...

– La nymphe au cœur fidèle, dit Alba impassible.

– Qu'est-ce que tu dis ?

– *La Nymphe au cœur fidèle,* c'est dans le livre de poche, tu ne connais pas ?

– Non. C'est bon ?

– Je ne sais pas, je ne l'ai pas lu.

– Ah... fit l'Adonis un peu décontenancé. Il se reprit assez vite. Resourire. J'ai passé une nuit dingue au Palace, j'ai failli craquer, on a sniffé un peu de coke. C'est bon d'être à l'air libre. Qu'est-ce que tu as fait cette nuit ?

– J'étais dans un pieu.

– Avec une fille ou un type ? fit le jeune homme intéressé, tout en détaillant les charmes d'Alba d'un air qui se voulait froid et détaché.

– Avec un crocodile.

– Je te trouve sympa. J'ai la dent. Si tu veux, on va chez moi. J'ai un studio avenue Foch. Je te prépare un super petit déjeuner.

– Tu as du Nesquik banane ?

– Non, mais j'ai un thé délicieux que ma mère m'a rapporté de Londres, légèrement fumé, ce sera une révélation.

– Tu parles de thé et en fait tu as envie de faire l'amour avec moi, pourquoi tu ne le dis pas au lieu de parler de ta mère ?

Steve un peu soufflé esquiva la question :

– Tu sais, moi je suis très cool avec les filles. Je ne force jamais, j'attends qu'elles en aient envie.

– Tu sais, moi, avant de me glisser entre deux draps, j'aime bien savoir si mon partenaire est à la hauteur, dit Alba avec un sourire délicieux. On va faire un truc marrant. Une sorte de course. Si tu gagnes, on va faire l'amour, d'accord ?

– C'est amusant comme idée.

– Pas mal. On part de là et on va jusque chez toi, OK ?

– On y va.

Alba partit d'un petit trot léger, il ne fallait pas le décourager trop vite, Steve courait aux côtés d'Alba. Il faisait deux heures de tennis par jour et comme Alba ressemblait plus à un ange qu'à un athlète, il se lança dans une conversation jusqu'au moment où Alba lui conseilla de garder son souffle.

Ils filaient côte à côte dans l'air frais et parfumé du matin. Ils passèrent devant le Drugstore. Steve tenait bien le coup, mais il commençait à s'essouffler. Alba doubla l'allure, il démarra un peu plus lentement puis revint aux côtés d'Alba.

Steve transpirait et commençait à serrer les dents. Son cœur cognait dur. La fille devait bluffer. Il fallait qu'il continue. Alba allongea sa foulée comme un jeune pur-sang. Ils couraient maintenant sur le gazon de l'avenue Foch. Steve fit un dernier effort. Il avait l'impression que son cœur allait exploser. Il se laissa tomber sur le gazon. Alba continua sans même se retourner. Elle garda la même allure jusqu'au bout de l'avenue et disparut dans les brumes matinales.

Jean-François Delaborde sortit d'une 604 bleu nuit comme chaque jeudi, à huit heures du matin. Le chauffeur se rangea un peu plus loin, il avait hâte de finir le dernier Goodis. Il aurait juste le temps. Le patron en avait pour une heure, exactement. Comme le cabinet du professeur Jacques Alcan, l'un des plus célèbres psychanalystes du moment, n'était qu'au premier étage, il monta à pied. Depuis trois ans, son client crachait six cents francs par semaine, avec joie car c'était l'un des rares moments parfaits de son existence.

Delaborde avait quarante-six ans, il avait hérité d'un empire industriel. Il s'était usé au travail, mais son apparence physique n'en avait pas trop souffert. Il était grand, un peu fort, et son visage avait à la fois quelque chose de poupin et de terrible. Malgré les tics nerveux qui agitaient souvent ses bras et ses mains dans des arabesques incontrôlées, il avait une prestance physique qui en imposait. Sa chevelure, encore abondante, avait gardé une couleur noire, ce qui semblait presque artificiel. Ses yeux étaient vifs avec parfois un reflet d'exaltation et de fièvre que seuls la nuit, la lune, les insectes et une certaine forme de beauté pouvaient allumer en lui.

Une jeune femme aussi digne et neutre qu'une tenancière de maison le fit entrer directement dans le cabinet du professeur Alcan qui se leva et vint le saluer. Alcan était un homme d'une cinquantaine d'années qui avait l'extrême délicatesse de ne pas sembler heureux. Un homme tout de précision, d'attention, de discrétion, avec une tête à jouer du cor de chasse. La pièce offrait une image en harmonie parfaite avec lui-même. Un bureau en acajou massif sur lequel il n'y avait qu'un bloc et un crayon. Une moquette bronze, des murs tapissés de fibres tressées, un éclairage très doux, un divan de cuir spacieux et confortable, un fauteuil. La lumière qui venait de la fenêtre était tamisée par un rideau de voile couleur havane.

Jean-François Delaborde enleva sa veste et la mit sur un cintre. Il ouvrit son gilet, desserra sa cravate et ouvrit le premier bouton de son col avant de s'allonger.

Il se sentit bien, détendu, le silence n'était pas pesant. Il laissa les idées aller et venir dans sa tête, puis commença à parler. Alcan s'était assis derrière lui. Delaborde sentait sa présence. Il ne voyait que le mur, les fibres liées par un fil plus clair. Dans la poche de son pantalon, il toucha une boîte d'allumettes dans laquelle dormait son scarabée préféré. Il ne le quittait jamais.

– Je me sens bien ici. Au début, j'avais de la peine à sortir de ce cabinet pour affronter le monde, maintenant, les choses vont mieux, l'impression se prolonge au cours de la semaine. Je ne suis pas plus heureux, mais disons que les influences négatives de la vie ont maintenant beaucoup moins de prise sur moi. Je suis arrivé à une sorte de neutralité, mais il doit y avoir un état meilleur et je suis parvenu à la conclusion que ma vie telle que je l'ai conçue jusqu'alors ne me donnerait jamais rien de plus que cet état de paisible neutralité. Pourtant, il m'arrive de rêver d'une autre vie, je veux dire d'une vie entièrement différente, qui serait dégagée de toutes les contraintes sociales, mentales et physiques de mon existence actuelle. Un peu utopique tout cela...

Alcan savait que son client était prêt. Il avait réussi à l'amener à ce point zéro à force de subtilité sans jamais forcer les choses. Il savait qu'il pouvait intervenir maintenant et recueillir les fruits de trois ans de travail. Delaborde fut étonné d'entendre la voix de son analyste qui semblait soudain prendre le ton de la confidence, de la conversation amicale :

– Vous avez parcouru un grand chemin pendant ces trois dernières années et je pense que vous êtes arrivé à mettre en lumière votre moi profond. Je le sens depuis plusieurs séances. Vous avez envie de changer de vie, d'accomplir ce vieux rêve de l'homme d'oser simplement être lui-même, de ne plus sacrifier aux convenances et aux habitudes. C'est un peu une utopie, je vous l'accorde, mais certains utopistes sont allés assez loin dans la réalisation de leurs idées et c'est sur cette base, je crois, que nous devons envisager l'avenir. Lors du dernier congrès de psychanalyse d'Osaka, l'un de mes confrères a traité du problème des disparitions. Dans chaque pays, des milliers de gens disparaissent. On ne retrouve jamais leur trace. Évaporés, envolés. C'est un problème fascinant. J'y ai beaucoup pensé et je suis arrivé à la conclusion qu'il faudrait pouvoir utiliser la disparition comme ultime thérapie...

– C'est fascinant, en effet. Qui n'a pas rêvé au moins une fois dans sa vie d'être l'homme qui part chercher un paquet de cigarettes et ne revient jamais.

– J'en suis arrivé à la conclusion que seuls les êtres conscients de leur moi profond peuvent trouver le bonheur en disparaissant. Les autres ne feraient que reconstruire ailleurs les objets de leur insatisfaction. En conséquence, je pense que vous seriez homme à disparaître.

– Vous parlez sérieusement ?

– Tout à fait. Je suis d'ailleurs allé beaucoup plus loin, j'ai mis sur pied une organisation qui garantit à mes clients qui désirent tenter cette extraordinaire aventure, une réalisation parfaite de toutes les phases successives de l'opération. Vous êtes d'ailleurs l'un des premiers à qui je m'en ouvre et, quelle que soit votre réaction, je vous prie de garder le plus grand secret à ce propos. Ce que j'offre est simple : à ceux qui se connaissent, je donne la possibilité de vivre comme ils le désirent, loin de toute contrainte.

– Mais je suppose qu'une telle organisation ne peut vivre qu'en marge de la loi car cela pose tout de même quelques problèmes graves.

– L'homme est libre, nulle loi ne peut l'obliger à perdre sa vie. Pour que tout réussisse parfaitement, il faut bien sûr construire un écran solide entre le monde et le disparu, ce qui peut effectivement amener à quelques actes illégaux mais parfaitement inoffensifs.

Delaborde demeura silencieux. Une succession d'images folles l'envahissaient. Tout son être s'ouvrait tout à coup sur une nouvelle réalité parfaitement adaptée à ses besoins. Alcan le sortit de sa rêverie.

– Prenez le temps de réfléchir à ma proposition et si vous êtes réellement intéressé, nous en reparlerons plus précisément lors des prochaines séances.

– Parfait, dit Delaborde en se levant. Il se rhabilla, fit un chèque et sortit. Le chauffeur étonné n'eut pas le temps de finir son polar.

Alba rentra chargée. Comme chaque matin, elle rapportait les journaux et des croissants. Gorodish, lui, préparait le petit déjeuner et la table, sur la terrasse. Leur vie commençait à s'organiser et les folies d'Alba étaient enserrées dans un cadre assez rigide, ascétique par moments, que Serge avait su lui faire accepter.

Serge était assis devant un Steinway demi-queue, un cadeau d'Alba, et déchiffrait une sonate de Haydn. Alba laissa glisser les journaux sur la moquette, elle embrassa Serge dans le cou. Il sentit l'odeur subtile d'Alba, regarda le jean coupé avec étonnement, puis termina son adagio.

– Je trouve que tu joues vraiment bien, tu sais.

– C'est mon jogging à moi.

– Ce matin, je suis allée jusqu'au fond du bois de Boulogne. Je commence à tenir la grande forme. J'ai fait courir un jeune dragueur jusqu'au moment où il a fini sur la pelouse.

Gorodish sourit en imaginant la scène.

– Mon petit Serge, j'aimerais te demander quelque chose, fit Alba, câline. Gorodish souleva les sourcils en signe d'attente.

– C'est tes cheveux, je trouve qu'ils sont trop courts. J'aimerais que tu les laisses pousser ou alors que tu te rases, carrément, comme Kojak.

– On verra, répondit Gorodish indécis.

– Je peux tremper mon croissant dans ton café, j'ai envie d'essayer.

Serge regardait Alba avec attention, suivant chaque jour les transformations du corps et de l'esprit de son étoile filante. Il fut satisfait. Pendant un long moment, il sembla absent.

Alcan détestait passer le tunnel de Saint-Cloud car il avait l'impression que toutes les souillures du monde venaient se déposer sur la robe immaculée de sa Rolls. Il n'avait pas de chauffeur, non par manque de moyens, mais pour avoir l'occasion de profiter pleinement de la conduite de ce merveilleux engin. L'intérieur de cuir bleu usé s'alliait à merveille à la blancheur de la carrosserie.

Un quart d'heure plus tard, Alcan rangeait son bijou dans le garage et montait directement dans son hôtel particulier de douze pièces où il vivait avec deux iguanes : Jung et Freud. Alcan aimait marcher dans l'enfilade des chambres décorées d'épais tapis chinois et de meubles design. Un silence parfait régnait à l'abri des doubles vitrages.

Alcan traversa le grand salon où sur les murs nus se détachait un Mondrian. Il continua sa promenade à travers le salon de musique, la bibliothèque, le bureau avant d'arriver à sa chambre à coucher qui s'ouvrait sur un bain turc, un hot-tub à remous et une salle de bains conventionnelle.

Alcan se déshabilla et se mit dans son hot-tub en cèdre où frémissait une eau parfumée à trente-sept degrés. Nul endroit ne lui était plus propice pour construire un plan. Les idées allaient très vite dans sa tête. Delaborde était prêt. Il n'avait pas besoin d'attendre la réponse de son client pour mettre au point par le détail ce qui serait sa huitième disparition-thérapie, comme il les appelait.

Ses clients étaient tous de riches industriels et les gages d'Alcan étaient proportionnels à leurs fortunes. En deux ans, il avait ainsi nourri son compte suisse de vingt-trois millions de francs helvétiques. Pour chacun des disparus, il avait trouvé le cadre et le style de vie rêvés. Son organisation était maintenant tout à fait au point. Il s'était assuré des complicités indispensables pour créer un réseau remarquablement efficace. Grâce à lui, sept hommes vivaient la réalisation de leurs fantasmes.

L'un menait une vie simple, adopté par une tribu de haute Amazonie, l'autre sillonnait les mers du monde, d'autres encore jouaient les sultans dans un petit palais du nord de l'Inde, trappeurs au Canada, collectionnaient les timbres ou étaient devenus disciples d'un gourou japonais. Mais de tous ses clients, Alcan préférait cet homme qui, après avoir fait modifier son visage par un habile chirurgien, s'était tout simplement installé dans la maison voisine de celle de sa femme et de ses enfants et passait son temps à les épier.

Pour Delaborde, Alcan n'eut pas de peine à imaginer une nouvelle vie mais, pour la première fois, il se trouvait devant un problème assez difficile à résoudre et qui comportait de gros risques.

Alcan sortit de son bain, passa un peignoir blanc et s'installa sur son lit pour appeler le premier de ses collaborateurs, un homme spécialisé dans la vente de résidences luxueuses et dont les fichiers couvraient le monde entier.

– Bonjour, Jérôme, c'est Jacques. J'ai un nouveau client. Avez-vous des choses à me proposer, c'est urgent ?

– Que cherchez-vous cette fois, palais mongol, résidence californienne ?

– Non, je pense que la France fera l'affaire. Il me faudrait un petit château, d'allure assez sévère, isolé, confortable et si possible habitable immédiatement.

– Je n'ai pas toutes les affaires en tête, mais je vais consulter mon fichier. Je suis certain d'avoir ce qu'il vous faut. Je fais déposer les dossiers à votre cabinet ?

– Oui. Dès demain, si possible.

Delaborde venait d'arriver chez lui. Une propriété près de

Pontchartrain que sa femme avait absolument voulu acheter à un célèbre acteur. Cette villa somptueuse qui faisait l'admiration de tous était une véritable souffrance pour Delaborde. Tout lui déplaisait dans cet affichage de luxe ostentatoire qui semblait satisfaire pleinement les ambitions de sa femme. Une ridicule piscine en forme de cœur, une maison blanche de style espagnole parachutée en Île-de-France où des torches à gaz illuminaient, la nuit, des meubles de jardin peints en rose, un gazon coupé à ras, un tennis, un barbecue grandiloquent dont la cheminée était une insulte au bon goût, une hideuse voiture américaine mauve sans parler de la décoration intérieure, fruit du génie conjugué de sa femme et d'un jeune architecte dont elle s'était entichée et qui était probablement son amant.

Delaborde eut la désagréable surprise de voir que sa femme avait invité des amis qui papillonnaient, un verre à la main, autour de cette « merveilleuse piscine ».

Il avait l'impression de vivre dans un dessert ruisselant de crèmes colorées, de fraises et de pistaches. Ses trois filles et ses deux fils semblaient parfaitement à leur aise dans ce délire pâtissier.

Sa femme vint vers lui. Elle portait une robe émeraude, très légère, qui laissait voir ses épaules hideusement bronzées, ses bras et son visage boucanés par le soleil. Tout le monde la trouvait belle.

– Chéri, il faisait si beau que j'ai appelé quelques amis. Je pense que nous pouvons dîner dehors, près de la piscine. Bonne journée ?

– Je suis terriblement fatigué. Une très éprouvante réunion de travail. Sans parler de demain où je reçois mes collègues américains. Tu ne m'en voudrais pas si je me faisais monter mon repas dans ma chambre ?

– Tu es lugubre.

Delaborde embrassa sa femme sur le front et contourna la maison pour ne pas avoir à saluer tout le monde.

Arrivé dans son bureau, il tira les rideaux et s'assit dans un grand fauteuil de cuir. Il se demanda comment on pouvait aimer le soleil au point de s'y exposer, puis son esprit dériva insensiblement vers le futur que lui proposait Alcan. Une extraordinaire excitation de l'esprit se mit à le gagner. Pourquoi avoir accumulé tant d'argent si ce n'était pour réaliser ses rêves ? Alcan avait raison. Il était mûr pour faire le grand saut. À la seule idée de partir pour toujours, son esprit et son corps furent traversés d'une indescriptible joie.

Cette fois, la Rolls était noire, petite folie commandée par Gorodish pour séduire sa nymphe. La voiture glissait lentement. Les lumières de la ville étaient allumées et de grandes lueurs rosées traversaient encore le ciel. Pour l'occasion, Alba était vêtue d'une longue jupe de lamé noir, de bas noirs, de tennis noirs à paillettes et d'un bustier fait d'une écharpe argentée passée autour du cou, croisée sur la poitrine nue et nouée dans le dos. Un fabuleux triangle apparaissait ainsi sur son ventre, laissant apparaître le délicat cratère du nombril et la totalité des épaules, des bras et du dos. Le chauffeur regardait plus souvent dans son rétroviseur que devant lui. Alba avait l'impression que la voiture était poussée par le vent. Serge, d'habitude plutôt bohème dans la manière de s'habiller, s'était offert un smoking bleu nuit. Il avait passé son bras gauche sur les épaules d'Alba qui se blottissait contre lui et tous deux donnaient l'impression de vivre un moment d'intense félicité.

Eaux et lumières de la place de la Concorde, façades encore rosées du Louvre, avenue de l'Opéra, puis la Madeleine. La Rolls s'arrête devant chez Maxim's où Gorodish a réservé une table.

Ils entrent dans le décor rouge et or. L'arrivée d'Alba fait l'effet d'une tornade. Le doux murmure s'éteint et quelques dizaines de regards partagés entre la jalousie des femmes et le ravissement des hommes suivent la trajectoire de l'étoile filante jusqu'à sa table. Les fantasmes vont bon train. Champagne pour commencer. Les yeux d'Alba pétillent déjà d'une flamme profonde qui semble se diviser en milliers de particules d'or.

Delaborde n'a pas eu la patience d'attendre la séance suivante. Il vient d'entrer dans le cabinet du professeur Alcan après le dernier client. Alcan sent chez son patient une grande fébrilité. Les dossiers demandés sont sur son bureau.

– Pardonnez-moi de vous retenir si tard, mais je dois avouer que votre proposition a fait entrer dans ma vie un grand souffle de rêve et comme nous sommes tous deux des hommes pratiques, j'ai pensé qu'il valait mieux parler de ce projet le plus vite possible. J'ai déjà l'impression d'avoir abandonné tout ce qui faisait ma vie jusqu'alors. Je suis mentalement déconnecté, mais peut-être vais-je un peu vite ?

– Pas du tout, au contraire, j'aime à voir l'enthousiasme qui vous possède et, je dois le dire, le courage aussi car nombreux sont ceux qui passent leur vie à rêver et n'accomplissent jamais rien. Ce n'est pas notre cas, semble-t-il. J'ai déjà sélectionné pour vous quelques demeures en fonction de ce que je sais de vos goûts. J'ai pensé que vous souhaiteriez ne pas quitter la France.

– Votre intuition est parfaite, j'allais vous en parler, mais je craignais de vous poser des problèmes dans l'organisation de ma nouvelle vie.

– Cher ami, il faut que tout soit absolument clair entre nous. C'est vous qui disparaissez, c'est donc à vous de me dire à cœur ouvert quels sont tous les souhaits que j'aurais omis d'envisager dans mes plans. Voulez-vous que nous abordions d'abord la question financière afin que nous puissions ensuite parler de choses plus agréables ?

– J'allais vous le demander...

– Bien. Il serait souhaitable que les choses se passent en deux temps. Tout d'abord, avez-vous une société qui ait un siège en Suisse ou au Liechtenstein ?

– En Suisse, oui. Je pense que c'est effectivement le meilleur lieu pour brouiller les pistes et pour avoir de solides garanties quant au bon déroulement des opérations.

– Bien. Il faudrait donc que votre banquier entre rapidement en contact avec le mien. Il y aura deux comptes distincts. Le premier destiné à mes honoraires, le second pour la couverture des frais occasionnés par votre disparition et sur lequel je payerai mes collaborateurs et où nous prélèverons l'argent nécessaire à votre vie secrète. Il faut que ces deux comptes soient approvisionnés en une seule fois afin d'éviter un trop grand nombre de traces. Cela nécessite donc de votre part un très gros investissement. Mes honoraires, considérant les risques pris, sont de deux millions de francs suisses. La provision du second compte est de trois millions, elle assure ainsi, je pense, une parfaite continuité du mode de vie choisi. Cette somme peut vous sembler élevée, mais j'ai pour principe de payer très cher mes collaborateurs afin d'assurer leur silence.

– C'est à peu près ce que j'avais prévu. C'est difficile, mais pas impossible. Je prendrai les dispositions nécessaires pour que tout soit fait très rapidement.

– Dès que l'argent sera sur place, il faudrait que nous nous rencontrions en Suisse avec nos banquiers pour l'organisation détaillée de tout cela. C'est très important de bien brouiller les pistes. Car, vous le savez, nous avons de très fins limiers en matière de finance.

Alcan tendit à Delaborde les cinq dossiers qu'il avait sur son bureau.

– Si aucune de ces demeures ne vous plaît réellement, nous pouvons prendre le temps d'en trouver d'autres.

Delaborde sortit les photographies, les étala sur le grand bureau d'Alcan et les examina avec la plus grande attention. Il ne lui fallut que deux minutes pour se décider : c'était un très beau château, de petite taille. Une photo aérienne montrait la situation générale. Il était entouré de forêts. D'autres vues montraient les différentes façades, la décoration intérieure. Une pure merveille du XIIIe siècle qui semblait parfaitement rénovée. Un état des lieux, un descriptif, un plan de situation, la liste complète des meubles et des fournitures. Le château était prêt à être habité. Le terrain de vingt-huit hectares était entièrement clos. Le prix n'était pas excessif : deux millions trois cent mille francs.

– C'est très beau, un endroit de rêve. Isolé. Exactement ce qu'il me faut, dit Delaborde avec un sourire qui découvrait ses dents longues et légèrement pointues.

– Souhaitez-vous que des modifications soient apportées ?

– Oui, quelques-unes, mais de peu d'importance. La principale serait l'aménagement de l'espace qui se trouve directement sous les toits et qui semble, d'après ce que nous voyons, être une bibliothèque. Je voudrais qu'on ouvre dans le toit une vaste verrière afin que cette pièce soit tout entière inondée par la lune. C'est la seule chose importante. J'aimerais également qu'on installe un système d'alarme sophistiqué afin que je puisse être prévenu de toute intrusion indésirable. Pour le reste, ce sont de petits détails que je pourrai régler une fois sur place.

– Bien, je vais demander à la société qui propose cette affaire de faire établir un contrat de vente. Venons-en maintenant aux choses importantes. Tout d'abord, il faut que vous changiez d'identité. Un spécialiste dont voici l'adresse s'occupera de vous fournir passeport, permis de conduire, cartes de crédit, etc. Pouvez-vous lui rendre visite dès ce soir ? Il vous attend.

– Oui, je peux m'arranger. Dois-je apporter des photos ?

– Tout sera fait sur place. Choisissez-vous un nom avant d'arriver chez lui.

Delaborde était fébrile. L'idée d'entrer à la fois dans l'anonymat et dans l'illégalité l'excitait extraordinairement.

– Ne pensez-vous pas qu'il y a un danger à propos du recrutement du personnel qui va partager ma nouvelle vie ?

– J'ai des gens tout à fait sûrs. Deux hommes. L'un vous servira de chauffeur, vous l'emploierez pour toutes les courses extérieures. L'autre s'occupera de la cuisine et de la maison. Ce sont des gens extrêmement qualifiés que j'ai employés moi-même. Leur salaire vous garantit un service parfait et d'une grande discrétion. Je pense d'ailleurs qu'il serait sage de prévoir des chiens, en plus du système d'alarme.

– Vous avez tout à fait raison.

– Vous sentez-vous parfaitement prêt à vivre retiré du monde ? Il faudra que vous sortiez le moins possible, c'est risqué.

– J'ai trop souffert de la vie mondaine pour avoir le désir de la poursuivre. Il ne me faut qu'une chose pour me rendre parfaitement heureux, vous savez laquelle...

– J'allais vous en parler. C'est le seul point vraiment épineux de notre plan. Il y a de gros risques. Il faut que nous ayons maintenant une conversation à cœur ouvert et que vous me donniez le maximum de précisions sur ce que vous désirez.

Delaborde se laissa glisser dans son fauteuil, ses yeux devinrent sombres et brillants, il formait pour Alcan l'image de ses désirs.

Alba eut l'impression que les glaces de chez Maxim's reproduisaient sa silhouette à l'infini. Jamais son palais n'avait dégusté une si subtile succession de plats délicieux. Lorsqu'ils se levèrent de table, Gorodish vit que plusieurs clients avaient attendu cet instant et la totalité des regards se tournèrent vers Alba qui traversa l'espace de sa démarche ample et souple, perdue dans un rêve.

Ils remontèrent dans la Rolls. Gorodish avait décidé de montrer à sa nymphe la cathédrale de Chartres. Ils remontèrent les Champs-Élysées, traversèrent le Bois et filèrent tranquillement sur l'autoroute à la vitesse de croisière de 160 kilomètres à l'heure.

– Pour une pareille occasion, je trouve que tu pourrais m'offrir un vrai baiser, dit Alba câline.

Serge lui caressa les cheveux, le visage, puis sa main descendit le long de son cou. Alba se tendait comme un chat, posant sa petite main sur celle plus massive et plus chaude de Serge, elle la fit glisser sous l'écharpe et la pressa sur son sein gauche. Dans un souffle rauque, elle dit à Serge :

– Tu ne trouves pas que ma poitrine pousse depuis quelque temps ?

Serge sourit, il vit qu'Alba attendait sa réponse avec une trace d'anxiété qui faisait naître quelques frémissements sur son front si clair.

– J'étais en train de le penser.

– Pourquoi m'emmènes-tu voir une cathédrale, on aurait pu rentrer ?

Alba se glissa contre Serge et, tout doucement, lui dit à l'oreille :

– On aurait pu rentrer et faire l'amour.

Serge sentit une vibration qui le traversait tout entier, puis tout aussi tendrement, il lui souffla :

– On le fera le jour de tes quatorze ans.

Serge sentit qu'il avait fait de la peine à Alba. Il vit à la lueur des éclairages du tunnel de Saint-Cloud deux grosses larmes se former le long des paupières inférieures de sa nymphe, puis elles débordèrent, coulèrent le long des joues, glissèrent sur le cou où la bouche de Serge vint les boire.

Delaborde pénétra dans une cour à Montparnasse et sonna à une grande porte peinte en bleu. Il entendit des pas, sentit une présence derrière la porte, une petite ouverture grillagée s'ouvrit, puis se referma, plusieurs verrous glissèrent et, par la porte entrebâillée, il découvrit un visage qui ressemblait plus à celui d'un artiste peintre qu'à celui d'un faussaire ; mais, après tout, se dit Delaborde, les faussaires ne sont-ils pas des artistes ?

Un visage en lame de couteau tout entier habité par de grands yeux sombres. Une touffe de cheveux en désordre. Le dos voûté d'un homme qui passe sa vie penché sur des documents.

– Je viens de la part du professeur Alcan.
– Je vous attendais, suivez-moi.
Ils montèrent au premier étage, traversèrent une grande pièce en désordre où des piles de livres d'art et de revues formaient des masses irrégulières et poussiéreuses entre de grands fauteuils défoncés. Ils empruntèrent ensuite un escalier en colimaçon qui donnait dans un atelier de peintre. Delaborde nota que l'artiste appartenait à l'école hyperréaliste. Il semblait avoir un goût particulier pour les étalages de supermarché. Une série différente montrait des femmes en train de feuilleter des magazines dont le texte et les photos étaient admirablement reproduits.
Le peintre vit que Delaborde examinait ses œuvres alors que ses clients habituels n'étaient guère du genre esthète.
– Vous aimez la peinture, dit-il, sortant de sa réserve glacée.
– Beaucoup, oui. La vôtre particulièrement.
– Je vous remercie. Voulez-vous vous asseoir sur ce tabouret, je vous prie.
Delaborde nota la présence d'un appareil à quatre objectifs. Le peintre alluma deux projecteurs.
– Regardez vers moi... Redressez un peu la tête, c'est parfait.
Le peintre déclencha à deux reprises.
– J'ai ce qu'il me faut. Tout sera prêt demain. Avez-vous une préférence pour le nom ?
– J'ai pensé à Louis Garrard.
– Pourquoi pas. Et comme profession ?
– Président de société...
– Oui, c'est neutre.
Delaborde se leva et retourna vers les toiles. Un rêve un peu fou le traversa.
– Vous arrive-t-il de travailler à la commande ?
– En peinture, vous voulez dire ? dit l'artiste avec une voix plus sensible.
– Oui, bien sûr.
– Je l'ai fait une ou deux fois, mais il faut que le sujet m'inspire. Vous comprenez, je travaille beaucoup à la commande pour les faux papiers, alors, pour la peinture, je suis mon inspiration.
– Il s'agirait d'un paysage lunaire... comment vous dire... Enfin, si l'idée vous tente, je suis prêt à payer vos frais de

déplacement et à vous indemniser en cas de refus de votre part et, si nous nous mettons d'accord, je pense que vous n'aurez pas à vous plaindre, je sais me montrer généreux. Attendons une semaine ou deux et, lorsque je serai installé, je vous communiquerai mon adresse. Si vous voulez bien, vous viendrez me voir.

– D'accord. Je prendrai mon matériel. Pouvez-vous passer vers seize heures, demain ?

– Oui, c'est possible... Excusez-moi de vous poser cette question, mais êtes-vous certain que je puis me servir de ces nouveaux papiers sans danger ?

– Je travaille pour des clients du monde entier et jamais aucun d'eux n'a eu d'ennuis. Au début, quand vous passerez des frontières par exemple, vous serez un peu tendu, mais vous verrez, on s'habitue très vite.

– Je pense rester en France.

– Alors, c'est encore plus simple. Mes papiers ont passé les contrôles les plus rigoureux, même l'appareillage électronique très sophistiqué installé aux États-Unis ne peut rien détecter. Rassurez-vous. Je crois être le meilleur dans cette branche particulière.

Delaborde quitta le peintre, tout à fait rassuré. Pour la première fois depuis des années, il fut heureux de rentrer chez lui. D'ici quelques semaines, il ne verrait plus ces visages qui lui étaient tellement indifférents, à l'exception peut-être de celui de sa fille aînée pour laquelle il avait une certaine affection.

Il était quatre heures du matin lorsque la Rolls déposa Serge et Alba à la porte de leur immeuble, rue de l'Université. Alba avait dormi dans les bras de Serge pendant une bonne partie du trajet de retour, et Serge avait contemplé avec amour ce visage endormi qui dans le sommeil oubliait tout de la femme pour n'être que celui d'une enfant. En entrant dans Paris, Alba s'était réveillée, avait repris ses allures provocantes. Ils traversèrent le hall, entrèrent dans l'ascenseur.

– C'était formidable ton idée d'aller à Chartres. C'est vraiment beau. Tu ne trouves pas qu'on devrait profiter encore un peu de notre nuit ?

– Tu n'es pas fatiguée ?

– Non, j'ai bien dormi dans la voiture.

– Que veux-tu faire ?

– J'aimerais qu'on se promène un peu à pied. J'aurai peut-être une idée.

Ils redescendirent. La rue semblait s'être teintée des premières lueurs du jour en quelques instants. Ils marchèrent jusqu'au boulevard Saint-Germain, étroitement enlacés, dans le même pas, le même mouvement de hanches, sans parler.

Le ciel se teintait d'un bleu profond et limpide où scintillaient encore quelques étoiles. Tout à coup, Alba eut une idée.

– Viens, j'ai envie d'aller à la place Saint-Sulpice.

– C'est dommage après Chartres, dit Serge qui sentait qu'Alba avait une idée derrière la tête.

– Ce n'est pas pour l'église.

Ils remontèrent la rue Bonaparte, traversèrent la place.

– Tu veux bien t'asseoir sur un de ces piliers ? dit Alba.

Serge obéit docilement. Il faisait face à la fontaine. La place était déserte.

Alba marcha résolument vers la fontaine, elle dénoua l'écharpe blanche qui habillait son buste et la laissa tomber sur les pavés, puis elle fit glisser sa jupe, enleva ses chaussures et apparut dans la lumière violette et fragile, presque nue, n'ayant plus que ses bas, un slip de satin noir et un porte-jarretelles du même tissu. Gorodish, étonné, ravi, balaya la place du regard pour s'assurer qu'il n'y avait pas d'autres témoins de cette scène étrange et merveilleuse. Sur la gauche, il vit briller les lumières du poste de police, mais tout était calme. Un taxi passa et disparut.

Alba enjamba le rebord de la fontaine avec la souplesse d'une sirène, salua les lions, monta jusqu'au second bassin et se laissa glisser dans l'eau avant d'émerger des flots comme une divinité ruisselante à la chevelure dorée. Elle fit le tour du bassin à grands pas, en faisant des mouvements de bras. Son rire sonore occupa tout l'espace de la place. Elle revint face à Serge et s'immobilisa, les jambes ouvertes, les mains sur ses seins, un indicible sourire flottait dans son regard et sur ses lèvres. Gorodish la contemplait, immobile et fasciné. Après de longues secondes, il se leva, s'approcha de la fontaine, ramassa l'écharpe blanche déployée sur les pavés gris puis la robe, sous l'œil réprobateur de Fénelon qui le contemplait du haut de la fontaine. Alba descendit, marcha vers Serge, comme dans un film de Cocteau. Elle l'enlaça, pour se sécher contre lui, et Serge lui passa sa jupe, ses chaussures, puis l'écharpe légère qui collait à sa chair mouillée laissant paraître en transparence la fragilité sensuelle de la poitrine qui frémissait dans l'aube.

2

Alba venait de terminer sa quatrième heure de cours quotidienne. Son jeune professeur de littérature avait été choisi par Serge comme tous les autres. Les idées de Serge sur l'enseignement étaient simples et s'accordaient parfaitement au tempérament d'Alba : des professeurs passionnants, un travail intense et de courte durée. Alba n'avait pas eu de peine à passer l'examen d'État dont le but est de contrôler l'enseignement libre. En plus des matières habituelles, Serge faisait donner à son ange des cours d'histoire de l'art, de musique, de danse classique indienne et de photographie.

Après avoir parlé de Maupassant pendant une heure, Alba offrit un Coca à son professeur qui portait le charmant prénom de Gustave. Ils décidèrent de la lecture du cours suivant : *La Moisson rouge*, de Dashiell Hammett ; puis se séparèrent.

Serge était en train de se débattre avec les robots, mixers et compagnie. Il avait décidé d'initier Alba aux délices de la pâtisserie viennoise et préparait une *Sachertorte*.

Alba avait envie d'aller faire un tour. Elle pensait faire un petit cadeau à Serge, un disque de piano par exemple ; il fallait qu'elle profite du développement de ses connaissances nouvelles en la matière.

Alba prit une douche, fouina dans son placard et trouva son bonheur : une veste anorak en chintz deux tons, argenté et violet. Ses rayures irisées et le pantalon corsaire nacré donnaient à sa silhouette l'éclat d'un berlingot d'antan. Elle passa un bracelet doré, des sandales indiennes, ouvrit le coffre de bois laqué où elle rangeait son fric et prit quelques billets de cent francs.

En passant, elle embrassa Serge et lui fit un clin d'œil très étudié. Serge la trouva si belle qu'il arrêta de battre ses œufs en neige.

Le grand jour était arrivé pour Delaborde. La maison était prête, les travaux terminés, il avait rendez-vous avec Ludovic, le valet de chambre, qui devait l'attendre dans une Renault 16 dans un parc de l'autoroute A 13 en direction de Paris.

Delaborde attendait son heure. Toute la journée, il avait flâné dans son horrible maison. Deux de ses filles jouaient au tennis, sa femme nageait dans la piscine en forme de cœur. Delaborde était tenté de prendre quelques choses auxquelles il tenait particulièrement. Une photo de ses parents, une très belle encyclopédie américaine sur les insectes, quelques vêtements dans lesquels il se sentait bien, mais il se souvint des conseils d'Alcan : surtout, n'emportez rien avec vous si vous voulez être en mesure de reconstruire une nouvelle vie. Il faut laisser le passé derrière vous. De plus, ce serait une imprudence.

Delaborde avait renvoyé le chauffeur. Assis sur son lit, il sortit sa nouvelle carte d'identité. Un vrai chef-d'œuvre. Comme il entendit un bruit dans le salon, il s'empressa de la ranger. Au dernier moment, il se changea et choisit des habits un peu amples, usés, dans lesquels il se sentait parfaitement à l'aise. Une excitation de collégien envahissait son corps. Il avait réussi, grâce aux conseils d'Alcan, à dépasser la phase d'angoisse qui l'avait habité récemment.

Il sortit, s'approcha de la piscine. Il ne détestait plus sa femme. Au moment de la quitter, il se surprenait même à penser aux bons moments qu'ils avaient passés ensemble.

– Tu ne viens pas te baigner, chéri ?

– Non, je n'en ai pas envie.

– À tout à l'heure chérie, je vais acheter des cigares.

Elle lui fit un petit signe de la main.

Delaborde marcha jusqu'à sa voiture. Il démarra, passa près du tennis, regarda ses deux filles et se rendit compte tout à coup qu'il les aimait. Il pensa à ses fils et accéléra : ce n'était pas le moment de s'attendrir.

Un quart d'heure plus tard, il entrait dans le parc indiqué. Ludovic était là, il fumait tranquillement une cigarette appuyé contre la R 16.

C'était un grand Yougoslave d'une quarantaine d'années qui avait trempé dans toutes sortes d'histoires louches, mais qui avait gardé un visage lisse, souriant, aimable. Il avait passé dix ans de sa vie à faire la guerre, s'était reconverti dans le trafic, puis était revenu à une vie tranquille en travaillant comme valet de chambre dans de grandes maisons. C'est comme cela qu'il avait rencontré Alcan.

Delaborde sortit de sa voiture. Ils étaient seuls.

– Bonjour, monsieur Garrard.

– Bonjour, Ludovic.

– Je pense que nous devrions partir tout de suite, profitons d'être seuls.

Delaborde monta aux côtés de Ludovic. Ils démarrèrent, laissant la 604 sur le parking.

– Le château est prêt à vous accueillir. J'ai veillé aux travaux. Je pense que vous serez content. C'est un bel endroit.

– Combien de temps nous faut-il pour y arriver ?

– Huit heures, à peu près.

Delaborde alluma une cigarette et regarda la route. Il essaya de ne plus penser à rien.

Alcan avait fait la connaissance de Charly au cours des séances qui avaient amené celui-ci sur le divan de son cabinet pendant plus de deux ans. Charly était un homosexuel qui, très tôt, avait compris quel parti il pouvait tirer de sa beauté. Dès l'âge de seize ans, il était passé des bras d'un riche protecteur à ceux d'un autre et avait abandonné sa vocation de couturier. Il avait toujours mené une vie matérielle sans problème, dans les palaces de la Côte d'Azur, dans de somptueux appartements parisiens, jusqu'au jour où un rival avait laissé sa marque sur son visage d'éphèbe blond. Une grande cicatrice partait du coin de l'œil droit, traversait la joue et venait mourir un peu en dessous de l'oreille. Sa carrière de séducteur s'était quelque peu assombrie depuis ce tragique événement, si bien que Charly, au cours de son analyse, avait décidé de tenter de vivre d'une autre façon. Alcan l'avait présenté à des amis et Charly était devenu chauffeur depuis quelques mois, mais sa nature profonde avait subi de tels ravages, le luxe l'avait à tel point perverti qu'il n'avait pas tardé à faire travailler pour lui de jeunes garçons qu'il présentait aux amateurs.

Alcan avait pensé à lui dès le début de son projet. Il avait misé juste : l'appât du gain et de l'illégalité avait immédiatement séduit Charly. Alcan avait toujours aimé fréquenter les petites frappes à condition qu'elles aient un certain vernis mondain. Avant de partir pour sa retraite au château, Charly avait fait un caprice, il lui fallait absolument quelques chemises neuves. Alcan avait décidé de lui faire ce petit cadeau, c'est pourquoi il avait envoyé Ludovic conduire Delaborde à sa résidence secrète. Il savait d'autre part que Charly, absolument insensible au charme féminin, serait d'un plus grand secours quant à la dernière phase des opérations préparatoires au bonheur de son client disparu.

La Rolls blanche remontait lentement l'avenue des Champs-Élysées. Charly avait baissé la vitre et jetait un coup d'œil aux vitrines des boutiques. Lorsqu'ils arrivèrent à la hauteur de la Galerie Point-Show, Charly fit un signe à son chauffeur :

– C'est là, je pense que nous trouverons ce qu'il me faut. On va voir ?

– Il n'y a pas de places de parking.

– Et alors mon gros loup, on reste en deuxième position, les flics ne s'attaquent pas aux gros calibres, ils ont peur des remous.

Alcan sourit, il mit les feux clignotants et ils abandonnèrent la voiture.

Alba descendit au sous-sol de Lido-Musique. Elle ne put s'empêcher de penser à Jules et aux folles aventures dans lesquelles son amour de la Diva les avait conduits. Un grand chien triste de disquaire promenait sa mélancolie parmi les visages des stars classiques.

Alba était seule cliente, mauvais jour pour piquer. Elle se décida donc à acheter, pour une fois. Elle se mit à fouiner au hasard. Tout à coup, elle tomba sur un coffret des sonates pour piano de Haydn, cela ferait certainement plaisir à Serge. L'interprète avait un nom à jouer dans un western spaghetti ; il s'appelait John Mac Cab.

Alba paya le ténébreux, il aurait été super pour jouer le rôle de Charon faisant passer les eaux noires du Styx si Shakespeare avait écrit le rôle.

Alba sortit du magasin, tranquille, pour une fois. Elle avait encore le temps de flâner et de faire du lèche-vitrines.

Charly avait déjà essayé une douzaine de chemises. Il exposait avec un plaisir évident son torse long, musclé, légèrement doré, à l'admiration des deux vendeuses qui s'occupaient de lui en gloussant. Alcan regardait la scène d'un œil amusé, philosophant intérieurement sur la méprise des jeunes filles.

Pour finir, Charly choisit quatre chemises ainsi qu'une paire de très beaux mocassins.

Alcan paya et demanda une facture. Il la mettrait sur le compte de Delaborde.

Alba reçut un coup au cœur, tout à coup, elle ne vit que la Rolls blanche. Elle s'en approcha, entendit le très doux ronron du moteur. L'idée germa dans son esprit avec un naturel désarmant : cette Rolls, elle allait la piquer. Elle irait faire un petit tour avec pour se familiariser avec la conduite, puis elle irait chercher Serge. Alba imagina sa surprise.

Elle regarda autour d'elle ; personne n'avait l'air de s'intéresser à la splendeur. Son cœur commençait à battre à un rythme rapide. Elle contourna la Rolls avec désinvolture, ouvrit la lourde portière et s'assit au volant.

Alba comprit rapidement qu'une Rolls ne se conduisait pas comme une 504. La voiture avait l'air automatique et Alba s'y perdait. Elle décida d'essayer méthodiquement toutes les solutions, la Rolls finirait bien par avancer.

Charly et Alcan sortirent de la Galerie Point-Show. Charly fut le premier à voir le profil d'Alba.

– Patron, tu vois ce que je vois ?

Alcan reçut un choc, les dieux semblaient être avec lui.

– Elle paraît parfaite, dit Alcan énervé. Il eut peur et ajouta : C'est trop dangereux, Charly, pas sur les Champs-Élysées.

– Au contraire, répondit Charly, tout à fait calme. Voilà ce que je vous propose : vous filez chez vous en taxi. Je m'occupe de la fille. Je vais un peu la sonder. Si elle est bien, je vous l'amène ; autrement, je la dépose chez elle et on cherche autre chose.

– Bon, bon, fit Alcan dans un souffle. Sois prudent. Laisse-moi le temps d'arriver et d'ouvrir le garage.

Charly marcha vers la voiture sans se presser. Un gentleman n'aurait pas agi autrement.

Alba tout entière occupée à tripoter leviers et boutons ne le vit qu'au moment où il ouvrit la portière. Elle eut l'impression que son cœur se précipitait dans l'espace. Il lui fallut une ou deux secondes pour voir que le propriétaire de la Rolls souriait et ne semblait pas du tout prêt à appeler les flics. Alba respira un bon coup. Charly avait refermé la porte de la Rolls. Il alluma une Chesterfield. Alba se dit que les gens qui avaient du fric avaient aussi de curieuses réactions. Elle regardait Charly : c'était sûrement un acteur de cinéma. Charly parla le premier.

– Tu sais conduire ?

– Non, j'avais juste envie de m'asseoir dedans pour voir comment c'était, dit Alba prudente.

– Ça te plaît ?

– Pas mal, oui, dit Alba en essayant son sourire le plus candide.

– C'est bien d'oser suivre ses élans. La plupart des gens ont une idée si ridicule de la propriété qu'ils n'auraient jamais osé s'asseoir sans qu'on les y invite.

Alba regarda Charly et fut soudain prise de panique.

Charly regarda sa montre, sembla réfléchir un instant puis, après avoir tiré une bouffée de sa cigarette, comme pour se décider, il dit :

– Écoute, c'est dommage, j'ai un rendez-vous tout à l'heure. Je ne peux pas te faire faire une vraie promenade, mais si tu veux on peut faire un petit tour...

Alba était partagée. Quelque chose en elle lui conseillait de descendre immédiatement, mais elle se dit que ce type avait été vraiment compréhensif et qu'après tout, un tour en Rolls, ça ne se refusait pas.

– Bon, d'accord, on fait un tour. Je m'appelle Alba, et vous ? dit-elle sans oser le tutoyer.

– Charly. Je crois qu'il vaut mieux que je conduise.

Pendant qu'Alba glissait sur la si douce banquette de cuir bleu, Charly faisait le tour de la voiture et prenait le volant. Il prit le tunnel et l'avenue de la Grande-Armée en direction du bois de Boulogne.

La Rolls traversa une grande allée, puis s'enfila dans une petite rue tranquille. Charly entra directement dans le garage.

– Ça t'amuse de jeter un coup d'œil à l'appartement ? On a peut-être le temps de boire un pot.

– Est-ce que je pourrai passer un coup de fil ? dit Alba en sortant de la Rolls. Elle aimait découvrir les lieux dans lesquels les gens vivaient, cela lui donnait l'impression d'apprendre beaucoup de choses.

– Pas de problème, dit Charly.
– C'est bien comme endroit, dit Alba en refermant le bouton pression de son anorak en chintz par un mouvement de pudeur.
– Je passe devant, dit Charly.

Le chemin de terre traversait une épaisse forêt barrée tout à coup par un portail de fer noir et par un mur.
– C'est l'entrée du domaine ? demanda Delaborde d'un ton qu'il voulut neutre.
– On y est, dit Ludovic, en arrêtant la voiture. Il ouvrit le portail avec une clé sélectionnée dans un lourd trousseau.
Ils continuèrent après que Ludovic eut refermé le portail. On ne voyait pas encore le château. Ils roulèrent pendant quelques minutes. Delaborde avait l'impression que la forêt allait se refermer sur eux, comme une jungle épaisse.
Tout à coup, la forêt s'ouvrit et la masse grise, merveilleusement pure, du château apparut. Une grande tour carrée au toit pyramidal dominait les deux parties du bâtiment dans lesquelles elle était imbriquée, l'une rectangulaire et massive, l'autre un peu plus allongée.
C'était sublime, tout de grisaille et d'ardoise, d'une grande harmonie, avec une cour pavée. Les volets, d'un gris clair, s'intégraient avec un goût parfait à la pierre.
Delaborde fut parcouru d'un frisson de bonheur lorsqu'il aperçut la grande baie vitrée ouverte dans le toit le plus haut. L'orientation était parfaite.
– Désirez-vous faire le tour du propriétaire avant de vous reposer ?
– Bien sûr, montrez-moi tout.

Alba entra dans le grand salon blanc et lorsqu'elle aperçut Alcan installé dans un fauteuil, elle eut un mouvement de recul. Elle se rappela que la porte de l'appartement était ouverte, comme celle du garage. Elle eut une impression horrible. Alcan la détaillait sans dire un mot, Charly refermait la porte. Elle se sentit prise au piège. Sans savoir ce qu'elle faisait, elle se précipita vers la porte. Elle vit pendant une seconde le visage glacé de Charly qui la cueillit en lui balançant de toutes ses forces un coup de poing dans le ventre.
Alba s'écroula sur la moquette blanche, essayant désespé-

rément de retrouver sa respiration. Elle ne pouvait même pas crier. Charly l'attrapa par les cheveux, la releva et la poussa vers Alcan avant de la lâcher. Alba tomba aux pieds d'Alcan. Son visage était violet. Elle reprit sa respiration peu à peu.

– Si tu essaies de crier, je recommence, dit Charly avec un horrible sourire.

Alcan était gêné, il avait horreur de la violence.

– Doucement, Charly, cette petite a l'air tout à fait charmante et je suis certain qu'elle sera sage maintenant.

Alba tremblait, elle n'osait pas regarder le visage de Charly. Enfin, elle parvint à respirer profondément. Elle s'assit. Elle pensait à Serge.

– Mettez-vous donc dans ce fauteuil, dit Alcan en lui désignant un siège en face de lui.

Puis, s'adressant à Charly :

– Apporte-lui un verre d'eau. Tout s'est bien passé ?

– Pas de problème, cette petite dinde a cru au Prince Charmant dans sa belle voiture.

– Parfait, parfait, dit Alcan en se frottant les mains.

Alba le regardait, hébétée. Elle comprit qu'on venait de l'enlever.

– Inutile de crier, on ne vous entendrait pas, dit Alcan qui l'examinait toujours.

Charly revint avec un grand verre d'eau. Il le tendit à Alba avec une expression tout à fait vide.

Alba but deux longues gorgées, puis reposa le verre. Elle ne pouvait pas parler.

– Comment s'appelle-t-elle ?

– Alba, dit Charly.

– Joli nom, extrêmement symbolique.

Alcan ouvrit un petit coffre à cigares en racine de thuya, choisit un Rey del Mundo, l'écrasa légèrement entre ses doigts pour voir s'il était assez humide puis l'alluma.

Alba trouva enfin la force d'articuler quelques mots :

– Qu'est-ce que vous voulez, vous êtes fous...

– Tiens, la charmante personne retrouve sa voix, dit Charly, cynique.

– Quelle est la profession de votre père ? demanda le professeur Alcan.

– Allez vous faire foutre !

Charly s'approcha. Alcan, très calme, reposa sa question.

– Ouvrier, dit Alba avec haine.

– Tiens donc, une petite prolétaire qui joue les dames élégantes, amusant, dit Alcan.

Alcan était soulagé, l'affaire ferait moins de bruit que si la gamine avait été fille de ministre.

– Quel âge avez-vous ?

– Cent deux ans, c'est ce que vous cherchez ?

– Fichtre... Je dirais plutôt quinze ou seize.

Alba commençait à réfléchir. Une chose était certaine, en aucun cas il ne fallait parler de Serge.

– Que voulez-vous ? dit Alba, plus fragile, plus désespérée.

– Rien pour le moment, rassurez-vous. On vous expliquera tout en temps voulu.

– On devrait décoller d'ici le plus vite possible, dit Charly.

– C'est vrai.

Alcan se leva, il disparut un instant et revint avec une seringue. Alba vit une courte projection de liquide.

Charly ne lui laissa pas le temps de crier, sa main se plaqua sur la bouche d'Alba qui se débattait de toutes ses forces. Alcan posa sa seringue, aida Charly puis, lorsque Alba fut tout à fait immobilisée, il lui injecta un cocktail lytique de sa fabrication.

Alba sentit rapidement l'effet de la piqûre. Elle eut l'impression qu'une pâte molle et chaude envahissait tout l'intérieur de son corps, elle se sentit glisser dans l'inconscience.

Charly desserra son étreinte.

Alcan ne put s'empêcher d'ouvrir les boutons-pression du blouson d'Alba.

– Un sacré joli brin de fille. Delaborde sera comblé. On aurait pu chercher ça longtemps. Quelle chance ! Ce qui est extraordinaire de nos jours, c'est qu'il n'y a plus de différence entre les petites bourgeoises et les filles du peuple. Elles s'habillent toutes comme des princesses.

– Une petite pouffiasse prétentieuse, aussi stupide qu'une pie attirée par le clinquant.

– Personne ne t'a vu ?

– Non.

– Descends-la dans la voiture, on y va.

– Ce n'est pas prudent, il faut la mettre dans le coffre.

– C'est trop dangereux, il faut qu'elle puisse respirer.

– Vous n'avez plus votre petit grillage à chien ?

– Ah, oui. C'est une idée.

– On la ficelle, des fois qu'elle se réveille ?

– Je dois avoir une camisole dans un coin, dit Alcan en disparaissant.

Ils descendirent Alba, l'enveloppèrent dans une couverture et la casèrent dans le grand coffre de la Rolls en la mettant sur des coussins.

Serge commençait à trouver que sa nymphe poussait un peu. Il était bientôt vingt et une heures. Elle lui avait pourtant promis de rentrer tôt. Serge était décidé à sévir. Comme il ne voulait pas trop s'énerver, il s'assit à son Steinway, fouina dans le tas de partitions et mit les *Romances sans paroles* de Mendelssohn sur le porte-musique. Il joua la première en mi majeur.

La Rolls blanche filait à travers le Berry. Alcan était un peu tendu car c'était la première fois qu'il participait activement à l'action dont il était le grand ordonnateur.

– Charly, je compte sur toi pour surveiller tout ce qui se passera au château. Delaborde, dans son délire, peut commettre des imprudences, quant à Ludovic il est efficace en cas de coup dur mais son intelligence est limitée. J'ai donné des ordres pour que le téléphone soit sous clé mais le danger peut aussi venir de l'extérieur. En règle générale, je préfère que tu ailles toujours chercher ce dont vous aurez besoin. Il est plus prudent qu'aucun étranger ne passe les grilles du château. Pour la gamine, il faut voir comment elle réagit et toujours se méfier. Elle ne doit pas savoir où elle se trouve, donc, aucune trace dans la maison. Au début ce sera facile mais tu sais ce que c'est, après un certain temps, on relâche son attention et le danger peut venir très vite.

– J'ai l'habitude de garder l'œil ouvert, dit Charly sans quitter la route du regard.

– Oui, mais la grande différence c'est que nous ne sommes pas en Inde. Avec notre faux maharajah, toutes les filles étaient consentantes, il n'y avait aucun autre risque que celui de la découverte d'une disparition préméditée. Avec Delaborde, cela peut aller beaucoup plus loin.

– Est-ce que la réserve de pognon est importante ?

– Il y en a pour pas mal d'années.

– Tu essaieras de trouver quelqu'un pour me remplacer une fois que la machine sera rodée.

– Ne t'inquiète pas. Pour le début, je n'ai confiance qu'en toi.

– Que fera-t-on de la fille si elle n'est pas coopérante ?

– On la vendra au maharajah. Elle sera toujours assez fraîche pour lui.

Charly et Alcan continuèrent leur route en silence, ils avaient hâte d'arriver.

Delaborde venait de pénétrer dans une petite pièce protégée par une porte blindée. Tout le système d'alarme se contrôlait à partir de là. Dès que les caméras infrarouges détectaient la présence d'un homme dans le parc ou dès qu'on franchissait le mur d'enceinte ou la grille de la propriété, des voyants rouges se mettaient à clignoter dans toutes les pièces de la maison et une sonnerie interne retentissait. À partir de cet instant, on pouvait contrôler l'avance du suspect sur six écrans de télévision qui couvraient la totalité du champ environnant le château. Le déclenchement de l'alarme ouvrait automatiquement la porte du chenil où deux molosses dressés à l'attaque passaient leur journée à tourner en rond.

– Admirable, dit Delaborde.

– Nous l'avons essayé avec les installateurs, tout marche parfaitement.

– Est-ce que les tissus et toutes les matières que j'ai commandés ont bien été livrés ?

– Oui, monsieur désire-t-il que nous ouvrions les paquets, ils sont à l'office.

– Non, l'essentiel est qu'ils soient bien arrivés.

À cet instant, le téléphone sonna. Ludovic répondit :

– M. Garrard, s'il vous plaît.

– De la part de qui ?

– Charly.

Ludovic tendit le récepteur à Delaborde.

– Nous avons trouvé, nous sommes en route.

– Déjà ? s'étonna Delaborde.

– La chance nous a souri.

– Bien, parfait, je suis très impatient. À quelle heure pensez-vous arriver ?

– Vers quatre heures du matin. Pouvez-vous demander à

Ludovic de nous préparer à dîner, nous préférons ne pas nous arrêter en route.

– Bien sûr, je vous attends.

Serge Gorodish était livide, le visage défait. Il était trois heures du matin. Cent fois, il s'était penché au balcon pour examiner la rue. Chaque bruit de l'ascenseur avait allumé en lui un fol espoir. Maintenant, sa colère contre Alba était tombée pour laisser place à l'angoisse et à la douleur.

Il savait qu'il était arrivé quelque chose. Serge essayait de se dire qu'il fallait encore attendre, qu'il y avait peut-être une chance.

Serge vida la dernière goutte de café de la Thermos. Il était assis dans le silence de la nuit, toutes fenêtres ouvertes, les sens tendus vers l'extérieur, guettant le bruit d'un pas, le téléphone à portée de la main.

Il avait une folle envie de téléphoner aux flics pour s'assurer qu'Alba n'avait pas été victime d'un accident mais il savait qu'il ne pouvait pas se permettre d'alerter la police.

Il devait attendre seul, agir seul, prendre la responsabilité de la vie qu'il avait choisie.

Le jour pénétrait doucement dans le salon. Serge s'était fait une nouvelle bouteille Thermos de café. Les bruits de la ville maintenant trop nombreux assiégeaient son esprit et sa sensibilité.

Une seconde, il pensa faire appel à une agence privée puis il écarta cette idée. Que pouvait-on faire sans le moindre indice ? Serge regarda sa montre : il était cinq heures vingt. Il faudrait qu'il attende huit heures pour aller chercher les journaux. Il ne voulait pas trop s'éloigner de la maison. Plus le jour montait, plus la ville s'éveillait, plus l'espoir de voir rentrer Alba s'amenuisait.

3

Il y avait un cratère très noir et des centaines d'hommes rouges qui s'engouffraient au cœur de cet abîme. Alba eut quelques soubresauts, elle vit une grande glace entourée d'une moulure dorée, elle sentit qu'elle était allongée sur un lit dans lequel elle avait l'impression de s'enfoncer et c'est à cet instant seulement qu'elle se souvint de tout. Son corps se tendit, elle écouta, sans regarder autour d'elle puis, lorsqu'elle fut presque certaine d'être seule, elle se hissa sur un coude et examina les lieux.

Elle était dans une grande chambre carrée, à la fois belle et austère. Deux fenêtres grillagées s'ouvraient sur le jour. Il y avait du soleil. Les rideaux étaient d'un bleu qui tirait sur le vert, elle vit un fauteuil recouvert du même tissu que les rideaux, une longue table, une chaise, une armoire de bois sombre. Une seule lampe était allumée. Les murs étaient tendus d'une étoffe couleur de miel, sur laquelle se détachaient trois gravures.

Alba s'assit sur le lit, elle comprit qu'elle n'était plus à Paris. Elle avait toujours les mêmes vêtements, le coffret de disques qu'elle avait acheté était posé sur la table. Alba se leva, un épais tapis sur le parquet étouffait ses pas. Elle s'approcha d'une fenêtre de laquelle elle découvrit la forêt qui s'étendait à perte de vue. La Rolls blanche et une R 16 étaient stationnées dans la cour pavée. Un chemin de terre se perdait dans la forêt. En allant à l'autre fenêtre, Alba découvrit l'un des grands toits d'ardoise. Deux portes dans la chambre. La première s'ouvrait sur une salle de bains, la seconde était close.

Alba tentait de réfléchir mais elle avait l'impression que tout se passait au ralenti. Les images se brouillaient. Elle entendit quelqu'un parler, assez loin, puis le silence revint.

Serge s'était assoupi. Son réveil fut brutal. Il se leva de son fauteuil, traversa l'appartement, entra dans la chambre d'Alba comme s'il se fût attendu à la voir endormie. Le lit était fait et, à part le désordre, la seule trace d'Alba était un parfum léger que seul Gorodish était capable de percevoir.

Serge avait l'impression que des projecteurs jetaient à l'intérieur de sa tête une lumière crue, terrible, et qu'il y avait en lui un grand vide, une douleur qui se répandait dans tout son corps et qui chassait toute autre sensation.

Maintenant il pouvait en être certain, tout ce qu'il imaginait était sans doute vrai. Une suite d'images sordides l'envahirent un instant. Sur la table, il vit le sac d'Alba et se souvint qu'elle ne portait rien en sortant. Il l'ouvrit, ses papiers d'identité étaient là. Si elle avait été victime d'un accident, il n'y avait donc aucun moyen de l'identifier. Mais ce qu'il redoutait était en quelque sorte bien pire.

Gorodish se dit qu'il fallait agir mais il était perdu, ne savait pas par où commencer.

Il se fit encore un café, prit une douche, se rhabilla. Il avait peur de quitter l'appartement car il savait que c'était l'un des derniers liens qu'il avait avec Alba et que, si elle le pouvait, elle essayerait de lui téléphoner. Tout à coup, il eut une idée : il allait filer à la Fnac, acheter un répondeur automatique pour être certain de ne manquer aucune chance.

Serge descendit à pied pour se réveiller et prit un taxi sur le boulevard Saint-Germain.

Vingt minutes plus tard, il était de retour et installait l'appareil. Il était maintenant libre de ses mouvements. Il essaya d'imaginer ce qu'elle avait pu faire en sortant de l'appartement. Serge savait qu'Alba allait souvent se promener sur les Champs-Élysées, ce n'était qu'une probabilité entre cent mais il décida de l'essayer d'autant plus que cela avait été sa première intuition.

Un taxi le déposa au Rond-Point, il remonta l'avenue, les sens et l'esprit en éveil.

Lorsqu'il arriva à hauteur de Lido-Musique, il entra et descendit au rayon des disques classiques. Il savait qu'Alba y venait souvent, en général pour piquer, mais il fallait tout essayer. Le disquaire qui ressemblait à un grand chien triste était là. Alba lui avait parlé de cet homme. Gorodish fit mine de s'intéresser aux disques en se demandant comment il allait aborder la question. Le mieux était sans doute d'acheter quelque chose. Il se décida pour les *Suites angluises* dc Bach par Glenn Gould. Il s'approcha du disquaire.

– S'il vous plaît, monsieur, est-il possible de changer ce disque éventuellement ?

– À condition qu'il n'ait pas été ouvert. C'est pour un cadeau ?

– Oui, enfin, c'est un cadeau pour moi. Je vais vous expliquer. Je sais que ma fille vient souvent ici pour acheter ses disques et, comme j'adore la musique, elle m'offre toujours des disques pour mon anniversaire, alors, si par hasard elle était passée, je ne voudrais pas avoir acheté le même disque qu'elle, elle sait que j'adore Glenn Gould.

– Comment est-elle ?

– Elle a quatorze ans, elle est blonde, très belle.

– Bien sûr, je la connais. Enfin, il me semble que je la connais. Elle s'habille de vêtements très colorés ?

– Oui, ces jours derniers, elle avait une sorte de tenue à rayures bleues et nacrées.

– C'est bien elle, en effet. Elle est venue pas plus tard qu'hier et j'étais étonné de voir une jeune fille à la mode acheter les *Sonates pour piano* de Haydn, je n'aurais peut-être pas dû vous le dire...

– Aucune importance.

Serge paya son coffret et sortit. Il n'était pas beaucoup plus avancé mais, au moins, il savait qu'Alba était venue sur les Champs-Élysées. Il y avait de fortes chances pour que tout ait commencé là. Mais n'importe quoi pouvait commencer sur les Champs-Élysées.

Serge était abattu. Il s'assit sur un banc. Devant lui, un pigeon s'ébrouait dans l'eau du caniveau. Serge le regarda longtemps, sans faire attention au clodo qui était assis près de lui.

Alcan avait le sens du théâtre. Il n'avait pas voulu que Delaborde puisse voir Alba avant son réveil : il tenait à ce que l'impression faite par cette jeune merveille soit la plus forte possible. Alcan regarda sa montre.

– Je pense qu'elle est réveillée.

– Je vais la chercher ? demanda Charly.

– Non, dit Alcan. Tu lui fais très peur et je préfère qu'elle soit détendue. Ludovic, vas-y.

Alba entendit un pas. Elle était assise sur son lit, elle fixait la porte avec crainte. Une clé tourna dans la serrure. Ludovic apparut.

– Bonjour, mademoiselle.

Alba fut étonnée et tellement soulagée de ne pas voir le visage de Charly qu'elle répondit simplement :

– Bonjour.

– Vous êtes attendue dans le grand salon, si vous voulez bien me suivre.

Alcan et Delaborde avaient demandé à Charly de les laisser seuls pour cette première entrevue. Dès qu'Alba arriva dans le grand salon et qu'elle vit Alcan, elle eut un mouvement de recul.

– Ne craignez rien, dit Alcan.

Alba s'avança en cherchant à déceler sur le visage souriant de Delaborde ce qui allait se passer.

– Asseyez-vous, Alba, dit Delaborde.

Alba obéit.

Il y eut un long silence. Delaborde la regardait avec bienveillance, rien pour le moment ne semblait dangereux.

– Merveilleux, au-delà de toute espérance.

– Vous êtes satisfait ? demanda Alcan.

– Parfaitement.

– Bien, dans ce cas, je vous laisse, il faut que je rentre à Paris.

Alcan se leva. Delaborde l'accompagna. Alba entendit la Rolls qui s'éloignait. Delaborde revint au salon.

– Vous devez vous poser toutes sortes de questions, dit aimablement Delaborde.

Alba avait envie de lui sauter dessus, mais elle se dit qu'il valait peut-être mieux se retenir pour le moment étant donné que cet homme avait l'air d'être le patron et qu'il était aimable.

– Si on vous enlevait en plein Paris, je pense que vous vous en poseriez aussi.

– Bien sûr, mais je n'ai jamais essayé de voler une voiture.

– Je voulais juste voir de quoi ça avait l'air de l'intérieur.

– Évidemment, mais disons simplement qu'il est légitime que vous ayez à payer cette curiosité d'une manière ou d'une autre.

Alba se sentait bouillir mais elle essaya de ne pas le montrer.

– Vous ne croyez pas que c'est plus grave d'enlever une mineure ?

– Nous ne sommes pas là pour porter des jugements d'ordre moral mais plutôt pour tenter d'établir une sorte d'arrangement. Disons que vous êtes ici pour payer une dette et que cela peut durer un certain temps. Tout dépend de vous.

– Combien de temps ?

– Disons quelques mois, si vous vous montrez coopérante.

– Et après ?

– Après, vous pourrez rentrer chez vous. Ce que je veux vous dire, c'est que votre présence ici peut devenir quelque chose d'agréable, dans la mesure du possible. Considérant d'ailleurs cette présence comme quelque chose de précieux, nous vous rétribuerons en conséquence et, lorsque vous nous quitterez, vous aurez une importante somme d'argent à votre disposition.

Alba commençait à se demander si elle n'avait pas affaire à un fou.

– Je vous demande simplement, reprit Delaborde, de respecter certaines règles que voici : tout d'abord, nous ne pouvons penser vous libérer que si vous restez dans l'ignorance de ce lieu, toute tentative d'investigation de votre part pourrait donc compromettre votre avenir. Vous êtes libre d'aller et venir dans le château comme bon vous semble et je me ferai un plaisir de vous fournir ce que vous désirez pour rendre votre séjour agréable. N'hésitez donc pas à demander. Le château est constamment surveillé par un appareillage électronique ultra-moderne. Il est absolument impossible de fuir, ce serait d'ailleurs extrêmement dangereux car, vous le verrez, deux chiens assez féroces seraient libérés automatiquement si vous franchissiez certaines limites du parc que nous vous indiquerons. Nous ne pourrions pas les retenir, ils ont appris à tuer dès leur plus jeune âge. Il y a en outre deux personnes à mon service, Charly que vous connaissez et...

– Il est fou ce type, vous n'allez pas me laisser avec lui !

– Il ne vous importunera pas, j'y veillerai, mais il est là, entre autres, pour vous surveiller. Il y a aussi Ludovic qui est venu vous chercher tout à l'heure.

– Lui ça va, mais Charly...

– Il faudra pourtant vous habituer à lui et je préfère vous le dire, si vous tentez quelque folie, je ne pourrai pas l'empêcher de prendre certaines mesures...

– Je comprends. Est-ce que je pourrais prévenir ma famille ? Je pourrais dire que je me suis enfuie, ou quelque chose comme ça.

– Je ne pense pas. Pas pour le moment en tout cas.

– Il faut que je retourne dans ma chambre ?

– Non, vous êtes libre de vous promener.

– Dehors aussi ?

– Oui, mais il faut que Charly vous montre votre territoire. Et souvenez-vous de ce que je vous ai dit.

– Je vais commencer par me promener dans le château.

– Une dernière chose, votre nom est très beau mais il ne me convient pas tout à fait, je préférerais Luna.

– Si ça peut vous faire plaisir, dit Alba indifférente.

– Avez-vous faim ?

– Non.

– Bien, nous déjeunerons ensemble à treize heures. À tout à l'heure, Luna.

– C'est quoi votre nom ?

– Louis.

– Ce n'est pas très original, dit Alba qui commençait à se retrouver.

– Donnez-m'en un autre...

– J'y penserai. Au fait, vous ne m'avez pas dit à quoi je servais dans tout ça.

Delaborde fut un peu gêné. Alba le sentit.

– Nous y viendrons plus tard, allez faire un tour en attendant.

– Bon, à tout à l'heure.

Alba rentra dans sa chambre, elle avait décidé de prendre une douche, de réfléchir et de visiter ensuite.

Le clochard examinait Gorodish depuis un moment.

– Vous vous intéressez aux pigeons, m'sieu ?

– Les pigeons...

– Moi, je m'intéresse aux pigeons alors comme je vous vois observer celui-là depuis un moment...

– Je pensais à autre chose.

– Il y a des moments vides dans la vie, pas vrai, dit le clodo en se grattant le bout du nez.

– Comme vous dites, répondit Gorodish en regardant son interlocuteur avec un commencement d'intérêt.

– Ce pigeon, vous voyez, je le connais. Bien sûr, j'ai le temps de vivre, de regarder, j'en profite.

– C'est votre quartier ? demanda Serge.

– Non, j'en change souvent, histoire de casser mes habitudes. La semaine dernière, par exemple, je m'étais installé à Montrouge mais il faut dire qu'ici c'est marrant. C'est pas croyable ce qu'on peut voir. Vous êtes d'où, vous ?

– Le sixième.

– J'aime bien mais j'y ai un peu trop de collègues. Vous aimez Charles Trenet ?

– Non, pas spécialement.

– C'est rare, les gens qui n'aiment pas Trenet. Je pose souvent la question parce que moi non plus, j'aime pas Trenet. On doit être fait pour s'entendre. T'as pas cinq francs ?

Serge sortit un billet de cent.

– On voit que tu n'es pas du quartier. Ici les gens les lâchent avec des élastiques. Je vais pouvoir aller me payer une caisse de rouge.

– Tu te promènes beaucoup dans la journée ?

– Faudrait être bête pour se promener étant donné que les gens bougent. Autant se choisir une place et y rester, le paysage change sans arrêt.

– Tu étais là hier ?

– J'ai pas décollé jusqu'à la tombée de la nuit et je suis allé casser une graine dans le parc, en bas de l'avenue.

– Raconte-moi ce que tu as vu entre six heures du soir et le moment où tu es parti.

– Il y a plein de trucs.

– Par exemple ?

– J'ai vu un jeune mec avec sa bonne amie, ils se disputaient, il lui a filé une baffe et la fille lui a volé dans les plumes. Elle lui a filé une telle raclée que deux types l'ont arrêtée. C'est marrant. À part ça, j'ai été photographié par tout un car de Japonais. J'étais là, tranquille, et tout à coup, ils me sont tous tombés sur le râble. Vous croyez qu'ils m'auraient donné une pièce, non, rien du tout. J'ai gueulé, ils sont partis. Qu'est-ce que j'ai vu d'autre... Un type qui vendait des montres piquées... Des flics qui sont venus chercher une fille qui avait volé une robe dans la boutique, là, derrière... Lino Ventura, il est passé et s'est arrêté au kiosque pour acheter un journal... Une gamine qui a essayé de piquer une bagnole...

Serge sursauta.

– Elle était comment ?

– Blanche, on avait l'impression qu'elle sortait du pressing.

– La fille, elle était comment ?

– T'es pas un flic, au moins ?

– Est-ce que j'en ai l'air ?

– Non, mais par les temps qui courent... L'autre jour, j'ai bien été embarqué par une pépée, elle avait sa carte et tout.

– Alors, cette fille ?

– Une jeunette, toute bariolée de couleurs.

– Cheveux blonds ?

– Je me souviens pas des cheveux. Tout ce que je peux te dire, c'est qu'elle était habillée comme un parasol.

– Est-ce qu'elle portait quelque chose ?

– Un sac de plastique noir, je crois.

Gorodish n'eut plus de doutes. C'était Alba. Il fouilla dans sa poche, sortit un autre billet.

– Pascal a fait des petits... dit le clochard, en le prenant très vite.

– C'est très important, il faut que tu me donnes le plus de détails possible sur ce qui est arrivé.

– La voiture, c'était une Rolls Royce blanche avec un ange en or sur le bouchon de radiateur, vous voyez ce que je veux dire. Le gratin. Les mecs, c'étaient des pédés. Je les ai vu sortir. Un vieux avec des cheveux gris, maigre, petit, des grosses lunettes. L'autre, une petite frappe blonde, jeune, une sale gueule, très bien habillé, chic, quoi. Ils ont laissé le moteur tourner, ils étaient là, stationnés en double file. Je crois qu'ils sont allés faire des achats dans les galeries, par là, dit le clochard en montrant l'endroit du doigt.

– Et la fille ?

– Elle est arrivée un moment plus tard, elle a regardé la voiture, elle a jeté un coup d'œil alentour et, carrément, elle a fait le tour et s'est assise au volant. J'ai trouvé qu'elle était gonflée. J'attendais qu'elle démarre pour voir la gueule des deux pédés mais elle avait pas l'air de savoir s'y prendre. Au bout d'un moment, j'ai vu le blond, le jeune, qui revenait. J'ai eu peur pour la fille mais le type n'avait pas l'air de lui en vouloir. Ils ont parlé et le type est sorti, il a pris le volant, la voiture est partie.

– Et l'autre, le vieux ?

– Je ne l'ai pas revu. Il est peut-être parti à pied.

– Tu n'as pas regardé le numéro de la plaque ?

– Non. Tu voudrais peut-être que je te refile la photo et le numéro du moteur ?

– Tu ne te souviens de rien d'autre ?

– Non. C'est déjà pas mal, non ?

– C'est vrai.

Gorodish se leva, il mit la main sur l'épaule du clochard.

– On est sûrement appelés à se revoir.

– Je demande pas mieux, je te raconterai d'autres histoires.

Gorodish fila dans la galerie marchande. Il y avait plusieurs boutiques d'élégance masculine. Il les fit les unes après les autres et joua le grand jeu. En se faisant passer pour un commissaire de police, il finit par trouver la boutique où les deux hommes avaient fait leurs achats. Il espérait un chèque, malheureusement, ils avaient payé en liquide.

Gorodish apprit tout de même que le blond était bronzé, musclé, beau, à part la balafre. L'autre avait fait très peu d'impression. On se souvenait qu'il avait payé.

Alba sortit du bain, elle avait beaucoup pleuré. Elle se sentait prise dans un piège parfaitement organisé, elle avait peur mais ce qui la faisait le plus souffrir, c'était de penser à Serge qui devait attendre, totalement impuissant. L'esprit d'Alba était encore trop confus pour échafauder des plans. Elle était inquiète d'être libre de se promener car c'était certainement le signe d'une organisation sans faille.

Alba avait envie de se changer car les couleurs qu'elle portait ne correspondaient pas du tout à son état intérieur. Machinalement, elle ouvrit l'armoire : elle était vide.

Alba sortit de sa chambre et monta quelques marches de pierre qui accédaient à une très grande pièce. Une immense verrière s'ouvrait sur le ciel et la lumière inondait les lieux. Elle vit une grande cheminée, des rangées de livres, une installation hi-fi, quelques disques, de grands fauteuils de cuir, un lit tout au fond, des tapis d'Orient, une grande peinture historique, de petits paysages anciens, très beaux. Il y avait aussi une table longue, un canapé, une chambre photographique 1920. Deux fenêtres donnaient sur la cour pavée, deux autres leur faisaient face et s'ouvraient sur la forêt. Alba se demanda si elle était encore en France.

Ludovic avait un fort accent, c'était peut-être une indication. Alba venait de comprendre quelque chose ; plus elle demanderait de vêtements, de disques, de livres, plus elle aurait de chance de faire une découverte importante.

Alba descendit un demi-étage, quatre portes donnaient sur un couloir éclairé par une fenêtre, tout au fond. Alba ouvrit la première, c'était une chambre à coucher, elle ouvrit la deuxième où elle découvrit à peu près le même décor.

Lorsqu'elle poussa la troisième, elle se trouva nez à nez

avec Charly qui l'accueillit avec son horrible sourire. Alba fit un pas en arrière.

– Alors mignonne, on est déjà sur pied ?

– Excusez-moi, dit Alba en tournant les talons, mais Charly l'attrapa par une manche et la tira vers lui.

Alba essaya de se libérer sans succès. Charly lui tordit le bras et la fit entrer dans sa chambre. Il la poussa dans la salle de bains et lui montra un rasoir coupe-chou dont il ouvrit la lame.

– Tu vois cet instrument ma jolie, c'est avec ça qu'on m'a laissé le souvenir que tu vois sur mon visage, alors mets-toi bien ça dans la tête, à la première connerie, je me fais un plaisir de te défigurer.

Alba commençait à pleurer ; il la poussa brutalement dans le couloir et referma sa porte.

Alba descendit au rez-de-chaussée en séchant ses larmes. Elle se demandait pourquoi ce type la haïssait tant.

Elle se trouva dans le hall d'entrée, à gauche, il y avait la salle à manger qui donnait sur la forêt et la cuisine côté cour. À droite, c'était le grand salon.

Alba entra dans la cuisine. Ludovic était en train d'égoutter des asperges. Il la regarda avec une expression vide mais sans haine.

– On déjeune dans une demi-heure, dit-il.

– Vous êtes de quel pays ? demanda Alba.

– Yougoslavie. Je ne pense pas que Charly aimerait vous voir traîner dans la cuisine, dit Ludovic avec un sourire.

Alba sortit sur le perron. Charly était là.

– Suis-moi, ouvre tes yeux et tes oreilles, je vais te montrer les limites à ne pas dépasser.

Alba suivit Charly à quelques mètres, comme si elle désirait mettre la plus grande distance entre elle et lui.

Ils revinrent juste à l'heure du déjeuner. Alba n'avait vu que des arbres, des sentiers dans la forêt et un petit grillage vert, d'une cinquantaine de centimètres, qui marquait la fin de son espace. Il y avait tout de même de quoi se promener.

Alcan traversait Paris. Il réalisa qu'il n'avait pas l'âme d'un criminel endurci. La vue des flics lui donnait l'impression d'être assis sur une fourmilière. Si quelqu'un avait vu Alba monter dans sa Rolls trop blanche ?

Alcan se souvint du nom d'un établissement où faire repeindre sa voiture en quelques heures.

Dix minutes plus tard, il choisissait un bleu pâle en parfait accord avec les sièges de cuir. Il commençait à se sentir un peu mieux.

4

Les propriétaires du garage Rolls Royce devaient savoir que les loubards s'intéressaient surtout aux BMW. Serge mit moins d'une minute à pénétrer dans les lieux. Les bagnoles exposées luisaient comme si elles sortaient du four et une fine odeur de cuir venait piquer les narines. Serge se dit qu'on devrait débiter les monstres et les vendre au détail aux amateurs de perfection qui ne pouvaient s'offrir la bête entière.

Il était trois heures du matin. Tout était calme. Serge fit avaler un flacon de Valium au système d'alarme qui tomba dans un profond sommeil puis il se dirigea vers les bureaux de l'honorable établissement. Il sortit les dossiers des clients. Il lui fallut dix minutes pour recenser les propriétaires de Rolls blanches. Il n'y en avait que sept et l'un deux devait être le ravisseur d'Alba.

Serge, les pieds sur le bureau du directeur, regarda les noms des six heureux élus et du mort en sursis. Serge n'avait pas de temps à perdre. Impossible de faire une enquête sur les propriétaires de Rolls. Il fallait les prendre à la gorge et vite. Tout à coup, sur le bureau, un télex attira son attention. C'était une commande en provenance du golfe Persique. Un émir voulait cinq Rolls blanches. Le télex était agrafé à la réponse du garage. Il y avait dix-huit mois d'attente. Serge composa le numéro de l'émir. Il parla à quatorze personnes avant d'avoir l'émir en personne.

– Mon nom ne vous dirait rien, je ne suis qu'un modeste collectionneur de Rolls blanches et j'ai appris par un ami qui travaille pour la firme anglaise que vous désiriez cinq Rolls blanches.

– En effet, répondit l'émir dans un français parfait.

– Dans ce cas, je vous en offre sept pour le prix de cinq,

sans compter qu'il y a dans le lot certains modèles anciens très recherchés et en parfait état.

– Vous me rassurez, c'est si vulgaire de nos jours d'avoir une Rolls neuve. Quel est votre prix ?

– Un million et demi.

– Vous chargez-vous de la livraison ?

– Non. Les voitures seront à votre disposition dès demain dans un lieu que je vous indiquerai.

– Souhaitez-vous de l'argent liquide ?

– Bien sûr.

– Le marché est conclu. Je vous remercie d'avoir pensé à moi. Je vais envoyer mon jet privé tout à l'heure avec sept de mes chauffeurs et mon secrétaire qui vous remettra l'argent. Il se trouve que j'ai un modeste yacht à Cannes dans la cale duquel nous logerons aisément ces petites merveilles.

– Je vous rappelle pour vous donner l'adresse du lieu de la transaction.

Serge aimait traiter des affaires rapides et sans discussions mesquines. Il mit en marche la machine à photocopier et quitta le garage avec un double des fiches de ses sept fournisseurs.

Charly et Delaborde venaient d'ouvrir de grands cartons. Sur la longue table de la pièce du haut, ils avaient déployé les tissus, les sacs de paillettes, de fil d'or et d'argent, les soies, les plastiques transparents. Il y avait des ciseaux, de la colle à tissu, une machine à coudre, des couleurs, des pinceaux. Delaborde était très excité. D'une encyclopédie sur les insectes, il avait tiré une planche qui représentait une grande libellule. Charly avait travaillé deux ans dans une maison de couture, il était heureux de pouvoir enfin s'adonner à cette ancienne passion pour le tissu et la couleur.

– Croyez-vous que nous pourrons réaliser ce modèle, Charly ?

– Pourquoi pas. Il semble qu'il y ait tout ce dont nous avons besoin. Le plus difficile à faire, ce seront les ailes. Pour le reste du corps, je vois un fourreau très serré en velours noir avec des bandes de paillettes multicolores. Pour le haut, une sorte de bustier en tissu doré et, pour les ailes, on se servira de cette mousseline argentée sur laquelle on peindra les nervures. Je peux aussi piquer des paillettes. Je confectionnerai un serre-tête, du même velours que le fourreau, et je collerai des yeux de plastique semés de paillettes, qu'en dites-vous ?

– Merveilleux, absolument merveilleux. J'ai aussi reçu les cassettes japonaises avec les bourdonnements, les cris, les chants, les bruits d'ailes, une fabuleuse anthologie sonore du monde des insectes. Il ne manque plus que la lune.

Ils se mirent aussitôt au travail. Charly avait gardé la main. Il coupait directement. Delaborde était un peu affolé.

Dès l'ouverture des bureaux, Serge loua un hangar dans la banlieue parisienne. L'endroit était isolé, l'entrée et la sortie des dames blanches splendides et discrètes n'attirerait pas l'attention.

Dans l'après-midi, Serge fit un repérage sérieux des chambres à coucher des dames blanches. Trois d'entre elles seulement dormaient dans de douillets garages, les autres étaient soumises au vulgaire voisinage de la rue.

Serge avait plus d'une fois trifouillé les fils de modestes véhicules mais pour piquer sept Rolls dans la même nuit, il lui fallait le secours de gens de l'art. Il se réserva les deux proies les plus faciles, deux superbes modèles des années soixante.

Une excursion dans un café de Clichy, à l'heure de l'apéritif, lui permit de rencontrer deux jeunes artistes en la matière qui recrutèrent à leur tour trois collègues d'excellente réputation. Chacun d'eux se ferait cinq mille francs dans la nuit et c'était bien rare de trouver un fourgue avant même de piquer une bagnole. Le contrat passé, Serge invita les jeunes gens à dîner d'un sobre repas japonais, après quoi il les conduisit un à un sur le théâtre des opérations. Il leur suffisait de conduire les Rolls au hangar pour toucher la seconde partie de leur cachet.

Le premier fournisseur de Serge quitta son domicile de la place des Vosges, un douze pièces tout simple, peu après neuf heures, il portait un jean usé et une chemise de soie. Une barbe de plusieurs jours, des lunettes noires, une longue chevelure blanche. C'était un directeur artistique d'une maison de disques. Après avoir pris en route une délicieuse créature, sans doute aspirante chanteuse qui aurait pu être son arrière-petite-fille, ils se dirigèrent, heureux, vers une brasserie où ils commencèrent à dîner sur la terrasse. Le voiturier laissa la

Rolls en deuxième position. Que n'aurait-il pas fait pour ajouter au prestige de son établissement ?

Serge à l'aide d'un bon pourboire se retrouva à la table voisine et tout en dégustant un œuf en gelée, il eut l'occasion d'en savoir plus sur ce couple aussi frais qu'une paire de harengs marinés. Chacun tirait désespérément la corde à soi. La nuit s'annonçait pleine de promesses à peine voilées mais il semblait, qu'en contrepartie, la douce créature qui répondait au nom de Léa attendait un contrat.

À la fin du repas, les mains avaient réussi à se frayer un passage entre les bouteilles, les pots de moutarde et autres menus obstacles à l'amour. Un peu après minuit, la Rolls retraversait Paris via la place des Vosges. Serge pensa avec amertume qu'aux États-Unis, une voiture était volée toutes les vingt-huit secondes. Mais que faire dans ces anciennes civilisations où tout prenait tant de circonvolutions. Que faire sans Drive-in, sans fast food, sans sexualité éclair ? Serge sentit qu'il lui faudrait un jour traverser l'Atlantique. Il fit le vœu d'offrir le voyage à son ange adoré lorsqu'il l'aurait retrouvé.

La vieille dame blanche était seule, dans une sombre ruelle qui lui rendait sa dignité offusquée par les ignobles tractations dont elle avait été le témoin. Lorsqu'elle vit Serge s'approcher, elle comprit tout de suite qu'elle avait affaire à un gentleman et c'est avec des gloussements de plaisir retenus qu'elle se laissa ouvrir la portière, le capot, dénuder quelques fils avant de faire entendre sa voix délicate, le jeu subtil de ses pistons. Elle remercia Serge de vider le cendrier plein de havanes écrasés car elle avait horreur de l'odeur de cigares froids.

– Où me conduisez-vous, cher monsieur ? demanda la Rolls.

– Dans le désert, répondit Serge.

– Voulez-vous dire que je vais faire partie d'un harem ?

– En quelque sorte.

– C'est merveilleux. Quel exotisme ! J'aimerais que vous m'appeliez *Loukoum*...

– On ne peut rien vous refuser, dit Serge galamment.

Alba se demandait ce qui pouvait bien se tramer dans la grande pièce du haut. Elle savait que Charly et Louis s'y étaient enfermés. Ludovic était parti faire les courses avec la R 16. Il avait emporté une liste qu'elle avait dû soumettre à l'approbation du maître des lieux qui lui avait accordé sa première vague de désirs : une paire de jeans, trois T-shirts, des sandales, des slips, deux chemises, un survêtement de sport, des chaussures de jogging, des chaussettes, un pull et les nouvelles de Maupassant dans La Pléiade.

Alba était décidée à continuer son entraînement et même à l'intensifier sans trop se faire remarquer. Elle ne pensait qu'à une chose, atteindre une forme physique exceptionnelle et tenter de s'échapper. Elle avait très vaguement formé un plan mais il lui manquait encore d'importants renseignements.

Ce qu'elle imaginait était assez simple. Un jour, elle franchirait les limites de son territoire et tenterait une course folle jusqu'au bout de la propriété mais, avant tout, elle devait savoir quelle distance cela représentait exactement et quelle était la nature de l'obstacle à franchir en fin de parcours. C'était peut-être un mur, peut-être un grillage. Ce qui lui faisait le plus peur, à part Charly, c'étaient les chiens et, bien qu'elle fût terrifiée par les molosses, elle se débrouillait pour passer chaque jour un moment près de leur grande cage grillagée. Elle leur parlait, tentait de les habituer à sa présence et leur apportait à manger en cachette.

Alba avait espéré savoir où elle se trouvait en surprenant une étiquette sur un paquet de beurre, une marque sur un vêtement, une adresse de magasin mais, jusqu'à présent, tous les aliments qui arrivaient sur la table étaient débarrassés de leur marque et de leur provenance. La cuisine lui était interdite et, de toute manière, les chambres froides et le garde-manger étaient fermés à clé. Sans en avoir l'air, l'attention d'Alba était constamment en éveil. Elle savait qu'un jour ou l'autre, un signe échapperait au contrôle de ses ravisseurs. Il n'y avait au château ni radio, ni télévision, ni journaux. Le téléphone n'avait encore jamais sonné, Alba avait réellement l'impression d'être coupée du monde.

Flora devait avoir dans les soixante-dix ans bien tapés. Lorsqu'elle sortit de son bar préféré, à la fermeture de ce dernier, elle naviguait comme un galion bourré de rhum qui aurait avalé sa propre cargaison. Heureusement, la rue mesurait bien sept mètres de large et il n'y avait plus de circulation à cette heure. Flora portait une robe noire qui tentait de la suivre dans ses déplacements hasardeux et des chaussures en croco à hauts talons qu'elle tenait à la main.

Serge la suivit un instant avant de décider qu'il ne pouvait la laisser conduire. Il ne pouvait offrir une carrosserie déflorée à l'émir. Ces gens-là étaient trop à cheval sur la morale. Serge fut pris d'une inspiration subite :

– Flora ! Flora ! se mit-il à crier.

Flora s'arrêta, se retourna, offrant son sourire à géométrie variable. Serge s'approcha et serra Flora dans ses bras.

– C'est si bon de se retrouver comme ça, après tant d'années.

Flora considéra Serge avec une surprise amusée.

– Excuse-moi... Je suis pleine comme une huître... Je ne te reconnais même pas...

– C'est merveilleux, Flora ! L'essentiel est de s'être retrouvés.

– Dis-moi tout de même ton nom, on ne sait jamais...

– Arthur...

– Ah oui... Arthur... Oui... Ça me dit quelque chose...

– Tu habites toujours avenue Victor-Hugo ?

– Toujours... Ma voiture n'est pas loin, tu veux bien me reconduire ?

Serge après un dernier verre mit Flora au lit, la borda, l'embrassa sur le front et rejoignit le hangar où l'attendaient les six autres Rolls. L'une d'elles était bleue, la peinture pas tout à fait sèche.

La pleine lune découpait la forme harmonieuse du château qui se détachait sur la masse sombre de la forêt. Depuis plus d'une heure, Delaborde parcourait le domaine à pied et plus il marchait plus l'exaltation montait en lui. Merveilleux, le vêtement ! La grande libellule devait l'attendre, oui, il avait donné des ordres. À minuit, tout devait être prêt, les bruits d'insectes, Luna la grande libellule, éclairée par la seule baie vitrée, un feu de cheminée, c'était tout et les draps de satin noir. Delaborde marchait à grands pas, humait l'air chargé de senteurs résineuses, il pensa aux superbes fourmilières qu'il y avait à découvrir partout et, comme il était presque l'heure, il se dirigea vers le château. La lune illuminait ses yeux et son visage d'une lumière blême et mortelle.

Delaborde monta les escaliers en courant. Déjà, il entendait les merveilleux bruissements des insectes.

Alba s'était glissée dans le fourreau, elle avait revêtu le bustier, les longs gants, les ailes, le serre-tête avec ses deux yeux à facettes, énormes, monstrueux. L'étrangeté du costume la glaçait. Elle était suspendue au plafond, à un rail, sans défense et tremblait en écoutant les monstrueux crissements diffusés par les enceintes. La vue du lit ouvert et des draps noirs, le calme, la lumière laiteuse qui se répandait sur les paillettes, les ailes et sur la peau de ses épaules, de sa gorge et de ses bras l'épouvantaient. Elle se détourna du miroir et laissa échapper un cri rauque, désespéré, étouffé :

– Serge.

Quelques secondes plus tard, Delaborde débouchait dans la grande pièce. Il ferma la porte à clé et s'approcha doucement d'Alba qui se tenait sous la verrière et tremblait.

– Luna, ma merveilleuse libellule, tu trembles, il ne faut pas trembler, nous allons être heureux tous les deux.

Delaborde s'approcha de l'amplificateur et augmenta le niveau du son.

– Tu vas faire ton nid ici, ma splendeur, tu vas pondre...

– Vous êtes dingue, articula Alba d'une voix blanche.

Comme Delaborde s'approchait, elle vit son sourire terrifiant, ses dents coniques, il tendait les mains vers elle.

Alba fit quelques mouvements désespérés mais la ceinture de cuir passée autour de sa taille et reliée à la partie mobile qui coulissait dans le rail la livrait à la fantaisie macabre de Delaborde.

– Merveilleux circuit, Luna... Il va nous permettre de vivre les approches exaltantes qui mènent à la copulation de ces insectes que j'admire tant. Mais avant que je sois moi-même suspendu et que je t'entraîne dans un vol amoureux, il faut parfaire un peu ton éducation...

Delaborde s'approcha de la bibliothèque, choisit un ouvrage ancien relié en plein cuir. Il l'ouvrit, vint se placer sous Alba et se mit à lui parler d'une voix tremblante :

– Voici le trésor d'intelligence, d'observation et de subtilité créé par Réaumur au XVIIIe siècle. Je vais te lire le passage qui nous concerne en cet instant, et tu verras que je dépends entièrement de ton bon vouloir :

Une femelle qui badine en l'air avec ses ailes a bientôt quelqu'un des mâles à sa suite. Si une autre femelle se pose sur quelque plante, elle n'y reste pas longtemps seule ; quelque mâle ne tarde pas à venir voler autour et au-dessus d'elle ; car le mâle tend toujours à prendre le dessus de la femelle, soit qu'elle vole, soit qu'elle soit au repos. C'est au-dessus de sa tête qu'il en veut d'abord, il cherche à s'en approcher assez pour être à portée de la saisir avec ses jambes ; dès qu'il la tient, il contourne son corps en boucle pour en amener le bout sur le col de la femelle, et dans l'instant il l'y cramponne de façon qu'il n'est plus dans le pouvoir de celle-ci de se séparer de lui. Au bout du derrière du mâle sont deux grands crochets dont le bout est mousse ; il les entrouvre pour faire passer entre eux, comme dans une pince, le col de la femelle, et il les ferme ensuite autant qu'il est nécessaire pour s'assurer d'elle, pour la mettre hors d'état de lui échapper...

Quoique le mâle se soit rendu maître de la femelle qu'il tient accrochée, il n'est pas en son pouvoir de consommer l'accouplement. Nous avons dit que celles de ses parties par lesquelles il doit être fait sont placées en dessous de son ventre, assez près du corselet ; il y a loin de là jusqu'au bout du derrière de la femelle. Pour que l'accouplement s'accomplisse, il faut donc que celle-ci le veuille, c'est à elle d'achever ce qui reste à faire. Mais il semble établi, par une loi de la nature, que les femelles ne se rendront aux mâles qu'après leur avoir résisté. Parmi les insectes, si on en excepte les reines des abeilles, toutes paraissent au moins se refuser aux premières caresses du mâle : la Demoiselle aussi semble d'abord peu disposée aux désirs du sien...

Quand la femelle ne peut plus tenir contre de trop longues caresses, quand elle s'est déterminée à une action pour laquelle elle avait montré de l'éloignement pendant un temps assez long, elle contourne son corps... et le porte sous le ventre du mâle, qui, de son côté, ne manque pas de courber son corps en arc. Mais à peine a-t-elle fait parvenir le bout du sien vers le milieu du ventre de ce dernier, que, comme si elle s'en repentait, elle le retire en arrière et reprend la première attitude. Elle tarde peu pourtant à courber son corps à nouveau, à en porter le bout plus loin, mais elle le ramène encore en arrière. Après avoir fait de pareilles façons deux ou trois fois, elle conduit enfin et pose le bout de la partie postérieure sur l'endroit du ventre du mâle où sont les parties propres à l'y fixer. Si elle ne l'a pas placé exactement sur le lieu où il convient qu'il soit, elle le fait glisser un peu en avant ou en arrière, selon qu'il en est besoin.

– Compte dessus et bois de l'eau chaude, hurla Alba.

– J'aime ta fureur, Luna, elle est entomologiquement scrupuleusement créatrice. Je suis certain que ton intuition te permet de créer le sentiment de la femelle conduite dans les airs par le désir du mâle...

Delaborde se dévêtit, il passa lui-même un costume semblable à celui d'Alba et, ainsi travesti, il monta sur un escabeau et se plaça devant Alba, à une suspension similaire mais munie d'un moteur électrique. Entre ses chevilles qui s'ouvrirent, se déploya une boucle de satin noir qui vint enserrer le cou d'Alba, affolée par les bruissements d'insectes et les cris amplifiés qui perforaient son ouïe et tous ses sens.

Delaborde mit en marche le moteur électrique et les deux insectes liés commencèrent leur vol dans la grande pièce, le long du rail. Delaborde poussait de petits cris stridents qu'il tentait d'insinuer dans la symphonie de crissements dans laquelle son âme baignait.

Alba se sentit entraînée sans peine. Le lien passé autour de son cou ne la blessait pas. Elle n'espérait qu'une chose, c'est que ses caprices de femelle échaufferaient plus l'imagination de Delaborde qu'un passage à l'acte. Elle regarda le corps ridiculeusement travesti de Delaborde et se jura en cet instant qu'elle le tuerait un jour.

Delaborde avait fait disposer des miroirs le long du parcours, ce qui lui permettait de contempler Alba entraînée dans ce vol amoureux. La lune se répandait sur son corps, en faisant frémir les moindres parties.

– Tu es prisonnière de mon désir, Luna... Ton corps étincelle... Tes grands yeux me rendent fou... et ces reflets bleus et verts sur tes ailes... quelle splendeur...

Après d'infinis délires spatiaux une odeur de plastique brûlé s'échappa du moteur électrique, un peu de fumée également et la course amoureuse se figea au grand soulagement d'Alba.

Delaborde se mit à hurler. Il retrouva la terre ferme et l'image d'Alba suspendue dans la lumière laiteuse l'aida à oublier la mécanique pour se fondre dans son délire.

Delaborde libéra Alba. Il se mit à rire d'un rire atroce :

– Viens, Luna, laisse-moi te prendre dans mes bras.

Il avançait lentement, jouissant de la terreur de la femme insecte immense et si pâle.

– Tu fuis, ma grande libellule et la lune illumine ton corps fragile. Tes grands yeux me rendent fous. Tes ailes frémissent. Je suis gentil, je ne vais pas te piquer sur un carton, je t'aime trop Luna, j'aime ton chant, le frottement de tes ailes, la construction fragile de ton corps.

Delaborde tournait autour d'Alba qui avait l'impression d'être un insecte pris dans la toile d'une immonde araignée.

Tout à coup, Delaborde se jeta sur Alba, il la serra contre lui de toutes ses forces. Alba se débattit violemment. Elle griffa le visage de Delaborde, le martela à coups de poing mais Delaborde ne la lâchait pas. Il la traîna jusqu'au lit sur lequel il la jeta violemment.

Alba se mit à hurler, elle donnait de violents coups de pied et finit par déchirer son fourreau duquel émergèrent ses jambes fines et blanches.

– C'est cela, ma splendeur, sors de ta chrysalide, abandonne ce corps sombre pour me livrer ta blancheur.

Delaborde ne sentait même pas que du sang coulait le long de son visage, il n'éprouvait aucune douleur et s'accrochait à Alba comme un boxeur sonné qui ne ressent plus les coups.

Il desserra sa prise et se mit à lacérer le bustier d'argent jusqu'au moment où les seins d'Alba émergèrent au milieu des ailes brisées et des paillettes multicolores qui adhéraient à sa peau en sueur. Elle sentait les mains folles et ignobles de Delaborde qui parcouraient son corps. Ses cris se répercutaient sur les parois de pierre où ils semblaient se perdre.

– Crie encore, Luna, crie plus fort ma grande libellule !

Delaborde arrachait sa chemise et tentait de se glisser contre le corps de la grande libellule qui ne cessait de lui échapper. Son sang commençait à tacher les seins d'Alba et il la mordit si fort que ses tympans lui donnèrent l'impression d'éclater sous la violence du cri de la grande libellule.

Tout à coup, ce fut Delaborde qui eut l'impression qu'elle allait le tuer s'il ne se défendait pas. Il saignait de partout, son corps bouillonnait. Il commença à frapper la grande libellule puis dès qu'il sentit les coups de griffe diminuer, il se dénuda complètement.

Alba profita de cette seconde pour essayer de s'enfuir de ce lit et de ces draps monstrueusement noirs et tachés comme un sépulcre. Delaborde lui sauta dessus à nouveau, il tentait de l'immobiliser sous lui et elle aussi poussait des cris d'un délire inintelligible.

Alba crut étouffer sous le corps immense et gras de Delaborde qui était pris de convulsions terribles. Ses cris s'étouffaient dans sa gorge, les tissus déchirés s'enroulaient autour de son corps comme des filets. Elle sombrait dans un gouffre. Elle sentit quelque chose de chaud sur sa poitrine, Delaborde poussait des hurlements inarticulés parmi lesquels elle crut distinguer les mots « grande libellule » entrecoupés de râles.

Alba rassembla ses dernières forces car Delaborde glissait sur elle, soudain inerte. De ses deux poings rassemblés, elle le frappa au visage puis elle eut l'impression de glisser dans un grand trou noir et ne ressentit plus rien.

5

Alcan fut stupéfait de découvrir que sa Rolls bleue n'était plus dans le garage. Ce matin-là, il était vêtu d'un costume parme. Il avait rendez-vous pour une séance de photos destinées à un magazine japonais.

Alcan regarda l'emplacement vide. Sa vieille compagne perdait un peu d'huile. Il regarda les quelques taches sur le ciment et ne put retenir ses larmes. La porte du garage avait été fracturée, le vol crapuleux ne faisait aucun doute. Alcan s'épongea les paupières avec sa pochette de dentelle de Venise, il remonta dans son appartement et se coucha sur son lit, pris d'un désespoir profond. Il prit un calmant et tenta de réfléchir.

Les pires images se succédèrent dans son esprit. Des

loubards aux jeans gras et aux blousons sales s'étaient certainement emparés de sa divine automobile et l'avaient souillée. Peut-être l'avaient-ils conduite dans une banlieue. Ils avaient bu. Ils avaient fait l'amour sur les sièges au cuir délicat, ils avaient ensuite défloré la carrosserie le long d'un mur de béton et lacéré les sièges, brûlé le bois laqué avec leurs cigarettes.

Le premier mouvement d'Alcan fut de prévenir la police mais l'idée de retrouver sa Rolls moribonde, violée par les vandales, lui donna un haut-le-cœur. Il vomit sur sa table de travail où se trouvait par hasard ou par nécessité un livre d'Erich Fromm.

À cet instant, les photographes japonais pénétrèrent chez lui. Ils avaient trouvé la porte ouverte. Ravis de la subtile mise en scène de leur idole, du profond symbolisme de l'image, ils se mirent à mitrailler.

Serge avait dormi quelques heures entrecoupées des pires cauchemars, il avait vu Alba morte dans un fossé, recouverte de larves, de feuilles mortes et d'insectes. Bien qu'il se fût assis sur son lit, il croyait entendre encore les cris d'Alba.

Serge se sentit envahi d'une sorte de goudron mental qui s'insinuait dans chaque partie de son corps. Aussi loin que pouvaient remonter ses pensées, jamais il n'avait tant souffert. L'épuisement physique, la douleur, la colère s'attaquaient à lui sans répit. Jour et nuit, le pur visage de sa nymphe venait le hanter.

Il lui fallut dix bonnes minutes pour chasser les images d'horreur qui l'envahissaient et pour récapituler la situation. Il commença par écouter la bande de son répondeur automatique où nulle voix n'avait laissé sa trace.

Serge se fit son café, il se rasa, effrayé par l'aspect de son visage qui s'était creusé. Il avait l'impression d'avoir vieilli de dix ans. Il passa ensuite sous la douche qu'il prit glacée puis il retourna dans le salon où tout était triste, inanimé depuis la disparition d'Alba. Le piano le fit penser à un cercueil. Il ouvrit la Thermos, se versa une nouvelle tasse de café et comme il prenait du lait en poudre dans la cuisine, il aperçut la boîte jaune de Nesquik banane et sentit presque aussitôt l'amertume des larmes qui avaient envahi son visage et qui glissaient jusqu'à sa bouche.

Serge vit aussi que les plantes avaient besoin d'eau mais il n'avait pas le courage de s'en occuper. Il retourna dans la salle de bains et prit trois cachets d'aspirine pour tenter de faire disparaître les douleurs qui traversaient sa tête.

Serge avait livré les sept Rolls à l'émir, il avait reçu en échange une petite valise de billets parfaitement authentiques. Il n'avait pas compté. De temps en temps, Serge aimait faire confiance.

Vers la fin de l'après-midi, il se rendit dans un amphithéâtre bourré d'étudiants en état de transe. Alcan, le grand prêtre de la psychanalyse, livrait ses savants délires aux élus :

« Si aujourd'hui, devant vous, je me suis mouillé, certains diront que c'est par plaisir, que ne dit-on pas de moi en ces temps troublés, mais vous savez peut-être qu'il n'en est rien. L'inextricable de ce que j'ai dit m'amène, pour conclure, à vous livrer toute crue la figure suivante : le plaisir, c'est le savoir à gicler. »

Le Maître salua d'un discret mouvement de tête la joie de ses étudiants puis il se retira comme porté par un tapis volant.

Serge suivit Alcan. Il observait chaque mouvement du psychanalyste. Après quelques minutes il eut deux certitudes : cet homme savait où se trouvait Alba. Il ne pourrait le contraindre à le lui dire par la force. Il fallait trouver quelque chose de plus subtil. Enfermer le psychanalyste dans son propre labyrinthe.

Dès qu'il fut rentré chez lui, Serge appela la secrétaire d'Alcan et insista pour obtenir un rendez-vous dès le lendemain. Ce fut impossible. Serge insista pour parler à Alcan. Il lui rappela que Freud lui-même ne donnait jamais de rendez-vous et recevait entre trois et quatre.

Delaborde se leva en titubant. Il regarda le lit et le corps d'Alba, étonné. Elle semblait dormir. Delaborde souffrait, son visage était enflé. Quelques images lui revinrent. Il entra dans sa salle de bains, se fit une compresse d'eau fraîche, se coiffa, se lava les dents et passa sa robe de chambre de soie pour aller prendre son petit déjeuner.

Charly était dans le grand salon en train de passer l'aspirateur car, après tout, il était payé pour cela.

La veille, il avait entendu les cris d'Alba et s'en était réjoui. Lorsqu'il entendit Delaborde descendre, il arrêta son aspirateur. Il avait envie d'en savoir un peu plus.

Delaborde venait de s'asseoir à la table de la salle à manger. Lorsque Charly apparut, il ne put cacher son étonnement :

– Ah ! la petite garce, elle vous a bien arrangé.

– Je ne regrette rien, c'était extraordinaire.

– Une vraie petite saloperie.

– Je crois qu'elle m'aurait tué si elle l'avait pu.

– Vous devriez me la confier un peu, je vous la rendrais tendre et docile comme un chien. Il ne faut pas laisser passer ça.

Delaborde sourit mais cela lui fit mal.

– Où est-elle ? demanda Charly.

– Elle dort encore, dans mon lit.

– Vous ne pouvez pas recommencer une pareille séance tous les soirs ou vous finirez comme Frankenstein.

– C'est vrai, Charly, tu as tout à fait raison, mais je ne voudrais pas que tu me l'abîmes.

Ludovic sortit de la cuisine, il apportait un grand plateau d'argent avec du thé, des toasts, du miel, du beurre et un verre de jus d'orange. Il marqua le même étonnement que Charly lorsqu'il vit Delaborde, mais il ne fit aucune réflexion.

– J'ai une faim de loup, ce matin. Apporte-moi un peu de rosbif froid, Ludovic.

Delaborde engloutit un toast beurré.

– Pour moi, ce n'est pas tellement gênant d'avoir à me battre contre cette petite peste de Luna mais je crois que j'aurais une autre forme de plaisir, si elle se montrait plus coopérante. Ce qui m'ennuie, c'est pour le peintre. On ne pourra jamais faire son portrait si elle est dans cet état.

Charly fronça les sourcils.

– Quel peintre ?

– C'est vrai, je ne t'en ai pas encore parlé. Il n'y a aucun danger, il fait partie de la famille, c'est lui qui fait les faux papiers pour Alcan.

– Ah, Marco, je ne savais pas qu'il peignait.

– Il fait de très belles choses. J'ai décidé de le faire venir ici pour faire exécuter une grande toile lunaire. On habillera la petite.

– C'est dangereux de faire pénétrer un étranger ici. Cela fera une personne de plus qui saura où vous êtes. Je vous déconseille de faire appel à lui.

– Nous pouvons peut-être nous arranger pour qu'il ne sache pas où il se trouve.

– Ce n'est pas facile. Mais si nous trouvons une solution, c'est différent. Je l'aurai à l'œil.

Charly réfléchit un moment puis dit :

– Quand voulez-vous le faire venir ?

– Dès qu'il est libre.

– Bon, dans ce cas, vous pouvez lui demander de se trouver à la gare de Limoges à une certaine heure. J'irai le chercher, il aura les yeux bandés jusqu'ici.

– C'est une idée. Apporte-moi le téléphone.

Delaborde composa le numéro. Le peintre répondit d'une voix neutre et fatiguée.

– Bonjour, c'est Louis Garrard.

– Ah, oui. Vous voulez toujours un tableau ?

– C'est précisément pour cela que je vous appelle. Toutes les conditions sont réunies. Il faudrait que vous veniez très vite.

– Impossible. J'ai commencé une toile que je dois finir pour une exposition.

– C'est très ennuyeux car c'est la pleine lune et si vous ne venez pas très vite, il faudra attendre l'astre. Écoutez, faites un effort et je vous payerai en conséquence.

– Vous voudriez un tableau de quelle taille ?

– Quelque chose de grand, disons deux mètres de long sur un peu plus d'un mètre, enfin, à peu près.

– Il faut au moins dix jours pour un tableau de cette dimension.

– C'est parfait.

– Pour une toile de ce format, je vous demanderai assez cher.

– Combien ?

– Vingt mille.

– Si vous venez tout de suite, je vous en offre trente.

– Dans ce cas, laissez-moi le temps de faire ma valise et j'arrive. Je crois que j'ai un châssis.

– Quand pensez-vous partir ?

– Vers onze heures.

– Bien, dans ce cas, vous prendrez le train pour Limoges et...

– Par le train, avec ma toile, tout mon matériel, c'est impossible. Je prends mon break.

– Si vous voulez. Disons que j'enverrai Charly et Ludovic vous chercher à la gare de Limoges vers dix-huit heures.

– D'accord, ça biche. À tout à l'heure.

Delaborde mit deux tranches de rosbif sur un toast et les avala.

– Vous irez à deux pour ramener sa voiture, dit-il.

– D'accord. Vous voulez que je m'occupe de la gamine ?

– Oui, il ne faut pas qu'elle gâche les séances de pose par des caprices. Tu auras le temps d'ici ce soir d'amadouer cette tigresse ?

– Vous verrez, je garantis le résultat.

– Extraordinaire, mais je tiens absolument à ce que son visage, ses bras et son buste ne portent aucune trace. Il ne faut pas que le peintre s'imagine que nous la torturons.

Charly avait retrouvé son sourire. Il but une tasse de thé puis monta réveiller la nymphe.

Alba s'éveilla en poussant un cri. On la tenait par les cheveux. Son cœur fit un bond. Sans réfléchir, de toutes ses forces elle lança ses pieds vers la forme qui se penchait mais elle n'atteignit que le vide. C'est à ce moment-là qu'elle reconnut Charly. Son sang se glaça instantanément. Elle tenta de glisser de l'autre côté du lit mais Charly s'assit près d'elle et, d'un bras, l'empêcha de bouger.

– La comédie est terminée, lève-toi.

Charly laissa Alba libre de ses mouvements. Lorsqu'il vit dans quel état était sa robe, il sentit la colère monter en lui.

– Dans ta chambre !

Alba tremblait, elle marchait devant et sentait le terrible regard de Charly qui suivait chacun de ses gestes.

Charly entra derrière elle et referma la porte.

– Tu es dégueulasse, déshabille-toi et va te laver.

Alba voulut entrer dans la salle de bains mais Charly lui fit signe de se dévêtir devant lui. Elle eut un instant d'hésitation puis comme elle sentit que Charly allait exploser, elle obéit. Elle eut du mal à retirer le fourreau et les ailes puis elle se trouva nue devant un regard de glace.

Alba prit une douche et se libéra des paillettes et de tout ce qui était étranger à son corps. Elle se sécha et revint dans la chambre drapée dans une serviette de bain.

– Viens ici, dit Charly qui s'était assis sur le fauteuil.

Alba, dès qu'elle s'approchait de Charly, recommençait à trembler. Charly la regarda longtemps, sans rien dire.

– Lève les bras.

Alba obéit. D'un doigt, Charly fit tomber la serviette puis il s'installa confortablement, alluma une cigarette qu'il fuma jusqu'au bout sans dire un mot. Alba était paralysée. Elle craignait que Charly ne la brûle mais il ne le fit pas. Il écrasa sa cigarette, remit ses mèches en arrière.

Tout à coup, il projeta son poing dans le ventre d'Alba qui s'écroula sur le tapis.

Charly se rassit et attendit qu'Alba cesse de gémir, de pleurer et qu'elle reprenne son souffle.

– Relève-toi, dit-il d'une voix calme.

Alba se releva tout en reculant.

– Reviens à la même place.

Alba obéit. Elle sentait un grand vide en elle, comme si elle allait mourir.

– La prochaine fois, ce sera le rasoir. Écoute bien ce que je vais te dire, maintenant. C'est moi qui te prends en charge. Il n'est plus question que des scènes comme celles d'hier soir se reproduisent, sauf si on te demande de résister. Autrement, tu fais exactement ce qu'on te dit, ou alors, je m'occuperai de toi et il y en aura pour plusieurs jours. Quand tu sortiras d'entre mes mains, tu seras foutue mais ça ne se verra pas, tu seras la seule à le savoir. Tu comprends ?

Alba était muette.

– Réponds !

– Oui, articula-t-elle.

– Bien. Un peintre va venir pour toi. Tu poseras selon les instructions qu'on te donnera. Au moindre caprice nous aurons une petite séance en tête à tête. Je serai là. Fais attention à chacune de tes paroles. Maintenant, tu vas t'habiller et descendre manger. Tu t'excuseras de ta conduite d'hier lorsque tu verras Louis et tu lui promettras de faire tout ce qu'il voudra la prochaine fois. Ensuite, tu prendras les cachets que Ludovic te donnera et tu dormiras jusqu'à ce soir. Pendant ce temps, nous nous occuperons de réparer ta tenue. Il faudra en prendre beaucoup de soin, j'y tiens, c'est ma création.

Charly sortit sans même regarder Alba qui s'écroula sur son lit et laissa sortir d'elle toutes les larmes que la terreur avait retenues.

Serge eut l'impression de pénétrer dans un havane. Alcan, las et triste, quitta son bureau d'acajou et vint serrer la main de Serge.

– Déposez votre veste ici, dit Alcan, vous serez plus à l'aise.

– Je n'ai pas de veste, dit Serge.

Les yeux fatigués d'Alcan se levèrent vers Serge. Il réalisa que son client portait un jean et un T-shirt à l'effigie de Freud.

– Où avez-vous acheté ça ? demanda Alcan.

– C'est un cadeau, dit Serge. *Lui* et moi sommes très liés.

– Vous voulez dire qu'il distribue *lui-même* des T-shirts à *sa* propre image ?

– Oui...

Alcan se gratta le bout du nez.

– Évidemment, à priori, ça semble un peu vulgaire mais on est pas le patron pour rien. Je vais en commander quelques milliers.

– Vous serez très bien, les yeux sur les seins de vos jeunes élèves.

– Disciples ! rectifia Alcan tatillon.

– Excusez-moi.

– Ne vous excusez jamais... Oui, mon regard calé sur ces monts... Pour une profondeur toujours plus grande...

– Voulez-vous que je m'occupe de commander les T-shirts ?

– C'est très aimable à vous. Mon assistante vous procurera une photographie gratuitement. Voulez-vous vous installer sur le divan ?

– Je préfère le fauteuil.

– Très bien. Vous vous voulez plus proche de la position fœtale.

Serge tourna le fauteuil vers Alcan. Il voulait le regarder.

– Je pratique strictement, ce qui revient à dire que vous aurez mon attention mais pas ma parole.

– Vous aurez mon regard en échange.

Serge commença à fixer Alcan qui soutint son regard pendant quelques minutes. Puis le psychanalyste fixa sa feuille blanche pendant trois autres minutes et, prenant délicatement son crayon, il nota : « Foutre, encore un de cette espèce. Père Freud, que n'ai-je pas déjà touché de délires visant à me faire croire que je ne serai pas celui que je pense être. »

Alcan dessina ensuite un sapin de Noël avec des boules, des chocolats enrobés de papiers d'argent.

Les vingt minutes passèrent très vite. Bien qu'Alcan méprisât le Bouddha, il lui arrivait de connaître des moments d'absence proprement nirvaniques.

Alcan se leva. Il disparut dans un cabinet adjacent et Serge vit entrer l'assistante qui s'occupa de se faire payer et lui donna un rendez-vous pour le surlendemain.

6

Serge ressentit une émotion sans pareille en traversant la ville de Beethoven, de Schubert, de Webern et de tant d'autres artistes. Mais celui qui l'appelait en ces lieux n'était autre que le célèbre docteur Freud.

Il parvint à la hauteur du 19 Berggasse, demeure du père de la psychanalyse pendant un demi-siècle, jusqu'à l'arrivée des nazis en 1938, aujourd'hui transformée en musée. Il était trois heures du matin. Serge pénétra dans le jardin intérieur, regarda les fenêtres du deuxième étage. Un peu d'exercice ne lui ferait pas de mal. Les pierres de taille proéminentes offraient d'excellentes prises. Serge se hissa sur le balconnet, brisa le carreau et ouvrit la fenêtre.

Sans hâte, il traversa l'appartement, ne put résister à l'envie de s'allonger sur le divan recouvert d'un épais tapis pour examiner la pièce. Parmi les multiples statuettes grecques, latines, étrusques, extrême-orientales et égyptiennes, Serge se décida presque immédiatement pour un bronze d'Horus à cause de sa tête de faucon. Il se souvint que Freud avait noté un rêve remontant à son enfance dans lequel il avait vu sa mère portée par deux ou trois créatures à tête d'oiseau. Il fut certain que le dieu égyptien impressionnerait Alcan.

Serge eut de la peine à quitter l'appartement. Ce n'était pas le moment de commettre une imprudence.

Dans l'avion qui le reconduisait à Paris, Serge feuilleta un ouvrage sur Freud dans l'espoir d'apprendre quelques détails qui lui serviraient à parfaire son plan.

Alba était exténuée par les longues séances de pose qui se prolongeaient des nuits entières mais elle était heureuse d'être ainsi préservée des agressions de Delaborde qui semblait pour l'instant avoir transféré tous ses désirs sur l'image naissante à laquelle le peintre apportait tout son talent. Charly les surveillait souvent mais il arrivait aussi qu'il s'absente et, nuit après nuit, des liens secrets se tissaient entre Marco et Alba.

Le peintre était fasciné par la splendeur de son modèle sous l'éclairage lunaire, et son regard extatique se posait sans cesse sur le corps d'Alba comme s'il voulait l'entourer d'une protection.

Son tableau prenait une sorte de dimension magique et, pour ne pas être troublé, Marco avait demandé que Charly n'assiste plus aux séances. Il avait senti combien sa présence terrifiait Alba. Sous le regard de glace de Charly, Marco avait l'impression que ses pinceaux ne lui obéissaient plus. Il avait menacé d'arrêter le tableau s'il ne restait pas seul avec Alba-Luna et, pour finir, Delaborde avait exaucé son vœu. Il avait accepté de ne découvrir le tableau qu'au moment où il serait achevé.

Nuit après nuit, la grande surface se mettait à vivre, à vibrer. Alba s'en émerveillait, elle parvenait presque à oublier sa captivité. Marco parlait très peu pendant qu'il peignait mais lorsque les premières lueurs de l'aube descendaient sur son modèle et remplaçaient l'éclairage laiteux de la lune, ils bavardaient à mi voix.

Au début, le peintre n'avait pas voulu entrer dans le jeu d'Alba ; c'était trop risqué. Peu à peu pourtant, Alba avait su le séduire, l'émouvoir, éveiller sa curiosité. Plus le tableau avançait, plus Marco percevait le désespoir d'Alba à l'idée d'être rendue aux passions de Louis.

Le peintre sentait la haine de Charly pour lui et pour son modèle. Il n'avait pu supporter les récits des violences qui lui avaient été faites.

Cette nuit-là, Alba avait posé plus de six heures. Tout son corps lui faisait mal mais l'immobilité lui avait permis de trouver une sorte de paix intérieure momentanée qui contrastait avec les folles angoisses de ces nuits où elle ne cessait de pleurer, en dirigeant mentalement des messages de passion et de détresse vers Serge.

Il lui arrivait, en posant, d'oublier le temps. Elle avait parfois l'impression d'être morte. Marco aimait la musique. Ils écoutaient souvent les *Sonates* de Haydn. Alba faisait tous les efforts possibles pour retenir ses larmes mais dès que les premières notes du piano coulaient dans la pièce, elle se laissait aller. Marco d'ailleurs la peignait avec des larmes et, sur le tableau, c'était sublime.

Ce jour-là, la pièce devint bleue. Marco se frotta les yeux. Il fit des mouvements avec les bras. La pièce sentait bon la térébenthine.

– C'est fini Alba, dit Marco avec une sorte de tristesse dans la voix.

– Le tableau est fini ?

– Viens voir.

Alba descendit du divan de velours rouge que Marco avait fait surélever. Elle contempla le tableau et se mit à sangloter lentement. Marco la prit dans ses bras.

– Ne m'abandonne pas, Marco. Si tu me laisses ici, ils vont finir par me tuer.

– Ne pleure plus. Ma décision est prise. Je ne te laisserai pas ici. Nous allons partir tous les deux. Je ne pourrai plus peindre d'autres paysages que ton corps, que ton visage. Nous allons fuir ensemble. À Paris, je ferai de nouveaux papiers pour toi, tu auras un nouveau nom, une nouvelle vie, nous partirons ensemble très loin, aux États-Unis. J'ai un marchand là-bas. Nous pourrons oublier, vivre à nouveau.

Alba serra Marco dans ses bras avec une force insoupçonnable. Elle savait qu'elle mentait mais, en même temps, son admiration pour Marco était si forte qu'elle ne pouvait s'en empêcher.

– Il faut faire très attention à Charly, il est terrible. Il m'a promis de me défigurer si je tentais de fuir. Il y a un système d'alarme et il y a les chiens.

– Autour de la propriété, c'est un mur ou un grillage ?

– Je ne sais pas. Le système d'alarme se met en marche dès qu'on franchit une limite qui se trouve à trois cents mètres du château. Je ne sais pas quelle est la distance jusqu'au portail mais, en tout cas, il s'ouvre depuis l'intérieur du château et dépend aussi du système d'alarme.

– Est-ce qu'ils sont armés ?

– Je ne sais pas, certainement. Mais ce qui m'angoisse le plus c'est de ne pas savoir exactement où nous sommes. Je ne sais même pas si c'est en France.

– Moi je le sais, ils sont venus me chercher à Limoges et m'ont bandé les yeux. On n'est pas très loin de là. Deux heures peut-être.

– Tu n'as pas d'arme ?

– Non, rien. Si le portail n'est pas trop solide, on peut essayer de l'enfoncer avec la voiture. Autrement, on peut se servir du toit pour passer l'obstacle. Le temps qu'ils se réveillent, qu'ils arrivent jusqu'aux limites de la propriété, nous aurons pas mal d'avance. Tu as l'air de courir vite.

– Je m'entraîne tous les jours.

– Dès qu'on sera dans la forêt, on aura des chances. Il faudra faire attention de ne pas se perdre.

– Je mettrai ma tenue de sport, elle est bleue, très sombre.

– Comment les chiens sortent-ils de leur cage ?

– La porte s'ouvre automatiquement dès que l'alarme se déclenche.

– J'essayerai de la bloquer avec du fil de fer, ils ne penseront pas à y aller. J'immobiliserai la R 16, comme ça nous aurons toujours une petite avance.

– Quand partons-nous ? J'ai si peur qu'il se passe quelque chose d'ici là.

– Demain soir, ou plutôt ce soir, Louis a l'intention d'organiser une fête pour le tableau. Il ne reste qu'à espérer qu'ils boiront beaucoup et s'endormiront avant le lever du jour.

– Et si nous partions quand Charly s'en va faire les courses ? Il reste toujours absent au moins deux heures. Il n'y aurait plus que Ludovic.

– Je crois que nous aurons plus de chance s'il fait encore nuit, ils nous perdront plus vite dans la forêt et nous aurons le temps d'atteindre un village.

– J'ai pensé à tellement de plans pour fuir que j'ai peur de voir le moment venir... Je ne sais comment te dire... Je suis toute...

– Je sais. Allons nous coucher. Demain, nous ne devons pas chercher à nous voir. Essaie de dormir le plus longtemps possible. Pendant la soirée, fais attention de ne pas attirer l'attention, sois comme d'habitude, absente. Quand les autres commenceront à dormir, va te coucher et mets-toi au lit tout habillée, prête à partir. Je viendrai te chercher au dernier moment. On filera tout de suite.

– Je pense aux chiens. Ils me connaissent bien et n'aboient jamais quand je m'approche de la cage, mais si tu y vas, pour le fil de fer, ils risquent de réveiller tout le monde. Il faut que je le fasse moi-même.

– Bon, j'ai ce qu'il faut dans ma voiture. Pendant ce temps, je m'occuperai d'immobiliser la R 16. S'il se passe la moindre chose, laisse tomber et fonce à la voiture. D'accord ?

– J'ai tout compris.

Alba serra encore Marco dans ses bras, puis ils regagnèrent chacun leur chambre.

Alba tira ses rideaux, elle mit longtemps à s'endormir tant sa tête bouillait d'idées. Lorsqu'elle réussit à se calmer, elle fit une prière pour que leur plan réussisse.

Au milieu de la nuit, Serge s'éveilla en sursaut. Il venait de rêver qu'Alba était rentrée, qu'elle était dans sa chambre endormie. Serge alluma sa lampe de chevet, il se leva, traversa le couloir et poussa la porte de la chambre d'Alba. La lumière crue éclaira le lit plat, vide. Sur la table de chevet, il y avait *La Moisson rouge,* d'Hammett.

Serge ouvrit la penderie, il prit les derniers vêtements qu'Alba avait mis, les serra contre sa peau et se glissa dans le sac de couchage de sa nymphe où il retrouva l'odeur de son corps. Alors, le visage enfoui dans les vêtements qu'il pressait contre sa poitrine, il ne put retenir une série de longs sanglots.

Lorsque Serge s'assit face à Alcan, il fut tenté de le saisir à la gorge pour que dans un dernier souffle il le mette sur la trace d'Alba. Pourtant, il n'en fit rien. Il se borna à tirer un T-shirt d'un sac de plastique. Serge avait fait figurer Alcan aux côtés de son Maître.

Alcan contempla le T-shirt avec émotion.

– Je vous remercie, c'est une attention sensible.

– Ce n'est rien, dit Serge. Il fouilla dans l'une de ses poches et sortit la statuette d'Horus dérobée à Vienne. Il la tendit à Alcan qui la prit en tremblant.

Serge le laissa examiner l'objet sous toutes ses faces.

– Il me l'a remis *lui-même*, pour vous.

– Que dites-vous là...

– J'avais l'impression que vous n'aviez pas compris le sens de ma visite.

– Quelle est donc cette magie de bazar ?

– *Il* vous est apparu en rêve assez souvent, m'a-t-il dit.

– Euh... Oui, effectivement...

– Il semble que vous l'ayez toujours écouté... Qu'il ait en quelque sorte guidé vos pas, vos recherches et qu'il soit à l'origine de plus d'une de vos trouvailles.

– Je ne me suis jamais caché de sa profonde influence.

– Vous savez bien qu'il y a plus. Une réelle substitution parfois.

– J'en conviens, dit Alcan qui pâlissait.

– Venons-en aux faits, dit Serge. Je suis chargé par *lui* d'organiser une rencontre. Il vient de faire une découverte saisissante et c'est à vous qu'il désire la communiquer. Il vous laisse libre de refuser, il ne veut pas vous contraindre. Mais sans vouloir trahir sa pensée je crois pouvoir dire qu'il serait heureux de vous transmettre le fruit de ces années passées dans le plus grand silence. Cela restera bien sûr entre nous.

Alcan contempla la statuette, livide et muet.

– Pourquoi ne s'adresse-t-il pas à moi directement ? demanda soudain Alcan, vexé.

– Il savait que vous douteriez. Certaines petites perfidies énoncées dans votre dernier séminaire semblent avoir remis en cause vos rapports directs.

– Je n'ai fait qu'émettre certains doutes...

– Précisément, il l'a très mal supporté et puisque nous en sommes là, je crois qu'il a quelques reproches à vous faire. Il semble qu'il ait été déçu par votre conduite au cours de ces dernières semaines.

– Vraiment ? dit Alcan en retrouvant une expression de culpabilité enfantine.

– Je pense qu'une explication franche s'impose.

– Dans ce cas, dit Alcan résigné, dites-moi comment entrer en communication avec lui.

– Il vous rencontrera ce soir, dans le centre commercial de Parly II.

– Vous voulez dire en chair et en os ?

– Vous vous attendiez à aller chez une voyante ?

– On ne sait jamais avec lui.
– Non, il sera là, en personne.
– Il faudrait pouvoir avertir la télévision.
– Vous connaissez trop son horreur de la publicité. Il souhaite une rencontre intime.
– Le lieu est étrange. Nous aurions pu dîner...
– Il préfère un lieu anonyme.
– M'autorisera-t-il à rendre compte de notre entretien ?
– Je ne sais pas. Trouvez-vous à huit heures devant la librairie. Ma mission s'arrête là. Je ne pense pas que nous nous reverrons.

Alcan voulut rendre Horus. Serge refusa.

Lorsque Alba s'éveilla, il était presque dix-sept heures. Elle s'habilla, descendit à la salle à manger où Ludovic, aimable et distant, comme à l'ordinaire, lui apporta son petit déjeuner habituel, Nesquik banane, œufs sur le plat, salade de fruits. Ludovic parlait le moins possible, comme s'il craignait d'établir avec Alba des rapports positifs.

Alba rassasiée sortit sur le perron. La R 16 n'était pas là, ce qui signifiait que Charly était parti faire les courses. Elle décida d'aller faire une promenade dans le parc sans se mettre en tenue de jogging.

Louis devait être dans le grand salon en train d'étudier ses encyclopédies en buvant du jus d'orange. Marco devait ranger son matériel, nettoyer ses pinceaux. Alba disparut sur le petit chemin de terre qu'elle prenait chaque jour. Elle se rendit près des chiens, comme pour les exhorter au silence, gagner leur complicité.

Alba n'avait plus peur, elle passait ses mains à travers le grillage et caressait les énormes bêtes.

Elle continua sa promenade et se décida tout de même à piquer un petit sprint. Elle essayait de ne pas trop penser à ce qui allait se passer. Son corps et son esprit étaient pourtant pris d'une folle effervescence.

Pour changer un peu son itinéraire habituel, elle prit le chemin qui conduisait à la décharge malheureusement située dans la région protégée par l'alarme. Elle décida d'aller jusqu'à la barrière qui marquait le point à ne pas dépasser. Tout à coup, un papier gras attira son attention. Elle le ramassa. Pendant des jours et des jours, elle avait cherché une trace quelconque qui aurait pu la mettre sur la voie et l'aider à déterminer où elle se trouvait et voilà qu'un coup de vent venait à son aide. Le papier avait dû tomber d'une poubelle au cours du transport quotidien des ordures. Alba lut en caractères bleus :

Coopérative de Rilhac-Xaintrie, beurre, lait, fromages. Cantal.

Elle plia le papier et le glissa dans son slip. S'ils réussissaient, elle n'en aurait peut-être pas besoin mais elle ne voulait pas tenter le sort en abandonnant cette précieuse trouvaille.

Alba rentra au château, elle déroba une enveloppe dans le secrétaire du salon et monta dans la pièce du haut écouter une sonate de Haydn, celle que Serge jouait souvent.

Louis était là. Il tournait autour du tableau couvert d'un drap.

– Tu l'as vu ? demanda-t-il.

– Oui, répondit Alba distante, comme à son habitude.

– C'est beau ?

– Pas mal.

– J'ai envoyé Charly chercher des choses délicieuses pour ce soir.

– Je voudrais être un papillon, plus une libellule.

– Bien sûr, pourquoi pas, si tu veux nous choisirons ensemble, Luna.

– D'accord. Est-ce que Charly va toujours rester ici ?

– En principe, oui. Pourquoi ?

– Vous savez très bien pourquoi. Vous, je commence à m'habituer un peu, lui je ne m'habituerai jamais. Est-ce que je dois m'habiller en libellule ce soir ?

– Tu fais ce que tu veux.

– Pour une fois, dit Alba en mettant le disque sur la platine.

Elle baissa le son et demanda :

– J'aimerais bien d'autres disques.

– Fais-moi une liste.

– D'accord.

Alba remonta le son, elle s'assit sur le canapé et ferma les yeux. Delaborde la regardait. Il attendait le jour où elle participerait à ses jeux de son plein gré.

Alba sentait le contact du papier chaud contre sa peau, elle eut du mal à entrer dans la musique.

Delaborde avait fait dresser la table près du tableau dans la grande pièce du haut. Vers vingt et une heures, il fit allumer les bougies par Ludovic. Ce soir, Delaborde avait convié tout le monde au dîner, comme un prince mécène qui voudrait faire admirer à sa cour l'art de l'un de ses protégés.

Il commença par ouvrir deux bouteilles de champagne lorsque tous ses invités furent montés. Ludovic ne semblait pas très à l'aise dans cette réunion mondaine. Charly en avait profité pour extraire de sa garde-robe un costume blanc, il fumait un cigare et parlait avec Louis.

Delaborde mit l'une de ses cassettes d'insectes en fond sonore, ce qui rappelait de cruels souvenirs à Luna.

Delaborde, en accord avec Marco, décida qu'il était temps de lever le drap et de découvrir le tableau, ce qui fut fait. Delaborde rayonnait d'une joie cruelle, la même que celle qui illuminait son regard lorsqu'il se jetait sur sa proie, la grande libellule.

– Magnifique... Absolument extraordinaire...

Charly et Ludovic s'approchèrent, le premier par politesse, le second par curiosité.

La silhouette magique de Luna habillée en grande libellule se détachait du fond du tableau sous un éclairage lunaire. Le divan de velours rouge se liquéfiait, se transformait en paysage, une sorte de jungle qui grouillait, bruissait de mille sons et des plus étranges reflets. Le visage d'Alba était très pur, baigné de larmes, on aurait dit une vierge du XVIIIe siècle.

Delaborde avait préparé une enveloppe pour le peintre, il la lui tendit.

– On reconnaît très bien Mlle Luna, dit Ludovic.

Charly ne fit aucun commentaire. Le personnage du peintre lui répugnait trop. Quant à l'idée de faire faire un portrait de cette petite dinde, c'était ridicule.

Ils s'assirent. Ludovic montait les plats. Il aurait préféré manger à la cuisine, il aurait pu en prendre plus.

Alba fit comme tout le monde, elle prit le caviar à la cuillère et s'en mit un bon centimètre sur ses toasts. Elle but un peu de champagne pendant que les autres passaient à la vodka. D'un œil, elle surveillait les verres et, vers le milieu du repas, elle fit elle-même le service.

Un appareil automatique projetait des photos d'insectes sur

un grand écran. Le tableau avait été mis face à Louis qui ne cessait de l'admirer.

Malgré l'abondance des mets, la rareté des vins, l'atmosphère était tout de même tendue. Seul Delaborde semblait profiter pleinement de sa soirée.

– Je suis vraiment désolé que vous nous quittiez bientôt, dit Delaborde à Marco. Quand donc pensez-vous rentrer ?

– Il faut attendre encore trois ou quatre jours pour que je puisse appliquer une sorte de vernis. Il faut que cela sèche. Dès que ce sera fait, je partirai. J'ai beaucoup de travail en retard.

– C'est bien dommage, vraiment.

Delaborde passa la soirée à poser toutes sortes de questions sur le métier de peintre, le fonctionnement des galeries, les prix des toiles et des couleurs et, bientôt, Ludovic monta les desserts, des tartes et des sorbets.

Alba évitait de regarder Marco plus que d'habitude. Charly s'était mis dans un coin, il fumait un havane que lui avait offert Delaborde. Ludovic sortit un vieux Calvados et le servit dans des verres ballons. Il ouvrit la verrière pour laisser pénétrer l'air tiède de la nuit.

Alba faisait mine de s'intéresser à la conversation mais son corps et son esprit étaient ailleurs.

Vers deux heures du matin, Ludovic s'éclipsa sans se faire remarquer.

À partir de là, le temps sembla se distendre, puis Charly disparut à son tour. Alba jugea qu'il avait bu suffisamment. Enfin, Marco donna des signes de lassitude. Alba ne voulait surtout pas rester seule avec Delaborde, elle se leva sans bruit.

Elle descendit jusqu'au rez-de-chaussée. Les fenêtres de Charly et de Ludovic étaient noires, comme le reste de la façade. Elle remonta dans sa chambre, se déshabilla, prit une douche, passa sa tenue de jogging et se mit au lit. Elle éteignit la lumière de peur que Delaborde ne lui fasse une visite nocturne comme cela lui arrivait parfois.

À partir de cet instant, elle n'entendit plus rien d'autre que les battements de son cœur et les cris des oiseaux de nuit.

La porte s'ouvrit enfin, elle vit une ombre s'approcher d'elle.

– On y va, dit Marco.

Alba sauta de son lit, ils descendirent rapidement et se

retrouvèrent dans la cour. La nuit semblait un peu plus claire, le ciel s'était dégagé.

– Tiens le fil de fer, tortille bien l'extrémité. Je me suis déjà occupé de la R 16. Je t'attends dans la voiture, fais vite.

Marco serra Alba contre lui. Elle entra dans la forêt et s'approcha de la cage. L'un des chiens émit un petit grognement. Alba leur parla aussitôt. Les chiens s'approchèrent, elle entourait la porte de son fil. Elle fit trois tours puis tordit soigneusement les extrémités. Les chiens retournèrent se coucher dès qu'elle s'éloigna de la cage.

Marco était assis au volant. Elle entra dans la voiture. Il attacha sa ceinture.

– Si le portail n'est pas trop gros, je fonce. Fais attention, protège-toi.

Il actionna le démarreur. Le break 504 avait de l'âge, il fallut une bonne quinzaine de secondes pour que le moteur se mette à tourner.

Les phares illuminèrent l'allée de terre et la longue rangée d'arbres noirs. Alba se cramponnait à son siège, la voiture s'éloignait du château.

Charly avait entendu le bruit du démarreur. Il ne lui avait fallu que trois secondes pour bondir à la fenêtre d'où il vit disparaître les feux arrière du break.

Charly poussa un long cri qui tira instantanément Ludovic et Delaborde de leur sommeil. Charly avait déjà passé un pantalon et des mocassins, pris son rasoir et la carabine chargée qui était dans son armoire. Il attrapa les clés de la R 16 au moment où l'alarme se déclencha.

Ludovic était resté en pyjama. Il avait mis une paire de chaussures, saisi son 45 avant de descendre les marches quatre à quatre. Charly essayait en vain de faire démarrer la voiture.

– Le petit salaud, hurla-t-il en l'abandonnant.

Ludovic arrivait comme un boulet de canon.

– Fonce, lui dit Charly.

Déjà Ludovic courait sur le chemin. Charly mit les pleins phares.

Lorsque Delaborde arriva sur le perron, il vit Charly et Ludovic qui disparaissaient au bout du chemin. Il fut étonné d'entendre les chiens aboyer. La porte devait s'être bloquée.

Delaborde arriva devant la cage tout essoufflé. Il lui fallut un moment pour distinguer le fil de fer et un autre moment pour le détacher.

Enfin, il ouvrit la porte et les deux chiens se précipitèrent. Lorsque Delaborde arriva près de la R 16, il ne vit que le chemin vide.

La grille massive se découpa dans les phares du break. Marco jura :

– Nom de dieu ! c'est une forteresse. On ne peut pas l'enfoncer. Détache-toi, Alba ! Je vais me ranger près du mur. Saute sur le toit, passe le mur, cours le plus vite possible, je te suis.

Marco freina, donna un coup de volant. Le break se colla au mur dans un fracas de tôle.

Marco sortit très vite, suivi d'Alba. En quelques instants, ils furent sur le toit.

– Merde, j'ai oublié les phares !

Alba était au sommet du mur.

– Saute, saute, nom de Dieu ! cria Marco.

Alba l'attendait toujours. Marco redescendit. Il coupa les phares pour éviter de servir de cible.

Charly avait l'impression que son cœur allait sauter. Il n'arrivait pas à rattraper Ludo qui était entraîné pour le baroud. Les chiens venaient de le dépasser, filant dans la nuit, sans bruit.

Alba vit déboucher deux masses noires rapides et souples.

– Marco, vite, les chiens !

Marco n'eut pas le temps d'atteindre le mur. L'un des molosses le saisit à la nuque.

Ludo distingua la silhouette d'Alba debout sur le mur. Il se ramassa en position de tir rapide et vida son chargeur.

Alba sauta au premier coup de feu. Elle avait entendu siffler la balle. Les autres s'écrasèrent dans le mur ou se perdirent dans la nuit. Marco avait poussé un cri puis elle n'avait plus rien discerné. Une vingtaine de mètres la séparaient de la forêt. Elle entendit le tireur bondir sur le toit de la voiture. Alba courait très vite, elle se lança dans la forêt. Elle ne distinguait pas très bien, elle devait être dans les fougères, le sol était très mou.

Lorsque les chiens sentirent leur proie inanimée, ils lâchèrent le corps de Marco et sautèrent le mur. Marco avait eu la nuque brisée par la mâchoire du molosse.

Ludo avait rechargé son arme très vite mais il ne voyait rien. Il tira deux coups dans la direction du bruit puis sauta à son tour. Charly le rejoignit enfin. Il eut du mal à passer le mur.

– Elle n'est pas loin, hurla Ludo qui entrait dans la forêt.

Alba mit le pied sur un sol plus dur, elle traversait une clairière. Tout à coup, elle entendit le bruissement des chiens qui se coulaient dans les fougères. Elle s'immobilisa et leur fit face. Ils arrivaient très vite, ils entendirent la voix d'Alba et s'arrêtèrent en jetant les pattes en avant. Alba rassembla son courage et les caressa tour à tour, puis elle entendit un bruit plus lourd dans les fougères. Elle s'éloigna sans courir. Les chiens ne bougèrent pas. Dès qu'elle estima la distance suffisante, elle reprit de la vitesse mais elle était gênée par les ronces. Elle sentit des déchirures. Son visage était fouetté par des branches basses, elle essayait désespérément de percer la nuit du regard, progressait sans savoir exactement où elle allait, perdue dans la nuit, cherchant à mettre la plus grande distance entre elle et ses poursuivants. Elle pensa avec terreur au rasoir de Charly. Elle savait ce qui l'attendait s'ils la rattrapaient.

Le terrain descendait légèrement. Alba comprit au sol plus plat, à une sorte d'ouverture dans la nuit, qu'elle venait de déboucher sur un sentier. Alors seulement, elle donna toute la force, toute l'allonge possible à sa foulée.

7

Alba s'arrêta, à bout de souffle. Elle écouta. La forêt lui semblait menaçante, pleine de bruits. D'une seconde à l'autre, elle s'attendait à voir surgir l'horrible visage de Charly. Elle se rendit compte qu'il était dangereux de rester sur le sentier et repartit au cœur de la forêt épaisse. Elle reprit sa course à l'aveuglette, s'arrêtait parfois mais il y avait toujours des bruissements indistincts autour d'elle, alors Alba, à bout de forces, reprenait sa course, déchirée par les ronces et les épines. Elle sentit la tiédeur du sang sur ses jambes meurtries. Parfois, elle tombait sur le sol mou, odorant, parmi les brindilles sèches. Aussitôt, elle se relevait, continuait avec la peur de tourner en rond et de retrouver le visage de Charly.

Ce n'est que lorsqu'elle fut totalement épuisée qu'elle se traîna sous un épais fourré, les sens en alerte. Glacée de terreur.

Alba entendit un chant d'oiseau puis comme si cela avait été un signal, la forêt entière fut habitée de chants. Peu après, le ciel s'éclaircit. La forêt commençait à perdre son aspect terrifiant. Alba se leva. Ses vêtements étaient déchirés, tout son corps lui faisait mal. Elle se mit en marche, au hasard, cherchant à étendre le plus possible les perceptions de son ouïe. Elle parvint dans une grande clairière, vit quelques ruches, continua jusqu'au moment où elle déboucha sur un pré où broutaient six vaches noires et blanches.

À quelques centaines de mètres, elle vit un petit village. Quelques fenêtres étaient allumées. Alba craignait de chercher refuge dans une ferme. Elle savait que Charly, Ludovic et Louis devaient sillonner la région à sa recherche. Elle avait peur qu'ils la retrouvent. Malgré sa crainte et son angoisse, elle avait l'impression d'être plus en sécurité dans la forêt.

Le village comptait une dizaine de maisons. De la lisière de la forêt, elle voyait très bien la petite église, la place. Tout à coup, une tache jaune attira son œil. C'était une boîte aux lettres. Alba se souvint alors du papier gras. Elle plongea la main dans son slip ; le papier y était toujours, à l'intérieur de l'enveloppe qui avait un peu souffert. Il fallait qu'elle prévienne Serge ; dans deux jours, il pouvait être là. Alba n'avait ni timbre ni stylo. Elle se demanda si la lettre serait bien acheminée. Pour l'adresse, elle trouva une brindille dont elle enleva la fine écorce avec ses ongles.

Elle écarta deux pans de son pantalon déchiré, choisit une croûte de sang séché qu'elle arracha et c'est avec le sang, en y trempant la brindille, qu'elle écrivit l'adresse de Serge. En séchant, le sang prit une couleur brune. Alba sortit le papier gras. Elle souligna le nom du village de la coopérative puis réalisa qu'il serait beaucoup plus précieux de donner à Serge le nom du village qu'elle avait sous les yeux. Elle se releva, le contourna tout en demeurant dans la forêt jusqu'au moment où elle put déchiffrer le nom sur le panneau indicateur qui bordait la route. Elle écrivit :

Je suis dans la forêt, près du village d'Arches. Je t'attends, vite ! J'ai réussi à m'enfuir du château. Ils me cherchent. Je t'aime, Alba.

Elle attendit que tout soit bien sec puis elle se décida à courir jusqu'à la boîte aux lettres en souhaitant que personne ne la voie. Avant de mettre la lettre dans sa poche, elle l'embrassa plusieurs fois.

Charly et Ludo, voyant que les chiens semblaient perdus, avaient poursuivi Alba seuls, puis ils avaient dû se rendre à l'évidence : la fille avait disparu.

Ils étaient alors rentrés au château ; ils avaient enterré le peintre, récupéré le break puis Ludovic avait remis la R 16 en état de marche.

Delaborde était effondré. Il n'avait pas imaginé que sa propre disparition entraînerait la mort d'un homme. Il fallait absolument retrouver Alba.

Dès l'aube, ils étaient partis à deux voitures, armés, pour sillonner les routes des environs. Personne ne comprenait pourquoi les chiens n'avaient pas arrêté Alba comme ils avaient arrêté le peintre.

Delaborde était monté avec Charly. Ludovic était seul.

Alba s'était faufilée derrière les haies, les bouquets d'arbres et les granges. Il lui restait maintenant deux cents mètres à parcourir à découvert pour atteindre la boîte aux lettres. Elle demeura un instant immobile. Il n'y avait personne. Elle prit son élan et traversa très vite le village.

André Leroy était en train de réparer une barrière avec du fil de fer et des tenailles lorsqu'il eut l'impression de voir quelque chose traverser son champ visuel. Comme il était chasseur, il leva la tête et plissa légèrement les yeux pour mieux voir. Ce qu'il vit l'étonna plus que ne l'aurait fait une girafe traversant ses champs. La silhouette sombre, la chevelure blonde filaient très vite vers la forêt. Il eut le temps de remarquer les vêtements déchirés et l'aspect sauvage de cette créature.

– Ça alors... dit-il pour lui-même.

Il termina son travail et rentra chez lui rapidement pour raconter l'aventure à sa femme et à ses fils.

André Leroy n'était ni alcoolique ni sujet à des visions. Malgré tout, on eut de la peine à le croire.

Alba avait réussi. Elle resta un moment en bordure de la forêt pour observer le village et le relief des environs puis décida d'aller se cacher plus au cœur des bois et d'explorer un peu les environs.

Tout à coup, elle réalisa que ses jambes la faisaient souffrir et qu'elle avait faim et soif. Sa gorge la brûlait. Elle marcha plusieurs kilomètres tout en prenant des points de repère afin de retrouver sa route.

Elle arriva près d'un chemin qui portait des traces de pneus de tracteur. En restant cachée, elle suivit les traces jusqu'au moment où elle aperçut une ferme isolée. Deux hommes travaillaient sous un hangar. Ils rangeaient du bois. Des oies et des poules se promenaient autour des bâtiments alors qu'un petit troupeau de vaches paissait tranquillement dans les prés des alentours.

Alba se rendait compte qu'il était dangereux de s'approcher. Un chien-loup était enchaîné à sa niche, devant la maison d'habitation.

Elle remonta le chemin dans le sens inverse jusqu'au moment où elle arriva à l'entrée de la propriété. Il y avait là deux bidons de lait. Alba attendit un moment et, comme tout semblait tranquille, elle s'approcha, ouvrit l'un des bidons. Il était plein. Elle inclina son visage vers la surface du lait puis s'agenouillant, elle saisit les deux poignées et tira le bidon. Le lait, crémeux, épais, parfumé, coulait dans sa bouche, débordait parfois et se répandait sur son cou, sur ses vêtements avant de former un petit lac sur le sol.

Alba but longtemps puis, lorsqu'elle fut rassasiée, elle referma le bidon et retourna dans la forêt, en direction du village, pour chercher un abri sûr.

Le soleil était au milieu du ciel lorsque Alba découvrit une petite grotte au sol de sable, bien entourée de ronces et de feuilles. Elle se fraya un passage, remit les branches qu'elle avait dérangées et se coucha sur le sable frais.

C'est alors qu'elle se mit à penser à Marco qui avait sans doute sacrifié sa vie pour elle. Elle pleura longtemps, silencieusement, puis elle pensa que Serge serait bientôt là et qu'il vengerait Marco.

Alba se coucha en chien de fusil ; elle finit par s'endormir. Lorsqu'elle se réveilla, il faisait nuit. Une terreur profonde s'empara de tout son être. Elle demeurait dans la grotte, osant à peine respirer, le regard fouillant l'obscurité. Elle crut entendre un bruit de pas qui s'approchait.

André Leroy commanda un petit blanc et s'assit à la grande table du bistrot du village. Une douzaine d'hommes étaient là, parlant des événements de la journée, des projets, du temps, de la politique, du prochain marché aux bestiaux, à Mauriac, la ville la plus proche.

– Personne n'aurait vu des bohémiens dans le coin ? demanda André Leroy.

– Pas dans la région, répondit l'un des paysans en riant. Puis il ajouta : Pourquoi, on t'a volé ta femme ?

– Non, à moi, on m'a rien volé mais figurez-vous que ce matin j'étais aux Cinq-Arpents, en train de réparer ma barrière et, tout à coup, j'ai vu quelqu'un qui courait très vite en direction de la forêt. Une fille blonde, tout en haillons.

– C'était peut-être la Sainte Vierge. On va écrire à l'évêque que t'as eu une vision. Ça fera venir les touristes en été. On deviendrait riches, on ouvrirait un restaurant, un hôtel pour les bonnes sœurs, ce serait formidable.

– Blague pas Roger, c'est bien possible ce que dit André. Ce matin, en passant près des bidons de lait, j'ai vu qu'une flaque de lait avait été renversée sur le sol. Je suis descendu du tracteur, j'ai regardé, il n'y avait pas le compte.

– C'est peut-être un loup-garou.

– Ou un enfant sauvage élevé par les sangliers qui traînent encore dans les gorges de la Dordogne, dit Sébastien Lupot, un être à part, un peu rejeté, qui vivait misérablement, loin du village, au fond du trou comme on disait ici, dans une masure située dans une boucle de la Dordogne. Il avait un frère, Antoine, un peu taré, comme lui, et une vieille mère paralysée qui passait sa vie dans un fauteuil.

Les frères Lupot survivaient en braconnant. Nul ne connaissait la forêt mieux qu'eux. Ils avaient des poules, cultivaient quelques légumes. Personne n'allait jamais les voir, alors, de temps en temps, ils montaient au village pour se soûler, lorsqu'ils avaient de quoi.

Comme on ne comprenait pas d'où venaient leurs ressources et qu'un jour ils avaient payé avec une pièce d'or, le bruit courait que la vieille avait caché un trésor dans sa masure. Ils vivaient tous ensemble, dans une grande pièce. Personne ne s'était occupé du ménage depuis que la mère était sur sa chaise et les Lupot étaient couverts de vermine. Sébastien avait un visage minuscule, fripé comme une reinette, avec une taie sur l'œil gauche. Son frère, Antoine, poussa quelques grognements inarticulés ; il n'avait jamais pu parler et seuls sa mère et Sébastien comprenaient ce qu'il voulait dire. Leur chien, Rato, était borgne et galeux.

– Mon frère dit qu'on devrait organiser une battue.

– Bonne idée, on verra ce que c'est que c'te bête.

Les deux frères Lupot n'arrivèrent chez eux que vers quatre heures du matin tant ils étaient ivres. Ils se rappelèrent qu'ils avaient oublié de rentrer leur mère qui était endormie sur son fauteuil, devant la porte, trempée par l'humidité. La Dordogne fumait dans l'air argenté du matin. Les deux frères portèrent leur mère en prenant le fauteuil par les côtés. Elle ne se réveilla pas. Ils s'écroulèrent sur leur paillasse. Le jour se levait.

8

Serge entendit sonner l'interphone qui commandait la porte d'entrée de l'immeuble.

– Qui est-ce ?

– C'est le facteur, monsieur. J'ai une lettre non affranchie pour vous.

– Une seconde, je descends.

Serge n'eut pas la patience d'attendre l'ascenseur. Il dévala les marches à toute allure, traversa le hall et se jeta sur la lettre. La surprise du facteur fut compensée par le billet de dix francs.

– Gardez tout, dit Serge en disparaissant.

Il prit l'ascenseur pour monter. Il reconnut tout de suite l'écriture d'Alba et comprit que la lettre avait été écrite avec son sang.

Serge ouvrit l'enveloppe, trouva le papier gras et lut les quatre lignes du message. Il dut s'appuyer contre la paroi tant l'émotion qui le traversait était violente.

Arrivé dans l'appartement, il chercha une carte de France puis réalisa qu'il valait mieux téléphoner aux renseignements pour savoir où se trouvait ce village.

Dès qu'il eut la réponse, il retourna vers l'armoire, sortit une carte d'Auvergne et localisa rapidement l'endroit.

Serge regarda sa montre, il était dix-sept heures quarante. Il compta qu'il lui faudrait environ huit heures de route pour atteindre le village. Avant, il fallait récupérer Alcan.

Serge prit ses papiers, de l'argent, les clés de sa maison de campagne, son 45, et partit immédiatement.

Alcan était extrêmement nerveux. Il arriva dans le centre commercial une demi-heure avant le rendez-vous et en profita pour faire un brin de cour à la vendeuse, car certains de ses ouvrages n'étaient pas exposés. Ensuite, il eut l'idée d'acheter un appareil polaroïd. Il fallait un souvenir de cette rencontre historique.

De retour devant la librairie, il ne cessa de regarder sa montre jusqu'au moment où une étrange créature poussa les portes vitrées du centre commercial. C'était un personnage vêtu d'un manteau de pluie et d'une tête de faucon en papier mâché peinte en noir.

Alcan fut sensible au symbolisme et tout de suite, il prit une photo de Freud. Il se demanda s'il portait toujours la barbe. Comme Horus s'approchait de lui, il eut la certitude que cette journée aurait sa place dans l'Histoire. Après tout, c'était la rencontre de deux demi-dieux, le père et le fils. Alcan tremblait comme un jeune amoureux à son premier rendez-vous.

Sous le masque, il ne vit que deux yeux très vifs. Freud lui donna l'accolade. Il s'exprimait dans un français délicieusement teinté d'accent viennois.

– Je suis heureux de vous voir, dit Freud.

– Et moi donc !

– Marchons... Puis-je vous offrir un cigare ?

– Non merci, mais je vous en prie.

Serge/Horus/Freud alluma un havane qu'il ficha dans son bec où il avait eu soin de laisser une petite ouverture.

– Vous n'attendiez pas celle-là, Alcan.

– Je dois dire que l'arrivée de votre messager fut une surprise mais lorsque j'ai réalisé qu'il n'avait pas de rendez-vous et se présentait entre trois et quatre, l'heure de vos consultations à Vienne, je me suis souvenu que vous ne donniez pas de rendez-vous. Ce fut mon premier trouble.

– Avez-vous lu la Torah ?

– Non...

– C'est peut-être ce qui explique un certain manque de morale chez vous. Cela n'entache en rien vos brillantes jaculations mais tout de même...

– J'aimerais des précisions, dit Alcan, tendu, qui avait perdu l'habitude d'être attaqué de front.

Freud marchait très vite. Alcan était essoufflé. Des enfants riaient à leur passage.

– Pour commencer, j'ai l'impression que la manière remarquablement libre dont vous vous adressez à vos étudiants et que j'admire vient en droite ligne de mon Maître Charcot. C'est une sorte de *remake* des « Leçons du mardi ».

– En effet...

– Bien, je voulais simplement éclaircir ce point. Je voudrais souligner aussi un certain nombre d'irrévérences à mon égard.

– Ne doit-on pas se révolter contre le Père ?

– Oui, mais il y a des limites. Par exemple, je n'apprécie guère votre attitude vis-à-vis de l'une de mes plus brillantes élèves que j'avais, depuis l'au-delà, dirigée vers vous par des voies détournées. Vos théories de disparition-thérapie me semblent aller à l'encontre de tout ce que je vous ai laissé.

– Vous voulez dire que cette jeune fille blonde...

– Oui. Et c'est pour la sauver que je suis revenu sur la terre. Je considère votre attitude comme un grave manquement à notre déontologie.

Alcan se mit à trembler. Freud marchait toujours aussi rapidement.

– En réparation, je vous ordonne de dissoudre le mouvement créé par vous et qui porte mon nom.

– Je suis prêt à réparer.

– Bien, dit Freud en lui tapotant l'épaule. Cette jeune fille était porteuse d'enseignements précieux. En fait, de toute l'expérience accumulée depuis ma mort.

– Elle ne portait aucun signe...

– Sa beauté était le signe de la perfection de son savoir.

Alcan était extrêmement agité. Il tentait de ralentir le rythme de la marche de Freud qui ignorait délibérément sa fatigue.

– Il faut que nous partions tout de suite, dit Alcan. Sait-on de quoi est capable cet insecte furieux entre les mains duquel elle se trouve...

– Son nom, si parfaitement immaculé, symbole d'une renaissance de la lumière, de la connaissance, tout cela aurait dû vous troubler, Jacques.

Alcan fut heureux d'entendre son prénom. Il eut le sentiment que l'affection de Freud ne lui était peut-être pas retirée à tout jamais.

– Je ferai des mises au point dès mon retour. Je vous prédis une totale soumission de tous ceux qui me suivent.

– Je souhaite ne pas m'être dérangé pour rien, dit Freud. Ma voiture nous attend. J'espère qu'Alba est saine et sauve, c'est tout.

Une dizaine d'hommes armés de fusils de chasse, quatre chiens s'étaient rassemblés sur la place du village. Ils avancèrent vers la forêt, se déployèrent en ligne, et Alba qui guettait le village comprit que la chasse commençait. Elle n'attendit pas et se mit à courir en direction de la grande rivière qu'elle avait aperçue dans la journée, là où la forêt était la plus profonde.

Les chiens partirent en avant, la battue commençait. Les hommes entrèrent dans le bois. Antoine et Sébastien Lupot n'avaient pas encore cuvé leur vin mais ils faisaient partie de la troupe.

Serge était passé à sa maison de campagne. Il avait pris son fusil de chasse Remington à cinq coups acheté en Belgique et avait rempli sa cartouchière de mitraille pour gros gibier. Après avoir passé Vierzon, il traversa le Berry. Alcan était ficelé sur la banquette arrière.

Le ciel se chargeait de nuages. Il n'y avait presque personne sur la départementale 918. Vers vingt-deux heures, il traversa

Saint-Août où le vent avait répandu des papiers qui volaient au-dessus des trottoirs déserts.

La nuit tomba rapidement. Serge conduisait vite, avec régularité. Une mésange encore inexperte vint heurter le capot de la voiture. Serge regarda dans le rétroviseur, il la vit inerte sur la chaussée luisante d'une giboulée. Des vaches presque blanches paissaient dans les prés.

Serge passa devant le château de George Sand, à Nohant. Il arriva sur la départementale 940 et traversa Guéret dans la nuit. Toute son attention était concentrée sur la route illuminée par les phares jaunes. Il prit la direction de Limoges, vit quelques fermes misérables. Buissons d'armoise au bord de l'asphalte mouillé. La pluie se remit à tomber violemment. Serge ralentit.

À Sainte-Feyre, Serge aperçut les caveaux d'un cimetière dont les toits forment une sorte de petit village miniature à flanc de colline. Impression de mort et de désolation. Un cirque minable était stationné sur la place du petit village. Serge vit un poney qui le regarda passer d'un œil triste et maladif.

À Lavey-les-Mines, Serge aperçut un buisson de rosiers taillés dont les fleurs rouges formaient un cœur dans la nuit. Un homme ivre à bicyclette zigzaguait au milieu de la chaussée ; Serge freina par à-coups successifs puis reprit sa vitesse de croisière après avoir dépassé l'imprudent. Alcan s'était endormi.

Des tas de bois coupé étaient rangés le long des forêts. Serge se dit qu'il aurait dû prendre son matériel de peintre pour effectuer ses recherches sans se faire remarquer. On comprendrait mieux ainsi sa curiosité pour la région. Il ouvrit la radio et entendit le dernier mouvement de la *Quatrième Symphonie* de Schumann.

Serge traversa Limoges, déserte à cette heure. Il était dans la Creuse. Maisons tristes et abandonnées. L'une d'elles s'appelle *Solitude*. Serge déchiffre l'écriteau vermoulu, peint en bleu, qui penche sur le côté gauche.

La route devient de plus en plus désolée. Les habitations et les villages se font rares. Tout à coup, une forme fauve se jette devant les roues de Serge. Il n'a pas le temps de freiner, ressent un choc violent. Le chien doit être mort. La route monte par une succession de lacets pour arriver sur le plateau de Millevaches où la chaussée rectiligne est bordée d'arbres comme pétrifiés dans la nuit, couverts d'une mousse couleur de moisissure. Serge se sent isolé, perdu dans une nature hostile, lugubre.

De grosses gouttes de pluie viennent éclater sur le pare-brise. La pluie cesse enfin, le paysage semble lavé, le ciel devient d'un bleu nuit profond, on voit les étoiles.

Les paysans avaient abandonné la battue avec l'impression qu'ils pourchassaient un fantôme. Seuls les frères Lupot avaient décidé de continuer car leur œil de braconniers experts avait déchiffré tout au long du parcours les signes d'un passage récent. Ils étaient maintenant seuls dans la nuit, avec leur chien borgne et leurs fusils.

Alba était à bout de forces et, plus elle avançait, plus elle avait l'impression d'arriver dans des lieux désolés où la nature se jouait d'elle. Alba se heurtait sans cesse à des arbres tombés qui coupaient sa route. Elle se blessa plusieurs fois. La nuit pénétrait son corps et prenait possession de son ventre, de sa tête, de ses yeux. Elle entendait parfois un aboiement, des bruits de voix déformés et, lorsqu'elle tombait, seule la terreur lui donnait la force de se relever et de courir encore.

Serge s'arrêta pour regarder la carte à la lueur du plafonnier. Il était plus de deux heures du matin. Alcan s'éveilla.

– On y est, patron ?

– Elle s'est échappée du château.

– Dans ce cas, il faut craindre Charly.

– Qui est-ce ?

– Un mercenaire à tendances sadiques.

Serge éjecta Alcan de la voiture. Il le conduisit dans la forêt toute proche et lui demanda de s'asseoir au pied d'un chêne.

– Jacques, si jamais je ne te retrouvais pas au pied de cet arbre, tes jours seraient en danger.

– Je vous promets de ne pas bouger, patron.

– Je t'arracherai le cœur avec mon bec si je ne retrouve pas Alba.

– Je suis prêt à prendre des risques physiques, patron, laissez-moi vous accompagner, supplia Alcan.

– Pas un geste, dit Horus en abandonnant Alcan dans la nuit.

Antoine et Sébastien n'en pouvaient plus mais ils s'acharnaient car ils étaient maintenant certains de capturer leur proie.

– Elle s'est embarquée dans un bras du fleuve – c'était le nom qu'ils donnaient à la Dordogne – elle ne s'échappera plus, dit Sébastien à son frère qui lui répondit par un grognement lugubre.

Alba entendit la sourde plainte du courant. Elle se rendit compte qu'elle était prise au piège lorsque la masse sombre, immense de la rivière apparut devant elle. Épuisée, elle se laissa tomber sur le sol. Quelques minutes plus tard elle entendit du bruit et une voix grave qui incitait un chien à chercher. Elle sentit le museau du chien sur sa nuque. Il aboya, elle entendit des pas puis deux ombres l'entourèrent. Elle voulut se lever mais le canon d'un fusil la coucha sur le sol humide. Les deux hommes s'accroupirent. Alba poussa un cri lorsqu'elle vit leurs visages.

– C'est bien une diablesse. Leroy avait raison. On dira rien à personne, Antoine.

Alba entendit un grognement de bête. Elle n'avait même plus la force de crier.

– C'est la mère qui va être contente, dit Sébastien.

Il saisit Alba par les cheveux et dit à son frère :

– Craque donc une allumette qu'on voit ça de plus près.

À la lueur de la flamme, Alba vit les faces monstrueuses qui se penchaient sur elle. Deux sourires de brutes et d'idiots s'ouvraient sur des bouches édentées, sombres comme la mort, avides.

– On l'enfermera dans la grange. Ça fera du bien d'avoir une femme.

Alba s'évanouit. Antoine qui était plus robuste que son frère l'empoigna, la hissa sur l'une de ses épaules et poussa un petit cri.

– C'est ça, dit Sébastien, on rentre à la tanière.

Ils remontèrent le cours du fleuve, lentement, pesamment.

Serge mit la radio. Un pianiste jouait la marche funèbre de la deuxième sonate de Chopin. Serge eut la sensation que c'était un sombre présage. Il ne lui fallut pas plus de dix minutes pour arriver sur la place du village d'Arches où Alba devait l'attendre.

Il le traversa et prit une route qui montait vers la forêt, en direction de Le Cheix. Il s'arrêta à mi-chemin, un peu après Les Roches et coupa la radio.

Son regard parcourut la lisière de la forêt. Il s'attendait à voir surgir Alba. Il ne voulait pas klaxonner pour ne pas attirer l'attention.

Son regard fouillait le long rideau d'arbres et plus le temps passait, plus la douleur qui l'habitait s'étendait en lui.

Il avait envie d'appeler, de crier, mais il savait bien qu'Alba n'était pas là. Peut-être l'avaient-ils retrouvée ?

Serge retourna à la voiture. Il vérifia le fonctionnement du fusil, remplit un autre chargeur pour son 45 et remit la radio pour faire le vide dans son esprit. Il entendit la voix déchirante de la Callas et le chant de mort de Norma. Il ne put résister et encore une fois coupa le son.

Serge était indécis. Alba lui avait donné rendez-vous ici. Il savait qu'elle ferait tout pour s'y rendre, mais si on l'en empêchait, il perdait de précieuses minutes à attendre. Il se dit qu'Alba s'était peut-être endormie ou perdue pendant la nuit. Elle pouvait être blessée. Serge tremblait.

Un homme sortit d'une maison en contrebas. Il regarda dans sa direction et monta vers lui, d'un pas lent.

Serge dissimula son fusil et son 45.

– Bonjour, dit l'homme.

– Bonjour, répondit Serge en se forçant à sourire.

L'homme s'approcha et regarda par-dessus son épaule.

– Vous recherchez la fille sauvage ?

– Quelle fille sauvage ?

– Hier à l'aube, on a cru voir une fille courir très vite et disparaître dans la forêt. Elle avait des cheveux blonds. Et comme il y a eu des vols dans la région, on a fait une battue hier soir, malheureusement, on n'a rien trouvé. Les gens du pays disent que c'est peut-être une enfant abandonnée par des romanichels. Certains pensent même qu'elle aurait été élevée par des sangliers. Ça s'est déjà vu à ce qu'on dit. Si elle courait si vite, c'est peut-être possible. Tout en haillons. Elle est peut-être pas loin, faites attention à vos affaires.

– Je n'ai rien de bien précieux. Est-ce qu'il y a un café par là ?

– Au village.

– Si jamais vous la voyez ou si vous en entendez parler, je repasserai.

Serge serra la main du paysan, remonta dans sa voiture et descendit au village.

Il entra au café. Il espérait en apprendre plus long sur cette affaire. S'il y avait eu une battue, Alba avait pu fuir assez loin.

Serge s'assit dans un coin, il commanda un café et un sandwich et fit un croquis de l'intérieur du café et des buveurs. Il y avait cinq hommes autour d'une bouteille. Ils parlaient de l'enfant sauvage. De la battue.

Serge resta une bonne demi-heure jusqu'à ce qu'il ait appris que les frères Lupot avaient continué leurs recherches et que, depuis, on ne les avait pas revus au village.

Il n'avait pas voulu demander où on pouvait les trouver. Il ne voulait pas trop éveiller l'attention.

Il prit sa voiture, quitta le village en passant par la forêt. Alba était peut-être revenue.

En arrivant au hameau de Le Cheix où il y avait en tout et pour tout deux maisons, Serge s'arrêta et demanda à une paysanne qui étendait son linge si elle connaissait les frères Lupot.

– C'est des vauriens, répondit la femme.

Puis elle ajouta :

– Pas des gens à fréquenter, des braconniers. Ils vivent dans une véritable porcherie au bord de l'eau, La Lirande, ça s'appelle.

Serge remercia la femme, il n'eut pas de peine à trouver la maison sur la carte, elle était construite dans un coude de la Dordogne. Aucune route n'était indiquée mais un sentier longeait la rivière de l'autre côté. Serge décida d'aller y faire un tour.

9

Alba s'éveilla. Ses chevilles et ses poignets étaient attachés à deux poutres et lui faisaient mal. Il n'y avait pas assez de jeu pour qu'elle puisse se lever. Elle était sur de la paille, dans une sorte de grange où il y avait des perchoirs et une odeur très forte. Le jour passait par le haut de la porte et par quelques tuiles disjointes ou cassées de la toiture.

Alba se souvint des deux visages monstrueux qui s'étaient penchés sur elle. Elle se souvint aussi de la battue, des chiens, de la course et de la rivière noire, la nuit.

Une fois de plus, elle se trouvait prisonnière. Dehors, elle entendait les poules caqueter et un bruit d'eau. Quelqu'un devait couper du bois. Alba se ressaisit peu à peu, elle regarda ses liens mais ils étaient trop serrés pour qu'elle puisse s'en libérer. Elle avait envie de crier mais elle savait que cela ne servirait à rien.

Un peu plus tard, elle entendit des bruits de voix puis des pas qui s'approchaient. La porte de la grange s'ouvrit, les deux frères Lupot apparurent. Alba donna un coup à ses liens, pour tenter de les briser mais elle ne fit que les resserrer. Sébastien s'accroupit près d'Alba, il l'attrapa par les cheveux.

– Alors petite saloperie, on vole les paysans...

Alba était trop terrorisée pour répondre.

– T'es une fille de romano, pas vrai ?

Alba se mit à pleurer.

– Pas de comédie, avec nous ça marche pas. Tu croyais pouvoir nous semer, nous narguer, mais nous on connaît la forêt et on a bien fini par t'avoir, hein !

Antoine poussa quelques gémissements.

– Mon frère dit que t'es comme lui, que tu ne sais pas parler. C'est vrai ça ?

Alba ne pouvait répondre, les mots se bloquaient dans sa gorge.

– Maintenant t'es là pour payer, t'es à nous. On a pas perdu au change, t'es jeune, robuste, tu vas pouvoir remplacer la mère au travail, il y a bien longtemps qu'elle est immobile sur sa chaise. Et puis tous les deux, il y a belle lurette aussi qu'on a pas eu de femme, alors tu vas pouvoir servir, dit Sébastien dans un affreux ricanement.

Antoine s'approcha, il posa son fusil dans la paille et marcha vers Alba à quatre pattes. Il émit encore quelques couinements.

Sébastien traduisit :

– Il dit qu'on devrait voir un peu comment que t'es faite...

Alba vit les visages crispés des deux hommes que la crasse avait rendus semblables à la terre. Elle poussa un cri lorsque Sébastien attrapa le bas de son chandail et le remonta par-dessus son visage jusque sur ses bras. Les mains énormes et rugueuses des deux tarés commencèrent à tâter son ventre et sa poitrine puis ils arrachèrent ce qui restait du pantalon en lambeaux et du slip.

Ils riaient ou grognaient plutôt. Antoine couina encore, un peu plus longuement.

– T'es belle qu'il dit. Il veut passer toutes ses nuits dans la grange à te grimper, mais faut qu'il en reste pour moi. Depuis le temps qu'on attend ça.

Antoine et Sébastien lui délièrent les pieds car la corde maintenait les jambes d'Alba serrées, ce qui n'était manifestement pas de leur goût. Antoine attrapa une corde qu'il passa à l'une des chevilles pendant que Sébastien refaisait un nœud à la première corde pour entourer l'autre cheville.

Alba aurait voulu s'évanouir mais elle restait consciente. Elle cria encore une fois mais cela ne semblait faire aucun effet. Les deux tarés tendirent leurs cordes et les attachèrent aux poutres. Alba sentit ses jambes s'ouvrir. Il lui était impossible de faire le moindre mouvement. Elle se dit qu'elle ne s'était pas lavé les dents depuis plusieurs jours et qu'elle ne reverrait jamais Serge.

Antoine poussait des petits cris terrifiants ; il se coucha sur elle au moment où un hurlement aigu se fit entendre au-dehors. Antoine s'immobilisa, s'agenouilla, se releva, referma son pantalon et regarda son frère d'un œil noir.

– C'est maman, elle veut te voir. On te grimpera plus tard.

Ils la libérèrent des liens qui maintenaient ses chevilles, lui passèrent le pantalon, redescendirent le chandail et défirent le lien qui retenait les poignets.

– Debout petite garce !

Alba se releva, ses jambes lui faisaient mal. Sébastien tira sur la corde, ils sortirent de la grange, il faisait beau. Alba vit la rivière argentée, douce, dont les méandres teintés de vert se faufilaient dans la forêt. Aucune habitation, aucun signe de vie.

Ils firent cinquante mètres, jusqu'à la maison, et c'est alors qu'Alba découvrit la mère, figée sur un vieux fauteuil de rotin, entourée de loques incolores, presque chauve, édentée, les lèvres à peine visibles, un visage parcheminé et squelettique, tout entier habité par un regard clair, fixe et cruel. Les mains de la vieille femme, déformées par l'arthrose, étaient crispées sur les accoudoirs comme des pattes de poulet.

– C'est la voleuse ? dit la mère dans une langue à peine compréhensible.

– C'est elle, maman, dit Sébastien.

– Pourquoi qu'elle criait ?

– Elle est comme une bête, maman.

– Vous l'avez battue ?

– Non, on lui a rien fait.

– Faut pas trop la battre, elle sera plus bonne à l'ouvrage.

– On lui fera pas de mal, maman.

– Est-ce qu'on a toujours la chaîne de la chèvre ?

– Elle est dans la grange.

– Faudra la sortir, on l'attachera comme ça. Elle pourra travailler. Y a pas un vieux pantalon pour lui mettre ?

– Je vais voir, dit Sébastien qui entra dans la maison.

Par la porte ouverte, Alba vit un trou noir d'où aucune forme ne semblait pouvoir être définie.

Antoine s'approcha de sa mère et poussa une suite de sons inarticulés.

– Pas question de ça, dit la mère. On sait comment ça finit. Je veux pas que vous fassiez d'enfants. Vous crèverez en même temps que moi, sans rien laisser sur la terre. Et puis ça amènerait que des ennuis, vous allez encore vous battre et si vous vous tuez à cause d'elle, je resterai toute seule. Vous n'aurez rien, c'est compris, rien du tout. Y a jamais eu de femme ici, y en aura jamais. Ça, dit-elle en relevant le menton vers Alba, c'est une bête pour travailler.

Antoine poussa des cris de fureur, se frappa la tête des deux poings et disparut en courant dans la forêt.

Sébastien tenait le pantalon des deux mains, il était ressorti de la maison et regardait la vieille avec haine.

– Pourquoi tu lui dis ça, il va encore avoir sa crise et un de ces jours, tu sais comment ça finira, il te tuera, voilà comment ça finira, il te foutra en l'air.

La mère ricana sans rien répondre.

Sébastien passa le pantalon à Alba et, comme il était trop grand, il le lui attacha autour de la taille avec une ficelle.

– Je peux lui faire laver la vaisselle, maman, il y a des semaines qu'on a pas passé les assiettes à l'eau.

– Vas-y mais mets-lui d'abord la chaîne de la chèvre et surveille-la de près.

Serge laissa sa voiture assez loin de l'endroit qu'il voulait observer. Il prit ses jumelles, la carte, son 45 et laissa le fusil dans la voiture.

Il marcha vingt bonnes minutes en essayant de repérer les méandres de la Dordogne. D'après la carte, la maison devait être sur une sorte de petite plage dépourvue de forêt.

Tout à coup, il vit la maison, la grange et des cabanes à lapins. Serge s'avança encore pour être le plus près possible et avoir le meilleur angle de vision.

À force de sillonner les routes de la région, Charly et Ludovic avaient fini par entendre parler de l'histoire de la fille sauvage, de la battue et des frères Lupot qui s'étaient acharnés. On leur avait montré un minuscule sentier qui les conduirait à la maison isolée. Ils étaient rentrés au château pour en parler à Delaborde qui décida qu'il fallait y aller voir afin de ne négliger aucune piste.

Delaborde, lui, préférait rester au château, on ne savait jamais ce qui pouvait arriver avec des braconniers.

Charly et Ludovic retournèrent au chemin qu'on leur avait indiqué. Ils laissèrent la voiture, prirent leurs armes et s'en allèrent à pied à travers la forêt.

Serge écarta le feuillage. Un ponton construit devant la maison avançait dans l'eau. Une barque y était attachée. Serge commença un mouvement panoramique très lent jusqu'au moment où, se détachant à peine du mur de la masure, il découvrit le visage figé de la vieille qui semblait momifiée sur son fauteuil.

Dans l'herbe, entre la maison et la grange, il vit un pieu auquel était fixée une chaîne. Un chien était enfermé dans un appentis grillagé, à côté de la cabane à lapins.

Un homme sortit de la maison avec une écuelle dans laquelle il semblait y avoir du pain trempé. Il se dirigea vers la grange, ouvrit la porte et disparut. Il ressortit un moment plus tard et rentra dans la maison.

Le vieille était immobile, elle regardait la rivière. Serge se dit que l'écuelle de nourriture était trop petite pour un animal.

Alba était peut-être enfermée dans la grange. Il fallait traverser la rivière et tenter de se faufiler dans le bâtiment pour voir ce qu'il y avait à l'intérieur.

Serge se souvint d'avoir vu une barque amarrée près de la voiture. Il rangea ses jumelles et retourna rapidement à son véhicule. Il était plus prudent de prendre le Remington.

Serge descendit vers la barque, il coucha le fusil sur le fond, ainsi que la cartouchière, sortit les rames, se détacha et se laissa dériver un peu avant de commencer à souquer. Le courant était assez fort. Il traversa le fleuve et le remonta en faisant le moins de bruit possible.

Il récapitula l'emplacement des lieux, il y avait une centaine de mètres à parcourir à découvert mais il serait à l'abri de la grange.

Il attacha la barque assez loin, arma son fusil à cinq coups, passa la cartouchière à son épaule et se dit qu'il devait ressembler à un révolutionnaire mexicain tel qu'on les voit au cinéma. Tout commençait à s'éclaircir dans sa tête, tout son être se tendait vers l'action.

Il avançait prudemment, courbé en deux, s'arrêtait souvent pour écouter.

Il parvint à la limite de la forêt. Il était monté un peu trop haut et voyait la grange et la maison. Au moment où il allait redescendre, il entendit un bruit de branches qui se brisent et, quelques secondes plus tard, il vit un homme sortir de la forêt avec un fusil. L'homme se trouvait à une cinquantaine de mètres sur sa droite. Il était grand, vêtu de loques. Après un instant d'hésitation, il marcha vers la maison d'un pas décidé, le fusil pointé vers l'avant.

Lorsque la vieille le vit, elle poussa un cri et presque aussitôt Sébastien apparut sur le pas de la porte. Au début, il crut que l'arme de son frère était dirigée contre la vieille mais il comprit soudain à l'expression folle et au regard d'Antoine que c'était à lui qu'il en voulait.

Sébastien demeurait figé, la mère suivait la scène sans rien dire. Antoine fit encore quelques pas. Il se mit à glapir. Seuls la vieille et Sébastien purent traduire intérieurement ce qu'il venait de dire.

« On est trop de deux, il me la faut rien que pour moi. »

Sébastien reprit ses esprits :

– Fais pas le con, Antoine, tu finiras ta vie en prison et tu ne l'auras jamais pour toi. Baisse ton fusil ! Je te la laisse, tu sais !

La vieille intervint à son tour.

– Jette ce fusil, Antoine, tu l'auras pour toi tout seul, j'y veillerai. Vas-y, fais-y ce que tu veux, à ton idée, vas-y petit !

Antoine secoua lentement la tête de droite à gauche sans rien dire puis il tira.

Sébastien fut projeté par la violence du coup. La moitié de son corps était dans la maison. Seules ses jambes sortaient par le trou noir de la porte.

Antoine posa son fusil dans l'herbe. Il entra et lorsqu'il eut constaté que son frère était bien mort, il ressortit, se mit en face de sa mère, saisit le fauteuil à bout de bras et le tint en l'air, face à lui.

– Repose-moi, hurla la vieille, on va être bien tous les deux. T'as bien fait de le tuer, c'était une méchante bête.

Antoine glapit quelques sons et la mère comprit que c'en était fini pour elle aussi. Il avait sa crise. Sébastien l'avait bien dit. Tout ça pour cette saloperie ramassée dans les bois.

Antoine tenait toujours le fauteuil en l'air. Il marcha d'un pas décidé vers la rivière, monta sur le ponton et alla jusqu'à son bord.

Serge profita de l'inattention de l'homme qui lui tournait le dos et courut jusqu'à la grange. Le chien se mit à aboyer mais Antoine ne l'entendit pas.

Serge regarda le ponton, Antoine tenait toujours le fauteuil à bout de bras. La vieille ne se débattait pas, elle était toujours aussi immobile.

Antoine s'arc-bouta et, de toutes ses forces, jeta le fauteuil et la vieille dans l'eau. Il les regarda disparaître, demeura immobile puis il entendit les aboiements du chien. Alors, il se retourna très rapidement et sa silhouette s'abaissa vers le sol, comme s'il sentait le danger. Il courut très vite jusqu'à l'endroit où il avait laissé son fusil puis il libéra le chien. Serge tenait le taré en joue, il allait tirer lorsqu'il eut la surprise de voir le chien filer en direction de la forêt.

10

Antoine courut vers la cabane à lapins et se dissimula. Le chien aboya puis ce fut le silence. Serge s'était caché derrière l'angle du mur, comme Antoine, il regardait la lisière de la forêt.

Pendant plusieurs minutes, il ne se passa rien. Serge ne pouvait pas accéder à la porte de la grange, directement exposée. Tout à coup, Ludovic jaillit de la masse verte et frémissante. Serge comprit qu'ils avaient affaire à un professionnel. Ludovic trouva un abri derrière un rocher. Serge était étonné de voir qu'Antoine n'avait pas essayé de tirer. Il attendait sans doute le bon moment.

Ludovic risqua un œil sur le terrain des opérations. Tout semblait calme. Lorsqu'il vit les deux jambes d'un corps qui sortaient par la porte ouverte de la maison, il comprit l'origine du coup de feu qu'ils avaient entendu. Il se dit que le tireur devait être quelque part, près de la maison. Il attendit un temps assez long puis il fit un autre bond jusqu'à un tronc tombé qui lui servit d'abri. Serge vit qu'il tenait un 45 à la main.

À cet instant, un autre homme surgit de la forêt et courut jusqu'au rocher. Antoine ne se manifestait toujours pas. En bon chasseur, il avait pris l'habitude de ne tirer qu'à coup sûr.

Serge n'avait pas eu de peine à reconnaître Charly. C'était lui qui avait enlevé Alba. Il comprit pourquoi ces deux hommes étaient là. Alba était dans la grange.

Ludovic choisit de faire la dernière partie du trajet en rampant dans les herbes hautes. Gorodish le vit se faufiler avec l'habileté d'un serpent. Comme il avait observé les réflexes de cette sorte de bête qu'était Antoine, Serge décida de n'intervenir qu'au dernier moment.

Charly se lança dans son second parcours du combattant. Il ne se passait toujours rien. Ludovic n'était plus qu'à une dizaine de mètres de la cabane à lapins. Charly pointa son fusil en direction de la maison, prêt à couvrir Ludovic.

Ludovic s'accroupit, l'arme à bout de bras et rassemblé sur lui-même, comme une boule avec l'excroissance du 45, il se mit à marcher très doucement.

Antoine se découvrit pour tirer, les deux détonations se

fondirent l'une dans l'autre, suivies, une seconde plus tard, du tir de Charly.

Ludovic avait été atteint au ventre. Il semblait mort. Antoine était blessé. Après être resté totalement immobile, Serge le vit tendre la main vers son fusil et ramper pour se mettre à l'abri de la cabane à lapins. Charly tira encore trois fois, Antoine ne bougeait plus. Charly sortit alors de son abri. Il se dirigeait vers Antoine, prêt à tirer à nouveau.

Ce n'est qu'au moment où il eut l'impression qu'Antoine était bien mort qu'il relâcha son attention une seconde et le braconnier, dans un ultime effort, tira dans les jambes de Charly qui se mit à hurler. Antoine était bien mort maintenant. Serge aurait pu achever le blond mais il décida d'attendre. Charly récupéra son fusil et se traîna en direction de la grange. Il eut de la peine à ouvrir la porte. Lorsqu'il vit Alba attachée, il lâcha son fusil et Serge le vit ouvrir un rasoir.

Alba était debout dans la grange, elle regardait Charly mais ne criait pas. Il se traînait avec difficulté, laissant derrière lui une traînée de sang. Serge était prêt à l'abattre.

– Tu te souviens de ce que je t'avais promis, hurla Charly en brandissant son rasoir.

Alba semblait totalement ailleurs. Aucun signe de crainte ne se lisait sur son visage. Serge était tellement ému de la voir, qu'il en tremblait. Ses larmes se mirent à couler.

Tout à coup, Alba écarta les mains, et Charly comprit qu'elle n'était plus attachée. Alba regarda Charly, toujours avec son expression vide. Elle le laissa avancer encore un peu, puis saisit une fourche qui était piquée dans un ballot de paille. Lentement, elle s'approcha de Charly et dans un geste d'une violence terrible, elle l'épingla au sol d'un coup de fourche qui lui traversa le corps.

Serge se précipita vers elle mais il fut sidéré de voir qu'Alba pointait la fourche dans sa direction. Il lui parla très doucement, tout en reculant vers la porte de la grange.

– Alba, tout est fini, je suis là, c'est moi, Serge. Alba, mon amour, parle-moi, dis quelque chose. Pose cette fourche, Alba, c'est moi, Serge !

Alba ne répondait pas, elle continuait à avancer vers Serge qui reculait toujours en laissant entre eux une distance raisonnable.

– Tout est fini, Alba, je suis venu te chercher, nous rentrons à Paris. Viens dans mes bras, laisse tomber cette fourche.

Alba n'avait toujours aucune expression sur son visage d'une terrible fixité.

Elle sortit de la grange, vit le corps d'Antoine, s'approcha de lui et, bien qu'il fût mort, lui donna un violent coup de fourche dans le dos, puis elle vit les jambes de Sébastien et elle se dirigea vers la maison et fit subir le même traitement au corps de Sébastien. Serge ne comprenait pas pourquoi elle épargnait Ludovic. Alba ne se dirigeait pas vers lui mais semblait chercher quelque chose ou quelqu'un. Serge comprit que c'était la vieille. Elle ne savait pas que la rivière l'avait emportée. Alba cherchait toujours, elle regardait partout. Serge profita d'un instant d'inattention pour la désarmer. Alba se laissa faire. Serge lui prit la tête dans ses grandes mains, il regarda son visage, continua à lui parler. Son émotion était si vive que ses larmes ne cessaient de couler. Alba le regardait, elle ne semblait pas comprendre, Serge avait beau répéter son nom, lui expliquer que tout était fini, mais rien ne l'atteignait. Serge la serra contre lui. Alba se laissa faire mais rien ne venait d'elle.

– On va rentrer à la maison, dit Serge. Viens.

Il prit Alba par la main et l'entraîna vers la barque, mais elle résista. Serge comprit qu'elle voulait prendre sa fourche. Il la laissa faire. Comme elle n'avait rien fait à Ludovic, il n'y avait pas de raison qu'elle s'en prenne à lui.

Ils marchèrent jusqu'à la barque. Serge déposa la fourche sur le sol, prêt à poser le pied dessus au moindre signe. Il prit les rames, Alba était en face de lui, elle regardait un point indéfini, loin devant elle, comme si Serge n'avait pas été là. Il fallut à Serge quinze bonnes minutes pour arriver à son véhicule.

Alba insistait pour emporter sa fourche. Serge comprit qu'il ne fallait pas la contrarier.

Serge démarra, Alba ne parlait toujours pas.

Serge s'engagea sur un chemin de terre qui traversait la forêt. Aux signes d'excitation qui gagnaient Alba, il comprit qu'ils n'allaient pas tarder à pénétrer dans le château. Serge vit un mur, un grand portail de fer qui était ouvert. Il lâcha le volant d'une main et sortit son 45 qu'il posa sur la banquette entre Alba et lui. Ensuite, il saisit le fusil couché sur le siège arrière et le glissa entre ses jambes. Bientôt le château apparut à l'extrémité du chemin.

Delaborde qui jusqu'alors s'était terriblement angoissé de la disparition d'Alba commençait à retrouver son calme. Il était presque certain qu'on ne tarderait pas à la lui ramener. Il avait recommandé à Charly de ne pas la blesser. Il voulait sa grande libellule intacte. Il savait bien qu'il faudrait sévir pour éviter qu'elle ne recommence. Jamais plus il ne ferait l'erreur de laisser un étranger pénétrer sur son domaine.

Delaborde était dans la grande pièce du haut et comme il s'ennuyait de ne pas voir sa grande libellule, il mit l'une des sonates pour piano de Haydn sur la platine. Puis, après avoir choisi un Churchill dans son coffre à cigares, un vieil armagnac de 1928 à la main, il se laissa aller dans un fauteuil et commença à fumer en écoutant le piano.

Serge vit une petite ouverture dans la forêt, sur la gauche. Il s'y rangea. Il était plus prudent de parcourir à pied la distance qui les séparait encore du château.

Il sortit, prit son arme, décidé à passer par la forêt. Alba n'attendit pas que Serge vienne lui ouvrir. Elle tira sa fourche et avant que Serge ne puisse faire le moindre mouvement, elle se mit à courir très vite, en plein milieu de l'allée, en direction du château, comme un chevalier partant à la charge.

Serge se mit à sa poursuite mais il ne pouvait la rattraper malgré tous ses efforts. Il voyait devant lui la chevelure blonde qui filait à une allure incroyable.

Alba traversa la cour, arriva sur le perron, ouvrit la grande porte, ce qui lui fit perdre son élan. Elle entendit la musique qui venait de la bibliothèque et monta les marches quatre à quatre. Serge mit toute la gomme mais Alba gardait toujours la distance.

Elle ouvrit la porte de la grande salle et lorsqu'elle aperçut Louis, elle marcha sur lui, les dents de la fourche en avant. Delaborde avait sursauté lorsqu'il avait vu la porte s'ouvrir. Il avait commencé par voir Alba et s'était réjoui de retrouver sa grande libellule puis il avait vu un grand corps apparaître derrière sa muse et c'est seulement à cet instant que la fourche et le fusil braqués sur lui l'avaient terrorisé.

Il cria :

– Non, pas ça, je vais réparer, je suis riche, très riche !

Alba s'avançait d'un pas résolu, immuable et dans son regard vide de toute expression, Delaborde lut sa propre mort à l'instant où la grande libellule, de toutes ses forces, lui plantait la fourche dans le corps. En même temps, Serge tira et Delaborde subit une grande secousse avant de retomber sur le côté.

Alba s'approcha de la platine, arrêta la musique, rangea le disque dans le coffret et traversa la grande pièce pour aller vers sa chambre pendant que Serge, stupéfait, découvrait le tableau de Marco.

Cette vision de son ange, pris dans ce vêtement d'insecte diabolique, le fit frémir.

Serge suivit Alba jusqu'à la chambre. Elle était assise sur le lit. Serge la prit dans ses bras mais elle ne réagissait toujours pas. Il ouvrit les placards car il fallait effacer toutes les traces de la présence d'Alba dans ces lieux. Il trouva de grands sacs en plastique dans lesquels il fourra tout ce qu'il put trouver, puis il prit Alba par la main, lui donna deux sacs à porter et retourna dans la grande pièce.

Sur la table, il trouva un couteau oriental qui servait de coupe-papier et à l'aide duquel il enleva la toile de son cadre. Après l'avoir roulée, il la prit sous son bras et entraîna son ange muet derrière lui.

Ils regagnèrent très rapidement la voiture. Serge rangea le fusil derrière, il garda le 45 glissé dans sa ceinture et s'assit au volant.

Alba ouvrit la portière, enleva le pantalon qu'on lui avait passé et Serge découvrit ses jambes meurtries. Elle laissa tomber le pantalon, fouilla dans les affaires qui se trouvaient dans les sacs en plastique, enfila son jean, de nouvelles chaussures, une chemise fraîche et vint s'asseoir près de Serge.

Avant de partir, celui-ci ramassa les vêtements, en fit une boule et les mit dans la voiture, il ne fallait laisser aucune trace autre que la mort.

Serge conduisait depuis un bon quart d'heure. Il avait dépassé Spontour et prenait maintenant la direction de Tulle. Il remonta ensuite vers Égletons, Meymac et le plateau de Millevaches. La route était tranquille, déserte. De temps en temps, Serge mettait sa main sur celle d'Alba et la regardait, guettant un signe, mais le visage de sa nymphe était toujours aussi inexpressif.

Le bonheur de Serge se mêlait à une grande souffrance. Il reconstruisait peu à peu, grâce à son intuition, les moments atroces qu'Alba avait dû vivre.

Serge avait l'impression qu'Alba avait été vidée de toute substance. Il se demanda combien de temps durerait ce mutisme et ce vide. Il eut l'impression de n'avoir retrouvé qu'un corps sans âme, sans sensibilité, sans intelligence. Une affreuse sensation de vide l'envahissait peu à peu. Il lui parlait, il tentait de la retrouver, d'allumer quelque chose dans son regard mais il ne se passait rien.

– Alba, c'est moi, Serge. Tout est fini. Ils sont morts. Nous rentrons à la maison. Nous sommes ensemble, rien ne pourra jamais nous séparer. Je m'occuperai de toi, tu oublieras tout ce cauchemar, tu vivras comme avant.

Serge avait décidé de ne pas rentrer à Paris tout de suite mais d'aller passer quelques semaines dans sa maison de campagne pour que le choc soit moins violent.

Ils roulaient depuis plusieurs heures, Serge voyait qu'Alba avait sommeil. Sa tête tombait vers l'avant. Il se rangea sur le bord de la route pour installer Alba sur le siège arrière. Elle se laissa transporter. Il lui fit un oreiller avec des vêtements et l'enroula dans une couverture qui se trouvait sur la banquette arrière. Elle s'endormit presque aussitôt. Serge lui caressa les cheveux et le visage jusqu'au moment où sa respiration devint paisible.

Il reprit le volant. La 504 filait dans la nuit. Serge fuma plusieurs cigarettes, il essaya de chasser les idées horribles qui l'envahissaient. Souvent, il dut ralentir car ses yeux se voilaient de larmes et la route devenait floue, presque comme dans un rêve.

Parfois Serge se retournait pour voir si Alba ne s'était pas réveillée, le temps semblait interminable, la route s'allongeait toujours, il eut l'impression qu'ils n'arriveraient jamais. Il savait qu'un jour on retrouverait le cadavre d'Alcan au pied d'un chêne.

Il était près de deux heures du matin lorsque Serge vit dans les phares sa maison, le grand cèdre, les fleurs qui avaient poussé et le rosier grimpant. Il coupa le moteur, prit Alba dans ses bras en faisant attention de ne pas la réveiller. Il ouvrit la porte, traversa le salon poussiéreux, jeta un coup d'œil au vieux piano et déposa Alba sur un grand lit, celui qui donnait sur le cèdre. Il ouvrit les volets pour laisser le parfum de la nuit entrer dans la chambre avant d'allumer la lumière très douce, semblable à celle du soleil couchant.

Alba s'éveilla, elle ouvrit les yeux, elle eut l'impression qu'un brouillard de sang se dissipait peu à peu. Des milliers d'idées et d'impressions se bousculaient dans sa tête, un visage très beau, très doux était penché sur elle, une main d'où sortait une chaleur incroyable. Derrière le visage, il y avait un grand arbre dont la silhouette se découpait sur le ciel d'un bleu profond, limpide. Elle connaissait cet arbre, elle n'était donc pas morte ; elle connaissait ce visage, ces yeux noirs, cette bouche. La maison était silencieuse, cela sentait bon, et l'homme qui se penchait sur elle lui parlait d'une voix douce et grave. Il répétait le nom Alba, Alba, Alba. Il y avait encore des lambeaux de brume dans sa tête ; alors elle regarda l'arbre de nouveau, puis le visage, puis elle entendit plus clairement ce mot et, tout à coup, il lui parut évident que c'était elle, qu'elle s'appelait Alba, qu'elle voyait le grand cèdre, qu'elle était dans la maison de Serge, que tout était fini, que Charly et les autres étaient morts, qu'elle était chez elle, libre, et que le visage qui était au-dessus d'elle était celui de Serge, qu'il était là vraiment.

Il vit son regard qui commençait à vivre, à comprendre, il vit des larmes qui montaient à ses yeux et les troublaient, puis, tout à coup, il l'entendit murmurer :

– Serge...

Elle se releva sur ses coudes, le regarda encore avec une intensité qu'il n'avait jamais vue chez aucun être humain, puis elle se jeta dans ses bras et le serra contre elle avec une force folle ; ses mains fiévreuses, fragiles se mirent à le parcourir, et Alba se mit à parler, elle disait toujours le même mot, de plus en plus fort avec une passion qui grandissait et le dévorait tout entier. Une joie venue de très loin, une puissance comme ils n'en avaient jamais connue prit possession de leur être tout entier et ils restèrent dans les bras l'un de l'autre jusqu'au moment où le grand cèdre fut illuminé par le jour qui lui donna tout son volume, toute sa beauté.

1981

LOLA

Roman

Pour Jacques et Anne

1

On était en novembre, mois de la pluie, des morts et des ciels sombres.

Serge Gorodish n'avait pas quitté son Steinway depuis huit jours. Il travaillait les *inventions* à deux et à trois voix de J.-S. Bach car ces œuvres donnaient à son esprit, outre la joie musicale profonde, les structures propres à la naissance et au développement des grandes idées.

Un frémissement magique le parcourait, il était sur le point de trouver et Alba le sentait si bien qu'elle s'était rendue presque invisible.

Elle venait de passer l'après-midi à changer de style, elle était fatiguée des couleurs et des vêtements trop voyants, du clinquant et du tape-à-l'œil. Plus elle se sentait devenir femme, plus elle désirait ressembler aux stars des films américains d'après-guerre. Elle venait de claquer cinq mille francs dans la journée et le résultat, aussi sombre qu'il fût, avait de quoi couper le souffle aux Goldwyn et aux Mayer.

Serge ralentit le *tempo* à tel point que son *invention* de Bach devint du Webern, puis il détacha ses mains du clavier, se frappa le front, paume ouverte, et poussa un cri de Sioux qui fit vibrer les harmoniques du Steinway. Il demeura un instant immobile. Dans son cerveau, ça marchait comme si l'on projetait cinquante films sur le même écran. Il n'avait pas besoin de crier : Eurêka ! Il passa de son tabouret de piano à son fauteuil relax, ferma les yeux. Il eut l'impression d'être recouvert de billets comme s'il avait passé tout l'automne couché dans une forêt d'arbres à fric.

Alba poussa la porte de l'ascenseur, elle s'étonna de ne pas entendre le piano et déposa sur la moquette la pile de paquets qu'elle portait.

Serge releva la tête, il vit une Alba inconnue dont la silhouette adolescente était moulée par un tailleur tube de jersey noir. L'adorable visage dont Serge devinait le sourire réjoui était nimbé d'une voilette noire piquée sur un chapeau plat. La longue natte blonde d'Alba reposait sur l'épaule gauche. Les bras étaient serrés par le tissu noir jusqu'aux poignets où apparaissait une fine bande de chair délimitée par la naissance du gant. Alba avait complété le tout par des bas noirs et des chaussures en crocodile à talons aiguilles.

– C'est *Le Grand Sommeil,* dit Alba d'une voix sombre et voluptueuse.

– Viens m'embrasser, Reine de la Nuit, tu es sublime !

– Tu vas verdir quand tu verras la facture.

– Je me doute bien que tu n'as pas trouvé ça chez un fripier. Si tu veux, demain, tu peux acheter les mêmes en flanelle.

– Je croyais qu'on était bientôt à sec...

– Je viens d'avoir l'idée que j'attendais depuis le jour de notre rencontre. Le fric, il faudra une Poclain pour le ramasser.

Alba s'approcha en ondulant des hanches, Serge avait envie de gueuler *moteur,* il vit le travelling, le gros plan : lorsque Alba souleva délicatement sa voilette, il se prit pour Howard Hawks. Il balança un gnon qui fit rouler Bogart sur le tapis et prit sa place au moment précis où le subtil parfum de la bouche entrouverte l'atteignait.

2

Alba se laissa glisser sur les genoux de Serge, lui caressa le front, lui donna un autre baiser du bout des lèvres et lui dit :

– Vas-y, je t'écoute.

– En fait, comme la plupart des bonnes idées, celle-ci est assez simple. Elle part du fait qu'il y a une masse extraordinaire de gens qui savent des choses importantes mais qui, faute de trouver celui qui serait intéressé, les gardent pour eux. Toutes ces idées représentent de l'argent qui dort et qui nous attend. Il fallait imaginer la manière de récolter tout cela et je l'ai trouvée tout à l'heure. Nous allons fonder une petite agence de presse, utiliser l'argent qui nous reste pour une publicité d'envergure, et nous n'aurons plus qu'à attendre. Tu verras, on sera débordés d'appels.

– Comment vas-tu faire cette pub ? demanda Alba les sourcils vibrants d'intérêt.

– J'ai pensé à une seule phrase, sur une page entière de *France-Soir,* du *Figaro* et du *Monde : « Ce que vous savez vaut peut-être de l'argent ».* Au bas de la page, le nom de l'agence et son numéro de téléphone.

– Mais on va recevoir toutes sortes d'appels sans intérêt, on va perdre un temps dingue !

– Bien sûr, mais je suis certain que nous allons aussi recevoir, grâce à l'appât du fric, des renseignements valant leur pesant d'or

– C'est une idée géniale !

– L'important, c'est que nous restions dans la plus stricte légalité, du moins en principe.

– C'est ce qu'il y a de moins drôle.

– Je te promets qu'on ne va pas s'ennuyer. Et puis, c'est une idée inépuisable, ce n'est pas un coup isolé mais une œuvre continue. La première chose à faire : trouver le nom de l'agence et réserver la pub.

– J'ai trouvé le nom de l'agence : Albapresse International...

– C'est bien, d'accord ! Mais il faut aussi s'occuper de la cuisine administrative.

– Au début, ce serait peut-être mieux que je te serve de secrétaire. C'est marrant, ça m'amuserait et il vaut mieux attendre d'être bien rodé avant de faire entrer une étrangère dans le système.

Alba se releva, fit un tour de piste devant Serge, comme un modèle professionnel, et se planta devant lui, mystérieuse.

– Carpaccio, ça te dit quelque chose ?

– Tu t'intéresses à la peinture, maintenant ?

– Oui, mais ce soir, il s'agit de gastronomie. C'est une recette vénitienne, j'ai rapporté ce qu'il faut, pour une fois c'est moi qui vais tout préparer. Une très mince tranche de rumsteak aplatie au rouleau et arrosée d'huile d'olive et de citron avec une bouteille de Frascati. Ça te va ?

– Je m'en lèche d'avance les babines. Je vais travailler un peu mes *inventions,* pendant ce temps.

– On s'achètera un magnétoscope ?

– Comme tu veux, dit Serge en posant les doigts sur les touches encore tièdes du Steinway.

– Tu peux me parler de tes *inventions,* dit Alba qui commençait à officier.

Tout en aplatissant les tranches de bœuf entre deux feuilles huilées de papier sulfurisé, elle se dit qu'elle irait prendre des cours de photographie avec Bernard Plossu et qu'elle s'achèterait un Leica de 1936.

Elle alluma les douze bougies du chandelier, dressa la table, déboucha le vin qu'elle avait placé dans un seau à glace et appela Serge.

3

La première annonce était parue le matin même dans *Le Figaro ;* ils avaient reçu plusieurs dizaines d'appels, avaient donné quelques rendez-vous mais c'est à l'instant où parut *France-Soir* que tout se déclencha.

Pour rencontrer les gens, Alba et Serge exigeaient un petit début de piste. Le sujet, en gros. Pas mal de vilains brochets avaient mordu à l'hameçon.

Le téléphone sonna à nouveau.

Alba fonça sur l'appareil et de sa plus jolie voix répondit :

– Albapresse International...

– Allô... C'est bien Alba Press International ? demanda une voix d'homme mal assurée.

– Oui, Monsieur, je vous écoute.

– Je voudrais parler au directeur...

– Un instant, je vais voir s'il est là.

Alba fit signe à Serge, qui prit le récepteur.

– C'est bien vous le directeur ?

– C'est moi. Avez-vous quelque chose d'intéressant à nous communiquer ?

– Oui, mais je ne peux pas en parler comme ça, et puis j'aimerais savoir des choses avant de vous contacter vraiment.

– Que voulez-vous savoir ?

– Vos prix, par exemple, la fourchette de prix, dit l'homme avec une ombre d'inquiétude dans la voix.

Serge, sans savoir pourquoi, avait l'impression d'être tombé sur quelque chose de *bien.*

– Tout dépend de ce que vous apportez, le prix est le résultat d'une estimation réciproque, mais soyez sans crainte, nous nous entendons toujours avec les clients sérieux.

– Je pense que mon information vaut très cher.

– Pourquoi pas ?... Je suis disposé à payer si cela en vaut la peine.

– Bon... Il faut voir... je préfère vous dire tout de suite que je ne suis pas le pigeon à plumer. Faudra les sortir.

– Venez me voir, on parlera de tout cela.

– C'est tout de même curieux, votre truc ! *A priori,* c'est suspect.

– Vous n'êtes pas obligé de vous adresser à nous, dit Serge d'un ton cassant.

– C'est pas la peine de jouer les offensés. Mon truc, c'est de l'or en barre, alors, si vous voulez tâter au pognon, il faut jouer réglo, vu ?

Alba, l'oreille sur l'écouteur, n'en perdait pas un morceau.

– Je ne peux rien vous proposer d'autre que de passer me voir ; si vous n'êtes pas satisfait de mon offre, rien ne vous empêche de traiter avec un autre.

– Ouais... des formules, tout ça ! Faut dire la vérité, mon truc a l'air de vous intéresser, pas vrai ? Franchement, quand j'ai vu votre annonce, je me suis dit que le mec qui mettait tant de fric pour ça devait avoir une idée derrière la tête et qu'il fallait y aller sur la pointe des pieds. C'est pas très catholique, ce coup...

– Tout dépend de ce que vous avez à vendre.

– Je suppose que si je vous apprenais que mon frère est parti pour le Canada à vingt-trois ans, cela ne vous ferait ni chaud ni froid et que vous ne m'en donneriez pas deux francs.

– Que fait-il là-bas ?

– Vous avez de la suite dans les idées, vous. Il est dans la conserve de poisson. Je ne vois pas pourquoi je vous dis ça. Enfin, mon truc, c'est du solide. Il faudrait que je puisse avoir confiance en vous, après tout je ne vous connais pas. Je veux voir votre bobine avant de me décider.

– C'est pour cela que je vous propose de venir.

– Vous me prenez pour quoi ? Je les connais, les combines : magnétos planqués, photos, pressions pour m'obliger à passer dans la machinerie que vous avez montée. Je suis sûr que vous essayez de savoir d'où j'appelle : je vais au cinéma, moi... Mais ne vous cassez pas, je suis dans une cabine.

– Proposez-moi quelque chose.

– Vous connaissez la place Pereire ? Il y a un tabac, le Royal-Péreire. Allez-y ce soir à 20 heures, installez-vous derrière la vitrine, commandez deux diabolos menthe. On verra s'il y a moyen de travailler ensemble.

– D'accord, à ce soir !

– Un vrai dingue ! dit Serge, après avoir raccroché.

– On a besoin de se détendre, dit Alba.

– Telle que je te connais, tu as certainement une idée derrière la tête ?

– Exactement ! J'aimerais que tu m'emmènes aux Folies-Bergères, au Moulin-Rouge, ou quelque chose du genre.

– Tu crois qu'ils te laisseront entrer ? dit Serge, amusé.

– Évidemment, dit Alba en baissant sa voilette et en sortant de son sac un long fume-cigarettes en argent.

4

Serge glandait depuis un bon moment devant ses diabolos. Pour le palais, il avait commandé un ballon de bordeaux.

– On demande Madame Alba Presse au téléphone ! gueula la patronne du Royal-Péreire.

Serge sursauta et fonça à la cabine.

– Il y a plus d'une demi-heure que je vous attends. J'aime bien qu'on soit exact, dit Serge un peu excédé.

– Vous fâchez pas. J'étais là avant vous, je vous ai vu arriver et tout. Je voulais voir votre bobine avant de me décider, c'est bien normal, non ?

– Bon, cette fois, vous vous décidez ou je laisse tomber.

– Je me suis décidé. Vous n'avez pas la tête que j'imaginais. On va traiter ensemble.

– Ce n'est pas dit que je sois intéressé, dit Serge d'un ton neutre.

– Si, si, vous verrez, c'est du tout gros, dit l'homme plus en confiance. Il n'y a qu'une chose à souhaiter, c'est que vous ayez des bas de lignes solides et des hameçons bien trempés. Vous êtes pêcheur ?

– Non.

– Dommage ! Vous seriez plutôt du genre brochet, alors.

– Et vous, comment vous définiriez-vous ?

– Un poisson plus modeste, tranquille, râblé, trapu, au pédoncule caudal fort et court, les lèvres légèrement obliques et arrondies avec des petits barbillons de chaque côté de la bouche. Le dos vert foncé, les flancs plus clairs, le ventre jaune et les nageoires gris sombre. J'aime les eaux calmes, les étangs, les lacs, les bras de rivière morts, c'est là que je vis, au fond, dans les couloirs, entre les herbiers les plus touffus. Je peux encore vous dire que ce poisson se gave parfois les jours de pluie et qu'aujourd'hui le temps convient à merveille.

– Une tanche ? dit Serge, amusé.

– Je croyais que vous n'étiez pas pêcheur...

– Il ne faut jamais croire tout ce qu'on vous dit.

– Au fond, est-ce que vous êtes prêt à les allonger ?

– Donnez-moi une idée.

– Disons cinq briques.

– Possible...

– Je crois qu'on va s'entendre.

– Vous êtes gourmand...

– Ah ! c'est normal, la tanche est un poisson qui racle les fonds, rien de ce qui se passe dans l'étang ne lui échappe.

– On la pêche au ver, je crois...

– On peut, mais il faut bien préparer l'emplacement avec une pâte, genre pâte à papier : des Pascals, y a rien de mieux, croyez-en l'expérience d'un vieil habitué.

– À quand la rencontre ?

– On a le temps.

– Comme vous voulez, mais donnez-moi une petite indication. Votre tuyau, c'est à quel sujet ?

– Vous aimez le rock ? Le hard rock ?

– Pas spécialement...

– Remarquez, ça ne change rien au problème. Vous connaissez Lola Black ?

– Ça me dit vaguement quelque chose...

– Bon ! Documentez-vous un tantinet et voyez si vous êtes prêt à les allonger. Je vous rappelle sous peu.

Dehors, c'était la nuit, la pluie, les lumières reflétées sur l'asphalte, un temps idéal pour une tanche.

5

Serge mit son parapluie à égoutter dans l'entrée, il venait de passer chez Pan-Musique.

Alba, couchée sur la moquette, séchait sa chevelure blonde. Elle arrêta son appareil et vint embrasser Serge. Elle était splendide dans son peignoir bleu nuit.

– Tu as acheté un disque ?

– Mets-toi dans le fauteuil relax, ouvre tes oreilles.

Serge plaça *Fires,* le dernier album de Lola Black, sur la platine. Un torrent de *heavy metal* se déversa des enceintes. Alba éclata de rire.

– T'es vraiment un mec dingue, Serge ! hurla-t-elle.

Serge écouta un moment sans rien dire puis baissa le son.

– Tu connais ?

– Bien sûr, c'est Lola Black Group. C'était la star n° 1 du hard rock. Génial, non ?

– Pourquoi *c'était* ?

– Tu n'es pas au courant ? On a dit qu'elle s'était suicidée ou qu'elle était morte noyée, on a retrouvé son corps sur une plage de Californie.

– Tu en es certaine ?

– C'est une histoire qui a fait assez de bruit, autant que si Haydn et Beethoven s'étaient flingués le même jour, dit Alba en riant... Tu l'as vu, ton type ?

– Non.

– Ça vient d'où, cette fixation sur Lola Black ?

– De la Tanche.

– Quoi ?

– Le type, il se prend pour une tanche. Je lui ai parlé au téléphone. Son tuyau concerne Lola Black. C'est pour ça que j'ai acheté le disque. Il m'a dit de me documenter avant son prochain coup de fil.

– J'ai une idée terrible : il y a justement un film qui passe sur elle en ce moment au Vidéostone, rue des Grands-Augustins. C'est à deux pas... on y va ?

– Parfait ! Je pense qu'il rappellera demain.

C'était un montage de divers documents tournés au cours de la fulgurante carrière de Lola Black.

Éclairages rouges et bleus. Les musiciens se lancent dans une intro délirante de rythme, de violence et de lyrisme. Serge se dit qu'il y a des moments étonnants. Tout à coup la scène est noire. Un grand trou dans la musique. Sifflets, hurlements de la foule. Spots blancs qui ouvrent une route entre les énormes enceintes Hiwatt et sur un riff de guitare implacablement balancé paraît la star du *heavy metal* dans toute sa splendeur. Silhouette nerveuse, féline, électrifiée, errante dans la nuit percée d'incandescences ; presque hésitante, toute de passion contenue, elle scrute son public, le sonde pendant de longues secondes ; cris de délire, les videurs balancent un mec qui a sauté sur scène, Lola brûle les planches par sa seule présence. Lentement son bras décrit un arc de cercle, le micro qu'elle tient s'approche de ses lèvres et, soudain, tout commence dans un hurlement où se mêlent la batterie de Tommy Bonaparte coiffé d'une mitre d'évêque, la guitare de Sitting Bull Plastic qui bondit, vêtu d'un pantalon de cuir indien dans la ceinture duquel est passé le calumet qu'il fume parfois en plein concert, la basse de Mexico Flat, immense gaillard filiforme vêtu d'un jean et d'une robe de mariée constellée de taches, une colonne de tifs noirs au sommet du crâne.

Les longs cheveux sombres de Lola sont projetés en l'air, elle se déchaîne puis se rassemble, reste ensuite presque immobile, ses boys gravitent dans l'espace. Elle les embrasse un à un parmi les cris de délire et tout à coup commence *Fire,* un rock de vingt-deux minutes à faire exploser la galaxie.

Mexico Flat pète une corde de sa basse, il éructe de colère et écrase sa guitare sur le sol, puis saute sur les morceaux à pieds joints en poussant des hurlements de dément rythmés par les explosions de la batterie, de la guitare et la voix de Lola. Une nouvelle basse arrive, portée par un acolyte chevelu. Le train d'enfer repart de plus belle.

Lola s'immobilise et sur un fond instrumental à peine perceptible scande un long poème tremblant, tout d'intensité contenue. La caméra scrute son visage vibrant, son regard de cocaïne liquide. Dans la salle, c'est le délire. Lola, la grande prêtresse du hard rock, boit l'admiration de son public qui la pousse toujours plus haut. Le rythme reprend, d'acier et de sang.

Serge est bouleversé par cette musique dense comme un fleuve de lave souterrain qui prend possession de chaque partie du corps. Il passe un bras autour des épaules de sa nymphe qui se blottit contre lui et profite de la première interview pour l'embrasser. Pour Alba, il n'est pas de film qui n'ait de temps mort propice à quelques épanchements.

On voit Sitting Bull Plastic assis sur un tabouret de studio, il sirote un café dans un gobelet blanc. L'interviewer, Phil Mann, s'approche :

– Vous avez accompagné Lola depuis le début. Que représente sa mort pour vous ?

Le regard fatigué de Sitting Bull Plastic se lève avec mépris sur l'interviewer. Il absorbe encore une gorgée de café, pose son gobelet sur un baffle, puis balbutie dans le micro tendu vers lui :

– Lola, tu sais... sa mort... elle a juste enculé le néant. Le triomphe des bâtards puants et des marques de brosse à dents. Tu sais, la grande armée d'enculés du genre *moi madame, j'ai un chien avec pedigree qui me vient de l'oncle de Bob Dylan,* tu vois ce que je veux dire... tu parles, enculé le néant, tout droit, c'est la fin de la sérénade.

Sitting Bull Plastic se lève, balance un furieux coup de pied dans un baffle, la caméra recule et sort du studio avec l'interviewer.

Musique encore.

Puis Guzzi Smith, dans sa Rolls, l'imprésario de Lola. Il porte une coiffe d'Apache en plume d'aigle et un costume blanc.

– Pour moi, Lola était la Divine. On l'a dit de Garbo mais c'était pas vrai. C'était Lola. En trois albums, elle a déferlé sur le monde comme un ouragan.

Une voix :

– Quelle est selon toi l'histoire vraie de sa disparition et de sa mort ?

– Tout vient des tristes légions silencieuses. Les zombies des marécages, c'est la conclusion à laquelle la NASA et moi-même sommes parvenus.

– Peux-tu nous raconter l'histoire ?

– On faisait un concert au *Family Dog* à Frisco. Même la mer fermait sa gueule pour écouter Lola. Après, il y avait toute une tournée organisée. À la fin du concert, les légions silencieuses ont braqué leur lumière blafarde sur Lola. Elle a eu un *breakdown,* elle avait tout donné ce soir-là. C'était dingue. Elle a annulé la tournée. Elle avait besoin d'aller retrouver le *Grand Esprit de la Forêt* qui l'attendait à Big Sur, dans sa cabane. J'ai conduit Lola à Big Sur, elle a voulu rester seule. Une semaine plus tard, je suis revenu pour la voir. La cabane était vide. J'ai pensé qu'elle était en méditation dans la forêt, qu'elle cherchait l'union magique avec le *Grand Esprit.* J'ai attendu deux jours. On a fait des recherches. Elle avait disparu. Un mois plus tard, on a retrouvé son corps au bord de la mer. J'ai été le voir. La tête avait été coupée. On reconnaissait plus rien.

– Crime ou suicide ?

– Casse-toi, répondit Guzzi Smith en faisant signe à son chauffeur de démarrer.

Suivent d'autres morceaux, une émission de télé où l'on voit les débuts de Lola, encore assez sage, mais avec cette intensité déjà unique.

Le film se termine par le concert du *Family-Dog* où son dernier album, *Fires,* fut enregistré *live.*

Dernière vision du visage pathétique de Lola. Elle s'affaisse sur scène alors que les musiciens viennent de tout casser pour en arriver au silence. Le cameraman qui s'était approché pour filmer Lola étendue sans connaissance reçoit un coup de manche de guitare. Mouvement rapide et flou fixé par la caméra.

Serge et Alba sortent. Ils marchent jusqu'aux quais en se tenant par la main. Il pleut.

– Demain, on ira acheter ses deux autres albums, dit Serge.

6

Sympas, les mecs de *Rock and Folk*. Malheureusement, Phil Mann n'y était pas. Alba fit tout un cinéma pour obtenir son adresse.

Lorsqu'elle débarqua dans un hôtel déglingué qui avait dû connaître son heure de splendeur, un concierge aux allures de croque-mort lui indiqua la chambre 17 au premier étage.

Alba frappa trois coups.

– Entre ! entendit-elle gueuler.

Le Phil Mann en question était en train de siroter une Suze tout en pianotant sur une Underwood d'avant-guerre.

Alba s'avança. Elle le reconnut tout de suite. C'était lui l'interviewer du film. Un grand maigre qui devait avoir besoin d'une couturière pour retirer son jean. Il se frotta les yeux, repoussa sa grande mèche de cheveux noirs et Alba découvrit un regard à 20000 watts et des lèvres en forme de paradis artificiel.

– Salut ! Je m'appelle Alba.

– Ça se voit, dit Phil. Attends, je boucle mon papier.

Il écrivit sans réfléchir : « L'ange est descendu, la suite dans le prochain, si j'en reviens. Ciao. ».

– Il va manquer un quart de page. Tant pis, ils mettront une photo.

Sur une pile de disques et de magazines qui tenait par miracle sur un coin de sa table, Phil prit un appareil Polaroïd et fit une photo d'Alba qui n'eut pas le temps d'être surprise.

Alba s'approcha et vit apparaître progressivement son image.

Phil punaisa la photo au mur et dit :

– Très bien, très bien, excellent pour un début ! On devrait faire un *remake* du *Grand Sommeil* tous les deux, tu crois pas ?

– Pas maintenant, c'est l'heure du goûter, dit Alba.

– C'est vrai, dit Phil en décrochant le récepteur du téléphone.

Il attendit quelques secondes. Alba regarda les photos de stars épinglées aux quatre coins de la pièce. Il y avait des fripes partout, une grande reproduction d'un nu de Marilyn, des baffles accrochés au plafond dont les fils aboutissaient à un grand tiroir, sous le lit, où Alba aperçut une chaîne miniature.

– Eh ! gros, monte-nous un goûter dare-dare... Fais avec ce qu'il y a... d'accord... je parlerai de toi dans mon prochain papier.

– J'aime bien tes articles, dit Alba.

– Ouais, moi aussi, surtout celui que je viens de faire. Dans quoi tu me lis ?

– *Rock, Libé, Les Nouvelles Littéraires.* Tu as écrit des trucs sur Lola Black ?

– Ouais, un surtout.

Phil se leva, fouilla parmi une pile de dossiers de couleur et finit par trouver.

– Tiens, j'en ai même deux. Le premier, c'est une sorte de fiche de signalement, comme diraient les flics. Je vais te les lire, dit Phil en s'asseyant sur le lit défait.

Alba s'installa près de lui. Phil commença sa lecture :

CARTE D'IDENTITÉ DE LOLA BLACK.

Nom : Nash
Prénom : Virginia
Date et lieu de naissance : 22 septembre 1948 à Detroit, USA.
Taille : 1,68 m.
Poids : 59 kg.
Groupe sanguin : O+
Goûts et préférences
Plat : Fromages français.
Boisson : Bourgogne.
Tabac : Opium.
Jour : Sept nuits par semaine.
Couleur : Deux l'une à côté de l'autre.
Parfum : Santal.
Ville étrangère : New York.
Ville française : Beaune.
Animal : L'homme.
Distraction : Le silence.
Métal : Heavy...
Culture
Écrivains : Rimbaud.

Musique : Musique.
Compositeurs : De Monteverdi à Carla Bley.
Chanteur : Lotte Lenya.
Théâtre : Carmelo Bene.
Cinéma : Edward G. Robinson, James Cagney.
Actrices : Gene Tierney, Silvana Mangano.
Journaux : Intimes.
Philosophe : Lao Tseu.
Personnage historique : Al Fit.
Événement historique : La création du monde.
Caractère et personnalité
Études : On the road.
Religion : Panthéiste.
Qualités : La réalité.
Défauts : La réalité.
Manie : Communiquer.
Nerveuse : Vivante.
Violente : Sur scène.
Lieu préféré : L'intérieur du corps.
Argent : Super.
Meilleur souvenir : Sur scène.
Mauvais souvenirs : La vie.
Ennemi : Les hordes invisibles.
Hommes : Vivants.
Vocation : Amour.

Le gros entra et déposa le plateau sur le lit en faisant un clin d'œil à Phil.

Il y avait du thé, deux saucisson-beurre et quatre mille-feuilles.

– Ça donne une idée, dit Alba.

– Tu en veux, de ce goûter ?

– Après, lis-moi l'autre article.

Lettre à personne

Lola, c'est Phil, tu te souviens, Albuquerque, juin 78, on s'était rencontré dans un *fast-food,* j'avais déjà écrit sur toi, je tenais mon hamburger, je t'ai regardée, on s'est fait un sourire, Sitting Bull Plastic était là, à côté de toi, et tu m'as dit :

– Assieds-toi.

Tu ne savais pas qui j'étais, j'aurais pu être n'importe qui. Tu avais peut-être lu mes poèmes, *City Light Books,* c'est un peu le caravansérail. On était bien. Sur le plastique rose de la table, j'ai écrit un poème sur la musique, Lola Night, tu te souviens. Sitting Bull regardait dans la rue baignée de lumière en jetant un riff imaginaire dans l'espace.

Tu as tourné la tête pour pouvoir lire le poème, tu l'as relu et tu m'as regardé de tes grands yeux – inoubliable moment – et tu m'as dit :

– Phil...

Alors on s'est levés tous les deux, on s'est embrassés par-dessus la table et le plastique et le poème, comme frère et sœur de l'espace.

Sitting Bull a dit : *L'oncle de l'Alabama,* puis il a enjambé la banquette et il est parti en chantant *Dark Deep Rock.* Dehors, les gamins mexicains se sont mis à le suivre en lui demandant des autographes et lui, pris de panique, il s'est mis à courir. Alors tu m'as dit :

– C'est un garçon sauvage.

On est resté un moment tous les deux, on a fumé un joint et le patron du fast-food nous a insultés en mexicain. Alors on est sortis. La rue était presque déserte car tous les gamins étaient partis derrière Sitting Bull.

On ne parlait pas, l'espace entre nous était à la fois fluide et bourré de pépites. On a marché jusqu'à ta Ford, un vieux modèle qui avait bouffé de la route, elle était bleue, pleine de chromes où le cosmos se reflétait, et les sièges brillaient quand on passait sous un réverbère. Tu as mis la radio, il y avait Billie Holliday qui chantait *My man.* Alors, à la lueur de la lune, j'ai vu des larmes dans tes yeux.

Quand ç'a été fini, tu as coupé la radio et t'as juste dit, comme si tu parlais au ciel :

– Billie...

Et on a roulé tranquillement, sans savoir où on allait. Quand on s'est arrêté, c'était le désert, un grand espace de lumière laiteuse et dans la Ford, tu m'as dit d'embrasser tes cheveux. Je les ai pris dans mes mains et je les ai baisés.

On se regardait. On a enlevé nos jeans, ton slip était vert et on a fait l'amour pendant qu'un Mexicain surgi du désert nous regardait et qu'on voyait briller ses yeux sous son grand chapeau. Alors aujourd'hui, comme toi, une nuit de juin à Albuquerque,
JE DIS LOLA
JE DIS LOLA COMME TU DISAIS BILLIE
AVEC LA MÊME ÉMOTION
DANS LE DÉSERT
Je ne t'ai jamais revue mais je t'aimais comme tous ceux avec lesquels tu as fait l'amour dans ta vieille Ford.
Je t'aimais parce que tu étais la musique.
Le *heavy metal* douloureusement incarné.
Le cri qui réveille les corps.
La beauté du rock jailli de tes entrailles.
La chaleur de tes yeux
Et ta voix : Assieds-toi...
Pendant ce temps-là, tu brûlais ta vie
Aux accords terribles
Et les coups de gong dans l'infini
Et la musique du silence quand tout était brisé et que les amplis restaient branchés sur rien.
Alors tu fuyais car tu venais de donner ta vie.
Ou, comme un soir de juin, tu disais à un gars :
Assieds-toi, et Sitting Bull courait dans la rue.
Comme tu disais Billie, je dis Lola.
Il n'y a pas de lune.
Je suis dans ma chambre à New York
Devant ma machine de métal froid
Et mes larmes ne sont illuminées par rien.

Alba resta silencieuse. Elle réalisa que, pendant cette lecture, elle s'était allongée et qu'une main de Phil s'était posée sur ses seins qu'elle caressait.

– La vache, articula Alba, c'est beau, ton truc !

Phil se coucha près d'Alba. Elle l'embrassa.

– Mets ta main sur ma peau, dit-elle en tirant sur le chemisier coincé dans sa jupe.

Phil ne pensait déjà plus à Lola, il eut l'impression d'être le premier mec à marcher sur la Lune, tout en douceur, en état d'apesanteur, dans un rock soft et étiré, chanté par le corps d'Alba.

Il lui retira sa combinaison spatiale noire, ses moon boots et là, les ordinateurs de la Nasa entonnèrent des chants d'amour qu'aucun ingénieur n'aurait pu comprendre.

Phil flippait quinze fois plus que si on venait de lui remettre le Nobel pour ses papiers incendiaires. Jusqu'ici, il avait surtout consommé de la groupie, mais là, c'était le Pérou, la Chine et l'Inde réunis.

Tout à coup, Alba se sentit traversée par un courant glacé. Elle se mit à penser à Serge. Ce n'était pas le moment de se laisser dépuceler par un griffonneur d'articles alors qu'elle pouvait avoir la réincarnation de Beethoven dans son pieu.

À l'instant où Phil allait la pénétrer, elle poussa un cri dont la violence paralysa son beau rocker.

– Ne crains rien...

– Vous, les mecs, vous croyez toujours qu'on craint quelque chose...

Alba s'arracha à la douceur du lit. Elle ressemblait à un dragon prêt à cracher une flamme mortelle.

– On a pas peur ! On choisit ! Et je viens de choisir de me tirer !

Phil n'avait jamais vu une fille disparaître aussi vite. C'était comme sous l'effet d'un coup de baguette magique. Il se retrouva seul dans la pièce où le parfum du corps d'Alba flottait encore.

Alba ne comprenait pas pourquoi elle se sentait coupable. Elle tournait en rond dans le quartier sans oser se pointer chez elle. Elle savait que son état de trouble n'échapperait pas à Serge. De toute manière, il ne croirait jamais qu'elle avait sauté de l'avion en marche. Elle se demanda si elle n'aurait pas mieux fait d'en finir, histoire de rendre Serge dingue une bonne fois pour toutes. Des sentiments opposés se bousculaient dans sa tête. D'un côté, elle n'en avait rien à secouer de perdre sa virginité ou de la garder comme une pièce de musée. Sa réaction avait été purement physique. Elle n'avait pas eu envie de faire l'amour avec un autre que Serge.

7

Tout à coup, une idée lumineuse lui vint. Elle allait boire un bon coup et rentrer complètement éméchée. Serge mettrait son trouble sur le compte de l'alcool et tout passerait en douceur. Elle dirait que Phil Mann lui avait fait boire un truc bizarre. Elle avait tout de même quelques articles dans sa poche pour prouver sa bonne foi.

Alba entra dans un bistrot, commanda un whisky mais le patron lui servit une grenadine.

– Désolé, Mamzelle, mais en ce moment, avec tous ces contrôles, on doit faire attention à ne pas servir les mineurs.

– Vous savez que vous ressemblez au type qui plie les becs de gaz dans les films de Charlot, lui dit Alba d'un ton glacé.

Le patron ne se démonta pas et lui offrit sa grenadine.

Alba n'essaya pas d'autres zincs, elle se rendit bien compte que ce serait partout pareil.

Elle sortit du supermarché de la rue de Buci avec une bouteille de J & B. Restait à trouver un coin peinard pour la siroter. Alba se réfugia dans le premier cinéma venu, sans même regarder quel film était à l'affiche.

Elle s'installa au dernier rang et but un premier coup qui lui ravagea la gorge.

En ressortant, elle fit quelques mètres, jusqu'au premier banc qu'elle faillit manquer.

Dans le noir, ça allait encore, mais en pleine lumière, elle réalisa qu'elle en avait pris un peu trop. « Maintenant, faut que je rentre », se dit-elle à cinq ou six reprises.

Elle essaya de remonter le boulevard Saint-Germain mais les arbres étaient si cons qu'ils lui barraient le chemin.

Pour finir, elle réussit à faire comprendre à un chauffeur de taxi où elle habitait. Le gars la mit dans l'ascenseur et monta avec elle.

Serge entendit quelques borborygmes et la voix d'un type. Il se leva et ne put s'empêcher de sourire en voyant son Alba complètement bourrée.

– Je l'ai trouvée sur le boulevard Saint-Germain, qu'est-ce qu'elle tient la petite !

Serge remercia le chauffeur, paya la course et transporta

son ange jusqu'à la salle de bains. Il la déshabilla, la mit sous la douche pour lui donner un petit coup de fouet, la sécha et la coucha.

– Qu'est-ce qu'il t'est arrivé ? demanda-t-il d'une voix amusée.

– Tu sais, le type de *Rock and Folk*, Phil Mann, j'ai fait... enfin, on a bu un truc, de la Suze, chez lui et...

Gorodish tira les rideaux et dit :

– Repose-toi, ça ira mieux tout à l'heure.

Alba eut l'impression que son lit roulait et tanguait sur une mer démontée où elle finit par sombrer.

Gorodish savait distinguer l'odeur de la Suze de celle du whisky, et qu'Alba était trop futée pour se saouler avec un type qu'elle ne connaissait pas. Serge avait remarqué la gêne de sa nymphe lorsqu'il l'avait déshabillée et avait assez vite compris ce qui s'était passé chez ce Phil Mann.

Il retrouva un morceau de papier sur lequel il avait noté un numéro.

– Bonjour, Madame, j'ai été client chez vous il y a six ou sept mois.

– Donnez-moi votre nom et votre adresse, s'il vous plaît.

La femme vérifia puis revint au téléphone.

– Que désirez-vous, Monsieur ? Avez-vous des goûts particuliers ?

– Une belle brune, pas trop jeune, la trentaine.

– Chez vous ou chez elle ?

– Chez moi, le plus vite possible.

– Elle sera là d'ici une demi-heure, elle s'appelle Léa. C'est pour la nuit ?

– Deux ou trois heures seulement.

Serge fouina dans ses partitions, sortit la Fantaisie K 397 de Mozart et la joua cinq fois d'affilée.

Alba rouvrit un œil, elle avait mal à la tête, elle eut la sensation que sa langue collait à son palais. Elle alluma, regarda son réveil. Il était 22 h 30. Elle entendit la voix de Serge puis une autre, celle d'une femme.

Alba se pinça pour voir si elle était dessoûlée. Elle sentit la pression des ongles sur sa peau. Elle passa alors un grand

T-shirt américain rayé de vert et de rose, ouvrit sa porte et se dirigea vers le salon.

La porte de la chambre de Serge était ouverte. Le lit était défait. Par terre, elle vit un tailleur pêche, un slip, un soutien-gorge.

Elle avança dans le salon, vit Serge et une beauté sortie tout droit des pages d'un magazine, une serviette autour de la taille, en train de vider une bouteille de champagne. Serge toisa Alba pendant un temps qui lui sembla une éternité, puis il dit à Léa :

– Je te présente ma fille, Alba.

Alba restait pétrifiée, elle était pâle, des larmes coulèrent de ses yeux, et elle n'eut que le courage de crier :

– Salaud !

Elle courut dans sa chambre, enfouit sa tête dans son oreiller et pleura toutes les larmes de son corps.

– Tu peux t'en aller, Léa.

– Tu ne devrais pas faire ça devant ta fille, elle était terriblement choquée. La prochaine fois, viens chez moi.

– D'accord ! dit Serge.

Le téléphone sonna :

– Allô... Ici la Tanche.

– Ah ! fit Gorodish, lointain.

– Alors, vous avez salivé sur mon tuyau ?

– J'ai suivi votre conseil, je me suis documenté. Votre coup était mal ficelé. Lola Black est morte en Californie. On a retrouvé son corps sur une plage, il y a plus de six mois. Vous devriez suivre l'actualité de plus près. Abonnez-vous à *Rock and Folk*, c'est une excellente revue, ou lisez Phil Mann dans *Les Nouvelles littéraires* si vous préférez.

– Je me fous pas de vous, parole ! Tout ce que je peux vous dire, c'est que la fille n'est pas plus morte que vous et moi. Je sais des choses sur elle. Je l'ai vue de mes propres yeux, et plus d'une fois. Je sais où elle se cache, et c'est pas loin, c'est en France. Ça vous en bouche un coin, non ?

– Comment avez-vous pu reconnaître une chanteuse de rock, vous suivez les hit-parades ?

– Non, pas du tout, mais figurez-vous que j'ai une petite-fille, qu'elle a seize ans, qu'elle aime le rock et que, pendant toutes les vacances, j'ai eu droit aux posters de Lola Black, alors c'est évident que lorsque je l'ai vue, je l'ai tout de suite reconnue. Je me suis intéressé, j'y suis retourné sans rien raconter à personne, et ma petite-fille, elle m'avait bien dit qu'elle était morte, alors j'ai trouvé l'affaire étrange, j'ai fouiné un peu et je peux vous dire qu'habiter là où elle habite, c'est pas normal. Elle se cache. Elle est vivante. Pour un tuyau, c'est un tuyau, non ? Il doit y avoir beaucoup de gens qui voudraient la retrouver, non ?

– Vous commencez à m'intéresser.

– Préparez l'oseille et vous saurez tout le reste. Un retraité, ça a tout le temps de fouiner. Je suis plus malin que j'en ai l'air.

– Probable.

– Vous êtes là le soir ?

– Oui, appelez-moi quand vous voulez.

– Je préfère qu'on se voie la nuit, je peux pas vous donner de rendez-vous tout de suite. Préparez les sous et attendez.

Serge s'assit devant son Steinway mais il ne joua pas. Il écoutait les pleurs étouffés d'Alba.

Un peu plus tard, il ouvrit le réfrigérateur et se versa un grand verre de lait qu'il but à petites gorgées.

Lorsqu'il se sentit calmé, il entra dans la chambre d'Alba qui pleurait toujours, mais sans bruit. Il n'alluma pas la lumière, s'assit sur le lit et caressa les cheveux d'Alba jusqu'à ce qu'elle eût fini de pleurer.

Alba se retourna. Serge la serra contre lui.

– Pourquoi as-tu fait ça ? demanda-t-elle.

– Tu peux faire ce que tu veux, lui dit Serge doucement, mais n'essaie jamais de me mentir.

Serge souleva Alba et la porta jusque dans le grand lit, contre lui.

– Tu n'as rien compris, connard, dit Alba d'une voix suave. Tu peux vérifier si tu veux... J'ai abandonné le navire à la nage tandis que toi, tu t'es pris pour le capitaine qui débarque dans un port.

8

À 5 heures du matin, Serge fut tiré des bras de sa nymphe par la sonnerie du téléphone.

– C'est vous ?... dit la voix affolée de la Tanche.

– Vous êtes matinal, répondit Gorodish, la bouche pâteuse.

– Ils m'ont dans le collimateur, je crois que je suis cuit.

– Qu'est-ce que vous dites ?

– Cette nuit, au Châtelet, ils m'ont poussé sous une rame de métro, c'est miracle si je m'en suis tiré.

– Qui ça, *ils* ?

– Je ne sais pas, je ne l'ai pas vu, j'ai juste senti sa paluche dans mon dos.

– Ne vous affolez pas, où êtes-vous ?

– Je suis chez moi, boulevard de Courcelles. Il faut que je vous voie le plus vite possible, ils veulent ma peau. Vous avez l'argent ?

– Oui.

– Je pense aller me mettre au vert dans le Jura, j'y ai de la famille. Je ne peux plus rester ici, ils m'ont repéré.

– Numéro, étage ?

– 46 ter, troisième gauche.

– Ne bougez pas, je viens.

– Si jamais il m'arrivait quelque chose, j'ai tout écrit et j'ai posté l'enveloppe à ma sœur Juliette Dupraz, 22 allée Carlo Lully, à Poissy. Elle vous remettra les renseignements en échange du fric.

– Je suis là dans une demi-heure, dit Serge en notant le nom et l'adresse.

Puis il sortit son 45 de l'armoire, le chargea, s'habilla, prit le fric et partit.

Serge repéra le 46 ter ; comme il n'y avait pas de place disponible, il laissa son break en seconde position. Au moment où il allait sortir de sa voiture, la porte de l'immeuble s'ouvrit, un petit homme aux cheveux noirs, à la démarche nerveuse, partit en sens contraire.

Serge le laissa s'éloigner puis monta par l'escalier jusqu'au troisième. Il allait sonner lorsqu'il réalisa que la porte était entrouverte et le chambranle marqué par deux morsures de pied de biche qui venaient sans doute de faire sauter le verrou. Il sortit son colt, avança, les sens projetés à travers la pénombre.

Sur un large fauteuil couvert d'un hideux tissu à fleurs usé à l'endroit des accoudoirs, un chat roux couché sur des vêtements le regardait avec indifférence. Serge ne tarda pas à distinguer le corps de la Tanche éclairé par la lumière blafarde des réverbères extérieurs. Il alluma la suspension. La Tanche gisait sur le dos, la gorge tranchée, le sang giclait encore des artères par saccades. Comme toutes les tanches, celle-ci sécrétait un mucus abondant.

Serge était certain d'avoir croisé le meurtrier. Arrivé quelques minutes plus tôt, il aurait pu sauver la Tanche. Il se rappela alors l'existence de la sœur et sortit le papier sur lequel il avait noté l'adresse. C'était le dernier lien qui l'unissait à Lola Black.

Serge arriva à Poissy devant un petit pavillon trapu aux volets peints en jaune. Il y avait de la lumière à l'intérieur, les volets étaient encore fermés. La ruelle était déserte, la pluie avait cessé depuis un instant, on sentait une lueur dans le ciel couvert de nuages bas. Le jour allait bientôt se lever.

Serge savait qu'on n'allait pas tarder à retrouver le cadavre de la Tanche. Dans sa fameuse lettre, il avait certainement indiqué l'adresse d'Albapresse International et lorsque la police irait enquêter chez la sœur, cette dernière risquait de leur remettre les documents, à moins que l'appât du gain ne soit le plus fort. Serge se dit que la lettre n'était peut-être pas encore arrivée, elle pouvait même n'être délivrée que ce matin.

Il se cala confortablement et attendit. Il risquait aussi bien de rencontrer le petit homme noir que le facteur. Le 45 dormait, tranquille, sur la banquette.

Glissements de quelques véhicules, sur le bitume encore mouillé. Serge coupa le moteur et la ventilation. Le froid remontait doucement le long de ses jambes.

Le jour se levait. Les lumières du pavillon s'éteignirent l'une après l'autre. La porte s'ouvrit, se referma, Serge entrevit la silhouette d'une femme d'une cinquantaine d'années. Elle regarda sa montre et sortit. Serge craignait de la voir venir dans sa direction, mais elle prit celle du centre ville.

Vingt minutes plus tard, il entendit le ferraillement d'une bicyclette. Dans son rétroviseur, il vit une jeune fille noire, de profil, glisser quelques lettres dans une boîte.

La postière dépassa le break, fouilla dans la sacoche et en sortit une enveloppe beige de grand format qu'elle introduisit dans la boîte de Juliette Dupraz.

Lorsqu'elle eut disparu, Serge sortit du break, ouvrit le portail de fer jaune et la boîte, il prit la lettre. L'expéditeur avait pris le soin de mentionner son adresse, Serge en fut soulagé.

Il roula quelques minutes puis se rangea sur le bas-côté de la route, impatient de prendre connaissance du contenu de la dernière missive de la Tanche.

Paris, le 15 novembre.

Chère Juliette,

Il m'arrive des choses que tu auras de la peine à comprendre. En fait, il est possible que je sois mort quand tu recevras cette lettre. Tu verras que je ne suis pas si ingrat et que je te laisse un petit pécule. Tout ça grâce à la pêche qui, cette fois, ne te fera pas d'ennuis.

Un monsieur viendra te voir, tu lui remettras la seconde enveloppe contre cinquante mille francs nouveaux en liquide. Surtout, te laisse pas faire. Ne donne l'enveloppe que contre l'argent. C'est sans risques.

S'il ne m'arrive rien, garde l'enveloppe. De toute façon, il vaut mieux pour toi que tu ne l'ouvres pas.

Henri.

Ayant lu la première lettre en diagonale, Serge ouvrit la seconde enveloppe sur laquelle était écrit au stylo rouge : *À NE REMETTRE QUE CONTRE LES 50 000 FRANCS NOUVEAUX.*

Monsieur,

Voici donc les renseignements dont je vous ai parlé concernant la chanteuse Lola Black, qui habite avec un *homme dans une ancienne guinguette sur une île qui a changé de nom, sur la Seine, en face de Poissy, et qui était appelée autrefois l'*Ile aux Dames. *La maison est au centre de l'île, elle est difficile à trouver parce que là-bas, c'est la jungle. Pas de chemin, des ronces, des herbes et des arbres tombés. Cette île est la seconde sur la Seine. Il y en a une autre, là où est la piscine et où vous trouverez un loueur de barques et une buvette. Pour y arriver, il faut appeler le passeur, il viendra vous chercher. C'est un vieil homme très aimable, il me connaît bien. Dites que vous êtes un ami de monsieur Henri, il vous aidera.*

La Tanche, alias Henri Dupraz, au 46 ter, Boulevard de Courcelles.

Serge replia la lettre et la glissa dans sa poche. Il avait envie d'aller illico faire un tour sur l'île, mais l'affaire était trop importante pour prendre le moindre risque. Venir laver une barque à 8 heures du matin, en novembre, sous la pluie, n'était pas l'action anonyme par excellence.

Serge décida d'aller retrouver Alba et de s'accorder un temps de réflexion.

Comme il avait la dent, il s'arrêta à la première boulangerie et acheta quelques croissants en ruminant le plaisir d'aller réveiller sa nymphe.

Alba, assise en lotus sur la moquette, près du piano, demeurait immobile, les yeux clos, dans un vulgaire pyjama de coton. Lorsque Serge entra, elle ne bougea pas.

– Tu médites ? lui demanda Serge, un sourire dans la voix.

– J'essaie d'entrer en communication avec *Le Grand Esprit de la Forêt,* dit Alba d'une voix grave et douce.

– Tu tombes bien, parce que je crois que nous allons être amenés à le rencontrer.

– Ah ! fit Alba sérieuse, tu médites aussi ?

– À ma manière.

– Tu as vu des choses ?

– Oui, j'ai eu la révélation d'une île sur la Seine où se chacheraient Lola et son petit ami.

– Tu vois, *les tristes légions silencieuses* et *les zombies des marécages* n'ont encore rien fait pour nous empêcher de communiquer.

– Ça pourrait bien venir. Il va falloir faire attention. Les zombies manient le rasoir comme une faucille. Ils ont déjà tranché la Tanche.

– Vrai ? dit Alba en décroisant les jambes.

– Je l'ai trouvé la gorge ouverte comme une ouïe.

– Pauvre type ! dit Alba avec une moue.

– Il s'est fait piéger quelque part, il va falloir y aller très-très doucement. J'ai les renseignements, mais il faut prendre le temps de réfléchir. De toute manière, nous pouvons être certains qu'il avait mis le doigt sur une affaire.

– C'est loin ?

– Une petite heure.

– Tu veux qu'on aille faire un tour par là ?

– Bien sûr, mais il faut trouver comment. Difficile de débarquer sur une petite île sans se faire remarquer.

– Je pourrais y aller, ils ne se méfieront pas. Laisse-moi faire, tu verras...

– Non. Ce qu'il faudrait, c'est jeter un petit coup d'œil d'une manière naïve et ensuite, trouver quelque chose. Il y a un type qui loue des barques, mais, à cette époque de l'année, elles doivent être rentrées. On ne peut pas non plus partir à la pêche, ce n'est pas la saison, il faut découvrir quelque chose d'autre.

– Ça sent les croissants.

– On va se faire un bon petit déjeuner, on trouvera bien le joint.

– Il avait l'air sympa, la Tanche ?

– Je n'ai pas eu tellement le temps de voir. Crois-moi, on tient un truc gros comme une maison.

Serge coupait un croissant en deux pour le fourrer de miel et de beurre. Il contemplait Alba qui en faisait autant. Elle avait l'air d'une gamine dans son pyjama bleu ciel.

– Le temps est toujours aussi dégueulasse, dit-elle sentencieusement.

Elle mordit dans son croissant puis repoussa ses longs cheveux blonds en arrière. Sa poitrine frémit. Comme émotion matinale, c'était un peu chargé pour les sens de Serge.

– Je me demande pourquoi elle a tout laissé tomber, Lola. C'était tellement super, ce qu'elle faisait, dit Alba en pensant à haute voix.

– On finira bien par trouver.

– Remarque, Rimbaud s'est bien arrêté lui aussi en pleine course, dit Alba qui ne perdait pas une seule phrase de son professeur de littérature, Gustave.

– Comment irais-tu sur cette île ? demanda Serge.

– Elle est loin de la rive ?

– Je ne pense pas.

– Si tu veux, on attend l'été et on y va à la nage. Autrement, le mieux, c'est le bateau, à moins que tu ne veuilles faire comme James Bond : dans ce cas-là, tu te fais parachuter, ou alors tu loues une tenue d'homme-grenouille. Moi, ce que je te conseille, c'est d'aller jouer une sonate de Haydn. Ça ira mieux après. Pendant ce temps, je vais prendre un bain aux herbes sauvages. Pour la concentration, chacun son style.

Serge posa les mains sur le clavier, entama la première sonate de Beethoven et se rendit compte tout à coup qu'il venait de trouver la vraie manière de jouer ce début. Preuve que les grandes idées se font longtemps attendre.

Il eut la surprise de voir apparaître Alba, nue, couverte d'une mousse verte qui glissait le long de son corps.

– Déjà fini, ce bain ?

– Pas du tout, mais c'est à cause de ton début, c'était tellement beau, je venais juste voir si Alfred Brendel n'était pas entré par la fenêtre.

9

Serge termina sa sonate de Beethoven. Il resta un moment silencieux, méditatif, puis se refit une tasse de café, car une sorte de brume délicieuse mais impropre à l'action flottait dans son esprit.

Après avoir bu quelques gorgées de pur café de Colombie, il se dirigea vers la chambre où Alba s'était coulée entre draps et couvertures.

– J'ai tout écouté. Viens m'embrasser.

Serge se pencha sur Alba, posa ses lèvres sur la bouche tiède et frémissante de son ange.

– On va faire un tour du côté de Poissy ?

– D'accord, je suppose que je n'ai besoin ni de ma voilette, ni de mes crocos, ni de mon tailleur tube...

– Ce serait plutôt jeans, bottes et col roulé.

Ils franchirent le pont de Poissy. Serge avait décidé de repérer l'île depuis la rive déserte des carrières.

Ils se faufilèrent entre les buissons, jusqu'au bord. L'*île aux Dames* était en face d'eux. Une longue bande de terre sur laquelle on ne voyait qu'un entrelacs d'arbres superbes. Il n'y avait aucun ponton, aucune rive dégagée. La Tanche avait raison, c'était la jungle. Les eaux bistre de la Seine glissaient autour de cette minuscule Afrique sur laquelle le regard ne décelait nulle trace de vie.

– Il passe beaucoup de péniches, il faudrait s'approcher de la maison pendant que le ronronnement des moteurs se fait entendre, dit Serge. On va aller jeter un coup d'œil jusqu'à cette buvette. Tu n'as pas une idée ?

– Si. Tu pourrais dire que tu es professeur et que tu voudrais emmener ta classe faire une partie de barque au printemps. Moi, je serais une de tes élèves. Tu lui demandes s'il peut louer huit à dix barques, combien ça coûtera, et tout ça. Il faut que tu aies l'air un peu plus anxieux, c'est tout. La plupart des profs vivent dans l'angoisse du trimestre suivant : il y a les examens, les inspections, l'autorisation du proviseur, c'est tout un trip.

– O.K. On va essayer.

Le passeur monta sur une longue barque basse. Avec très peu de mouvements, il fit avancer son embarcation vers le ponton. Serge et Alba montèrent à bord. C'était un grand type osseux, avec une barbe grise et des yeux profondément enfoncés dans les orbites. Charon en personne.

Ils débarquèrent sur l'île.

– C'est bien rare de voir du monde par ce foutu temps, dit-il en guise d'introduction méfiante.

Un roquet noir et blanc gueulait déjà devant la maison de bois aux volets verts. Il y avait un grand hangar de planches sombres ; on pouvait lire, dans l'angle du toit, sur fond bleu : *Bateaux-location-garage.*

– Vous savez, dit Serge, parfait, dans l'enseignement, on s'y prend à l'avance.

– Ah, vous êtes dans l'enseignement ! dit Charon en ayant l'air de ne pas en croire un mot.

– Il y a moyen d'avoir un café ?

– Ma femme va vous préparer ça.

Ils restèrent silencieux et s'assirent autour d'une table couverte d'une toile cirée à carreaux rouge et blanc.

– Ça devait être un haut lieu de rendez-vous avant la guerre, dit Serge d'un ton docte.

– Je suis né sur cette île, mon père et mon arrière-grand-père aussi.

– Vous avez dû voir des peintres, des Parisiennes en robe longue.

– Meissonnier n'habitait pas loin. On en voyait, de belles dames. Mais maintenant, tout est pourri, tout est foutu, tout est pollué. On est plus que sur un bras mort de la Seine et si vous vous y trempiez, je donnerais pas cher de votre peau. Moi, je me souviens des dames qui soulevaient leurs grandes robes et plongeaient un pied dans l'eau. Il y avait des petites plages de sable fin. On dansait, on mangeait de la friture, on avait bien trente barques qui n'étaient jamais à quai. J'en ai plus que douze et c'est bien rare quand on vient m'en louer. La Seine est devenue un égout. Les gens sont si propres que tout est devenu dégueulasse.

– Parle pas de ça, Ernest, tu vas encore t'énerver, cria sa femme du fond de sa cuisine.

– Mon pauvre Monsieur, que voulez-vous, maintenant, tout est *fôlatré*. Le vin est fôlatré, les gens sont fôlatrés et même les rivières, alors...

– Au printemps, en été, c'est toujours charmant. Justement, je désirerais passer une journée, avant les vacances de Pâques, avec mes trente-huit élèves, une journée de canotage, un peu comme dans le temps, avec pique-nique et tout. Maintenant que Maupassant est revenu à la mode, les jeunes sont attirés par ce genre d'expérience. Je voudrais savoir si vous pourriez nous louer assez de barques et nous indiquer un endroit agréable pour déjeuner sur l'herbe, si j'ose dire – et Serge émit un petit rire parfait.

– Trente-huit, je crois que ça irait juste. Ce serait pour toute la journée ?

– Oui. Un jeudi. Monsieur le proviseur désirerait bien sûr savoir si vous nous feriez un prix pour l'ensemble.

– Possible. Il faudra que je fasse le calcul.

– Est-ce qu'on peut trouver un endroit calme, isolé, pour pique-niquer, qui ne soit pas trop loin ? J'avais pensé à l'île qui se trouve en face des carrières.

– C'est pas possible. Il y a des sables mouvants. Il y a déjà eu deux morts l'année dernière, dit Charon d'une voix sombre.

– Ah ! fit Serge en prenant un air effrayé. Dans le temps, pourtant, les gens devaient y aller volontiers.

– Non, il n'y a jamais rien eu sur cette île.

– Pas de guinguette, rien ?

– Que des morts, répéta Charon avec une vibration menaçante dans la voix.

– Nous trouverons bien un autre endroit, dit Serge.

– Vous aurez le temps d'aviser. Je vais penser au prix. Repassez me voir dans une semaine.

Deux minutes plus tard, ils avaient traversé le bras mort de la Seine et se retrouvaient sur la terre ferme.

– Sinistre, le mec ! fit Alba en guise de conclusion.

Ils passèrent sur l'autre rive de la Seine, remontèrent jusqu'à Andrésy puis rejoignirent Conflans. Serge avait une idée derrière la tête.

Ils prirent le bord de Seine où des centaines de péniches en essaims vibraient sur le fond gris du ciel. Plus ils s'éloignaient, moins il y avait de péniches. Un minuscule jardin séparait parfois l'eau de la route tranquille et toute proche.

– On va trouver un moyen de partir d'ici, ce sera plus discret, dit Serge.

Ils dépassèrent un café, *La Vieille Péniche,* non loin d'un hall d'exposition où l'on apercevait, derrière des baies vitrées, plusieurs modèles de canots à moteurs.

Serge fit demi-tour, ils entrèrent dans le café, et commencèrent par commander un grand crème, des tartines, et un lait grenadine pour Alba.

– Vous connaissez les gens qui s'occupent de vendre les bateaux ? demanda Serge à la femme qui les servait au zinc.

– C'est mon mari. Vous voulez acheter quelque chose ? On a des occasions intéressantes, attendez, je vais l'appeler.

Elle se contenta d'émettre un cri strident dans lequel un orthophoniste aurait décrypté le prénom de Raoul.

L'homme en question, ensaché dans un bleu de travail maculé de graisse, un rouquin à la chevelure folle, au visage bouffé de taches de rouille, apparut en gueulant non moins fort :

– Qu'est-ce que c'est ?

– Ces m'sieurs dames, c'est pour un canot.

– Je vais chercher la clé.

Il ouvrit la porte du hangar.

– C'est du neuf que vous voulez ?

– Je voudrais louer un Bombard.

– Je fais que la vente. De toute manière, par ce temps-là...

– C'est pour la télé. On tourne une dramatique.

– La télé ?

– Oui, on aurait besoin d'un canot pour quelques jours.

– Un Mercury de 50 chevaux, ça vous irait ?

– Parfait.

– C'est vous, le réalisateur ?

– Non, je ne suis que l'assistant.

– C'est vous qui vous coltinez tout le sale boulot, pas vrai ?

– Comme vous dites.

– Mademoiselle, je parie que c'est une actrice, hein, il me semble l'avoir déjà vue quelque part.

– C'est bien possible, dit Alba sans avoir l'air d'y toucher.

– C'est quoi, votre nom ?

– Lola Morning.

Le type la regarda des pieds à la tête en passant plus de temps sur le haut que sur le bas.

– On va s'arranger. Je peux vous mettre celui-ci à l'eau. Ça ira ?

– C'est très bien. Le moteur est bon ?

– Je l'ai vérifié moi-même.

– Combien ? dit Serge en sortant une poignée de billets de sa poche.

– Cinq sacs par jour, l'essence en sus.

– C'est cher, dit Serge.

– C'est vrai, ajouta Alba, moi je n'en touche que quatre par jour.

Le type alluma une Boyard maïs en regardant Alba, étonné.

– J'en connais qui donneraient plus pour un si joli châssis.

Serge sentit qu'Alba avait du mal à refréner une réponse cinglante.

– Allez, je veux pas être dur, quatre sacs par jour.

– Je vous en donne trois d'avance, dit Serge en lui tendant les billets.

– C'est quoi, le nom de la dramatique ?

– *Sur l'eau,* répondit Alba, c'est d'après Maupassant.

– Bon, je vous le mets à l'eau pour quand ?

– On reviendra le prendre ce soir, vers 10 heures, ça va ?

– D'accord. Où est-ce qu'il dormira ?

– On le rapportera dans la nuit et on reviendra demain.

– Je vous montrerai comment l'amarrer. Dites donc, dit-il à Alba avec un sourire enjôleur, vous penserez à me dédicacer une photo pour le bar ?

– D'accord ! dit Alba en prenant la pose.

10

L'eau était noire, insondable, seules les lumières de la ville symbolisaient une vie lointaine. Ils dépassèrent les ruines de l'ancien pont de Poissy.

Serge se laissait presque dériver au fil du courant pour faire le moins de bruit possible. Ils étaient tous deux vêtus de cirés noirs.

Serge attacha le canot à une branche et coupa le moteur.

– On va attendre la prochaine péniche.

– J'ai peur, murmura Alba.

– Tout va bien se passer. On se faufile dans le bruit du moteur de la péniche, on aborde à l'endroit repéré tout à l'heure, tu m'attends dans le canot. Je vais jusqu'à la maison. Tu n'as que vingt minutes à attendre. Tu te caches ici, sans couper le moteur, et tu surveilles l'île. Tu reviens me chercher.

– Bon, d'accord ! dit Alba d'un ton lugubre. Tu feras bien attention, hein, mon petit Serge ?

Le ronron de la péniche devenait de plus en plus présent. Si ses feux de position n'avaient laissé un fin sillage dans la nuit, il aurait été presque impossible de la voir. Serge laissa Alba mettre le moteur en marche afin qu'elle sache se débrouiller si jamais il calait. C'est elle qui donna les gaz pour s'approcher lentement de la longue tache oblongue qui se fondait dans le noir.

Ils suivirent la péniche puis, lorsqu'ils arrivèrent à hauteur de l'*île aux Dames,* ils rejoignirent un petit replomb de terre. Des lambeaux de tissu clair étaient attachés aux branches basses, déposés là par le courant des crues d'hiver.

L'avant du canot toucha terre.

– Dans vingt minutes, dit Serge en la serrant contre lui.

Alba eut l'impression que tout son corps se réchauffait.

– Si je vois quelque chose, murmura-t-elle, je sonne trois coups d'avertisseur marin.

– Tu fais comme tout à l'heure, tu appuies fort sur le levier.

– Ça fait un bruit dingue, toute la ville va entendre.

– Personne n'y fera attention.

– Bon, d'accord ! Sois prudent !

Alba mit la marche arrière, le canot glissa sur lui-même. Elle fit à Serge un petit signe de la main. Il la regarda gagner le point de l'autre rive d'où elle pouvait surveiller l'île.

Serge disparut. Il attendit d'avoir franchi quelques dizaines de mètres pour allumer sa lambe de poche. Il prit son 45, qui se trouvait entre sa ceinture et ses reins, pour le tenir à la main. Nul sentier n'était tracé. Il avançait lentement, enjambant les arbres morts, cherchant à trouver dans le faisceau de sa lampe quelque ouverture, mais la végétation était dense, glacée, impressionnante.

Serge essayait d'aller droit vers le centre de l'île où devait se trouver, selon la Tanche, l'ancienne guinguette. Il entendit un oiseau de nuit. Malgré l'humidité, des branches se brisaient sous ses pas.

Il vit une ombre sur la droite, dirigea le faisceau de sa lampe vers la masse sombre et découvrit une gloriette à demi effondrée au centre de laquelle un hêtre avait poussé.

Alba, assise au fond du canot amarré à une branche, faisait un rude effort de concentration pour percer la nuit de son regard et ne pas trop penser à ce qui pourrait arriver.

Elle tremblait. Au fond du canot, la lampe de poche et l'avertisseur étaient ses seuls compagnons.

Alba se retourna, elle avait entendu un bruit. Elle aurait voulu prendre sa lampe de poche, éclairer la nuit dans la direction d'où était venu ce bruit, mais elle savait que c'était risqué.

Serge vit que l'espace s'éclaircissait. Il éteignit sa lampe et avança à l'aveuglette, essayant de faire le moins de bruit possible.

Ses yeux habitués à l'obscurité distinguèrent une ombre basse, massive, séparée de lui par plusieurs mètres de terrain débroussaillés. Il s'arrêta de nouveau, tous les sens tendus à travers la nuit. Il était étonné de ne voir aucune lumière. Il consulta sa montre, il lui restait cinq minutes pour explorer les lieux et repartir. Comme il était près de 23 heures, il n'était pas exclu que Lola et son ami soient déjà couchés.

Serge traversa rapidement la partie à découvert. Il était arrivé par l'arrière de la maison, sorte de compromis entre une cabane de trappeur et la guinguette 1900.

Des bûches bien empilées se trouvaient à l'abri d'un auvent protégé par une toile goudronnée.

Il contourna une terrasse à demi effondrée, aux planches

pourries traversées d'arbustes. Il y avait quatre petites fenêtres qui luisaient d'un éclat à peine perceptible.

Serge, immobile, écoutait. Il ne percevait d'autres bruits que les gémissements des grands arbres. Il s'approcha d'une fenêtre, regarda à l'intérieur de la pièce et finit par distinguer un rectangle dans la nuit. C'était un lit.

Alba vit la péniche s'avancer, passer très près d'elle, soulevant une succession de vagues qui approchaient en s'amplifiant, tandis que son horizon était barré par le long corps sombre de l'embarcation. Elle entendit un bruit de voix. Une lueur montait dans le ciel. Un berger allemand courait sur le pont, elle vit sa tête apparaître. Le chien aboya trois fois dans la nuit. Une voix cria :

– Couché, César !

Le chien se tut, la péniche s'éloigna cependant que le canot subissait l'assaut des vagues.

Alba regarda sa montre. Plus que dix minutes. Elle tremblait, cherchant à fixer son regard le plus loin possible, dans la direction de l'autre rive.

Serge respira profondément, alluma sa lampe de poche et dirigea le faisceau dans la petite chambre. Le rond lumineux passa sur une commode, deux photos punaisées au mur et un lit défait et vide. Serge passa à la pièce suivante, une autre chambre tout aussi vide. Il ne restait plus qu'une grande pièce donnant sur une petite terrasse couverte par le toit de la maison.

Serge sentit son calme revenir. Il appuya sur la porte d'entrée et la trouva ouverte. Un écriteau y était cloué :

Défense d'entrer, maison piégée.

Serge hésita un moment, poussa la porte qui s'ouvrit en grinçant, examina soigneusement la pièce à la lueur de sa torche et décida que la maison n'était pas piégée.

Il réalisa qu'il avait pris de longues minutes pour en arriver là et qu'il aurait certainement du retard. Lentement, les sens en éveil, il commença à éclairer la pièce qui était à la fois salon, cuisine et salle à manger. Les meubles étaient usés, dépareillés, et le sol de ciment couvert de tapis élimés. Un grand canapé en rotin trônait entre deux fauteuils. Tous les autres meubles étaient en bois, de fabrication plus qu'artisanale, en planches grossièrement assemblées. On avait l'impression d'être dans un décor de western. Près d'une table entourée de bancs, une cuisinière, deux bouteilles de butane et un garde-manger relativement plein. On sentait que la maison était habitée. Une odeur de bois flottait dans la pièce, un tas de bûches jouxtait le poêle. Serge s'approcha, le toucha, il était froid.

Empilés dans un coin, une réserve de gobelets et d'assiettes en carton, une dizaine de bouteilles de bourgogne, trois cloches à fromages où moisissaient quelques crottins, et un évier sous lequel se trouvait un réservoir en plastique muni d'une pompe. Des lampes à pétrole étaient déposées sur la table, non loin de la porte d'entrée que Serge jugea plus prudent de refermer.

Il fit le tour de la pièce. Une lampe à pétrole brisée gisait près du canapé recouvert de trois peaux de chèvres. Les deux petites pièces étaient largement ouvertes sur la grande, sans doute pour bénéficier de la chaleur du poêle. Serge pénétra dans la première. Le lit était formé d'un cadre de bois maison sur lequel était posé un matelas. Par terre, une pile de numéros de la revue américaine *Astronomy* et quelques magazines. Sur une étagère, une bonne cinquantaine de polars.

Les vêtements étaient rangés dans des casiers ouverts. Il y avait aussi bien des sous-vêtements féminins que des effets d'homme.

Serge passa dans l'autre pièce, la première que le faisceau de sa torche avait éclairée. Il s'approcha des photos, tout en notant qu'une odeur de santal flottait entre les murs, et il se souvint alors du dossier qu'il avait lu sur Lola. C'était son parfum préféré.

La première photo représentait Arthur Rimbaud, la seconde était une carte postale de San Francisco. Serge retira les punaises, espérant trouver un texte qui le mettrait sur une piste, mais le dos de la carte ne portait aucune autre inscription que *Chambolle-Musigny*. Il reconnut les goûts de Lola.

Parmi les vêtements usés qui se trouvaient dans les tiroirs de la commode, il trouva un magnétophone Uher et des bandes. Il lut, écrits au feutre mauve sur les boîtes, la plupart des titres de chansons de Lola.

Serge revint dans la grande pièce. Une bouteille en plastique, près de l'évier, retint son attention : c'était une teinture capillaire. L'étiquette portait la mention : roux flamboyant.

Alba avait rejoint le point de rencontre sans problème. Tout s'était même passé beaucoup plus facilement qu'elle ne l'avait imaginé. Elle consulta sa montre. Serge avait dix minutes de retard et, dans son esprit, les idées les plus noires se succédaient les unes aux autres. Elle fixait les arbres, à l'affût du moindre bruit.

Tout à coup, elle entendit un aboiement. Elle reconnut aussitôt le roquet de Charon. Il lui semblait impossible que le son fût si proche. La buvette et sa maison étaient tout de même assez éloignées.

Alba imagina une barque presque fondue dans la nuit, avec la grande silhouette de Charon souquant dans leur direction. Le chien devait être sur la barque. En dix minutes, il avait eu tout le temps de traverser.

Alba, seule, tremblait dans la nuit. Le roquet aboya encore trois fois.

11

Serge referma la porte de la cabane. Il entendit un aboiement perdu dans la nuit lointaine. Il s'éloigna et disparut dans la direction d'où il était venu.

C'était un pas lourd, rythmé. Éteignant sa lampe, il se dissimula derrière un tronc. L'homme s'approchait de la maison. Serge chercha à discerner un autre pas dans la résonance du premier, mais il n'entendit rien.

À travers le vaste treillis de branches sombres, les vitres de la cabane s'éclairèrent. Serge revint sur ses pas en faisant le moins de bruit possible.

Charon était assis à la grande table, il mangeait un fromage et buvait au goulot d'une bouteille de bourgogne.

Lorsqu'il eut terminé, il s'essuya la bouche sur le bord de sa vareuse puis, une lampe à la main, il passa dans l'une des chambres. Serge le vit retirer la carte postale et la photo du mur, puis fouiller dans les tiroirs de la commode. Il fit une pile des bandes magnétiques, prit le magnétophone sous son bras et, laissant la lampe, porta le tout sur la table de la grande pièce. Il ramassa un sac à voile sur le sol et rangea les objets après être allé rechercher sa lampe.

Il emballa ensuite les fromages dans du papier journal, casa trois bouteilles sur les côtés du sac et retourna près de l'évier. Il porta la bouteille de teinture à son nez, la nettoya sous l'eau et la glissa dans l'une de ses larges poches.

Serge n'attendit pas que Charon fût ressorti pour filer à travers bois.

Il retrouva Alba tremblante et blême.

– J'ai eu si peur...

– J'ai vu des choses intéressantes, et même Charon en personne.

– Partons vite !

– Il faut que nous attendions la prochaine péniche.

– Il pourrait venir ?

– On l'entendrait.

Ils amarrèrent le canot au ponton, en face de *La Vieille Péniche,* et retrouvèrent le break. Tout était calme et silencieux.

Alba ne se détendit pas avant d'être à nouveau baignée dans la lumière de Paris où les lieux les plus déserts lui eussent paru autant de havres de paix et de sécurité.

Ils retrouvèrent la chaude atmosphère de leur appartement, les plantes vertes, la chaleur, la lumière douce et tranquille. Une enveloppe était glissée sous la porte, fragile rectangle blanc sur la moquette rouge. Alba la ramassa et l'ouvrit.

Serge était déjà parti se faire couler un bain.

– Serge... Serge ! cria Alba en dévorant les lignes qu'elle avait sous les yeux.

Serge vint la rejoindre.

– Regarde ça, c'est dingue, c'est mon copain Phil Mann qui m'envoie la traduction d'une lettre de Lola Black, publiée dans le *Washington Post,* il y a trois jours.

Serge lut rapidement les quelques mots écrits à la main par Phil :

> *Salut, Alba. Pas un signe de toi. Je serai aux* Nouvelles Littéraires *demain matin, tel. Cet article peut t'intéresser.*
>
> *Phil.*

La rédaction croit devoir publier telle quelle la lettre reçue ce matin et signée du nom de la star du hard rock disparue en juin dernier. Bien que la mort de cette dernière ait été admise officiellement, il est possible que cette lettre ne soit pas un canular. Immédiatement informés, trois des anciens musiciens de Lola Black ont reconnu catégoriquement le ton de cette dernière. Le père de la chanteuse, M. Antony Nash, riche industriel de Detroit, a réservé son opinion mais a offert une récompense d'1 million de dollars à toute personne qui permettrait de retrouver sa fille. Ajoutons que la police a aussitôt commencé une enquête sur la provenance de cette lettre postée à Detroit. Toute personne pouvant apporter des renseignements sur Lola Black est priée de téléphoner au journal en PCV.

I'M ARTHUR RIMBAUD.

L'automne déjà ! Mais pourquoi regretter un éternel soleil si nous sommes engagés à la découverte de la clarté divine – loin des gens qui meurent sur les saisons ?

L'automne. Notre barque élevée dans les brumes immobiles tourne vers le port de la misère, la cité énorme au ciel taché de feu et de boue. Ah ! les haillons pourris, le pain trempé de pluie, l'ivresse, les mille amours qui m'ont crucifiée ! Elle ne finira donc point cette goule reine de millions d'âmes et de corps morts et qui seront jugés !

Quelquefois, je vois au ciel des plages sans fin couvertes de blanches nations en joie. Un grand vaisseau d'or, au-dessus de moi, agite ses brises multicolores sous les brises du matin. J'ai créé toutes les fêtes, tous les triomphes, tous les drames. J'ai essayé d'inventer de nouvelles fleurs, de nouveaux astres, de nouvelles chairs, de nouvelles langues. J'ai cru acquérir des pouvoirs surnaturels. Eh bien ! je dois enterrer mon imagination et mes souvenirs ! Une belle gloire d'artiste et de conteur emportée !

Rimbaud *fucked* mon âme à Big Sur, dans la forêt, une nuit d'été. C'est lui le Grand Esprit de la Forêt. Le silence, les arbres.

Mes frères, Mexico Flat, Tommy Bonaparte, Sitting Bull Plastic, je vous aime dans le lointain brouillard de la musique.

Ce message d'amour à tous pour dire que j'ai trouvé le silence. Je suis Arthur Rimbaud. Que chacun voie mes yeux noyés dans son visage blême.

Qu'aucun de mes frères ne craigne plus les légions silencieuses car elles seront réduites en cendres par la pureté. Oui, je suis une bête fermée à votre lumière !

Connais-je encore la nature ? me connais-je ? – *Plus de mots.* J'ensevelis les morts dans mon ventre. Cris, tambour, danse, danse, danse, danse ! Je ne vois même pas l'heure où, les Blancs débarquant, je tomberai au néant.

Faim, soif, cris, danse, danse, danse, danse !

Lola, Aden-Eden.

– Moi aussi, je suis sûre que c'est elle, c'est si beau. Tu vois, je le savais qu'elle s'était arrêtée comme Rimbaud. C'est super ! Au fond, ce qu'on fait, c'est dégueulasse. On n'a pas le droit de la forcer à revenir à une vie qui n'existe plus pour elle.

Serge prit la tête d'Alba entre ses mains et regarda son visage, ému.

– Il faut voir, tu sais. Les choses ne sont peut-être pas comme on les présente.

– Pourquoi ? demanda Alba, ingénue.

– C'est curieux qu'elle éprouve vraiment le besoin de faire savoir au monde qu'elle a trouvé la paix. On la croyait morte, elle était tranquille, maintenant tout le monde va vouloir la récupérer. Son père, les maisons de disques, l'imprésario, le fisc, les clubs de fans, enfin tous ceux qui feraient bien pire pour un million de dollars.

– Tiens, dit Alba, j'avais oublié le million de dollars.

Elle eut un petit sourire malin par lequel elle fit comprendre à Serge qu'il avait peut-être raison.

– C'est drôle, reprit-elle après une longue pause de réflexion, je n'ai pas sommeil.

– OK, je me trempe et on verra.

– Tu sais ce que je voudrais ? dit Alba, câline. Pendant que tu prends ton bain, je vais faire plein de frites et on les mangera avec du ketchup, dans ton lit.

– Tu veux que je t'aide à les couper ?

– Non, non. J'apporte tout.

Il était 2 heures du matin, Serge et Alba étaient sous les couvertures jusqu'au cou. Sur le plateau, une montagne de frites, du vin, du lait, du ketchup. Tout en mangeant, avec leurs doigts huileux, ils répandaient les articles sur la surface du lit, s'amusant d'une photo ou d'une déclaration.

– Tu avais pensé que Charon était dans le coup ? demanda Alba, sérieuse.

– Oui, sinon il ne nous aurait pas empêchés de débarquer sur l'*île aux Dames*.

– Tu crois qu'il sait qu'il protège Lola Black ?

– Je pense. Il doit le faire pour le fric. De toute manière, pour eux, c'était presque indispensable d'avoir le vieux dans leur poche. La vie pratique aurait été trop compliquée s'ils n'avaient utilisé ses services. C'est à la fois un avant-poste d'observation très efficace et une sorte de barrage de protection. La Tanche était naïf, il lui a fait confiance ou bien il a été découvert par le vieux. Ce qui est certain, c'est que sans lui, Lola Black et son petit ami n'auraient jamais su qu'ils avaient été repérés.

– Tu crois que c'est Charon qui a tué la Tanche ?

– Non. C'est du boulot de professionnel.

– C'est possible qu'ils se cachent dans sa maison, tu crois ?

– Ce serait dangereux. Tu sais, j'ai visité leur cabane avec attention, j'ai la certitude qu'ils sont partis très vite. Il y avait une lampe cassée et, manifestement, ils n'ont presque rien emporté. Lola s'est teinte en roux. Charon doit savoir où ils se trouvent, il est venu chercher quelques objets et effacer les traces trop évidentes de leur séjour... Il y a plusieurs solutions : ou il garde ces objets chez lui et le type de Lola vient les chercher, ou il les leur apporte lui-même. Ou, ce qui serait de loin la chose la plus ennuyeuse, il les conserve chez lui indéfiniment, sans nous mettre sur une piste. On a juste le temps de dormir quelques heures, ensuite on file à Poissy, surveiller Charon.

– L'ennui, c'est qu'il nous a vus.

– Moi oui, mais toi, il ne t'a vue qu'en jeune étudiante. Avec ton tailleur noir, tes escarpins et ta voilette, il ne te reconnaîtra pas.

Ils finirent consciencieusement leurs frites, puis Alba déposa le plateau sur le sol, tandis que Serge mettait le réveil à 5 heures.

– Je peux rester avec toi ? demanda Alba avec une moue suppliante.

Serge éteignit sans répondre et la prit dans ses bras. Elle eut l'impression d'être comme une barque sur une tiède rivière.

12

Serge s'était garé le plus près possible de l'île de Charon et c'est à la jumelle qu'il surveillait la maison où, malgré l'heure matinale, rayonnait déjà de la lumière.

Derrière les rideaux de dentelles, il voyait parfois passer une ombre, mais sans pouvoir l'identifier.

Alba en grande tenue, reine de la nuit, était enveloppée dans un plaid, somnolant sur l'épaule de Serge. Elle avait posé son chapeau plat et sa voilette sur le siège arrière.

L'asphalte se mit à vibrer puis son grain devint plus sensible et, pendant quelques secondes, dans la lumière rapide et changeante de l'aube, la chaussée fut semblable à une allée de perles grises.

À 9 heures précises, la porte de la buvette s'ouvrit et Charon apparut dans la pâleur du ciel. Serge le suivit à la jumelle. Il vit distinctement le paquet ficelé qu'il tenait sous son bras.

Charon avait revêtu un gilet de peau de mouton retournée. Il descendit agilement le petit chemin qui menait au ponton où sa barque de passeur était amarrée.

– Prépare-toi, dit Serge à Alba. Il sort avec un paquet.

Alba mit prestement son chapeau et descendit la voilette qui découpa l'espace en minuscules losanges devant ses yeux inquiets.

– Il faudra faire très attention. Il va peut-être prendre un bus, un taxi, ou aller déposer ce paquet à pied. La moindre faute de notre part, et nous perdons Lola.

Charon traversa, amarra sa barque et gravit l'escalier raide menant sur la chaussée. Serge avait bien fait de prendre ses distances, car Charon inspecta rapidement les environs avant d'obliquer sur la gauche et de remonter les quais de la Seine. Il disparut à l'angle d'un immeuble.

– C'est un sens interdit, on ne peut pas le suivre en voiture. Vas-y, file-le de très loin, moi je vais essayer de passer par derrière et d'attendre à l'extrémité des quais.

– Qu'est-ce que je fais si je te perds ?

– Tu continues, mais ne prends aucun risque.

– Bon, dit Alba. Ici je n'ai pas peur, tu sais.

Serge l'embrassa et la regarda s'éloigner.

Lorsqu'elle déboucha à l'angle de l'immeuble, Charon avait déjà parcouru une bonne distance. Elle passa sur l'autre trottoir, comme elle avait vu faire au cinéma. Charon était à présent devant elle. Une légère brume montait de la Seine.

Alba remarqua que Charon boitait légèrement de la jambe gauche. Il parcourut toute la longueur des quais sans se retourner. Par chance, il n'avait pas pris de rue transversale.

Pour ne pas risquer d'être reconnu, il entra dans un café d'où il pouvait surveiller l'avenue. Il ne tarda pas à voir déboucher la silhouette de Charon qui semblait prendre de l'importance à mesure qu'elle pouvait se fondre parmi celles des autres passants.

Lorsque Serge aperçut Alba sur l'autre trottoir, il ne put s'empêcher de sourire. La filature devenait maintenant moins risquée, car Charon se rapprochait du centre de la ville.

Serge se mit à son tour à filer Alba. À cette heure, il y avait du monde dans les rues, jour de marché sans doute : de nombreux paniers et cabas remplis de victuailles alourdissaient les bras des passants.

Le cœur d'Alba battait très vite, une formidable excitation montait en elle. Elle se rapprocha de Charon de peur de le perdre dans la foule. Son regard croisa alors celui d'un homme d'une trentaine d'années qui fit demi-tour et la rattrapa. « La tuile ! » pensa Alba.

– J'ai cru voir une apparition, dit le type avec un sourire suave.

Comme il ne décela aucune réaction notable chez la jeune fille, il reprit :

– Acceptez de venir boire un café avec moi, cinq minutes seulement, vous me ferez un immense plaisir.

Alba ne quitta pas Charon des yeux, mais ce mec avait l'air collant. Les réponses décourageantes se succédèrent dans sa tête, mais elle craignait d'entamer un dialogue, même cinglant, sachant que c'était le but et l'amusement du dragueur. Mais si elle optait pour un silence hautain et glacé, l'autre pouvait s'accrocher.

Serge, impuissant, assistait à la scène qui risquait de tout compromettre. Il se rapprocha.

Le type, imperturbable, continua dans sa lancée :

– Vous restez silencieuse, mais je vois bien que vous n'êtes pas une fille à complexes, parler ne vous fait pas peur.

Cette fois, c'en était trop.

– C'est mille balles l'heure, hôtel non compris, dit Alba sans même regarder le client.

– Mille balles..., répéta le mec d'une voix blanche en restant figé sur place.

Serge le croisa, il avait l'air tellement déconfit qu'il se demanda ce que cette petite peste d'Alba avait bien pu lui sortir.

Alba remonta un peu le courant et se rapprocha encore de Charon, il ne s'agissait pas de le perdre.

Serge fut le premier à comprendre lorsqu'il vit le bâtiment de la poste. Tout était maintenant entre les mains d'Alba. Si elle ne réussissait pas, il ne resterait que la manière forte.

Alba entra à son tour dans le bureau de poste. Elle était prête à tout pour voir l'adresse écrite par Charon sur le paquet qu'il tenait sous le bras. Malheureusement, elle n'était pas de son côté. La poste était assez grande, et il y avait du monde.

Charon se mit dans la file *paquets* qui portait aussi, par chance, la mention *timbres-poste en gros.*

Alba glissa la main dans sa poche, y trouva heureusement quelques billets froissés. Elle les sortit et se mit à les compter, histoire de s'occuper à quelque chose. Deux personnes se tenaient dans la queue devant Charon, toujours aussi fermement cramponné à son paquet. Alba se dit qu'elle pourrait essayer de faire mine de s'accroupir sous prétexte de relacer une chaussure, mais les siennes étaient sans fermeture. Un homme ne s'en apercevrait peut-être pas... En examinant mieux le paquet, elle réalisa que ce serait inutile. Sa seule chance était de lire au moment où Charon poserait le paquet sur le marbre du guichet, ou bien quand il collerait les timbres, à moins que le postier ne le fît à sa place.

Le tour de Charon vint enfin, mais sa carrure, encore augmentée par le gilet de mouton, bouchait carrément l'horizon.

– Je voudrais l'envoyer en recommandé, dit Charon de sa voix de basse tragique.

– On ne peut pas recommander en poste restante, dit l'employé en pesant le paquet.

Ça venait de faire tilt dans la tête d'Alba. Il ne lui restait plus qu'à connaître la destination. Elle hésita : elle pouvait, sous un prétexte ou un autre, se ruer au guichet et demander un renseignement à l'employé tout en lorgnant le paquet. Mais Charon était fine mouche, elle risquait de tout gâcher. Elle ne pouvait pas non plus se planter à ses côtés sans se faire remarquer.

Derrière le postier, sur le sol, il y avait une dizaine de paquets. Celui de Charon avait toutes les chances d'atterrir sur le tas.

Coups de tampon. Le paquet vole sur la pile en même temps que le grand dos de Charon disparaît sur la droite. Alba se trouve devant le guichet.

– Je voudrais une feuille de timbres à 1,40 franc, dit Alba.

Pendant que l'employé fouillait dans son cartable, Alba se

concentra sur le paquet. Les lettres étaient à l'envers, mais elle parvint à déchiffrer :

CANNES 06400

Une bouffée d'excitation monta du ventre à la tête d'Alba. Elle paya ses timbres, attendit un moment à l'intérieur du bureau de poste, pour laisser le temps à Charon de s'éloigner, puis elle sortit d'une démarche vive, assurée, glorieuse.

Charon avait déjà disparu dans la foule. Elle chercha Serge des yeux, mais ne le vit pas. Il ne lui restait qu'une chose à faire : retourner à la voiture.

Elle aperçut Serge qui remontait l'avenue au volant du break. Il lui ouvrit la portière, elle monta.

– Ça y est !

Serge poussa un soupir de soulagement.

– Poste restante à Cannes...

– Ils sont prudents, les bougres !

– Si je comprends bien, dit Alba, on va suivre le paquet.

– Exactement.

– Quand je pense que je n'ai jamais vu la mer, dit Alba rêveuse. On part quand ?

– En fin d'après-midi. On a le temps, le paquet mettra bien deux jours.

– Ça va être super, dit Alba, la voix ensoleillée.

13

Alba mit *Fires* sur la platine.

– Dis, Serge, je peux téléphoner à Phil ?

– Bien sûr ! Ne lui dis pas que nous allons à Cannes, on ne sait jamais...

Alba fit le numéro des *Nouvelles Littéraires* et finit par avoir Phil.

– Salut ! C'est Alba.

– Tu as eu ma lettre ?

– Oui. Tu sais, je voulais te dire, j'ai un mec...
– Bon, d'accord ! Ça n'empêche pas qu'on se voie.
– Non, ça n'empêche rien. Là, je pars quelques jours. Je te rappelle en rentrant. O.K. ?
– D'accord ! Si j'ai d'autres tuyaux sur Lola, je te les garde. C'est marrant que tu te sois intéressée à elle juste au moment où elle réapparaît. Tu sais, moi je crois que c'est elle qui a écrit ce truc. Je fais ma prochaine émission de télé sur elle. Essaie de regarder samedi, il y aura un document inédit.
– D'accord, je serai devant le poste. Allez, je t'embrasse. À bientôt !

À la nuit tombante, le break filait sur la grand-route de l'Arnaque, alias autoroute du Soleil où, chaque année à la même époque, des millions de gugusses ravalaient leur révolte avec un jambon-beurre ranci entre les dents. Les rusés voyageaient déjà avec un pique-nique de secours, bientôt ce serait avec des jerrycans d'essence grand cru, à moins que d'ici là les vaches en pâture aient fourni à la science la solution qu'elle attend d'elles.

Alba sentait son âme balayée par les phares venant à leur rencontre. Elle s'abandonnait aux délices de la route qui défilait, au sifflement de l'air, au long ruban dépouillé de tout paysage susceptible de distraire l'attention. En se concentrant assez longtemps sur ce décor abstrait, elle finit par avoir l'impression que la voiture était immobile et que c'était la route qui passait sous eux comme un gigantesque tapis roulant.

– À quoi penses-tu ? lui demanda Serge d'une voix douce.
– J'étais en train de faire une phrase avec des mots qui commencent par J.
– Dis-la-moi...
– Attends, il faut que je l'enrichisse encore un peu.

Silence.

Alba se tourna vers Serge, vit son beau profil qui se découpait sur la vitre constellée de gouttes d'eau auxquelles les phares donnaient une vibration limpide sur fond de nuit. Elle prit son souffle et récita comme un poème :

– Justement, on était un jeudi de juillet et Jack, le jockey, un jeune Javanais jupitérien sans job, jonglait avec Johana, un joyau de jouvence je-m'en-foutiste juste jetée dans sa Jeep.

La junonienne Johana jouait avec sa jupe jaune et sur un air de javana joué par Jack, qui lui jeta un joint en forme de javeline, elle décroisa ses jolis joncs juteux pour qu'ils jouissent dans la jeep de Jack.

Alba distingua le sourire de Serge et ajouta :

– J'aimerais bien fumer une cigarette pour étrenner mon fume extra-long.

– Tu en as ? demanda Serge.

– Oui, j'en ai acheté un paquet. Des *Kool,* j'aimais bien le nom.

Alba fuma une bonne moitié de la cigarette en soufflant précipitamment la fumée sur le pare-brise puis elle l'écrasa dans le cendrier.

– Quand est-ce qu'on prendra contact avec le père de Lola pour le fric ? demanda-t-elle.

– Je préfère attendre un peu. Il faut que nous soyons tout à fait certains de l'endroit où elle se trouve.

Ils s'arrêtèrent à Avallon, nom prédestiné à la restauration. Alba, sérieuse, avait abaissé sa voilette.

Ils passèrent dans le labyrinthe en garnissant leur plateau au passage. Alba prit une salade, une assiette de viande froide et trois millefeuilles, Serge du jambon chaud, des frites, une bière et un fromage de chèvre, histoire de rendre hommage à Lola.

Alba passa ses millefeuilles au four à micro-ondes, pour voir.

La route était toujours plus déserte, toujours plus belle, ondulant dans la nuit comme les méandres d'un fleuve. Alba éprouvait une joie extraordinaire à laisser son esprit errer sans la moindre contrainte. Elle imagina la mer et un ciel profond, plein d'étoiles, car l'une n'allait pas sans l'autre. Cette quasi-absence de paysage lui faisait une impression prodigieuse. Des frissons parcouraient son corps, elle s'imaginait nue, suspendue dans l'espace. Toutes sortes d'images sensuelles la happaient dans un tourbillon de plaisir vaporeux. Tout son corps, traversé de vagues chaudes, devenait fluide comme la musique.

– Tu veux bien t'arrêter au prochain parking ? dit-elle d'une voix sombre et tremblante.

Elle entendit le bruit du moteur qui s'évanouissait, elle vit les lignes blanches, la bordure d'herbe et le chemin qui se perdait entre les arbres.

Serge éteignit les phares. Alba baissa sa vitre pour entendre le vent. Le break lui paraissait tout électrifié.

Serge prit le visage d'Alba entre ses mains, embrassa ses paupières chaudes, frémissantes, ses tempes à la limite de l'or des cheveux tirés, puis il descendit vers la bouche impatiente et, de ses baisers, en but le miel parfumé.

Alba ouvrit son tailleur, son chemisier de fil croisé, et offrit sa poitrine à la bouche de Serge, puis elle le serra doucement contre elle et demeura immobile comme si la route s'était arrêtée pour eux dans ce lieu suspendu, forêt de grands arbres sonores où le temps n'existait plus.

14

On frappa à la porte. Une soubrette se pointa avec un grand plateau qu'elle déposa sur la table.

– Vous voulez bien ouvrir les rideaux et les fenêtres ? demanda Serge.

Elle s'exécuta, et il lui fit glisser un billet de dix balles plié en quatre dans le creux de la main avant de s'asseoir sur le lit. Il avait demandé que les deux petits déjeuners soient sur le même plateau. Une lumière dorée envahissait la chambre.

– C'est dingue ce que c'est beau ici ! dit Alba. Cette nuit, j'étais trop fatiguée pour m'en rendre compte.

– On est au *Martinez*, ça peut être bien, dit Serge, amusé.

Alba s'approcha de la fenêtre.

– On entend la mer, c'est super... Et tous ces palmiers...

Elle demeura immobile sur le balcon pendant trois bonnes minutes. Serge contemplait son ange qui lui apparaissait dans la transparence de son immatérielle chemise de nuit, les cheveux au vent.

– Que l'air est bon, ça sent le sel et les pins ! cria Alba depuis la terrasse.

Soudain elle se retourna, prit son élan et sauta sur Serge en riant. On aurait pu faire une réclame pour Treca ou Dunlopillo, car le lit encaissa le choc tout en souplesse.

Après avoir battu Serge, s'être roulée avec lui en travers du lit, avoir essayé de l'en éjecter à coups de pied et tenté de l'étouffer sous un coussin moelleux, elle s'assit victorieuse sur son thorax nu, les genoux et jambes immobilisant ses bras.

Serge sentit la douce chaleur du pubis d'Alba posée sur son plexus solaire.

Elle se leva dans un éclat de rire, alla chercher le plateau du petit déjeuner qu'elle posa sur le lit, entre eux.

Elle s'assit les jambes croisées en face de Serge qui se pencha pour l'embrasser avant de se servir son café.

Il y avait peu de chances que le paquet arrive avant le lendemain. Serge, qui ne voulait prendre aucun risque, n'en faisait pas moins le pied de grue à la poste centrale, décortiquant d'un œil implacable toute silhouette qui pénétrait dans l'édifice.

Pour Alba, c'était le rituel : une première sortie à Cannes, ça se prépare, et lorsqu'elle traversa le hall du *Martinez*, elle fit flipper une bonne douzaine de mecs.

Elle avait ôté sa voilette pour que rien ne s'immisce entre la ville et son regard. Elle traversa dans les clous, prête à œuvrer avec méthode. Son premier problème fut de savoir dans quel sens elle allait accomplir sa reconnaissance. Elle choisit la droite, il serait toujours temps de redescendre plus tard.

La Promenade lui appartenait. Sur la plage de sable, la mer semblait rouler des vagues de plus en plus grosses, comme si elles se pressaient pour voir passer cet ange des ténèbres. Le Festival ne leur suffisait pas : là, c'était l'unique attrait d'une beauté hors saison.

Le soleil aussi était au rendez-vous, Alba en jouissait comme une chatte, sa démarche atteignait de grandes fluidités chaudes, un rythme de tropiques, l'aérienne ondulation des souffles.

Le paysage la suivait. Les palmiers s'en retournaient la

ramure. Au bout de cent trente-deux mètres, elle causa un accident de bagnole : faut pas regarder la Croisette quand Alba fait son tour de piste.

Alba, tout au plaisir de son voyage spatial, était bien loin de provoquer consciemment pareille révolution.

Deux stagiaires zélés qui croquaient du badaud pour un sondage du *Nouvel Obs* sur le mariage, les mouflets, l'accroissement des forces productives, tout ça pour savoir si les mots d'ordre du Moyen Timonier étaient suivis d'effets parmi les couches laborieuses, virent la sublime noirceur se profiler de loin. Embarquant formulaires et bics, ils foncèrent sur Alba comme deux rapaces en délire :

– Vous avez une minute ?

– Oui, dit Alba avec son plus beau sourire ; elle n'allait tout de même pas décourager les deux premiers mecs qui lui adressaient la parole, là, en ce lieu sublime.

– Nous faisons un sondage pour un journal.

– Lequel ?

– Le *Nouvel Obs*. Quel âge avez-vous ?

– Mettez ce que vous voulez.

– Dix-sept, dix-huit, dix-neuf... Bon, ce n'est pas grave. Êtes-vous mariée ?

– Non.

– Avez-vous des enfants ?

– Non, dit Alba qui commençait à s'amuser.

– Combien d'enfants voudriez-vous ?

– Entre quinze et vingt.

Les deux Obs commençaient à se bidonner.

– Tu viens boire un coup avec nous ?

– D'accord !... au fait, j'ai quatorze ans.

Ils traversèrent et se posèrent dans des corbeilles.

– On prend un pastis ?

– Ah oui, c'est une super idée ! dit Alba.

Ils papotèrent pendant une heure, puis les deux Obs, désolés, s'en retournèrent à leur sondage. Entre le moment de l'arrivée et celui du départ, Alba avait éclusé trois pastis.

Elle posa les sondeurs à leur point de départ et décida, cette fois, de descendre la Croisette.

Au moment où elle s'aperçut que la mer n'était pas horizontale, elle comprit qu'elle était bourrée à mort. Elle commença par une crise de fou rire solitaire ; les passants se retournaient en se demandant si elle n'était pas givrée.

Elle se dit que l'air était idéal pour courir un peu et ce n'est qu'au bout de cent mètres qu'elle réalisa que les talons aiguilles, pour jogger, c'était pas la Bolivie.

Alba ralentit son allure, les joues en flamme, la pensée liquide, le corps volatile et diffus. Elle décida que chaque jour, du moins à Cannes, elle descendrait ses trois pastis. La ville lui appartenait, pas d'autre star en vue, c'était l'extase, une heure sublime entrecoupée de longues goulées d'air marin.

Il ne soufflait pas un vent à retourner la planète, mais les palmiers avaient de sérieuses tendances à s'incliner sur son passage. Alba méditait sur la question de savoir comment Serge et elle allaient passer le reste de la soirée et de la nuit. Elle avait oublié qu'il fallait être à la poste dès l'ouverture.

Elle vérifia les circuits de son micro-ordinateur, l'état des tubulures chromées et des instruments de navigation, avant de mettre en marche ses propulseurs à neutrons : le temps qu'un arc-en-ciel se forme, elle était sortie de la galaxie. Elle commença par visiter une planète inconnue dans un mou désert d'acier où les airs exhalaient des sons magiques. Elle entendit alors la voix gibsonienne et électrique du seigneur Arcos, empereur des parties molles de l'Univers :

– Ça va, Alba ?

– Super bien, et vous ?

– Viens, on rentre à l'hôtel.

Ils marchèrent côte à côte, et soudain, le désert qu'ils traversaient se couvrit de fleurs sublimes. De temps à autre, elle se retournait vers le beau visage de son guide et ce n'est qu'en arrivant dans le hall du palais galactique d'Arcos qu'elle eut l'impression qu'il ressemblait sacrément à Serge.

15

Un jour pour rien. Heureusement, il y eut le soir, dîner aux chandelles dans des écrins propres à mettre en valeur l'eau pure et les quatorze carats d'Alba.

Leur réveil, toujours plein de langueur, atteignait à la perfection, sauf qu'il fallait doubler le tempo pour être à l'heure à la poste.

Jour suivant. Ce n'est que sur le coup de 16 heures que se profila la silhouette nerveuse et sombre de celui qu'on attendait. Il était venu dans une grosse guinde américaine, une Impala blanche à sièges rouges.

Serge n'avait pas attendu de le voir réapparaître pour aller chercher son break et se mettre en position de le suivre sans faire de mousse. Il (on ne sait pas encore comment il s'appelle, mais, après tout, pour la commodité du récit, on peut vous le glisser dans l'oreille, mais rien d'officiel, hein, juste entre nous : son nom, c'est Jean-Michel Diamant) il, donc, ressortit sans son paquet, un peu trop pressé pour les P et T.

Jean-Michel Diamant sauta dans son requin avec une certaine dextérité, on sentait qu'il avait l'habitude des transatlantiques. Il démarra dans du beurre, descendit sur la Croisette cependant que Serge et Alba se glissaient derrière lui à distance raisonnable.

Ils avalèrent tous les palmiers les uns après les autres et débouchèrent finalement sur la route de Nice qui longe les voies de chemin de fer.

Le gars en question ne fit pas la moindre manœuvre dilatoire. Il filait son petit bonhomme de chemin sans fatiguer ses chevaux, le soleil doit avoir une action bénéfique sur le tempérament des grands nerveux.

Serge avait donné du mou, pas la peine de mouliner en diable, le poisson était libre, ou presque.

Au grand soulagement de Serge, le voyage ne dura pas. On était sur cette belle route lorsque le monstre blanc ralentit et gravit une colline, passa un haut portail et s'arrêta devant une sublime bâtisse pur rococo 1900, vrai palais mauresque perdu dans la végétation luxuriante avec terrasses, fenêtres en ogive, un rien mité mais somptueux quand même. Une folie de nabab avec vue sur la mer. Serge n'attendit pas sur place le coucher du soleil. La boucle était bouclée, ou presque.

– Pas mal comme planque, dit Alba. Tu crois qu'ils vont nous inviter ?

– On s'invitera. On viendra faire un petit tour ce soir.

– Robe du soir ?

– Je t'emmène déjeuner à Vence.

– Au poil ! répondit Alba en se laissant couler au fond de son siège, comme au cinéma.

Jean-Michel Diamant entra dans le grand salon. On avait l'impression que dix stuqueurs en folie, accompagnés d'autant d'ébénistes, avaient été enfermés avec la reine de Saba pendant dix ans dans cette pièce. On voyait la mer à perte de vue.

Meubles, coussins, lumières colorées, tout tenait du plus pur délire byzantin.

Lola, comme une sultane, écoutait le dernier album de *Motorhead* sur une chaîne à peine sortie de ses cartons. Ça cognait si dur dans les enceintes que Jean-Michel le Nasty baissa un peu le volume, il ne tenait pas à prendre cette pièce montée aux crèmes suaves à travers la gueule, surtout qu'icelle avait déjà pas mal de fissures.

Le téléphone sonna. Il fronça les sourcils, étonné qu'on l'appelle, et finit tout de même par décrocher.

– C'est Luc.

– Ça va Papa ?

– T'as reçu les bandes ?

– Pas encore, je suis allé à la poste ce matin.

– Fais gaffe, petit ! J'ai un mauvais pressentiment. Tu ferais mieux de retourner aux Amériques, là-bas tu faisais ton beurre tranquille. Tu vois, je m'inquiète.

– Faut pas, Papa, tu sais bien que je me tire toujours d'affaire.

– Écoute, j'ai l'impression qu'il y a quelqu'un qui essaie de remonter le filon. J'ai eu la visite d'un mec qui avait pas l'air d'être plus dans l'enseignement que toi et moi. Il a tourné un peu autour du pot au sujet de l'île. J'aimais pas tellement ça. Il m'a versé un boniment gros comme un sirop. J'ai vérifié son truc, c'était une gonfle.

– Te fatigue pas, P'pa ! Un grand mec assez costaud, avec une petite greluche blonde ?

– Comment que tu sais ?

– Je les ai vus tout à l'heure, ils me suivaient. Je leur prépare une réception.

– Après, on sera tranquille, fils !

– Allez, te tracasse pas ! Je te rappellerai pour te filer des nouvelles.

Le fils prodigue raccrocha. Il avait envie de taper dans ses mains pour voir rappliquer le harem, mais ici il n'y en avait malheureusement pas.

– *What did he say ?* demanda Lola.

– *Just nothing, babe !*

L'Amerlo de Poissy se faufila jusqu'au frig, il se prépara un Monaco selon les règles, bière et grenadine, puis il rejoignit Lola et se laissa absorber par les coussins d'un fauteuil taillé pour recevoir les rondeurs de l'Orient extrême.

Du coin où Serge et Alba étaient planqués, le palais qui portait le doux nom de *Sophia* se mit à dégouliner de marbre rose face à la mer en feu.

Ils attendirent. Encore habité de quelques nuages de crème de cassis, le ciel était profond, avec quelques étoiles.

Cette fois, c'était la nuit. Toutes les ogives étaient illuminées.

– On va rester là longtemps ? demanda Alba qui aurait préféré entrer par la grande porte.

Sur le coup de 11 heures de la nuit, le choc : *elle,* Lola, sortit sur le perron, descendit les marches, elle était rousse, portait un jean, un gilet indien à franges. Elle s'assit au volant de la Chevrolet et démarra dans un nuage de poussière.

Serge fonça dans son sillage qui les conduisit inévitablement sur la Croisette. Elle se rangea devant le palais des Festivals. Serge n'eut guère de mal à trouver une place. Avant de descendre, Lola se masqua derrière de grandes lunettes blanches et noires.

Elle prit une voie de traverse en direction de la rue d'Antibes, pénétra au *Rapid,* bar fréquenté par un curieux mélange de rockers, de méchants anges, de naïfs et de spectateurs qui n'étaient visiblement pas là pour causer, vu que les décibels avaient de quoi entamer la cervelle des plus accrochés.

Serge et Alba la laissèrent s'installer, puis ils entrèrent et s'assirent dans un coin. Il y avait autant de lumière que dans une taupinière et l'obscurité des cuirs n'était pas faite pour faciliter l'identification.

Lola resta deux heures à prendre la musique à pleine gueule. Un gars en blouson, doté d'une gentille moustache, s'approcha d'elle. Possible qu'ils se soient parlé, sûr qu'ils ne se sont pas compris.

Cinq minutes plus tard, pourtant, ils sortent.

C'est la remontée de la Croisette, les lumières, la splendide silhouette des palmiers découpés sur un ciel bleu métal.

Ils montent dans la Chevrolet, un petit tour de piste et en famille, on prend la route de Nice.

Lola passe devant le palais du sultan et continue.

C'est le port d'Antibes, limpide, salut Vauban, salut de Staël, et on poursuit vers la plage de galets.

L'Impala file tranquillement, *Baie des Anges*. C'est désert, tranquille. Une bagnole de temps à autre. Le monstre blanc glisse sur les galets comme s'il voulait rejoindre l'Arabie à la nage, les grands feux rouges disparaissent dans la nuit, on ne voit plus, entre les cônes de béton, que l'Impala immobile devant la mer sombre.

Serge coupe ses phares, il se range assez loin, sort ses jumelles de la boîte à gants et redécouvre le monstre blanc.

Les vitres sont baissées, les silhouettes se découpent à peine, puis elles se rapprochent, se confondent.

– Il n'y en a que pour toi, dit Alba.

Serge lui passe les jumelles.

– Je ne vois rien. Juste un truc qui balaie l'ombre de temps à autre. Une botte, je crois.

Ils restèrent là une bonne demi-heure. Serge pensait à la *Lettre à personne :*

« On ne parlait pas, l'espace était à la fois fluide et bourré de pépites entre nous. On a marché jusqu'à ta Ford, un vieux modèle qui avait bouffé de la route, elle était bleue, pleine de chromes où le cosmos se reflétait et les sièges brillaient quand on passait sous un réverbère. Tu as mis la radio, il y avait Billie Holliday qui chantait My Man. *Alors, à la lueur de la lune, j'ai vu des larmes dans tes yeux parce que c'était beau. Quand ça a été fini, tu as coupé la radio et t'as juste dit, comme si tu parlais au ciel :*

« Billie...

« Et on a roulé tranquillement, sans savoir où on allait.

Quand on s'est arrêtés, c'était le désert, un grand espace de lumière laiteuse et, dans la Ford, tu m'as dit d'embrasser tes cheveux, alors je les ai pris dans mes mains et je les ai baisés. On se regardait. On a enlevé nos jeans et on a fait l'amour pendant qu'un Mexicain surgi du désert nous regardait et qu'on voyait briller ses yeux sous son grand chapeau. »

– Je n'ai pas de chapeau, dit Serge entre ses dents.

– Alors tu peux m'embrasser, répondit Alba.

Lola est retournée à Cannes. Elle a déposé le type devant la boîte, puis elle a disparu en direction du palais du grand Maure mort.

16

Alba n'avait pas touché à son petit déjeuner. Quelque chose se nouait dans son corps. Le plan de Serge n'était pas fait pour la réjouir.

– On pourrait s'y prendre autrement, Serge, je t'assure !

– Mais au contraire, c'est une chance inespérée d'entrer en contact avec Lola sans avoir à prendre de risques. Cela va se passer très bien...

– Pour toi, je n'en doute pas, et moi, pendant ce temps, je serai là comme une nasse à attendre que Monsieur revienne de ses batifolages nocturnes avec Lola. Je sais pas si tu as bien vu hier, mais elle, ce qui l'intéresse, c'est pas la conversation.

– Elle est comme ça parce que personne ne sait qui elle est. Avec moi, ce sera différent.

– Bon, d'accord ! dit Alba, au bord des larmes.

Serge s'approcha pour la prendre dans ses bras, mais elle le repoussa.

– Allez, dit Serge, c'est juste un moment à passer.

– Bien sûr, la vie n'est faite que de moments, mais des comme ça, j'aimerais mieux pas.

– Viens, dit Serge toujours aussi placide, on va marcher un peu et se payer de quoi faire bonne figure ce soir.

– C'est déjà plus marrant, dit Alba qui faisait un effort pour ne pas trop laisser paraître sa fureur.

Ils sortirent de l'hôtel, s'arrêtèrent dans un bar pour boire un pastis, il lui fallait bien ça pour refroidir ses circuits. Ensuite, ils s'aventurèrent en direction de la rue d'Antibes près de laquelle Alba avait repéré une boutique de jeans.

Le pastis commençait à la faire décoller légèrement, mais ce n'était pas aussi planant que la veille.

– J'espère qu'elle va se pointer ce soir, que ça passe vite.

– N'y pense plus, on va se fringuer.

Ils entrèrent dans la caverne d'Ali Baba. Ça sentait bon le cuir, il y en avait partout. Du vrai, du bon, de l'usé, du clouté, du western, du Hell's Angels, du désinfecté pour minet, sans compter les bottes où ça folâtrait dur de la pointe et des ornements. Le Mexique n'était pas loin.

Alba eut plus vite fait que Serge de se transformer en rocker. De surcroît, l'uniforme lui allait terrible. Bottes noires, pantalon de cuir noir, blouson d'aviateur d'occase qui avait déjà vu du pays, tee-shirt où venaient s'écraser les poils de la bête velue qui avait été retournée pour faire le blouson. Une ceinture cloutée là-dessus, des petites lunettes roses à paillettes argentées, un badge Ted Nugent, il y avait déjà de quoi faire flipper tout ce qui périgrine au-delà du périphérique. D'accord, ça changeait du tailleur tube, du croco et de la voilette, mais ça avait un autre charme, une sensualité terrible, Alba était lancée. Elle s'occupa de Serge et, en plus de l'attirail normal, elle lui trouva un casque d'aviateur en cuir, modèle 1920, une pure merveille. Avec la gueule qu'il avait, les fripes ne déparaient pas trop. Elle faillit lui coller un badge Lola, mais il convenait de ne pas trop pousser. Il faut dire que lorsque Serge fila trente balles au vendeur en lui demandant de faire déposer les vêtements qu'ils avaient quittés au *Martinez*, ce dernier avala son chewing-gum.

Ils firent un tabac dans la rue.

– Si c'est pas malheureux de voir ça dans les rues, ma pauvre dame... Elle a l'air jeune, la fille...

Ils firent cent mètres. Un car de police les coinça contre le trottoir. Le test était passé.

– Vos papiers, s'il vous plaît.

Ils les sortirent.

Les deux flics :

– Vous habitez où à Cannes ?

– *Martinez*, dit Serge.

– Fais pas le malin, dit le plus fortiche des deux flics, les mecs de ton espèce, je me les garde comme friandises, après le café.

– Chambre 132, fit Serge, vous pouvez vérifier.

Le flic resta muet un instant, il regarda son collègue qui, après examen, dit à l'autre :

– C'est vrai, chef, ils sont propres et tout. C'est pas des vrais.

– Excusez-nous, m'sieu-dame, mais qu'est-ce que vous voulez, avec tous ces voyous, on ne sait plus où donner de la tête.

– Il faut bien s'amuser un peu, dit Serge, conciliant.

Les deux flics remontèrent dans leur panier bleu en faisant une révérence. Les badauds déçus se dispersèrent.

– J'ai une idée, dit Alba, il faut compléter notre tenue.

Elle entraîna Serge à *Tout pour votre chien.*

Ils entrèrent.

– C'est pour quoi ? dit une vieille perruche trop aimable pour que ce soit vrai.

– Pour acheter, dit Alba, glaciale.

– Qu'y a-t-il pour votre service ?

– Je voudrais un collier pour ma chienne et un pour mon chien, dit Alba.

– Quelle race ?

– Normale, dit Alba.

Les colliers étaient suspendus à un présentoir.

– Vous voulez peut-être choisir vous-mêmes. Nous avons aussi des colliers étrangleurs pour les chiens qui tirent.

– J'en aurai pas besoin avant ce soir, dit Alba en regardant Serge d'un air menaçant.

Elle lui essaya un collier et s'en trouva un. C'était parfait et moins cher que chez Cartier. Serge allongea les biftons et ils sortirent.

Alba voulait un vrai rouge à lèvres, elle trouva un géranium sublime pour sa moue adolescente. Ils mirent le cap sur le *Martinez*.

Ils n'eurent pas le temps de se profiler sur la ligne fragile de l'horizon que cinq mecs convergèrent vers eux comme un seul homme, puis, lorsqu'ils furent reconnus, ce ballet improvisé, obéissant à une nouvelle chorégraphie, se dispersa avec élégance. On aurait dit une rose des vents.

Un des maîtres des lieux poursuivit seul son avancée et aborda Serge et Alba, le sourire aux lèvres.

– Très joli, cela va remarquablement bien à Mademoiselle.

– Ne vous inquiétez pas, on se changera pour dîner.

Ils montèrent dans leur chambre.

– Tu prendras ton flingue, ce soir ? demanda Alba inquiète.

– Pas la peine, il suffirait qu'on se fasse arrêter une autre fois pour avoir de sérieux ennuis. Quand on est bien sapé, on peut transporter un bazooka tranquille, mais le cuir, ce n'est pas du goût de tout le monde.

– Ça ne te rappelle pas les *Vampires ?*

– C'est vrai : sans eux, on ne se serait peut-être pas rencontrés.

– On s'aimera toute la vie, hein, Serge ?

17

Noire intrusion dans la symphonie des cuirs. Ils ont décidé d'entrer séparément. Alba se perche sur un tabouret du bar, Serge s'assied sur une banquette défoncée tandis que le MC 5 crache *High Time* dans les enceintes invisibles. Alba est nerveuse, elle s'arrange pour paraître lointaine tout en sirotant son coca.

Devant la porte, des rockers, des motos, arrivées et départs de choppers dans la flamme blanche de leurs chromes. Un petit tour, un retour. On entre, on sort.

Lola la splendide, la star des stars, pure dans son anonyme beauté rousse, n'a pas encore paru.

Serge fait le vide, comme toujours. Il veut entrer dans

l'action sans intention définie, se laisser glisser dans les événements jusqu'au moment où une force irréversible lui dicte ce qu'il faut accomplir.

Un héros de l'espace entre, accompagné d'une vénus galactique. Chevelure dorée, lunettes dorées, paillettes collées sur le visage, collants d'argent liquide scintillants qui se perdent dans des bottes de cosmonaute bleues comme l'infini.

Serge remarque deux videurs qui sillonnent les vagues punk et loubardes. On se tolère mais on ne se mélange pas. La loi des lieux, la construction des sectes, des classes : un univers fragile.

Les héros du hard rock lancent leurs étranges flammèches dans cette nuit. Queen, Hawkwind, Deep Purple, Steppenwolf, Kiss, Blue Oyster Cult, ACDC, Motorhead, Aerosmith. Fureur d'acier trempé de nuits blanches. Et les filles terribles ou sucrées : Lola Black, la Smith, Blondie, Nina Hagen, Pat Benatar, Kate Bush, Sapho.

Enfin, elle est entrée, s'est installée au bar, a bu un bourbon et s'est laissé glisser dans la musique.

Serge, tout à coup, se sentit presque timide. C'était un autre genre de trip. Sans regarder Alba qui n'était pas loin, il se leva, glissa son cuir contre les autres cuirs et finit par arriver en face de Lola. Il la regarda.

Depuis cinq minutes, Alba minaudait avec un grand clouté qui ne manquait pas de pêche, sauvage mais pas impossible. Une idée lui traversa la tête comme un riff d'Eddie Clarke.

Lorsqu'elle vit Lola descendre de son tabouret et sortir en compagnie de Serge, elle accepta son idée, tremblant intérieurement.

Pour Lola et Serge, ça s'était passé très vite, comme la veille au soir. Alba en frémissait de rage contenue. Serge avait disparu dans l'encadrement de la porte baigné d'une lumière rouge sombre.

Décidé à jouer le rocker un peu attardé, il marchait aux côtés de Lola qui paraissait n'avoir pas encore quitté les tonitruances de la musique. Quelque chose swinguait dans sa démarche.

– On va prendre mon voiture, dit Lola qui semblait se débrouiller assez bien en français.

– Tu as un joint ? demanda Serge comme si la réponse à sa question n'avait pas la moindre importance.

– On s'en fera une tout à l'heure. Il y a trop de flics dans le coin.

– Tu es américaine ou anglaise ?

– Américaine.

Silence.

Ils montent dans l'Impala, Lola conduit doucement, la direction assistée couine un peu, ils descendent la Croisette. Lola met une cassette de Sarah Vaughan.

– *You like it ?*

– *Yes.*

– Tu viens souvent à ce bar ?

– Non, je suis de Paris.

– Tu connais le Club Zaza ? Ils passent du hard rock.

– Non. C'est nouveau ?

– Un peu nouveau, je crois. Avant, j'y vais souvent.

Ils prennent la route d'Antibes.

– On va à le bord de la mer, c'est bon.

Serge regardait Lola, il était un peu déçu par le personnage qui n'irradiait pas autant qu'il l'aurait imaginé. Peut-être fallait-il la connaître un peu mieux. Elle n'aimait pas beaucoup parler. Pour le moment, cela valait peut-être mieux.

En arrivant près du port, Lola demanda :

– Tu aimes Rimbaud ?

– Je connais pas ce mec, dit Serge.

– C'est pas un mec, c'est un écrivain. Tu connais pas *Le bateau ivre,* c'est une poésie à lui.

– J'aime la musique, répondit Serge, mettant fin à la conversation.

Un moment plus tard :

– On va aller sur la plage de cailloux, j'aime ça.

– Comme tu veux.

– C'est beau, la voix de Sarah.

Lola ralentit, elle tourna sur la droite et vint se loger entre les cônes de ciment, exactement au même emplacement que la dernière fois. Elle retira l'une de ses bottes, en sortit une petite pipe arabe et du hasch.

Serge se dit que le moment était venu d'attaquer le vif du sujet :

– Pourquoi tu as teint tes cheveux en roux, je préférais le noir, c'était plus beau, Lola.

– Qui c'est, Lola ? répondit-elle sans se démonter.

– Tu crois que je suis là par hasard ?

– J'ai bien vu que tu n'étais pas un vrai rocker, c'est pour ça que je t'ai emmené, je voulais voir, par curiosité, ce que tu cherchais.

– Il faut pas te laisser aller, Lola. Il y a des milliers de gens qui t'attendent, qui t'aiment. Je suis sûr que tu as envie de chanter.

– Bon, d'accord, tu m'as reconnue, mais je m'en fous. Moi, ce qui m'intéresse, c'est une autre vie et je l'ai trouvée, O.K. ? Alors, c'est pas la peine de faire cette baratin. Depuis que mon père a offert des dollars, tout le monde s'intéresse à moi et toi, tu es comme les autres, tu veux le fric, right ?

– Et le *Grand Esprit de la Forêt ?*

– Moi je le connais, c'est lui qui me dit ce que je dois faire. Toi tu le connais ?

– Un peu.

– Mais tu connais pas Rimbaud !

Serge resta un instant silencieux, puis :

– « J'ai créé toutes les fêtes, tous les triomphes, tous les drames... »

– Alors, tu connais. Tu dis jamais le vérité ?

– Pourquoi est-ce que tu fuis ? Tu n'étais pas bien sur ton île de la Seine ?

– Si, mais ça manquait la confort.

– Et dans ta cabane à Big Sur ?

– C'était pas la même chose. Tu sais tout de moi, hein ?

– Deux ou trois choses...

– Tu devrais écouter plus de musique, c'est bon pour la tête, tu sais.

– Écoute, Lola, j'aimerais que tu me fasses confiance.

– Qu'est-ce que tu m'offres ? Retourner à une vie que je refiouse, que j'ai abandonnée ? J'ai tout dit, tout ce que j'avais dans le corps je l'ai donné, maintenant, c'est fini. Je ne veux pas autre chose que ce que j'ai. Il n'y a pas de place pour toi dans mon vie. Je n'ai besoin de personne.

– Alors, pourquoi sommes-nous ensemble ?

– J'aime pas faire l'amour dans les lits.

Serge était découragé, il avait l'impression qu'il n'y avait rien à faire. Il avait imaginé une autre Lola. Il commençait à sentir qu'il avait perdu son temps à suivre cette piste. Après tout, se dit-il, il est possible que certains artistes s'usent en quelques années, ayant donné une œuvre pure et scintillante qui les laisse comme vidés de toute substance créatrice.

Lola le regardait, elle s'approcha de lui, posa une main sur son bras et lui dit :

– Ne pense plus, laisse-toi aller.

Alba venait de sortir avec le clouté. Ils avaient fait quelques pas, les sons du *Rapid* s'étaient perdus.

– Comment tu t'appelles ? demanda le clouté.

– Alba, et toi ?

– Moi, c'est Eddy.

Alba constata qu'il portait quelques coutures sur le visage, la marque des vrais. Il avança vers elle et l'embrassa un peu brutalement. Elle se laissa faire, le choc initial fut désagréable ; après un moment, il y eut un petit mieux.

– On va faire un tour ? demanda-t-il, certain de la réponse.

– Si tu veux.

Eddy marcha vers sa Kawasaki 1000 flambant neuve.

– Elle est super, dit Alba.

– Ouais, le seul problème c'est qu'elle est en rodage, faut pas monter à plus de 160. Enfin, pour le moment, ça va.

– T'as du fric ? demanda Alba.

– Juste de quoi mettre de l'essence.

– Tu veux que j'aille en chercher ?

– T'en as ?

– Cinq cents balles, mais il faut que j'y aille seule.

Eddy descendit de son engin.

– D'accord, petite fille, je te donne un quart d'heure.

Il sortit une Gauloise, la tapa doucement sur son réservoir en regardant Alba s'éloigner.

Il se dit qu'avec cinquante sacs, on pouvait passer une nuit pas triste et dans sa tête il commença à faire des projets.

Alba fonça vers l'hôtel en se retournant à plusieurs reprises pour voir si Eddy ne la suivait pas.

Elle monta dans la chambre, se coucha à côté du lit et fourgonna entre les ressorts jusqu'à ce qu'elle sentît la masse compacte, lisse et froide du 45.

Elle regarda si le chargeur était plein, puis le glissa avec peine dans sa botte droite, heureusement que le jean passait par-dessus, car ça faisait une sacrée bosse. Elle vérifia si elle avait bien les cinq cents balles dans sa poche et fila rejoindre Eddy. En traversant le hall de l'hôtel, elle fut inquiète, elle avait l'impression que l'arme faisait une énorme protubérance.

Eddy fumait tranquille, appuyé sur sa merveille.

– T'as pas été longue, dit-il.

– C'est pas loin, dit Alba en sortant les cinq billets de cent qu'elle lui tendit.

Eddy les attrapa vite fait et les glissa dans l'une des poches de son blouson. Le tendron commençait à l'intéresser.

– J'aimerais faire un truc, dit Alba avec dans la voix une sorte de promesse contenue.

– Dis toujours, répondit Eddy, mis de bonne humeur par les circonstances.

– J'avais un mec, il est parti avec une Américaine bourrée de pognon, elle aime se faire baiser sur les galets, juste après Antibes. On y va, histoire de rigoler un peu ?

– Ça marche, dit Eddy.

Elle monta derrière Eddy qui fit partir son moulin en appuyant sur le démarreur. Ça tournait comme dans du beurre, un vrai délice.

Eddy n'eut pas le temps de passer en seconde qu'ils étaient déjà sur la croisette : c'était pas une moto, c'était un Jet.

Alba se cramponna au torse d'Eddy.

L'air sifflait, les lumières n'avaient pas le temps de frapper la rétine, c'était un miroitement continu. Une sensation terrible. Les cheveux d'Alba laissaient une queue de comète dans la nuit. Elle se mit à penser à Serge, à l'Impala, à la mer, à Lola. Elle allait les voir et déjà une souffrance partant du fond de ses entrailles remontait à travers son corps.

Ils faisaient sûrement l'amour...

Quelques larmes arrachées par le vent s'envolèrent dans la nuit.

18

Lola était belle. Elle attira Serge contre elle, ouvrit sa chemise et Serge sentit ses seins. Il l'embrassa.

Ses lèvres semblaient mortes, passives. Serge éprouvait une impression glaçante, presque paralysante. La Lola qu'il avait aimée, sorte de divinité fulgurante aux nerfs à fleur de peau, semblait s'être évanouie dans cette fuite, ce repli.

– Je te plais pas ? dit Lola avec un petit rire contenu.

Serge s'écarta d'elle, la regarda dans les yeux et lui dit :

– Ça colle pas vraiment entre nous, je préfère que tu me reconduises.

– Comme tu veux, dit Lola en refermant sa chemise.

C'est à ce moment que Serge sentit quelque chose de très dur qui s'abattait sur son crâne, sa vision se brouilla, il tomba en avant entre le volant rouge et le ventre de Lola.

– T'as mis le temps, dit Lola à Diamant.

– Moins que toi. Ça fait deux heures que je me les gèle à t'attendre dans le coin.

– Où étais-tu ?

– Là-bas, derrière la buvette. Quand je vous ai vu arriver, j'ai rappliqué pour suivre votre passionnante conversation derrière les blocs de béton.

– Pourquoi tu l'as pas assommé tout de suite ?

– Je voulais savoir ce qu'il avait à cracher.

– C'est ce million de dollars qui nous fout dans le pétrin. Ils vont arriver comme des mouches !

– Une mouche, ça s'écrase, dit Diamant en ouvrant la portière.

– Viens, aide-moi, on va le balancer dans le coffre.

Lola et Diamant sortirent Serge et réussirent à le glisser dans la malle arrière.

Diamant prit le volant, tourna sur la route du bord de mer et retrouva la nationale.

Eddy avait caché sa moto à l'endroit même où Diamant avait attendu la Chevrolet. Alba se tenait à ses côtés. Lorsqu'ils virent l'ombre de Diamant se détacher du cône sombre, ils restèrent interdits.

– Mais qu'est-ce qu'ils lui ont foutu à ton copain ?
– Ils sont dingues, articula Alba.
– On va pas le laisser se faire avoir par des pourris de richards.
– Je t'en supplie, Eddy, il faut le sortir de là.
– Monte, on va les suivre tous feux éteints.

Diamant était trop nerveux pour remarquer une moto silencieuse, presque invisible, lointaine.
– Tu vas le touer ? demanda Lola.
– Comme le retraité. On peut pas s'embarrasser de ces parasites.
– Et la fille qui était avec lui ?
– Je m'en occuperai plus tard. De toute manière, on va d'abord chercher ce qu'il a dans le ventre. Il y a peut-être d'autres gens qui sont au courant, il faut tout lui faire cracher.
– J'ai peur, on était bien, on était tranquilles, tout marchait superbe et voilà qu'on commence à avoir les ennuis. Tu sais, moi je pense que nous avons trop de morts autour de nous, et après, le *Grand Esprit de la Forêt* se venge et il nous terrasse et tout est fini.
– Arrête tes conneries, tu veux ?
– Moi je sente des trucs que toi tu ne sentes pas.
Diamant lâcha le volant d'une main et envoya une baffe à Lola. Elle poussa un cri de fureur :
– Le jour où je ramonterai sur les planches, j'aurai des milliers de mecs et toi, je te laisserai tomber !
– Tu sais bien que la scène, c'est pour quand je déciderai. On est lié pour la vie. Tu m'appartiens. Alors, tâche de rester pénarde et laisse *le Grand Esprit de la Forêt* aller aux champignons, O.K. ?
– T'es un sale vache !
Ils ne s'adressèrent plus la parole jusqu'à la porte de la propriété.

Alba serrait Eddy très fort, pourtant il n'avait jamais roulé si doucement.
– C'est là qu'ils crèchent, les salauds ?
– Oui...

– C'est les Mille et Une Nuits, on va pas s'ennuyer, dit Eddy, un sourire dans la voix.

La Chevrolet s'arrêta devant le perron. Eddy dissimula sa moto derrière un bouquet de palmiers nains. Ils franchirent rapidement le portail et se faufilèrent à travers la végétation luxuriante, s'arrêtant de temps à autre pour suivre ce qui se passait du côté de la Chevrolet. Lola et Diamant ouvrirent le coffre puis Lola gravit les quelques marches, poussa la porte, éteignit la lumière du hall d'entrée et redescendit aider Diamant.

– Des vrais pourris, ces mecs, dit Eddy en sortant un superbe cran d'arrêt qu'il déplia contre sa paume pour ne pas faire de bruit.

La lame fine luisait dans la nuit.

– Eddy, dit Alba en posant sa main sur son bras, j'ai mieux que ça.

Elle releva son pantalon et sortit le 45 de sa botte. Elle déposa la masse de métal compacte dans la paume d'Eddy.

– Mince !... vous êtes bien montés, toi et ton copain... Bel objet ! C'est de l'artillerie lourde, où est-ce que vous l'avez eu ?

– On l'a piqué dans une maison qu'on a visitée la semaine dernière.

Les deux autres traînèrent Serge sur les marches, passèrent à l'intérieur du palais et refermèrent la grand'porte.

– Viens, dit Eddy en tendant la main à Alba, on va faire le tour pénards. Tu sais pas s'il y a un clebs ?

– Non, il n'y en a pas.

– Je préfère. Dis donc, il doit y avoir du fric là-dedans ! On repartira pas les poches vides.

– Heureusement que t'es là.

Ils passèrent derrière les hauts troncs des palmiers. Plusieurs pièces s'éclairèrent. Eddy examinait la maison d'un œil de spécialiste.

– Il faudrait essayer de rentrer par le premier étage, on les surprendrait plus facilement. Il y a une gouttière, faudrait voir si elle n'est pas trop pourrie.

– On dirait qu'ils le montent au premier, dit Alba.

Le grand salon venait de s'éclairer.

– Bon ! Dans ce cas, pas besoin de se casser, on va entrer par le jardin. Peut-être qu'ils n'ont même pas pensé à fermer à clé la porte d'entrée. Reste là, je vais jeter un coup d'œil.

Alba entendit à peine Eddy revenir, il marchait comme sur un tapis de mousse, courbé en avant, le 45 à la main.

– Qu'est-ce que je te disais, c'est ouvert ! On y va ?

– C'est peut-être mieux d'attendre un moment, mon copain va sortir des brumes, il pourra nous aider.

– Ouais, s'il a le crâne coriace.

– C'est un fortiche.

– Comment il est ? Je l'ai peut-être vu...

– Grand, costaud, il porte un vieux casque d'aviateur.

– Ouais, je l'ai vu. Ben justement, avec le casque, le choc a dû être amorti. Je le connais, ce mec ! Les Amerlos, ils perdent rien pour attendre.

19

Ils entrèrent, refermèrent la porte. Alba se tenait derrière Eddy qui progressait comme un chat.

Un somptueux escalier à double révolution, couvert d'un tapis bleu ciel usé, menait au premier étage où l'on entendait des voix étouffées par les rideaux, les coussins, les tapis.

Alba fit signe à Eddy qu'elle percevait quelque chose. C'était Serge qui parlait.

– ... parvenir à s'arranger si...

– ... la récompense sera pour moi...

Alba dit à l'oreille d'Eddy :

– Il parle, on peut y aller.

– Reste loin derrière moi, fais attention où tu fous les pieds. Tiens, dit-il en lui filant le cran d'arrêt, si ton mec est attaché, libère-le vite !

Alba s'attendait à voir Eddy monter les marches une à une,

mais au lieu de cela, il les gravit en courant sans faire le moindre bruit.

Elle suivit, mais marche après marche.

La porte en ogive qui donnait dans le grand salon était restée ouverte. Eddy fut un instant fasciné par le cadre grandiose. Il aperçut l'Amerlo qui tenait le copain d'Alba en respect. Il se tenait de face, un gros calibre dans la pogne, assis dans un vaste fauteuil où il s'enfonçait si bien qu'il semblait réduit de moitié. La fille était en train de servir à boire devant un coffre-bar représentant une mosquée.

Le copain d'Alba était affalé sur le tapis, à cinq ou six mètres de l'Amerlo. Il avait l'air un peu sonné.

Eddy fit signe à Alba de ne plus bouger. Il jeta un coup d'œil à son feu, vérifia pour la deuxième fois que le cran de sécurité était bien enlevé et fonça au milieu de la pièce.

– Bouge pas, mec, ou je te brûle ! hurla-t-il à l'Amerlo.

Celui-ci plongea en avant.

Il y eut trois coups de feu, deux d'Eddy, un seul de Diamant.

Les balles du 45 avaient fait un vilain gâchis. L'une s'était perdue dans une vitrine dont le verre était descendu d'une pièce, l'autre avait atteint Diamant en pleine gorge. La violence de l'impact l'avait projeté sur la table basse du grand salon qui avait volé en éclats. Il était mort.

Eddy était à genoux sur le tapis bleu, il tenait son flingue d'une main pendant que l'autre comprimait fortement son abdomen. Serge s'était relevé.

Lola lâcha son verre qui se brisa discrètement sur l'épais tapis. La main d'Eddy descendait vers le sol, tout son corps se repliait vers l'avant. La tête de Serge se mit à tourner, il tenta de se rattraper à un guéridon et retomba sur le sol.

Il regardait Lola s'avancer vers Diamant comme une somnambule. Son visage était indifférent et blême.

Pour Eddy, c'était la grande valse, il se souvint de la mort d'un mec dans un film policier, un mec qui tombait des marches d'une église, un mec dont il avait oublié le nom. Il n'avait jamais eu de mémoire.

Son regard s'abaissa vers sa blessure, sa main était pleine de sang.

– Il m'a eu, le con ! marmonna-t-il...

Il vit Alba s'approcher de son mec, le flingue faisait une petite tache noire sur le bleu, comme s'il avait flotté en plein ciel. Mourir dans un palais, c'était pas donné à tous ! se dit Eddy. Et la petite môme, quelle perle ! Il se vit avec elle sur le grand canapé, quelle nuit ç'aurait été ! Il avait l'impression qu'il y avait trois flingues sur le tapis, ça commençait à être comme un film underground dans sa tête. Tout en surimpressions.

Cette petite salope d'Américaine devait en avoir après le flingue, car il eut l'impression de le voir bouger dans quelque chose de clair. Sa pogne, sûr !

C'est dingue d'essayer de lever un bras quand on voit des choses qui sont comme un défilé de couleurs avant l'apparition de la reine noire dans son superbe manteau.

Le flingue avait l'air d'être dans la trajectoire de la gonzesse.

– Non, Eddy, pas *elle !* hurla Alba qui venait de déboucher dans la pièce.

Eddy entendit vaguement quelque chose, puis il appuya sur la détente. On aurait dit un canon, ça fit une telle secousse que l'engin lui gicla des pattes. L'horizon était propre, il n'y avait plus aucune forme menaçante, l'Américaine avait sûrement reçu son compte.

Eddy tomba sur le côté. Il vit plein de dorures dans le ciel. Malgré tous les coups qu'il avait faits, ça devait être le paradis, après tout il y avait plus salaud que lui, ouais, c'était bien le paradis. Il se sentait bien. C'était beau, et tout à coup un ange blond, superbe, se pencha sur lui et lui dit d'une jolie voix :

– Eddy... Eddy...

Les curés devaient être flippés, ils prétendaient que les anges n'avaient pas de sexe mais celui-là, il pouvait pas y avoir d'erreur, il voyait ses seins sous le tee-shirt, fallait pas lui raconter d'histoires. J'ai bien fait de crever, se dit-il en essayant de caresser la poitrine de l'ange.

Alba sentit comme une secousse dans le corps d'Eddy qu'elle tenait dans ses bras. Une secousse comme quand on somnole et que tout à coup le corps se plie au rythme du sommeil.

– Serge, il est mort !

Serge avait fait un effort pour se relever. Il tenait sur ses jambes.

Il s'approcha de Lola.

Alba le rejoignit. Elle fut la première à parler.

– La vache, il l'a descendue !...

– Tout est foutu, dit Serge.

– Tu as mal ? dit Alba en se réfugiant dans les bras de Serge.

Elle se mit à pleurer de désespoir.

– Tout ça pour rien. Merde ! J'avais un mauvais pressentiment sur ce coup, tu sais.

Serge caressait Alba, la tenait contre lui.

– Ç'aurait pu être pire. Si tu n'avais pas trouvé ce type, Diamant me descendait.

– Pauvre Eddy !

– Tu m'as suivi ?

– Oui, enfin presque, il avait une moto.

– On n'a pas intérêt à traîner dans le coin, on ne sait jamais, quelqu'un a peut-être entendu les coups de feu.

– Et les flics, ils peuvent trouver quelque chose.

– Je vais essuyer les empreintes, on va tout laisser comme c'est là. On n'a aucune relation avec ces gens-là.

– Et Charon ?

– Il se taira, que veux-tu qu'il dise ?

– Ça me fait de la peine pour Eddy. Pauvre type, il venait de se payer une super-moto !

– Tu crois qu'on t'a vue avec lui ?

– Non, là-bas, personne ne fait attention à autre chose qu'à la musique. Viens, allons-nous-en, c'est horrible !

Alba s'approcha, elle regarda le visage de Lola qui la fixait de ses yeux grands ouverts.

– On a tout raté, fit Alba tristement.

– On décolle, dit Serge.

– Comment on va rentrer à Cannes ?

– À pied, c'est la seule solution, on ne peut prendre ni la Chevrolet ni la moto.

– Tu pourras marcher ?

– Ça ira. Tu as bien fait de m'acheter ce casque.

Serge et Alba sortirent du grand salon.

Tout à coup, Serge se figea sur place. On tapait à coups de poing redoublés dans une porte.

– La porte d'entrée n'est pas fermée à clé, dit Alba.
– Ça vient d'en haut.

Serge et Alba montèrent quatre à quatre l'unique escalier qui conduisait aux chambres.

Un long couloir éclairé de petites lampes mauresques très faibles. Des gravures représentant des scènes de harem.

Serge courut jusqu'à la porte. La clé n'y était pas. Il prit son élan et, d'un coup de pied, brisa la serrure. La porte projetée contre la paroi fit un bruit sec. Une fille assise par terre, appuyée contre le lit, tremblait de terreur.

– *I am Lola Black*, dit-elle d'une voix faible, un peu rauque.

Alba et Serge voyaient ses cheveux noirs, l'intensité de l'expression et des mains, la peur aussi.

Alba releva Lola et la prit dans ses bras. Une joie extraordinaire traversait son corps par vagues de plus en plus rapides. Encore une fois, elle sentit les larmes envahir son regard fragile, mais cette fois, c'étaient des larmes de joie.

Serge inspecta la chambre toute simple. Sur un plateau, une pomme à demi mangée voisinait avec un cendrier plein de mégots et une assiette vide. Dans un coin, des boîtes de ginger ale entassées. Il y avait des barreaux aux fenêtres. Une photo de Rimbaud. Lola était vêtue d'une robe sombre avec des empiècements de couleur.

– *Who are you ?* dit Lola en embrassant Alba sur le front.
– *Friends,* répondit Serge.
– *We have to leave quickly...*
– *Yes, yes...*

Lola s'approcha de la photo de Rimbaud, elle lui fit une sorte de signe, la dépunaisa et la garda dans sa main.

Ils sortirent rapidement de la maison après que Serge eut reconnu les environs. Tout était silencieux. Il était près de 3 heures du matin.

– Je parle français, mais j'ai un peu oublié, dit Lola très émue.
– Tu peux marcher ? demanda Serge.
– Oh oui, je peux même courir pour quitter ici. Ils sont morts ? demanda-t-elle.
– Oui.

Lola ne répondit pas, elle s'approcha de Serge et l'embrassa :

– *It's really extraordinary,* tu sais.

Ils sortirent de la propriété, regagnèrent la nationale et marchèrent tous trois le long du trottoir qui longe la voie ferrée.

– C'est loin ? demanda Lola.

– Non, une demi-heure. Si par hasard la police nous arrêtait pour un contrôle, on dira qu'on fait une promenade, O.K. ? On ne risque rien, il ne faut pas s'affoler.

– Oui, dit Lola.

– Comment vous m'avez trouvée ?

– C'est une longue histoire, dit Serge.

– Moi aussi, c'est une longue histoire, dit Lola avec un sourire amer.

– Qu'est-ce que tu veux faire ? demanda Alba.

– Je sais pas, juste respirer.

– On va partir d'ici, dit Serge, on va aller chercher nos bagages à l'hôtel et filer chez nous, à la campagne.

– Oui, c'est bien pour elle, elle pourra se reposer, voir venir, décider ce qu'elle veut.

Ils marchèrent jusqu'à l'hôtel. Serge demanda la note. Ils rangèrent rapidement leurs affaires tandis que Lola attendait dans le break. Pendant dix minutes, elle regarda la ville, les lumières, le ciel, puis elle baissa la vitre pour écouter la mer, comme si elle portait un nouveau chant. Elle eut envie de la voir d'un nouveau regard, elle descendit du break, traversa la rue et s'assit sur la balustrade. Devant elle, s'étendait le sable, la secrète lumière de la nuit.

Bientôt elle entendit la voix d'Alba comme un rayon de lune :

– Lola, viens, on part !

Serge monta jusqu'à l'autoroute. Il n'y avait presque personne à cette heure.

– C'est bon de rouler ! dit Lola.

Ils s'étaient mis tous trois sur la banquette avant du break.

– On devrait se changer, dit Serge, ça nous éviterait des ennuis si nous tombons sur une patrouille de police.

Il s'arrêta dans le premier parc. Alba et lui passèrent des vêtements plus neutres, cela demanda quelques minutes, puis ils repartirent.

– Comment vous avez fait pour me retrouver ? demanda à nouveau Lola.

– J'ai une agence de presse, expliqua Serge, et un jour, un type qui allait pêcher dans les environs de Poissy m'a vendu un renseignement. Il prétendait que Lola Black était vivante et en France. Alba et moi, on a été voir un film sur toi et on a décidé de se mettre sur le coup, d'autant plus que notre informateur avait été assassiné par Diamant.

– C'est la pire salope qu'on peut imaginer, dit Lola.

– On a vu *l'île aux Dames,* la maison, le vieux qui garde les barques.

– Lui aussi est mauvaise, c'est le père de Diamant.

– Tiens ! fit Alba.

– Vous ne le savez pas ?

– Non, on savait qu'il couvrait Diamant, c'est tout, répondit Serge. On l'a suivi, tout de suite après le meurtre, vous avez déménagé, on a trouvé votre adresse à la poste restante et quand Diamant est venu chercher le paquet, on l'a filé jusqu'à la maison, lui nous avait repérés, il nous a tendu un piège et, sans Alba, il m'aurait aussi tué.

– Mais pourquoi vous avez pris tous ces risques ?

– Pour l'argent, dit Serge qui ne tenait pas à cacher ses raisons de départ.

– C'est sympa de le dire, mais quel argent ?

– Ton père a offert un million de dollars à celui qui te retrouverait.

– C'est super, je suis contente ! Diamant voulait me tuer aussi, un jour ou l'autre.

Alba avait passé un bras autour du cou de Lola et se tenait contre elle, silencieuse.

– C'est drôle, les gens qui ont des agences de presse, des choses comme ça, ils ne prennent jamais des risques, même pour la flouze, c'est comme ça qu'on dit, non ?

– Le flouze, dit Alba.

– Mon histoire à moi, elle est compliquée, terrible. Je vais essayer de le raconter depuis le début. Bon, j'avais chanté avec le groupe au *Family Dog,* à Frisco, et là, j'avais un collapse, *you know.* Alors j'avais décidé de rester tranquille dans mon cabane de Big Sur et annoulé la tour.

« J'allais méditer dans la forêt, c'est beau là-bas. Je vivais toute seule. Un soir, une type, Diamant, était chez moi avec un pistol. Il m'a dit qu'on partait. Il m'a forcée à boire une drogue et j'étais complètement off. On a monté dans son voiture et parti vers Los Angeles où il avait locationné un petit avion.

« On a passé à le Mexique et de là, la voiture encore, jusqu'à une petite port où on a pris un bateau à voile et on a traversé l'océan pendant quinze jours, je crois, jusqu'à ce qu'on est arrivé dans une port française. Il y avait deux autres hommes sur le bateau, des marins.

« Après, on est allé en voiture jusqu'à l'île du père Diamant et on s'a installé dans la petite maison ;

« Jusque-là, j'avais pas compris rien. Et dans l'île, il y avait une fille comme moi, il l'appelait Lola, c'était une Américaine comme moi, de Chicago, une sosie, on dit, c'était une affreuse impression.

« Alors Diamant m'a tout expliqué. Il avait rencontré la fille à Chicago, dans la rue. Lui, c'était un trafiquant d'héroïne, il vivait aux States depuis plousieurs ans, il aimait ma musique et quand il a vu la fille, il a cru que c'était moi, il lui a parlé et elle a dit qu'elle était pas Lola Black. C'était un vendeuse dans un Saxks, une grand magasin. Il est devenu ami avec elle et il a pensé son plan. Très bon. Il savait que j'aimais Rimbaud et tout ça, alors il a eu l'idée de m'enlever.

« Il voulait ensuite faire revenir l'autre Lola *on stage* et toucher tout son fric, mais pour être bien, il fallait qu'elle fasse tout comme moi et chaque jour, je devais lui apprendre à chanter, mais elle savait pas bien, on utilisait des bandes, un magnétophone, pour lui faire apprendre toutes mes chansons. Chaque jour, je devais lui parler et dire à Diamant tout de ma vie, depuis que j'étais petit. Elle s'habituait à marcher, à faire tout comme moi et quand Diamant a cru qu'elle était assez bon, il a écrit la lettre au *Washington Post,* j'ai dû le faire avec lui. Il savait que mon père était riche, il voulait la récompense.

« Après l'argent, il serait retourné aux States avec la fille, elle aurait pris ma place, il aurait eu l'argent de mon père, l'héritage, l'argent des disques et des tournées, et une fois que ça aurait marché, il m'aurait fait tuer par le vieux et tout était fini.

– Pas mal, dit Serge.

– Loui, il était pas con, mais elle, un peu.

– Ça a dû être terrible pour toi ? dit Alba.

– Oui, il était très cruel. Il me battait ou me laissait sans manger quand j'étais pas bien. Si je faisais tout, il me donnait ce que je voulais. Je pouvais pas m'échapper, le vieux me surveillait toujours quand son fils sortait.

– Et la fille ? demanda Alba.

– Elle était gentille, presque toujours, elle avait aussi peur de lui. Il la battait quand elle faisait des choses pas comme moi, mais elle était amoureuse de lui, c'était compliqué.

– Tu vas rechanter ? demanda Alba.

– Je suis dingue de pas être remontée sur scène depuis six mois. J'avais le temps de faire des autres chansons, j'en ai onze nouvelles dans mon tête, terribles.

– Tu sais, Serge, il est musicien.

– Qu'est-ce que tu joues ?

– Du piano, dit Serge avec un sourire. Haydn, Beethoven, Schumann et tout.

– Moi j'aime le *classical music,* tu sais. J'avais un ami dans l'orchestre de Chicago, il joue le violoncelle. Tu as le piano chez toi ?

– Oui.

– On va pouvoir écrire les nouveaux chansons, alors, c'est bon !

– Comment tu faisais pour supporter cette vie ?

– Tu sais, quand on te met dans la prison, il faut vivre quand même, alors on vit dans la tête et ça fait terriblement mal, des fois. Comment tu vas faire pour toucher le fric de mon père ?

– Je ne sais pas, dit Serge. Comment tu ferais, Lola ?

– Moi je garderais secret tout, je lui téléphonerais, toi, et après moi je lui parle pour qu'il vient à Paris avec l'argent, et il le donne. Mais il faut que personne ne sait avant lui.

– C'est simple et bien, je crois, dit Serge. Ce qu'il faut, c'est que personne ne sache que c'est nous qui t'avons retrouvée, ni l'endroit, ni la date.

– Si tu veux, on peut faire comme si tout était dans un autre pays. Retournez aux States avant de dire. Partir là-bas tous les trois.

– C'est dangereux. Mais on va y penser.

– On pourrait juste faire l'aller et le retour, parce que je veux rester un peu avec vous, et tu sais, moi, j'aime beaucoup la France, alors, c'est là que je veux faire mon premier concert, au Pavillon de Paris, avec mon groupe, terrible, non ? Tu sais, j'ai travaillé tous les jours, alors je suis bon à chanter demain.

Serge, tout en conduisant, retournait dans sa tête les différentes solutions. Il avait un peu peur de l'enquête française. Il était peut-être plus prudent de finir le coup aux États-Unis, de récupérer la récompense pour qu'aucun lien ne soit établi entre le triple meurtre de Cannes et Lola retrouvée. Il y avait peu de chances que la police reconnaisse le sosie de Lola.

Serge espéra que Diamant était fiché par la brigade des stupéfiants afin que toute l'histoire passe pour un règlement de compte entre voyous.

Ils arrivèrent à Lyon peu après le lever du jour. Lola avait faim, ils s'arrêtèrent dans une brasserie pour prendre un copieux petit déjeuner : une bouteille de bourgogne, de la rosette, du jambon pour Serge et six croissants pour Alba, accompagnés d'un chocolat.

Quelques cafés ensuite, et la route à nouveau.

Serge et Alba étaient fascinés par le visage de Lola. Une exceptionnelle complicité s'installait entre eux.

En passant à hauteur de Beaune, Lola demanda à Serge de bien vouloir sortir de l'autoroute pour traverser la ville.

Plus tard, les sinuosités de la route endormirent Lola et Alba qui étaient passées sur le siège arrière et somnolaient enlacées. De temps à autre, Serge les regardait dans le rétroviseur puis il repensait à la manière de terminer cette affaire avec M. Nash.

En arrivant vers Fontainebleau, il quitta l'autoroute. Il était 15 h 10 et sa maison de campagne n'était plus loin.

21

Serge s'était levé vers les 8 heures pour mettre au point le transfert de fonds sur son compte en Suisse. Il but deux bols de café, puis appela le passeur de la banque suisse qui, de toute la France, faisait chaque jour transiter des millions de francs sans laisser la moindre trace.

M. Blaise le rappela un peu plus tard d'une cabine.

– Ce sera combien, cette fois, cher Monsieur ?

– Un million de dollars en provenance des États-Unis.

– Quelle ville ?

– Detroit.

– Bien, nous avons un contact, nous pouvons prendre l'affaire en main depuis le début !

– Je préfère toucher l'argent en liquide en France et que vous vous en occupiez à partir de ce moment.

– Je comprends très bien, mais actuellement nous devons être très prudents. Puis-je vous suggérer une autre solution beaucoup plus simple ?

– Bien sûr.

– Faites affaire à Barcelone, nous y avons une filière très sûre. Pour votre client, il n'y aura aucun problème de transfert depuis les États-Unis.

– Bien, je vais préparer le terrain. Rappelez-moi ce soir à la campagne.

Serge prépara le petit déjeuner, puis monta réveiller Lola et sa nymphe.

La maison avait eu le temps de bien se réchauffer pendant la nuit. Dehors, il pleuvait toujours.

L'expression de Lola s'était transformée, une force nouvelle commençait à émaner de son visage et de son corps. Elle dévora, fuma une dizaine de gauloises, chanta quelques thèmes de ses nouvelles chansons.

– Tu sais, Serge, je veux chanter à Paris le plus vite possible. Je peux être prête en trois semaines si mes musiciens sont libres.

– D'accord ! dit Serge. Le plus tôt sera le mieux. Pour l'instant, deux choses importantes restent à régler. La première, c'est que tu ne resurgisses pas en France, mais que tu y reviennes après avoir fait éclater la bombe ailleurs. Il y a tout de même eu trois morts. J'ai bien réfléchi, ce matin. Il faut d'abord que tu retournes aux États-Unis pour réapparaître... Et l'autre chose importante, c'est que je touche mon million de dollars sans problèmes.

– Moi, je fais ce que tu veux, dit Lola en souriant. C'est moi qui fais le meilleur *deal* là-dedans.

– Bon. On va téléphoner à ton père. Il faut que l'échange se fasse en Espagne et, de là, tu prendras l'avion pour le Mexique ou peut-être directement pour les États-Unis.

– Je n'ai plous de passeport. Diamant l'avait détrouit.

– C'est aussi vite fait qu'un billet d'avion, dit Serge. Je m'en occupe. De toute manière, il aurait fallu le faire pour éviter qu'on retrouve ta trace.

– Tu es extraordinaire, Serge.

– Attends que tout soit fini. On va appeler ton père. Tu lui parles d'abord, puis tu me le passes.

Serge laissa passer les effusions des retrouvailles, puis il s'adressa à M. Nash.

– Rencontrons-nous à Barcelone, dans trois jours, à midi, au Musée Picasso.

– O.K.

– Pouvez-vous faire transférer l'argent sur une banque espagnole et faire mettre à ma disposition la somme en liquide ?

– *Yes.*

– Descendez à l'hôtel *Colon.* Nous pourrons nous retrouver plus facilement.

– O.K.

– Il n'est pas bavard, ton père, dit Serge à Lola.

– Je sais. C'est un terrible hippopotame pour les affaires. À la maison, il parlait un peu plus, mais pas beaucoup.

Serge fit des photos de Lola. Il les développa dans sa chambre noire. M. Blaise s'occuperait du passeport.

La veille du rendez-vous de Barcelone, le break de Serge fila en direction de la frontière espagnole. Ils couchèrent en route et repartirent à l'aube pour arriver à temps. Le passage de la frontière se fit sans problème. C'était un premier test pour le passeport de Lola. Lorsque le jour se leva, ils eurent la surprise de découvrir un ciel bleu.

Ils entrèrent dans la ville en longeant le port dominé par deux grandes tours reliées par un téléphérique. Serge se souvint de l'avoir pris quelques années plus tôt. Il se rappela l'extraordinaire vue plongeante sur la mer et les navires.

Serge, Alba et Lola s'installèrent à la terrasse d'un café, sur une très belle place rectangulaire au centre de laquelle se trouvaient une fontaine et quelques palmiers.

– On devrait voyager plus souvent, dit Alba qui regardait tout avec avidité.

– On peut rester quelques jours en attendant le retour de Lola, lui répondit Serge.

– J'aimerais bien habiter avec vous quand je reviens chanter, dit Lola.

– Il faudra faire très attention. On verra comment se présentent les choses.

Serge dépouilla les quelques journaux achetés en France. On y parlait de la « mystérieuse affaire de Cannes ». Il y avait heureusement quelques points réconfortants. La police connaissait les activités de trafiquant de Diamant, elle avait identifié l'Américaine et nul n'avait remarqué sa ressemblance avec Lola. Enfin, on suggérait un règlement de comptes.

Serge s'absenta une demi-heure et réserva le billet d'avion de Lola pour Mexico. De là, elle passerait la frontière et regagnerait sa cabane de Big Sur avant d'alerter la presse. Elle mettrait sa disparition sur le compte du *Grand Esprit de la Forêt* avec lequel elle était entrée en communion.

À midi moins le quart, Serge, Alba et Lola pénétrèrent dans le musée Picasso et attendirent en contemplant les premières œuvres du maestro : de petits paysages peints sur des fonds de boîtes à cigares ou des planchettes.

Un taxi s'arrêta devant l'entrée du Musée. Un homme très

grand, rougeaud, avec une touffe de cheveux gris-bleu, sortit de la voiture avec une certaine agilité. Sa bouche était si large que Serge eut l'impression qu'il devait avoir une soixantaine de dents, si blanches et si puissantes qu'elles avaient l'air taillées dans des défenses d'éléphant.

Lola se jeta dans les bras de son père qui la serra contre lui.

– Virginia, *my love...*

Lola était très émue. Serge, une fois achevées les retrouvailles, s'approcha et tendit la main à M. Nash qui la lui serra et secoua pendant trente bonnes secondes en découvrant l'impressionnante double haie de ses crocs. Une forte personnalité.

– Tout est prêt, dit Nash avec un fort accent. Si vous êtes d'accord, nous traiterons à cette adresse avec votre homme d'affaires et le mien.

– À quelle heure ? demanda Serge.

– Comme vous voulez.

– Disons 18 heures ?

– O.K. Je vous demande une faveur, j'aimerais passer la journée avec Virginia.

– Non, dit Serge d'un ton sans appel.

– O.K. ! dit Nash, les affaires sont les affaires, c'est ce qu'on dit chez vous, non ?

– Exactement.

– Très bien ! dit Nash en embrassant sa fille.

Il partit sans se retourner vers la voiture qui l'attendait.

– Je te trouve un peu dur, Serge, dit Alba gênée.

– C'est O.K. pour moi, dit Lola. Tu sais, mon père, je l'aime bien, mais on n'a rien à se dire. Au bout d'une heure, on va au cinéma ou on se dispute, alors c'est mieux comme ça. Je le verrai ce soir ou demain avant de prendre l'avion.

– Je connais un bon restaurant près du port, dit Serge, allons-y.

Ils commandèrent des super-paellas, du vin, et Serge posa quelques questions à Lola.

Il apprit qu'elle était fille unique, que sa mère était morte, et d'autres choses encore.

Dans l'après-midi, ils se promenèrent au-dessus des cargos, grâce au téléphérique.

Alba insista pour visiter la reconstruction du galion de Christophe Colomb.

Serge semblait absent. Dans sa tête, les idées tournaient à cent à l'heure.

22

La transaction avec le père Nash s'était effectuée aussi facilement que l'achat d'un tube de pâte dentifrice. Du bon business, sans la moindre ombre d'entourloupe. Quelques heures plus tard, le million de dollars roupillait tranquille dans la meilleure maison de repos qui soit : une banque suisse.

Lola était partie pour le Mexique et trois jours plus tard, on apprit par un illuminé de Big Sur que le fantôme de Lola Black errait au bord de l'océan. Aussitôt, les téléscripteurs du monde entier crachèrent la nouvelle :

LE GRAND ESPRIT DE LA FORÊT LIBÈRE LOLA BLACK.

Serge et Alba écoutaient tous les bulletins d'information et razziaient les kiosques à journaux.

Lola remplissait son rôle avec finesse, elle noyait tout dans un pur délire mystico-champêtre. Les journalistes en furent réduits à la citer.

On apprit enfin que Guzzi Smith et les musiciens de Lola répétaient dans le plus grand secret onze nouvelles chansons et que la Star des Stars avait choisi la France pour son retour sur scène. Toutes les radios se mirent à diffuser du Lola Black en annonçant le concert du Pavillon de Paris. Même le père Nash prétendit que sa fille était réapparue toute seule et qu'il n'avait pas eu à verser de rançon.

Des cordons de flics en rangs serrés tentaient d'empêcher les trois cent mille fans massés autour de l'aéroport de Roissy de pénétrer à l'intérieur des bâtiments, mais les forces de l'ordre furent rapidement débordées.

Lorsque Serge et Alba arrivèrent à bord d'une grande limousine noire mise à leur disposition par les organisateurs du concert à la demande de Lola, ils durent fendre la foule au ralenti. Il leur fallut un bon quart d'heure pour atteindre le parking officiel où trois autres limousines attendaient déjà. Même les sbires du Grand Guignol auraient bien voulu organiser pareille réception.

Comme ils n'avaient pas grand-chose à faire, les chevelus, les tondus, les rockers et les punks accueillirent par une ovation l'apparition d'Alba qui sortit du carrosse noir en grande tenue rétro. C'était sûrement une star, des noms se mirent à circuler, mais la voilette empêchait de voir distinctement le visage de la nymphe blonde.

Les portes coulissantes s'ouvrirent, on fit pénétrer Alba dans un bureau pour calmer la foule.

Il y eut un grand silence lorsque apparut Sitting Bull Plastic, dissimulé sous sa parure de grand chef indien. Il portait son étui à guitare sur l'épaule. La foule commençait à se déchaîner.

Quelques secondes plus tard, Tommy Bonaparte se pointa, sa mitre dangereusement penchée du côté gauche, un coucou suisse dans les mains. Tout le monde comprit que c'était le dernier élément de sa batterie magique. De quoi remplir une page des revues spécialisées. Le tumulte grandissait.

Stupeur enfin, Mexico Flat avait rasé sa légendaire colonne de tifs noirs et changé de robe de mariée. Trois groupies multicolores l'accompagnaient. Quelques centaines d'objectifs visaient la porte où la grande prêtresse du hard-rock n'allait pas tarder à se pointer.

Un douanier qui s'intéressait de trop près au coucou suisse de Tommy se fit huer.

La foule explose. Ça y est ! Lola, vêtue de cuir, noire déesse du rock, apparaît, sublime et fragile. L'or de ses lèvres esquisse un sourire. Les flashes crépitent. Elle lève les deux bras vers le ciel, passe comme une reine devant les douaniers éberlués et pénètre dans le hall en poussant un cri sauvage :

– Haï ! ! !

Les musiciens l'entourent, des photographes franchissent les barrières, des micros se tendent, Lola s'engage dans le couloir dont les bords commencent à onduler malgré la rigidité des flics. C'est le délire.

Alba, subjuguée par l'entrée de Lola, était restée debout dans le bureau pour ne pas gêner la première apparition de la diva du rock. Tout à coup, elle n'y tint plus et courut pour rattraper son amie. Elle l'appela et malgré les cris de la foule, Lola se retourna.

Elle prit Alba dans ses bras et la serra contre elle. Les photographes mitraillèrent l'intensité de ces quelques secondes. « Qui c'est ? » demandaient les spécialistes.

Une gerbe de roses gicla par-dessus les têtes des chevelus. Lola la ramassa et envoya des baisers à la foule. Un gus du service d'ordre fit signe à Lola de foncer jusqu'aux limousines, car le couloir se retrécissait de plus en plus.

Le cortège se mit à courir au moment où M. Nash apparaissait et multipliait les efforts pour le rejoindre.

Près de l'avion privé du groupe, un camion réceptionnait la sono monstrueuse et les instruments.

Sitting Bull Plastic et Tommy enlevèrent leurs coiffes pour pénétrer dans la première limousine avec les groupies. Guzzi Smith et Mexico Flat s'engouffrèrent dans la seconde ; M. Nash, seul, dans la troisième, tandis que Lola embrassait Serge et Alba.

Le cortège démarra lentement, des fans couraient vers les voitures comme s'ils avaient décidé de se jeter sous leurs roues.

Lola fit des signes de la main et bientôt, les limousines rejoignirent l'autoroute, filant vers une destination gardée secrète sur ordre de Lola.

Une heure plus tard, les quatre voitures pénétraient dans l'allée menant à la maison de Serge Gorodish.

Serge avait acheté quelques lits, engagé une cuisinière africaine qu'on se disputait à prix d'or, et deux femmes de ménage.

La seule chose qu'il n'avait pas prévue, c'était la présence du père de Lola.

Alba s'entendit tout de suite avec les trois musiciens. Serge craignait un peu pour son piano, mais personne n'y toucha.

Ils s'assirent dans les vieux canapés, près du feu.

– On va pouvoir travailler tranquillement, dit Lola.

Le père Nash, visiblement de mauvaise humeur, monta dans sa chambre et ne reparut pas avant l'heure du dîner.

– Pourquoi ton père est-il venu ? demanda Serge.

– Je ne sais pas, dit Lola. Il dit qu'il veut entendre un concert une fois dans sa vie. Il ne supporte pas de nous voir et pourtant, il est avec nous depuis trois jours. J'en ai un peu assez, tu sais ? La seule chose, il a été extra dans les interviews à la T.V. C'est bon d'être avec vous encore, dit Lola en embrassant Alba.

Sitting Bull Plastic lutinait une groupie qui tentait de rouler un joint assez gros pour un régiment. Une douce odeur commençait à flotter dans la pièce. Serge ouvrit quelques bouteilles de champagne.

– Tu veux nous jouer une sonate ? demanda Lola.

Les musiciens poussèrent quelques cris gutturaux pour marquer leur curiosité.

Serge se sentait bien, il se leva et s'installa au piano en fouillant dans sa musique. Il ouvrit la partition des sonates de Beethoven et attaqua la première.

Au bout de quelques mesures, Tommy Bonaparte s'improvisa une batterie et sa présence s'affirma de plus en plus malgré les signes d'Alba.

Serge termina tout de même le premier mouvement.

– C'est bon, mais y manque une basse, dit Mexico Flat.

Serge ne put s'empêcher de rire. Il retourna à sa coupe de champagne.

Alba plaisait bien à Sitting Bull Plastic qui laissa sa groupie pour s'installer près d'elle.

– *I like french girls,* dit-il, peu habitué aux longs préludes. Tu dormes avec moi ce nuit ?

– Quand tu sauras jouer une sonate de Beethoven, répondit Alba avec un grand sourire.

Sitting Bull lui tira la langue et s'en revint à sa petite rouquine.

La table se garnissait lentement. Serge avait fait venir une cinquantaine de fromages différents et quelques dizaines de bouteilles rarissimes.

Lola commençait à picorer. Quand ils se mirent à table, elle avait déjà éclipsé un camembert et un petit chèvre.

– Alba, tu veux chercher mon père ? demanda Lola.

Le vieux arracha la porte plus qu'il ne l'ouvrit. Il avait l'air furieux.

– Vous venez dîner avec nous, M. Nash, dit Alba avec un sourire d'hôtesse de l'air.

– C'est un merdier, ces gens ! répondit le vieux qui finit tout de même par descendre.

Serge tenta de le calmer, mais il n'y parvint pas. Une groupie lui apporta une coupe de champagne dans laquelle elle venait de dissoudre une capule de LSD produite par un laboratoire suisse réputé.

– J'ai un copain très chouette qui s'appelle Phil Mann, dit Alba. J'aimerais bien lui téléphoner. Il pourrait nous rejoindre. Tu le connais, Lola ?

– Oui, j'ai passé une soirée avec lui, il y a longtemps. Qu'est-ce qu'il fait ?

– Il écrit dans des magazines. Il a une très bonne émission à la télé.

– C'est bon ce qu'il fait, dit Guzzi qui n'avait pas pipé mot jusqu'alors. O.K., dis-lui de venir, je lui donne l'exclusivité. Je vais arranger tout avec lui, donne-moi son numéro.

Phil, tout étonné de l'aubaine, arriva pour le dessert avec un cameraman et un preneur de son. Ils croquèrent en vitesse et commencèrent à tourner dès que le matériel des musiciens fut disponible.

Tous se surpassèrent. Lola chanta trois rocks inédits dans la noire intensité d'une musique qui faisait trembler les murs de la maison.

Le père Nash, le nez dans un fromage, semblait absorbé par une découverte de taille. Il voyait les moisissures profondes qui se mouvaient comme de sublimes vallées. Il éclata d'un rire grinçant qui se perdit dans les tonitruances du dernier rock intitulé *Alba*.

Le père Nash saisit un long couteau de cuisine et se mit à mutiler les fromages à grands coups. Son excitation grandissait, il poussait de petits couinements de satisfaction. Il décapita une coupe de champagne, s'arrêta, parut réfléchir durant un temps qui s'étirait à l'infini.

Il entama un dialogue, produisant questions et réponses sur deux tons différents, puis planta le couteau dans la table.

Serge et Alba, bouleversés par la musique, ne faisaient guère attention au père Nash, mais lorsque la musique s'arrêta, un terrible hurlement figea tout le monde sur place.

Le père Nash, couteau en avant, s'avançait vers Lola en assassinant d'invisibles formes qu'il couvrait d'insultes.

Lola reculait, mais elle se trouva acculée dans un coin de la pièce face à la lame qui découpait l'espace en fines tranches.

Lola évita le premier coup.

Serge se leva d'un bond et d'une volée de savate à l'estomac, il ébranla la forme massive du père Nash qui pourtant se redressa et lui fit face. Serge s'élança de toute sa force et, d'un violent coup de pied au foie, fit rouler le père Nash sur le sol.

La groupie se mit à pleurer.

– C'est de ma faute, je lui ai mis une dose, dit-elle.

Tout le monde la regarda sans rien dire, comme si elle n'existait plus.

Serge réussit à enlever le couteau des mains de Nash qui, à présent, se laissait faire comme un bébé.

Lola était livide.

Serge chargea l'Américain sur ses épaules.

– Alba, viens ! dit-il.

Ils montèrent Nash dans sa chambre, le couchèrent sur le lit. Alba lui mit une compresse fraîche sur le front.

Le vieux magnat commençait à délirer.

Au début, il n'exhala que des mots informes puis, peu à peu, Serge eut comme l'impression qu'il y avait un fil à suivre...

– Va chercher ton minicassette, dit-il à Alba.

Elle revint et brancha l'appareil.

– Redescends t'occuper de Lola. Je veux qu'on nous laisse seuls, dit Serge.

Alba referma la porte.

Serge alluma la lampe de chevet pour ne pas gêner Nash qui semblait affolé par la luminosité de la suspension.

Dans la pénombre, il tenta de rassurer Nash. Puis il lui dit :

– Laissez-vous aller, n'essayez pas de lutter contre les images, parlez, c'est le seul moyen, parlez, ça ira mieux bientôt...

– T'es un vieux con, toi, hein ?... T'as rien compris... Elle a toujours été une saloperie... toujours une saloperie... depuis la naissance déjà... Tu sais de qui je parle... je parle de Virginia... Virginia Nash... même avant d'être Lola Black... elle était une pourriture... toujours... et moi j'étais fou de ma femme... tu comprends, toi... ma femme, elle était très belle... tu verras une photo... elle s'appelait Daisy... elle était très fin... très brillant, et elle est morte à cause de cette putain... un crime... elle avait trente et un ans... je l'avais mariée un an plus tôt et cette putain de Virginia l'a tuée en naissant... Daisy est morte à la clinique, et moi je suis resté seul avec un bébé, une fille... elle ne mourait pas, elle, toujours elle grandissait... et moi je la voulais morte parce qu'elle était mauvaise... j'ai essayé qu'elle se noie dans la mer, mais elle nageait bien... j'ai essayé de lui donner une voiture très vite quand elle avait seize ans... j'ai essayé beaucoup de choses, mais elle était trop pourrie dedans pour mourir...

« À l'école, elle a travaillé très bon. À l'université aussi. Et moi j'étais riche, alors je l'ai envoyée à *Harvard Business School* parce que j'ai pensé qu'elle est si mauvaise qu'elle peut être bonne dans les affaires et prendre ma place un jour à la tête des *Nash Companies.* Alors peu à peu j'ai pensé qu'elle avait peut-être mérité la vie... Stupide j'étais, tu crois pas ?...

« Et tout le rêve est tombé vite, parce qu'elle a commencé la musique à l'université et les autres pourritures se sont collées sur elle. Elle a joué dans un film pornographique, on l'a vu dans ma ville. Elle a pris la drogue. Elle a fait la prison. Toujours son nom dans le journal, et puis elle est devenue fameuse et partout son image de vice coulait sur Detroit et sur l'Amérique. Elle a fait la politique pour le Viêt-nam. Elle a tout fait...

« J'espérais que la drogue la tue, mais rien ne la tuait, et moi j'étais fou que tout le monde la regarde, alors j'ai payé un homme pour la tuer. Beaucoup d'argent. Et cet homme, il s'appelait Diamant, un Français, aussi un saloperie parce qu'il ne l'a pas fait. Au début, quand on a retrouvé le cadavre dans la mer, j'étais heureux enfin, mais j'étais pas sûr que c'était Virginia et quand j'ai lu la lettre publiée dans le *Washington Post,* j'ai compris qu'elle avait pas mouru encore, et j'ai eu l'infarctus. Alors j'ai offert un million de dollars et toi tu l'as trouvée et c'était ce que je voulais, alors j'ai décidé de la tuer tout seul et d'attendre le moment pour ça. Dans mon valise, là, sur la chaise, j'avais le poison pour tout le monde, comme la secte des fous et les centaines de morts, et je pensais qu'ici tout le monde allait mourir comme à Guyana, mais le démon l'a sauvée encore, et moi je n'ai pas pu la tuer. Tu comprends ?

Nash se mit à sangloter. Serge se leva. Il fouilla dans la valise, prit la fiole de poison, arrêta la cassette et dit :

– On verra demain.

Serge et Alba se retrouvèrent l'un contre l'autre dans le grand lit. Tout était silencieux maintenant. Il allait bientôt faire jour.

– Comment vont nos finances ? demanda Alba après un long baiser sirupeux.

– Tu sais qu'il t'arrive d'être romantique ?

– Il faut bien penser à l'avenir, non ?

– Qu'est-ce que tu vas encore trouver ?

Alba mordit le nez de Serge puis elle lui parla tout doucement, dans le creux de l'oreille, avec des petits coups de langue en guise de virgule.

– J'ai l'impression que les ricains ont une plus vaste idée des chiffres que nous, le père Nash, il a sorti son pognon comme un pourboire pour un pompiste. Il doit y en avoir d'autres comme lui. Et puis c'est le pays d'Horowitz et de Serkin... Tu te plairais là-bas... Il y a de l'espace... Ici, je commence à me sentir à l'étroit, le pognon est trop bien planqué...

– C'est une idée mais arrête de me taquiner l'oreille.

– On s'achèterait une Cadillac décapotable, un Steinway décapotable et comme je vais bientôt avoir quatorze ans, tu pourras me montrer ce que tu sais faire... C'était une promesse, non... On aurait un appartement devant l'océan, cinquante cartes de crédit, des centaines de livres...

– Des livres ? !

– Je sens que j'ai besoin de ça. Je vais m'enfermer pendant quelque temps.

– Bon, dit Serge on part le lendemain du concert. New York ou Los Angeles ?

– On commence par Los Angeles.

1985

VIDA

Roman

La plupart des titres des chapitres sont extraits de *The Long Goodbye* de Raymond Chandler, Ballantine Books.

For Joy and Bob.

Rumba

Alba et Serge débarquèrent du 747 de la T.W.A. qui venait de se poser à Los Angeles. Ils avaient pour tout bagage douze kilos de musique dans une mallette et les vêtements qu'ils portaient. Après vingt-deux heures de voyage, Alba avait un sourire gros comme le Ritz et Serge était comme un lion qui n'a pas bouffé depuis quinze jours. Ils allaient dévorer la ville, c'était sûr.

Ils passèrent devant le bar du terminal. Deux photos de Marilyn étaient là pour leur adresser un sourire de bienvenue.

– Je me dessèche, dit Alba. Je veux un Coca géant, comme ceux que les gamins s'enfilent dans les feuilletons américains.

Alba et Serge s'installèrent au bar.

– Je goûterais bien un bourbon, articula Serge dans son anglais haute époque Berlitz/Assimil.

– A big Coke, pour moi.

La serveuse se mit à rire.

– Frogs, hein ? Il y a Coke et coke, c'est une affaire de prononciation. Il faut plutôt dire côôôke, autrement, il peut y avoir confusion.

– D'accord, dit Alba, côôôke...

– Quelle marque de bourbon ?

– Faites-moi goûter vos marques préférées, dit Serge Gorodish qui faisait toujours confiance aux indigènes.

La barmaid lui servit un sourire à la Dolly Parton et commença d'aligner les verres ballons. Gorodish se retrouva devant un Wild Turkey, un Old Grand Dad, un Jim Beam, un Jack Daniel's et un George Dickel.

– Le meilleur est pour moi, dit-elle.

Serge, devant sa nymphe pleine d'admiration, s'enfila sérieusement les cinq godets par petites lampées gourmandes.

– Alors ? dit la serveuse.

– Je crois que j'hésiterai entre le Wild Turkey et le George Dickel.

– Bon goût... Je vais vous confier un secret : le meilleur de tous s'appelle le Michter's. Très difficile à trouver. La plus vieille distillerie, 1753. C'est quelque part en Pennsylvanie.

– Je trouverai et vous en apporterai un gallon.

– D'accord, chéri. Pour l'instant, tu as intérêt à bouffer quelques poignées de cacahuètes.

Serge s'exécuta mais lorsqu'il voulut se lever, il ne comprit pas pourquoi la photo de Gary Cooper le regardait avec trois yeux. À sa connaissance il n'avait jamais tourné une adaptation des œuvres de Lobsang Rampa. On n'était pas loin d'Hollywood et des nababs du ciné mais de là à rencontrer des monstres...

– Drôle, hein, Gary Cooper ?

– Grand, dit Alba.

Ils sortirent du terminal et arrivèrent devant la file de taxis lorsqu'Alba poussa un hurlement.

– Que se passe-t-il ?

– Un palmier !

– Je crois qu'on va aller se pieuter dans le premier motel, dit Gorodish qui avait des troubles moteurs et s'accrochait d'une main moite à l'épaule d'Alba pour ne pas heurter les piliers de béton.

– Se pieuter en plein jour, t'es vraiment rond. On visite d'abord. C'est important de passer la première nuit dans un endroit magique.

– Je remets ma destinée entre tes mains si tu m'aides à grimper dans ce taxi.

Le chauffeur ressemblait à Bob Marley. Il avait des petites tresses partout, à peine l'âge de conduire et une sono du diable. Il baissa le son pour savoir où il emmenait ses clients.

– Salut, dit Alba. Montrez-nous la ville.

– You crazy, baby ?

– Oui.

– Los Angeles a quatre-vingt-dix kilomètres de long. Qu'est-ce que vous voulez voir ?

– Les palmiers, l'océan, la maison de Marilyn, Hollywood...

– Un peu de calme, fit simili-Marley avec un sourire charmeur.

Il alluma un joint qui ressemblait plus à une navette spatiale qu'à une cigarette. Un truc à défoncer une tribu de zoulous.

La tête de Serge dodelinait aux rythmes mous des suspensions et de la chaleur quasi tropicale. Le chauffeur prit la direction de Santa Monica. Il choisit une nouvelle cassette. Les mini-enceintes crachèrent les deux minutes quarante-sept de « Rumba » de Duke Ellington, une œuvre commanditée par Orson Welles en 1941. De la dynamite liquide. La voix pleine d'ombre du présentateur annonça : « KKGO, all jazz, all the time. »

– On part sur le bon tempo, articula Gorodish avant de sombrer définitivement.

ORNITHOLOGY

Les derniers clients quittèrent le club avec un trio de jeunes musiciens que Vida avait engagés pour la semaine. « Ornithology » était l'un des temples du jazz. Les cinq clubs dont Vida avait été propriétaire avaient porté ce nom. C'était un sous-sol sombre où pouvaient s'entasser cent quatre-vingts personnes, d'après la loi, en plein cœur de Watts, le ghetto noir. La clientèle se composait de musiciens, de fanatiques de jazz, de putes et de maquereaux du quartier après 3 heures du matin. Vida aimait dire qu'elle était culturellement « noire ». Elle était née et avait vécu parmi les musiciens.

Un jeune homme demeurait seul au bar. Vida s'approcha de lui. Elle lui passa une main affectueuse dans les cheveux. Sean étudiait la chirurgie à U.S.C. Comme la plupart des hommes, il était fasciné par Vida. Elle le traitait avec une certaine tendresse dégagée de toute illusion et depuis trois soirs lui permettait de fermer l'établissement avec elle. Ils allaient ensuite prendre un petit déjeuner dans la grande cafétéria des halles, downtown, et Sean regagnait sa maison de bois vermoulue près du campus. Vida était une louve solitaire.

Elle n'avait jamais supporté de vivre avec quelqu'un plus de quelques semaines. Elle ne tenait pas à ajouter Sean à la longue liste de ceux qu'elle avait fait souffrir. Elle n'éprouvait jamais de remords. Vida ne cessait de vivre dans la souffrance, une souffrance qui lui collait à la peau depuis le jour de sa naissance. Seule la musique lui permettait d'échapper à sa condition. Elle s'installa au bar et se servit un verre de bourbon.

– Bons musiciens. Encore des bébés mais ça viendra.

– Et moi ?

– Certainement mais ça viendra aussi pour toi.

Sean regarda les photos de tous les musiciens du jazz qui avaient compté depuis les années trente. La plupart étaient dédicacées à une femme nommée Carla, jusqu'aux années cinquante. Les autres à Vida. Sean était troublé par l'adoration que tous les musiciens avaient pour Vida. C'était une sorte de divinité du jazz et son influence était immense sans que l'on sache très bien pourquoi. Toute sa vie était vouée au jazz.

– Qui était Carla ?

– Tu la vois sur ces photos avec Fats Navarro, Mingus, Parker, Lester Young et les autres ?

– Je la trouve très belle.

– C'était ma mère.

– Elle est morte ?

– Quelques semaines avant Parker. Tuberculose et overdose.

– Tu avais quel âge ?

– Seize ans... Elle a commencé à travailler à neuf ans. En pleine dépression. À douze ans, la came. Ensuite, les marathons de danse où tu t'écroulais sur la piste après deux ou trois jours passés à tituber avec ton partenaire pour tenter de gagner quelques centaines de dollars. Parfois elle les gagnait. Elle a toujours vécu avec des musiciens de jazz. Elle est arrivée à Kansas City à quinze ans. Elle y est restée jusqu'à la fin de la guerre. C'était une grande époque. Tout le monde y était. Il y avait une cinquantaine de clubs de jazz, un maire corrompu, de l'alcool à flots et il suffisait de faire quelques dizaines de mètres pour passer de Duke Ellington à Count Basie, de Jay McShane à Dorsey, Buster Smith, Earl Hines, Lester Young, Sarah Vaughan, Oscar Pettiford, Charlie Parker et j'en passe. À l'aube, si tu n'étais pas fatigué, il y avait des jam sessions dans Tasco Park. J'avais six ans mais je me souviens très clairement. Je les ai tous entendus. Il y avait quinze big bands dans la ville et maintenant, ce n'est plus qu'un trou perdu sans musique. Il ne reste que la tombe de Charlie Parker. On nous appelait « the Cats ».

– Après la guerre, vous êtes allés à New York ?

– Oui, on a suivi la migration du jazz.

– Et ton père ?

– Un musicien, probablement. Tu veux entendre quelque chose ?

– Tu es peut-être fatiguée ?

– Non, c'est un morceau que j'écoute souvent lorsque je suis seule, le matin, juste avant de fermer. C'est ma mère.

– Elle a fait un disque ?

– En quelque sorte, oui. On entend sa voix sur un enregistrement de Charlie Parker. Elle devait se trouver toute proche d'un micro.

Vida mit sur la platine le disque qu'elle avait le plus écouté durant sa vie : « One night in Birdland », enregistré en public le 30 juin 1950, avec Fats Navarro et Bud Powell.

Les sens exacerbés par une nuit sans sommeil, elle entendit la voix de sa mère qui encourageait Parker d'un « Come on, baby ! » et, à la fin, parmi les applaudissements, son rire triste et merveilleux miné par la drogue. Les larmes montèrent aux yeux de Vida.

– Allez, je vais me coucher. Passe un de ces soirs.

Vida ferma le club et marcha jusqu'à son appartement en adressant un sourire las aux quelques putes qui, dans le jour montant, attendaient encore un client.

Ce qu'elle n'avait pas dit à Sean, c'est qu'à seize ans, elle avait descendu le « pusher » de sa mère en lui tranchant la gorge avec une lame de rasoir serrée entre ses dents, comme les prostituées noires le lui avaient appris. C'était un matin de lumière fragile, contre un mur de brique. Ensuite, pour réaliser son rêve d'avoir son propre club, pour le jazz, pour Carla, elle avait commencé à travailler pour la mafia. Elle en était à son vingt-septième contrat.

THERE AREN'T ANY SAFE PLACES

Le taxi roulait depuis sept heures, le compteur tournait à son tempo de métronome qui a la vie devant lui si on le remonte à temps. Serge roupillait tranquille sur la banquette arrière. Alba était passée à côté de simili-Marley. Elle commençait à comprendre comment le reggae entrait dans le sang.

– Comment tu vois ta taule ?

– Pleine de jasmins et de bougainvillées, des plafonds de douze mètres de haut, une piscine en forme de cœur au bord de l'océan...

– C'est plus simple d'avoir un cœur en forme de piscine, j'y piquerai une tête chaque matin, yes baby !

– Un Steinway pour mon homme, treize palmiers, des trucs qui grimpent partout, des fleurs cannibales qui te boufferaient pendant ton sommeil.

– Une maison pareille, il faut la faire construire. Ça peut prendre six semaines.

– Il n'y a pas de grèves chez vous ?

– Tu vois cette boîte, c'est là que les flics ont descendu un pote à moi. Juste quand il sortait avec son amie.

– Les Ricains font tout en cinémascope.

– Tu vois ce ciné, là-bas ?

– Joli néon...

– Un autre de mes copains s'est fait refroidir pendant qu'il regardait *Vertigo*. Et ce supermarché, là, il y a en moyenne trois hold-up par semaine. C'est la banque des pauvres. C'est aussi le meilleur endroit pour se faire une viande froide.

– Et dans ce motel, là ?

– Oh, ça c'est de l'histoire ancienne. On a retrouvé une femme coupée en petits morceaux. C'était il y a deux mois.

– Tu nous trouves un motel tranquille, devant la mer ?

– Il suffit de demander.

PYRAMIDE 1

Horace Perceval III vivait dans une pyramide de verre au milieu d'un parc aussi dense qu'une forêt où prédominait l'eucalyptus, dans la partie chic de Bel Air. Dans le business depuis peu, il venait de fêter son troisième million de dollars. Pas très grand, une banane soigneusement gominée, il possédait deux cents chemises hawaïennes. Il portait toujours le même modèle de chaussures dont il avait trois paires de chaque couleur et dix pantalons de peintre de la même implacable couleur crème. On trouvait encore dans ses placards quelques vestes achetées dans des surplus pour les grandes occasions et un imperméable. Assez simple, somme toute. À part le travail, Horace Perceval III aimait goûter aux cuisines exotiques et son carnet d'adresses comptait les noms d'une vingtaine de cuisinières de tous bords qui venaient régulièrement préparer chez lui des dîners cubains, sénégalais, laotiens, brésiliens, etc.

Horace Perceval III se déplaçait rarement. C'était comme cela qu'il était devenu millionnaire. Il suffit de quelques secondes pour manquer une affaire. Même lorsqu'il se promenait dans son parc, il ne se séparait jamais de son cobra, un téléphone sans fil longue portée. Lorsque, par hasard, il devait sortir, il louait pour l'occasion une limousine avec un ordinateur de bord connecté à sa centrale.

Horace Perceval III avait trois secrétaires qui se relayaient toutes les huit heures ; le mot d'assistantes conviendrait mieux car, outre leur habileté à manier les ordinateurs, elles avaient les quotients intellectuels les plus élevés de la profession. Horace Perceval III les payait au pourcentage et chacune d'elles se faisait entre trois et cinq mille dollars par semaine. Pour ce prix, on pouvait avoir des idées.

La pyramide d'Horace Perceval III était un chef-d'œuvre de pureté conçu par l'architecte américain le plus coté de l'après-guerre : Marlowe Wrightson, dit « Pharaon » à cause de son obsession pyramidale. Un génie, à n'en pas douter.

Horace Perceval III respira quelques profondes bouffées d'eucalyptus et entra dans sa pyramide. Il était 6 heures du matin. L'heure du premier jogging et l'heure de la première tasse de café. Horace Perceval aimait à se définir comme l'enfant de la caféine et du Coca-Cola.

A venait d'arriver. C'était sa secrétaire du matin. Horace Perceval III l'appelait ainsi non par mépris mais pour gagner du temps. Les autres s'appelaient X et Z, le B, diminutif fort utile de « boss », lui était réservé.

A était une fille électrique, rouquine à fendre l'âme, elle arrivait à la pyramide aussi fraîche qu'une framboise. Son esprit marchait à la vitesse d'un rayon laser et lorsqu'elle était assise au milieu des ordinateurs, elle ressemblait à un cosmonaute à son poste de pilotage. L'informatique n'avait qu'à filer doux sous son regard impitoyable. Il y avait entre elle et Horace Perceval III une sorte de liaison qui échappait à toute définition. Ils s'entendaient aussi bien que deux ordinateurs de même marque parfaitement connectés avec l'avantage de pouvoir se laisser aller parfois aux grands sentiments. Dans ces cas-là, ils échangeaient des sourires qu'Horace Perceval III ne craignait pas de qualifier d'« orgasmiques » dans une récente interview accordée à la revue *Business*. Quand une journaliste de *Playboy* lui avait posé une question indiscrète sur sa vie sexuelle, il avait insisté pour qu'on photographie le sourire d'A et qu'il soit publié à la place de la playmate du mois. Horace Perceval était si persuasif qu'il avait obtenu ce qu'il désirait.

Horace Perceval III avait des correspondants dans chaque ville des États-Unis ainsi que dans les principales villes d'Europe et d'Asie. Les informations sur la marchandise qu'il traquait ne cessaient de lui parvenir des quatre coins du monde. A faisait des statistiques. Horace Perceval achetait et revendait une moyenne de cent soixante-sept articles par jour. Sa compagnie « Biz & Biz » était devenue en cinq mois l'une des organisations les plus puissantes du pays. Chaque correspondant était sélectionné avec soin après une série de tests par ordinateurs interposés. Chacun d'eux recevait un important pourcentage des affaires indiquées à Horace Perceval III qui seul savait où se trouvait le client. À la moindre défaillance, les correspondants étaient remplacés.

Outre le vaisseau spatial réservé au travail, Horace Perceval III possédait la cuisine la plus moderne de Californie. Un ordinateur se chargeait de donner les instructions à un robot qui pouvait préparer trois cents plats de base. L'ensemble avait été construit par le Massachusetts Institute of Technology d'après les plans du Pharaon. Il suffisait d'alimenter dix compartiments réfrigérés avec la nourriture de base. Bouchers, poissonniers, pourvoyeurs de fruits et légumes livraient chaque jour le nécessaire. Les épices, dont Horace Perceval était friand, se stockaient plus facilement.

La pyramide était équipée d'une unité de repos suspendue à l'isolation sonore parfaite dans laquelle était diffusé un léger bruit de cascade enregistré à Kyoto. Il vous berçait au rythme désiré et favorisait le sommeil. Cela évitait à Horace Perceval III de prendre somnifères et tranquillisants. Il dormait trois fois deux heures trente par vingt-quatre heures. A, X et Z se succédaient toutes les huit heures et ne le réveillaient qu'en cas d'extrême urgence.

La salle d'eau comprenait un bain turc, un bain japonais et une salle de massage. Trois mini-pyramides de verre. Chaque jour un expert japonais venait délivrer sa séance de siatsu. Une fois par semaine, une coiffeuse venait prendre soin de la banane d'Horace Perceval III.

La pyramide contenait encore une salle de séjour complètement vide à part trois grandes toiles hyperréalistes signées Strawberry représentant des travailleurs retraités nus dans le cadre de leur ancienne fonction. Strawberry était un jeune peintre qu'Horace Perceval soutenait de ses encouragements. Pour justifier l'absence de siège, Horace Perceval III avait une formule : « Je ne suis pas sur terre pour m'asseoir. » Ce génie des affaires et ce mécène éclairé finançait également les recherches d'une autre artiste. Disciple de Philip Glass, elle composait de la musique minimaliste qu'Horace Perceval III n'écoutait jamais car tout ce qui s'inscrivait dans la durée créait chez lui des angoisses morbides et son analyste, autre brillante personne qu'il soutenait et qui était sur le point de découvrir un syndrome révolutionnaire, lui avait conseillé d'éviter tout ce qui ne pouvait se percevoir en moins de cinq secondes.

Horace Perceval III passa dans la cuisine. Il composa son premier repas avec une dextérité d'organiste aveugle. C'était l'un de ses petits déjeuners préférés : thon cru au pollen. De la cabine spatiale, la voix suave et parfaitement calme d'A, diffusée par l'interphone, annonça :

– Chemise de Michael Jackson portée lors du show télévisé du 3 avril.

– Cinq mille dollars, répondit le boss entre deux bouchées.

– Je la remets sur le marché entière ?

– Cinq mille médaillons à dix dollars pièce. Je vais faire mon jogging.

– O.K., love.

Horace Perceval III se déshabilla. Il courait toujours nu sur une piste de sable spécialement aménagée car son acupuncteur lui avait assuré que rien ne valait un bon massage plantaire. Quant au bain d'air, il lui était conseillé par son gourou indien, Baba Ramesh Baba Esquire.

Horace Perceval III en était à son dixième tour de circuit lorsque son cobra émit un buzz atténué. Il passait devant la pyramide. A ne lui sourit pas, elle voulait éviter une érection qui aurait rendu la course difficile.

– La robe et les chaussures portées par Bette Davis dans *All about Eve*. Le premier plan sur Margo Channing.

– La robe noire avec le clip ?

– Oui.

– Douze mille dollars. À vendre entière, trente mille dollars à Hso Ping Shiu, Hong Kong. Je garde les chaussures comme relique.

Horace Perceval III remit son cobra sur « standby » et continua sa course à travers la brise parfumée. Deux minutes plus tard, une nouvelle offre.

– Carmen Bongo est toujours aussi folle de J. R., elle offre sept cents dollars pour son Stetson.

– Commandez-en un, format grosse tête et faites-le porter au jardinier pendant une semaine. Proposez-lui une réplique en or de la balle qui a touché J. R., cinq cents dollars.

Horace Perceval III reprit sa course et se dit que pour quelqu'un qui allait avoir dix ans, il ne se défendait pas mal. Ses secrétaires avaient tout de même entre un et deux ans de plus que lui. À cet âge, c'était un problème de psychanalyse.

SHE SAT PERFECTLY SILENT, JUST LOOKING

Simili-Marley avait porté Gorodish jusqu'au pied de l'appartement n° 5 du Sea Sprite Motel. Une petite merveille, juste dans le sable d'Hermosa Beach. Alba allongea trois cent cinquante dollars à son nouveau pote qui disparut dans la nuit en sifflant « Rumba ».

Elle éteignit toutes les lumières. Il y avait une cuisine, un bar, un salon avec T.V. vissée au sol et deux grands lits. Serge roupillait comme un suicidé. Pas moyen de lui faire entrevoir la beauté magique de l'endroit. À travers la baie vitrée, Alba pouvait contempler le sable, une cabane bleu ciel de sauveteur, un ponton éclairé et l'écume phosphorescente des vagues sur l'océan noir. C'était exactement l'endroit dont on rêvait quand on était gosse. Deux Noirs bourrés faisaient de la balançoire.

La lumière se mit à trembler. Alba fit coulisser la porte vitrée et s'accouda à la balustrade. Un type vint remplir un distributeur de journaux. L'air iodé fouettait le corps et le visage d'Alba. Elle n'entendait que le roulis des vagues. De vraies vagues, puissantes qui déferlaient sur le sable où couraient de minuscules oiseaux.

Un cap de verdure émergea sur la gauche. Au premier plan, six cheminées d'usine se détachèrent sur le ciel. Alba descendit sur la plage, elle s'assit, parfaitement silencieuse, les sens abandonnés.

PYRAMIDE 2

L'atelier de Strawberry était lui aussi constitué par une pyramide de verre. Strawberry s'était découvert une passion pour la peinture à l'âge de sept ans. Depuis, elle n'avait cessé de créer. Elle avait commencé par une abstraction lyrique influencée par De Kooning puis, avec l'âge, la passion de la réalité l'avait gagnée. Non pas une réalité aérographique semblable à celle des hyperréalistes américains mais une réalité plus frémissante, plus consistante, spirituellement proche d'un Edward Hopper.

Strawberry avait d'ailleurs démarré avec une série de chambres vides et de stations-service pour affermir son style. Elle avait suivi les cours d'un peintre académique dépourvu de génie jusqu'au jour où, visitant un chantier par hasard, elle avait vu un ouvrier nu sortir d'un baraquement pour se laver sous le jet d'eau d'une conduite qui fuyait. Elle avait été fascinée par le ruissellement de l'eau sur le corps musclé. C'était sans doute sa plus vive émotion artistique depuis la visite de l'exposition Hopper de Chicago. Strawberry s'était approchée du jeune Mexicain et lui avait donné l'adresse de son atelier en lui demandant s'il consentirait à poser nu, avec son casque jaune, pour dix dollars l'heure. Chico, c'était son nom, avait contemplé Strawberry avec délices et accepté de poser gratuitement. Des filles pareilles, on n'en voyait qu'au cinéma, et encore. Strawberry avait des cheveux noirs coupés très court et des yeux qui dévoraient son visage au teint pâle marqué par de grands cernes que Chico attribua à une vie sexuelle intense plus qu'aux longues séances de travail, debout devant le chevalet.

Depuis Chico, Strawberry avait peint soixante-quatre nus de travailleurs grandeur nature. Elle avait vite compris qu'en dehors de Chico, pour lequel elle avait éprouvé un irrésistible désir sexuel, il serait plus pratique de faire appel à des ouvriers retraités qui disposaient de tout leur temps et qu'elle se mit à payer vingt dollars l'heure.

Sa pyramide, située à deux cents mètres de celle d'Horace Perceval III, son mécène adoré, était beaucoup moins sophistiquée. Tout y était très simple. L'espace était occupé par les immenses châssis retournés contre le mur, par un waterbed king size et un podium sur lequel elle faisait poser ses hommes fatigués. Une bibliothèque mobile contenait quelques centaines de livres d'art et des disques. Musique tous azimuts. Lorsqu'elle peignait, elle aimait écouter une bande faite spécialement pour elle par le compositeur en résidence à Pyramide City, Pearl O'Pearl. C'était un enregistrement en italien du traité de la peinture de Leonardo da Vinci avec, en fond sonore, le rire d'une pygmée monté en loop.

Tout était imprégné de l'odeur de l'huile de lin et de la térébenthine. Strawberry haïssait la platitude des pigments acryliques. Sous l'impulsion d'Horace Perceval III, elle ne doutait pas un instant qu'un jour viendrait où ses toiles se trouveraient exposées dans les plus grands musées du monde.

Horace Perceval III insistait pour que PERSONNE ne voie son œuvre. Il lui avait promis que le jour de son opus cinquante, il organiserait une grande party où seraient conviés quelques directeurs de galeries et de musées triés sur le volet. Il n'en faudrait pas plus pour assurer le succès de sa protégée.

Strawberry entendit le klaxon tonitruant d'un quinze-tonnes rouge au splendide radiateur chromé qui, ses deux cheminées dressées et rutilantes, s'avançait sur un fond de ciel irrémédiablement bleu. Elle prépara ses couleurs sur une grande plaque de verre qui lui servait de palette. Tony était sa dernière découverte. Un chauffeur de poids lourds qui, sur des biceps à faire pâlir n'importe quel body builder, s'était fait tatouer des reproductions de nus de Matisse par un artiste français. Cela ajoutait à la difficulté car Tony, à soixante-douze ans, était fripé comme une reinette. C'était cette distorsion sublime, ces muscles énormes à la fermeté aussi mitée que *À la recherche du temps perdu*, qui avait allumé en l'âme de Strawberry une extase quasi de quincienne. Elle avait craqué pour le camion dont la location coûtait plus cher que le modèle. Heureusement, Horace Perceval III lui avait alloué des fonds d'urgence.

– Salut, Petite Fraise, dit Tony en vidant sa musculature du siège.

– Salut, noble vieillard, rétorqua Strawberry que ses douze ans rendaient parfois grandiloquente.

– C'est un camion comme celui-ci que je conduisais. Même qu'à cette époque, j'arrivais à assurer les lignes droites avec ma trique pendant que je pelotais les auto-stoppeuses. C'était la période glorieuse du Flower Power. On baisait dur en ce temps-là.

– C'est un beau concept. Remonte dans ton infernale cabine, je sors mon matériel. Dommage que l'âge rende cette prouesse difficile.

– Qu'est-ce que tu crois, Petite Fraise, si tu peignais à poil, j'en serais encore capable.

– Le problème c'est de garder la pose. Je devrais peut-être faire un polaroïd de ton organe dressé.

– Comme tu veux.

– Bon, je vais me déshabiller mais promets-moi de ne pas

contracter les biceps. Je tiens à leur garder toute leur molle distorsion. Laisse la portière ouverte. À travers Matisse, je rendrai un hommage détourné aux membres iridescents des grands maîtres de l'Ukiyo-e.

I DON'T MAKE THE KIND OF MUSIC YOU LIKE TO HEAR

L'instrument de travail de Vida produisait une musique si douce qu'on l'entendait à peine dans un lieu public. Il suffisait de conversations bruyantes ou de musique pour que la détonation soit imperceptible. L'engin n'était pas particulièrement discret avec ses trente-six centimètres et demi de long et son poids d'un kilo deux cents. Il ressemblait à une pipe à opium d'acier noir dans le fourneau de laquelle on aurait coincé un chargeur contenant six balles de 9 mm. Cette arme, l'un des joyaux de l'ingéniosité anglaise, était un pistolet de tueur, à un coup, spécialement conçu pour les « close-up assassinations » pratiqués par les divers mouvements de résistance et par les agents de l'O.S.S. Les Américains avaient été conquis par cette arme et l'avaient utilisée à leur tour. Récemment encore, malgré son âge, le Welrod avait été employé au Vietnam, en Irlande et aux Malouines. Dans les années soixante, la Military Armement Corporation avait développé une version améliorée du Welrod et c'était cette arme qu'utilisait Vida.

La carrière de Vida au service de la mafia s'était développée rapidement. L'organisation ne manquait pas de petits tueurs qui liquidaient les gêneurs de moindre envergure pour dix ou quinze mille dollars. Les candidats étaient plus rares lorsqu'on passait à la tranche supérieure. Quant aux meurtres « délicats », le contrat pouvait dépasser cent mille dollars. Même ce cap-là, Vida l'avait franchi. On ne lui confiait que des contrats à la limite de l'impossible et les bénéfices qu'elle en retirait étaient proportionnels aux risques.

Vida aurait pu se contenter de gains importants et de tâches relativement aisées mais elle voulait en tout atteindre ses propres limites. Ce jeu constant qui l'opposait à la mort était une sorte de suicide différé. Elle en avait conscience, cela l'excitait. Tuer sur contrat était devenu son art, le fil fragile sur lequel elle évoluait. Il n'y avait pas de filets. Elle jouait sa vie à chaque instant et recherchait le danger pour lui-même, comme une sorte de suprême accomplissement de sa destinée.

Elle savait par exemple qu'il était absurde d'utiliser toujours la même arme. L'identification des projectiles et le lien facile à faire pour les enquêteurs entre les différents contrats faisaient pour Vida partie d'un défi général à la société dont elle bafouait ouvertement les lois. Elle ne rattachait aucune morale à sa fonction, elle n'était pas sur terre pour rétablir une injustice illusoire mais pour s'accomplir en tant qu'artiste. Le Welrod était son instrument, la mort sa musique.

THE MOON'S FOUR DAYS OFF THE FULL

Dès que la lune se fut fondue dans l'azur, Alba descendit vers l'océan et y entra tout habillée. Une énorme machine jaune ratissait la plage. Alba fut renversée par la première vague qui avait la puissance d'un raz de marée. Le chauffeur du râteau géant la sortit de l'eau.

– On en enlève tous les jours des plus froids que vous. Il faut faire attention, les rouleaux sont violents et les courants aussi.

Alba se laissa sécher sur le sable qui commençait à tiédir puis elle décida de faire quelques courses avec une poignée de dollars mouillés. Face à la jetée, elle trouva un petit supermarché tenu par une Japonaise.

Elle acheta des trucs qu'elle n'avait jamais vus. Du « Philadelphia cream cheese », cela ferait sûrement plaisir à Serge puisqu'il y avait un orchestre qui portait presque le même nom. Des muffins à la farine complète, mangues et papayes. Deux ou trois choses dont elle connaissait le nom et l'aspect : du jus d'orange, du café, du lait, du sucre, du sel et du poivre. Le journal local aussi et pour ce poivrot de Serge, une bouteille de sels Eno.

Sur le chemin du retour, elle vit un rabbin, tresses au vent, qui filait en patins à roulettes, un immense Mexicain qui marchait sur les mains, une vieille d'au moins cent ans qui faisait du skate, un couple de grandes blondasses délavées qui couraient des haltères à la main, un karatéka qui luttait contre une armée invisible et sa première voiture de police qui arrivait à toute blinde, sirènes au vent.

She seemed a bit fragile this morning

Mulholland Drive était le lieu de rencontre favori des commanditaires de Vida, sans doute parce que cette avenue tortueuse et sans fin sillonnait les hauteurs de Los Angeles et qu'il n'était pas rare d'y voir des limousines. Des grappes de résidences toutes plus luxueuses les unes que les autres attendaient les glissements de terrains pour être à portée de toutes les bourses. Parfois, la petite route traversait des îlots déserts pleins de verdure et d'arbres splendides. Vida aimait conduire lentement dans son Impala décapotable en contemplant la ville dont les lumières tremblantes formaient un océan aux vagues imperceptibles.

Cette fois-ci, le rendez-vous avait été fixé à 10 heures du matin. Vida se sentait fragile, elle n'avait dormi que cinq heures. Elle se gara à l'entrée d'un chemin de terre, descendit Mulholland Drive sur quelques dizaines de mètres en regardant les multiples ravines causées par la pluie du printemps. Il arrivait que des maisons glissent soudain de quelques mètres et s'immobilisent étrangement écartelées.

Une limousine bleu pétrole s'arrêta à sa hauteur. Le chauffeur vint lui ouvrir la portière. Elle s'assit à côté d'un homme d'une soixantaine d'années qui était son seul contact avec l'Organisation. Skip avait la tête de n'importe quel homme d'affaires fatigué avec, en plus, cette extrême courtoisie qu'autorise le pouvoir absolu.

– Quelle merveilleuse matinée, limpide, on ne dirait pas que l'été s'approche.

– J'ai toujours pensé que vous étiez un homme sensible.

– Que reste-t-il de la vie, à part ces instants dérobés au temps ?

– Peu de chose.

Skip ouvrit la radio malgré la glace qui les séparait du chauffeur.

– Je tiens à vous dire que vous pouvez refuser ce contrat sans aucun inconvénient. Je serais simplement plus tranquille si vous l'acceptiez. C'est dangereux.

– Un flic ?

– Vous savez que les réfugiés vietnamiens et cubains se livrent en ce moment une guerre sans merci. Nous pourrions les laisser s'entre-tuer mais cela prendrait trop de temps et c'est néfaste pour nos affaires. Nous avons décidé une alliance provisoire avec les Viets et comme preuve de nos bonnes intentions nous voulons leur offrir l'homme assez remarquable qui tient en main la destinée des Cubains. Il est très bien protégé, prend peu de risques. Même les tueurs vietnamiens ont échoué par trois fois.

– Le prix ?

– Étant donné l'importance de ce contrat, nous vous offrons cent mille dollars de plus que la dernière fois.

– Ça sonne comme un cadeau d'adieu, dit Vida en souriant cyniquement.

– Nous comprendrions très bien que...

– J'accepte.

– Je me demande parfois ce qui vous pousse. Ce n'est pas uniquement l'argent...

Vida prit une expression distraite, comme si elle cherchait une réponse. Skip regardait son visage. Il fut ému. Il sentait chez Vida une soif inextinguible qui la rendait à la fois fragile et inébranlable. Seule l'origine de cette soif demeurait obscure.

– C'est urgent ?

– Prenez votre temps.

– Comment est le dossier ?

– Les Vietnamiens sont méticuleux. Nous n'avons rien eu à ajouter.

Skip tendit une enveloppe à Vida dans laquelle se trouvaient photos, renseignements et la moitié de l'argent. Il y avait en plus une cassette vidéo.

– On offre des films, maintenant ?

– Une idée des Viets. Cela donne une meilleure perception de l'homme et peut vous aider.

– Ils n'ont pas de kamikazes ?

– Les gens semblent tenir de plus en plus à la vie. Les

grandes causes de sacrifice disparaissent. C'est triste, n'est-ce pas ?

– Skip, vous auriez dû donner dans la philosophie.

– Toujours votre Welrod ?

– Nous sommes inséparables. Sans lui je m'arrêterais.

– Superstitieuse, hein ?

– J'essaie de mettre les chances de mon côté.

– Téléphonez-moi tout de suite après.

– Vous vous faites du souci ?

– Je vous aime bien, Vida.

PYRAMIDE 3

Pearl O'Pearl avait composé une vingtaine d'œuvres dans la solitude de sa pyramide acoustique encombrée des instruments les plus divers, allant de la harpe africaine au bongo en passant par les synthétiseurs les plus avancés. Lorsque l'une de ses œuvres était écrite, elle disposait d'un studio suffisamment sophistiqué pour en réaliser l'enregistrement. Elle trouvait facilement les interprètes requis. Los Angeles était une vraie mine de musiciens. Pearl avait aussi à son actif deux musiques de film et un disque sur lequel se trouvait gravée l'intégralité de son œuvre la plus importante : *Pyramide*. Soixante-deux minutes et trois secondes de musique que le *New York Times* avait qualifiées « d'œuvre d'une certaine importance dans la production américaine des dix dernières années ».

Pearl se définissait elle-même comme la fille de Monteverdi et de l'océan Pacifique. Son œuvre était un infini ressac de qualité vespérale où étincelaient des cascades de perles de culture.

Depuis trois mois, Pearl ne quittait pas sa pyramide. Elle se nourrissait uniquement de fruits secs, de céréales et de lait, jusqu'au jour où elle aurait achevé son *Orfeo* commandé par le Los Angeles Philharmonic. La création en était prévue pour le dernier concert de la saison.

Horace Perceval III lui avait généreusement offert son équipement électronique et lorsqu'elle convoitait quelque nouveauté, il lui suffisait de traverser le parc et d'en faire la demande à celui qu'elle appelait affectueusement « l'ordinateur le plus sexy de Silicon Valley ».

À dix ans, en pleine crise mystique, une nuit, au bord de l'océan, à Venice, les vagues lui avaient dicté sa vocation. Elle avait solennellement accepté l'océan comme on accepte Dieu. Elle avait rejeté le malin qui prenait subitement la forme de Bill Haley et d'Elvis Presley conjugués. Du jour au lendemain, elle avait commencé des études musicales ; en souvenir de cette nuit de révélation, elle avait fait le vœu de toujours porter les couleurs de la mer sous forme de jean et de T-shirt bleu délavé. Cet uniforme était devenu le signe de sa soumission aux forces supérieures et tout le monde savait que le soir de la création de son *Orfeo*, elle ne serait pas différente.

Pearl portait une crinière de couleur bronze qui n'avait jamais été coupée depuis sa nuit mystique. Elle prétendait que les ondes cosmiques captées par cette majestueuse antenne irriguaient son cerveau et venaient subtilement caresser ses neurones créatifs. Sa chevelure parfois se gonflait d'électricité statique et lui donnait l'air d'une lionne. Ses yeux en amande et sa bouche gourmande portaient toujours les marques d'un bleu océanique. Sur la couverture de son premier disque, le photographe, par un habile montage, l'avait fait figurer nue au-dessus des flots, un contre-jour donnant à sa chevelure une aura argentée alors qu'une maquilleuse avait habillé ses longues cuisses d'une portée spiraloïde où figuraient les premières notes de son œuvre, le sombre triangle pubien étant bien sûr la Pyramide, l'œuvre au noir, la densité même des croches et des doubles croches dont la répétition infinie aspirait l'auditeur vers un néant fourré de velours.

PETUNIA DOESN'T LIKE SPAGHETTI

– Petunia n'aime pas les spaghetti, dit Serge d'une voix bien distincte.

Alba s'approcha, un verre de sels Eno à la main.

– Qu'est-ce que tu racontes ?

– Je rêvais... On va chercher des croissants rue de Seine ?

– Tiens, bois ça. C'est une potion magique pour gorille adulte. On est en Amérique !

Alba sauta sur Serge et le couvrit de baisers puis elle le tira vers la baie vitrée.

– C'est tout de même mieux que Rambouillet. Comment as-tu trouvé cet endroit ?

– Simili-Marley...

Alba réussit à caler Serge sur un tabouret de bar, face à l'océan. Elle lui fit avaler la moitié de ce qu'elle avait acheté.

– Dans une semaine, je serai plus bronzée que Joséphine Baker.

– C'est paradisiaque..., articula Serge.

– J'ai bien fait de choisir Los Angeles, tu vois.

– Il nous faudra une bagnole.

– Six mètres de long, décapotable. Je veux ce qu'il y a de plus gros. Blanc, avec l'intérieur en cuir bleu ciel.

– On trouvera. Comment vois-tu l'avenir ?

– Je crois que je vais traverser une grande crise mystique.

Pyramide 4

Suzy, dès l'âge de dix-huit ans, avait abandonné ses études à Berkeley pour vivre avec l'homme le plus fascinant qu'elle ait rencontré. Pendant quinze ans, elle avait nagé dans le bonheur jusqu'au jour où elle avait réalisé que la piscine était vide. Comme il n'est jamais trop tard, elle s'était inscrite à U.C.L.A. pour terminer ses études littéraires interrompues par l'amour et la fièvre révolutionnaire.

Le seul problème de sa pyramide était que les bibliothèques grimpaient vers le pinacle en se rétrécissant. Le dernier rayon se trouvait vide par la force des choses. Pour combler cette grossière erreur de l'architecte, Suzy s'était fait faire des boîtes cartonnées qui comblaient cet espace et les feuilles de ses manuscrits avaient donc une forme triangulaire.

Suzy avait gardé une expression d'adolescente et la fréquentation assidue du campus, où défilaient des écrivains prestigieux, ne faisait qu'accroître son air juvénile.

Elle déjeunait à la cafétéria de l'université, rentrait tard, allait aux parties d'étudiants, vivait dans la plus totale liberté. En cette fin d'après-midi, l'œuvre complète de Nabokov sur la table, devant son I.B.M. usée par la tâche, elle pensa avec angoisse qu'il ne lui restait qu'une nuit pour relire sa thèse de doctorat consacrée à Nabokov et aux motels. Son professeur étant encore plus fou que les étudiants extrémistes, elle avait opté pour la liberté et c'est avec allégresse qu'elle parcourut le début de son texte :

«L'attribution des inventions et des découvertes est souvent fantaisiste. Depuis que l'on sait que les Chinois ont probablement découvert l'Amérique avant Colomb et autres Européens antérieurs, les nouilles avant Marco Polo et le papier avant nos parchemineurs, certains esprits sériels seraient tentés de soutenir que les Chinois auraient inventé les motels. Lao-tseu disparaissant à jamais sur son bœuf descendait-il dans des motels lorsqu'il traversa la Chine pour se fondre dans le tao ?

»Il m'arrive de me poser des questions. Par exemple : sans l'invention du papier, les écrivains sculpteraient-ils les mots dans la pierre ou dessineraient-ils d'un index négligent les lettres dans le sable humide en attendant la prochaine vague ? Il est à parier que sans le papier nous n'aurions pas que des chefs-d'œuvre, qu'ils soient d'obstination ou de pur génie littéraire. Certaines ethnies du Sud-Est asiatique répugnent au baiser sur la bouche. Notre comportement a-t-il été modifié par l'invention du cinéma et par la répétition visuelle et sonore de ces interminables bouche-à-bouche ? Le premier en date se situe en 1896, un très court métrage de trente secondes. Le record absolu, dont il n'existe aucun film, est détenu par des Américains : un baiser d'un peu plus de cent trente heures. Est-ce un hasard ? Non, bien sûr. Les marathons de danse ne furent-ils pas l'œuvre de William Irish et d'Horace McCoy ? Il ne faut pas sous-estimer l'influence de l'art sur le comportement de l'espèce et le développement industriel.

»En ce qui concerne les motels, j'ai une certitude que je vais démontrer : ils furent inventés au mois de mai 1941 par un savant russe fraîchement débarqué à New York. Cet homme éminent principalement connu pour sa passion et sa connaissance des papillons et par un premier grand succès de librairie, tout de passion contenue et réprimée, parle pour ne pas fatiguer le lecteur de l'amour en d'habiles diversions. Mais le centre incandescent de l'œuvre, ce sont les motels. Je veux parler de *Lolita* bien sûr, et de son auteur, Vladimir Nabokov. »

A FLOSSY CADILLAC

Gorodish, après cinq tasses de Guatemala Antigua, avait fini par comprendre que la chose bleue qui faisait des vagues devait être l'océan, que la vaste étendue blonde était du sable et qu'Alba était toujours Alba. Il regarda ses seins qui pointaient délicatement sous le T-shirt rose et se dit que le décalage horaire les avait fait pousser d'un bon centimètre. Tout à coup, il réalisa qu'Alba courait vers ses quatorze ans avec des bottes de sept lieues et une indescriptible panique s'empara de lui.

– Tu as un problème, mon gros loup ?

– Je pensais à ta crise mystique.

– Faut qu'on se déniche une tire. Ici, pas moyen d'éternuer sans. Une tire et des livres.

– Quel genre de livres ?

– Je ne sais pas moi, des livres de mecs qui se font enterrer vivants, qui flottent dans l'air, qui entrent en transe.

– Tu n'as qu'à te pencher par la fenêtre, il y a une équipe de frappés qui jouent de l'harmonium indien en agitant des clochettes.

Alba se leva avec son verre de lait. Elle vit une douzaine de tondus qui s'agitaient dans des draps orange.

– Ils ont la danse de saint-Guy. C'est pas des vrais. Ça sent la frime à trois kilomètres.

– Leur gourou doit se balader en Rolls et écluser des Manhattan au bord d'une piscine parfumée à la fleur de lotus.

– Je suis sûre qu'il doit y en avoir des vrais. Ce qui m'intéresse dans le truc, c'est l'idée de ne plus avoir besoin de rien pour se défoncer.

– Allez, viens, on va s'acheter une Cadillac, c'est un excellent tremplin pour la méditation telle que je la conçois.

Une demi-heure plus tard, Serge et Alba se faisaient déposer chez le roi de la Cadillac seconde main à Hollywood. Le type ne voyait pas les choses en petit, il possédait tous les modèles depuis 1936 avec quelques incursions antérieures. On trouvait aussi des limousines qui n'avaient pas six mois dans les gencives. Elles étaient presque vierges.

Alba et Serge se tenaient par la main en déambulant entre les rangées de bagnoles nickel. Un vendeur qui avait une cravate aussi chargée qu'un décor du Bolchoï s'approcha, gominé et sirupeux.

– Puis-je vous aider ?

– Il faut combien de temps pour repartir avec une de ces merveilles ? demanda Gorodish.

– Le temps de signer un chèque et de faire un petit arrêt chez un assureur. Je peux vous arranger ça.

– Laquelle tu veux, Alba ?

– C'est sérieux, il faut prendre son temps. Dis à ce gommeux de nous laisser du lest.

– Demandez à votre copain assureur de se pointer ici avec la paperasse. On choisit pendant ce temps-là.

– Il nous faut une décapotable, il ne neige pas ici, dit Alba.

– Une qui roule si possible, qu'on puisse au moins rentrer au motel.

Tout à coup, Alba tomba en arrêt devant une paire d'ailerons blancs avec des clignotants qui ressortaient comme des bananes rouges.

– Vise-moi cet arrière, dit Alba.

– Cadillac Eldorado Biarritz Convertible 1959, douze mille dollars, 78 657 miles.

Ils ouvrirent les portières religieusement.

– C'est comme des portes de coffre-fort, dit Alba.

Les sièges étaient de cuir blanc, le volant semblait d'ivoire, la radio d'époque. Le vendeur fit sonner les clés, Serge fit tourner le moulin. Ça baignait dans la crème fouettée. C'était pas un moteur, c'était une pêche Melba. Ils firent le tour du pâté de maisons. Gorodish paya cash et ils se mirent à descendre Santa Monica Boulevard.

– Toutes les avenues mènent à la mer, on ne peut pas se tromper, dit Serge.

Trois heures plus tard, ils se retrouvèrent dans le Mojave désert, heureux, mais loin de l'océan.

Pyramide 5

Dans l'immense parc baigné d'ombres, les pyramides lumineuses semblaient taillées dans les glaces de l'Antarctique. Une seule d'entre elles était obscurcie par des stores de bambou. Elle appartenait au Dr Kim Breuerfliess, psychanalyste.

Kim, sous la double influence de la cocaïne (en cela absolument freudienne) et de son entourage immédiat, venait d'obtenir ses titres. Malgré sa fraîcheur dans le métier, elle s'était distinguée par un nombre important de publications dans des revues savantes. Depuis trois mois, elle travaillait à l'exposé théorique d'une découverte capitale, le syndrome Breuerfliess, qui figurerait bientôt dans tous les manuels.

La découverte était née de l'observation d'un client remarquable par son nom et par la complication de son esprit. Le mal dont il souffrait avait échappé à toute investigation jusqu'au jour où la phénoménale intuition du Dr Breuerfliess avait déniché un embryon de réponse. Depuis lors, elle donnait à sa théorie une armature d'acier et préparait une communication révolutionnaire pour le prochain congrès de psychanalyse d'Osaka. Elle s'était gardée de dévoiler ses conclusions à qui que ce fût mais ce soir-là, en mettant le point final à son article, elle décida d'en informer son client. Il lui faudrait ensuite remercier Horace Perceval III sans la générosité duquel elle n'aurait pu mener sa recherche à bien.

De sa plus belle écriture, Kim rédigea le message suivant :

Pyramide 5, tombée de la nuit

Ramsy darling, pardon de troubler le silence de ta retraite. Le grand jour est arrivé. Je suis prête à t'offrir mes conclusions. Viens vite et n'oublie pas mon petit sachet de poudre blanche. Une nouvelle vie va commencer pour toi et pour moi par la même occasion. Osaka sera leur Pearl Harbor.

Kim-Kong amoureuse

Pour se reposer, Kim se déshabilla et se coucha sur le divan où se trouvaient d'habitude ses patients : un matelas pneumatique qui flottait sur une petite piscine ronde, au centre de la pyramide. Le matelas était suffisamment dégonflé pour s'enfoncer légèrement sous le poids du corps dans une eau à 36°. Kim avait découvert que lorsque ses patients n'étaient pas pris par une passion pour le canotage, cette douce errance levait les inhibitions. La pyramide baignait dans une lumière mielleuse.

Vers 23 heures, Kim prit le message écrit sur un minuscule rectangle de papier et sortit dans le parc, nue et mouillée. Elle marcha dans l'herbe drue, respira l'air chargé du lourd parfum des eucalyptus et s'approcha du pigeonnier. Son client refusait d'être dérangé avant cette heure tardive.

Kim introduisit le message dans l'étui lié à une patte du pigeon qu'elle lança dans la nuit.

Kim fut prise d'un fou rire inextinguible. Elle hurla dans la nuit : « Charcot/ Freud/ Jung/ Lacan/ Breuerfliess ! »

Of course you are crazy

Marlowe Wrightson, qu'on appelait le Pharaon et que le Dr Breuerfliess prénommait tendrement Ramsy, avait été baptisé (c'est-à-dire plongé dans les méandres de l'Arkansas par un ministre) sous les prénoms de Jeremy David. À seize ans, il avait découvert Raymond Chandler et l'architecture. Il ne les avait plus quittés et lorsqu'il entra à Berkeley, il trouva moyen, outre ses activités politiques, d'associer les deux éléments de sa vie intellectuelle dans un mémoire consacré à l'architecture chandlerienne. Il avait passé des mois à photographier toutes les constructions qui évoquaient l'univers de Chandler. Il était particulièrement fier de quelques-unes de ces trouvailles qui semblaient bâties d'après l'œuvre de son auteur favori. Le plus beau fleuron de sa recherche était sans doute la maison de Terry Lenox, découverte à Encino même. Les photographies étaient exposées sur les murs de son atelier. C'était la seule image étrangère à sa propre création qu'il pût tolérer.

C'est tout à fait naturellement que Jeremy David fut prénommé Marlowe par les autres étudiants avant de devenir le Pharaon. Il avait quarante-sept ans, l'aura du génie. Sa manière de vivre, ses habitudes étranges, son refus de suivre la route que son succès semblait tracer, avaient fait autant pour sa célébrité que ses constructions et ses projets.

Le Pharaon était un être passionné et solitaire. Alors que la plupart de ses confrères moins célèbres dirigeaient d'immenses organisations, il travaillait seul, n'avait ni assistant ni secrétaire. Chaque matin, il était au travail à 5 heures. À 14 heures, il déjeunait rapidement au Grand Central Market contigu, au cœur de downtown. Il marchait ensuite deux heures, rentrait et répondait à son courrier, d'une grande écriture dessinée sur du papier gris.

L'atelier, une vaste pièce au plancher usé, au dernier étage d'un immeuble des années trente, était peint d'un gris clair reposant sur lequel se détachaient les photos noir et blanc. Le Pharaon travaillait sur deux grandes tables éclairées par des réflecteurs rosés. Une lumière non violente qui convenait à son regard fatigué. Parfois, le Pharaon faisait une sieste dans un hamac mexicain, puis il se remettait au travail jusqu'à minuit parfois.

Dans un coin, se trouvait un véritable atelier de maquettiste pourvu de toutes les matières premières imaginables. Le Pharaon aimait concrétiser ses idées et l'aspect manuel de la création l'aidait énormément dans la genèse d'un projet.

Des feuilles de papier de riz filtraient la lumière des fenêtres, produisaient une lumière très douce et évitaient la distraction. Le Pharaon n'avait pas le téléphone. Personne n'entrait dans son atelier. Il n'écoutait pas de musique. On ne percevait que le souffle léger de la climatisation. Le Pharaon avait une telle passion du détail qu'il n'acceptait un projet qu'à condition de pouvoir dessiner les intérieurs et le mobilier. Il travaillait debout. Son grand corps voûté, amaigri, se déplaçait silencieusement. Pieds nus, un crayon à la main, il rejetait les mèches de sa longue chevelure avant de tracer des lignes délicates qui étaient plus celles d'un artiste que d'un technicien.

Il n'y avait pas une encyclopédie d'architecture où son œuvre ne fût commentée. Lors de sa dernière visite chez Hennessy and Ingalls Inc. sur Wilshire Boulevard, une librairie consacrée à l'architecture, il avait trouvé neuf monographies le concernant. Presque chaque jour, il recevait des lettres de jeunes architectes qui voulaient venir travailler avec lui. Chaque été, il consacrait un mois à l'enseignement et des contrats le liaient pour les douze années à venir aux universités les plus connues.

La ville de Singapour lui avait commandé une salle de

concerts et le Pharaon avait décidé qu'il n'y aurait pas de fauteuils, mais un espace en forme de vagues descendantes jusqu'à la scène. Dans chaque creux de vague se trouverait un auditeur allongé sur un tapis, la tête reposant sur un coussin. Le Pharaon avait jugé cette position plus propice à la concentration. Pour donner à cet océan imaginaire la touche magique du génie, il avait commandé en Chine deux mille huit cents copies d'un tapis Paotou du XIXe siècle : des motifs turquoise sur fond bleu nuit où étincelaient des losanges et des fleurs jaunes et rouges.

Parmi les édifices célèbres du Pharaon figurait une villa californienne construite le long d'une piscine verticale transparente. D'un côté, on voyait l'océan, de l'autre, sept mètres d'eau bleue. Les pièces construites sur des monte-charge se déplaçaient de haut en bas de la piscine dont l'ouverture était sur le toit. On pouvait ainsi élever ou abaisser la pièce en fonction de la vue et de la lumière désirée.

Sa première réalisation qui avait attiré l'attention du monde de l'architecture avait été un palais construit pour un émir, au bord du golfe Persique, dans le désert. Le Pharaon l'avait dessiné en forme de dunes si bien que ses ondulations sablonneuses se fondaient totalement dans l'environnement.

Son projet le plus grandiose avait été refusé par la ville de New York en fonction des difficultés de réalisation. Il s'agissait de construire un immense pont sur toute la longueur de Manhattan pour décongestionner la circulation. Le Pharaon avait eu l'idée de faire reconstruire sous le pont les plus beaux gratte-ciel mais à l'envers, de sorte qu'ils soient la réflexion exacte des buildings existants et qu'ils servent de piliers au pont. Ces buildings, bien sûr habitables, communiquaient avec leurs modèles. Il était ainsi possible de monter ou descendre du pont duquel on avait une vue extraordinaire.

Le Pharaon continuait à raffiner son projet en rêvant qu'un jour, peut-être, sa solution serait acceptée. Cette duplication spatiale du centre de Manhattan le fascinait.

Le pigeon voyageur était le seul système de communication que le Pharaon supportait. Il entendit un grattement, des petits coups de bec. Il ouvrit au messager, lut l'invitation du Dr Breuerfliess et décida de s'y rendre.

Le Pharaon sortit du parking souterrain au volant de sa Renault Alliance. Il fit un crochet par Main Street où se trouvait son dealer habituel et, une demi-heure plus tard, il pénétrait dans le calme de Pyramide City, un autre de ses chefs-d'œuvre. Comme il était de bonne humeur et que la journée avait été fructueuse, il décida de visiter chaque pyramide avant de faire face aux conclusions du Dr Breuerfliess.

SUCH A SAD BEAUTIFUL NAME

Tristana allait éteindre le signe de néon qui en lettres rouges et vertes annonçait : « Palm reading, tarots, chance » derrière une vitrine qui donnait sur un petit salon dont elle tirait les rideaux pour les consultations. Elle reconnut l'Impala de Vida et lui ouvrit la porte. Les deux femmes s'embrassèrent.

– Vida, il y a au moins trois mois que je ne t'ai vue. Tout devait aller aussi bien que je te l'avais prédit.

– Ne parlons plus du passé, dit Vida, en lui offrant un bouquet de tulipes jaunes, les fleurs préférées de Tristana.

– Tu es adorable, dit Tristana en cherchant un vase dans une petite cuisine où se trouvaient affichées toutes les cartes postales de ses clients satisfaits. Un paysage infini, multicolore où les vues de l'océan se mêlaient aux paysages de neige.

– Un petit verre de porto ?

– Volontiers.

Elles s'assirent sur le canapé, Tristana prit la main de Vida dans les siennes, brunes et ridées. Elle la caressa affectueusement.

– Comme d'habitude ?

– Oui, je voudrais savoir si vendredi prochain est un jour favorable.

Tristana ferma les yeux et demeura silencieuse. Après quelques minutes, des gouttes de sueur perlèrent à son front. Elle ouvrit enfin les yeux.

– Oui. Tout à fait. Tu réussiras tout ce que tu entreprendras. L'amour ?

– Qui croit encore à ces choses ?

– Les gens qui viennent me consulter.

She smiled at me vaguely

Depuis qu'Alba avait bourré de livres le coffre de la Cadillac, elle n'était plus la même. Levée avec le soleil, elle commençait sa journée par une longue promenade solitaire le long de la plage, marchant dans les vagues qui se mouraient, respirant sérieusement. « Elle sentait des choses en elle. » C'était sa définition favorite de cette subite transformation. Ensuite, assise dans le sable face à l'océan, elle lisait ses maudits bouquins jusqu'à 9 heures puis rentrait au motel préparer le petit déjeuner qui se composait de lait et de fruits exotiques, surtout de bananes et de mangues. Ce n'était pas tout à fait l'idéal de Serge qu'un bon café et une demi-douzaine de croissants branchaient mieux. Serge n'était pas contre la culture mais il craignait de voir son ange absorbé par la salade mêlée que distribuaient les gourous californiens. Heureusement, les bouquins d'Alba semblaient relativement sérieux. Parfois, Serge y jetait un coup d'œil lorsque sa nymphe disparaissait. À la fois simple et compliqué tout ça. Ce qui amusait Serge c'était de constater qu'Alba nageait dans ce labyrinthe comme une authentique sirène du fleuve Bleu. Serge n'avait pas à se plaindre de son attitude. Il la trouvait tout au plus absente. Elle traversait le temps avec un sourire vague qu'elle adressait au monde en général. Elle parlait peu, ne faisait pas d'orgie de vêtements, n'exprimait aucun désir de sortir, d'aller au cinéma, dans les grands restaurants. La chambre semblait la satisfaire. Elle s'était abonnée au cream cheese, aux muffins et à la tomate comme plat principal.

Après le petit déjeuner, elle allait sauter dans les vagues, comme une enfant, puis elle retournait lire au motel. Le soir, lorsque la plage était déserte, elle courait quelques kilomètres nu-pieds et rentrait toute salée. Elle ne montrait ni enthousiasme, ni gêne, ni trouble lorsque Serge l'embrassait. Il avait parfois l'impression qu'elle allait se transformer en bouddha de bronze et qu'il ne resterait plus qu'à construire un temple, lui offrir des fleurs chaque matin et lui adresser des prières. Serge n'était ni un matérialiste forcené ni un athée aux conceptions de béton. Sa nature était plus fluctuante mais là il perdait un peu les pédales. Lorsque Alba rentra avec les œuvres complètes de Tchouang-tseu sous le bras pour se bourrer de bananes et de mangues, Serge, qui avait déjà descendu trois quarts de litre de café, décida de tenter d'avoir une conversation avec son ange dont la peau se cuivrait merveilleusement et dont les cheveux blondissaient encore. Il s'assit au bar.

– Tu as bien dormi ?

– Magnifiquement, dit Alba.

– Intéressant, ce bouquin ?

– Lis-le.

– Je te demande ton avis.

– Tout avis ne fait qu'exprimer une vue partielle, répliqua doctement Alba.

– C'est l'avis de ton machin-tseu-chose ?

– Tu sembles soucieux ?

– J'aimerais que tu me parles un peu plus.

– L'absence de parole conduit au silence de l'esprit.

– Moi je suis pour la musique, dit Serge en posant son bras sur les épaules nues d'Alba.

Il lui caressa le front, le visage, Alba ferma les yeux.

– Tout de même, dit Serge doucement – il embrassa Alba.

– Je n'ai pas encore eu l'expérience de l'illumination subite. Je suis encore faible mais un jour, le fond du tonneau se détachera et je ne ferai qu'un avec le tao.

– Ce jour-là, je deviendrai ton premier disciple. Je suis certain que je pourrai monter une affaire en or. Je te construirai un temple blanc sur Palos Verde Point.

Alba fit entendre son délicieux petit rire matinal. Le diaphragme de Serge retrouva toute son élasticité.

– Pourquoi est-ce que tu as choisi le taoïsme au lieu d'un des quinze autres trucs en « isme » ?

– Je ne sais pas... L'intuition... Je n'avais pas envie de me payer la lecture des best-sellers de ces gourous en chocolat. Leur gueule ne m'inspire pas. Et puis le zen, c'est sûrement un truc de valeur mais il y a trop de frappés qui y sont abonnés. Ça me paraît suspect. Il y a bien sûr les bisons ardents et les yeux de lynx, les Castagnettas et les gourd-je-ne-sais-quoi. J'étais un peu paumée devant les rayons. Un type s'est approché, je lui ai trouvé une gueule décente pour un piéton extatique. Alors je lui ai posé une question.

– Laquelle ?

– « Dans toute cette merde, est-ce qu'il y a quelque chose

qui ait été écrit avant l'ère industrielle ? » Il m'a souri et m'a sorti les ouvrages des vieux maîtres. « Colle à ça, bébé, c'est de la bonne came », il m'a dit. Tout ça date d'avant le quatrième siècle.

Gorodish méditatif avala un autre croissant en regardant la ligne d'horizon.

– Tu vois, dit Alba très sérieusement, la base de leur combine, c'est que le tao est innommable, il n'y a pas de Créateur, toute chose est sortie du vide. Le sage est « wou-wei », il pratique le non-agir. Il laisse les choses se faire d'elles-mêmes. Il est primitif, non déformé, simple, dépourvu d'ambition. Il suit sa propre nature et non celle des autres. Toutes les ressources se trouvent en nous-mêmes. Tu me suis ? demanda Alba qui finit son verre de lait.

Serge aimait regarder ses lèvres auréolées de blancheur exprimer la quintessence du taoïsme.

– Toutes choses sont égales. Il n'y a pas d'oppositions. Toutes choses sont en accord. C'est l'activité de l'esprit de l'homme qui sème le désaccord et crée le vrai et le faux. Le sage a des émotions mais il n'en subit pas l'emprise. Il se fond dans le tao.

– Bon, dit Serge. Fonds-toi, moi je vais bricoler la Cadillac. Il y a des problèmes de démarreur.

Alba lui sourit, belle et lunaire.

In Hollywood anything can happen, anything at all

Horace Perceval III était en train de faire le bilan des dernières douze heures de travail lorsqu'il eut le plaisir de voir entrer le Pharaon, son père estimé. Horace Perceval III était le plus jeune fils du Pharaon mais en quelque sorte le pilier de la famille.

– Comment vont les affaires, Horace ?

– Bien... J'espère augmenter mon chiffre d'affaires, les statistiques montrent que je suis en constante progression. Vingt-huit pour cent par rapport au mois dernier. Mon seul problème vient de mes correspondants. Dès qu'ils arrivent à l'âge critique de treize ou quatorze ans, leur génie semble se dissoudre dans les brumes de la puberté. J'ai parfois l'angoisse horrible que cela puisse m'arriver.

– Ce ne serait pas bien grave. Dans trois ans, tu seras en mesure de te retirer et même si tes capacités diminuaient de quatre-vingt-dix pour cent, il t'en resterait suffisamment pour ne pas finir sur le pavé.

– Je tiens à continuer mon œuvre de mécène. Tiens, cet après-midi, il y a eu un moment de calme et j'ai calculé que tu pourrais accroître ton chiffre d'affaires quatre cent vingt-sept fois si tu voulais bien suivre mes conseils.

Le Pharaon ne put s'empêcher de sourire. Horace Perceval III ne cessait de le taquiner pour son manque d'aptitude à tirer plein profit de sa réputation.

– Je prendrai volontiers du tartare de thon au pollen.

– Tiens, voici l'édition originale de *The Long Goodbye* que je t'avais promise. C'est un cadeau.

Ils mangèrent debout dans la cuisine.

– Je vais faire un grand dîner africain un de ces jours. Est-ce que tu seras des nôtres ? Il y aura sans doute le gouverneur de Californie qui voudrait me demander d'enseigner un séminaire télévisé sur ma conception des affaires pour les étudiants de moins de douze ans.

– Bien sûr, Horace. Merci pour le Chandler, je suis très sensible à l'attention.

– Tu as l'air fatigué, tu devrais commencer moins tôt.

– L'aube est l'instant d'élection pour les facultés de l'imagination.

Le cobra se mit à sonner. Le Pharaon descendit à pied jusqu'à la pyramide suivante.

Il contempla un instant la toile encore inachevée de sa fille Strawberry, douze ans, avec une profonde satisfaction.

– Comment trouves-tu Tony ? demanda Strawberry.

Elle portait un kimono de soie pêche qui mettait en valeur sa beauté.

– Très bien, très bien, vaillant pour son âge.

– Cela laisse de l'espoir...

– Comme je me suis arrêté à Main Street pour acheter de la cocaïne, j'ai pensé qu'un peu d'herbe te ferait plaisir, dit le Pharaon en sortant un paquet de plastique qui contenait deux cents grammes de pure hawaïenne.

– Tu es merveilleux, tu penses toujours à tout, tu es si plein d'attentions, d'une extrême délicatesse... Il faudra que je t'immortalise un jour...

– Tu sembles un peu soucieuse ?

– Je suis de nouveau enceinte.

– Tony ?

– Non, mon modèle précédent.

– Dis-moi quand tu avortes, je viendrai avec toi à la clinique et si tu as besoin d'argent, n'hésite pas... Si je peux me permettre, tu devrais peut-être prendre la pilule ou choisir des hommes vasectomisés.

– Papa, tu sais que je suis contre ce qui n'est pas naturel.

– Pardonne-moi cette suggestion brutale.

– Pas du tout, tu es adorable et c'est si gentil de proposer de m'accompagner mais celui-ci, je voudrais le garder.

– Merveilleux, merveilleux, dit le Pharaon en embrassant sa fille.

– Si c'est un garçon, je l'appellerai Pharaon et si c'est une fille, Pyramide.

– Tu me combles. Fais attention à toi, ne te fatigue pas trop et tiens-moi au courant, ma chérie.

En arrivant à la pyramide de Pearl, seize ans, sa fille aînée, le Pharaon avait l'impression de se trouver sur un tapis volant. L'idée d'être grand-père et que l'enfant porterait son nom le ravissait.

Lorsque le Pharaon entra dans la pyramide acoustique, il découvrit Pearl à sa table de travail. Elle ne portait pour tout vêtement que le bleu de ses paupières et de ses lèvres. Elle vint embrasser son père qui fut troublé par tant de beauté.

– Comment va ton *Orfeo*, chérie ?

– J'avance... Et toi, ta salle de concert ?

– J'ai trouvé un petit détail aujourd'hui. Je voudrais que ta musique fasse en quelque sorte partie de l'édifice. On pourrait y créer l'une de tes œuvres lors de l'inauguration. Ce serait...

– Merveilleux...

– Je t'ai apporté une petite plaquette d'opium.

– J'essaie de fumer un peu moins en ce moment. Je ne voudrais pas que mon *Orfeo* soit totalement défoncé.

– De te voir si belle, si tropicale, tellement ellingtonienne me donne une idée. Si tu veux bien, je ferai faire un moulage de ton corps, je l'agrandirai à l'échelle exacte et j'en ferai une maison pour un amateur italien. Le site est magnifique, tout près de Naples. Si tu veux, nous pourrions le visiter ensemble. Mon client doit m'envoyer son jet pour que j'y passe quelques heures. Nous ferions un petit aller et retour.

– J'adorerais voir le Vésuve.

– Ce serait une chose splendide que de pouvoir habiter ton ventre, tes seins, ta bouche, ton regard.

– Une belle couverture pour mon prochain album.

Le Pharaon regarda en direction de la pyramide de Suzy où il y avait toujours de la lumière.

– Ta mère étudie trop, je me fais du souci pour son doctorat. Pourvu qu'elle le réussisse.

– J'aurais voulu te connaître lorsque tu étais professeur à Berkeley et que tu séduisais tes étudiantes. On dit que tu étais un peu terroriste...

– J'ai dynamité quelques constructions hideuses, c'est vrai.

– Dis à maman qu'elle vienne fumer quelques pipes avec moi de temps en temps, ça la détendra.

En entrant chez Suzy, le Pharaon la trouva endormie à sa table. Il lut les feuillets épars comme il le faisait chaque soir et d'un crayon parfaitement taillé, il nota : « Audacieux, brillant, bravo chérie mais ne travaille pas trop. Pearl suggère un peu d'opium, je crois qu'elle a raison. »

Il porta Suzy sur son grand lit, la recouvrit et quitta la chambre sans faire de bruit. En parcourant les quelques dizaines de mètres qui le séparaient de Kim, sa seconde femme et petite amie occasionnelle de Suzy, le Pharaon pensa que l'harmonie était donnée à peu d'êtres en ce bas monde et qu'il ne cessait d'y nager.

Il se déshabilla et rejoignit Kim qui somnolait sur le matelas flottant. Elle l'embrassa amoureusement, fit reposer la lourde tête du Pharaon sur sa poitrine et lui parla très doucement en lui caressant le front :

– Il faut prendre une décision urgente. Si tu continues à vivre de cette manière, ton mal va s'aggraver. Tu risques une névrose. J'ai réussi à identifier le syndrome dont tu es la victime. C'est certainement un mal assez rare dont je n'ai jamais trouvé trace chez mes patients ni dans les livres. Tu vis en harmonie absolue avec ton milieu. Il n'y a jamais la moindre tension, notre fils est un génie, les deux filles de Suzy aussi, tes femmes sont adorables, aucun conflit n'éclate jamais, tu es peut-être l'architecte le plus connu, tu fais exactement ce que tu désires, tu n'as même pas d'assistant ou de secrétaire pour apporter à ta vie la tension dont tu as besoin. Ta difficulté à déglutir et d'autres petits signes sont la preuve que l'homme ne supporte pas l'absence totale de conflits... Si tu ne fais rien, tes troubles vont s'aggraver et cela pourrait aller jusqu'à une dégradation de tes facultés créatrices... Voilà, en gros bien sûr, la définition du syndrome Breuerfliess dont tu es l'une des rares victimes.

– Quelle thérapie suggères-tu ? demanda le Pharaon amusé par la perspicacité de sa compagne.

– Il faut que tu te retires de ce monde d'harmonie pour vivre d'une manière plus conforme à tes besoins profonds.

– Mais vous... et mon travail...

– Nous n'avons besoin de toi que si tu réalises pleinement ton œuvre. J'ai peur que tu sois sur la mauvaise voie ou que tu n'y sois bientôt. Les choses peuvent se dégrader très vite. C'est autant pour nous que pour ton œuvre que tu dois vivre différemment.

– J'ai des commandes en cours, des contrats à honorer.

– Tu es un génie, Ramsy, et rien n'est plus naturel que la retraite provisoire d'un génie qui cherche de nouvelles voies. Tu en reviendras plus fort, plus riche spirituellement.

Le Pharaon s'assit sur le matelas et se laissa glisser dans l'eau tiède.

– Crois-tu que la providence se chargera de donner à ma vie les tensions dont elle a besoin ?

– J'espère. De toute manière, il faut essayer.

– Je ne sais vraiment pas à quoi je pourrai occuper mes jours si je ne suis pas à mon atelier et avec vous chaque soir.

– Relis Raymond Chandler.

– Je n'ai pas tellement envie d'expliquer mon absence.

– Tu n'as rien à expliquer. Ce sera un secret entre nous deux.

– Alors je disparais, comme cela, sans laisser de message, de trace.

– C'est la solution la plus simple.

– Combien de temps est-ce que cela peut durer ?

– On ne préjuge jamais de la longueur d'une thérapie. Lorsque les symptômes physiques disparaîtront, ce sera déjà bon signe. Ensuite tu sentiras une nouvelle force naître en toi, une nouvelle lumière et sans doute de nouvelles lignes.

– Bon... Après tout, pourquoi pas ?... C'est vrai que je suis un peu fatigué, cela me fera du bien, certainement... Où vais-je aller ?

– Je ne veux pas le savoir. Choisis si possible quelque chose qui soit contraire à tes aspirations profondes. Je te déconseillerai un voyage en Égypte, par exemple. Joue ta vie à l'envers. Chaque fois qu'une impulsion se présente retourne-la et fais exactement le contraire.

– Ton fils vient de m'offrir une édition de *The Long Goodbye*, c'est la seule chose que je désirerai emporter.

– D'accord. Cela peut être un point de départ. Entre dans la peau d'un héros chandlérien.

– Les clients vont s'affoler... Vous déranger... On va me rechercher...

– Ne crains rien, je m'occuperai de tout.

– C'est merveilleux... Tout à coup je me sens aérien, léger...

– Tu vois...

– Et les enfants ?

– Ils ne sauront rien. Seul le génie comprend le génie. Peut-être ne poseront-ils même pas de questions.

– Je vais m'en aller. Tu es certaine que tu ne veux pas...

– Si, je veux, il y a quelque temps que tu nous fais beaucoup moins l'amour. Je sais que Suzy a une liaison avec un étudiant...

– J'en suis ravi, elle travaille tant...

– Moi je n'ai pas le temps, mes recherches...

– Pendant que je ne serai pas là, je t'en prie, cela me ferait plaisir...

– Si je trouve un homme à la hauteur.

Le Pharaon et le Dr Breuerfliess firent l'amour jusqu'à l'aube. Le Pharaon dormit peu, il s'habilla dans sa propre pyramide d'un vieux jean, de tennis et d'une veste de toile kaki, prit cinquante mille dollars de liquide en se disant que cela suffirait pour les premiers mois et quitta Pyramide City à pied. Il décida de descendre Sunset Boulevard jusqu'à Santa Monica où il arriva trois heures plus tard, légèrement essoufflé. Il s'installa sur un banc qui dominait l'océan, regarda la blancheur des rouleaux jusqu'à ce qu'il ressente une certaine ivresse. Il se sentait vide, délicieusement bien.

Son rêve chandlérien commençait à prendre forme. Il revit les maisons patiemment photographiées. L'une d'elles, particulièrement, ressemblait à s'y méprendre à celle de Terry Lennox. Il se demanda si elle existait toujours.

YOU CAN KISS ME IF YOU LIKE

Gorodish avait passé autant d'heures sous le capot de la Cadillac qu'Alba à tenter la fusion avec le tao. Tous deux semblaient rencontrer quelques problèmes dans la réalisation de leur ambition. La sagesse était aussi délicate à monter qu'un soufflé ; quant à la mécanique, c'était carrément mettre des clous au fond du moule en espérant qu'ils allaient remonter à la surface du soufflé susmentionné.

Quand la bagnole tournait, Serge se faisait les autoroutes une à une, avec une conscience de moine calligraphe. Quand « la grande crème », comme l'appelait Alba, refusait de se mouvoir sous la douce direction de Serge, il partait à pied et marchait de Long Beach à Malibu en regardant les rigolos qui le dépassaient en patins à roulettes, trottinette, bicyclette, patins à voile, tricycle, chaise à porteur, etc. Les indigènes ne manquaient pas d'imagination. En marchant, Gorodish pensait. Entre les randonnées en bagnole et la pêche à la ligne, il ne lui restait que la déprime. Il sentait ce gros gant gris qui s'approchait dangereusement pour lui étrangler les neurones. Il commençait à avoir de la peine à dormir. Il rêvait de bestioles diverses qui venaient lui faire la conversation. Il perdait son élan naturel vers les choses. Alba de son côté s'entêtait avec son tao et les dialogues du petit déjeuner commençaient à ressembler étrangement à ceux de Confucius et de Lao-tan. Tout cela aurait pu être acceptable si Serge s'était senti « appelé » par les vieux Chinetoques ridés mais tout compte fait, il préférait encore boire un petit blanc avec Beethoven ou discuter doubles croches avec le père Bach. Serge se dit qu'un Steinway l'aiderait peut-être à sortir du trou, même un Baldwin, peut-être. Le problème, c'était que les chiens, les drogués et les pianos n'étaient pas admis dans les motels.

Gorodish arrêta de regarder la mer, ça lui donnait le tournis et créait chez lui trop d'associations chinoises pour sa bonne santé mentale. Il se mit à reluquer les buildings, les maisons de bois, les maisons de brique, les garages, les entrepôts, bref, tout ce qui pouvait être gentil avec un grand-queue. Au moins, un piano ne bouffait pas d'huile. Le siège était moins confortable, d'accord, le vent ne sifflait pas aux oreilles mais il y avait moins de morts dans les accidents de piano, sauf si on lisait le *New York Times*, car là, certains ne devaient pas s'en remettre.

Alba allait arriver plus vite au 2 juin qu'au Nirvana. C'était sûr. Bon, elle avait consenti à rapprocher les pieus, à la grande joie des femmes de chambre mexicaines qui se demandaient ce que ce vieux Humbert pouvait bien glander avec cette jeunesse mais depuis que les Chinois étaient dans la place, les câlins s'étaient déminéralisés. Gorodish avait l'impression qu'on lui faisait le coup de la Grande Muraille. Il fallait du temps pour l'édifier mais on n'a jamais trop disserté sur la patience de ces gens-là. Un de ces jours, peut-être la nuit du 2 juin, Gorodish allait se retrouver en Mongolie extérieure et sa nymphe à Shangai. Ce n'était pas ce que Gorodish attendait, alors, pour décourager les petits hommes bleus avec leur incessant va-et-vient et leurs petits paniers de terre sur la tête, il décida qu'il fallait construire une montagne magique sur leur territoire.

Dans l'après-midi, Serge, dans le plus grand secret, visita vingt-trois maisons. Il avait vu du Waltdisno-victorien, du pseudo Franck Lloyd Wrong, du bavarois-pâtissier, du primitif californien sur pilotis, du brique steamlined en forme de transatlantique, même une petite merveille en forme de bouteille de Coca-Cola sur laquelle un graffiteur fanatique avait barbouillé :

TAKE THE PEPSI CHALLENGE.

Mais s'il y avait un truc en lequel Serge croyait, c'était la chance. Alors, forcément, vers la tombée de la nuit, elle lui fila (la chance) une grande claque dans le dos.

Entre Manhattan Beach et Hermosa Beach, comme perdu entre deux mondes, il vit un bâtiment dont les toits souriaient aux quatre coins, avec des tuiles couleur de jade, des petits drapeaux qui flottaient dans le vent et toute une ménagerie inventée par les fils de l'empire Céleste. Il n'y avait pas de doute, ce truc-là avait un nom, ça s'appelait une pagode. Juste en face de l'océan et cloué sur la porte, il y avait un signe rouge : À VENDRE.

Serge sonna puis donna des coups de pied dans la porte jusqu'à ce qu'un adolescent tondu et apeuré vienne ouvrir.

– Le maître ne reçoit plus, c'est l'heure de la méditation.

Serge poussa la porte, entra. Le moinillon avait l'air d'une poule effrayée.

– Va dire à ton maître que Confucius veut causer business.

Le moinillon s'éclipsa dans une grande salle que Serge entrevit. On avait l'impression qu'une chorale de vieillards séniles tentaient de lire l'annuaire. Il y eut un silence, la méditation fut abrégée, les tondus disparurent comme des vers dans un fromage d'Auvergne.

Le maître se trouvait assis en tailleur sur un piédestal rouge. Il était aussi chinois qu'un avion de la Swissair. En fait, il avait le même accent zurichois que le banquier de Serge.

– Ave Cesar, dit Serge en guise de préambule.

– Mon nom est Tseu-fou. Je représente le soixante-quatrième maillon d'une chaîne...

– De montre, coupa Gorodish. Vous me faites penser à un émincé de veau à la crème qui voudrait se faire passer pour un rouleau de printemps... Vous sentez les röstis[1]. Combien pour votre mosquée ?

Tseu-fou n'était pas dingue. Il sentit la fine odeur du pognon lui picoter les narines.

– Cinq cent mille dollars, dit Tseu-fou avec son accent germanique.

– Combien de mètres carrés ?

– Quatre cents mètres carrés par étage.

– Ça fait combien en li ?

– Plaît-il ?

– Unité de mesure chinoise qui vaut 576 mètres. Si tu veux palper un bon chèque, dis-moi pourquoi tu songes à abandonner cet endroit ?

– Des broblèmes avec la bolice.

– Je vois, dit Gorodish aussi aimable qu'une bétonneuse.

– Dout marche bien, l'eau, le déléphone, le doit...

– Bon. Emborde ton goffre-vort, fais balayer la place par tes moineaux, appelle une équipe de désinfection, je reviens dans une heure avec un chèque de trois cent mille francs

1. Crêpes de fines lamelles de pommes de terre cuites dans un mélange d'huile et de beurre.

suisses. Pas de problèmes avec le fisc et l'émigration, comme ça.

– C'est beu...

Gorodish fit un tour rapide de la pagode. Les moineaux dormaient sur des matelas pneumatiques. Il y avait deux immenses pièces avec des fenêtres partout et même sans les effets de la méditation, on dominait l'océan. C'était un peu dégueulasse malgré les infiltrations d'encens. Gorodish allait faire badigeonner tout ça à la chaux. Le sol était un plancher bien entretenu par les pérégrinations des disciples. Comme il n'y avait rien d'autre à part une douche et une cuisine minables, Serge ressentit l'appel du vide.

Lorsque Gorodish revint avec son chèque, Tseu-fou attendait avec son avocat. La paperasse fut signée en deux temps trois mouvements. Le maître allait se retirer lorsque Gorodish qui avait tout de même plongé son nez dans les ouvrages d'Alba lui cita Wang Tch'ong : « L'homme occupe dans l'univers une place comparable à celle d'une puce ou d'un pou sous une veste ou une robe. La puce ou le pou en se conduisant, soit convenablement, soit d'une façon inconvenante, peuvent-ils affecter les changements ou les mouvements de l'éther sous la veste ? Ils n'en sont pas capables, et supposer que l'homme, seul, ait des capacités pareilles, c'est se tromper sur le principe des choses et de l'éther. »

Le Zurichois s'en fut, abasourdi. Gorodish vit sa Mercedes disparaître à l'horizon. L'équipe de désinfection vaporisait à qui mieux mieux. Gorodish convoqua des nettoyeurs et des peintres et leur fila assez de Lincoln pour que tout soit immaculé dès le lendemain. Les Ricains n'avaient rien contre le travail. Ça changeait de la vieille Europe.

Serge ne prit pas de Valium ce soir-là. Il descendit s'acheter une bouteille de Saint-Amour qu'il vida par petites lampées en regardant son blond bouddha dont le sourire énigmatique accompagnait chacun de ses gestes. Une ligne rouge séparait l'océan et le ciel. La plage était déserte. Alba devenait de plus en plus belle.

– Bonne journée ? demanda-t-elle à Serge qui rêvait.

– Rien de spécial. J'ai marché. Et toi ?

– Au moment où j'allais oublier que j'avais oublié, je me suis souvenue. Après tout ce temps, c'est terrible.

Serge vit les joues de son bouddha se gonfler en une moue,

les cils battre sur son regard limpide et deux grosses larmes apparaître. Alba vint se blottir dans les bras de Serge qui semblait en avoir encore plus besoin qu'elle. Ils se serrèrent l'un contre l'autre avec passion jusqu'à ce qu'il fasse nuit.

THAT'S THE DIFFERENCE BETWEEN CRIME AND BUSINESS. FOR BUSINESS YOU GOTTA HAVE A CAPITAL

Vida entra au Tropicana peu après l'ouverture pour bien se baigner dans l'atmosphère. Elle s'était fendue d'une robe à volants violette et noire qu'elle avait dénichée chez une copine habilleuse à la Metro Goldwin Mayer. Les pompes en croco allaient avec. Le Welrod dormait tranquille dans un sac de plage de plastique rouge parfaitement adapté à cet usage. Vida avait forcé sur le maquillage, genre grande follache sur le retour, et tentait de donner à son visage la lourdeur dramatique, le poids de l'angoisse visible chez tout bon danseur de tango. En se regardant dans la glace, l'idée la traversa qu'elle avait l'air d'une morte. Elle s'imagina dans un cercueil confortable, satiné et fleuri.

On s'agitait déjà beaucoup sur la piste de danse. Les tables et le bar étaient éclairés par des spots rouges et bleus de faible intensité. La piste, sous un éclairage blanc, ajoutait au côté sépulcral des lieux. Vida ne tarda pas à trouver un partenaire à sa hauteur. Elle voulait se chauffer à blanc pour recevoir dignement Ramon Valdera.

Lorsque le club fut bourré et qu'il devint possible de circuler sans trop attirer l'attention, Vida visita les lieux et trouva le caisson métallique vétuste qui contenait le compteur électrique. Elle avait bricolé une petite modification qui, grâce à un minuteur, plongerait le club dans l'obscurité pendant qu'un autre, disposé sous une banquette, ferait retentir une suite de détonations innocentes mais qui attireraient les gardes du corps vers un endroit assez éloigné de Valdera et d'elle-même. Idéalement, à cet instant, il serait dans ses bras. Les explosions créeraient une panique. Les clients se précipiteraient vers la sortie dans le plus grand désordre. Les tueurs chercheraient un homme armé, ils ne feraient pas attention à sa présence discrète, son Welrod aurait retrouvé l'abri douillet du sac à main, elle s'éloignerait sans hâte et disparaîtrait dans la nuit.

Il n'y eut qu'un problème : le club ferma sans que Ramon Valdera ait fait son apparition.

THIS IS SOMETHING NEW

Ce matin-là, lorsque Serge, profitant des envolées mystiques d'Alba, pénétra dans la pagode, il eut l'impression d'être le dalaï-lama. Ça sentait le badigeon frais, un poil de désinfectant. Tout était silencieux, immaculé. Un écrin prêt à recevoir une perle des mers de Chine. Serge ouvrit toutes les fenêtres. L'air iodé lécha les murs. Les relents du gourou zurichois furent emportés à jamais. Serge se dit que ce n'était pas mal comme cadeau d'anniversaire.

Assis au centre de la grande pièce vide, il écoutait l'océan. Chacun son étage, c'était parfait. Serge était indécis. La philosophie chinoise l'aidait à apprécier la vacuité. Il se demanda ce qui était indispensable, à part le piano. Pour dormir, il y avait plusieurs solutions. On pouvait aller du hamac au waterbed, et pourquoi pas le bon vieux matelas pneumatique ?

La cuisine laissait à désirer. Serge décida de commencer par là. D'une cabine voisine, il demanda le téléphone, le gaz et l'eau, puis il commanda un réfrigérateur qui crachait des glaçons, une supercuisinière, blancs, spécifia-t-il. Ensuite, il se rendit dans un centre commercial où devaient se trouver une centaine de boutiques et de grands magasins. Il acheta une table métallique et des chaises de jardin au blanc design italien, de la vaisselle de plastique rouge, jaune et bleue, des services rouges et une batterie de cuisine minimale, juste de quoi préparer quelques fantaisies le jour où cela le démangerait. Il acheta dix lampes de bureau articulées, histoire d'avoir un peu de lumière, le plus long canapé blanc qu'il ait jamais vu, un Steinway grand-queue noir mat, une bonne télévision et se retint pour une mini-chaîne. Était-ce l'effet d'Alba, il se dit tout à coup qu'il allait limiter la musique à celle qu'il était capable de produire. Chacun son ascèse. Que fallait-il encore ? Serge se doutait bien qu'Alba aurait ses propres idées. Il décida de laisser son étage vide. Serge essaya une douzaine de lits. Il se décida pour une japonaiserie qui, outre la perfection des formes, présentait l'avantage de s'insérer à merveille dans la pagode : une plate-forme de tatami, un shikibuton et un kakebuton complétés par un oreiller bourré de grains, du sarrasin d'après le vendeur. Serge était certain d'éveiller la jalousie d'Alba à moins qu'une idée étrange ne lui traverse l'esprit. Elle était capable de faire installer un trapèze et de dormir avec des inversions boots, comme une chauve-souris.

Serge acheta un téléphone sans fil, un palmier, un récepteur de signaux satellite à coincer dans les quelques mètres carrés de jardin : un truc qui permettait de capter un peu plus de cent chaînes de télévision. Lao-tseu lui-même n'avait pas prévu ça.

Ce qui était surprenant avec les Ricains c'est que le soir même tout était installé. Comme on ne pouvait pas monter le Steinway, Serge décida de prendre la pièce du bas. Il fixa les lampes articulées, le pieu devant une fenêtre de laquelle on voyait l'océan et le canapé au centre de la pièce où il se disputait l'espace avec la noirceur du Steinway. Serge, épuisé et ravi, s'installa, ouvrit religieusement l'instrument, contempla les touches blanches et noires comme s'il n'osait y poser les mains. Il ferma les yeux jusqu'à ce qu'une œuvre digne de l'instrument surgisse au bout de ses doigts. Il joua une pièce de William Byrd qui peu à peu remplit l'espace de sa structure raffinée. Ensuite, Serge resta assis au piano immobile, dans un état de joie sereine que seules la musique et Alba pouvaient lui apporter.

Il essaya son téléphone sans fil, composa le numéro du motel et entendit la voix délicieuse de son illuminée de pacotille.

– As-tu rejoint l'indifférencié ?
– J'ai nagé...
– Dans le tao ?
– Il y avait des vagues immenses. Qu'est-ce que tu as fait ?
– J'ai pensé à toi.
– Moi aussi, tout le temps. Tu vas revenir bientôt ?
– Oui.
– Tu me serreras dans tes bras ?
– Oui.
– Tu me diras des choses douces ?
– Oui.

– Je t'attends. Tu as pensé à ce qu'on va faire demain ?
– On peut aller au cinéma.
– C'est mon anniversaire.

That's a tango

Samedi, malgré les prédictions néfastes de Tristana, Vida décida de retourner au Tropicana, de danser et d'attendre. Si Ramon Valdera venait, elle déciderait de l'exécuter ce soir-là ou non, selon les circonstances.

Vida attendit qu'une place de parking se libère à proximité de la sortie du club. Elle y rangea son Impala. Elle entra. L'endroit était déjà bondé et sentait un mélange de sueur et de parfums bon marché. Vida trouva une table qui lui convenait, relativement proche de la sortie. Elle commença par boire un double Wild Turkey. Elle transpirait légèrement et ses paumes étaient moites. Elle dansa avec plusieurs partenaires, observant tout ce qui se passait autour d'elle. Aucun des hommes de Valdera n'était dans la place. Pendant la journée, trouvant le minuteur trop aléatoire, Vida avait transformé le déclencheur de court-circuit et la mise à feu des détonateurs par un système radio qui lui permettrait de choisir la seconde la plus favorable à l'exécution de son plan.

Au hasard des conversations, elle plaça l'engin sous le bar, à proximité de l'endroit où se tenait habituellement Valdera pour que les gardes du corps s'y précipitent. Plus tard, en allant vérifier son maquillage, elle plaça sa petite boîte dans l'armoire électrique. Il lui suffisait, en prétextant de se maquiller, d'appuyer sur le bouton de ce qui ressemblait à un porte-mine, si l'on peut dire.

Vers 1 heure 30 du matin, la porte à double battant du club s'ouvrit. Deux gorilles examinèrent les lieux avec un regard tout à fait professionnel puis Valdera entra rapidement, suivi d'un troisième garde du corps, pendant que le chauffeur restait dans la limousine. On conduisit Valdera à sa table en grande pompe, le champagne arriva presque synchrone pendant que les gorilles examinaient chaque homme de l'assistance avec le regard affable de cliniciens cherchant à déceler une tumeur maligne. Ces regards passèrent sur Vida avec une expression vide et désintéressée.

Quelques minutes plus tard, deux jeunesses qui convoyaient dans leurs sangs tous les feux de la Jamaïque et de l'Afrique mêlés en un subtil bouquet arrivèrent et embrassèrent Ramon. Bientôt il se mit à danser avec l'une et l'autre alternativement et Vida fut rassurée en constatant qu'elles devaient se montrer plus sauvages sur un drap de satin que dans l'exercice de ces contorsions parfaitement désuètes. Leurs carats étaient plutôt faits pour exploser aux feux du reggae.

Valdera fit une moue déçue et retourna à sa place en encourageant ses deux compagnes à boire. Il ne restait plus à Vida qu'à captiver son attention. Elle choisit le meilleur danseur, l'invita sans l'ombre d'un scrupule et, en le serrant contre elle, lui injecta toute sa fièvre. Peu à peu, d'autres couples commencèrent à les regarder tout en dansant jusqu'au moment où Vida sentit un regard d'acier qui la disséquait. Elle fit mine de ne pas s'en apercevoir, poussa son partenaire à bout et retourna à sa table.

La bouteille de champagne arriva d'abord puis ce fut le tour de Valdera qui lui baisa la main et demanda l'autorisation de s'asseoir avec toute l'arrogance et le savoir-faire qui convenaient à son rang.

– Vous dansez remarquablement. C'était un plaisir de vous regarder.

– Merci, dit Vida, en lançant à Valdera un regard qui convoyait le même taux d'arrogance assaisonné d'une pointe de sarcasme.

Valdera sentit qu'on attendait qu'il fît ses preuves. Sans un mot, il se leva et tendit une main sur laquelle Vida reconnut le tatouage que Castro avait utilisé pour marquer les tueurs cubains avant de les autoriser à se rendre aux États-Unis. Les émigrants ordinaires étaient tatoués à l'intérieur de la lèvre afin de permettre une identification facile au cas où la C.I.A. tenterait de renvoyer des agents cubains sur leur île.

Valdera éclipsa rapidement les danseurs précédents et Vida se laissait conduire après avoir opposé une résistance légère et de pure forme. Celui-ci, fier de son triomphe, serrait Vida et tentait de donner quelque chaleur à son regard qui restait aussi acéré qu'une flèche de chasse pour le gros gibier.

Ce n'est qu'après le septième tango qu'il daigna desserrer les lèvres.

– Êtes-vous une danseuse professionnelle ?

– Non. J'aime ça.

– Qu'aimez-vous d'autre ?

– L'argent, la musique, les hommes.

– Dans cet ordre ?

– Tout dépend de l'humeur du moment.

Ils retournèrent s'asseoir. Vida était soulagée, Valdera avait laissé son artillerie au vestiaire, ses anges gardiens étaient aussi bien montés qu'un destroyer de l'U.S. Navy. Ils ne le quittaient d'ailleurs pas des yeux. Valdera appela le garçon et fit enlever les flûtes à champagne.

– C'est une idée qui n'a pas de sens de mettre ce breuvage dans ces tuyaux de verre. C'est comme une femme dans un corset.

Le garçon revint avec des verres ballons.

– Là-dedans le champagne peut respirer, il est libre de dégager son arôme.

– C'est peut-être pour cela que j'ai toujours préféré le vin et le bourbon.

– Que faites-vous ? demanda Valdera.

– Je n'ai pas envie d'en parler ce soir. C'est pour cela que je suis ici. Et vous ?

– La canne à sucre.

– Argentin ? demanda Vida avec ingénuité.

– Vous l'avez deviné. Connaissez-vous d'autres clubs où l'on danse le tango ?

– Il y en avait un downtown où j'allais. Rien d'extraordinaire.

Vida ouvrit son sac, sortit un miroir et une petite trousse. Elle fit quelques retouches à son maquillage et sentit que Valdera était un peu gêné. Il se détourna pudiquement. C'était simplement pour l'habituer à ce geste.

– Vous transportez toute votre garde-robe ?

– Non, mais lorsque je suis dans des quartiers comme celui-ci, je me change toujours avant de sortir. Jean, chaussures plates, T-shirt. Bombe aveuglante et matraque.

– C'est la sagesse même, dit Valdera avec l'un des sourires exquis qu'il devait adresser aux gens qu'il faisait couper en morceaux.

Ils vidèrent deux verres de champagne.

– Si nous allions dîner? dit Valdera d'un ton qui laissait présager le programme de la nuit entière.

– Encore une demi-douzaine de tangos et je serai en appétit, dit Vida.

Lorsqu'ils se rassirent, Valdera était un peu essoufflé. Il sortit un mouchoir de la poche supérieure de son costume gris rayé de bleu et s'épongea le front avec élégance. De l'autre côté de la piste de danse, les gorilles s'amusaient avec les babouines et semblaient moins nerveux.

Vida et Ramon éclusèrent le reste de la bouteille de champagne. Vida jouait le jeu silencieux de la passion qui commence à s'installer et Valdera en frémissait comme un paon. Il commençait à faire la roue lorsque Vida rectifia son maquillage, à nouveau quelques plumes retombèrent. Il se détourna poliment pendant que Vida dégageait lentement la crosse du Welrod. Elle appuya sur le déclencheur radio. Dans la soudaine obscurité, le son mourut, alors que cinq détonations explosaient près du bar. Il y eut des cris, des hurlements. La porte à double battant vola comme arrachée par un flot humain. Vida, en faisant mine de se blottir contre Valdera, appuya l'extrémité du canon du Welrod contre son cœur et pressa sur la détente : au même instant, elle sentit une lame pénétrer son abdomen. Elle fut la seule à crier car Valdera s'effondra mollement dans ses bras.

Vida retira d'un coup sec la main de Valdera crispée sur le manche du poignard. Elle rechargea le Welrod et comprima la blessure profonde avec son jean qu'elle sortit du sac et roula autour de son poing.

La porte trop étroite contenait encore le flot humain qui se pressait vers la sortie. Vida tenta de se lever mais la douleur était si vive qu'il lui sembla que ses jambes ne la portaient plus. Elle franchit avec peine les six mètres qui la séparaient de la porte et se sentit tout à coup portée par d'autres corps qui fuyaient vers la rue. Vida tenta de dissimuler le Welrod derrière le sac rouge. Au milieu de la foule qui sortait, Vida remarqua un homme immobile, comme à contre-courant, un lourd automatique à la main, c'était le chauffeur. Comme elle était portée vers lui, Vida redressa lentement le Welrod qu'elle réussit à glisser entre les deux corps et fit feu lorsqu'elle se trouva à trois mètres du chauffeur dont la tête fut projetée, sanglante, vers l'arrière.

Vida marcha jusqu'à l'Impala en s'appuyant sur les voitures en stationnement. Elle ouvrit la portière, s'assit, refit une boule du jean déjà sanglant qu'elle fixa contre son ventre avec sa ceinture. La douleur était si vive que le moindre mouvement du pied sur l'accélérateur lui arrachait des gémissements.

Comme elle s'éloignait, elle vit arriver la première voiture de police.

TONIGHT ?

Gorodish se sentit pris d'une irrésistible panique en faisant les courses pour le dîner d'anniversaire de sa nymphe. Il avait les jambes en coton. Il acheta des homards comme si leurs carapaces pouvaient renforcer sa propre image. Il décida de faire lui-même la mayonnaise. Il s'arrêta dans un magasin de liqueurs, acheta du champagne et une caisse de Wild Turkey. Il en aurait besoin. Au retour, il s'arrêta chez un pâtissier et choisit une tarte aux fraises qu'il fit décorer de quatorze bougies. Comme on lui préparait un carton, il tenta d'imaginer ce que serait sa première nuit d'amour avec Alba. La Cadillac n'était pas loin, heureusement. Gorodish s'enfila un quart de bouteille de bourbon pour se donner du courage. Il avait trop attendu. Il craignait de défaillir au dernier instant.

Gorodish rata trois mayonnaises successives et décida qu'il confierait cette tâche délicate à Alba. Le réfrigérateur était plein de boissons sucrées convenant à sa nymphe. Il dressa la table, se bourra de calmants, respira un grand coup et prit son téléphone en tremblant.

– Allô... Alba... C'est moi...

– Je m'en doute que c'est toi. De toute façon j'aurais reconnu ta voix. Qu'est-ce que tu glandes ?

– Je ne suis pas très loin...

– Bon, viens me chercher, qu'on fasse quelque chose, je ne tiens pas à atteindre la ménopause avant d'avoir été au moins une fois au cinéma.

– Non...

– Comment ça, non ? Tu ne vas tout de même pas me dire que je vais être seule pour mon anniversaire ?

– Sors du motel, tourne à droite et remonte le long de la plage.

– Jusqu'à San Francisco ?

– Jusqu'à ce que tu aies envie de t'arrêter.

– Parfois tu manques de lyrisme, tu sais.

– Ne t'en fais pas, arrive.

Alba abandonna Tchouang-tseu, garda son costume de bain, passa un jean et un T-shirt avant de quitter le motel. Elle remonta dans la direction indiquée par Serge en suivant la promenade de béton qui séparait le sable des bâtiments. Elle ne voyait ni Serge ni la silhouette blanche de la Cadillac. Elle se demanda soudain si Serge n'avait pas utilisé cette ruse pour entrer subrepticement dans leur chambre afin de lui préparer une surprise. Après tout, il n'avait peut-être pas oublié son anniversaire.

Elle devait marcher depuis dix minutes lorsqu'elle entendit un disque qu'elle connaissait. Un truc de Bach pour piano. En s'approchant elle crut reconnaître le style de Serge mais comme jusqu'à nouvel avis il n'avait fait aucun disque, elle se mit à repenser à Tchouang-tseu.

Alba réalisa soudain que la boîte à musique était une pagode tout ce qu'il y avait de plus chinois. Elle s'approcha de l'entrée. La porte laquée de rouge était ouverte. Alba entra. Elle vit le vide, la lumière, le lit, le canapé blanc, la table dressée, le Steinway noir auquel était assis l'homme le plus fou qu'elle ait jamais rencontré. Alba courut vers Serge et s'assit sur ses genoux. Comme elle se trouvait entre le clavier et lui, elle commença par lui masquer les yeux de ses mains avant de l'embrasser mais Serge jouait toujours, oubliant quelques notes au passage, en ajoutant d'autres alors que ses lèvres étaient sur celles d'Alba.

– Bon anniversaire...

– Tu es mon citron givré, mon orange amère de Californie, mon esquimau d'Afrique, mon iceberg volcanique, mon tao sucré.

Serge se leva, emportant Alba dans ses bras.

– Tu me fais visiter ?

– Tu viens d'en voir la moitié, dit Serge, on monte.

– Je me demande ce que tu as bien pu mettre là-haut.

– Ferme les yeux.

Serge porta Alba au centre de la grande pièce. Elle ouvrit les yeux.

– C'est formidable. Je n'aurais pas pu rêver quelque chose de plus beau. Comment l'as-tu trouvé ?

– Je passais devant, c'était à vendre, je l'ai achetée.

– Simple.

– C'est à toi, tu en fais ce que tu veux.

– On va vivre comme des ermites taoïstes de l'ère industrielle.

Ils descendirent. Serge fut un peu gêné.

– Alba, tu veux bien faire une mayonnaise ? J'ai essayé à trois reprises, ça n'a rien donné.

– Tu es nerveux, chéri ?

– Je ne sais pas...

– Tu traverses peut-être ta « mid-life crisis », comme ils disent ici.

– Tu crois ?

– C'est possible, tu sais.

– Ça se manifeste comment ?

– L'insécurité, un soudain intérêt pour les jeunes filles. J'espère que tu ne vas pas me tromper avec quelqu'un de plus jeune, ce serait révoltant.

Serge sourit, ouvrit la bouteille de champagne et Alba tourna une mayonnaise en deux temps trois mouvements.

– Je peux mettre un peu de piment de Cayenne ?

– Bien sûr.

– Tu es mignon d'avoir acheté des homards.

– Il y a aussi une tarte aux fraises avec des bougies.

– Chic, on allume maintenant, qu'elles aient le temps de brûler. Je ne tiens pas à avoir quatorze ans d'un coup. Il faut que ça dure.

Ils s'assirent, trinquèrent solennellement, se levèrent à plusieurs reprises pour s'embrasser car la table était trop grande.

– Tu me sembles un peu pâle, mon grand loup. Tu as peut-être trop travaillé, ça sent encore la peinture.

– Je l'ai fait faire.

– Tes mains tremblent légèrement.

– Le décalage horaire, le changement de climat.

– Je te le dis, tu traverses une crise.

– Mais non.

– Ce qu'on va être bien, ici... Je suis étonnée de ne pas voir de disques.

– J'ai décidé de créer ma propre musique.

– Je te comprends. Le piano est superbe. C'est plus joli, un noir mat.

Plus la blancheur du homard disparaissait, plus Serge adoptait un comportement étrange. Il se levait, allait à la cuisine, revenait avec du sel ou des glaçons qu'il n'utilisait pas alors qu'Alba s'empiffrait avec bonheur.

Ils entamèrent bientôt leur deuxième bouteille de champagne et la tarte après qu'Alba eut soufflé les bougies comme une tornade.

– C'est un lit chinois que tu as acheté ? demanda Alba.

– Japonais, dit Serge en s'étouffant.

– On doit pas être mal, là-dedans, tu veux qu'on l'essaye ?

– Maintenant ? répliqua Serge dans un souffle.

– On peut emporter la bouteille.

– Je pensais qu'on aurait pu sortir, faire un tour avec la Cadillac, aller au musée, justement, il y a une très intéressante exposition sur les armes préhistoriques et je pensais...

– Mon petit Serge, les musées sont fermés à cette heure et tu sais bien que je n'ai rien à foutre des armes préhistoriques.

– C'est vrai... Mets-toi au lit alors et je vais te jouer quelque chose, d'accord ?

– J'adorerais ça.

Alba se leva et se déshabilla en laissant tomber ses vêtements sur le parquet. Serge la regarda puis il se dirigea vers le piano et commença une œuvre qui allait lui donner un long répit : le *Clavecin bien tempéré* – ou variante possible qu'il avait lue un jour dans une traduction : « Le Clavecin à bonne température ».

Alba se glissa dans le futon en émettant des gloussements d'extase. Elle se laissait aller à la musique. Elle nota que Serge prenait des tempos plus confortables, c'était sans doute à cause de l'alcool. Alba, entre les mouvements, vidait consciencieusement la bouteille.

Gorodish, décidément très inspiré ce soir-là, enchaîna avec *L'Art de la fugue*. On était reparti pour un bon bout de temps. Alba chantonnait, marmonnait, rendant un dernier hommage à Glenn Gould, l'une des idoles de Serge.

Il était presque 3 heures du matin lorsque Serge traversa la grande pièce en direction du lieu sacrificiel. Il pensa à tous les Japonais qui s'étaient fait hara-kiri sur un tatami. Il fit un détour par le réfrigérateur et entama la dernière bouteille de champagne. Il fut étonné de voir qu'Alba l'attendait avec ses grands yeux ouverts. Gorodish croyait qu'elle s'était endormie.

– Je me sens bien... Tu as joué magnifiquement... J'adore le son de ce piano.

– Tu veux que je joue encore... *Les Variations Diabelli*, une petite sonate comme le *Hammerklavier* ?

– Non, viens près de moi...

Serge se déshabilla et entra dans le lit. Alba le prit dans ses bras.

– Est-ce que tu me donnes les pleins pouvoirs ? demanda Alba.

– C'est la seule chose qui me reste à faire, dit Serge d'une voix tremblante.

– Tu es mort de trouille, je le sens bien, inutile d'essayer de me le cacher.

– Oui...

– Moi aussi...

Alba caressait les cheveux de Serge, son front.

– Je me suis posé des questions et je ne suis pas certaine des réponses, tu pourrais peut-être m'aider, dit gentiment Alba.

– Peut-être, dit Serge.

– Quand on commence à faire l'amour, je veux dire, nous deux, si on commençait, est-ce qu'on pourrait s'arrêter ?

– Probablement pas.

– C'est ce que je pensais, on passerait vingt heures par jour au pieu à essayer tous les trucs, comme des fous.

– Oui, je crois.

– On ne pourrait plus rien faire d'autre.

– Non, pendant un certain temps, au moins.

– Six mois, ou quelque chose comme ça.

– Oui.

– Ça pourrait être embêtant pour ma recherche spirituelle.

– Peut-être.

– Je crois, tu sais... Dans les livres, ils disent que l'énergie sexuelle convertie en énergie spirituelle, c'est le meilleur des trucs pour progresser rapidement.

– Les Chinois ont toujours raison. Ils ont essayé ces choses depuis des millénaires.

– Même si ce n'était pas vrai... On pourrait peut-être...

– Oui, ma chérie... Comme tu veux...

– L'idée qu'on attend ce jour depuis si longtemps, tous les deux...

– Oui.

– On peut patienter encore un peu, que ce soit un moment de *non-agir*... c'est-à-dire qu'on le fera, ce sera de l'action, mais sans ce poids spirituel...

– Oui, c'est une merveilleuse idée.

– Tu ne seras pas triste ?

– Non... Et toi ?

– Je ne crois pas. De toute manière, s'il y a une urgence, on peut toujours changer d'avis.

Ils s'embrassèrent jusqu'à ce que la pagode soit illuminée par le soleil.

– C'était la nuit la plus merveilleuse que nous avons passée, dit Alba dans un souffle extatique.

– Oui chérie, tu es si douce.

– J'ai l'impression que je viens d'entrer dans le tao...

– Vraiment ?

– Oui... Je ne sens plus rien... C'est l'extase... Je flotte... Je plane... C'est magique...

Ils dormirent dix-sept heures, Alba couchée sur Serge qui la tenait dans ses bras. Ils s'éveillèrent, Alba s'assit sur le torse de Serge et lui dit :

– Quand on est entré dans le tao, on peut faire ce qu'on veut. Chaque action est parfaite, non ?

– Je crois, dit Serge en contemplant l'air sérieux et le front plissé de sa nymphe.

– Bon... Tu sais, ces longues lectures... J'ai lu cinquante-huit livres, tout de même, je les ai comptés... Oui, je disais que maintenant je croyais avoir besoin d'action.

– Tu veux dire..., dit Serge aussi incertain qu'un cosmonaute qui pose le premier pas sur Nymphela.

– Non, dit Alba dans un éclat de rire. Tu sais, je suis réveillée depuis dix minutes et tout d'un coup j'ai eu envie de devenir un « privé ». Los Angeles c'est l'endroit ou jamais. Il faut obéir à ses impulsions...

– Un privé ? dit Serge.
– Oui, comme Marlowe.
– C'est très mal payé, c'est un métier ingrat.
– Pas quand on a du génie.
– Tu n'auras jamais de clients.
– Je t'ai bien séduit, toi.
– Oui mais dans les affaires, c'est différent.
– Tu as des doutes sur mes compétences ?
– Non. Comme séductrice, non, mais comme privé, je ne suis pas certain. C'est dangereux. Il faut un bureau, une licence...
– Je sais, un flingue, de la chance, des clients, des stores vénitiens, une bouteille de bourbon, un feutre, un imper, un roadster, mais moi je vais faire ça genre nouvelle vague, tu comprends ? Il faut vivre avec son siècle.
– Bon, je vais essayer de t'arranger ça.
– Mon agence s'appellera « Pink & Pink ».
– Drôle de nom...
– Tu préfères « Erton & Erton » ?
– Non.
– Viens, on va s'acheter des croissants, chercher nos affaires au motel et parler de notre vie.

BODY AND SOUL

Lorsque Vida vit l'immense blancheur du « Shrine », le temple maçonnique où l'on donnait parfois des opéras de Wagner, elle eut l'impression qu'elle allait entrer directement au paradis. Dillinger aurait des ailes et viendrait lui serrer la main. Elle sortit de l'autoroute sur laquelle elle avait flotté comme dans un canot à moteur depuis dix minutes. Elle prit Hoover Avenue, tourna sur la gauche et s'arrêta au milieu de la pelouse devant une maison de bois autrefois blanche, aux colonnes de bois torsadées. Un pur produit de l'architecture néo-bavaroise revue par les architectes du soleil. Les plantes s'accrochaient à la petite maison de bois comme pour l'empêcher de s'écrouler. On pouvait entendre les termites à dix mètres. Ils devaient assister à un symposium sur l'effondrement des structures de la société.

Vida n'avait la force de lever le pied de l'accélérateur ni de couper le contact. Le faisceau lumineux des phares traversa les treillis de la véranda et vint éclairer Sean qui buvait tranquillement une Budweiser en regardant la chaîne Playboy.

Il sortit sur la véranda et aperçut le profil de Vida, le front appuyé sur le volant blanc de l'Impala puis il vit le sang qui l'inondait. Ses jambes se firent de polyamide. Livide, il toucha la chevelure de Vida :

– Vida... Vida, qu'est-ce qu'il est arrivé ?... Il faut foncer à l'hôpital.

– Non... Non... Je t'en supplie... Tout doit rester entre nous... Il faut que tu le fasses toi-même.

– Je n'ai rien ici.

– Sur le campus.

– Tu perds beaucoup de sang et il faut que je cherche un passe chez un copain, je n'ai pas la clé.

Sean était hésitant, blême. Vida rassembla ce qui lui restait de force et lui cria :

– Fais-le ! avant de s'évanouir.

I don't have a license

Gorodish et Alba se faisaient les privés locaux les uns après les autres, dans l'espoir d'en trouver un qui chaperonnerait les débuts incertains de cette Marlowe en herbe. Ils avaient passé de la franche rigolade à la pire vénalité.

En fin de course, ils échouèrent chez un vieux routier de la profession nommé Max Van Ness. Gorodish avait commencé par lui téléphoner. Une voix fatiguée avait répondu.

– Van Ness, private investigations, qu'est-ce que je peux faire pour vous ?

– J'aimerais vous rencontrer.

– Rien de plus facile, je ne suis pas le président. Passez n'importe quel jour entre 9 heures et 17 heures.

Dix minutes plus tard, ils poussèrent la porte d'un minuscule pavillon de bois qui avait été autrefois voué à la vente des hamburgers. Une enseigne à demi effacée surmontait encore la maison. Une petite plaque de plastique jaunie et écaillée portait le nom de Van Ness, un chèvrefeuille se baladait sur le petit patio couvert où, sur une chaise longue, reposait Max Van Ness. Il devait avoir soixante-dix ans bien tapés, une tronche à sortir de l'enfer de Dante avec un bon regard de chien qui aurait des troubles de la personnalité. Un physique à la Mitchum, juste un poil fripé. Un havane mexicain fiché entre ses lèvres épaisses et tordues, il se leva, flanqua un coup de pied dans la porte qui s'ouvrit et articula un aimable :

– Entrez.

À l'intérieur de l'unique pièce de la maisonnette se trouvaient trois fauteuils qui avaient vu la guerre de Sécession, une machine à café qui faisait flotter une agréable odeur de Kilimandjaro dans la pièce, un petit bureau de fer couvert de paperasse et une batte de base-ball qui fascina Gorodish...

– Pour les intrus, commenta Van Ness.

Quand il était assis derrière son bureau, on avait l'impression qu'il pouvait saisir d'une main tout ce qui se trouvait dans la pièce.

– J'ai une affaire à vous proposer, dit Serge.

– Je ne commets de meurtres qu'en état d'autodéfense, dit Van Ness avec un sourire.

– Vous m'avez mal compris.

– Oh, non... Croyez-moi, ce n'est pas un métier dans lequel on fait des affaires. On est payé, parfois raisonnablement, c'est tout.

– Je vous propose une associée, dit Serge en désignant Alba. Je suis prêt à racheter une part de votre affaire.

– Mon affaire... Vous me prenez pour l'American Express ?

– Vous ne refuseriez pas d'encourager une vocation ?

Van Ness regarda Alba avec un sourire plein de tendresse.

– Tu vois, chérie, le seul métal précieux que tu risques de récolter, c'est un peu de plomb dans tes jolies petites fesses.

Il sortit un bocal de verre d'un tiroir et le tendit à Alba. Il contenait une trentaine de balles aplaties ou joliment intactes.

– Ce sont vos vitamines ? demanda Alba.

– C'est ce qu'on m'a retiré du corps en quarante-huit ans de métier. Sans parler de mes déformations crâniennes, des trucs peu orthodoxes qu'on m'a fait avaler, de trois bagnoles qui ont explosé avec mes associés dedans et ma femme la dernière fois. J'ai pris des bains forcés dans les eaux douces et salées, et on m'a même balancé d'un avion de tourisme. Résultat : à mon âge, où je devrais vivre pépère à pêcher le gros au Mexique, je me fatigue à suivre des petites putes qui font du jogging avec leur amant, ou je mâche le boulot des flics qui récupèrent les lauriers au dernier instant et quand il m'arrive un pépin, ces salauds-là ne me couvrent même pas.

– La pêche ouvre demain, dit Serge en sortant une liasse de billets de mille dollars.

Van Ness porta la liasse à ses narines dans lesquelles il devait enfiler ses cigares dans ses moments de distraction.

– Ça sent bon, pourtant ce n'est que du papier.

– C'est un acompte. Vous chapeautez la petite de votre licence, officiellement, elle est votre employée. Tout ce que je vous demande, c'est un numéro de téléphone où elle puisse vous joindre pour les conseils.

– Je compte même pas, l'offre paraît généreuse. C'est pas une plaisanterie pour une connerie d'émission de télé, genre caméra invisible ? Je suis cardiaque.

– On vous emmène dîner à la pagode, dit Alba qui sortait d'un silence attentif.

– On ferme, fit Van Ness, jovial. Je vous enverrai des photos de mes prises. La Basse-Californie n'est pas loin.

– Qu'est-ce que vous voulez bouffer ? demanda Alba.

– Du thon, ce sera prémonitoire.

– On va faire les courses, dit Serge. On vous emmène. Est-ce qu'en une soirée on peut expliquer les bases du métier à quelqu'un qui a soif d'apprendre ?

– C'est simple, il faut éviter de se faire descendre. Le reste est inévitable.

Van Ness sortit un trousseau de clés de sa poche et détacha celle de la maisonnette.

– L'agence est à vous, détective, dit-il en la lançant à Alba qui la prit au vol.

– Comment on se sert de ça ? dit Alba en désignant la batte de base-ball.

Van Ness s'en saisit comme par enchantement et prenant Gorodish comme exemple, il montra les points vulnérables :

– Les tibias, les genoux, les couilles, les épaules et la cafetière. Il faut frapper fort. En général, un coup suffit.

– Je vais pratiquer les arts martiaux.

– C'est une idée. Le seul problème c'est qu'une balle circule à la vitesse moyenne de trois cents mètres par seconde. Demain, je passe la frontière mexicaine. Après-demain, je sors ma première prise. Je louerai un bateau avec téléphone. C'est promis.

DOC. THANKS FOR THE TIME

Sean passa le contrôle du campus et s'approcha le plus possible de l'immeuble où se trouvaient les salles d'opération. Il ouvrit la première porte puis transporta Vida toujours inanimée.

Il pénétra dans la salle où il travaillait habituellement, baissa les stores et éclaira la table d'opération. Il commença par une injection de curare pour éviter que les entrailles, au moment de l'incision, « ne montent au plafond », comme le disaient les étudiants. Ensuite, il injecta une bonne dose de palfium. Rien de plus simple. Le risque, c'était la péritonite. Il fallait ouvrir, examiner soigneusement les viscères en priant qu'ils ne soient pas atteints.

Sean ouvrit comme un vrai pro. Un joli coup de bistouri qui pouvait lui coûter sa carrière si les agents de la sécurité du campus passaient par là.

Par miracle, la lame s'était glissée entre les circonvolutions de l'intestin sans le perforer. Sean essuya la transpiration qui perlait à son front, remit tout en place avant de recoudre avec un soin particulier.

IT WOULD HAVE COST A HUNDRED BUCKS TO WASH THE WINDOWS

Le Pharaon s'était payé un délicieux déjeuner au Bellevue, le restaurant favori de Thomas Mann. Puis, tranquillement, il avait commandé un taxi pour aller traîner du côté d'Encino. Pendant le trajet, il se sentit transporté dix-huit ans plus tôt. Armé d'un Rolleiflex, il avait parcouru la ville en tous sens.

Quel choc de découvrir la somptueuse maison de style pseudo-anglais, comme la définissait Chandler. Il y avait tout, le parc, les toits coniques et même la maison des gardiens, réplique modèle réduit de celle des maîtres.

Comme le Pharaon ne se souvenait pas de l'endroit exact, ils tournèrent en rond pendant une bonne heure avant que les toits pointus ne surgissent entre les arbres du parc.

Le Pharaon renvoya le taxi, poussa la grille et marcha vers la maison qui semblait inhabitée. Les herbes étaient hautes, le parc à l'abandon. C'était à la fois hideux et merveilleux. Une architecture qui n'avait pour toute invention que l'accumulation des matières premières les plus coûteuses. Un palais pour un vieil acteur gâteux. Le Pharaon revivait pourtant son enthousiasme d'étudiant. Au moment où il pensait que personne ne pouvait vivre dans cet endroit, un homme de forte corpulence sortit sur le perron.

– Je peux faire quelque chose pour vous ? demanda-t-il sans la moindre trace d'amabilité.

– Pardonnez-moi, je suis entré croyant les lieux déserts. C'est un endroit qui me rappelle beaucoup de souvenirs.

– Vous êtes envoyé par l'agence ?

– Non... La maison est à vendre ?

– À louer, peut-être, sous certaines conditions.

– Cela m'intéresse.

– Entrez.

L'homme l'examina puis il s'expliqua.

– Pas d'agence, pas de contrat. Vous payez en liquide. C'est cinq mille dollars. Elle n'est libre qu'un mois.

– C'est convenable.

– Tout marche. Les commodités sont incluses dans le prix de la location, le téléphone aussi, si la note ne dépasse pas deux cents dollars. Il y a un shopping center à l'autre extrémité du parc. Vous trouverez un petit portail. Vous n'avez même pas besoin de voiture.

– C'est tout à fait ce qu'il me fallait.

Le Pharaon fut intrigué par une énorme armoire métallique.

– Qu'y a-t-il là-dedans ?

– Ce sont les systèmes d'alarme très sophistiqués. Triple protection pour la maison et champ magnétique qui protège le parc. Vous n'êtes pas obligé de vous en servir.

– J'aime jouer avec les boutons.

– La décoration est l'œuvre d'un artiste italien, c'est très rare de trouver une maison...

– J'avais cru remarquer, dit le Pharaon d'un ton sarcastique. Il avait noté que la plupart des objets étaient des répliques exécutées avec tout l'art des faussaires napolitains.

Après s'être débarrassé du propriétaire, le Pharaon fut pris d'un fou rire. Jamais il n'aurait pu imaginer qu'il se trouverait un jour au milieu d'un pareil musée dédié au mauvais goût. Il tenta d'estimer la facture du décorateur qui avait sans doute fourni jusqu'aux boutons de porte. L'instinct du Pharaon aurait été de vivre dans un motel minable d'Hollywood, ou dans une retraite simple au bord de l'océan pour échafauder, qui sait, de nouvelles théories architecturales, et il se retrouvait dans un lieu parfaitement isolé du monde, un lieu qui puait le fric, une sorte de forteresse dans laquelle il risquait tout au plus de rencontrer quelques grains de poussière.

Il examina les pièces les unes après les autres. Elles offraient toutes le même taux d'angoisse stérilisée. Les robinets des salles de bains étaient dorés à l'or véritable. Tout était prévu : les lits étaient faits, les serviettes de bains, les sels et les parfums à disposition, il y avait même un livre sur l'histoire de l'Église au quinzième siècle ouvert sur la table de la bibliothèque, manifestement fournie par le décorateur. Toute la littérature italienne bardée de cuir et repoussée d'or. Le Pharaon chercha en vain un volume de son écrivain favori.

Comme pour lutter contre le luxe environnant, il décida de se nourrir avec une extrême simplicité. Il traversa le parc, trouva la petite porte et le centre commercial. Il entra dans une boutique de produits macrobiotiques, juste en face du parking, acheta cinq kilos de riz complet, du soja, du jus de carotte et de cassis, du pain complet, du miel. La seule chose dont il ne pouvait se passer, c'était de café.

Le petit homme gris qui le servait montrait une déférence dont le Pharaon, malgré son éminence, n'avait pas l'habitude. Chaque fois qu'il déposait un produit sur le comptoir, il s'inclinait respectueusement en tirant une bouffée de son énorme havane.

– C'est un plaisir de voir que cette grande et belle demeure abrite à nouveau un hôte de marque, dit le petit homme gris. Si je puis me permettre de vous conseiller ce thé précieux que nous importons directement de Hong Kong.

– Du ginseng ? demanda le Pharaon.

– Oui, avec un grand nombre d'herbes connues pour leurs propriétés énergétiques. De plus, c'est un thé que vous pouvez prendre le soir sans risque d'insomnie.

– Pourquoi pas ?

– Voulez-vous que je livre tout cela ?

– Ce n'est pas la peine.

Le petit homme gris lui tendit la carte du magasin.

– Si vous avez besoin de quoi que ce soit, n'hésitez pas à passer votre commande par téléphone. Je me ferai un plaisir de vous être agréable.

Une demi-heure plus tard, le Pharaon était assis dans un fauteuil avec une édition de poche des œuvres complètes de Chandler. Il avait ouvert la télévision pour, de temps à autre, jeter un regard sur des décors d'un mauvais goût simple, sans aucune prétention.

Ce fut bientôt l'heure des informations, que le Pharaon regarda d'un œil distrait. Il se décida à mettre le son pour écouter la section réservée aux crimes et aux procès. Il s'amusait toujours du spectacle des caricatures pathétiques offertes aux téléspectateurs. La speakerine commenta l'entrée au tribunal d'un homme qui revendiquait trois cents meurtres puis elle prit une expression sérieuse pour commenter le portrait robot d'une femme.

« Après une enquête de huit ans, le F.B.I. croit avoir enfin réussi à associer un visage à celui qu'ils appelaient jusqu'alors "the Welrod killer". La surprise est que ce visage soit celui d'une femme. D'après les agents du F.B.I., cette femme aurait exécuté vingt-sept personnes qui auraient fait l'objet de contrats. Les gardes du corps de Ramon Valdera, le chef de la mafia cubaine, assassiné dans un dancing de Watts samedi soir par la femme qu'il avait invitée à danser, ont donné une description détaillée de la tueuse. Ramon Valdera a été retrouvé avec un poignard sanglant à la main. Il est certain que la tueuse est gravement atteinte aux entrailles d'après les médecins du F.B.I.

« Ce meurtre n'aurait sans doute jamais été associé aux précédents si la tueuse n'avait utilisé une arme peu commune créée par les services secrets anglais pendant la dernière guerre. Ce risque pris délibérément est extrêmement rare chez les tueurs à gages. C'est un indice précieux pour les agents du F.B.I. et pour le L.A.P.D. qui pense pouvoir identifier la tueuse au Welrod dans les jours qui viennent. »

« Entre sa blessure, la police, le F.B.I. et la mafia cubaine, elle a peu de chances de commettre de nouveaux crimes », commenta l'un des enquêteurs avec un rictus fataliste.

– Quel visage fascinant ! conclut le Pharaon dans la solitude de sa prison dorée.

Il se prépara une casserole de riz complet qu'il mangea avec lenteur en attendant les prochaines informations. Il avait hâte d'en savoir plus sur la mystérieuse tueuse.

Pink & Pink

Gorodish retrouva la baraque peinte en rose, Alba sur la chaise longue et une enseigne au néon qui ajoutait son sirop de framboise à la pâtisserie.

– Alors détective, comment marchent les affaires ?

– Je crois que c'est Max qui en a fait une.

– Il faut te faire une clientèle. Il suffit de quelques succès. Le téléphone arabe se charge du reste. Je peux voir l'intérieur ?

– Je n'ai rien changé. Je trouvais que ça faisait sérieux.

Gorodish alla se servir une tasse de café. Il revint près de sa nymphe et s'assit à côté de la chaise longue.

– Tu as l'air un peu déprimé, mon gros loup. Tu t'es remis au Valium ?

– Juste quatre par jour. Je suis un peu nerveux en ce moment.

– Tu veux m'aider ?

– Non, je travaille mon piano. Et puis t'aider à quoi ?

– T'en fais pas, ça viendra.

– Tu devrais faire de la pub.

– Je viens de passer commande pour un peu moins de dix mille dollars. On va pas très loin avec ça, mais je préfère tâter le terrain.

– Qu'est-ce que tu as mis ?

– *With Pink & Pink, the crime turns pale.*

– Pas mal.

– Bientôt, ça va être bourré ici.

– Tu devrais regarder la télé, lire les journaux, on ne sait jamais, ça peut te mettre sur une piste.

– On est à l'heure de l'ordinateur, mon vieux, retourne à tes études de Godovsky, dit Alba en collant un baiser parfumé sur les lèvres de Serge.

La Cadillac fila en direction de la mer. Alba pensait aux vieux maîtres chinois en sirotant un lait fraise lorsqu'une limousine blanche s'arrêta juste devant sa pâtisserie. Un chauffeur ouvrit la portière à ce qui semblait être une jeune banane à la crème. Elle se dirigea droit vers Alba.

– Je me présente, Horace Perceval III, président de Biz & Biz.

– Alba, présidente de Pink & Pink.

– Je l'avais deviné en vous voyant. Pouvons-nous parler dans ma limousine ? J'attends un coup de fil important.

Le chauffeur referma la porte de ce petit univers feutré dans lequel il y avait la télé, un ordinateur, deux téléphones et un bar avec distributeur automatique de café et de Coca-Cola. L'air conditionné donnait l'impression d'être assis dans une glace à la vanille.

– Comment avez-vous deviné que Pink & Pink c'était moi ?

– Le génie disparaît avec l'adolescence. J'ai reconnu un petit quelque chose dans l'annonce. Moi je prévois de me retirer le jour de mes quinze ans. Quel est votre tarif ?

– Trois cents dollars par jour plus les frais.

– D'accord, j'ajoute une prime de cent mille dollars si vous réussissez.

– Une semaine d'avance.

– Je vous veux en exclusivité, dit Horace Perceval III en lui allongeant le pognon.

– De quoi s'agit-il ?

– Un génie a disparu. Mon père. Vous êtes la seule à être au courant. Je ne veux pas de la pataudérie de la police. Un travail discret, rapide et subtil, c'est ce que j'attends de vous. Voici votre avance, dit Horace Perceval III en sortant une liasse de billets de mille dollars. Avez-vous un ordinateur ?

– Non.

– Je vais vous en faire installer un avec un modem qui le reliera aux miens. Vous aurez un dossier complet sur mon père. Je veux des rapports détaillés de la progression de l'enquête. Je suis disponible vingt-quatre heures sur vingt-quatre. Mes techniciens seront là d'ici une heure et...

Le téléphone sonna. Horace Perceval décrocha nerveusement.

– Nous avons la pièce.

– Félicitations.

– Nous revendons ?

– Pour ma collection personnelle.

Horace Perceval III semblait en état de jubilation.

– Je viens d'acheter « Rosebud » chez Sotheby's. Une pièce unique.

– Félicitations, dit Alba avec son sourire le plus délicieux.

– Si vous plaisez à mon père, je crois qu'il vous construira quelque chose de plus audacieux. En cas de réussite, je pourrais peut-être commanditer le building. La pyramide vous est ouverte, passez quand vous voudrez, dit Horace Perceval III en lui tendant sa carte.

Ils échangèrent une poignée de main vigoureuse et Alba se remit sur sa chaise longue en comptant ses dollars.

Les techniciens la dérangèrent pour lui montrer comment fonctionnait l'ordinateur. Une demi-heure plus tard, Alba se remettait à la lecture du dossier sur son écran. Elle imprimait toutes les données qui lui semblaient importantes.

Sur le coup d'1 heure du matin, Serge entra éberlué.

– Tu n'as pas tardé à t'y mettre...

– Mon premier client. Une grosse affaire.

L'imprimante était en train de dessiner le portrait d'un homme. À peine fut-il arrivé aux yeux que Gorodish murmura :

– Marlowe Wrightson... Le Pharaon en personne. Tu parles d'un client...

– Mon client s'appelle Horace Perceval III. Pas mal non plus dans son genre. Dix ans, millionnaire (en dollars). Il vient d'acheter le traîneau de Citizen Kane. Il est président de Biz & Biz. Je crois qu'on va s'entendre. Et ça, c'est l'avance, dit Alba en exhibant ses dollars.

– Et l'ordinateur ?

– Il l'a fait installer pour que nous puissions échanger plus rapidement nos informations.

– Tu commences fort, dit Gorodish en avalant son cinquième Valium avec une tasse de Kilimandjaro.

– Pourquoi est-ce qu'un type comme le Pharaon disparaîtrait ? Tu crois qu'il a été enlevé ?

Gorodish ne répondit pas, il était déjà en train de lire le dossier dans la nuit tiède et parfumée.

NICE AND QUIET HERE

Le Pharaon, en dehors de la lecture, se promenait dans la maison, dans le parc, bouffait du riz et se passionnait pour le destin tragique de la tueuse au Welrod. Il ne cessait de l'imaginer, fuyant les tueurs cubains et les flics, passant d'une planque à l'autre. Il semblait que les grandes révélations s'étaient fait attendre. On ne savait encore rien de la tueuse, rien en tout cas n'était divulgué aux informations. Le Pharaon pensa que son cadavre se trouvait peut-être dans un lieu où on ne le découvrirait pas avant longtemps.

La nuit, le Pharaon jouait avec le système d'alarme jusqu'à ce qu'il découvre qu'un chat pouvait le déclencher à des heures indues. Le Pharaon entrait dans une crise profonde. Dans ses rêves, il lui arrivait d'avoir un dégoût si puissant des lignes droites qu'il se réveillait en sueur. Il allait alors marcher dans la ville pour contempler les immeubles hideux qui obéissaient aux lignes droites. Il sentait que jamais plus sa main ne tracerait de lignes dont la rectitude était une sorte d'insulte à la nature. Il eut de la peine à trouver des exemples de ligne droite. C'était une sorte de perversion de l'esprit humain. Le Pharaon éprouvait même du dégoût pour ses propres œuvres qui sacrifiaient à cette turpitude. Au cours de ses longues promenades, il imaginait des immeubles qui ne seraient faits que de sinuosités. Il pensait aux problèmes de construction et immédiatement quelques solutions surgissaient. Il se rendit au centre commercial, acheta un bloc d'artiste de grand format, quelques crayons et commença à griffonner des courbes. La dépression le gagnait lorsqu'il pensait aux constructions rectilignes qui envahissaient la ville et à leurs répugnants auteurs.

Ce soir-là, il en apprit un peu plus sur sa nouvelle idole. Un traîne-patins avait signalé au F.B.I. la ressemblance entre une propriétaire de club et le portrait robot.

Douze minutes d'un traitement concentré de l'information recueillie par le F.B.I. fit la célébrité de Vida. Son nom s'étalait en première page des journaux. Peu à peu, le public apprit tout de la vie de cette nouvelle héroïne romantique. On vit même des musiciens de jazz venir pleurer en direct pour dire combien son mécénat avait contribué au développement de cet art en perdition – le seul art américain, ajouta l'un d'eux.

Les reporters étaient lancés. On vit le club, l'appartement modeste. L'histoire complète des vingt-sept meurtres précédents. Un expert expliqua le fonctionnement du Welrod, on montra des photos de Vida à toutes les époques de sa vie, les stations de radio se mirent à passer le disque de Charlie Parker où l'on entendait la voix brisée et merveilleuse de la mère de Vida.

Sous le nom de « Lady sings the death blues » le *Los Angeles Times* publia le récit le plus complet sur Vida. Personne ne pouvait cacher sa sympathie pour la tueuse dont les victimes étaient toutes des trafiquants et des corrompus. Dans les églises noires on se mettait à prier que Vida échappe à ses poursuivants. Un écrivain new-yorkais bien connu avait annoncé qu'il écrivait un roman sur celle qui était « l'une des grandes héroïnes de l'Amérique contemporaine ».

Il ne se passait pas une heure sans que l'on découvre un festival de jazz qui avait reçu une mystérieuse donation, un propriétaire de club miraculeusement sauvé par la faillite. Des productions discographiques entièrement financées par ceux que les initiés appelaient tendrement « Little mother ». De jeunes musiciens avaient reçu des instruments de qualité, l'argent pour leurs études. Les femmes de musiciens dans le besoin avaient reçu de l'aide. Le F.B.I. établit même que les fonds de l'un des principaux centres de désintoxication venaient de la mystérieuse Vida.

L'un des grands producteurs de Hollywood venait de mobiliser une trentaine de personnes pour écrire un script sur ce destin fabuleux, et les hommes politiques commençaient à donner leur avis en termes véhéments.

Les étudiants des écoles de Watts défilèrent dans la ville avec des pancartes : « Long life to Vida. » Les chanteurs crachaient des ballades alors que toute la police de Los Angeles était sur les dents. Chaque soir, les plus grands musiciens de jazz venaient jouer gratuitement à l'« Ornithology » pour affirmer que cette institution n'était pas près de mourir.

A TREE MOVING GENTLY AGAINST A HAZED BLUE SKY

Vida ouvrit les yeux après une longue absence. Un arbre frémissait sur un fond de ciel bleu brumeux. Elle vit ensuite la bouteille de perfusion, sentit le bandage qui entourait son abdomen, une douleur lorsqu'elle bougea les jambes et enfin, elle reconnut l'appartement de Sean. Elle se sentit en sécurité jusqu'au moment où elle réalisa qu'elle était seule. Sur une table qui avait été poussée près du lit se trouvait un mot griffonné au crayon, hâtivement.

Vida,
Ne crains rien. La blessure est en voie de cicatrisation. Aucun organe vital n'est atteint. Surtout, ne crains rien. Je sais ce que tu as fait, ton portrait robot est passé à la télé. Tu es en sécurité chez moi. Dans quelques jours, tu pourras t'en aller si tu le désires.
Love,

Sean

Vida se dit que si Sean avait voulu la trahir, elle se serait réveillée ailleurs. Elle calma son inquiétude. En se soulevant légèrement, elle vit que sa voiture n'était plus devant la maison. Elle espéra que Sean avait eu l'idée de la cacher dans le garage. C'était agréable d'être de retour.

La ville devait être aussi bourrée de flics et de Cubains qu'une ruche dont la reine s'appelait Vida.

Le Pharaon avait ajouté quelques champignons à son riz complet qu'il mangeait devant son écran de télévision. Comme des centaines de milliers d'autres téléspectateurs, il redoutait qu'un agent du F.B.I. ou de la police annonce fièrement l'arrestation, ou, ce qui semblait plus en accord avec le personnage, la mort de Vida sous le feu croisé des forces de l'ordre et de la mafia cubaine. Fort heureusement, les nouvelles du jour étaient plutôt rassurantes. Le phénomène Vida ne faisait que prendre de l'ampleur alors que l'héroïne elle-même demeurait toujours aussi mystérieusement insaisissable.

Le Pharaon sursauta lorsque le téléphone sonna. Il hésita puis finit par répondre.

– Est-ce que je peux vous voir ? demanda une voix d'homme plutôt jeune.

– Bien sûr, s'entendit répondre le Pharaon.

– Dans une demi-heure ?

– C'est parfait.

Le Pharaon commençait à sortir de sa torpeur. Il avala un grand verre de jus de carotte en attendant cet énigmatique visiteur. Lorsqu'il entendit une voiture, le Pharaon accueillit son hôte sur le perron.

– Je vous en prie, entrez.

L'homme se présenta sous le nom d'Enrico Tor. Il ouvrit le coffre de sa Buick Regal et transporta ce qui semblait être une toile protégée par de grandes feuilles de carton.

Ils entrèrent dans le grand salon, le Pharaon ouvrit le faux meuble Renaissance où se trouvaient les alcools.

– Que puis-je vous offrir ?

– Un scotch, s'il vous plaît.

– On peut voir ?

– C'est une pièce exceptionnelle. L'affaire est encore chaude et j'aimerais la laisser en dépôt le temps que les choses se calment.

– Nous ne nous sommes jamais rencontrés, je crois.

– Non, c'est vrai mais j'avais été très bien accueilli par votre prédécesseur, lui aussi au repos dans cette magnifique maison.

Pendant que Tor déballait, le Pharaon chercha des glaçons

dans le réfrigérateur. Lorsqu'il revint avec le verre, il découvrit un magnifique Malevitch.

– Ça vous plaît ? demanda l'homme visiblement intimidé.

– Oh, vous savez, moi, la peinture...

– Je comprends. Acceptez-vous de le garder jusqu'à ce que je puisse traiter ?

– Enlevez ces nymphes et mettez ça à la place, ça fait plus moderne. Quand pensez-vous le reprendre ?

– Dans un mois, peut-être. Je suis de la famille de Las Vegas. Personne ne pouvait m'aider là-bas. La police est trop curieuse en ce moment.

– Je comprends.

TWENTY-FOUR HOURS A DAY SOMEBODY IS RUNNING

Vida marchait dans l'air chaud et lourd, prête à se saisir de son arme accessible dans son sac de coton. Comme toujours dans les cas d'extrême danger, elle avait une confiance totale en elle-même. Elle savait que, tôt ou tard, une occasion allait se présenter.

Elle remonta par les petites rues bordées de maisons désuètes en direction du Santa Monica Freeway.

Devant un pavillon de bois délabré, un jeune Noir astiquait une moto de modèle récent, sans doute japonaise. Par la porte ouverte, on voyait une télé et un canapé défoncé.

Vida l'entendait siffler « Naima » de John Coltrane. Elle s'approcha de lui, s'assit sur les marches de la maison.

– Bonsoir, dit-elle.

– Bonsoir, répondit le jeune Noir avec un délicieux sourire.

– Je vous écoutais siffler « Naima », c'est un de mes Coltrane favoris.

– Vous aimez le jazz, hein ?

– Oui.

Le jeune homme regarda Vida pour la première fois. Il sentit son cœur accélérer comme une 750 cc.

– Vous êtes Vida... C'est vous... Je vous reconnais...

– Oui, c'est moi...

– Je suis surpris... Ils disaient qu'ils étaient sur le point de vous avoir, que c'était une question d'heures.

– C'est toujours une question d'heures.

– Vous allez me tuer ?

Vida sourit, s'approcha et passa une main affectueuse dans sa chevelure qu'il avait très bouclée et assez longue.

– Je ne travaille que lorsqu'on me paye.

– C'est magnifique ce que vous avez fait pour le jazz. On ne parle que de vous sur le campus.

– Qu'est-ce que tu étudies ?

– Le montage.

– C'est bien.

– C'est comme une apparition. Je me demande si je n'ai pas forcé sur l'herbe. Je peux vous toucher ?

– Bien sûr.

– Comment va votre blessure ?

– Ça va.

– Tout le monde se fait beaucoup de soucis pour vous.

– J'ai vu ça.

– Vous avez besoin de quelque chose ? Vous voulez rester chez moi ?

– Non, je ne veux risquer la vie de personne. J'aurais besoin de ta moto et d'un casque intégral si possible.

– Je viens de l'acheter mais ça ne fait rien.

– Tu la récupéreras.

– Vraiment ?

– Tu peux avoir confiance.

– Oui, je sais. Peut-être ma combinaison de cuir, aussi. On ne vous reconnaîtra pas.

– Je t'appellerai pour te dire où tu peux retrouver ton engin.

– Le plein est fait.

– Comment t'appelles-tu ?

– Jay...

– Merci, Jay.

Ils entrèrent dans le salon bourré de livres sur le cinéma. Jay sortit sa combinaison de cuir et son casque. Vida la passa par-dessus le jean et le T-shirt qu'elle avait empruntés à Sean.

– Que va-t-il arriver à votre club ?

– Les flics vont sans doute le fermer.

– Pour le moment, il y a des concerts gratuits. Dommage

que vous ne puissiez pas y aller, on dit que ça chauffe. Tout le monde y défile. J'y vais demain.

– Demande Doug, c'est un ami. Il est là tous les soirs et dis-lui que je vais bien. Dis-lui de préparer quelques dollars, je suis sans un.

– J'ai pas grand-chose ici mais je peux vous donner cinquante dollars.

– D'accord. Si jamais il m'arrivait un pépin avec ta moto, il s'en occuperait.

Vida embrassa Jay affectueusement, elle mit le casque et enfourcha la moto.

– Je t'appelle dans une petite heure, dit Vida avant de disparaître dans la nuit.

Two leeches in a white Cadillac

À force de regarder son écran vidéo, Alba commençait à ressentir des troubles de la rétine. Les Immortels dansaient sur le fond du ciel sombre. Les pieds sur le tableau de bord de la grande crème, Alba goûtait la caresse du vent, une main posée sur la cuisse de Serge. La Cadillac glissait mollement sur le Santa Monica Freeway dont les sinuosités remplissaient d'aise lady Pink et son éléphant déprimé.

– J'ai besoin de me changer les idées, dit Alba.

– Tu veux rentrer à la pagode ?

– Si on roulait ?

– Je prends la route de San Luis.

Dès qu'ils dépassèrent Malibu où les baraques somptueuses avaient tendance à s'effondrer vers l'océan, ils commencèrent à voir les étoiles. La route était superbe, elle longeait les plages, s'élevait puis revenait au niveau de la mer.

– Je remonterais bien jusque chez les Esquimaux, dit Alba.

– La route est effondrée un peu avant Big Sur.

– C'est peut-être là que se planque le Pharaon. À moins qu'il ait été enlevé.

– On n'enlève pas les génies.

– Tiens, arrête-toi là, j'ai envie d'écouter la mer.

Serge leva le pied et la Cadillac se rangea comme un squale

albinos le long du sable. Chacun à une extrémité de la banquette, ils laissaient frémir leurs nageoires dans la nuit.

La lumière vive d'un phare de moto les tira de leur rêverie amoureuse. Un jeune flic s'approchait.

– Il est interdit de s'arrêter en bordure de la route.

– Je suis en pleine crise mystique, dit Alba, charmeuse.

– Arrêtez-vous dans un motel.

– On s'en va, dit Gorodish, poli.

Il leur fallut rouler une bonne dizaine de minutes pour se retrouver sur orbite.

– Je ne vois pas pourquoi ton Horace Perceval III s'inquiète pour son Pharaon de père. Il doit chercher une chambre secrète quelque part.

– Tu crois qu'il est en Égypte ?

– L'Égypte, c'est son cerveau. Ce genre de type n'a pas besoin de se coller dans un Boeing pour traverser l'espace.

– Peut-être qu'il se came tranquille dans une chambre de motel. Il est un peu taoïste à sa manière.

– Je croyais que le tao était la seule came des Immortels ?

– Non, ils aimaient bien se cuiter dans leurs ermitages, au bord d'un fleuve ou d'un lac ou dans un paysage enchanteur, écrivant des poèmes, causant de l'indifférencié.

– Ils commencent à m'être sympathiques. Mais tu vois, ce qui m'intéresse en ce moment, c'est l'histoire de Vida.

– Chacun son truc mais si les Cubains et les flics ne l'ont pas encore retrouvée, je ne crois pas qu'elle soit en train de faire du stop sur notre route.

Alba et Serge arrivèrent à la pagode avec le jour. Ils cassèrent une graine dans la cuisine, épuisés mais heureux.

– Tu sais que je n'ai pas de lit ?

– Tu veux que je t'en achète un ?

– En ce moment, j'ai l'impression que si je te lâche d'une semelle, tu vas faire comme Hugo Wolf. Je ne tiens pas à ce que tu rejoignes la grande tribu des flippés.

Alba prit Serge dans ses bras et lui caressa le visage jusqu'à ce qu'il s'endorme. Lorsque sa respiration fut bien régulière, elle se glissa hors du futon et fit un petit jogging qui la mena jusqu'à Pink & Pink. Elle allait ouvrir la porte de l'agence lorsqu'un camion passa. En grandes lettres bleues sur fond blanc, Alba eut juste le temps de lire : CHANDLER BAKERY.

Alba prit cela pour un signe des Immortels et aussitôt, elle se mit à passer les œuvres du maître au peigne fin, espérant trouver entre deux métaphores l'ombre d'une pyramide ou d'un Pharaon. Après avoir relu le dossier en sortant tout ce qui avait trait à Chandler, elle se dit qu'il fallait se montrer à la hauteur de Marlowe. Après trois heures de cogitations intenses, elle s'assit à son ordinateur et écrivit le message suivant à l'intention d'Horace Perceval III.

« Le Pharaon aurait quitté la pyramide sans rien emporter. Où se trouve *The Long Goodbye* ? S'il est parti avec le livre, faire listing des maisons photographiées et citées dans son article. »

Do you love me very much ?

Bill ressemblait à une sculpture de bronze. Il passait ses nuits sur un fauteuil d'osier devant la porte principale des studios 7 dont il était le gardien de nuit. Il ne supportait pas l'air conditionné et préférait l'odeur de la rue. Bill mâchait consciencieusement en contemplant son hamburger ruisselant de ketchup. Les tranches de concombre et de tomates avaient tendance à s'échapper et la grosse main de l'ancien bassiste enveloppait le papier dégoulinant de jus de viande. Entre deux bouchées, il tirait sur la paille fichée dans son gobelet géant rempli de glace pilée et de Coca. Lorsqu'il eut terminé, il s'essuya la main droite sur son pantalon déjà maculé, s'étira et alluma une cigarette en jetant un regard dédaigneux au petit transistor grésillant posé sur l'asphalte à côté du gobelet. Comme quatre-vingt-dix pour cent des Noirs de la ville, il redoutait que Vida ne tombe dans les pièges qui lui étaient tendus. Chaque mercredi soir, il passait sa nuit libre à vider des bourbons à l'Ornithology Club.

Une moto s'arrêta devant lui. Vida souleva la visière du casque. Bill ne s'étonna pas. Converti à l'islam depuis vingt ans, il savait que le Prophète prenait le temps de s'occuper des choses importantes. Il fit aussitôt entrer Vida dans les locaux déserts.

– Bill... Mon vieux Bill... J'étais sûre de te trouver...

– Je suis comme les chats, toujours dehors.

– J'ai besoin de dormir.

– Je vais te mettre dans la remise. Il y a un matelas, les musiciens y piquent parfois un roupillon entre deux séances d'enregistrement.

– Fais ce numéro. Tu auras un type qui s'appelle Jay. Il viendra chercher sa moto. Je te laisse les clés.

– Je suis fier que tu aies pensé à moi. J'ai prié pour toi chaque jour.

– Merci, Bill. Il y a quelque chose demain matin ?

– Un groupe de rock qui enregistre au cinq. Je vais m'arranger pour rester.

– Réveille-moi dans quarante-huit heures. Tu auras une voiture ?

– Toujours mon vieux tacot.

Do you know how they shoot tigers ?

Chaque fois que le Pharaon passait devant le Malevitch laissé en dépôt par le mystérieux visiteur, il en était ébranlé au point de remettre en question sa soudaine phobie des lignes droites. Sa nouvelle passion ondulatoire était sans cesse effrangée par la rigueur implacable du vieux maître russe.

Le Pharaon jetait un regard à ses croquis puis il revenait à la toile qui l'obsédait. Il se livrait en lui un véritable combat de titans. Il pensa au Dr Breuerfliess et se dit que sa guérison était encore lointaine. Mais demeurer dans un tel état d'incertitude lui était insupportable. Le sommeil le fuyait et cette nuit-là, vers 3 heures, il se releva pour arpenter le parc. Sa tête de génie fatigué était soumise à d'intolérables pressions. Il rugissait comme un lion. Les oiseaux s'éveillèrent et s'en furent trouver refuge dans la propriété voisine. Il constata avec horreur qu'il y avait parfois dans les arbres des fragments de lignes droites mais heureusement jamais d'angle à proprement parler.

Son rire métallique, légèrement teinté de démence, sonna dans le parc noyé d'obscurité puis le Pharaon s'entendit parler :

– Une droite courbe !

Il réfléchit un instant et se dit que l'idée était trop vicieuse pour ses contemporains mais il ne l'élimina pas pour autant. Il avait dans un coin de son cerveau une grande pièce où depuis toujours il laissait reposer les idées absurdes jusqu'à ce qu'elles germent.

Le Pharaon fut pris d'une fringale nocturne. Il décida d'aller se faire cuire un peu de riz complet en attendant le lever du jour.

Tout en surveillant la cuisson, il réalisa qu'il lui fallait changer de cadre. Cette demeure était une véritable chape de plomb qui pesait sur l'hémisphère droit de son cerveau.

Après la troisième cuillerée de riz, il réalisa que ses réserves s'épuisaient. Il faudrait passer une commande au petit homme gris. Le Pharaon pensa aux belles opulentes d'Ingres et décida d'appeler sa première construction « Le bain turc ». L'architecture contemporaine était ignominieusement phallique. Il allait construire un univers féminin. Il ne lui fallait qu'un signe du destin, un coup de pouce des dieux.

Le Pharaon aimait laisser portes et fenêtres ouvertes pour mieux respirer l'air chargé du parfum du jasmin. Lorsqu'il entendit des pas, il se dit que l'ère de Le Corbusier et de ses disciples était terminée. Les pas s'approchaient, légers, timides.

– Par ici, dit le Pharaon d'une voix encourageante.

Qui sait, c'était peut-être Gaudi en personne. Il se leva pour accueillir son hôte inattendu.

Vida entra dans le grand salon, toute de cuir vêtue, tendue, aux aguets, prête à saisir le Welrod qui se trouvait dans son sac.

– J'appelais les dieux des formes et voici la déesse de la musique, l'héroïne du Nouveau Monde.

Vida se détendit immédiatement. Les pontes de la mafia semblaient avoir de plus en plus de classe.

– J'aurais dû vous prévenir mais je suis obligée d'être extrêmement méfiante en ce moment.

– Vous connaissiez la maison ?

– J'y ai dîné l'année dernière avec l'un de mes amis de la famille du Bronx qui se remettait d'un infarctus.

– Je m'inquiétais beaucoup pour vous. Comment va votre blessure ?

– La cicatrisation est en cours. J'ai eu de la chance, il n'y avait pas de perforation d'organes vitaux. J'ai craint une péritonite.

– Ici vous ne risquez rien. La maison est à vous.

– Vous êtes seul ?

– Oui.

– Je vous remercie de votre hospitalité.

– Nous sommes à vos côtés, l'opinion publique est en train de vous diviniser, vous vous en sortirez.

– J'ai besoin de travailler, dit Vida en s'asseyant au côté du Pharaon.

– Dans votre état ?

– Un simple contrat me suffirait. Je me contenterai d'un salaire peu important.

– Je peux vous proposer vingt mille dollars.

– Il faut que je change de climat. J'accepte. Qui est l'objet du contrat ?

– Il faut que nous fassions un petit repérage. Vous devriez vous transformer un peu. Je pense qu'avec votre combinaison de cuir et une coiffure punk, disons, bleue, nous pourrions nous promener tranquillement. Je peux m'en charger si vous voulez. J'irai tout à l'heure au supermarché qui est à l'extérieur du parc, j'achèterai ce qu'il faut.

– Vous êtes de quelle famille ? demanda Vida amusée par le comportement étrange du Pharaon.

– Las Vegas, répondit tranquillement le génie de l'architecture.

Le Pharaon se sentit traversé par une succession de pulsions bestiales. Il s'approcha de son héroïne et l'embrassa sauvagement car elle allait l'aider à abolir la rectitude.

– La chasse au tigre va commencer, dit le Pharaon.

I WANT MY CHAMPAGNE

Dès qu'Horace Perceval III vit apparaître sur son ordinateur l'idée d'Alba, il lui envoya une limousine et la convia à dîner avec Serge.

La limousine se faufila dans le parc, passant d'une pyramide à l'autre. Alba et Serge étaient bouche bée.

– On a l'impression de se balader sur un paquet de Camel géant, dit Alba.

– Magnifique, dit Serge, plus sobre.

Le chauffeur leur ouvrit les portes au moment où Horace Perceval III, vêtu de son uniforme habituel, sortait de la pyramide de verre.

– Je vous présente Serge, dit Alba.

Serge écrasa un peu les doigts du môme sans doute mû par un accès de jalousie inconsciente.

– Je suis sur un coup fumant. Je suis en train de négocier l'achat d'objets personnels de Vida. Je sens déjà les prix grimper.

– C'est un personnage fascinant, dit Serge. Je collectionne les informations qui la concernent.

– Entrez, dit Horace Perceval.

Il déboucha une bouteille de Lanson, servit Alba et Serge.

– Vous travaillez ensemble ?

– Non, répondit Serge, nous vivons dans la même pagode.

– L'intuition d'Alba me semble brillante. Je fais visiter toutes les maisons photographiées ou décrites par mon père et bien qu'elles correspondent assez peu aux goûts du Pharaon, j'ai mis une cinquantaine de collaborateurs sur la piste. Pour le moment, nous en avons visité trente-sept mais nous avons encore du pain sur la planche.

– Avec vos ordinateurs, pourriez-vous me fournir un dossier contenant toutes les informations connues concernant Vida ?

– Il suffit de demander à B.

Une heure plus tard, Serge reçut trois cent cinquante pages imprimées que lui tendait une ravissante enfant. Alba le surveillait du coin de l'œil. Allez savoir, avec ces déprimés.

– Je vais faire un tour dans le parc, dit Serge qui voulait laisser Alba voler de ses propres ailes – Horace Perceval ressemblait à un diabétique enfermé dans une confiserie.

Dès que Serge eut disparu dans la verdure, Horace Perceval III rougit, toussa pour s'éclaircir la voix et se lança.

– Dans cinq ans, je me retire à la tête d'une fortune considérable et je vous épouse.

– Pas question, répondit Alba. J'aime Serge.

– Que fait-il ? demanda Horace Perceval qui reprenait le contrôle de lui-même.

– Il joue.
– À quoi ?
– Il joue avec moi, il joue du piano, il joue avec l'argent.
– À cet âge avancé, les cerveaux ont tendance à s'atrophier.
– Pas le sien, coupa Alba.
– Pardonnez-moi, Alba.

Pendant ce temps, Serge rendait un hommage muet au Pharaon. Il s'approcha d'une pyramide. Strawberry, maculée de peinture, fit son apparition. Elle fixait Gorodish avec intensité et une moue de reproche.

– Vous n'avez pas pris vos outils ?

– Non, répondit Serge, pris de court.

– Je vous avais pourtant bien dit au téléphone que je voulais vous peindre avec votre marteau-piqueur ! Bon, déshabillez-vous, que je voie si votre anatomie me convient.

– Je trouve que vous y allez un peu fort, on se connaît à peine.

– Ne craignez rien, ils sont tous un peu timides à la première séance. Mais c'est mon opus 50 et je ne peux m'aventurer à peindre un corps qui ne m'inspirerait pas.

– Je crois n'être pas celui que vous attendiez, je suis en visite chez Horace Per...

– Je suis désolée, j'attendais un travailleur, vous me sembliez un peu jeune pour être à la retraite mais l'usage du marteau piqueur est si pénible... Vous me fascinez, pourtant... C'est dommage, j'aurais désiré finir ma première période avec vous, vous m'inspirez terriblement.

– Ça peut peut-être s'arranger ?
– Quelle est votre activité préférée ?
– La musique.
– Vous jouez d'un instrument ?
– Du piano.

– Merveilleux... Je vous vois assis à un Steinway noir, votre nudité contrastant avec les touches d'ébène... Quelle apothéose pour mon œuvre !

– Venez dîner à la pagode, on en discutera avec Alba.

I KISSED HER HARD ON THE LIPS

Le Pharaon maniait les ciseaux avec la même dextérité qu'un crayon et la coiffure de Vida ressemblait à un brouillon du maître où un analyste subtil aurait pu dégager les nouvelles tendances ondulatoires.

Ils étaient dans la cuisine. Le Pharaon venait d'appliquer la teinture bleue. Il était en train de donner la touche finale à ce chef-d'œuvre en couvrant les paupières d'un indigo constellé de paillettes argentées lorsque le petit homme gris fit son entrée, porteur d'un carton où se trouvaient du riz complet, des légumes biologiques, du jus de carotte et divers assaisonnements exotiques.

– Désolé de vous déranger, dit-il en voyant le mouvement de recul de Vida.

Il ne manqua pas de noter les cheveux blonds sur le carrelage et avant même d'avoir souri de toutes ses dents, il avait mis un nom sur ce visage. Une livraison pouvait lui rapporter gros. Il disparut rapidement en proposant au Pharaon de mettre tout cela sur son compte.

– Tu le connais ? demanda Vida.

– Bien sûr.

– C'est un peu risqué.

– Ces gens-là ont trop peur.

– On ne se méfie jamais assez.

– Tu as ton instrument de travail ?

– Dans mon sac.

– Je commande une voiture. Tu as une préférence ?

– Une Porsche à vitres teintées.

Cette fois, ce fut Vida qui lui rendit son baiser fougueux.

TRISTANA AGAIN

Lorsque Serge avait trouvé le nom de la voyante de Vida dans le dossier, il avait décidé d'y aller sur-le-champ. Il entra, vit un bouquet de tulipes jaunes dont la plupart des pétales étaient tombés et Tristana qui était plongée dans la lecture d'un quotidien. Elle leva vers lui un regard de voyante fatiguée par les questions des journalistes, des flics et des Cubains. Gorodish nota sans surprise la présence d'une machette à côté de la boule de verre.

– Vous lisez les pensées des clients en examinant leur cervelle après trépanation ?

– Je lis avant et selon le résultat, je choisis mon instrument.

– Je ne suis pas un copain de Fidel Castro.

– Vous n'avez pas une tronche de flic ni de scribouilleur. Je parie que vous êtes dans le jazz.

– Je m'initie mais mon truc, c'est plutôt les vieux maîtres.

– Faites voir vos mains, dit Tristana qui n'avait pas encore abandonné sa machette.

Serge s'assit en face d'elle et lui tendit ses mains. Tristana les examina avec la plus grande attention.

– Je vois une vocation contrariée et un grand amour.

– Et la vie ?

– Longue.

– La chance ?

– Elle est là, dit Tristana en enfonçant son index dans la paume sensible de Serge.

Elle examina le dessus des mains, la forme des doigts.

– Vous êtes un idéaliste. Un idéaliste qui ne dédaigne pas l'argent. Un artiste d'un genre particulier...

– Vida n'avait pas tort de passer vous voir avant de refroidir ses clients. Vous aviez vu l'os de la dernière séance ?

– Oui, je lui avais conseillé le vendredi mais elle a dû travailler le samedi.

– Elle aurait mieux fait d'observer le sabbat.

– Vous avez lu les journaux ?

– Pas ce matin.

Tristana tourna celui qu'elle était en train de lire vers Serge qui déchiffra le gros titre :

LES MUSICIENS ORGANISENT DIX CONCERTS AU BÉNÉFICE DU SAUVEUR DE VIDA. ILS PENSENT RÉUNIR UN DEMI-MILLION DE DOLLARS.

– C'est une bonne nouvelle.

– Vous avez vu mon enseigne lumineuse ?

– Elle ne s'allume pas.

– C'est ce que je voulais dire, elle a claqué ce matin.

– Cinq cents dollars, ça ira ?

– Pour ce prix-là, je vous prédis l'avenir de tout un orchestre de jazz. Comme c'est du travail sérieux, je vais fermer boutique.

Tristana se concentra avec une grande intensité pendant que Serge se disait que toutes les voyantes ne pouvaient pas être bidon. Il en fallait bien trois ou quatre pour faire la réputation de la corporation.

Lorsque Tristana ouvrit les yeux, elle lui raconta le conte de fées suivant :

– Je vois une femme indigo qui marche dans le désert.

– Une Touareg ?

– Non, son visage est clair. Elle marche dans le sable duquel surgissent des serpents mais ils ne lui font pas de mal. Au loin, il y a une pyramide qui respire et qui semble fondre, se distendre, changer de forme pour devenir comme des galets. Il y a aussi des tours rectilignes. J'en vois trois. De hautes tours comme celles qu'on voit downtown. Devant chaque tour, il y a un mort. La femme indigo rencontre un homme qui surgit du galet. Sa peau est dorée, on dirait un roi. Il marche au côté de la femme indigo et ils entrent dans une salle où je vois des corps de femmes de différentes grandeurs... On dirait des instruments... Il y a des chants... Vous êtes là... Vous êtes attiré par la femme indigo et par le roi... Vous tentez de leur parler mais ils ne vous entendent pas... Ils disparaissent... Mais une femme noire est là... Ce n'est pas une femme ordinaire... C'est une Vierge noire. La femme indigo tente de la tuer mais la Vierge noire est indestructible, elle parle à la femme indigo qui devient sa servante... Le roi est abandonné, il fait construire un nouveau palais. J'entends de la musique, du jazz, joué pour la Vierge noire. Les notes se transforment en or et une pluie tombe sur une pagode chinoise où deux êtres s'aiment.

Tristana semblait sortir d'un rêve. Gorodish était méditatif. Il allongea son fric à Tristana et se retrouva dans la rue aussi léger qu'une montgolfière.

TALENTED PEOPLE ARE OFTEN NEUROTIC

Une Porsche noire aux vitres fumées s'arrêta devant Tower Records, sur Sunset. Vida en sortit et fila au rayon jazz où elle choisit une trentaine de cassettes. C'était ce qui lui manquait le plus. À peine de retour dans la bagnole, elle glissa « Magic » d'Eric Dolphy et Ron Carter dans le lecteur. Vida était au volant. La Porsche se mit à swinguer. Vida décollait complètement. Le Pharaon examinait les immeubles avec soin jusqu'au moment où une tour particulièrement hideuse lui arracha un torrent d'insultes. Le Pharaon demanda à Vida de faire une marche arrière, il sortit comme s'il allait s'attaquer à la tour à coups de masse. Une plaque portait le nom de l'architecte : Norman Folkestone.

Un petit homme grassouillet avec des lunettes jaunes, habillé en artiste, fut le dernier à sortir des bureaux.

– Ça doit être lui, murmura le Pharaon.

Le petit homme arrivait à proximité de la Porsche. Le Pharaon baissa sa vitre et cria :

– Maître Folkestone !

Folkestone s'approcha en frétillant d'aise avec un sourire en forme de banane flambée servi sur une boule de glace à la fraise. Il eut soudain la même émotion que le plat précité lorsque le maître d'hôtel craque une allumette après avoir versé le Grand Marnier.

– Mais... Je vous reconnais... Vous êtes le Pharaon... Le Pharaon en personne... Jamais je n'aurais pensé avoir l'honneur...

– Pourquoi construisez-vous toute cette merde verticale ? hurla le Pharaon dans un accès de colère.

Folkestone blêmit lorsqu'il vit l'Ange Bleu qui s'apprêtait à lui ouvrir les portes de l'enfer.

– Fais donc entrer la rondeur d'une balle dans cette cervelle molle, dit le Pharaon qui avait repris son calme.

La balle siffla devant le nez du Pharaon avant de pénétrer dans le corps mou de l'architecte.

– Je suis contre les discussions esthétiques, dit le Pharaon en guise d'oraison funèbre.

– Passe-moi la cassette de Carla Bley, répliqua Vida en

démarrant tranquillement – elle fuma trois cigarettes en remontant Laurel Canyon.

– Qu'est-ce que tu fous dans une maison qui appartient à la mafia ?

– Un hasard. J'avais besoin de solitude.

– Tu me plais, Pharaon.

– On fait équipe ?

– Tu as un compte en banque ? Je solde les suivants.

– D'accord. On casse une graine entre deux petits maîtres ?

– Je connais un bon sushi-bar à Venice.

– On y va.

Carla Bley se défonçait. Vida avait trouvé une âme sœur. Le Pharaon se sentait atteint d'une démangeaison crayomanique aiguë. Il allait arrondir le monde.

I AM DIRTY

Un Cubain qui lit le journal, c'est une chose qui arrive. Un deuxième Cubain planqué dans une tire à trente mètres de là, ça peut éveiller la curiosité. Mais quand un cireur de godasses tire sur un havane à quinze dollars, on n'a plus très envie de rentrer chez soi pour servir de carton à une dizaine de maniaques de la gâchette, surtout quand on a sous sa responsabilité l'avenir de l'architecture.

Au moment de franchir le portail de la somptueuse demeure louée par le Pharaon, Vida qui trouvait, comme dans les westerns, la ville trop tranquille, continua paisiblement son chemin. Elle s'attendait à ce qu'une camionnette lui barre la route, à ce qu'un palmier s'effondre, à ce qu'un faux flic les canarde mais il ne se passa rien.

– Tu as oublié quelque chose, chérie ?

– Si tu n'es pas là pour construire mon mausolée, qui s'en chargera ?

– Le jazz.

– J'ai oublié d'acheter des havanes.

– Tu fumes le cigare ?

– Cette fois, ce seront des gros, genre Churchill, livrés par des Viets. Ils n'auront même pas besoin de les allumer.

Accroche-toi bien, on va vérifier ce que cette guinde a dans le ventre.

Vida passa la seconde au moment où Charlie Parker se lançait dans une improvisation dont les tempos n'étaient pas prévus sur les métronomes. Vida ne pouvait vivre qu'en musique et les Cubains soutenus par une section rythmique trop dolente ne réussirent pas à se retrouver sous les projecteurs à la fin du solo.

C'est à la fin d'une balade que Vida arrêta la Porsche devant un téléphone public.

– Skip, c'est Vida.

– Pourquoi ne pas m'avoir donné de nouvelles plus tôt ?

– Je n'ai pas eu une minute à moi, répondit-elle au mafioso.

– Qu'est-ce que je peux faire ?

– Je t'offre les Cubains sur un plateau à condition que tu exécutes une action symbolique.

Lorsque Vida lui eut exposé son désir, Skip, étonné, mit les Viets au parfum. La paisible maison de repos de la mafia allait servir de théâtre à une tuerie impitoyable pendant que Vida et le Pharaon prendraient le risque d'aller entendre McCoy Tyner qui se produisait à « Concerts by the Sea ».

CUBAN CIGARS ARE MURDER

La nuit, rien ne ressemble plus à la jungle qu'un parc à l'abandon. Les Cubains planqués depuis des heures attendaient que Vida se profile à l'horizon, ils ne s'attendaient pas à ce qu'une tribu de Viets invisibles se faufilent entre les hautes herbes. Comme ce n'était pas Chicago à l'époque de la prohibition, le propriétaire des lieux aurait pu lire un roman sur sa terrasse sans réaliser que la mort était tout autour de lui.

Les Viets avaient trouvé étrange la requête des Italiens mais finalement ils attribuèrent cette fantaisie à un imaginaire façonné par l'opéra. Ils l'exécutèrent donc aussi scrupuleusement que si on leur avait demandé de préparer une soupe aux nouilles dans laquelle auraient surnagé des transistors.

Boys and girls

Les associés et associées d'Horace Perceval III sillonnaient les beaux quartiers sans relâche, visitant avec méthode tous les parcs, toutes les demeures somptueuses qui pouvaient coller à leur listing. Comme ils se déplaçaient à bicyclette, cela prenait du temps mais une équipe de fourmis déplace parfois plus d'air qu'une tornade. Les kids avaient l'art de s'infiltrer partout et les chiens de garde eux-mêmes hésitaient à les transformer en hamburgers. Ils n'avaient pas le volume requis.

Lorsqu'une armada de gosses entra dans la maison de repos de la mafia, l'égérie de la petite bande qui, elle aussi, connaissait ses classiques, hurla :

– C'est trop tranquille, ici. Il se passe certainement quelque chose. Je vais sonner à la porte principale et je vais dire que je fais une quête pour les acteurs handicapés.

Les autres se déployèrent comme des Sioux et se planquèrent. La gamine trouva la porte ouverte et entra. Elle ne tarda pas à découvrir des indices pharaoniques qui figuraient dans le listing distribué par le boss Horace : *The Long Goodbye* dans son édition originale, un bloc à dessin couvert de croquis. Tranquille, elle utilisa le téléphone de la maison et ne manqua pas de mentionner les mèches sur le sol de la cuisine et la teinture bleue. Elle imagina le Pharaon bleuté.

Ce n'est que lorsqu'elle sortit pour annoncer fièrement sa découverte qu'elle trouva les membres de la petite bande penchés sur des cadavres de Cubains, couchés parmi les herbes. Ils semblaient s'être étouffés en avalant d'immenses cigares. Parfois ces sous-marins de tabac avaient presque disparu dans la trachée artère et on lisait à peine les lettres dorées sur la bague rouge qui sortait entre les lèvres des victimes.

– C'est un coup de Fidel Castro, dit un des gosses.

– Non, c'est la C.I.A., répliqua une fille qui savait de quoi elle parlait.

Ils retournèrent en chœur dans la somptueuse demeure, appelèrent Horace Perceval III qui, à son tour, demanda les conseils de son gourou Baba Ramesh Baba Esquire avant de réaliser que Gorodish serait sans doute de meilleur conseil.

En dehors des affaires, Horace Perceval III avait des difficultés à faire face à la réalité.

– Serge... C'est Horace Perceval...

– Alba est à l'agence.

– J'ai besoin d'un conseil... On a retrouvé la maison où se cache mon père...

– Alba sera ravie.

– Le problème est que mon père n'y est plus, qu'il y a vingt-trois Cubains qui ont avalé des cigares...

– Rachetez les cigares s'ils n'ont pas mordu le bout.

– Mon gourou m'a dit : « Il n'y a pas de cigares sans feu. »

– Le saint homme a raison. Passez me prendre, on va aller faire un tour là-bas.

Some crazy stuff

Gorodish venait de jouer la dernière œuvre de son répertoire, les *Bagatelles* opus 126 de Beethoven. Les doigts fatigués par un peu plus de cinq heures de musique continue, il demeura immobile, modèle parfait, nu à son Steinway, alors que Strawberry mettait la touche finale à son chef-d'œuvre.

Alba, pendant ce temps, préparait des spaghetti. Une odeur d'ail, de basilic et d'huile d'olive vint piquer les narines de Serge au moment où un détail de la prédiction de Tristana lui resta en travers de la gorge comme une triple croche.

– C'est bientôt fini, Strawberry ?

– Il ne me reste plus que le brillant de l'œil, c'est très important, c'est comme pour les poissons au marché.

– Merci de la comparaison.

Alba s'approcha, béate d'admiration devant le nu de Serge.

– C'est sublime. Quand je pense que bientôt tu seras dans un musée et peut-être un jour sur la couverture d'un livre.

– Je crois que c'est ce que j'ai fait de plus beau. J'espère que mon père sera là le jour de l'expo.

– Ton môme risque d'arriver avant, dit Serge.

– L'histoire des Cubains fait un sacré foin, on ne parle que de ça partout. Pourvu qu'ils ne fassent pas le lien avec la présence de mon père.

– Ne crains rien, je suis passé par là. J'ai nettoyé la place.

– Pearl O'Pearl est furieuse, on crée son *Orfeo* demain au Los Angeles Philharmonic et sans le Pharaon, ce ne sera pas pareil.

Serge se rhabilla, ça tournait dans sa tête comme dans un cuisinart.

– On peut avoir des places ?

– Bien sûr.

– Le Pharaon sera là.

– Comment le sais-tu ? demanda Alba.

– D'après la forme de la fumée des cigares cubains.

Strawberry plia bagage mais laissa la toile, il lui fallait le temps de sécher. Serge s'empiffra de spaghetti en regardant l'océan.

– Tu veux un scoop ? dit Serge.

– Vas-y toujours.

– Ce n'est pas le Pharaon qui a les cheveux bleus, c'est Vida. Ils sont ensemble. C'est elle qui a descendu les trois architectes pour faire plaisir au Pharaon.

– Ça fait trois heures que j'ai expliqué ça à Horace Perceval. Tu n'as rien de mieux ?

– Si. La Vierge noire va changer le cours des choses.

– Qui c'est cette poule ? Il y a encore des vierges à part moi ?

– Oui, et c'est pas tout. Une pluie d'or va s'abattre sur la pagode.

– Je ne sais pas si c'est le fait de poser nu pour Strawberry qui te monte à la tête mais tu me sembles curieux, bizarre, étrange.

– Le roi... La femme indigo...

– Tu sais que la mère d'Horace Perceval est une brillante psychanalyste, elle te ferait peut-être un prix.

– Allons nous coucher, je te raconterai l'histoire d'Orfeo pour que tu ne sois pas trop paumée demain soir.

NUTS

Serge et Alba étaient à la bourre. La Cadillac filait en direction de downtown. La création de l'*Orfeo* de Pearl O'Pearl allait commencer dans moins de vingt minutes. Le regard de Serge faisait la navette entre l'autoroute et Alba qui avait mis le paquet pour être à la hauteur de l'événement. Cela avait pris du temps. Sur un collant noir, elle avait fixé, en une spirale commençant dans la chevelure, entourant le cou, enlaçant le torse et mourant le long de la jambe gauche, un tuyau de plastique d'un rose transparent dans lequel elle avait glissé une guirlande de petites lampes destinées à un sapin de Noël par l'électronique nippone. Le tout ne cessait de clignoter et c'était du plus brillant effet sur le corps sombre d'Alba sculpté comme un Brancusi. Gorodish, par contraste, avait fait montre du classicisme le plus épuré. Il portait des chaussures, un pantalon, une chemise, une cravate et une veste.

Ils arrivèrent essoufflés aux fauteuils d'orchestre. On leur avait réservé une place de choix, au dernier rang. Pour le moment, le spectacle était surtout dans la salle. Une givrée avait même tenté d'entrer avec un lion qui, disait-elle, aimait la musique. Il y avait là une crème qui faisait son beurre. Les pontes du cinoche, les stars passées, présentes et à venir, des peintres, des musiciens, des perruches déguisées en femmes, des journalistes de New York, Chicago et Boston, sans compter les locaux. La salle était louée depuis six semaines et les billets se vendaient au marché noir pour cinq cents dollars.

Gorodish ne perdit pas son temps. Il n'était pas un anthropologue sur le terrain. Quelque part devaient se trouver une crinière bleue et un Pharaon.

Le compositeur fit une entrée remarquée des initiés. Délavé, la lippe bleue, la paupière fatiguée et pâle comme une métaphore de pisseur de copie.

Les critiques commençaient à prendre des notes car la formation leur semblait un brin classique. Les différents pupitres étaient répartis comme pour une symphonie de Mahler. Il y avait même un podium pour le chef d'orchestre. L'enfant terrible de la musique minimaliste s'était-elle laissé impressionner par le prestige de l'orchestre auquel son œuvre était destinée ?

Les violonistes entrèrent, violon en main. Les altistes, alto en main, violoncellistes même tabac. Les contrebasses étaient sur place, il n'y eut donc pas de surprise.

Les choses commencèrent à changer au moment où les vents devaient faire leur entrée car des nurses poussèrent une trentaine de chaises roulantes sur lesquelles se trouvaient des sortes de poumons artificiels de plastique branchés aux instruments par un orifice, les clés ou les pistons réglés pour n'émettre qu'une note.

Les percussionnistes étaient aussi humains que peuvent l'être des musiciens d'orchestre. Comme on pousse habituellement un piano à queue, on mit au premier plan une petite piscine aux parois transparentes destinée à Orfeo et Eurydice qui y entrèrent, nus, sous un tonnerre d'applaudissements.

Le programme indiquait que le livret était l'œuvre d'un jeune poète halluciné nommé Horacio Glockenspiel. Il devait être dit par un curieux récitant, tout droit sorti de *La Guerre des étoiles*, un héros synthétique appartenant à la mythologie du siècle. Heureusement, le compositeur, pour conserver au texte italien la musique propre à la langue, avait confié une importante partie à un merle des Indes que le robot tenait dans une petite cage dorée et devant lequel des techniciens placèrent des micros.

La salle fut plongée dans l'obscurité, il y eut des sifflets, des cris, des applaudissements. Enfin, un projecteur bleu-blanc fouilla le côté de la scène. On n'attendait plus que le chef d'orchestre. Deux appariteurs fixèrent un régime de bananes au garde-fou qui empêche les maestros surexcités de tomber au cours de leurs acrobaties. Certains de nos jours sont d'une telle exubérance qu'ils se font attacher par un pied. L'économie du geste ne faisait plus partie de l'attirail. La jeune école était olympique à défaut d'être olympienne.

Le chef fit son entrée. C'était un babouin en habit à queue qui traversa l'orchestre avec la plus grande dignité. On chuchotait dans la salle que l'animal était surdoué. Venu très tôt à la musique (un gardien mélomane avait remarqué que Mozart lui tirait les larmes dès son plus jeune âge), le babouin avait suivi les meilleures écoles. Il s'était spécialisé dans la musique baroque que ses interprétations avaient définitivement dépoussiérée. Sa biographie précisait que les Français avaient été les premiers à reconnaître son génie, qu'on lui avait attribué un diapason d'or pour son premier disque. On avait même fini par lui trouver un physique plus noble que celui de certains chefs humains réputés. Bref, le babouin jouissait d'un prestige à la hauteur de la situation. C'était son premier concert américain.

Il monta sur le podium tout à fait normalement, salua en se tenant à la barre puis il se retourna vers l'orchestre qu'il tint sous tension d'un regard impérieux. Le geste noble, indiscutablement professionnel, suivit et l'orchestre attaqua.

Les poumons soufflèrent leur note sans avoir besoin de s'alimenter en oxygène. Le babouin donnait les départs avec une extraordinaire précision. Orfeo et Eurydice firent des bulles amplifiées, le robot, selon un procédé purement brechtien, énonça d'une voix forte les grandes lignes de l'action et le merle des Indes, d'une voix splendide, se mit à débiter le texte d'Horacio Glockenspiel. Pour assurer le côté aléatoire de l'exécution, le babouin détachait parfois une banane du régime suspendu derrière lui et la lançait à un membre de l'orchestre qui, suivant les directives du compositeur, devait cesser de jouer, manger la banane et reprendre sa partie où il l'avait laissée. C'était donc (les critiques ne manquèrent pas de souligner) le jet de la banane qui, introduisant le hasard dans l'exécution, entraînait le combat titanesque de l'élément humain de l'orchestre contre la continuité transcendante et désincarnée des vents qui donnaient leur note pure, insensible à la dynamique de l'œuvre elle-même. Pearl O'Pearl venait d'inventer le minimalisme métaphysique.

Le maestro fit l'unanimité. Seul le critique vigilant du *Times* repéra de son œil oxfordien que le chef, à la cinquante-troisième mesure, avait commis une faute de texte en consommant une banane que le compositeur ne lui avait pas attribuée. Il concluait son article en oubliant cette faute bénigne, et indiquait qu'à son avis aucun chef depuis Toscanini n'avait fait preuve d'une telle incandescence rythmique.

La nudité des nageurs n'avait choqué qu'un chroniqueur suisse. Pour les autres, Pearl O'Pearl avait dégagé la quintessence mythologique de l'action.

Seul Horacio Glockenspiel pleura dès la septième minute

car le merle des Indes, soudain rêveur, se mit à répéter inlassablement la même phrase qui semblait combler son oreille.

L'œuvre se figea dans l'éternité à la dernière banane lancée. Le compositeur monta sur scène, félicita le chef, les solistes, les musiciens et, devant le torrent de cris et d'applaudissements, dit quelques mots à son public pour clore cette mémorable soirée :

– Plus jamais banane ne sera vue comme une simple banane !

On applaudit encore. La phrase fut amplement citée dans la presse du lendemain.

Horace Perceval III acheta deux ou trois babioles qu'il revendrait bien si l'événement prenait place dans l'histoire. Strawberry fut fascinée par les clignotements roses d'Alba, Pearl O'Pearl signait un contrat avec le directeur du Bolchoï qui avait vu dans l'apparition du babouin les marques d'une œuvre anticolonialiste. Le Pharaon avait médité sur les formes pures des instruments à cordes et n'avait prêté aucune attention à l'œuvre elle-même. Vida avait rêvé de jazz et Gorodish enleva ses boules Quiès pour foncer dans le sillage de Vida et du Pharaon qui filaient à l'anglaise. Il rejoindrait Alba aux pyramides.

NOBODY FOOLS WITH ME

Gorodish avait préparé une enveloppe contenant quinze mille dollars : un acompte sur un contrat destiné à Vida, un contrat unique en son genre que Gorodish avait concocté en une nuit d'insomnie. Si son coup réussissait, il retrouverait son oseille multipliée par le ciel et il aurait la satisfaction d'avoir sauvé le jazz à travers la personne de Vida. Son plan n'était pas des plus rationnels, plutôt surréaliste même, mais avec les êtres d'exception, il faut tenter des stratégies à leur mesure.

Il bouscula deux ou trois épouvantails pour ne pas perdre de vue le Pharaon et Vida qui se dirigeaient vers la sortie, pas réellement angoissés mais un brin tendus. Bon, la mafia s'était fait cigariser, mais il restait tout de même les flics. Gorodish se dit qu'il valait mieux que Vida ne le prenne pas pour un flic car son sac à main était inhabituellement gonflé. Il se doutait que son éternel compagnon, sir Welrod, devait y roupiller tranquillement, une balle engagée dans le canon.

La poursuite en bagnole était exclue, on n'était pas au cinéma. Il fallait trouver un moyen de lui donner l'enveloppe vite vu et sans attirer l'attention. Ils devaient avoir une voiture au parking. L'ascenseur n'était pas un mauvais endroit. Il avait noté son numéro de téléphone pour les instructions et si la tueuse était à court d'argent, il pouvait penser qu'elle l'appellerait, à moins qu'elle ne se contente des quinze mille dollars.

Tout à coup, Vida glissa un mot à l'oreille du Pharaon et entra dans les toilettes. Gorodish resta coi. Il se dit qu'il allait se faire éjecter par un bataillon de femelles en furie puis il réalisa que, dans les situations inattendues, il fallait quelques secondes pour que les gens réagissent. Il pourrait toujours prétendre, s'il n'était pas mort, que la musique de Pearl O'Pearl avait plus enfumé son esprit qu'un joint de la taille d'une batte de base-ball.

Il entra. Une femme lavait ses lunettes, une autre se repoudrait. Une seule cabine était occupée, il n'aurait pas à jouer les basketteurs pour apercevoir une touffe bleutée. Il sortit prestement l'enveloppe, la glissa sous la porte et s'éclipsa au moment où une paire d'yeux qui avaient fait le point s'arrondirent alors que les lèvres, simultanément, esquissaient une ondulation indignée.

Gorodish remonta à contre-courant. Le Pharaon ne fit pas attention à sa sortie. Il avait une gueule à sortir d'un Goya et il semblait absorbé par une vision.

Vida sortit la main dans le sac, balayant la foule en une fraction de seconde. Gorodish regardait ailleurs. Elle embarqua le Pharaon vitesse grand V et ils foncèrent retrouver la Porsche.

Ce n'est qu'après un parcours vicieux destiné à repérer les indiscrets que Vida reprit son calme.

– Que s'est-il passé ? demanda le Pharaon, inquiet.

– Rien, j'ai pissé et on m'a filé quinze mille dollars.

– C'est la célébrité. Où est-ce qu'on va dormir ?

– On va louer un pavillon au Tropicana Motel.

– Tu ne crois pas que la police va découvrir qui a loué la maison ?

– La mafia adore donner des renseignements. Ils sont très ouverts. Tu as payé par chèque ?

– En liquide.

– C'est tout au plus le type qui t'a déposé le Malevitch qui aura des problèmes.

Nice work

Alba rentra à l'aube, reconduite par Strawberry et ses copains. Elle sentait une émotion étrange chaque fois que Strawberry la prenait dans ses bras pour l'embrasser. Elle aurait voulu rester contre elle.

Alba ôta ses chaussures et marcha jusqu'au bord de l'eau, belle et clignotante comme l'aurore. Elle enleva son tube et entra dans l'océan en imaginant que c'était Strawberry.

Lorsqu'elle revint, ruisselante dans la pagode, elle eut la surprise de voir Gorodish entouré d'outils et de tout un bric-à-brac électronique.

– Tu cherches à automatiser ton Steinway, chéri ?

– C'est rare que tu m'appelles *chéri*.

– Tu serais choqué si j'étais un peu amoureuse de Strawberry ?

– Va me chercher un Valium et un grand verre de thé glacé, je suis sur une soudure délicate.

Alba revint quelques minutes plus tard, sèche et porteuse de la boisson et de la petite pilule bleue. Gorodish semblait fier de lui.

– Qu'est-ce que tu lui fais à ce magnétophone ?

– Un petit traitement. J'ai besoin de toi. Il faut que tu m'enregistres une cassette. Le texte est sur le piano.

Alba lut et éclata de rire.

– Tu te sens bien, Serge ?

– À merveille. J'ai besoin de dormir un peu, c'est tout.

– Tu veux que je l'enregistre maintenant ?

– Oui, le téléphone peut sonner d'une minute à l'autre et il faudra que je file. Prends ta voix la plus douce.

Serge se coucha, écoutant la voix si belle de son ange, parfaite dans son rôle de vierge. Il allait glisser dans un gouffre de marshmallows roses lorsqu'il sentit le corps d'Alba contre le sien. Elle le prit dans ses bras, lui chuchota des mots tendres et le serra contre elle jusqu'à ce qu'il s'endorme. Alba se dit que son Rachmaninov des plages filait du mauvais coton. Elle décida de s'occuper un peu plus de lui. Un ours qui craque, ça s'effondre comme un gratte-ciel mis entre les mains des frères Stefanelli.

Turn blue

Lorsque Gorodish s'éveilla dans les bras de sa nymphe, il sentit immédiatement que ses circuits fonctionnaient plein pot. Il se détacha d'Alba qui s'étira en murmurant et fonça sur le paquet de Guatemala Antigua. Il se fit un quart de litre de jus concentré, resta cinq minutes sous le jet froid de la douche, se drapa dans une serviette et s'assit à son piano pour mieux penser. Alba traversa la pièce comme une somnambule et vint s'asseoir à côté de Serge. Elle sentait bon l'océan dont les rouleaux servaient d'orchestre à la pensée de Serge. Une lumière étincelante baignait la pagode. Alba but trois gorgées dans la tasse de Serge, l'embrassa dans le cou et lui dit :

– Tu veux qu'on fasse du quatre mains ?

– Il faudrait que tu travailles ton piano plus sérieusement.

– Je vais m'y mettre dès que j'aurai retrouvé le Pharaon. Grâce au pognon que je vais toucher, je pourrai prendre des leçons avec n'importe qui.

– Pas avec n'importe qui. Technique russe, il n'y a que ça.

– D'accord, c'est toi qui décides... Pour le moment, ce qui m'angoisse, c'est le Pharaon.

Serge plaqua une série d'accords.

– Tu peux téléphoner à ton Horace Perceval et lui dire de préparer le pognon. Son Pharaon de père ne va pas tarder à réintégrer Pyramide City.

– C'est le Valium qui te rend extra-lucide ?

– Non... C'est Tristana.

– Qui c'est celle-là ?

– Une copine de Vida. Une voyante. Je l'ai vue, elle m'a

raconté une petite parabole et tout ce qu'elle a prédit se réalise.

– Je ne comprends pas comment on peut être tueuse et superstitieuse.

– Moi si... Je ne fais qu'accélérer un peu les choses.

– Tu me garantis que je peux annoncer l'arrivée du Pharaon ?

– C'est écrit dans les étoiles.

Serge s'habilla, embarqua son œuvre électronique et fonça vers la Cadillac qui l'attendait en se dorant au soleil.

Il prit l'autoroute, remonta en direction de downtown et commença à sillonner consciencieusement le quartier mexicain. En une heure il visita plus d'églises qu'au cours de ses cinquante vies précédentes. Il commençait à s'énerver lorsqu'il poussa la porte vermoulue d'une chapelle rose qui semblait sortir d'un western. Il eut un choc. C'était exactement ce qu'il lui fallait. Il n'eut pas à sonner les cloches pour qu'un prêtre qui avait la tronche de Sal Mineo se pointe en se frottant les mains.

– Ça va les affaires ? dit Gorodish en écrasant la main moite du prêtre.

– C'est la première fois qu'on me pose cette question...

– C'est pas étonnant. Les gens sont si matérialistes qu'ils ne pensent pas aux représentants de Dieu. Moi, c'est un truc qui m'inquiète.

– C'est extrêmement aimable à vous... Nouveau venu dans le quartier ?

– Non, je suis de passage mais j'ai ressenti tout à coup un intense besoin de me retrouver seul avec Dieu.

– Voulez-vous vous confesser ?

– J'agis selon une morale très stricte et je ne pense pas avoir péché récemment. Mon problème, c'est que je suis un peu névrosé et que j'ai besoin d'un calme absolu pour prier. Alors je vais faire une bonne action.

Serge sortit dix billets de cent dollars et les allongea au padre qui se dit que ses prières n'avaient pas été inutiles.

– C'est Dieu qui vous envoie, bégaya-t-il.

– Il a un tel boulot, il faut bien qu'il délègue ses pouvoirs de temps à autre. Vous allez me filer les clés de l'église jusqu'à demain. J'ai besoin de solitude. Je laisserai les clés sur la porte en partant.

Le padre balança son trousseau et s'éclipsa avec un sourire comblé. Gorodish chercha son matériel et s'enferma.

Deux heures plus tard, il était de retour à la pagode, sanctifié.

– Une poule a téléphoné. Elle n'a pas voulu dire son nom, elle va rappeler ce soir.

– C'était Vida.

– Tu es certain de ne pas abuser des tranquillisants ?

– On a le temps d'aller casser une graine, j'ai la dalle.

– Moi aussi. Qu'est-ce que tu m'offres ?

– De l'italien, ça me mettra dans l'ambiance.

– Quelle ambiance ?

– Mystique.

– Tu m'as l'air d'un mystique qui mastique son moustique.

Gorodish commanda une pasta Alfredo, une bouteille de Lacrima Christi et des antipasti pour Alba qui n'avait jamais rien saisi aux mystères de la religion malgré ses origines italiennes.

It's a wonder you can stay alive

Le Pharaon avait couru s'acheter un bloc et un crayon dès le réveil. Ensuite, pris d'une frénésie de gribouille, il s'était mis à noircir des pages et des pages pendant que Vida bouffait des french toasts qu'elle avait fait venir de la cafétéria voisine. Il y avait de quoi faire du café dans le pavillon.

– Qu'est-ce que c'est que toutes ces bulles flasques ?

Le Pharaon continuait à dessiner en piochant dans les toasts recouverts de sucre. Quand il travaillait, on avait autant de chance d'obtenir une réponse que si l'on s'adressait à la lune.

Vida se mit à fourbir son Welrod avec autant de soin que s'il s'agissait d'un Stradivarius. À 21 heures, elle rappela son mystérieux commanditaire.

– C'est Vida.

– Je suis ravi que vous me rappeliez. J'avais peur que vous ne négligiez mon offre mais je suis un fervent admirateur et j'ai pensé, au nom de la musique, que je pourrais vous aider...

– Personne n'aide personne. Je fais un travail, vous me

payez et c'est tout, coupa Vida qui sentait à la voix sucrée et au ton mielleux de son interlocuteur qu'elle risquait de s'enliser.

– Vous avez raison mais en raison de l'aspect particulier...

– Où, quand, qui et combien ?

– La même chose que ce que vous avez déjà touché. Au numéro 1042 de Chiltepiquin Street, cette nuit. C'est une église. La personne sera en train de prier, face à vous et vous la tuerez. Vous ne pouvez pas vous tromper. Il n'y aura personne d'autre à l'intérieur. Il faut que cette femme disparaisse de ma vie à tout jamais. Vous trouverez l'argent sous le banc de la dernière rangée, à gauche. Aussi curieux que cela vous semble, je vous demande de n'avoir aucune pitié. Ah ! j'allais oublier, il y a près de l'entrée un pin au pied duquel la clé de l'église est enterrée. Vous pourrez la laisser sur la porte en sortant. J'espère que je peux avoir confiance en vous ?

– C'est comme si c'était fait, dit Vida en raccrochant.

Le Pharaon s'étira, but quelques gorgées de café.

– Je m'en vais. À tout à l'heure.

– Tu ne crains pas un piège ?

– Si ce type qui a l'air cinglé avait voulu m'avoir, il aurait pu le faire hier soir au lieu de me balancer une enveloppe.

– Je t'attends.

Le Pharaon sortit du pavillon et regarda la Porsche disparaître dans la nuit.

Vida se gara à cent mètres de l'église. Pour la première fois de son existence, elle se sentait portée par une étrange sensation. Elle était absolument calme, comme si sa vie lui échappait. Son destin se jouait. Elle n'en était plus l'actrice principale mais plutôt une spectatrice lointaine.

En marchant vers l'église rose, Vida ne se sentit pas sujette à cette attention, à cette vigilance qui lui permettait de déceler la moindre anomalie du paysage ou des êtres. Elle marchait sans se dissimuler. Cinq jeunes Mexicains assis sur le capot d'un low-rider la regardèrent passer en continuant leur conversation bruyante. Vida respira l'air parfumé par la présence d'un frangipanier.

Parvenue devant l'église, elle trouva la clé et entra. Pendant plus d'une minute, elle resta au fond de l'église, l'esprit vide, comme si elle y était entrée par hasard. Il n'y avait personne. Vida sortit son Welrod et attendit plus d'une heure avant d'avoir l'idée de vérifier si la seconde partie de l'argent se trouvait bien à la place indiquée. Pour passer le temps, elle compta les billets. L'homme avait tenu sa promesse.

Seuls la nef et l'autel étaient éclairés. Vida échappait au temps. Elle se sentait bien. Une légèreté lumineuse la pénétra peu à peu, chassant toute angoisse. Au-dehors, le quartier s'était apaisé. Vida goûta la densité du silence.

Sur l'autel se trouvait un bois polychrome : une Vierge noire d'une grande beauté. À force de contempler son visage, Vida crut percevoir de légers mouvements de la face, parfois un sourire, parfois un mouvement des sourcils très fins.

Elle réalisa soudain ce que son commanditaire attendait d'elle. Cette femme qu'elle devait tuer était là, devant elle, dès le début. C'était la Vierge noire. Son client devait être une espèce de détraqué, de fétichiste.

Vida leva lentement son Welrod. Elle visa le cœur et tira. Malgré le silencieux, la détonation lui parut assourdissante. La statue devait être solidement fixée car le choc ne la renversa pas. La balle avait pénétré sans trop infliger de dommage à l'objet d'art. Vida rangea son arme. Elle allait quitter les lieux lorsque la Vierge noire lui parla d'une voix très douce :

– Vida, ne t'en va pas. Tu m'appartiens désormais. Tu devais venir à moi. Telle était ta destinée. Impossible d'y échapper. Je vais te sauver. Si tu te réfugies en moi, si ta foi est pure et sincère, le monde sera sans puissance, tu seras hors d'atteinte, en communion avec le pur esprit.

Deux larmes glissèrent sur le visage de Vida qui demeura immobile face à la Vierge noire.

To say goodbye is to die a little

Lorsque le livreur lui présenta la facture, le Pharaon se rendit compte qu'il avait consommé douze pizzas, cinq litres de Coca-Cola, qu'il avait dû s'endormir parfois et qu'il avait terminé les plans de sa première création dépourvue de ligne droite. Il devait travailler depuis trois jours.

– Vida ?

Personne ne répondit. Le Pharaon tenta de reconstruire ses

derniers jours de délire. L'image de Vida n'apparaissait dans aucun recoin de sa mémoire. Le Pharaon se fit un café et se rendit à l'évidence : Vida l'avait abandonné. Elle avait dû se servir de la Porsche pour passer au Mexique. Le Pharaon roula ses plans, paya la location du pavillon à la gérante qui lui raconta qu'on avait retrouvé un morceau de nez dans le distributeur de glaçons puis il descendit vers Santa Monica Boulevard. Il réalisa qu'il y avait toujours un ciel d'un bleu plombé et une Porsche noire au parking. Il s'approcha, hésitant. Les clés étaient sur le tableau de bord, une enveloppe sur le siège du conducteur. Le Pharaon entra et brancha l'air conditionné pour rafraîchir le four.

Pharaon, je suis ma destinée. Tu n'entendras plus parler de moi mais ne t'inquiète pas. Je suis plus vivante que jamais.

Vida

Le Pharaon secoua la tête. Vida avait été une comète qui avait traversé sa vie et qui l'avait aidé à accoucher d'un nouveau style. Il lui en serait éternellement reconnaissant. Le Pharaon fonça chez l'entrepreneur le plus actif de la ville. Il passa cinq heures à discuter matériaux, exécution, délais et lorsque tout fut arrangé, il mit le cap sur Pyramide City où il entra en dérapage contrôlé. Il s'arrêta chez le Dr Breuerfliess qui ne réprima pas sa joie de voir son patient tout à fait guéri.

– Tu me sembles magnifique, Ramsy, plein de fougue et d'énergie. Ton œil est étincelant.

– Sors toutes tes affaires de la pyramide, entrepose-les dans le parc.

– Que se passe-t-il, on prévoit une secousse sismique ?

– Mieux que ça.

Le Pharaon remonta dans sa Porsche et fonça chez Suzy qu'il trouva en train de faire l'amour avec son étudiant. L'étudiant, connaissant la tolérance légendaire du Pharaon, s'approcha nu, la verge encore dressée, un sourire aux lèvres et la main tendue vers le Pharaon qui lui brisa une potiche chinoise sur le crâne. L'étudiant s'écroula. Comme il n'était pas tout à fait mort, le Pharaon lui dit calmement :

– Dégage ou je t'achève.

Suzy fondit en larmes.

– Si tu tiens à tes objets, tu as intérêt à tout sortir de la pyramide.

– Tu es devenu fou !

– Au contraire, je suis guéri.

Le Pharaon fit presque exploser le moteur de la Porsche en montant chez Pearl O'Pearl à laquelle il donna le même ordre puis chez Strawberry qu'il trouva en train d'embrasser Alba.

– À défaut d'avoir un père, ton gosse aura au moins deux mères, dit le Pharaon sarcastique.

– Tu es revenu, c'est merveilleux !

– Enlève tes croûtes d'ici, si tu y tiens.

Le Pharaon trouva Horace Perceval III en train de vendre le yacht de Clark Gable à un comte italien.

– Salut, papa, tu m'as manqué. Je t'attendais.

– Débranche tes ordinateurs et fais-leur prendre l'air. Il va y avoir du changement.

– Que veux-tu dire ?

À ce moment, on entendit un vacarme assourdissant. C'était comme si les blindés soviétiques prenaient d'assaut Pyramide City.

Il y eut des hurlements. Horace Perceval III sortit de sa pyramide et découvrit avec horreur dix bulldozers géants qui prenaient position en bas de la propriété.

– Tu es cinglé, articula Horace Perceval III, qui se ramassa une gifle au passage.

Suzy, Kim, les filles, tout le monde était dans le plus pur état de panique et courait vers le Pharaon parfaitement maître de la situation.

Horace Perceval III se remit rapidement. Une idée venait de germer dans son esprit.

– Tu ne vas pas détruire ce chef-d'œuvre... Je te rachète les pyramides... Je suis certain de pouvoir les replacer... On peut les faire démonter.

Le Pharaon n'eut pas le temps de répondre, il fut pris d'assaut par ses femmes et ses filles. Il eut toutes les peines du monde à se défaire des furies qui avaient trouvé moyen de lui lacérer le visage de coups de griffe.

Sanguinolent, mais debout, le Pharaon poussa un cri qui effraya les oiseaux du parc :

– Assez !

– Tu es cinglé, détruire les pyramides, c'est un monument historique !

– Vous n'avez pas idée dans quel paradis vous allez vivre. Il vous suffira de patienter quelques semaines. Je ne supporte plus les lignes droites ! Je refuse que cette partie de mon œuvre subsiste !

– Il y a des photos. Tu ne peux les faire disparaître. Il y a toute ton œuvre antérieure. Détruire les pyramides, c'est comme incendier la bibliothèque d'Alexandrie.

Le Pharaon demeura insensible à l'argument d'Horace Perceval. Pearl O'Pearl avait une crise de nerfs, Suzy pleurnichait dans l'herbe, le Dr Breuerfliess invoquait les cendres de Lacan pendant que Strawberry revenait à la charge. Elle se prit un gnon dans l'œil.

– Où va-t-on vivre ? demanda Horace Perceval III, résigné.

– J'ai fait venir une bulle à air conditionné sous laquelle nous allons vivre en famille jusqu'à la fin des travaux, dit le Pharaon.

– Tu ne crois pas qu'on pourrait le faire enfermer provisoirement ? demanda Suzy au Dr Breuerfliess.

– C'est contre mes convictions. À mon avis, il me semble tout à fait guéri. Un peu trop, même. C'est nous qui risquons des troubles.

Comme le Pharaon descendait à grandes enjambées vers les bulldozers, la famille se dispersa telle une volée de moineaux pour sauver ce qu'on pouvait encore sauver.

Alba qui avait suivi la scène avec intérêt accompagna le Pharaon et le prit par la main

– On peut dire que vous avez des couilles, vous, au moins.

– Merci, dit le Pharaon.

– Je m'appelle Alba.

– Enchanté.

– Vous plairez à Serge.

– Qui est-ce ?

– Mon mec. Je ne suis pas vraiment lesbienne, vous savez. C'était juste un accès de tendresse.

– Je n'ai rien contre la lesbicité, Alba.

– Ah ! bon...

– Non, c'est au contraire une chose parfaitement en accord avec mon œuvre future.

– Pourquoi ? demanda Alba estomaquée.

– Parce qu'il n'y a dans la lesbicité aucune rigidité, pas la moindre ligne droite. C'est uniquement d'un point de vue artistique que j'ai condamné la liaison de ma femme, cette chose dressée était une insulte à mon génie.

– Je vous comprends, dit Alba.

Une heure plus tard, les pyramides disparurent dans un immense fracas. Le soir même, la bulle était gonflée, la famille rassemblée et devant Gorodish médusé, le Pharaon expliqua jusqu'à l'aube ce qu'allait être « Sinuo City ».

Sinuo City

Horace Perceval III avait tenu sa promesse. Alba était fière de son premier succès. Pink & Pink n'allait pas tarder à recevoir d'autres clients prestigieux. Strawberry et Gorodish, invités par Alba, s'étaient offert un petit séjour en Basse-Californie. Comme le Pharaon avait interdit le chantier à toute personne étrangère à la famille, il n'y avait pas d'autre solution. Le trio avait retrouvé un Van Ness extatique. Il semblait avoir oublié son passé de détective. Était-ce l'imagination ou la tequila, Van Ness était fermement persuadé d'avoir passé sa vie à pêcher le gros. Il s'était inventé un passé sur mesure. C'était une sorte de héros local.

Entre la plage, la navigation, les interminables balades nocturnes, les breuvages exotiques, les nuits chaudes où les corps pleins de torpeur étaient sujets à des extases ellingtoniennes, les semaines passèrent.

Ce matin-là, un télégramme du Pharaon arriva. Sinuo City était achevée. La fête allait rassembler mille personnes triées sur le volet.

La Cadillac se comporta comme si elle aussi avait bu de la tequila. Elle était joviale, pleine d'ivresse dans les lignes droites, parfois franchement oublieuse de son âge.

Gorodish conduisait l'âme légère pendant qu'Alba et Strawberry flirtaient, se racontaient des histoires, se faisaient des confidences et des serments. Gorodish regardait leurs corps cuivrés, l'océan, et pensait à Vida dont plus personne n'avait de nouvelles. La presse commençait à se lasser, la police poursuivait un sadique qui violait et étranglait une à deux femmes par semaine et de Vida ne subsistait plus qu'une image filtrée de toute impureté. Elle était devenue un mythe. Gorodish se mit à douter de son existence même. N'avait-il pas été sujet à une hallucination ?

L'entrée dans Los Angeles fut lente, chaude et pénible. Ils allaient arriver en retard. Strawberry avait pardonné au Pharaon, elle ne pensait qu'à découvrir la nouvelle création de son père. Elle rapportait de son voyage sept carnets de croquis d'Alba. Après s'être consacrée aux travailleurs, elle avait décidé de peindre Alba. Elle imaginait déjà une impressionnante série, une nouvelle période de sa vie et de son œuvre.

Gorodish sortit de l'autoroute et prit la route de la côte en passant par Venice et Bay City avant de remonter les méandres de Sunset Boulevard qui était la meilleure introduction possible à ce qu'ils allaient découvrir dans la jungle de Bel Air.

Arrivés à un kilomètre de la propriété, ils aperçurent une file ininterrompue de voitures. Ils abandonnèrent la leur et continuèrent à pied. Des photographes, des cameramen couraient dans un cliquetis d'appareils.

À l'entrée une tribu de gorilles peu engageants filtraient les aspirants et le Pharaon avait fait entourer la propriété de bâches qui masquaient sa création à ceux qui ne pouvaient y pénétrer. Un hélicoptère survolait le parc, transportant des voleurs d'images.

Gorodish réussit une percée. On vérifia qu'ils figuraient sur la liste. Ils entrèrent, firent quelques pas et demeurèrent figés de stupéfaction.

Une rivière artificielle, dont la largeur variait d'une dizaine de mètres au triple, descendait du haut de la propriété, avec des cascades, des plans d'eau. Les pyramides avaient été remplacées par des galets géants, noirs, de formes diverses, traversés d'ondulations de verre qui reflétaient les fleurs et les arbres du parc. L'un des galets était immergé dans un plan d'eau. On n'en distinguait que le sommet. Strawberry fut saisie d'une telle émotion artistique qu'elle s'écroula en pleurs dans les bras d'Alba qui sentait sa gorge se comprimer. Gorodish n'était guère plus brillant.

Après un instant de silence, Alba eut la grande révélation :

– C'est le tao !

Des buffets dressés sur des tables arrondies étaient disséminés dans toute la propriété et Strawberry reconnut l'œuvre d'Horace Perceval III, car toutes les cuisines du monde semblaient être représentées par leurs créateurs. Les invités s'extasiaient.

Le trio se lança à la recherche du Pharaon, de Kim, de Suzy, de Pearl O'Pearl et d'Horace Perceval III.

Dans la première forme noire, ils trouvèrent le Dr Kim Breuerfliess entouré de la crème de la psychanalyse. Les patients naviguaient dans une bulle d'apesanteur sous le regard de Kim qui pouvait les observer et les entendre. Pas le moindre angle dans les galets noirs. La lumière s'infiltrait capricieusement et l'eau toute proche faisait vibrer ses reflets sur les parois obscures. Le mobilier, créé par le Pharaon, s'intégrait à merveille dans ces sculptures habitables. Des journalistes tâtillons cherchaient la ligne droite mais même la tuyauterie ondulait.

Le galet de Suzy était dessiné autour d'une bibliothèque spiraloïde. Celui de Pearl O'Pearl était un monde sonore où les amplificateurs, les magnétophones étaient devenus sphériques. Sous l'impulsion de son père, Pearl O'Pearl avait aboli la portée musicale de son écriture devenue concentrique. Des musiciens admiraient la dernière œuvre en progrès sur une table de marbre noir.

Au passage, Gorodish, Alba et Strawberry grignotèrent des crabes farcis de Baya, des dim sum, un morceau de geffilte fish, puis ils accédèrent enfin au galet de Strawberry. Toutes ses toiles avaient disparu pour être remplacées par des châssis blancs ovales, ronds, sinueux, sur lesquels le corps d'Alba serait immortalisé. Les toiles blanches faisaient le plus bel effet sur les parois sombres. Certaines étaient concaves, d'autres convexes, pour suivre les murs. Pour que Strawberry jouisse d'une lumière parfaite, le galet était, comme un dôme de hammam, percé d'ouvertures circulaires. Afin d'adoucir la lumière, une toile pouvait se tendre sur une partie ou sur toutes les sources de lumière, comme dans un atelier de la Renaissance.

Strawberry contemplait chaque détail lorsqu'elle vit Horace Perceval qui dévorait une cuisse de dinde en minaudant avec A, sa secrétaire chérie. Strawberry l'embrassa.

– Je fête mon dixième million de dollars. Je viens de faire un coup sensationnel. J'ai racheté le Norway et je l'ai loué à George Lucas qui est en train d'y tourner son prochain film avec Spielberg pour le revendre ensuite aux Français, transformé en studio flottant.

– Pas mal, dit Strawberry.

– Vous voulez voir ma pyramide ?

– Comment ta pyramide ?

– Si si, venez.

Ils montèrent jusqu'au galet d'Horace Perceval III, situé à côté d'une cascade et au centre duquel, distordue dans une boule de plastique transparent, se trouvait une pyramide dorée dont toutes les lignes droites avaient été torturées par l'imagination du Pharaon.

– C'est un cadeau de papa.

Les secrétaires se trouvaient suspendues dans des bulles parmi leurs appareils alors que la chambre d'Horace Perceval III était une reproduction géante de la Vénus de Milo, en marbre blanc, dans le ventre duquel se trouvait creusée une cavité destinée au sommeil fœtal du héros.

– Allons voir le Pharaon, dit Gorodish qui voulait en découvrir plus.

Horace Perceval III s'indigna :

– Malheureux, ne prononcez plus jamais ce nom-là ! On l'appelle le Sphèraon, maintenant.

– On peut le voir ? demanda Strawberry.

– Il est dans sa bulle. Personne n'a le droit de le visiter à part la famille. Il craint que des présences étrangères ne souillent son nouvel atelier. C'est là qu'il travaillera désormais. Mais je pense que Serge et Alba feront exception. Allons-y.

Après avoir composé le code qui leur en ouvrit la porte, ils empruntèrent un passage de verre subaquatique qui laissait filtrer la lumière. L'eau ruisselait tout autour d'eux. On se sentait comme un poisson.

Ils pénétrèrent dans la bulle elle-même, entièrement transparente, excepté la partie noire qui surgissait de l'eau. La lumière était irréelle et douce et le Sphèraon, épuisé, reposait sur un divan en forme de poire. Il se leva, serra chaleureusement la main de Gorodish, embrassa Strawberry et Alba. Les tables étaient couvertes de plans, de projets. On n'entendait que le ruissellement qui absorbait les bruits de la garden-party.

– Voulez-vous voir mon pensoir ? interrogea le Sphèraon.

Il appuya sur un bouton, une bulle surgit du sol, pleine de coussins colorés. Ils y entrèrent, la bulle disparut dans le sol et se mit à voguer entre deux eaux, à l'abri des regards. C'était parfaitement paisible, oxygéné et hors du monde. Le Sphèraon souriait, silencieux, détendu.

Plus tard dans la nuit, ils rejoignirent les invités. Le Sphèraon repoussa les interviews à plus tard car il désirait s'occuper un peu de ses hôtes. Cela se limitait pour lui à quelques sourires aimables. Les compliments l'agaçaient. Parfois, un fond de nostalgie le prenait. Il scrutait la foule, y cherchait un visage.

– Où sont mes toiles ? demanda Strawberry.

– En route pour le Guggenheim. J'ai traité en ton absence. Il y avait le choix, dit Horace Perceval III. L'exposition est prévue pour le printemps. Ce sera un événement international.

Alba et Serge rencontrèrent un choix de ce que le pays pouvait offrir de pire et de meilleur. Horace Perceval vantait l'agence Pink & Pink. Si dans les quarante-huit heures quelques clients friqués ne se pointaient pas à l'agence du nouveau génie de la profession, quelque chose ne tournerait pas rond dans l'univers sphèraonique.

Lorsque la rivière s'illumina, les invités ravis découvrirent que des sirènes se prélassaient dans les eaux. C'était un hommage du Dr Breuerfliess au génie de la nuit.

Les seuls invités à ne pas profiter de la soirée étaient un groupe d'architectes qui dissertaient avec amertume sur le génie perdu du maître des lieux.

Suzy avait réussi ses examens grâce à sa nabokoverie, Strawberry honorait son père en s'arrondissant, le Dr Breuerfliess figurait au sommaire de toutes les revues de psychanalyse, Pearl O'Pearl venait de recevoir une commande du Boston Symphony, Gorodish planait et la nuit semblait vouloir rester pour que la fête dure.

À l'aube, le parc se vida progressivement pour restituer toute sa splendeur à la création du Sphèraon. Il ne restait plus que les intimes, le service de sécurité avait plié bagage, tout était silencieux, les masses noires des constructions commençaient à se détacher des eaux où vibrait une lumière fragile.

Soudain, un minibus Toyota pénétra en trombe dans la propriété. Le chef indien qui préparait d'ultimes friandises se demanda s'il avait des hallucinations dues au black-bombay lorsqu'il vit sortir un essaim de religieuses en cornette du véhicule immaculé. Deux autres minibus suivirent, vides ceux-là.

Les religieuses devaient pratiquer les arts martiaux car il ne leur fallut pas plus de deux minutes pour embarquer le Sphèraon, Gorodish, Alba et le reste de la troupe avec une force impérieuse qui ne s'agrémentait d'aucune justification.

Le cuisinier indien invita les sirènes à venir déguster ses créations après quoi, fort des connaissances que ses ancêtres avaient montrées en matière sexuelle, il les honora de mille manières jusqu'à l'épuisement.

Pendant ce temps, les Toyota filaient en direction de Santa Barbara, à la stupéfaction des otages solidement encadrés. Pas question de descendre aux feux rouges. Même Gorodish avait été paralysé par une clé au bras lors d'une tentative de fuite.

Après un voyage éclair, les Toyota grimpèrent dans les collines et se perdirent parmi les vignes avant d'arriver au terminus de ce voyage impromptu : une mission magnifiquement conservée, de style espagnol dont Gorodish put lire le nom sur le portique : OUR LADY OF THE ETERNAL EARTHQUAKE.

Les Toyota s'arrêtèrent devant le parvis. Le calme des lieux était saisissant. Conduits au réfectoire, les « invités » furent traités plus gracieusement. On leur offrit du café mais aucune réponse. Ensuite, ils furent conduits au premier étage du monastère, on les fit attendre, le temps de sortir des sièges confortables sur le balcon où on les convia.

Gorodish eut l'impression d'avaler la partition des *Variations Goldberg*. À l'extrémité d'un immense terre-plein où attendaient patiemment quelques milliers de fanatiques se trouvait une estrade avec un Steinway.

McCoy Tyner et son trio entrèrent les premiers sous les acclamations du public. Il s'assit au piano, approcha un micro de ses lèvres et dit d'une voix émue :

– Je veux dédier cette nouvelle composition à celle que chaque Noir, chaque musicien, chaque fan porte au plus profond de son cœur, celle qui a disparu mais dont la présence nous accompagne à jamais, VIDA !

Ils jouèrent trente-cinq minutes. L'émotion était à son comble. Pendant six heures, les plus grands musiciens de jazz se succédèrent, ouvrant ainsi la première journée du premier festival de jazz de Santa Barbara. Même l'église s'était mise au parfum.

Le public campa sur place. On offrit des chambres aux invités. Pour la bienséance, Gorodish et Alba furent séparés mais pas Strawberry et Alba qui eurent droit à une cellule commune.

Les hôtes ayant manqué une nuit, ils s'endormirent rapidement. Gorodish fut tiré de son sommeil par une religieuse qui usa de la plus grande douceur, lui offrit une robe de chambre et lui demanda de la suivre. Ils montèrent un petit escalier en colimaçon jusqu'au sommet d'une tourelle. Gorodish eut l'impression de reconnaître la silhouette qui le précédait.

La religieuse ouvrit la porte d'une cellule très simple. À cet instant, Tristana se retourna vers Serge et, avec un grand sourire, elle le présenta à la mère supérieure.

– Ravi de vous revoir en vie, sœur Welrod, articula Gorodish.

– Vous m'avez aidée à me retirer du monde sur la pointe des pieds. Vous avez su faire des prédictions de Tristana une réalité. Dans cette retraite, je continuerai à servir le jazz plus que jamais. Il faut que vous soyez le seul à le savoir.

Sœur Tristana sortit une petite valise d'un placard et la donna à Gorodish.

– Les musiciens avaient promis une récompense à celui qui me sauverait. Vous l'avez méritée.

– Merci, dit Gorodish. Je n'ai pas fait vœu de pauvreté.

– Cela ne conviendrait pas à votre tempérament, dit sœur Welrod.

– Tristana, j'aimerais vous demander quelque chose avant de partir.

– Je vous en prie.

Gorodish hésita, sembla gêné.

– Est-ce que votre vocation vous autorise à prédire l'avenir ?

– Bien sûr...

– Je voudrais savoir si entre Alba et moi, cela durera toujours ?

Vida sourit. Tristana se concentra, quelques gouttes de sueur perlèrent à son front :

– Si vous savez la mériter, oui.

Gorodish embrassa Vida et Tristana.

– Passez nous voir de temps en temps. Vous serez notre invité à chaque festival de jazz, mais si entre-temps vous avez besoin de soutien moral, ou de connaître les jours propices à l'action, vous serez le bienvenu.

– On se reverra, dit Gorodish.

En regagnant sa cellule, il fit une halte dans celle de Strawberry et d'Alba qui dormaient tendrement enlacées. Il baisa les lèvres de sa nymphe qui entrouvrit les yeux et lui adressa un sourire de bouddha.

Gorodish retrouva sa cellule. Il prit trois Valium pour s'endormir car il fut pris soudain par une idée noire : il craignait de cesser un jour de mériter Alba. Ce jour-là, il deviendrait jardinier au couvent de « Our Lady of the eternal earthquake », ou il demanderait à Vida de lui tirer la dernière relique de son Welrod dans le cœur.

1987

ALBA

Roman

Pour Fernando

1

Serge Gorodish rêvait qu'il traversait la *Blue Mountain* de Jamaïque en compagnie d'Alba, couleur d'azur. Il quitta la douce dureté de son futon, passa sa robe chinoise de soie noire doublée d'écarlate, repéra le Steinway dans l'immense rez-de-chaussée de la pagode, fit cinquante-deux pas vers le sud, à travers la lumière rosée et tremblante du petit matin, pour s'apercevoir que la montagne bleue de Jamaïque s'était dissoute en un noir liquide. Il s'en versa une tasse, en but quelques gorgées qui vinrent une à une allumer les circuits de son intelligence. Il aperçut une feuille de papier sur laquelle languissait la merveilleuse écriture d'Alba. Les mystères du Tao lui avaient donné une fluidité aussi délicieuse qu'un baiser inventé par sa muse et qu'elle nommait « un ottoman de l'aube ».

Serge but encore quelques gorgées de café et tout au charme du graphisme, d'une main distraite, attrapa dans la corbeille une barre de céréales aux noix du Brésil et à la mangue, une découverte d'Alba à laquelle il avait immédiatement souscrit. Il ouvrit l'emballage, sortit délicatement la barre, la savoura tout en commençant sa lecture :

Il faudrait que tu me fasses construire un escalier de secours métallique qui me permette de monter chez moi sans te déranger. Nous ne devons traverser la pièce de l'autre que par désir. Tu me comprends ? Ce matin, je me suis levée à 5 heures, j'ai médité et j'ai compris pourquoi j'aimais tellement ça. J'ai une grande force de concentration mais je peine à trouver le centre de mon énergie. Les maîtres du Tao prétendent qu'il se situe à trois doigts, sous le nombril, c'est là qu'il faut fixer sa concentration. J'ai tenté de le faire ce matin, mais mon centre a dû glisser vers le bas car j'ai eu une sensation merveilleuse. La méditation me fait jouir. Serge !

C'est pourquoi j'ai pensé à l'escalier. Si nous voulons vivre ensemble toute notre vie, nous ne devons nous rencontrer que par désir. Tu es mon homme magique.

Alba.

Serge prit son téléphone sans fil et commanda l'escalier illico, puis il goûta une autre barre de céréales à la banane et but trois tasses de *Blue Mountain.*

Au loin, le corps doré d'Alba apparaissait et disparaissait dans les vagues.

Jason longeait la plage, la tête légèrement penchée en arrière pour mieux percevoir les sons. Il devait avoir une vingtaine d'années, des cheveux longs, très grand, plus discrètement musclé que le Californien moyen, plus mystérieux, plus gracieux, plus solitaire. Chaque matin, il faisait ainsi plusieurs kilomètres pour oublier la peur, ses pieds s'enfonçaient délicatement dans le sable mouillé. Tout à coup il entendit au loin un son qui se mêlait au grondement de l'océan. C'était un rire de joie, un cri rauque de plaisir qui devenait de plus en plus présent à mesure qu'il s'en approchait. Une sorte d'éclat primitif comme il n'en avait jamais entendu. C'était le rire d'Alba.

Jason s'immobilisa, s'enfonça dans l'océan jusqu'aux genoux, le corps tendu dans la direction du son. Il éprouvait un sentiment aussi frais qu'un matin paisible. Le rire cessa. Un corps se déplaça dans l'eau, une respiration haletante se fixa à quelques mètres de lui.

– Je m'appelle Jason...

– Moi, Alba.

La voix avait un éclat juvénile mais en même temps quelque chose de tendre, d'ouvert, de mûr.

Alba observait les yeux de Jason, d'un marron sombre et brillant qui semblaient fixer un point à l'infini, comme si elle s'y trouvait. Alba était troublée par la beauté à la fois sereine et angoissée de Jason. Elle sentait en lui une immense déchirure, une grande douceur.

Jason entendit la respiration se calmer, un déplacement dans l'air, une chaleur qui s'approchait. Une main prit la sienne, l'attira.

– Viens dans les vagues avec moi.

Jason se laissa conduire. Alba sentait qu'il était tendu. Il devina qu'un impressionnant rouleau arrivait sur eux. Alba se plaça derrière lui, le prit à bras-le-corps :

– Laisse-toi aller, n'aie pas peur !

Ils furent emportés, roulèrent dans les flots. D'instinct, le corps de Jason s'était fait souple et mou contre celui d'Alba. Dès qu'ils se relevèrent, Jason se mit à rire comme s'il n'avait pas ri depuis très longtemps. Bientôt, il n'eut plus peur des vagues, complètement abandonné à l'étreinte d'Alba.

Serge les observait, devant l'une des baies vitrées de la pagode. Les corps étaient lointains, petits, abstraits. La douleur que Serge commençait à sentir se développer au creux de son estomac était bien réelle. C'était la première fois qu'il voyait Alba enlacée à un homme. Un type qu'elle ne connaissait pas, qui venait d'arriver. D'habitude Alba déployait un art très zen de la dialectique avec les hommes qui la draguaient à longueur de journée, mais là...

– Je ne suis pas jaloux ! s'entendit répéter Serge.

Sa voix résonna dans la pagode vide.

Serge s'assit à son Steinway et joua quelques *Impromptus* de Schubert. Son esprit était tendu vers les structures de la musique. Mais, bientôt, il s'arrêta car il jouait comme s'il avait perdu son âme.

Alba connaissait bien Paul et Jo, deux flics en short et tee-shirt qui dans leur grosse jeep bleu marine sillonnaient la plage à la recherche de bouteilles de bière déguisées en bouteilles de coca, de dealers locaux, de vendeurs à la sauvette. Ce matin-là, lorsqu'elle vit la jeep s'approcher et que la voix niaise de Paul leur intima l'ordre, par haut-parleur, de regagner la plage, Alba trouva que les deux flics poussaient un peu. Ils sortirent de l'eau.

– Salut, beauté ! Tu essaies de noyer un aveugle, ou quoi ? demanda Jo.

– Je lui apprends à nager.

– Et si tu le lâches et qu'il se noie, tu pourrais être accusée d'homicide involontaire, dit Paul.

– Vous me gonflez. Tout ça, c'est juste pour voir mon cul de plus près.

– On a des jumelles dans la bagnole. C'est ta conversation qu'on apprécie, dit Paul. De toute manière, tu devrais nous parler gentiment parce qu'un de ces jours on va coffrer ton mec pour de bon. On l'a vu hier, il a encore balancé l'emballage de sa barre de céréales sur la chaussée. Ici, c'est pas comme en Europe. On est un pays propre et la loi sanctionne ceux qui jettent des papiers sur la voie publique. Comme d'habitude, on lui a filé un P.V. de cent dollars. C'est le quatre-vingt-neuvième et il s'en fout. C'est pas le fric qui manque, chez vous.

– Bon, ma jolie, retourne noyer ton aveugle si tu veux. À la prochaine !

La voiture s'éloigna, Alba et Jason se réchauffèrent en se couchant sur le sable.

– On était si bien avant l'arrivée de ces crétins, dit Jason.

– Je suis là tous les matins, on recommencera. Tu as déjà entendu du piano, sur la promenade ?

– Classique ?

– Oui.

– La pagode… On dit que c'est un endroit très beau.

– C'est là que j'habite. Tu peux passer quand tu veux.

2

Jason attendit plus d'une heure avant d'être reçu. Il avait pourtant parlé à plusieurs frères influents. On lui avait dit qu'il rencontrerait les Sages et les Sages devaient être là, dans une pièce de cette grande maison humide qui ne servait qu'aux réunions et aux auditions. Jason était rebuté par le côté formel des choses, mais il ne pouvait se soustraire à la discipline du groupe. Il connaissait leur toute-puissance et le sort terrible de ceux qui désobéissaient. Il se demanda pourquoi il était venu là. Tout cela était certainement inutile. Il n'y avait aucun bruit dans la maison. Au moment où Jason se leva pour partir, il entendit des pas. Une porte s'ouvrit. Une voix aimable, une voix de femme âgée, l'invita à entrer. Il circulait toutes sortes d'histoires sur la manière dont on devait se présenter aux Sages. Il s'apprêta à ôter ses chaussures, mais la femme, toujours aimable, lui dit :

– Que faites-vous ?

– On m'a dit que…

– Oubliez ce qu'on vous a dit, ce sont des enfantillages. Nous sommes des hommes et des femmes du présent, vous pouvez être parfaitement à l'aise.

Jason sentit quelques présences dans la pièce. Un homme âgé le pria gentiment de prendre place sur une chaise vers laquelle on le guida. Une autre femme, plus jeune, prit la parole.

– Nous sommes quatre pour vous entendre. Nous vous poserons quelques questions, répondez avec toute la liberté dont vous êtes capable. D'après le rapport que nous avons eu, cette jeune fille se nomme Alba. Racontez-nous avec précision votre rencontre.

Jason, impressionné, mit quelques secondes à trouver sa première phrase :

– Je marchais sur la plage. Il était un peu plus de 8 heures. J'ai d'abord entendu son rire. Un rire très beau, très émouvant, un rire qui venait du plus profond de l'être. Je me suis arrêté, tourné vers l'endroit d'où provenaient les sons. Elle est venue jusqu'à moi. Je l'entendais haleter. J'ai dit mon nom, elle m'a dit le sien. Ensuite, elle m'a pris par la main et m'a tiré avec douceur dans les vagues.

– Ce contact a eu lieu sans aucune question préalable ?

– Oui.

– Vous a-t-elle observé longtemps ?

– Non.

– A-t-elle dit le « mot » ?

– À aucun moment.

– Avez-vous senti une hésitation, une gêne de sa part, avant ou après le contact ?

– Aucune.

– Comment était sa main ?

– Douce, chaleureuse, confiante.

– Que s'est-il passé ensuite ?

– Nous avons avancé, j'étais inquiet. J'ai senti venir une vague plus grosse que les autres, Alba m'a dit de me laisser aller et m'a pris à bras-le-corps. Nous avons disparu sous l'eau.

– Quand vous êtes-vous senti en confiance ?
– Dès les premières secondes, mon corps s'est détendu.
– Quel est le timbre de sa voix ?
– C'est une voix jeune, impétueuse, assez dense, très musicale, très naturelle, parfois basse.
– Quelle a été sa réaction lorsque la police vous a donné l'ordre de sortir de l'eau ?
– Elle m'a guidé par la main. Nous nous sommes approchés. Elle leur a parlé.
– Les policiers ont-ils prononcé le « mot » ?
– Oui. Ensuite, nous nous sommes séchés sur le sable. Elle m'a expliqué où se trouvait sa maison.
– De quelle manière ?
– Par le « sens ».
– Spontanément ?
– Oui. Elle m'a parlé de la musique qu'on entend chez elle. J'ai su immédiatement que c'était la pagode.
– Elle vit avec un musicien ?
– Je pense.
– Est-ce son ami, son père ?
– Les flics ont parlé de son « mec ».
– Rien d'autre ?
– Les flics ont menacé de le « coffrer ».
– Pourquoi ?
– Il a eu quatre-vingt-neuf P.V. pour avoir lancé des emballages de barres de céréales et d'autres papiers sur la voie publique.
– Des emballages de barres de céréales ?
– Oui. Les policiers en ont déduit qu'il devait être riche.

Il y eut un silence puis la femme qui l'avait introduit dans la pièce s'approcha pour lui signifier la fin de l'audition.

– Nous vous remercions, Jason. Nous voudrions que vous rencontriez cette personne demain et que vous nous fournissiez de plus amples explications sur son comportement et son corps. Soyez attentif. Revenez demain à la même heure.

Jason sortit de la maison, il sentit l'odeur de palmes sèches et en déduisit que personne n'entretenait le jardin. Une limousine le reconduisit près de l'océan. Il se rendit chez son ami Samy, le propriétaire d'un bâtiment de brique et de verre, au centre d'un parking, appelé le Burger Paradise.

– Ça ne gaze pas ? demanda Samy.

– Si, ça va.
– Ta frangine a encore des problèmes avec son mari ?
– Ce mec est une ordure mais depuis la dernière fois, ça va plus ou moins.
– Le groupe, alors ?
– Fais-moi un double cheese-burger. On parlera de tout plus tard.
– Quand est-ce qu'on se craque une toile ?
– Quand tu veux.

Il rentra dans son studio, se prépara un joint, écouta *Left Alone* d'Archie Shepp et Dollar Brand en pensant qu'Alba avait la liberté profonde de cette musique.

3

Il devait être cinq heures du matin. Alba ouvrit de grands yeux, salua tous les tseu dont les livres s'empilaient contre le mur, alluma l'étoile rouge à côté de son lit rouleur et tangueur, écouta l'océan et se dit que le temps de la méditation était révolu. D'ailleurs, depuis qu'elle avait cessé de jouer avec le tao, Serge allait beaucoup mieux. Trois gros câlins par jour avaient été une thérapie éclair. Finis les Valiums et autres pilules couleur pastel. Et puis la méditation la faisait trop jouir et, comme l'obscure morale de Serge était plus rigide qu'un Steinway fermé et qu'elle ne voulait pas appeler le secours catholique pour se faire dévirginiser, elle avait décidé de forcer les câlins de quelques décibels, juste pour voir.

Alba descendit, se glissa contre Serge qui roupillait paisiblement, couché sur le dos. Alba se laissa gagner par sa chaleur, blottie contre lui. Elle caressa sa poitrine, son épaule, son ventre et retint un petit rire qu'elle étouffa sous l'aisselle de Serge. S'il rêvait, elle espérait que c'était d'elle. Alba n'eut pas le temps d'en savoir plus, car Serge s'éveilla et le mirage s'estompa sérieusement. Serge lui caressa les cheveux.
– Il y a longtemps que tu es là ?
– Quelques minutes. Est-ce que tu m'aimes ?
– Passionnément.

– Comment ? demanda Alba, étonnée.
– Passionnément.
– Oh ! Serge ! C'est joli, j'adore ça. Dis-le-moi encore !
– Passionnément.
Alba, pour le remercier de cet élan matinal, lui fit « un coulé oblique vaporeux », l'un des baisers favoris de Serge.
– Est-ce que tu rêvais de moi, tout à l'heure ?
– Pourquoi ?
– Je te laisse deviner.
– Donne-moi une piste...
– Un monument italien penché...
Serge reprit son souffle.
– C'est un truc purement mécanique.
– Ah bon...
Alba, intéressée, s'assit sur le lit.
– Explique-moi.
– Quand on dort, on traverse chaque nuit à peu près cinq périodes de rêves qui alternent avec des phases de sommeil profond et c'est pendant les périodes de rêve que se produisent les érections. Des chercheurs américains prétendent même que, sans les inhibitions qui s'installent dès le réveil, l'homme serait en érection constante.
Alba fut prise d'un fou rire inextinguible.
– J'aime quand tu es technique. Si tu me répondais toujours aussi clairement, ce serait merveilleux.
– Il ne faut pas mélanger mécanique et désir.
– Finalement, je crois que tu es douze fois plus romantique que moi. J'ai une idée. On s'habille et on file prendre notre petit déjeuner au Biltmore.

La longue traînée rouge laissée dans l'aube par les feux de la Cadillac obligea le jour à se lever. Alba écoutait une ballade de Charles Lloyd, *Lady Day*. Elle aurait voulu ne jamais s'arrêter. La main immense de Serge lui caressait la nuque. Alba laissait sa tête reposer sur la cuisse de Serge qui se sentait plus amoureux qu'une anche de saxo entre les lèvres d'Archie Shepp. La Cadillac était sortie de sa phase dépressive en même temps que Serge, elle ne craignait plus les longs parcours.

Alba prit des œufs pochés, du bacon, des pancakes, de l'ananas, du cheesecake, du gâteau au chocolat et une gaufre.

Serge, sidéré, et plus modeste dans ses choix, la regardait s'empiffrer.

De retour à la pagode, Alba passa son costume de bain fluorescent et fonça vers la plage où Jason l'attendait. Ils nagèrent pendant deux bonnes heures. Serge était sur le toit de la pagode avec une paire de jumelles. Ce qu'il observait n'était pas leurs ébats qui se passaient en grande partie sous l'eau, mais plutôt la présence étrange de quatre aveugles assis dans le sable, non loin de là.

Les ouvriers arrivèrent pour poser l'escalier métallique. Il dut leur donner des instructions.

Alba et Jason sortirent de l'eau. Ils se séchèrent sous l'invisible laser des quatre aveugles. Deux hommes et deux femmes, ceux-là même qui avaient écouté Jason.

– J'aimerais toucher ton visage, je peux ?

– Vas-y.

Jason se mit à palper délicatement le front, le nez, les yeux, les joues, les lèvres d'Alba puis ses oreilles, son crâne, sa chevelure.

– Tu es belle, ta peau est très douce.

– Touche le reste si tu veux une image complète.

Alba se releva, les mains de Jason parcouraient son corps, détachant les grains de sable sur sa peau. Tournée vers l'océan, Alba n'avait pas vu Serge s'approcher. Tout à coup elle l'entendit.

– Ce n'est pas un escalier que je devrais te faire poser mais un ascenseur.

Alba se retourna d'un bond. Elle se mit à rire. Jason tendit une main en direction de la voix. Serge garda un moment cette main dans les siennes, puis il regagna la pagode sur la pointe des pieds.

Jason pensait encore aux vagues et à Alba lorsqu'il entra dans la salle pour sa deuxième audition. Il décrivit le corps d'Alba le mieux qu'il put. Il n'était ni peintre ni écrivain, mais le blason qu'il réussit émut ses auditeurs.

4

Alba avait étiré sa promenade matinale et avait joué les dauphins jusqu'à ce que la plage commence à se barioler de monde. Jason n'était pas là. Elle traîna encore sous le soleil et, un peu triste, se décida à rentrer. En approchant de la pagode, elle vit un camion surmonté d'un treuil à navette spatiale dans laquelle des ouvriers s'affairaient. Une passerelle d'acier était fixée à l'une des fenêtres et descendait jusqu'au minuscule jardin. Serge ne laissait pas traîner les choses.

À cent mètres, elle reconnut les *Variations Goldberg* que Serge jouait ce matin-là avec un élan, une verve qu'Alba ne lui avait pas entendus depuis longtemps. Elle entra dans la pagode, s'assit sur le futon, sans bruit. Elle avait dû manquer l'aria et les huit premières variations. Elle trouva Serge magnifique, concentré. La musique coulait, structurée, limpide. Alba ne put retenir une larme en écoutant la seizième variation.

Lorsqu'il eut terminé, Alba lui fit une « forteresse volante en flammes qui pique vers la terre ». Serge aurait bien voulu commencer une encyclopédie du baiser en notant les inventions d'Alba, mais elle s'y refusait, voulant garder à chaque baiser son caractère improvisé. Lorsqu'ils eurent repris leur souffle, Alba repéra, sur le piano, un grand livre rouge.

– Qu'est-ce que c'est ?

– C'est pour toi. Je l'ai trouvé devant la porte tout à l'heure.

Alba ouvrit le livre. Il y avait un mot écrit à la machine :

Chère Alba, je ne pourrai pas venir nager pendant quelques jours. Je dois quitter la ville pour un truc de famille. Tu vas me manquer beaucoup. À bientôt,

Jason.

Alba feuilleta le grand album en poussant des petits grogements admiratifs. Il y avait là-dedans de quoi faire craquer n'importe quel dingue de maquettes.

– C'est superbe, ce sont des avions géants à découper, pour enfant surdoué. Je suis certaine que ça va te plaire !

Serge s'approcha. C'était un très beau livre.

– Ça doit être un sacré boulot de construire ces trucs !

– Regarde ! dit Alba, il y a même celui que je viens de te faire ! Un B-52 tout rouge avec les tourelles et tout. Je veux qu'on fasse celui-là. Un mètre vingt d'envergure. On pourrait presque monter dedans ! On prend la bagnole, on va s'acheter des ciseaux, des cutters, de la colle et on s'y met.

– Viens d'abord admirer ton escalier de secours.

Ils montèrent. Serge avait fait remplacer la haute fenêtre à laquelle arrivait l'escalier par une porte de fer. Ils l'ouvrirent, se penchèrent. Le boulot était presque terminé.

– Tu veux un téléphone ? demanda Serge.

– Non, un panier avec une ficelle pour faire descendre mes lettres. Je ne sais pas d'où ça vient mais j'adore t'écrire. Je vais t'écrire de plus en plus souvent.

– Je vais t'offrir un stylo en or.

– Je voudrais un stylo qui crache de l'encre de Chine, genre architecte.

– Tu ne veux pas un pinceau et une pierre à encre, comme tes vieux Chinois ?

– C'est toi mon vieux chinois, allez viens, on décolle, on rentre et on colle. Si tu as vraiment très faim, je t'accorde un sushi entre les deux, mais sans saké, il faut faire un boulot de précision.

Jason, confiné dans son studio, s'ennuyait ferme. Il se fit apporter une pizza et une bouteille de Seven-up. Il n'avait même pas le droit de sortir faire une course. Il en profita pour écouter tous ses disques de Coltrane et se lança dans une étude comparative des herbes californienne, mexicaine et jamaïcaine. La première était très bonne, la deuxième excellente, la troisième extraordinaire, la première sensationnelle, la deuxième inouïe, la troisième fabuleuse, la première géniale, sans parle de Coltrane, de Dolphy, de McCoy Tyner, d'Elvin Jones, de Pharoa Sanders parmi ceux qu'il reconnut au passage. Il se demanda qui changeait les disques, car la musique ne semblait pas s'arrêter. Cela devait être lui ou Alba. Il pensait à elle avec une telle intensité qu'il lui arrivait de la sentir physiquement à son côté. Deux ou trois fois, il tendit la main vers le vide auquel il donnait les formes d'Alba.

Serge et Alba ressemblaient à deux gamins colleurs appliqués. La table de la cuisine s'était transformée en chantier aéronautique. Une aile, une autre, une partie du fuselage, une tourelle. C'était de la haute précision et seuls les doigts fins d'Alba réussissaient les collages les plus difficiles. Les divers éléments du B-52 attendaient l'assemblage final. Pour passer tranquillement le cap de la nuit, Serge s'envoya un triple Wild Turkey dans un bocal à confiture, dans lequel le réfrigérateur balança quelques glaçons, et Alba, une bouteille entière de nectar d'abricot. Toutes les quarante-cinq minutes, ils échangeaient un long et torride « vesuvio spumante », le baiser de ce soir-là, qu'un ethnologue aurait décrit comme une languide langueur à fusion répétitive et à intrusion linguale vibratoire.

Alba était en train de fixer l'aile gauche de l'appareil lorsqu'elle demanda :

– Dis, Serge, pourquoi tu ne me racontes jamais tes nuits folles ?

– Heureusement qu'on n'utilise pas de la super-glue, tu aurais dû me conduire en urgence à l'hôpital pour me faire décoller les doigts.

– Pourquoi presses-tu sur le tube comme ça ?

– Si on allait danser ?

– Super, on finira demain matin. Je veux aller au Kingston, sur Broadway. Il y a un groupe jamaïquain *live* ce soir. J'ai les crocs, en plus. On va se taper un panier de *fried chicken*, se fumer un petit joint et je te promets un « Golem qui danse la rumba avec la fille d'Einstein », devant tout le monde.

– Pourquoi devant tout le monde ?

– Tu sais bien que t'es un peu exhibo, Serge. Ensuite, on se mettra dans le petit canapé du fond, je te ferai « une vision du Fuji-Yama à l'aube » et tu me raconteras un truc un peu dégueulasse avec tous les détails croustillants comme du canard laqué !

– Allons-y !

Serge et Alba firent la fermeture du Kingston. Alba était plus allumée qu'une autoroute bordée de sapins de Noël. Ils avaient dansé toute la nuit, fait fondre la neige du Fuji sur le petit canapé, où, dans une pénombre enfumée grande teinte, sous l'œil bienveillant d'une ou deux matrones, Serge avait embrassé les seins d'Alba et avait caressé jusqu'à la plante des pieds l'humide électricité de sa nymphe. Le groupe avait dispensé une musique de solide révolution, le chanteur à la voix rauque avait dédié une improvisation pleine de mélancolie et de corps torturés à celle qu'il avait baptisée, dans un mouvement bien vu, « l'ange luisant ».

– On devrait passer nos nuits au Kingston, j'adore cet endroit, dit Serge en remontant Broadway au petit matin en tenant Alba par la main.

Ils passèrent devant un parking en retrait. Alba entraîna Serge entre deux voitures, elle enleva son t-shirt dans l'air moite et tiède, chargé d'iode.

– Lèche-moi, Serge, lèche-moi, le ventre, les seins, les épaules, le dos, les bras, le cou, le visage. Je te donne trois minutes pour me rendre plus perlée que l'aube.

Alba, le t-shirt à la main, les jambes molles, dans sa mini-jupe de coton, traversa le parking comme la figure de proue d'un navire. Un vieux mexicain, qui dormait sous une montagne de carton, se mit à crier :

– Santa Teresa ! Santa Teresa ! Viens, emmène-moi au Paradis ! puis il s'effondra, anéanti par sa vision.

– Tu es un lécheur divin, dit Alba en riant comme Jason ne l'aurait pas supporté, un rire à décoller la couche de laque d'un van américain.

Alba se rhabilla. Ils s'arrêtèrent au Windshield Doughnut Shop, s'enfilèrent quelques beignets et du café avant de prendre la direction de la pagode. Ils garèrent la Cadillac. Ils étaient trop euphoriques pour noter la présence d'un aveugle assis sur un banc.

5

À cette heure, les murs de la pagode semblaient immenses et flexibles. L'édifice respirait bien, tranquille, dans une conversation à mi-voix avec l'océan. Alba adorait cet instant. Elle ne le manquait jamais, soit en se couchant tard, soit en se levant très tôt. Sans se concerter, ils allèrent directement à la table de la cuisine sur la clarté de laquelle se détachaient les membres épars du B-52 rouge.

– On se fait un vrai café et on termine le collage, dit Serge.

Pendant que Serge était aux grains qu'il moulait à la main parce qu'il était un manuel et que le moulin était un cadeau d'Alba, sa nymphe fonça sous la douche. Ils se retrouvèrent assis, Alba dans un peignoir rêche, Serge avec l'œil brillant d'un pilote de la Navy qui tente d'échapper au feu de l'ennemi. En moins de trois tasses de *Blue Mountain* la forteresse était prête à prendre son envol.

Lorsque Paul et Jo, les deux flics de la plage, avaient reçu l'information anonyme selon laquelle le « Français » de la pagode commettrait un délit important dans les heures qui allaient suivre, ils s'étaient pourléchés. Enfin, ils pourraient donner une leçon à ce type, une leçon dont il se souviendrait. Dans leur petite tête, ils n'excluaient pas qu'Alba serait très gentille avec eux. Dès la réception du coup de fil, ils avaient expliqué le cas à leur supérieur qui estima lui aussi qu'il fallait marquer le coup. En présentant bien les choses, ils se débrouilleraient pour trouver un juge à la hauteur. Leur seul problème était qu'ils ignoraient la nature de ce délit majeur. À tout hasard, ils avaient demandé deux autres voitures de patrouille, les shot-guns, l'hélicoptère et tout ce beau monde attendait depuis minuit, lorgnant la pagode à la jumelle. L'hélicoptère avait suivi Serge et Alba. Un flic en civil les avait vus tirer sur un joint et se peloter sans filets. Il avait aussi assisté à la scène du parking, mais le commissaire savait qu'il en fallait plus pour exciter un juge. Il avait laissé couler en attendant un truc plus juteux. Et ce truc plus juteux, sa petite tête dansait un tango acide pour imaginer ce que cela pouvait bien être.

Paul tirait sur sa vingt-troisième Camel. Jo mastiquait du Hollywood en tranches sans calories, l'œil fatigué. Il posa ses jumelles.

– Bon, ça vient ? maugréa-t-il.

– Pourquoi est-ce qu'on nous aurait fait signe si rien ne se préparait ?

– J'espère que ce vieux satyre ne va pas découper la petite en rondelles. Quand même, on pourrait le coffrer pour détournement de mineurs.

– On a vérifié, tout est légal, il a la garde de la gamine et puis il n'est pas si vieux que ça. J'aimerais bien être à sa place.

Un silence épais descendit sur la jeep. Il fut bientôt troublé par un message du pilote de l'hélicoptère.

– Hélico à voiture un, une trappe vient de s'ouvrir sur le toit du bâtiment. Le type et la fille sortent.

– Voiture un, appel à toutes les voitures. Les suspects sont sur le toit de la pagode. Soyez prêts à intervenir.

Alba tenait l'avion par le train d'atterrissage. Il était magnifique dans la lumière du matin. Serge l'observait d'un regard amoureux. Ils se faufilèrent entre les cheminées, passèrent à côté du trône du gourou suisse, arrivèrent en bordure du toit.

– Ils sont vraiment emmerdants avec leur hélicoptère, dit Alba.

– Ce sont les flics. Ça devient une obsession. J'ai toujours rêvé d'un avion pareil. Tu es certaine qu'il va voler ?

– C'est écrit dans le bouquin. Ils sont garantis planants !

– Bon, passe-le-moi.

Serge le prit par le fuselage. Un léger souffle de vent traversa la chevelure d'Alba, Serge donna une impulsion au B-52 qui s'éleva comme s'il était propulsé par un moteur.

– C'est superbe, dit Serge.

– On va faire tous ceux du bouquin et après, on les mettra dans une vitrine.

Ils regardaient tranquillement le B-52 descendre en direction du sable clair lorsque Serge et Alba furent pris dans le faisceau du puissant projecteur de l'hélicoptère. Une voix en béton armé diffusée par un haut-parleur leur ordonna de ne pas bouger. Simultanément, les sirènes des voitures de police se mirent à perforer le petit matin. Crissements de pneus. Bruits de course à travers la pagode. Six flics, shot-guns à l'épaule, débouchèrent sur le toit. Alba suffoquait de rire. Gorodish fut plaqué au sol en deux temps trois mouvements, il se retrouva menotté pendant qu'un huluberlu leur crachait la litanie :

– Vous avez le droit de demeurer silencieux...

Le rire d'Alba fut coupé net par la violence de l'assaut. Gorodish se mit à gueuler, Alba tentait de trouver une complicité chez Paul et Jo qui restèrent aussi impassibles qu'une paire de cheese-cakes dans une vitrine réfrigérée.

– Qu'est-ce que c'est que cette plaisanterie ? hurla Serge en se relevant.

Jo exhiba les restes du B-52 sur lequel il avait fait rouler la jeep avec un malin plaisir.

– Pour la quatre-vingt-dixième fois, vous avez jeté du papier sur la chaussée. Et cette fois, ce n'est pas cent dollars que ça va vous coûter. C'est quelques mois de taule !

– On est en pleine science-fiction, dit Serge, plus calme. C'est un avion. Un avion américain. Un B-52, bande de connards !

– Pour moi, ce n'est qu'un bout de papelard rouge, pas vrai, les gars ?

– C'est du papier ! entonnèrent les flics en chœur.

– Emmenez-le ! dit Paul.

– Ne t'inquiète pas, Alba. À tout à l'heure. Ces abrutis ont sûrement des supérieurs. Ça va leur coûter un max.

– Je t'accompagne, dit Alba.

– Pas question, dit Jo. Si tu es sage, on te téléphonera pour te tenir au courant. Je pense qu'il sera jugé dans la journée. Le mieux que tu puisses faire pour lui sauver quelques semaines, c'est de téléphoner à un avocat.

Alba embrassa Serge. La mort dans l'âme, elle le vit disparaître dans la voiture des flics, puis ce fut le silence. Alba se retrouva seule devant la pagode. Elle aurait bien voulu avoir un punching-ball.

6

Avocat ou pas, le juge trouva que quatre-vingt-dix P.V., c'était de la « provocation », « un mépris des citoyens et des lois de ce pays ». Il concéda que ce n'était pas « la gravité des faits en eux-mêmes, mais plutôt leur répétition » qu'il sanctionnait. Résultat, un mois ferme, dans une petite prison à la campagne, plus confortable que la prison d'État et moins dangereuse. Serge était abasourdi. Alba se mit à hurler des insultes, en français, ce qui lui épargna une poursuite pour outrage à magistrats. Serge lui envoya un baiser avant d'être emmené. Elle se retrouva seule avec l'avocat qui se retira discrètement, car il craignait de se faire arracher les yeux.

La pagode était immense, froide et vide. Le Steinway tirait une sale tronche. L'océan n'aurait même pas été pris comme figurant dans une série B. Les palmiers avaient l'air fabriqué en Corée et le sable peint à la va-vite sur la toile d'un théâtre minable. Alba s'effondra sur le futon et se mit à pleurer. Trois heures après, elle se dit que si elle continuait, elle allait faire germer les grains de sarrasin dont l'oreiller de Serge était bourré. Elle se concentra, calma sa respiration. Elle eut quelques idées : engager des tueurs à gage pour descendre Paul et Jo, les faire crucifier sur le pont de Santa Monica Pier, les donner à bouffer aux fourmis dans une forêt californienne, les livrer aux Navajos, les propulser sans arme dans un bar de Watts, les abandonner dans le désert, les enterrer vivants, les couvrir d'étoiles de shérif et les laisser couler dans les profondeurs de l'océan. Pour finir, elle décida plus simplement qu'ils n'existaient plus. Après avoir essayé de dormir, elle partit courir le long de la plage jusqu'à l'épuisement et trouva enfin le sommeil. Elle fit d'horribles cauchemars, tous les pires moments des films qu'elle avait vus se surimprimaient.

Au réveil, elle téléphona à l'avocat.

– Je veux aller voir Serge tous les jours.

– C'est impossible. Vous ne pouvez obtenir de droit de visite. C'est réservé aux membres de sa famille.

– La famille ! Je suis sa femme !

– Aux yeux de la loi…

– Je n'en ai rien à foutre. J'irai voir le juge moi-même s'il le faut !

– C'est la dernière chose à faire.

– Dites-moi ce que je peux faire, alors !

– Lui écrire. C'est tout. Je vais faire tout mon possible pour lui obtenir une réduction de peine. Si je peux vous être utile en quoi que ce soit, n'hésitez pas à m'appeler.

– Si je téléphonais au président ?

– Ne faites rien sans m'en avertir. Ne compliquez pas la situation.

– OK, je vais me mettre en hibernation !

Alba communiqua la liste de ses doléances au Steinway compatissant, fit sonner quelques notes, puis décida de se faire à cette solitude. Elle allait écrire à Serge. Tous les jours. Mais elle, recevrait-elle des lettres ? Pourquoi n'avaient-ils pas le téléphone dans les cellules ?

Alba remplit son stylo d'architecte d'encre de Chine, elle attendit la nuit en grignotant quelques barres de céréales et commença sa lettre. D'instinct, elle évita d'aborder le sujet d'actualité. Ce qu'il fallait à Serge, c'était du rêve, elle allait donc lui en envoyer un lingot, sans fioritures et sans détours :

Mon amour, je t'embrasse, je te fais
Un suave glissé
Un mouillé arraché
Un hésitant hirondelle
Un suceur de jus
Un couvrant aspirateur
Un indécis dérapant
Un givré la flamme
Un swing tremblant
Un coupe-souffle déséquilibrant
Un reggae-bourbon
Un mordilleur-langue-molle
Un paupières-nez-lèvres à l'abricot
Un lourd-lent aux vapeurs de plaisir
Un sucré islamique
Un vert émeraude à la source
Un cinémascope nord-sud
Un suraigu cinq heures du matin
Un somnolence fruit de ma passion
Un impromptu d'encre
Un collé profond parking
Un montagnes russes à travers lèvres
Un inattendu en sorbet
Un détaché pointe de langue surprise
Un vrillé perdu dans le ciel
Un obscur non identifié
Un mordant sacralisé
Un pyrorégénérateur
Un pompant flambant
Un dégueulasse bleu contourné
Un ottoman de l'aube
Un forêt de bouleaux à l'automne
Un petite braise sourde
Un balbutiant
Un opéra chinois
Un bourgeon-bourdon
Un capriccio frileux
Un bayadère sur les chevilles

Un corne de brume sur la nuque
Un égaré multiple
Un rigolo aux mille parcours
Un petit paradis bien localisé
Un prestigieux mouillant
Un napolitain noir
Un pénombre expressionniste
Un barbare-iris
Un imperceptible-prière
Un sifflant gobé
Un bleu apollinien fléché
Un luisant zigzag
Un saxophonique opiacé
Ton éternelle Alba.

Alba téléphona à l'avocat, demanda l'adresse de la prison qui se trouvait à quelques dizaines de kilomètres de la ville et partit poster sa lettre. Lorsqu'elle referma le couvercle de la boîte à lettres bleue, elle se sentit soudain très seule. Elle se promena, acheta un hamburger, fit un peu de lèche-vitrines. Il lui semblait que Serge lui envoyait des ondes calmantes. Après tout, il y avait chez lui un côté ermite qui s'accommoderait peut-être de ce séjour forcé. Alba se dit que Serge en profiterait pour apprendre le chinois, compter toutes les femmes avec lesquelles il avait couché, lire la Bible, inventer des recettes de cuisine, apprendre par cœur les trente-deux sonates de Beethoven, se fondre dans le Tao, se confesser au prêtre de la prison (elle fit un rapide calcul : trente jours multipliés par huit heures de confession, ça faisait deux cent quarante heures, à peine de quoi raconter les grosses choses), compter toutes les fois où ils avaient presque fait l'amour, s'initier à la menuiserie, penser à elle, d'une manière intense, obsessionnelle.

Serge eut l'impression d'entrer dans un club de vacances un peu spartiate. La navette de l'établissement était venue le chercher, on l'avait conduit à l'« hôtel », il avait rempli les formulaires, donné ses cartes de crédit, l'attaché de presse avait arrangé une petite séance de photo avec un artiste qui avait fait le boulot en quelques secondes. Il avait été accueilli par les vacanciers déjà acclimatés comme quelqu'un qui arrive en retard, mais l'atmosphère était excellente et décontractée. Dès le début, on l'avait tutoyé. Il n'y avait pas de ségrégation raciale ou sociale, tout le monde portait le même costume confortable. Un seul menu. Le club devait être tenu par des patrons affiliés à une ligue anti-alcoolique, il n'y avait même pas de bar. Par contre, aucun problème pour trouver un bon joint, voire plus sérieux.

Très vite Serge constata qu'il n'y avait pas de femmes. Il posa la question : un autre club leur était réservé. Serge ne se souvenait pas d'avoir retenu une chambre pour quatre, mais les autres clients étaient tout à fait intéressants et Serge n'eut aucune peine à trouver des points communs, malgré la barrière du langage. Les domestiques n'étaient pas très stylés, les maîtres d'hôtel un peu négligents, pourtant le directeur de l'établissement l'avait reçu en personne. Il lui avait souhaité la bienvenue, expliqué comment fonctionnait le club et précisé les modalités de paiement. Il y avait un fitness club, une bibliothèque, une grande salle à manger et une grande cour pour la promenade et l'exercice.

Dès la première nuit, Serge songea que tout cela n'était qu'une plaisanterie de la destinée et qu'avec la machine à calculer de ce pays, il aurait tout aussi bien pu être condamné à deux cent quatre-vingt-sept ans de détention pour les délits qu'il avait accumulés jusqu'alors. Il ne s'angoissa pas outre mesure pour sa nymphe. Le coffre-fort était bourré d'oseille, elle en connaissait la combinaison et la solitude ne l'effrayait pas.

Ce soir-là, Serge s'endormit comme un chaton malgré la conduite de certains vacanciers qui se permettaient de hurler au milieu de la nuit.

Amore, Darling,

J'ai essayé de passer à la prison, ce n'était pas rien ! J'ai voulu faire les choses très bien : introduire dans ces murs un petit bout de cinémascope, un morceau de rêve, quelque chose qui t'étonne et qui t'amuse. Il faut te dire que je n'y suis pas allée par quatre chemins. J'avais l'air d'un plan oublié dans un chef-d'œuvre du film noir. Tailleur italien, grand chapeau, bas, chaussures en croco, le tout d'un noir très noir. J'ai loué une limousine et je me suis fait déposer devant la prison. J'avais tout de la femme chic de trente ans.

J'ai dit que j'étais ta femme, les gardiens se sont marrés.

J'ai dit que j'étais ta fille, les gardiens m'ont dit que je n'avais pas de chance.

J'ai dit que j'étais ton amie de cœur, ils m'ont dit de me casser.

Seuls les membres de la famille sont admis. C'est scandaleux, j'étais furieuse, folle de rage. Je les ai insultés en français avant de me tirer. Je suis triste. J'ai une classe folle. Tu me rends belle. Non, je serais belle de toute manière. Disons que tu mets des petits diamants dans mes yeux, que tu rends mon ventre doux, que tu sais me faire fondre lentement dans ta bouche. Je suis ton bonbon acidulé à la mandarine. C'est terrible qu'un homme comme toi soit en prison pour une histoire d'avion en papier. C'est injuste. Moralité, il faut toujours travailler dans le géant. Le petit crime ne paie pas.

Sais-tu ce que j'ai fait en rentrant ? Je me suis enfermée dans le grand placard de ma chambre après l'avoir vidé. Je suis au pain et à l'eau. Une couverture pour dormir, c'est tout. Tu te souviens de la petite lucarne que nous avions bouchée ? Je l'ai rouverte. Je veux vivre en recluse, comme toi. Pas de promenades, pas de bains, pas de musique. Je vois un coin de ciel bleu, comme toi, peut-être. J'ai de la peine à dormir sur le sol dur. Ta chaleur me manque cruellement. J'avais envie de te sentir contre moi. Il n'y a pas d'autre lumière que celle du jour.

C'est terrible toutes les envies qu'on doit réfréner lorsqu'on est enfermé. Je suis affamée de caresses, de tendresses, de bisous vrillés, de programmes guerre des étoiles. Parfois je désire très fort que ton vaisseau spatial entre dans ma station intergalactique. Je ne comprends pas cette obstination à ne pas vouloir me faire l'amour. La plupart des filles de mon âge avec lesquelles je parle ont des amants. Évidemment, à côté de moi, elles sont hypernulles en câlins, mais quand même, il faut que tu réfléchisses. Qu'est-ce qui te retient ? Je sais que tu me désires et que tu n'as aucun sens moral, enfin, je crois. Par moments, je t'en veux à mort. J'imagine qu'il n'y a que la musique qui te branche vraiment. Bien que j'en sois un, je ne veux pas être aimée comme un objet d'art. Je veux être aimée comme une femme. Je suis une femme !

Je regarde par la fenêtre les différents passages du bleu. Je donnerais tout pour un petit nuage. J'ai froid, je tremble, j'ai chaud, j'essaie de chanter un air de Cosi fan tutte *pour être en toi, je ne sais plus où je suis, peut-être à Bénarès. J'aimerais bien être à Bénarès. J'aime tout ce que tu m'en as dit. Tu ouvrirais un ashram, tu deviendrais un gourou, on s'achèterait un palace, j'apprendrais aux disciples à rouler des pelles à la vacuité. Je deviendrai la Reine de la Nuit, la reine de toutes tes nuits.*

J'ai une idée, peut-être ne me fais-tu pas l'amour de crainte que je ne veuille plus jamais sortir du lit. Tu t'épuiserais très vite, tu deviendrais tout bleu, tout maigre, tout petit et moi de plus en plus belle. Un jour, tu commencerais à léviter. Il faudrait que je t'attache au Steinway avec une corde.

Je te fourre ma petite langue pointue dans les oreilles. Comme le piano doit te manquer ! C'est terrible d'interdire aux prisonniers d'avoir un Steinway dans leur cellule. Je vais écrire au président, lui dire qu'il doit arranger ce coup-là. Maintenant il fait très chaud, je transpire. Est-ce qu'en prison on a le droit de dormir nu ? Pourquoi est-ce que les prisons ne sont pas mixtes comme les écoles, puisqu'on est censé y apprendre quelque chose ? Moi je resterais dans une cellule avec toi pendant des années.

Est-ce que c'est un muscle, Serge ? Pourquoi est-ce que tu ne veux pas me faire l'amour ? Ce serait tellement amusant ! J'ai très envie de voir des couleurs. Le réveil sonne toutes les trois heures. Je suis certaine que tu dors mal.

Tu sais, quand tu vas sortir, il va falloir que tu répondes à beaucoup de questions. Je te préviens, je ne serai pas dans un sentimental mood. *Il faudra que tu saches tout ce qu'il y a dans ma tête et que tu parviennes à me convaincre. Si tu n'y arrives pas, je te violerai. J'adorerais te violer. Ce serait très doux par moments et peut-être très violent aussi. C'est peut-être ce que tu veux.*

Serge, est-ce que tu as peur de ne pas m'aimer toute ta vie ?

Alba.

7

C'est le troisième jour, pensait Alba en quittant la pagode. Elle avait décidé d'aller acheter quelques disques de piano. La présence de Serge lui manquait trop. Au moins pourrait-elle avoir l'illusion d'entendre le Steinway.

Elle s'était habillée classique-invisible : jean, sweet-shirt, chaussures chinoises. Alba marchait face au soleil. C'était samedi. Les frappés de tous genres sortaient comme les cascades de notes d'un grand orgue.

Alba suivait le rythme paisible des promeneurs lorsqu'elle vit au loin une silhouette qui ressemblait à celle de Jason. En s'approchant, elle aperçut la bicyclette. Cela ne pouvait pas être lui. Pourtant, Alba était presque certaine de reconnaître sa démarche. Elle accéléra, parvint à la hauteur du cycliste : c'était bien Jason. Alba fut prise d'une rage indescriptible, elle se retint pour ne pas lui voler dans les plumes. Jason poussait tranquillement sa bicyclette, fendait la foule, regardant à droite et à gauche. Il n'était donc pas aveugle ! Elle décida de le suivre sans manifester sa présence. Elle finirait bien par découvrir où il habitait.

Un serviteur vint prévenir Serge que le directeur du club l'attendait dans son bureau. On l'y accompagna gracieusement. Serge s'assit sur une chaise. Le directeur l'observait avec curiosité. Serge le regardait dans le gris des yeux.

– Vous commencez mal votre séjour parmi nous, je le crains.

Serge allait lui demander des explications lorsque le directeur déplia d'un mouvement brusque la lettre d'Alba. Serge en reconnut aussitôt l'écriture. En une fraction de seconde, il déchiffra trois baisers mais immédiatement, le directeur rangea la lettre dans son sous-main.

– Avez-vous une explication ?

– C'est une liste de baisers, tout simplement.

Le directeur se mit à ricaner, puis il fut gagné par un fou rire qui le rendit violet. Il finit par se calmer.

– Une liste de baisers… C'est la chose la plus cocasse que j'aie entendue depuis quelques heures. Avez-vous le sens de l'humour, monsieur Gorodish ?

– Pas lorsque je suis en vacances.

– Alors expliquez-moi, par exemple, ce qu'est…

Le directeur ressortit la lettre, parcourut la liste.

– « Un ottoman de l'aube » ?

Gorodish fut un peu perplexe.

– Vous savez ce qu'est une imagination juvénile…

– Je sais ce qu'est une lettre codée, monsieur Gorodish. Notre spécialiste est en train de la décrypter. Ce n'est pas un code usuel, mais nous avons un programme spécial dans notre ordinateur et je pense que d'ici un jour ou deux, j'aurai une réponse à ma question.

– Ça m'étonnerait beaucoup.

– Bien évidemment, dans ces conditions, vous comprendrez que tout courrier soit suspendu. C'est dommage, votre correspondante est prolixe. Une lettre chaque jour. Enfin, elles peuvent être à votre disposition, revenez me voir.

En marchant dans les couloirs du club, Serge médita sur la beauté d'Alba. Il l'imagina en train de créer cette liste qui passait et repassait dans un ordinateur sous le regard vide d'un expert.

Au moins, Jason aimait la musique, pensait Alba en faisant les cent pas devant son studio, une ancienne boutique, au rez-de-chaussée. Si les rideaux n'avaient pas été tirés, elle aurait pu risquer un regard à l'intérieur. Alba se laissa charmer par la voix d'une chanteuse de jazz qu'elle ne connaissait pas. Le disque s'arrêta au milieu d'une chanson. Alba se réfugia dans une encoignure. Quelques secondes plus tard, Jason sortait. Il s'était changé et portait un pantalon blanc, une chemise rouge et des lunettes de soleil.

Alba le suivait de loin. Jason marchait assez vite. Il passa devant une baraque où l'on vendait des hamburgers, salua l'employé, fit encore une centaine de mètres et entra dans un supermarché. Il prit un panier de plastique rouge et commença à se promener entre les rangées. Curieusement, il n'achetait rien. Il semblait regarder partout, se concentrer sur quelque chose qui n'avait rien à voir avec les produits entreposés.

Jason était vraiment bizarre. Il y avait presque deux heures qu'il repassait sans cesse dans les allées, comme un moine atteint de délire ambulatoire, il marchait vite, longeant les rayons dans tous les sens. Alba remarqua rapidement qu'elle n'était pas la seule à s'intéresser à lui. Un homme poussait un chariot dans lequel ne se trouvait qu'un sachet de riz. Il suivait chaque mouvement de Jason, attendant sans doute le moment où Jason tenterait de voler quelque chose. Alba remarqua que le détective du supermarché était armé et qu'il commençait à s'impatienter sérieusement.

Pour finir, Jason reposa tranquillement son panier et sortit du magasin. Le détective hésita une seconde à l'appréhender, mais il était impossible que Jason ait eu le temps de voler. Il l'avait surveillé dès son entrée. C'était peut-être simplement un type qui venait se rafraîchir. Dehors, le temps était humide, lourd, orageux.

– T'as vu ce cinglé ? dit le détective à l'une des caissières.

– Un camé qui ne trouvait plus la sortie. L'autre soir, chez moi, j'en ai vu un qui est resté toute la journée dans l'ascenseur. Le temps qu'il se décide à sortir, les portes se refermaient.

Le détective haussa les épaules et retourna au rayon pâtisserie où l'on venait d'engager une vendeuse qui devait avoir des seins tendres comme des brioches dont le détective espérait bien avoir les chapeaux entre les lèvres d'ici la nuit.

– Ça va, Lili ?

– Ça va, Gordon, et toi ?

– Tu as un corps splendide.

– C'est gentil, Gordon. Toi, tu ressembles à un héros de bande dessinée. Je faisais de l'aérobic, mais mes seins sont trop lourds, ça partait dans tous les sens et après ça me faisait mal.

– Je comprends... Est-ce que tu viendrais au cinéma, ce soir ?

– Je ne peux pas, j'ai mes règles.

– Ça n'a jamais empêché quelqu'un de voir un film...

– Moi, quand je vais au cinéma avec un homme, ça m'excite terriblement. Il faut que je jouisse au moment où le mot « fin » apparaît sur l'écran. Tu ne m'en veux pas ? Il fallait me proposer autre chose.

– Ben, allons dîner, par exemple.

– Le dîner, il n'y a pas de problème. Avec plaisir, Gordon.

– À tout à l'heure.

Alba, médusée par la conversation, avait oublié Jason.

Maintenant sa colère était tombée. Finalement, la manière dont Jason l'avait draguée était assez subtile. Elle décida d'aller acheter des disques et de rentrer les écouter. Elle s'approvisionna en papier à lettres dans une boutique de matériel pour artiste où elle trouva de très belles feuilles de couleur avec des enveloppes assorties. Selon l'humeur du jour, elle pourrait ainsi choisir sa couleur.

Serge entra dans la bibliothèque du club. C'était de loin l'endroit le plus agréable, le plus calme. Il n'y avait pas grand monde. Il se mit à fouiner. Il fut surpris de trouver une biographie de Beethoven, le *Banquet* de Platon et compléta sa collection par deux ou trois romans de science-fiction. Un genre qu'il avait négligé jusqu'alors. Il entendit une voix derrière lui.

– C'est la première fois que quelqu'un prend ce bouquin sur Beethoven. Vous aimez la musique ?

Gorodish, charmé de rencontrer une « âme » dans cet endroit où la clientèle était plutôt matérialiste, se retourna avec un sourire qui lui resta en travers de la gorge comme une épingle à nourrice géante.

– Je m'appelle Ben, dit, d'une voix douce, le bibliothécaire aveugle.

Serge lui secoua la main comme le chairman Mao Tsé-toung aimait le faire à ses hôtes de marque. Cela lui donna le temps de retomber sur ses pattes. Décidément, il y avait un peu trop d'aveugles autour de lui. Serge reconnut que le bibliothécaire n'avait pourtant pas une mauvaise tronche. Une sorte de croisement entre Baudelaire et Poe. Un corps maigre et fragile, des mains qui n'étaient pas celles d'un étrangleur, une peau claire, presque lumineuse…

– Serge…

– Ravi de faire votre connaissance. Vous êtes là depuis longtemps ?

– Quelques jours.

– Pour combien de temps ?

– Un mois en principe.

– Vous aimez la musique ?

– Je suis pianiste.

– Très honoré. Vraiment. Dommage qu'il n'y ait pas d'instrument. Moi, j'en ai encore pour dix-huit mois. Et le jour où je sortirai, je vous le dis tout net, j'irai écouter un concert.

– Je jouerai pour vous, si vous le désirez, dit Serge, étonné de témoigner tant de confiance à un inconnu. Pourquoi êtes-vous au club ?

– Au club… c'est amusant… escroquerie. Un très joli travail dont j'espère profiter un jour. Je me conduis si bien que je compte sortir avant. Avec moi, il n'y aura pas de récidive, je peux vous l'assurer. J'avais tout prévu, même de me faire arrêter et d'être emprisonné. J'avais consulté un avocat qui à trois mois près m'a dit ce que je risquais et j'ai pris le risque. Finalement, il est facile d'escroquer si l'on ne craint pas de se faire prendre. Je ne comprends pas cette obsession de toujours vouloir échapper à la loi. Mon raisonnement était simple : le crime paye parfois si bien qu'il ne faut pas être ingrat et refuser à la société une petite compensation. Que sont trois ans de prison au regard d'une fin de vie très confortable, voulez-vous me le dire ?

– Pas grand-chose, évidemment, mais votre pratique demande une certaine philosophie.

– Pas du tout. Il est plus avantageux de payer sa petite dette tout de suite et d'être ensuite blanchi aux yeux de la société. Je n'avais pas envie de trembler chaque fois que j'entendrais une sirène de police. Et puis, je pouvais bien offrir trois ans de ma vie à mon pays. Car finalement, c'est un pays où l'on respecte infiniment ceux que la nature n'a pas gâtés. À mon avis, il était juste de prélever un grand quelque chose. Une question de balance. Mais je suis trop bavard, pardonnez-moi. Il est si rare de se trouver en compagnie d'un homme avec lequel on partage une passion aussi importante que la musique.

Samy et Jason sortirent du cinéma après avoir vu le film deux fois. C'était *2001* de Stanley Kubrick. Ils finirent la soirée dans un bar, dansèrent et burent quelques bières. Samy monta sur le porte-bagages du vélo de Jason. Un peu ivres, ils fonçaient dans la nuit. Ils s'arrêtèrent pour manger une pizza, s'installèrent dans un coin tranquille.

– Pourquoi tu ne t'achètes pas une moto ?

– C'est trop cher, dit Jason. Par contre, il y a un truc qui me ferait très plaisir, c'est un flingue. Un gros truc.

– Si tu peux mettre deux cent cinquante dollars, je peux te trouver ça.

– Il me le faudrait très vite.

– Demain matin, je te l'apporte chez toi. Tu peux me passer le fric tout de suite ?

Jason sortit une liasse de billets de sa poche.

– Achète aussi un sac de sport jaune fluo et laisse-le dans l'arrière-boutique.

– Tu es plein aux as en ce moment !

– J'ai fait un boulot. Un boulot moche, mais ça m'a rapporté un bon paquet.

– Quel genre ?

– J'ai monté une histoire pour coincer un mec et le faire mettre à l'ombre. Le seul problème, c'est que sa nana me plaît trop. C'est la plus belle fille de la côte Ouest. Super intelligente, sensible.

– Justement, où est le problème, si le mec est écarté ?

– C'est une histoire compliquée. Trouve-moi le flingue. Je te raconterai ça plus tard.

– J'aime pas les anchois. C'est-à-dire que j'aime l'odeur, mais pas le goût. Tu les veux ?

– Moi je n'aime ni le goût ni l'odeur.

Alba écoutait la troisième sonate de Chopin par William Kapell. C'était comme si une panthère noire courait sur le piano. Ce soir-là, elle avait décidé de mettre le paquet. Elle se sentait en forme pour écrire une longue lettre à Serge. Elle avait aussi acheté un calendrier. Chaque jour, elle remplissait une case avec un marker de couleur. Cela finirait par faire un arc-en-ciel. Ensuite Serge serait là !

Ma douce montagne de musique,

Je suis enceinte ! Je suis enceinte depuis longtemps mais tu ne t'en es pas aperçu. Tu as toujours cru que j'étais une enfant, tu m'achètes du yaourt à boire, du Coca-Cola, mais je n'aime plus ça. Mon ventre a grossi. Tu ne me reconnaîtrais pas. I am a big mama, now. Tu me regardes. Es-tu sûr de mon âge ? Je t'ai peut-être menti. J'ai peut-être bien plus de quatorze ans. L'accouchement était très difficile. Je n'existais pas à ce moment-là. Je me disais : « C'est le fils de Serge. Ou la fille de Serge, ou Alba numéro deux. » La chose est sortie : c'était la tête. J'ai accouché de ton visage. Tu m'as souri tout de suite. Je t'ai serré contre moi. On s'est donné un interminable baiser mais tu m'as échappé, tu as roulé vers la fenêtre, tu es parti dans le ciel.

Je ne suis pas enceinte. C'était un rêve. Je ne sais pas si je voudrais des enfants. Est-ce que tu y as déjà pensé ? Tu sais comment on fait ? Je te l'expliquerai. C'est assez facile. Hier, du toit de la pagode, j'ai vu un couple sur une terrasse. C'était la nuit. L'homme était allongé sur un transat, la femme était au-dessus de lui, en position verticale, les pieds par terre. Elle bougeait très lentement. L'homme lui caressait les seins, elle les avait petits et durs, un peu comme les miens. Longtemps après, il lui a tiré les cheveux vers l'arrière. Ils étaient heureux. Elle riait, un rire grave, profond. Ils sont restés longtemps enlacés. C'était très beau. Je t'achèterai un transat pour mettre sur le toit de la pagode. Tu es peut-être paresseux. C'est pour ça que tu refuses de m'emmener au septième ciel. Je te promets que je ferai tout. Tu n'auras qu'à me caresser les seins et me tirer les cheveux et peut-être me griffer un peu le ventre et les cuisses. Pourquoi est-ce qu'on parle toujours de septième ciel ? Je suis certaine qu'il y en a d'autres. Moi je veux que tu m'emmènes au neuvième et au onzième.

Je me suis acheté Moby Dick *de Melville. Compte rendu dans ma prochaine lettre. J'aimerais te mordre. Je te mordrai.*

Alba.

8

Jason chargea le colt. C'était un cal. 38 à canon court. Il le glissa dans sa ceinture et s'apprêta à dégainer. Il agissait très méticuleusement. Il passa un vieux pantalon gris et une chemise à carreaux gris et blancs, chaussa des baskets noires et mit des lunettes de soleil. Il écouta Ben Webster, allongé sur son lit, en respirant calmement. Avant que la face du disque ne soit terminée, il téléphona à sa sœur qui vivait à l'autre bout de la ville et travaillait dans un salon de coiffure.

– Lynn ?

– Oui…

– C'est Jason. Tu vas bien ?

– Je suis en train de faire un balayage, tu peux me rappeler dans quarante-cinq minutes ?

– Je voulais juste te parler une seconde, te dire que tu es une fille merveilleuse et que si Paul t'emmerde, tu n'as qu'à te tirer.

– J'ai peur de lui, il est de plus en plus étrange. Et je ne sais pas où aller.

– Justement, barre-toi ! Je suis sûr qu'il t'a encore frappée. Un de ces jours, tu vas finir à l'hôpital.

– Comment veux-tu que je fasse ! Il viendrait m'attendre à la sortie du boulot. Il serait capable de me tuer.

– J'ai pensé à tout. Ce soir, tu quittes le salon comme si de rien n'était et tu viens dans mon nouveau studio. Tu n'as pas filé ma nouvelle adresse à Paul ?

– Non, il ne sait rien.

– Alors tu laisses ta bagnole sur le parking, tu prends le bus, tu viens chez moi et tu t'installes.

– C'est bien beau mais le fric, je le trouve où ?

– Tu te souviens de mon ami Samy qui tient le Burger Paradise, là où nous sommes allés la dernière fois ?

– Oui, le beau mec...

– Tu passes voir Samy. Il te remettra un paquet de fric. De quoi voir venir et te chercher un boulot tranquillement, dans le coin. Tu restes chez moi. Tout ira bien.

– Tu as décidé de le faire ?

– Oui. Après je pars à Chicago pour quelques semaines. J'ai un copain là-bas.

– Quand ?

– Aujourd'hui.

– Fais attention à toi. Tu veux que je sois là ?

– Non.

– Comme tu veux... Je crois que tu as raison, si je ne pars pas maintenant, je ne partirai jamais. Passe-moi un coup de fil de temps en temps. Merci, Jason.

– Promets-moi de ne pas changer d'avis.

– Je serai chez toi ce soir. J'ai envie de commencer quelque chose de nouveau. De respirer, d'être libre.

– Je t'aime, Lynn. Ne crains rien.

– Moi aussi. Je crois que tout va bien marcher.

– Ne donne cette adresse à personne !

– Ne crains rien, Jason, Dieu te bénisse.

Jason écouta la fin du disque.

Il changea les draps, les taies d'oreiller, les serviettes de toilette. Il cacha son arme dans un tiroir, sortit.

Alba avait tiré ses cheveux sous un chapeau de plage, elle avait mis de grandes lunettes à verres bleus et s'était habillée avec un pantalon large et un vieux t-shirt de Serge pour qu'on ait du mal à la reconnaître. Elle faisait le guet du côté de chez Jason. Lorsqu'elle le vit sortir, elle se dissimula sans se presser. Jason prenait une autre direction. Alba le suivait de loin, paresseusement. Elle fut étonnée de le voir acheter un superbe bouquet de fleurs. Il regagna son studio. Quelques minutes plus tard, Jason ressortit. Il portait un vêtement de sport rouge décoré d'une ligne blanche ainsi qu'un sac de sport violet.

Comme Alba n'avait pas fait son jogging depuis quelques jours, elle ne fut pas mécontente de voir que Jason partait à petites foulées qui s'allongèrent rapidement. Alba n'avait pas de peine à suivre, sauf de temps à autre où Jason se laissait aller à de furieuses accélérations. Ils passèrent devant chez Samy, continuèrent jusqu'au parking du supermarché où, sans un arrêt, Jason repartit en sens inverse.

Les cinq premières fois, Alba n'eut pas de problèmes à suivre Jason, porté par ses immenses jambes, mais pour le dernier parcours, elle dut lâcher un peu de lest. Jason avait un entraînement terrible.

La course se termina chez Samy. Lorsque Alba s'approcha, elle vit Jason assis devant un grand verre de coca. Samy était en train de lui préparer un hamburger aux oignons.

Jason s'épongea le front avec une serviette en papier qu'il jeta dans la corbeille située à trois où quatre mètres.

– J'ai parlé à ma sœur. Elle a enfin décidé de plaquer ce cinglé.

– La dernière fois, elle était mal en point.

– Il lui avait cassé le nez... Seulement, ce soir, il va être étonné.

– Tu veux qu'on lui file une leçon ?

– Ça ne servirait à rien. Ce genre de mecs, ils tapent tant qu'il leur reste un souffle de vie.

– Tu ne vas pas le descendre, Jason ?

– Non, Lynn va se tailler ce soir. Elle va habiter chez moi. Tiens, la clé.

– Elle va passer ce soir ?

– Oui. Il y aura deux sacs, celui-là plein de vêtements et le jaune fluo, pour Lynn. Tu feras griller le sac violet avec les vêtements. Surtout, te trompe pas de sac ! Tu as bien pigé ce que je t'ai dit ce matin ?

– Oui. Je laisse la porte arrière ouverte et je ferme à 6 heures. Quand tu es parti, j'attends Lynn. J'en profiterai pour laver les vitres, il y a une paye que ça n'a pas été fait.

– Je te donnerai des nouvelles. Si tu as le temps de t'occuper un peu de Lynn... Emmène-la au cinéma, elle adore ça. C'est une sacrée danseuse aussi. Si tu te montres sous ton meilleur jour, tu ne devrais pas t'ennuyer.

– Tu crois qu'elle pourrait travailler un peu avec moi, à mi-temps ?

– Pose-lui la question. Pourquoi pas.

– On ne va pas se voir pendant combien de temps ?

– Quelques semaines.

– Tu vas où ?

– Je ne sais pas. Chicago, peut-être.

Samy mit le fromage à fondre sur la viande grillée, il retourna les buns, mit les rondelles de tomate, les pickles, la mayonnaise et servit le hamburger à Jason qui le mangea tranquillement. Quand il eut terminé, il s'essuya la bouche du revers de la main, se leva et prit Samy dans ses bras.

– À bientôt, vieux !

– Fais attention à toi.

– T'en fais pas, tout ira bien.

Serge entra dans la bibliothèque avec un sentiment de soulagement. Il y avait un peu de tension avec l'un de ses camarades de chambre. Il avait dû montrer qu'il était capable d'être violent. Il n'aimait pas qu'on touche à Beethoven.

– Vous venez de faire un cent mètres ? demanda Ben qui entendait Serge haleter.

– Non, un petit différend avec un vacancier. La biographie de Beethoven a souffert un peu, dit Serge en tendant le livre au bibliothécaire.

– Ce n'est rien, j'arrangerai ça.

– Ces fumiers gardent toujours mes lettres. C'est très dur.

Alba m'écrit au moins une fois par jour. Ces crétins pensent que les lettres sont codées !

– Il fallait m'en parler. Il faut toujours me parler.

– Qu'est-ce qu'on peut faire ?

– Retenez ce nom et ce numéro de téléphone : Sam Perkins, 845.67.76. Transmettez-le à votre amie. Dites-lui de donner les lettres à Perkins et attendez-vous à prendre du poids.

– Pourquoi ?

– Il faut que vous appreniez le braille. J'ai ici tout ce qu'il faut pour cela.

– Et ça fait grossir ?

– Le braille non, mais les biscuits poinçonnés que vous allez recevoir, oui. Il faudra manger les lettres avant qu'on vous communique les suivantes.

Serge ne put s'empêcher de rire.

– Les colis sont livrés sans problèmes, surtout si c'est toujours la même chose.

– C'est une belle idée.

– Je ne suis jamais à court d'idées. Jamais. Vous pouvez me demander ce que vous voulez. Ah, j'oubliais. Il faudra que votre amie paye cent dollars pour deux cent cinquante mots à Perkins. C'est un long travail.

– Vous aimez les biscuits ? demanda Serge.

– Oui, les palmiers, mais c'est un mauvais support pour les messages. Au début, je vous aiderai à déchiffrer les lettres.

– Donnez-moi les bouquins, je commence immédiatement.

– C'est une chose qui pourra vous être utile par la suite.

– Je n'en doute pas.

Jason marchait tranquillement en direction du supermarché, son sac de sport en bandoulière. Alba l'entendit chantonner *I Got it Bad and That Ain't Good* de Duke Ellington.

C'était un samedi soir. Le parking était bourré et les lignes de stationnement, fraîchement repeintes, luisaient sous le ciel rouge. L'air était léger, limpide, un peu frais. Jason entra dans le supermarché. Il recommença son manège, passant d'une rangée à l'autre mais cette fois, le détective du magasin ne le vit pas immédiatement. Lorsqu'il commença à le suivre, il ne pouvait pas savoir ce que Jason avait ou n'avait pas dans le sac violet qui pendait négligemment à son épaule. Alba, passionnée par ce qui se passait, oubliait toute prudence et suivait

Jason d'assez près. Jason fit une halte au rayon des surgelés, au fond du magasin, pendant quelques secondes il ne se passa rien, puis soudain, Jason se mit à foncer. Les gens, d'instinct, se retiraient sur son passage. Le détective, très rapide, se lança à sa poursuite et le rattrapa juste devant les caisses. Il plaqua Jason avec violence contre un mur de boîtes de conserve qui s'effondra. Il y eut quelques cris, certaines personnes s'éloignaient en toute hâte, d'autres s'approchaient.

– Je te tiens, espèce de petit connard, lâcha le détective.

La môme aux jolies brioches se trémoussait de plaisir en assistant à la scène et Alba fut sur les lieux au moment où le détective arrachait le sac de Jason et l'ouvrait pour en extraire les fruits de son larcin. Il y eut un moment de vide. Le détective pâlit. Il n'y avait dans le sac qu'un gant de base-ball.

– On emmerde les sportifs, dit Jason.

– Vous n'auriez pas dû courir, j'étais certain que vous vouliez franchir la limite réglementaire hors du magasin. On m'a déjà fait le coup.

– Pauvre garçon, dit une femme, c'est une honte de suspecter ce jeune homme.

Le détective, de plus en plus mal à l'aise, se faisait prendre à parti par plusieurs consommateurs.

– Au lieu d'importuner les innocents, vous feriez mieux d'attraper les coupables et de baisser vos prix ! cria un homme rouge de colère.

Tout à coup, dans la pagaille générale, Jason sortit son colt et d'un mouvement puissant et rapide, assena un coup de crosse sur le crâne du détective qui s'effondra. Le sang commençait à couler sur ses vêtements et cette fois, on entendit de vrais hurlements de panique. Jason tira un coup en l'air. Très rapidement, il fut aux caisses et sous la menace de son arme se fit remettre tout l'argent qu'elles contenaient. Il semblait calme, décidé, rapide. Il n'avait pas besoin de crier. Les caissières, avant qu'il ne le demande, préparaient les piles de billets qu'elles engouffraient dans son sac de sport. Les gens se couchaient, fuyaient au fond du magasin, sortaient précipitamment. Jason n'avait plus que trois caisses à faire lorsque Alba, terrifiée, vit bouger le corps du détective. Elle n'était qu'à quelques mètres de lui. Il se toucha la tête, s'agenouilla, chercha son arme. Immédiatement, un vide se créa entre Jason et lui, Jason, tout occupé à ramasser l'argent, ne voyait pas l'arme que le détective braquait vers lui. Alba hurla :

– Attention !

Presque en même temps, profitant de la confusion, elle se jeta sur le détective à l'instant où le coup partait. La trajectoire déviée, la balle se logea dans un tuyau d'aération. Sous l'effet du choc, le détective se retrouva loin de son arme qui glissait sur le sol. Jason qui s'était accroupi derrière une caisse se releva, il tira les cordons du sac, fonça vers les portes du magasin, en quelques secondes, il fut sur le parking, Alba sauta par-dessus une caisse, le détective récupéra son arme, mais il était trop tard pour tirer. Une caissière déclencha une sonnerie d'alarme assourdissante.

Jason, suivi par Alba, courait entre les files de voitures, lorsqu'un cabriolet conduit par une jeune femme déboucha juste devant lui. Jason passa par-dessus le capot, le sac lui échappa, il se releva avec souplesse, mais fut incapable de voir le sac à quelques mètres de lui. Il hésitait. Alba récupéra le sac et hurla :

– Fonce, Jason, j'ai le sac !

Très vite, des sirènes de police retentirent un peu partout. Il fallut quarante-cinq secondes à Jason pour arriver près de chez Samy. Il ralentit son allure, se mit à marcher normalement. Le signe *closed* pendait dans la vitrine. Jason entra par l'arrière. Il enleva sa tenue rouge sous laquelle il avait ses vieux vêtements. Alba entra, lui tendit le sac. Jason l'ouvrit, préleva quelques liasses de billets qu'il fourra dans la poche de son pantalon.

– Alba, qu'est-ce que tu foutais là-bas ?

– Sans moi, tu serais peut-être mort en ce moment.

– Je sais.

– Pourquoi n'as-tu pas ramassé le sac ? demanda Alba qui ne pigeait plus rien à son aveugle-voyant.

– Je ne pouvais pas voir où il était. Prends du fric, et barrons-nous !

– Je n'ai pas besoin de fric.

– Les gens vont te repérer.

Alba enleva son chapeau, le mit avec la tenue rouge. Elle enleva aussi son pantalon et se retrouva avec un joli caleçon noir à pois blancs. Avec ses cheveux déployés, on ne risquait pas de la reconnaître.

– C'est mieux que tu n'aies pas de fric sur toi. Donne-le-moi. On se retrouve à la pagode. Je prends le flingue aussi, dit Alba.

Jason avait ouvert le sac jaune fluo dans lequel il mit l'argent. Le sac violet reçut les vêtements. Il changea de lunettes, en mit de sombres et tristes, déploya une canne téle-scopique blanche.

– Laissons les deux sacs, Samy s'en occupera. On part chacun de son côté.

Jason tendit une main chaude vers le visage d'Alba, il l'attira vers lui et l'embrassa sur le front.

– Tu m'as sauvé la mise.

– Il faut vraiment être givré pour faire un hold-up quand on est aveugle.

– Huit mois de préparation. Ciao, bambina, à tout à l'heure. Je sors le premier.

Dehors, c'était les hurlements des sirènes, l'agitation en tous sens. Jason marchait tranquillement vers la plage. Il respirait, jubilait intérieurement. Il entendit une voiture de police s'approcher, un crissement de pneus. En quelques secondes, les flics furent sur lui.

– Papiers d'identité, entendit Jason.

– Bien sûr, dit-il en fouillant dans ses poches. Il tendit sa carte d'identité.

– C'est une vraie canne ? demanda l'un des flics.

Jason retira ses lunettes.

– Ce sont de vrais yeux, mais ils ne voient pas. Qu'est-ce que c'est que tout ce bruit ?

– C'est le carnaval de Rio, dit l'un des flics.

Ils remontèrent dans leur voiture, disparurent. Maintenant Jason entendait le bruit rassurant de l'océan. Il savait qu'il allait tourner à droite, marcher presque un kilomètre et qu'après, ce serait la pagode, Alba.

9

– En braille, sur des biscuits ? dit Alba.

– C'est le message que Serge m'a prié de vous transmettre. Vous avez de quoi noter ? dit l'avocat.

– Allez-y.

– Lorsque vous aurez une lettre à envoyer, il faudra contacter Sam Perkins, 845.67.76. Il fera le travail et se chargera de l'expédition. Cela vous coûtera cent dollars les deux cent cinquante mots.

Alba nota le nom et le numéro de téléphone et fut prise de fou rire. Serge était vraiment cinglé. Cette histoire de biscuits était dingue. Presque en même temps, la tristesse la gagna. Serge devait être très seul. Pourquoi inventer tant de baisers s'ils ne lui faisaient pas brûler l'âme ?

Jason poussa la porte de la pagode. Alba qui reprenait ses esprits, allongée sur le canapé à câlins, resta silencieuse. Jason eut un instant d'hésitation, puis, s'approcha en murmurant :

– Alba…

Sa main toucha le bord du canapé, il en fit le tour, sentit la chaleur d'Alba. Elle le prit par la main et l'attira vers elle.

– Je boirais bien un demi-litre de quelque chose.

– Tu veux que je te prépare un cocktail à moi : jus de mangue, de papaye, angostura bitters, liqueur de mandarine, jus d'ananas et rhum de la Jamaïque ?

– Ça semble être de la dynamite.

– Un demi-litre ?

– Oui.

Jason écouta les bruits infimes qui traversaient la pièce. Il comprit qu'elle était pour ainsi dire vide. Il se demanda si c'était là que vivait Alba. Il entendit le bruit des glaçons contre le verre, la porte du réfrigérateur. Cela lui ouvrit l'appétit. Il rejoignit Alba dans la cuisine.

– Finalement, on vient de faire un hold-up, je suis ta complice, non ?

– On devrait fêter ça !

– J'ai faim. Je peux te proposer un demi-kilo de caviar, de la baguette toastée, de la vodka et une tarte aux pommes avec de la glace vanille.

Jason et Alba avaient attaqué le caviar à la cuillère à soupe. Il en restait tout juste assez pour un dîner parisien.

– Si je n'avais pas été là, tu laissais le sac sur le parking. Personne n'aurait compris. On t'aurait pris pour un dingue.

– Si tu n'avais pas été là, je me faisais descendre. Les journaux auraient adoré ça. « Un aveugle commet un hold-up et se fait descendre. »

– Je ne comprends pas comment tu en es arrivé là.

– J'ai perdu la vue à trois ans. Un peu plus tard, dans une institution pour aveugles, j'ai rencontré un homme qui m'a réellement ouvert les yeux. Il voulait repousser toujours plus loin les limites de ce qu'un aveugle peut faire. C'est lui qui m'a appris à vaincre la peur, à écouter, à reconstituer l'espace, à marcher vite, à courir, à faire de la bicyclette. Lorsqu'il est mort, j'ai continué. Quand j'avais quinze ou seize ans, j'adorais me battre. Je décelais toujours une peur dans la voix de mes adversaires et comme je ne voyais pas, ils hésitaient souvent une fraction de seconde de trop. C'est comme ça que j'ai rencontré Samy. On s'est foutu une peignée qui nous a liés pour la vie.

– Comment savais-tu qu'il n'y avait pas d'autres gardiens dans le supermarché ?

– Ma sœur m'a aidé. Elle y est allée souvent, elle a observé, elle m'a fait répéter.

– Et les avions à découper ?

– Quels avions ?

– Le bouquin que tu m'as offert.

– Tu ne l'as pas aimé ?

– C'est à cause de ces foutus avions que Serge s'est fait coincer par les flics !

– Il a encore eu un P.V. ?

– Il est en taule, pour vingt-six jours encore.

– En taule, pour un avion en papier ?

Alba but un grand verre de cocktail.

– Finalement, c'est idiot de risquer sa vie pour quelques milliers de dollars. Il ne devait pas y avoir beaucoup plus dans les caisses.

– C'était juste ce qu'il me fallait. Ce qu'il fallait à ma sœur pour quitter son mec qui la tabasse. Elle va recommencer sa vie.

Alba termina le caviar et mit la tarte à chauffer.

– Comment fais-tu pour vivre ?

– Le groupe m'aide.

– Quel groupe ?

– Je touche une pension d'invalide.

– Toi ! Une pension !

– Tous ceux qui appartiennent au groupe en touchent une, mais en contrepartie nous devons leur donner notre salaire. Si on ne travaille pas, il faut être plus ou moins à leur disposition. C'est assez compliqué. Je t'expliquerai.

– Ça me paraît assez simple. C'est ce qu'on appelle un racket.

Jason se leva. Il traversa la pièce. Il semblait nerveux.

Alba continuait à siroter.

– Et le hold-up, tu crois qu'ils vont considérer ça comme un salaire ?

– S'ils le savaient, oui, mais ils ne le sauront pas.

– Qui est-ce qui coiffe ce groupe ?

– On les appelle les Sages. Ils sont aveugles, puissants, sans scrupules.

– Tu pourrais très bien trouver un boulot et leur dire merde, sans parler de boulots cons et honnêtes. On pourrait monter des coups ensemble. Je suis sûre que cela ferait travailler l'imagination de Serge et peut-être la mienne aussi.

– On ne quitte pas le groupe. Ils contrôlent toutes les agences de placement de la région. Ils ont le bras très long. On ne quittait pas le groupe, en tout cas, parce que moi, ce soir, je les envoie foutre !

– Tu peux rester ici jusqu'à l'arrivée de Serge, si tu veux. Tu seras en sécurité. Il suffit que tu ne te mettes pas à flinguer les passants pour voir si tu es capable de viser.

Alba lui tendit le sac en papier.

– Tiens, je préfère que tu le reprennes. Tu as l'air fatigué.

– Je me suis beaucoup dépensé ce soir. Je dors sur le canapé ?

– Viens, dit Alba en prenant Jason par la main.

Ils montèrent à l'étage.

– Ici, c'est mon domaine. Là tu as la douche. Le pieu. Les disques. Une grande table.

Jason toucha les livres empilés. Il fut étonné.

– Tu lis beaucoup ?

– Trois livres par semaine. Au début, Serge m'obligeait,

maintenant je claque beaucoup de pognon dans les librairies. Tu sais, je ne vais pas en classe. C'est lui qui m'apprend presque tout, sauf les sciences pour lesquelles je prends des cours. Deux fois par an, je passe des examens au lycée français. Ça marche tout seul.

– C'est quoi, Serge, pour toi ?

– C'est mon homme magique.

Jason demeura silencieux. Il choisit un livre au hasard, le tendit à Alba.

– Qu'est-ce que c'est ?

– Un livre sur les poètes français du XVIe siècle.

– On écrivait déjà des poèmes à cette époque ?

– Oui.

– Tu veux bien m'en lire un ?

Alba guida Jason jusqu'au lit où il s'assit. Elle se mit face à lui et lui dit un poème de Maurice Scève :

Les éléments entre eux sont ennemis,
Mouvant toujours continuel discors,
Et toutefois se font ensemble amis
Pour composer l'union de ce corps.
Mais toi, contraire aux naturels accords,
Et à tout bien que la Nature baille,
En cette mienne immortelle bataille
Tu te rends douce, et t'apaises soudain.
Et quand la paix à nous unir travaille,
Tu t'émeus, toute en guerre et en dédain.

Les vitres du Burger Paradise étaient aussi propres que l'âme d'un quaker. Samy rangea sa réglette de caoutchouc, ses produits et son seau dans l'arrière-boutique. Le sac jaune fluo qu'il devait remettre à Lynn attendait bien gentiment sur l'étagère où s'entassaient les bocaux de concombres, les recharges de ketchup et de moutarde. Comme Lynn n'arrivait pas, Samy brancha la radio. Il entendit la sauce habituelle : voyage du pape, fluctuation du dollar, espoir de trouver rapidement un vaccin contre le sida et enfin, côté local, une information qui lui chatouilla vaguement l'intuition : un hold-up audacieux venait d'être commis dans un supermarché par un homme d'une vingtaine d'années. Il semblait qu'il avait obtenu l'assistance d'une fille que la police recherchait activement, une vingtaine d'années, elle aussi, ni taille ni couleur de cheveux. C'est elle qui avait empêché l'homme de se faire descendre par le détective du magasin.

Samy alluma une cigarette et mit en marche son ordinateur de bord. Tout se recoupait trop bien. Le flingue. L'heure. Le changement de tenue. La course. Cette fille qui était arrivée peu après Jason. Samy éteignit sa cigarette dans un gobelet qu'il avait laissé sur une table. Il passa dans l'arrière-boutique, ouvrit le sac fluo. Il y avait des poignées de dollars. Comme Lynn n'arrivait pas, Samy se mit à les compter en bon hamburger-man qui s'était fait tout seul. Il lui fallut de la patience. Il y avait 18 764 dollars. Pas mal mais ce n'était rien en regard de la performance de Jason. Samy était fier de son copain, fier d'avoir participé de loin à cet exploit. C'était à peu près le fric qu'il se faisait en un an. Ça faisait 7 605,6 hamburgers. Il les vit alignés dans le ciel comme une chaîne glorieuse qui lui permettrait de monter au paradis. Il remit le tout dans le sac, prélevant juste cent dollars. Il allait se payer un dîner du tonnerre de Dieu avec la belle Lynn. Il ne l'avait vue qu'une fois, avec un pansement sur le nez, et il avait eu l'impression que Lynn lui avait palpé les entrailles avec un gant incandescent.

Samy brûla le sac de vêtements dans l'incinérateur extérieur puis il se regarda dans la petite glace qui se trouvait dans les toilettes, juste au-dessus du sempiternel écriteau : « Les employés doivent se laver les mains après l'usage des toilettes. » Il sortit un peigne de plastique rouge de la poche arrière de son jean et recoiffa ses cheveux noirs gominés. Il flaira son t-shirt, trouva qu'il sentait la viande grillée, l'oignon, la transpiration et décida qu'il passerait chez lui pour se changer. Il allait emmener Lynn dans un restaurant où l'on servait des fruits de mer, juste au-dessus de l'océan, à Malibu. Un taxi s'arrêta sur le parking, Lynn en descendit avec grâce, laissant à Samy le temps d'admirer ses longues jambes qu'une mini-jupe dissimulait à peine. Samy prit le sac, ferma son paradis en espérant bien qu'il allait accéder assez vite à un paradis moins terrestre.

Les choses commencèrent assez bien puisque Lynn l'embrassa avec effusion, comme s'ils étaient les plus vieux copains du monde.

– J'ai fait comme dans les films, j'ai changé trois fois de taxi pour arriver ici.

– Tu es splendide !

– Je crois que c'est l'idée d'avoir enfin largué mon gros qui me soulage. J'avais l'impression d'avoir quinze ans en quittant le salon. J'ai fait exactement comme si j'allais revenir demain.

– On va commencer ta nouvelle vie sur les chapeaux de roue, je t'emmène dîner à Malibu. Tiens, c'est de la part de Jason, dit Samy en lui tendant le sac fluo.

– Quand je pense que j'ai pas pris une fringue ! Va falloir que je me fasse une garde-robe.

– On passe chez moi une seconde, je pue. Il faut que je me change.

Lynn s'approcha de Samy, le flaira :

– Pour moi, ça va.

– J'ai cuisiné toute la journée.

– Écoute, mon gros était un maniaque. Il prenait un bain et deux douches par jour. Il n'arrêtait pas de se frictionner, de se parfumer, de se tremper dans des bains d'eau de source parfumée au santal, de se foutre des déodorants partout, même dans le nombril, t'imagines ? Être près de lui me donnait l'impression qu'un dingue venait de faire voler en éclats une vitrine avec tous les parfums bon marché de la planète.

– Bon, on y va directement, dit Samy en ouvrant la portière de son pick-up rouge où se trouvait une stéréo.

Lynn fouilla dans les cassettes, mit une antiquaille de Frank Zappa et ils remontèrent Ocean Avenue. De temps en temps, Samy se tournait vers Lynn. Elle était brune avec des cheveux courts, un nez cassé très chic, des lèvres plus gourmandes qu'une Ferrari à plein régime, un corps fin avec deux petits seins qui semblaient avoir été posés par un sculpteur sous le body de dentelle noire.

Ils dévalisèrent le salad bar, s'envoyèrent des pattes de crabes de l'Alaska, une bouteille de chablis et quelques vodkas pour se réchauffer. L'océan, de l'autre côté de la baie vitrée, tentait de les impressionner, mais il n'avait aucun succès. Lynn, entre deux œillades langoureuses, regardait si le sac était toujours là, pensant à la manière dont elle s'habillerait alors que Samy, au contraire, ne pensait qu'à la manière dont il la déshabillerait.

– À quoi penses-tu ? demanda Lynn.
– J'ai envie de danser.
– Moi j'ai envie de me faire sauter, ça fait trois mois que je n'ai pas baisé.

Alba se sentait très calme. La qualité du silence était merveilleuse dans la pagode. Il n'y avait qu'un petit fond d'océan, comme des vagues de plaisir lointaines et régulières.

Il était tard, mais elle se dit que pour cent dollars les deux cent cinquante mots, on devait pouvoir faire des heures supplémentaires.

Elle téléphona à Perkins qui semblait vaillant et le persuada d'accepter de la recevoir immédiatement. Elle commanda un taxi et débarqua vingt minutes plus tard devant une maison de stuc rose qui disparaissait presque sous la végétation. Perkins devait être contre la taille des plantes. Seul le gazon était ras. Il y avait une merveilleuse odeur de chèvrefeuille. Alba s'approcha. La porte était ouverte, elle entra dans une pièce qui ressemblait à un temple dédié aux chats. Il y en avait partout. Sur le canapé, sur les fauteuils, sur les livres, sur le rebord des fenêtres, sur la grande table de Sam Perkins, recouverte de documents en braille. Il y avait un magnétophone à cassettes commandé par une pédale. Une machine à écrire le braille. Alba entendit une voix enregistrée :

– Lorsque les deux jambes d'une femme sont contractées et placées sur son estomac, cela s'appelle « la position du crabe ».

Sam Perkins arrêta son dictaphone, fit tourner son fauteuil.

– Bienvenue, dit Perkins.
– Qu'est-ce que c'est cette histoire de crabe ?
– Je suis en train de transcrire le Kamasoutra en braille. C'est mon métier, je transcris des centaines de livres.
– Ça a l'air marrant, ce truc-là ! Il faudra que je le lise et que j'en parle à Serge. Vous faites toujours ça à partir de cassettes ?
– Oui, des lecteurs bénévoles enregistrent les œuvres que nous leur demandons ou parfois choisissent l'œuvre eux-mêmes. Ils nous envoient les cassettes, nous en faisons des copies pour nos phonotèques et je les transcris pour nos bibliothèques.

– Moi je veux bien vous enregistrer des bandes, je lis beaucoup.

– Avec plaisir, votre voix est pleine de charme, dit Perkins en se levant.

Il s'assit dans un profond fauteuil de cuir. Alba prit place sur le canapé. Un immense chat tigré vint sur ses genoux et se mit à ronronner.

– C'est Milton, dit Perkins. Il est très sociable. Voulez-vous du jus de raisin ?

– Volontiers.

Pendant que Perkins disparut dans la cuisine, Alba respira à pleins poumons l'odeur du chèvrefeuille.

Sur la table de travail, Alba vit les tablettes et les poinçons. Elle aurait bien remis en marche la magnétophone pour entendre la suite du crabe mais elle ne voulait pas ennuyer le vieil homme avec ces histoires de crustacés.

– Vous venez de la part de Ben ? demanda-t-il en posant le verre d'Alba.

– Oui, l'homme que j'aime est en prison. Voici l'adresse et l'argent. Je vous enverrai des cassettes.

Perkins empocha les billets. Il tendit le bras, attrapa un magnétophone, y glissa une cassette vierge.

– Si vous voulez bien me dicter, dit-il en enclenchant l'appareil.

Mon très subtil et très doux orang-outang du désert, je n'en reviens pas. Pour le moment, je n'ai lu que les titres des chapitres mais je peux t'assurer que Moby Dick *n'est pas l'histoire d'une chasse à la baleine, écoute-ça :*

Mirage
La courtepointe
Robe de chambre
Branle-bas
La pipe
Le premier quart de nuit
Le jet fantôme
Le dard
La fourche
Le dépeçage
Le verger
La lance légère

La fontaine
La queue
La grande Armada
Têtes ou queues
La capote
Les bougies
Minuit en haut
Tonnerre et éclairs
La chasse premier jour
La chasse deuxième jour
La chasse troisième jour

Je pense que ça doit ressembler à un autre ouvrage que Sam Perkins est en train de transcrire en braille : Le Kamasoutra. Je vais d'ailleurs me l'acheter. Autant étudier la technique pure pour commencer.

Tu te promènes en moi comme un avion. Tes hélices battent l'air de mon âme ce qui fait des petites étincelles de désir. Je te désire de toutes les manières imaginables. Je suis certaine que beaucoup de femmes t'ont désiré mais pas comme moi.

Tu te souviens, quand tu m'as achetée à mon père, tu lui avais promis de t'occuper de mon éducation. C'est vrai que sans toi, je ne connaîtrais pas Schönberg, mais à mon corps, qu'as-tu appris ? Plein de petites choses, je sais. Tu m'as transformée en Einstein du flirt, mais imagine un instant que tu sois condamné à dix ans de prison ?

Jason est très gentil, doux et délicat. Je vais lui demander de m'apprendre plein de trucs. Cette nuit j'ai pleuré en me disant pour moi seule le poème de Maurice Scève que tu m'as obligée à apprendre par cœur. Je t'aime.

Alba.

10

Comme Serge s'approchait de la bibliothèque, il n'en crut pas ses oreilles. Il entendait bien une cantate de Bach. Il poussa la porte vitrée. Le vieux Ben, confortablement installé, les pieds sur son bureau, devant un électrophone flambant neuf et une pile de disques, était en plein voyage intergalactique.

Serge, heureux, s'installa sur un tabouret. Il écouta. Bach, c'était beau, mais il trépignait. Dans sa grosse main droite, il tenait un paquet de biscuits qui contenait toute l'âme d'Alba. La première livraison. Enfin, ces maudits chanteurs furent emportés vers les cieux. Le disque gratouillait dans le dernier sillon.

Ben l'arrêta, le rangea dans sa pochette.

– Magnifique, dit Serge.

– Un cadeau de Sam Perkins. L'amitié est une chose précieuse.

Serge glissa la boîte de biscuits entre les mains de Ben.

– Alors, le braille, ça vient ?

– C'est dur.

– Bon, je vais vous aider.

Serge poussa les disques, les biscuits s'alignèrent comme un jeu de cartes. Les doigts légers et pâles de Ben commencèrent à courir sur les biscuits qui peu à peu livraient leur message. Ben avait l'impression d'être le Champollion d'une jeune âme. Les mots coulaient lentement d'entre ses lèvres. Serge les buvait…

Serge fit quelques tours entre les rangées de livres. Il ressentait si cruellement le manque d'Alba qu'il avait l'impression que la douleur se cristallisait en lui. Habitué à une liberté totale, il avait du mal à accepter la constante présence des autres et de leur ordre, que ce soit celui des détenus ou des matons. Il passait des heures allongé sur son lit, à caresser les dix mille traces qu'Alba avait laissées en lui. Il voyageait en lui-même, traversait un paysage où à chaque détour, il découvrait le visage et le corps de sa nymphe.

Il revint s'asseoir sur le tabouret.

– Je sais ce que vous ressentez, dit Ben, mais vous verrez comme la sortie est magique quand on a un futur. C'est une impression merveilleuse, la moindre chose est terriblement amplifiée. Tout est auréolé de lumière, on découvre des plaisirs insoupçonnés.

– Ben, il faut que je vous parle, coupa Gorodish.

– Je suis là pour cela.

– Vous ne me dites pas la vérité. Jouez biscuits sur table avec moi. J'ai l'impression d'être pris dans une sorte de toile d'araignée dont les mailles se resserrent. Du jour où j'ai commencé à voir des aveugles tourner autour de la pagode, ma vie a changé et votre présence ici ne peut être une coïncidence.

– Des aveugles… fit Ben étonné. Je vous l'avais dit, Serge, il faut me parler, me faire confiance.

– Comment vous faire confiance si j'ai le sentiment que vous participez à une manipulation.

– Racontez… dit Ben avec le plus grand calme.

Une séance extraordinaire avait lieu dans la grande maison humide. Les quatre Sages venaient d'entendre les observateurs chargés d'analyser toutes les données du mystérieux hold-up du supermarché. Les auditions venaient de se terminer. Ils s'accordèrent un instant de réflexion. Les voix des deux hommes et des deux femmes, douces et méthodiques, chacune à leur tour, exprimèrent ce qu'il y avait à tirer des renseignements obtenus.

– À mon avis, les indices importants sont les suivants : le piège, la mise en scène du vol, destinée à localiser le détective pour le mettre hors d'état d'intervenir. Jamais un voyant n'aurait procédé de cette manière. Et s'il l'avait fait, il y aurait eu une surveillance constante du détective qui aurait sans doute été désarmé. Le fait que l'auteur du hold-up, d'après plusieurs témoignages, ait été dans la ligne de tir du détective et face à lui nous donne une preuve supplémentaire.

– Il y a aussi le témoignage de la conductrice de la voiture. Elle roulait au pas, cherchant une place sur le parking. Elle a vu venir l'homme de loin, elle a freiné, mais il est venu se jeter sur la voiture alors qu'il aurait très bien pu l'éviter. Il s'est relevé rapidement mais le sac lui avait échappé et cette femme a eu l'impression que l'homme était perdu. Il ne s'est pas précipité sur son sac et c'est sa complice qui l'a ramassé.

– Peut-être un moment de panique. L'audace d'une telle action, menée à bien par l'un des nôtres, est à la limite du possible.

– J'ai la fiche de Jason Bercovitch. On l'a vu courir depuis longtemps. Tous les habitués de la plage connaissent son habileté. Dès l'enfance, ce garçon s'est entraîné à repousser ses limites et je dois dire qu'il fait honneur à nos principes. Il a extrêmement bien réussi.

L'homme le plus jeune versa du jus d'orange dans les quatre

verres qui se trouvaient sur la table. La femme âgée alluma une cigarette, en tira quelques bouffées.

– C'est d'autant plus regrettable que cette action ait été décidée sans notre accord et que son fruit, comme son auteur, s'évanouissent dans la nature. Je le fais rechercher. Il a quitté son ancien domicile depuis neuf jours sans laisser d'adresse. Lorsqu'il est venu nous voir, il habitait déjà ailleurs.

– Mais pourquoi est-il venu ?

– Le sens de la discipline. Le mot d'ordre. L'appel d'une élévation dans la hiérarchie. Ensuite, il a été fasciné par cette jeune personne qui, comme nous le savons, possède tous les charmes, puisque nous l'avons choisie parmi plus de cent trente-deux candidates.

– Mais ce hold-up semble avoir été préparé de longue date. Sans doute dans le but de se soustraire à notre emprise. Mais on ne va pas loin avec vingt mille dollars. Il peut tenir un an, au maximum. En admettant qu'on ne l'ait pas retrouvé d'ici là, il faudra bien ensuite qu'il tombe entre nos mains. Comment existerait-il sans le groupe ?

– Un an, c'est beaucoup trop long. Il faut que tout rentre dans l'ordre rapidement. Sans compter qu'en faisant participer celle que nous avons choisie à cette action, il souille en quelque sorte la vie que nous lui destinons.

– Rien ne prouve que ce soit elle. Jason a une sœur avec laquelle il est très lié. Ils sont souvent ensemble.

– Envoyez immédiatement quelqu'un contrôler si la sœur se trouve bien à son domicile. Nous attendons.

Ben, visiblement ému par le récit de Serge, demeura silencieux quelques secondes.

– Alors ? dit Serge, impatient.

– C'est beaucoup plus grave que vous ne le pensez.

– Expliquez-vous !

– C'est une longue histoire. Lorsque j'avais vingt ans, j'ai eu la chance de rencontrer quelques jeunes aveugles remarquables et il faut bien dire qu'il n'y avait pas de place pour nous. Nous avons donc décidé d'en prendre une. Mais je ne voudrais pas que vous vous mépreniez sur nos intentions, elles étaient tout à fait pures. J'ai fondé, avec deux amis, une sorte de société très fermée que nous avons appelée « le groupe ». Nous avons, pendant presque trente ans, construit à partir de rien. Nous avons créé l'institut des Aveugles où tous recevaient un salaire égal, les bénéfices considérables de certains d'entre nous servant à financer notre œuvre. Chaque membre versait au groupe l'intégralité de ses revenus mais chacun était assuré d'avoir une vie simple, décente, indépendante. L'institut a créé un grand nombre de ramifications, un bureau de placement, une maison de retraite très luxueuse, il a développé considérablement l'accession des aveugles aux métiers fermés jusqu'alors. Nous avons créé une banque, acheté des propriétés, une société d'informatique, éduqué, formé, développé la pratique des sports, inséré dans la vie active des milliers de jeunes aveugles. La réussite a été telle, que des tensions sont assez vite apparues au sein du collège de direction du groupe que certains ont orienté vers une action qui contredisait totalement nos aspirations de départ. Mes deux amis ont disparu mystérieusement, des « accidents », et le jour où j'ai réalisé que mon tour allait venir, je me suis réfugié dans la clandestinité. Mon amie a été supprimée mais moi, ils ne m'ont jamais retrouvé. Après mon départ, le groupe est devenu une sorte de secte de fanatiques extrêmement bien gérée et bien organisée. Ses nouveaux chefs règnent par la terreur et le lavage de cerveau. Les aveugles sont exploités, asservis. Aux revenus naturels du groupe se sont ajoutés tous les rackets possibles et sous l'influence de l'un des Sages, une sorte de mysticisme démagogique a été introduit. Le groupe a vendu les terrains de notre maison de retraite, près de Carmel, il a acheté un immense terrain à Las Vegas pour y construire un temple absolument délirant dédié au Sphynx, une divinité vierge qui galvanise toute l'organisation. Des règles hiérarchiques extrêmement complexes ont été introduites et la puissance de ce groupe tout entier tourné vers le Sphynx est devenue incommensurable. Mais récemment, il y a eu un problème que personne n'attendait : la jeune fille qui tenait le rôle du Sphynx s'est suicidée. Ce qui a été ressenti comme un signe ténébreux présageant l'effondrement d'une société parallèle aux pratiques haïssables. Le mot d'ordre fut donné. Dans toute la Californie, on se mit à rechercher une nouvelle candidate et c'est pour cela que les aveugles ont fait intrusion dans votre vie et que vous êtes ici.

– Que risque Alba ? cria Gorodish.

– Un lavage de cerveau. Pendant quelque temps, ils vont

procéder à un complément d'informations. Ensuite commencera la mise en condition.

– Il faut que je sorte immédiatement !

– C'est possible.

– Ben, vous avez joué franc jeu… presque. Il reste un mystère. Même deux. Comment se fait-il que malgré sa toute-puissance le groupe ne vous ait pas retrouvé et qu'est-ce que c'est que cette histoire de hold-up, d'argent qui vous attend lorsque vous sortirez ? Comment se fait-il que le hasard fasse si bien les choses ? Que vous soyez précisément dans la prison dans laquelle on m'a mis et que vous ayez des solutions pour tout, pour les messages d'Alba et même pour mon évasion, semble-t-il ?

Ben sourit. Il mangea un biscuit.

– La vie m'a appris à ne pas abattre toutes mes cartes même lorsque j'éprouve une vive sympathie pour quelqu'un. Tout d'abord, je ne sortirai pas d'ici pour la bonne raison que j'en sors tous les soirs.

– Vous n'avez donc pas été condamné…

– Non, je suis trop malin pour cela. Le bureau de placement m'a trouvé cet emploi le jour où vous êtes arrivé.

– Vous travaillez donc toujours pour le groupe.

– En principe, oui.

– Pourquoi ne vous ont-ils pas supprimé ?

– Comme vous le devinez, je sais beaucoup de choses et ma disparition signifierait la divulgation instantanée de ce matériel. J'ai négocié. J'ai même poussé l'allégeance jusqu'à accepter l'un des traitements spéciaux. Pour eux, je suis « recyclé », c'est le terme qu'ils emploient. C'est-à-dire que j'ai subi un lavage de cerveau, que je suis redevenu un fidèle serviteur du groupe et que l'on me confie certaines besognes délicates ou qui demandent une certaine connaissance des hommes. Pour les Sages, je suis redevenu un instrument docile. Ils n'ont donc rien à craindre de moi. Je fais partie de la grande famille. Comment pourraient-ils penser qu'on peut échapper à leur technique du « recyclage » ? Il faut que vous compreniez que le groupe n'aime pas les cadavres. Il n'y en a jamais eu, il n'y en aura jamais. Le suicide était un accident.

– Et vos amis, les fondateurs du Groupe ?

– Oh, quand j'ai dit qu'ils avaient disparu, j'entendais qu'on les avait recyclés, bien recyclés.

– Et votre amie ?
– Elle aussi, malheureusement.
– Donc, vous n'avez jamais fui.
– Physiquement, non. Je crois au monde de l'esprit. Je me suis soumis.
– Et qu'attendez-vous ?
– Mon heure. J'ai maîtrisé l'attente. Figurez-vous que je n'ai même pas eu besoin de demander à être placé ici pour effectuer votre recyclage. On m'a proposé le travail d'office. Il n'y a pas plus expert que moi. J'ai très vite senti que nous étions de la même race. Les grandes rencontres sont rares. Je ne pouvais agir seul. Il me fallait quelqu'un d'extérieur.
– Et Sam Perkins ?
– J'ai moi-même effectué son recyclage. Il est en quelque sorte programmé pour m'être fidèle mais ce n'est qu'un assistant. En fait, ce qu'il me fallait pour réussir, c'était des yeux, *vos yeux*.
– Comment allez-vous me faire sortir ?
– Comme nous vous avons fait entrer. Par la grande porte, sur décision du juge. Le directeur de la prison m'est acquis. Cela prendra deux jours. Lundi, vous serez libéré.
– Deux jours ?
– Oui.
– Et ensuite ?
– Ensuite, nous aurons certains problèmes à résoudre.
– Arracher Alba aux griffes de ces cinglés !
– Non, les événements ont pris un tour imprévisible. Jason, le jeune…
– Je le connais, coupa sèchement Gorodish.
– Jason n'est plus totalement sous le contrôle du groupe. Il a certainement commis un hold-up dans le but de s'en détacher et il est probable que son plus cher désir soit de faire d'Alba son Sphynx personnel, ce que je comprends fort bien.
– Je pratique le recyclage d'une manière plus expéditive que le groupe.
– Je m'en doute, Serge, mais il est possible qu'Alba soit un Sphynx qui nous illumine de sa lumière. La stratégie maîtresse est de laisser les choses suivre leur cours, enfin presque.
– Si je comprends bien, je sors mais à condition de vous aider ?
– Non. Nous devenons associés pour une grande cause, le

rétablissement du groupe tel qu'il a été conçu par des esprits trop subtils pour être tout à fait purs. Vous serez l'instrument du scandale. Il n'y a qu'une chose à souhaiter, c'est qu'Alba continue de vous écrire. Ah ! J'oubliais de vous dire que vous aurez le Sphynx et son socle.

– Son socle ?

– Oui, le Sphynx apparaît habituellement dans son plus simple appareil, debout sur un socle d'or pur qui pèse trois mille cinq cents kilos.

– D'accord mais s'il arrive la moindre chose à Alba je fais sauter le groupe et vous avec.

Paul Becker ne quittait pas son téléphone. Il avait appelé le salon de coiffure. On avait trouvé la voiture de Lynn sur le parking. Elle avait dû partir à pied. Paul avait décidé d'attendre jusqu'à 3 heures du matin avant d'appeler la police. Lynn avait sans doute voulu lui donner une leçon, se venger, l'inquiéter. Il avait descendu une demi-bouteille de whisky et venait de mettre un plat basses calories dans le four à micro-ondes lorsqu'il entendit des pas. Son sang ne fit qu'un tour. Un instant, il pensa que si le four à micro-ondes avait été plus grand, il l'y aurait fourrée, histoire de lui faire bouillir les sangs. C'était bien la dernière fois qu'elle lui faisait un coup pareil. Tant pis pour la note d'hôpital. Il se débrouillerait pour faire passer ça sur l'assurance. Il se précipita vers la porte et l'arracha presque de ses gonds. Son élan se brisa. Devant lui se tenait un homme d'une quarantaine d'année, avec une canne blanche.

– Ça va pas ! hurla Paul. Déranger les gens à une heure pareille pour caser une savonnette ou autre connerie !

– Excusez-moi, dit l'aveugle, en palpant sa montre. Ma montre indique 15 h 5.

– Vous êtes cinglé, vous retardez de douze heures. Vous devez être sourd aussi, vous n'entendez pas que tout est calme, qu'il n'y a pas de circulation, vous ne sentez pas qu'il n'y a pas de soleil.

– Oui, tout est calme, c'est vrai, dit l'aveugle avec une pointe d'humour dans la voix. Je venais simplement pour remercier Mme Becker de son chèque généreux à l'institut des Aveugles.

– Quoi ! Chèque généreux ! Enfin, c'est son fric, hein ! Si elle veut le foutre par les fenêtres, c'est son problème ! Bon, je lui transmettrai le message, du balai, mon gars ! J'ai autre chose à faire.

– À 3 heures du matin ?

– Si vous n'étiez pas aveugle, vous auriez déjà ramassé mon poing sur la gueule ! Je n'aime pas les aveugles, je déteste les aveugles, alors, barrez-vous avant que j'appelle les flics !

– C'est ce que je ferais à votre place, dit l'aveugle en disparaissant dans sa nuit.

Paul Becker claqua la porte. Il attrapa la batte de base-ball qui parlait avec les parapluies et la balança dans une vitrine où sa femme entreposait des vases chinois.

– Putain de Chinois ! Enculés d'aveugles ! hurla-t-il.

Il décrocha le téléphone, composa le numéro de la police et raccrocha dès qu'il entendit une voix. Il venait d'avoir une idée. Sa folle de femme pensait sans doute le faire souffrir en lui faisant le coup de la fuite. Peut-être même qu'elle était dans le jardin en train de se marrer. Mais lui, Paul Becker, on ne le coinçait pas comme ça. C'est elle qui allait revenir et toute penaude. C'était vendredi soir, il reprit son téléphone, appela une call-girl qu'il voyait deux fois par semaine.

– Sue, c'est Paul. Il est tard, je sais, mais je t'emmène passer le week-end au Mexique. Je passe te prendre dans quarante minutes. N'oublie pas le matériel. À tout à l'heure, chérie.

Paul monta dans sa voiture, calme, détendu. Il allait enfin pouvoir se tirer deux jours de suite et après tout, peut-être chaque week-end si elle ne revenait pas. Il baissa les vitres, pompa un grand bol d'air parfumé et dit tout haut :

– Cette fois, je vais enfin pouvoir me faire corriger sérieusement... Tant pis pour les marques...

11

Alba avait envie de marcher un peu. La nuit était calme et claire. Elle se fit déposer sur la promenade, au bord de l'océan, à deux miles de la pagode. À cette heure, on ne rencontrait presque personne. Quelques joggers perdus, un clochard, l'inévitable voiture de patrouille de la police, deux hommes en train de se peloter dans une encoignure. Sur la terrasse d'un immeuble, une femme regardait l'océan, elle était nue. Alba vit son visage paisible, heureux. Par la porte-fenêtre ouverte, on entendait une chanson de Cole Porter *Get out of Town* susurrée par la voix délicieuse de Caetano Veloso. Alba pensait à Serge. Elle allait lui préparer une fête superbe. Tous les deux, seuls dans la pagode.

Dans l'obscurité, une forme grise commençait à se détacher. Alba n'y fit pas immédiatement attention, pensant que c'était un promeneur comme un autre mais tout à coup, l'obscurité fut barrée d'un trait blanc qui balayait l'espace, devant la forme grise. Alba sentit les battements de son cœur redoubler d'intensité. Elle était certaine que l'aveugle se dirigeait vers la pagode. En une fraction de seconde, Alba décida de foncer. Elle tourna sur la droite pour avancer parallèlement à l'aveugle, et le dépasser sans se faire repérer. Elle se mit à courir en allégeant ses pas, comme portée par le vent.

Dès qu'elle entra dans la pagode, elle réveilla Jason.

– Jason ! Vite ! Un aveugle arrive !

Il fallut dix secondes à Jason pour s'habiller.

– Mets un disque, pas trop fort. Je prends le fric et le flingue et je t'attends devant la pizzeria. Si l'aveugle est là quand tu sors, sème-le !

– J'ai laissé la porte d'entrée ouverte pour que ça ne fasse pas de bruit.

Jason dévala l'escalier, il traversa la grande pièce, sortit avec la discrétion d'un fantôme. Au loin, il entendit le petit bruit sec et régulier de la canne.

Alba mit un disque, ouvrit le coffre, ramassa quelques liasses de billets de cent dollars, une veste de Serge, son stylo, les clés. Elle ferma la pagode au moment où l'hélicoptère de la police passait à basse altitude dans un fracas infernal qui couvrit le bruit de la clé et celui de ses pas. Le faisceau de l'hélicoptère illuminait au loin la façade d'un immeuble.

En trois minutes, Alba rejoignit Jason qui avait déployé sa canne télescopique pour ne pas attirer l'attention.

– L'hélicoptère m'a couverte, tout va bien.

– Il faut sortir de la ville au plus vite. Tu as un permis de conduire ?

– Un permis de conduire ? J'ai quatorze ans, Jason.

– Merde, il ne manquait plus que ça. Tu sais conduire, au moins ?

– Oui mais on peut prendre le train ou le bus.

– S'ils ont envoyé quelqu'un à la pagode, ils ont probablement placé des gens dans les gares. Ils doivent savoir que nous ne pouvons pas prendre la bagnole. Mais c'est justement ce qu'on va faire.

– Mais comment ?

– T'angoisse pas, je sais piquer une tire.

– Moi aussi, dit Alba, mais il faut qu'il y ait une clé dessus.

– Choisis, dit Jason en repliant sa canne. Tu as pris un sac ?

– Non.

– Il faudra qu'on s'en trouve une.

Alba et Jason traversèrent un vaste parking en se tenant par la main. Tout à coup, Alba repéra une voiture de police, tous feux éteints, à l'angle d'un immeuble.

– Il y a une voiture de police.

– Ce n'est rien, dit Jason, on continue.

Jason passa son bras autour du cou d'Alba. Arrivés au milieu du parking, il s'arrêta, lui caressa les cheveux, la nuque et l'embrassa sur le coin de ses lèvres.

– Les flics aiment bien les amoureux, lui susurra Jason.

Alba trembla, elle fut émue et rendit son baiser à Jason. Ce n'était pas le moment de jouer la distance.

Alba se mit à rire. Ils sortirent du parking.

– On ferait mieux de se trouver une petite allée peinarde en sens interdit, qu'on puisse les voir venir de loin. Il vaut mieux prendre une caisse anonyme, un peu ancienne et de modèle courant, le genre sans signal d'alarme.

Alba repéra une Chrysler beige.

– Chrysler des années 70, ça te va ?

– C'est au poil. L'ouverture du capot se commande de l'extérieur. Est-ce qu'il y a quelque chose dans la bagnole ?

– Un 45 tours gondolé sur la plage arrière.

Jason caressa la Chrysler, toucha le mur de brique.

– Si une voiture arrive, on se planque contre le mur. Si ce sont des piétons, on s'embrasse comme tout à l'heure.

– Ce qu'on a fait tout à l'heure n'avait rien à voir avec un baiser.

– Ah bon…

– Je suis une experte, tu peux me croire ;

– Comment tu appellerais ça, alors ?

– Un TV collage de groin.

– Tu n'aimes pas la télé ?

– Mon truc, c'est le cinémascope odorama avec son spatial.

Jason s'accroupit, ouvrit le capot en tirant la manette, sous le pare-chocs. Il sortit un canif de sa poche et commença une petite opération chirurgicale.

L'aveugle était assis sur les marches de la pagode. L'air était doux. Il n'y avait personne dans la pièce du rez-de-chaussée. En haut, Bob Marley et rien d'autre. Le flaireur se concentrait sur la pagode au point qu'elle semblait faire partie de lui. Il aurait ressenti le moindre craquement, entendu le plus léger frôlement de pas sur le plancher, le moindre mouvement d'un corps. Il attendit patiemment la fin du disque et perçut bientôt le bruit monotone que faisait le saphir pris dans le dernier sillon. Personne ne bougea pour lever le bras du pick-up. La pagode était vide mais s'il y avait de la musique, c'était qu'on l'avait quittée.

Le flaireur se leva, ses doigts palpèrent la serrure. Il sortit de sa poche un trousseau de petites tiges d'acier et fut bientôt à l'intérieur. Il sentit la chaleur des lampes, les éteignit et commença son examen des lieux. Il monta l'escalier, la porte était ouverte. Il s'immobilisa quelques secondes, cessa de respirer, eut la certitude que personne n'était dans la pièce. Il avança jusqu'au pick-up, reposa le bras sur son support. Ce bruit l'agaçait. Il sentit une odeur de transpiration, une odeur d'homme. Il s'approcha du lit, le toucha. Une seule personne venait de le quitter, le temps d'une face de disque et celui qui l'avait quitté était le même dont il percevait l'odeur. L'aveugle se souvint de l'hélicoptère, de la musique. Il ouvrit la penderie d'Alba, il fallait qu'il ensevelisse cette odeur au fond de sa mémoire. Il prit plusieurs vêtements, les respira. Tout serait plus facile maintenant, Alba et Jason ne pourraient pas croiser son sillage sans qu'il les reconnaisse immédiatement.

Près du lit, il trouva le téléphone sans fil et appela les Sages.

– Ils ont pris la fuite il y a vingt-trois minutes. La Cadillac est toujours garée près de la pagode. Celui que nous cherchons doit s'être reposé ici.

– Merci, rappelez-nous dans une demi-heure.

Le Sage appela immédiatement la permanence informatique du groupe dont les équipes se relayaient toutes les huit heures.

- O17633.

– Une seconde, je vérifie… Je vous écoute, monsieur.

– Une information globale sur Bercovitch, Jason. Un listing des départs de bus et de trains et d'avions entre trois heures trente et six heures, ce matin. Un examen du compte en banque de Bercovitch. Une caution, un nouveau loyer. L'identité du créditeur des chèques. Le dernier rapport de Ben sur Serge Gorodish. Tout cela le plus rapidement possible.

– Nous commençons immédiatement.

Les poissons rouges se rinçaient l'œil. Ils n'avaient pas vu ça depuis longtemps. Même déformés par la vitre épaisse de l'aquarium, les deux poissons géants qui étaient sur le lit et qui jouaient à la lueur d'une bougie rouge auraient bientôt besoin d'une bonne pincée d'aliments protéinés. Les poissons rouges entendaient une musique qu'on attribuait aux baleines.

Il y eut une petite accalmie et le tout se continua en langage humain :

– Il n'y a pas que les hamburgers que tu sais faire, chéri, dit Lynn. Tu as un corps si beau, si musclé. Quand même, une bonne baise frénétique, c'est pas mal.

– Ouais… Il y a des mecs qui travaillent à l'indienne, genre je te la mets et attendons que les vibrations cosmiques fassent leur boulot. J'ai un copain qui est très féru de ça. Évidemment ça dure plus longtemps mais à mon avis, ça ne vaut pas une bonne suée.

– J'essaierais bien.

– Maintenant ? Je suis crevé… Laisse-moi le temps de récupérer, Lynn.

– Téléphone à ton copain, chéri, c'est ça que je voulais dire. Tu comprends, je suis en pleine rééducation, alors il me faut un programme bien suivi.

Samy se mit à rire. Il se leva, chercha deux bières dans le réfrigérateur.

– Si ton frère voyait ça… Bon, je téléphone à mon copain, hein ? C'est sérieux ?

– Tu seras récompensé, chéri.

Serge avait à peine terminé sa boîte de biscuits qu'on lui en livra une autre par la main du postier maton. Ses trois camarades virent ça d'un bon œil.

Carlo, le plus costaud, avait un torse qui ressemblait à un tableau noir sur lequel se seraient exercés des gamins graphomanes. La plupart des tatouages étaient ratés. Les sirènes ressemblaient à des poulets, les dragons à des chats mouillés, les femmes nues à des escalopes de veau. Un seul truc avait été réussi, par une autre main, manifestement, c'était sa tour de Pise. Une idée originale. Le seul problème était que pour l'exhiber en respectant les lois de l'architecture, il fallait que le membre de Carlo soit en érection. C'était l'attraction des douches du dimanche.

– Eh Frenchy, file-moi des biscuits. Ces salauds ne servent pas de pancakes, c'est ce que je préfère et tes biscuits, ils ont le goût de pancakes.

– Tout à l'heure. T'auras la boîte entière. J'attends l'heure de la bibliothèque.

Carlo fut contrarié. Il se mit à souffler comme un taureau qui veut se faire son matador. Il lâcha son magazine culturel, se leva et s'approcha de Serge qui se trouvait sur la banquette supérieure. Son visage tout près de celui de Gorodish.

– Sois gentil, Frenchy, ou je te transforme les couilles en nourriture pour chat.

– Vas-y, dit calmement Gorodish et je t'efface les graffitis merdeux dont tu es recouvert.

Une demi-douzaine d'anges passèrent dans la cellule. Sensible aux arguments de son camarade de vacances, Carlo continua la lecture de son magazine.

Une heure plus tard, Ben alignait les biscuits sur sa table.

Mon homme,

Les aveugles cernaient la pagode, il a fallu nous enfuir Jason et moi. Nous traversons des déserts. J'ai compris pourquoi tu ne voulais pas faire l'amour avec moi en lisant le passage suivant : « S'étendre sur une femme frêle, c'est comme de dormir sur un lit branlant qui peut subitement s'effondrer sous votre poids. Si l'un des plaisirs sexuels est de s'abandonner à une activité furieuse comment un homme peut-il se lancer réellement dans une bataille du sexe s'il sait que son adversaire est trop faible pour que le combat soit égal. Une fille robuste et sans attraits vaut toujours mieux qu'une beauté fragile. » Je ne suis pas une beauté fragile mais j'ai pris des décisions :

1. Manger cinq fois par jour.

2. Arrêter de courir.

3. Écouter du rock, du funk ou du reggae uniquement.

4. Faire le maximum de choses avec un objet sur la tête.

5. Ne plus me regarder dans les miroirs, les Miss Monde, ça suce !

6. Me faire faire des massages.

7. Devenir aussi souple qu'une courtisane chinoise.

8. M'entraîner à faire semblant de dormir.

9. Profiter de la fréquentation des aveugles.

Serge, mon amour, mon amant potentiel, mon homme magique, ma machine à chatouiller le temps, mon musicien fou.

Toujours dans le même livre, il y a des mots rigolos genre : la porte de jade. Mais toi, lorsque tu penses à ma porte de jade, quel mot utilises-tu ? J'aimerais que tu me le dises, que tu me le dises cent fois, mille fois, jusqu'à ce que je m'endorme ou jusqu'à ce que je ne dorme plus jamais. C'est un truc qu'on pourrait faire tous les deux. Tu sais, quand je pense à tout ce que nous ferons dans notre vie, c'est comme si je regardais l'océan.

J'aime voyager. J'ai l'impression que tu es partout. Je te vois derrière les rochers, dans le sel des lacs séchés et chaque nuage porte des traces de ton visage. Ti amo,

Alba.

La Chrysler roulait bien, la radio marchait. Alba était ravie d'être au volant, elle commentait le paysage à Jason qui semblait tout à fait calme.

– Les virages vont s'arrêter, je vois la route qui est toute droite, là-bas. On est à treize miles de Lancaster, la lumière est très belle, le ciel d'un bleu intense avec le rouge qui surgit derrière la montagne.

– Fais gaffe de bien respecter les limitations de vitesse, je n'aimerais pas qu'on se fasse coincer. Le type auquel appartient la Chrysler est peut-être un mec pas trop con. Un type qui laisse gondoler un 45 tours dans sa bagnole est forcément cool. Il va se réveiller, chercher sa bagnole, téléphoner aux flics, ça veut dire qu'à Lancaster, il faut changer de tire. Mais j'ai une idée. Le truc que je viens de ramasser sous le siège, c'est une corde de guitare. Ce mec doit être un musicien. Arrête-toi. Fouille la boîte à gants, il y a peut-être des papiers d'assurance.

Alba se rangea sur le bas-côté. Au milieu d'un invraisemblable désordre, elle finit par trouver le nom du propriétaire et son adresse ainsi qu'une cassette intitulée : *Lonely,* copy II, James Lewis. Alba l'introduisit dans la radio-cassette, elle mit le volume à fond, démarra.

Dès les premières mesures, Jason eut l'impression d'être assis sur un siège éjectable. Il se retrouva dans l'espace. C'était une musique comme il n'en avait jamais entendue. Violente et mélancolique, sauvage, lyrique. Un truc qui n'avait encore frappé aucune oreille. Alba essayait de maintenir le vaisseau spatial en orbite en suivant les lignes peintes sur la route.

Ils s'arrêtèrent à la première cabine à l'entrée de Lancaster, Jason resta dans la voiture, Alba fit ce que Jason lui avait suggéré, elle obtint le numéro par les renseignements.

– James Lewis ?

– C'est moi.

– Vous êtes le guitariste, James Lewis ?

– Oui.

– J'ai écouté votre cassette, c'est superbe, j'ai adoré.

– Vous êtes Sandra Wings, d'Elephant Records ?

– Non, je ne suis qu'une admiratrice, mais je peux faire beaucoup pour vous.

– Une très jeune admiratrice, d'après votre voix.

– Très jeune et très riche.

– Je ne comprends pas très bien, je n'ai envoyé ma maquette qu'à Sandra, c'est la productrice qui monte dans le business, je voulais lui donner une option.

– Sandra me l'a passée. Elle voulait mon avis. C'est une amie.

– Ça me fait vraiment très plaisir que ça vous plaise.

– Quel âge avez-vous ?

– Vingt-trois ans.

– On sent des influences brésiliennes dans votre jeu…

– Ce n'est pas étonnant, j'ai étudié pendant cinq ans avec Baden Powell et j'ai fait pas mal de petits boulots au Brésil, deuxième fusil, quoi. Je suis rentré à L.A. depuis deux ans et c'est très dur. Ce que je fais est en dehors des normes.

– Vous avez un style très personnel. Je sens très fort ce que vous faites.

– C'est merveilleux d'avoir un signe, enfin. J'attends depuis longtemps.

– Est-ce que vous tenez beaucoup à votre bagnole ?

– À ma bagnole ?

– Oui…

– Je tiens beaucoup à ma Ramirez.

– Bon, ça tombe bien.

– Pourquoi ?

– Parce que si un de mes amis ne vous avait pas piqué votre voiture cette nuit, je n'aurais jamais su que vous étiez un musicien magnifique.

– Piqué ma voiture…

– Oui. C'est un ami qui a eu des ennuis et si vous portiez plainte, ce serait grave pour lui.

– Mais alors, vous ne connaissez pas Sandra ?

– Non, je ne connais que votre musique, mais tout le reste est vrai. J'ai beaucoup d'argent, j'adore la musique et je suis prête à faire quelque chose pour vous.

– Une bagnole, ce n'est qu'un tas de ferraille pour aller d'un point à l'autre.

– Voilà ce que je vous propose : Je vous envoie immédiatement mille dollars pour votre voiture et vous m'envoyez un certificat de vente au Caesar Palace à Las Vegas.

– Vous ne faites pas une affaire, je l'ai payée trois cent cinquante dollars il y a un an.

– Peu importe. C'est pour le dérangement. Vous me rendez service en acceptant. Vous aurez l'argent ce soir, je l'envoie par mandat télégraphique. Vous vivez où ?

– Dans une chambre que je loue.

– Je vous propose autre chose. Vous connaissez la pagode, sur la plage, tout près de chez vous ?

– Oui, c'est un endroit superbe…

– C'est chez moi. Le marchand de vêtements qui est juste à côté a toujours une clé. Demandez-la lui de ma part. Installez-vous dans la pièce du haut jusqu'à mon retour. Ensuite, je vous trouverai un appart décent sur le bord de la mer et on parlera de la manière de vous faire faire votre premier disque.

– Tout cela est dingue. Je me demande si je n'ai pas fumé un peu trop hier soir.

– Allez vous installer à la pagode, vous y serez très bien. J'organiserai un concert avec des gens importants dès mon retour, dans vingt-cinq jours. Vous avez de quoi écrire ? Je vais vous donner mon nom…

12

Ils entrèrent dans Mojave, une petite ville dans le désert plat. Un vent violent soulevait des nuages de poussière, des amas de broussailles sèches roulaient à travers la route et de violentes bourrasques déportaient la Chrysler. Jason jouait avec le magnétophone à cassettes qu'Alba avait acheté dans un supermarché. Elle avait fait des provisions : une couverture, une chemise pour Jason, des bâtonnets d'encens, un maxi t-shirt pour la nuit, une bougie parfumée au santal, du chewing-gum, de quoi raser Jason, des pastilles de caféine et un atlas routier.

– C'est quoi, toutes ces cassettes que tu as achetées ?

– Elles sont vierges. C'est pour envoyer mes lettres à Serge. D'ailleurs, on a besoin d'essence, j'en profiterai pour dicter une lettre, ensuite j'irai faire le virement à James Lewis et poster ma cassette.

– Tu es vraiment amoureuse de lui ?

– Oui. Et toi, tu es amoureux de qui ?

– De la vie. De quelle couleur est la chemise ?

– Rouge avec des petits traits noirs.

– J'ai envie de la mettre.

Jason défit l'emballage, retira les pinces de plastique et se changea. Alba quittait la route des yeux pour le regarder. Il y avait dans tous ses gestes une grâce et une délicatesse que peu d'hommes possédaient. Alba aimait sa peau très douce, son visage, ses mains, sa longue chevelure, sa démarche, ses yeux faits pour être regardés.

Alba vit l'écriteau qui indiquait Olancha. Elle s'arrêta pour faire le plein. Ils entrèrent dans le snack de la station-service.

Jason commanda des œufs ranchero et des toasts. Alba des pancakes et du bacon. Elle étudiait la carte.

– Tu ne m'as pas dit où on allait…

– Chicago. J'y ai un ami. On sera tranquilles.

– J'aimerais passer par la vallée de la Mort et par Las Vegas. On pourrait doubler notre fortune.

– On ne devrait pas trop traîner à Vegas, il y a trop d'aveugles.

– Ah ! bon… Ils aiment jouer ?

– Ils adorent jouer, mais pas comme tu crois.

Ils finirent leur petit déjeuner. La serveuse débarrassa en leur disant qu'ils étaient un couple magnifique. Cela fit rire Jason qui sortit marcher un peu pendant qu'Alba enregistrait sa lettre pour Serge :

Moi, Alba, je ne suis pas née dans une forêt noire
D'ailleurs, je me fiche de l'endroit où je suis née
Ma mère s'est cassée très tôt
D'elle, je n'ai même plus une photo
Je sais qu'elle a bien fait
Comme elle, j'ai tout abandonné
Si tu rencontres un monsieur
Qui te propose de voir le crime en rose
Surtout, ma petite fille, suis-le
Offre-toi les ciels sans te poser de questions
Moi, Alba, je ne suis pas née dans une forêt noire
Et d'ailleurs, je me fiche de l'endroit où je suis née
Mon père se souvient de moi
Un jour, vint un homme
Je n'en avais encore jamais vu
Avec un doux sourire de gangster
Je suis devenue sa musique
Il est devenu mon instrument
Il m'a achetée à mon père
Vraiment pas assez cher
Moi, Alba, je ne suis pas née dans une forêt noire
Je ne suis pas sa femme
Ni sa créature
Ni sa maîtresse
Ni son avion
Ni sa tigresse

Ni son Steinway
Alors, quoi, Serge ! Qu'est-ce que tu fous ?
Alba.

Le groupe avait eu de la chance. Le propriétaire du studio de Jason venait d'encaisser la caution et le premier mois de loyer. Le reste n'avait été qu'un jeu d'enfant. Le flaireur s'introduisit dans le studio de Jason. Très vite il reconnut l'odeur qu'il avait classée dans sa mémoire en visitant la pagode, c'était cette même odeur qu'il y avait dans le lit. Par contre, personne n'avait passé la nuit chez Jason. Aucune trace de Lynn non plus. Le flaireur s'assit sur le lit. Il savait par le groupe que Lynn n'était pas rentrée chez elle et que Paul Becker avait fait une petite escapade vengeresse. En toute logique, il lui restait deux endroits à visiter. Le centre informatique faisait bien son travail.

Serge répugnait à laisser les mots d'Alba être engloutis par Carlo mais s'il voulait sortir sans problèmes, il fallait bien se résoudre à offrir les biscuits de la dernière lettre d'Alba. Il rejoignit Ben, occupé à prendre des notes à l'aide d'une réglette et d'un poinçon.

– Tout est arrangé pour lundi matin. Vous pouvez commencer à programmer votre journée.

– Rejoindre Alba.

– Il y a un petit problème. Alba et Jason se sont enfuis cette nuit. Nous ne les avons pas encore retrouvés, mais nous aurons bientôt une idée de leur itinéraire, je l'espère.

– Si vous me cachez la moindre chose, je le saurai très vite, dit Gorodish, légèrement menaçant.

– Ne soyez pas aussi soupçonneux. Je suis votre seule chance et vous êtes la mienne. Perkins n'a pas encore reçu de cassette, mais cela ne saurait tarder. Je crois qu'il est temps de fixer les termes exacts de notre marché : vous pourrez savoir où se trouve Alba, la suivre à la trace, la voir de loin si vous voulez, la protéger, mais aucun contact direct avant que le groupe n'en ait fait son nouveau Sphynx. Je vous promets de me charger moi-même de son recyclage, ce qui revient à dire qu'il n'y en aura pas. Vous retrouverez Alba comme vous l'avez laissée, je m'en porte garant. Je ne veux qu'une chose : que le scandale éclate publiquement, ensuite nous reprendrons chacun notre voie.

– D'accord, dit Serge, mais à la moindre erreur, je fous tout en l'air.

– Ce sera dur, mais au moins vous serez proche d'elle. Savez-vous piloter un hélicoptère de poche ? C'est un minuscule engin extrêment maniable qui peut nous transformer en anges.

– J'ai piloté un hélicoptère grand format. On devrait s'en sortir.

Samy grillait dans l'enthousiasme. Les clients s'entassaient dans le Burger Paradise à l'heure du déjeuner. Ce qu'on venait chercher ici, c'était aussi bien la qualité des hamburgers que l'atmosphère créée par Samy et les habitués de l'endroit. À part les hamburgers, la trinité se composait d'un chili royal et d'un cole-slaw trois étoiles.

Dès que le flaireur poussa la porte vitrée, le chili et le cole-slaw lui envoyèrent des messages codés. Il attendit qu'une place se libère au bar, passa sa commande, s'installa pendant que Samy lui changeait son rectangle de papier, ses couverts et lui balançait une poignée de crackers et son lait à la vitesse laser. La nuit passée à gambader avait mis le flaireur en appétit. D'une oreille distraite, il écoutait les habitués raconter leurs histoires. Tous les événements du quartier y passaient, le hold-up en priorité. Certains admiraient, d'autres condamnaient. Samy gardait une neutralité bienveillante.

Le flaireur, le nez dans son bol de chili qu'il vidait à la petite cuillère pour que ça dure plus longtemps, n'avait pas d'opinion fixe sur le bien-fondé de sa présence au Paradis mais lorsque son voisin reçut un Titanic, double pavé de viande aux épices, oignons, tomate, mayonnaise, et qu'il demanda des concombres maison qui passèrent sous le nez expert, les petits nains de la fabuleuse mémoire olfactive du flaireur commencèrent à construire un chalet suisse dans lequel il allait trouver Blanche-Neige. Cette odeur précise de concombres à la saumure, au poivre et à la coriandre n'était pas celle d'un quelconque cornichon industriel. C'était cette odeur-là que le flaireur avait sentie au premier étage de la pagode. Un objet, un vêtement en était imprégné.

Le flaireur n'avait plus qu'à rencontrer Blanche-Neige. Si

elle n'était pas chez Jason, elle devait être chez Samy. Le flaireur paya et sortit. Son voisin, un gros livreur qui débordait de son tabouret, le regarda quitter les lieux avec émerveillement. Il croqua deux concombres en hochant la tête admirativement.

– Eh, Samy, t'as vu ce mec, celui qui a pris du chili ?

– Ouais, genre bureaucrate, il doit sûrement travailler pour les impôts. Le genre à vous demander la preuve que vous avez bien mis trois grammes de sel sur chaque burger.

– T'as rien vu. Ce mec était fabuleux. Fabuleux ! C'est la première fois que je vois ça !

– Il avait une cravate ?

– Ouais, il avait une cravate orangée avec des petits motifs gris en forme de mangue.

– Tu devrais devenir l'assistant de Spencer, Guz, lança un client.

– Eh ! les mecs, c'est pas possible, personne n'a rien vu ? dit Guz qui se sentait vraiment super spécial.

– Il avait une gonzesse miniature en chair et en os dans la poche droite de son veston, hurla un autre consommateur qui avait l'air d'avoir fait du yoga dans une bouteille de gin.

– Je vais vous dire un truc… Ce mec, il est aveugle !

La révélation n'enthousiasma personne mais Samy en fit glisser un pavé de bœuf sur le sol. Il devint très pâle, s'essuya les mains à son tablier, fonça vers le téléphone, composa son propre numéro, mais personne ne répondit.

Lynn ne s'était pas sentie aussi libre depuis qu'elle avait quinze ans. Elle ne marchait pas, elle volait d'un magasin à l'autre. Lynn ne tenait pas le pognon avec des élastiques. Elle s'était acheté un peu de froufrous, histoire de transformer ce qu'elle avait en opéra. Il y avait aussi de l'utilitaire, du décontracté, du chic pour les soirées. Elle élaborait parfois des mini-scénarios réalistes qui la clouaient d'angoisse : elle et Samy dans un restaurant chic. Paul entre. Ils sont en train de manger du gigot qu'un chef en toque découpe sur un chariot à l'anglaise. Paul assomme le chef, lui prend son couteau, le plante dans le cœur de Lynn. Le sang gicle sur le magnifique soutien-gorge corail qu'elle vient d'acheter.

Paul les dépasse sur l'autoroute. Ils sont dans une minuscule voiture. Paul dans un poids lourd. Il les écrase contre un mur. « Je ne veux pas mourir comme un hamburger ! » hurle Samy.

Samy faisait les cent pas dans son appartement. Il avait quitté le Paradis en catastrophe. Pourvu que Lynn téléphone. Il est vrai qu'elle avait promis de rentrer pour le dîner. Que pouvait-il faire ? Il ne savait pas grand-chose des aveugles, sinon que Jason les craignait. Ils n'allaient tout de même pas débarquer en nombre comme dans un film de gangsters. Samy se dit qu'il pourrait appeler deux ou trois potes qui ne faisaient pas dans la dentelle. Tous les aveugles ne pouvaient pas avoir le punch de Jason ! Mais il y avait le fric, le hold-up, son ami à protéger, Lynn. Samy essayait de réfléchir mais il avait plus d'abdominaux que de cervelle. Il sortit une barre de fer qui traînait au fond de sa penderie et s'assit dans le salon, prêt à défendre sa peau.

Lynn, encombrée de paquets, prit l'ascenseur. Au troisième étage, un homme avec une canne blanche et une drôle de cravate entra et se serra contre les paquets.

– Vous montez ? demanda-t-il.

– Oui, répondit Lynn.

Elle eut l'impression de se dissoudre dans ses pompes en croco.

– Vous sentez le concombre casher, dit le flaireur.

– J'adore les concombres, balbutia Lynn.

L'aveugle pressa sur sa canne, il en sortit une lame de Tolède, très fine.

– Nous redescendons, dit aimablement le flaireur en faisant sauter quelques mailles du body que portait Lynn avec la pointe de son arme.

Un fourgon les attendait. Ils montèrent à l'arrière. Le flaireur l'aida à porter ses paquets.

– Ne craignez rien, dit-il, le chauffeur n'est pas aveugle et nous ne vous ferons aucun mal.

D'un geste doux, il retira le sac fluo de l'épaule de Lynn, le flaira.

– C'est donc ce sac qui sent le concombre...

Il plongea sa main parmi les billets verts avec un murmure de satisfaction.

– Nous voulons simplement récupérer notre bien et dialoguer avec votre frère.
– Allez-vous me tuer, après ?
– Tuer ? Mais vous avez un mari, chère madame.

La route devenait de plus en plus sauvage. Le vent redoublait de violence. Alba se sentait soulagée, la cassette était partie en express. Perkins l'aurait dès lundi matin. Ils suivaient la route 395 qui découvrait au loin, dans de soudains éclats de lumière plombée, les miroitements des grands lacs salés. Les lames de mercure se dissolvaient comme on s'en approchait. Il ne restait qu'une croûte de sel étincelante sur le sable. Ils traversèrent Four Corners, admirèrent le Fremont Peak sur la droite.
– C'est le genre de coin où pas mal de cow-boys ont dû se demander s'ils étaient arrivés sur la lune, dit Alba. On pourrait brancher le pilotage automatique. Plus loin, il y a une base militaire qui s'appelle China Lake. Dans une centaine de miles, on sera à Olancha et là, à droite toute, direction vallée de la Mort. Je suis un peu fatiguée, le vent est si violent.
– Passe-moi le volant.
Alba hésita puis s'arrêta. Elle glissa sous Jason qui prit le volant et démarra lentement.
– Tu mords sur la ligne médiane, dit Alba en riant. Un petit coup de volant à droite… encore un peu… redresse… voilà… c'est bien…
Jason ouvrit la fenêtre. Il pouvait entendre le bruit des pneus lorsqu'ils touchaient la peinture en relief et rectifier ainsi sa trajectoire.
– C'est génial, s'écria Alba.
Jason était un peu décontenancé par les bourrasques mais avec l'aide d'Alba, il corrigeait rapidement ses erreurs. Ils firent une trentaine de miles sans problème.
Alba sentit soudain une vive douleur au creux de son ventre. Une bagnole de police arrivait en sens inverse, gyrophare allumé.
– Une voiture en face, lâche un peu la ligne, ralentis, pas trop… là, comme ça… C'est bien…
La voiture passa, Alba allait se détendre lorsqu'elle la vit tourner dans un nuage de sable et regagner du terrain dans le vacarme de la sirène.

– Qu'est-ce qu'on fait, je sors le flingue ?
– Non, on s'arrête tranquillement. On joue supercool.
– Et s'il te demande tes papiers ?
– J'ai un faux permis.

Ils s'arrêtèrent. Le gyrophare tournait en silence. Jason entendit claquer la porte de la voiture. Un pas lourd s'approchait. Jason restait les mains sur le volant. Peinard comme tous les types qui tenaient à la vie.

– Quel genre de tronche ?
– Bon père à moustache.

Le shérif les salua aimablement.

– Vous allez loin ?
– Olancha, dit Jason.
– Alors je vous donne la permission d'appuyer sur le champignon, on annonce une tempête de sable.
– Merci, dit Alba.
– Grouillez-vous, dit le shérif.

Alba le vit faire demi-tour. Elle reprit le volant et fonça vers Olancha.

13

Olancha. Pas de tempête de sable.

– Ils se gourent toujours, à la météo, dit Alba.
– Pas ici.
– De toute manière, il n'y a rien dans ce bled. On ne va pas rester ici, on continue, on verra bien. Je prends la 190 sur la droite. Il y a un immense lac salé au loin, des traînées bleues dans le ciel gris, des paillettes luisantes sur le sable, comme s'il y avait de l'eau. Ciel ! Un mirage !

Jason souriait de l'enthousiasme d'Alba. Il se sentait fatigué. Il se laissa glisser sur la banquette de la Chrysler et appuya son visage sur la cuisse droite d'Alba. Sous le jean, il percevait la tiédeur des muscles, le parfum d'Alba.

– Qu'est-ce qu'on risque si la tempête arrive ?
– De se retrouver à Chicago plus vite que prévu.

Jason sentit la main droite d'Alba qui lui caressait le front, la chevelure. Des ondes douces descendirent en lui. Il oublia le groupe, le hold-up, la fuite et s'endormit.

Alba eut l'impression que cette fois, elle quittait vraiment la civilisation. Le paysage devenait plus escarpé, plus sauvage. La route, étroite et déserte, serpentait entre de grands pans de lumière grise brisés par les montagnes.

Alba prit son magnétophone. Elle avait l'impression que Serge était partout. Elle l'enclencha, le posa sur le tableau de bord et les mots coulèrent d'elle, entrecoupés de grands silences.

J'ai des hallucinations. Je ne sais plus si je rêve ou si c'est bien la réalité que nous traversons, Jason et moi. Tu es le pionnier de mon désert. Si tu construis un puits, tu trouveras de l'eau et toutes sortes d'autres trésors.

Ce matin, en ouvrant les yeux , j'ai été prise de panique. J'avais perdu ton odeur. C'est très difficile de se rappeler une odeur. C'est seulement lorsqu'on la sent à nouveau qu'on la reconnaît. Et moi, est-ce que j'ai une odeur ? Est-ce que tu y penses lorsque tu es allongé dans ta cellule ? J'ai essayé de me renifler, pour te trouver à travers mon odeur, mais je n'ai rien senti vraiment. C'est un peu comme si nous ne sentions plus rien depuis que nous sommes séparés. J'ai obligé Jason à arrêter la voiture au milieu du désert, c'était plein de cactus en fleurs, un violet très vif. J'ai marché parmi les petites plantes grasses, il y avait d'autres fleurs de toutes les couleurs. Je me suis déshabillée, je me suis couchée sur le sol et j'ai demandé à Jason de me flairer partout et de me dire tout ce qu'il sentait. Parfois il mélangeait mon odeur à celle du ciel, du désert, des plantes, des insectes. Le paysage s'étendait à perte de vue. Je te vois de plus en plus. Tu es au sommet des dunes sur lesquelles j'ai laissé rouler mon corps. Tu es dans le bleu du ciel.

Il ne faut pas que tu sois jaloux de Jason. Je lui permets de dormir avec moi. Et puis, seule, j'ai peur, j'ai froid. Une femme amoureuse ne devrait jamais dormir seule. Même la prison ne devrait pas séparer les amants. Je vais foutre en l'air mon lit. Tu seras obligé de m'accueillir dans le tien. Je sais que je t'ai demandé de faire construire un escalier, je sais que j'ai dit qu'il ne fallait être ensemble que lorsque notre désir est immense. Serge, continue à m'envoyer ton image partout. Comment fais-tu ? Es-tu magicien ? Pourquoi ne fais-tu pas disparaître les murs de ta cellule. Essaie, on ne sait jamais. Je t'assure qu'ici, dans le désert, je sens très fort ta présence.

Jason me demandait de lui parler de toi. C'était difficile mais soudain, j'ai poussé un cri. Il y avait un nuage dans le ciel et ce nuage, c'était ton visage. J'avais très froid. Jason m'avait enveloppée dans une couverture. Nous sommes retournés à la voiture. Tu sais, tu m'as fait un clin d'œil, juste avant d'être effacé par les vents.

Si le capitaine Achab avait davantage regardé le bleu du ciel au lieu d'aller se noyer dans la mer, il aurait vu sa baleine blanche. C'est ce que j'ai dit à Jason mais il n'a rien compris. Il est plus con que je ne pensais. Tant pis, ou tant mieux.

Il m'a dit que j'étais une vraie déesse. Il a raison. Quelque chose de magique grandit en moi. Mes seins poussent. Bon, je te parlerai de mes seins dans la prochaine lettre. Dis-moi que tu me les lèches, comme sur le parking du Kingston. D'ailleurs, quand tu me lèches les seins, tout le monde me prend pour une divinité ou une sainte. Je suis peut-être une sainte ? Je veux voir ta gueule partout, Serge !

Alba.

Tout à coup, le ciel s'obscurcit. Il n'y eut plus un souffle. Alba n'avait jamais vu ça. Un truc biblique, comme si les cieux allaient s'ouvrir, les dieux fondre dans le désert et faire le bilan de la courte vie d'Alba. Elle se demanda si le paradis et l'enfer existaient puis elle fit une courte prière parce qu'elle savait que Serge passerait à la rôtissoire et qu'elle voulait qu'on l'enfile sur la même broche pour qu'ils puissent mélanger leurs jus dans une dernière extase. De la plaine désertique venait un immense nuage couleur de soufre qui s'approchait très vite. Alba s'arrêta pour mieux voir. Dans un moment de panique elle enclencha le magnéto à nouveau pour laisser à Serge sa petite boîte noire, son testament en quelque sorte. Les mots se bousculaient :

Serge, c'est le typhon, la tempête, la fin du monde. Si tu retrouves un morceau de mon corps je veux qu'il soit incinéré et que les cendres soient répandues dans le Steinway. Pense à moi très fort chaque fois que tu embrasseras une femme et continue à me raconter des histoires. On ne sait jamais. Je t'aime ! Je t'aime passionnément. Je ne sais pas où te donner rendez-vous. Il y a peut-être un point de rencontre dans l'au-delà, comme dans les aéroports. J'y serai chaque jour de minuit à trois heures du matin pendant soixante ans. Si les corps n'existent plus, tu m'entendras rire. Si on ne peut pas rire et qu'il n'y a plus que l'esprit je penserai de toutes mes forces à la seizième variation Goldberg. Tu tomberas ou sur Bach ou sur moi. Si je subis des tortures, je ferai un deal avec les démons. J'arriverai sûrement à m'en sortir. Surtout fais bien comprendre à toutes celles qui vont me succéder que ce n'est qu'un truc transitoire et que ton âme est à moi pour l'éternité. Faut pas qu'elles se fassent des idées ces salopes. Bon, je vais mourir. Salut, Serge !

– Que se passe-t-il ? murmura Jason encore endormi.

– C'est la fin du monde, je crois. L'espace a la couleur d'une soupe au potiron, des rafales de sable tombent du ciel.

Jason prit Alba dans ses bras.

– Accroche-toi !

Vingt secondes plus tard, un démon attrapa la Chrysler par le pare-chocs et la balança dans la grande marmite de soupe au potiron. La carrosserie tremblait, le sable s'engouffrait partout. Alba vit passer un arbre à l'horizontale. Elle gardait les yeux ouverts, comme un samouraï à l'approche du coup fatal. Son cœur battait à cent soixante-huit à la noire et tout à coup elle se mit à rire. C'était son âme qui riait. Jason sentait le corps d'Alba vibrer contre le sien, les petits seins durs dansaient la rumba sous le tee-shirt. Jason y glissa sa main et commença à les caresser tendrement.

– C'est génial de mourir comme ça ! hurla Alba. On décolle, Jason !

Des grains de sable crissèrent dans sa bouche. Son corps s'amollissait. C'était si doux d'être caressée et de mourir. Au moins, Jason pourrait continuer en attendant que Gorodish se pointe en enfer au volant de sa Cadillac ! Son corps devenait un petit nuage mou, un typhon dans la tornade et Jason buvait son rire sur ses lèvres chaudes. Sa petite langue palpitait dans tous les sens pour transformer chaque seconde en tranche de vingt-quatre heures. Jason caressait la nuque d'Alba, son dos, son ventre. Il ne savait plus si c'était la voiture ou Alba qui frémissait avec tant de violence. Une quantité de petits muscles tremblaient. Alba perdait son souffle. Elle se dit qu'il faudrait flirter sous une tente à oxygène. Elle arracha son tee-shirt, se coucha sur le siège, des trombes de sable cinglaient les fenêtres. Il y avait même des grains entre la main de Jason et sa peau.

– Quelle tempête ! hurla Alba. Lèche-moi, Jason ! Lèche-moi vite avant la fin du monde. Je ne voudrais pas arriver toute sèche en enfer !

L'esprit des sables fut ému, il décida de garder la Chrysler dans le tourbillon aussi longtemps qu'Alba le désirerait.

Serge avait loué une limousine. Une sortie de prison, ça devait se faire dans un confort maximal. Il avait précisé qu'il voulait à bord une bouteille de Wild Turkey et des barres de céréales aux fruits exotiques. Ben semblait tout aussi ravi de quitter ces lieux. Chaque matin, en y entrant, il craignait qu'on ne le laisse pas ressortir.

Ils prirent place au fond de la Lincoln. Serge versa le nectar et trinqua avec Ben.

– Au Sphynx !

– Au Sphynx et à nous !

Serge donna l'adresse de la pagode et dit au chauffeur de lui montrer ce que le gros veau noir avait dans le ventre.

– Pourquoi ne pas passer directement chez Perkins ? demanda Ben.

– Alba m'a peut-être laissé un message à la pagode et puis il faut que je me recycle spirituellement.

Gorodish jetait un regard avide sur chaque chose. À tout moment il avait envie d'arrêter la voiture, de descendre, de toucher quelque chose ou quelqu'un, de se laisser vivre, de se promener dans un supermarché, d'acheter un disque, des fleurs, un bouquin, de rester deux jours sur un banc et de regarder le soleil bouger en comptant les nuages. Il ferait tout ça avec sa nymphe.

Une heure quarante-cinq plus tard, la limousine s'arrêtait à côté de la pagode. Serge fut étonné. Il entendit de la guitare. Il entra, accompagné de Ben. James Lewis, tout entier à sa musique, ne les regarda même pas. Serge, en bon Gorodish qu'il était, ne put s'empêcher d'écouter pendant trois minutes.

Il y avait des élans qu'il ne fallait pas briser. Puis il s'approcha, paluche tendue.

– Serge Gorodish, ravi de vous entendre. Qu'est-ce que vous foutez chez moi ?

– James Lewis… C'est un endroit merveilleux. C'est Alba qui m'a dit de m'installer au premier en attendant son retour.

– Alba ? fit Serge, que le seul nom de son petit volcan faisait frémir.

– Oui, il faut que je vous explique. Je vais vous parler franchement. Alba, ou plutôt l'un de ses amis, m'a piqué ma voiture. Elle m'a téléphoné pour arranger le coup. Une de mes cassettes se trouvait dans la boîte à gants, elle l'a écoutée, elle a été séduite et m'a dit qu'elle s'occuperait de moi dès son retour. J'ai reçu ce matin un mandat télégraphique de mille dollars, c'est bien plus que n'en vaut ma voiture.

– Vous souvenez-vous d'où était posté ce mandat ?

– De Mojave.

– Aucune autre information ?

– Alba m'a dit qu'elle serait au Caesar Palace à Las Vegas dans quelques jours. C'est là que j'ai envoyé les papiers de la voiture.

– J'aimerais bien qu'on parle de musique mais je dois remettre ce plaisir à plus tard. Alba a du goût. Nous serons bientôt de retour.

Serge ramassa quelques liasses de dollars, ses papiers, ses cartes de crédit, son pétard. Il monta dans la chambre de sa nymphe, fut ému par le désordre et se recycla spirituellement en enfouissant son visage dans les t-shirts d'Alba. Il en mit un dans sa poche avant de redescendre comme un boulet de canon.

Il balança des dollars sur le piano.

– Profitez de la vie, mon vieux, allez griller un peu de pognon.

Gorodish et Ben foncèrent dans la limousine.

– Mojave, gueula Gorodish, et torturez-moi un peu ces cylindres !

James Lewis demanda à sa guitare :

– Toi qui gardes toujours la tête froide et qui ne fais pas de cadeaux, tu crois qu'on rêve ?

– Prends le pognon, et va t'éclater un peu, répondit la guitare, tu me fatigues le manche et j'ai besoin de repos.

Lewis remit la guitare dans son étui, il ferma la pagode et se dit que le génie, c'était bien mais qu'une bonne poignée de dollars, c'était pas mal non plus. Il allait demander aux petits billets verts comment ils voulaient être dépensés puis se ravisa. S'il commençait à dialoguer avec l'univers matériel, il ne s'en sortirait jamais.

Après trois heures de flirt à cent mille watts, Alba se rhabilla pour casser une graine. Ces trucs lui donnaient faim et soif. Elle trouvait Jason extrêmement doux et coopérant. Il n'avait pas la mine désespérée des mecs qu'on freine en plein élan et qui en font une histoire plus grave que si l'on essayait d'arrêter le départ d'une fusée après la mise à feu. Au moins Jason prenait plaisir au moindre geste délicat et ne vous soufflait pas dans le cou comme un taureau en rut, l'œil fixe.

Ils pique-niquèrent dans le tourbillon de sable.

– On va passer la nuit ici, dit Jason.

– Tu ne trouves pas que je suis une embrasseuse spatiale ?

– Il y a des divinités qui ont mille bras, toi tu as mille langues.

Ils sifflèrent un quart de bourbon, réécoutèrent la cassette.

– La tempête m'inspire, dit Alba. Si on faisait encore un câlin très long, demain matin, on se trouvera un motel pour se reposer et puis au moins, si on est fossilisé, ça fera un nouveau monument historique. Il n'y a pas beaucoup de monuments aux câlins, c'est presque toujours des mecs seuls et à cheval.

La tempête s'était calmée. Ben avait fait livrer l'hélico de poche qu'un pick-up avait transporté à Mojave.

– La météo a annoncé une tempête, ça les a certainement retardés.

Serge regarda sa carte. Depuis Mojave, il n'y avait pas deux mille solutions. Il avait l'intuition qu'Alba ne résisterait pas à l'appel de la vallée de la Mort. Il décida de commencer l'exploration dans ce sens.

– Le guitariste a dit que c'était une Chrysler beige de 1969. Ça ne court pas les rues.

– Vous sentez-vous prêt à tenir vos engagements ?

– Tant qu'Alba reste à portée de ma main, oui. Si elle disparaît, je fais sauter la planète avec tous les aveugles qui s'y trouvent.

– Aucun contact direct, ce sera dur.

Gorodish sourit sans répondre. Le contact, il allait l'établir à sa manière. Il était en train de monter un plan tout à fait dans ses cordes. Alba allait entendre parler de lui !

Serge essaya toutes les commandes. Ils décollèrent.

– J'ai l'impression d'être assis sur le dos d'une libellule, dit Serge en essayant quelques manœuvres.

– C'est un peu comme d'avoir des hélices sous ses chaussures.

L'hélicoptère fonçait à basse altitude. La route surgissait de la nuit. Un long trait gris dans la pénombre.

– Le jour se lève, dit Serge.

Les lacs salés formaient de grandes étendues plus claires. Après une demi-douzaine de déceptions, Serge repéra une voiture arrêtée en bordure de la route, au milieu d'une étendue déserte. La voiture était couleur de sable. Il choisit une colline qui cacherait l'appareil et se posa assez loin du véhicule. Il prit les jumelles qui se trouvaient dans l'hélicoptère.

– Je vous abandonne un instant, n'en profitez pas pour vous tirer, dit-il de bonne humeur.

Gorodish gravit la colline. Le ciel s'éclaircissait derrière la voiture. C'était bien une Chrysler, mais les vitres avaient été rendues opaques par la tempête. Il ne distinguait aucun mouvement, aucune forme. Une bonne demi-heure plus tard, une portière s'ouvrit et Alba sortit du tas de sable en forme de voiture comme l'esprit des tempêtes d'un coquillage. Elle s'étira. Le ciel rouge permettait à peine à Serge de voir ses traits. La température de son sang s'éleva, il sentit des picotements partout et une furieuse envie de courir à travers l'étendue déserte. Alba se lava le visage avec de l'eau contenue dans une bouteille, elle poussa quelques cris de Sioux qui firent sortir Jason à son tour. Serge, malgré le silence, ne pouvait comprendre ce qu'ils se disaient.

Alba nettoya les vitres avec du papier journal et de l'eau. Serge ne pouvait arriver à se défaire de cette silhouette que l'aube dessinait d'un trait de plus en plus précis. Il pouvait la rejoindre, laisser les deux aveugles sur place et filer au Mexique. Évidemment, il y avait cette histoire de socle, Alba était dépensière, lui-même balançait le fric par les fenêtres et de temps en temps, il fallait bien travailler.

– Nous sommes partout, dit Ben qui s'était approché sans que Serge l'entende.

Serge ne répondit pas. Il continua à observer Alba comme un cinéaste amoureux de sa star. Quelques minutes plus tard, Jason et Alba remontèrent dans la voiture, les portières claquèrent et la Chrysler s'éloigna dans un nuage de poussière.

– Rassuré ?

– Tout à fait.

Ils regagnèrent l'hélico qui démarra comme une guêpe atteinte de la maladie de Parkinson.

– Allez-y mollo, ce sont des engins dangereux.

– Ce qui est dangereux, dit Gorodish, c'est d'être contre moi.

Quelques minutes plus tard, ils survolèrent un pick-up perdu sur une piste du désert. Un homme, installé à quelques mètres, semblait peindre. Gorodish n'en revenait pas. Le peintre lui fit un salut.

– Ça ne vous dérange pas que je mette pied à terre ? dit Serge, cela me ferait du bien d'avoir une conversation avec un artiste.

Lynn était attachée sur une chaise dans une grande pièce vide. Le papier peint se décollait. La fenêtre avait été bouchée par un mur de brique. La porte était blindée. Il n'y avait qu'une chaise, un bureau. Une ampoule pendant au plafond. Lynn devait être seule depuis quelques heures. Un pas. Une clé tourna dans la serrure. Le flaireur entra. Lynn se mit à trembler.

– Vous avez réfléchi ?

– Si je savais quelque chose de précis, je vous le dirais mais Jason est parti sans me donner de détails. Chicago, c'est tout ce que je sais.

– Comment voyage-t-il ?

– Je n'en ai aucune idée. Il a peur de l'avion, mais il le prend en cas de besoin.

– Avez-vous de la famille à Chicago ?

– Non.

– Pensez-vous qu'il vous téléphonera ?

– Que lui voulez-vous ? Vous avez récupéré l'argent ! Laissez-le tranquille !

– Rassurez-vous, nous ne sommes pas des criminels. Il se trouve que Jason est parti avec une personne qui nous intéresse. Nous ne recherchons pas Jason. Il sera libre de quitter le groupe, s'il le désire.

Lynn demeura silencieuse. Elle ne savait pas exactement ce qu'elle risquait. Jason lui avait raconté tant d'histoires horribles sur les méthodes du groupe. Elle avait très peur.

– Il m'appellera certainement, balbutia-t-elle.

– Souhaitons que ce soit le plus tôt possible. Où doit-il appeler ?

– Chez lui.

– Est-il abonné aux services annexes, transfert de numéro, etc ?

– Oui, je crois.

Le flaireur alla chercher un téléphone, le brancha, le posa sur le bureau.

– Je vais effectuer le transfert de ligne.

– J'ai soif...

14

Jason et Alba arrivèrent au Stove Pipe Wells Motel, deux heures de sommeil ne leur suffisaient pas. La tempête avait couvert les voitures et les bâtiments d'une couleur sable uniforme. Ils s'inscrirent, prirent leur clé, un plan sur lequel leur chambre était indiquée d'une croix. Ils passèrent à côté d'une piscine et trouvèrent la 132 dans l'un des longs bâtiments de bois.

– C'est tout ce que j'aime, dit Alba. De l'espace, un pieu, une télé, une table pour écrire et deux tableaux merdiques. Je prends une douche et je dors quelques heures. Après, on ira se promener dans les dunes. C'est comme dans Lawrence d'Arabie, j'ai vu une carte postale à la réception.

– Comment disait ce taoïste dont tu m'as parlé, le Chinois ?

– L'Empereur jaune... « Si tu veux connaître la tête intéresse-toi à la queue. »

– Ces types étaient des sages. Je suis en train de t'inventer un programme d'éducation. Je te dirai ça tout à l'heure.

– Jason, je ne veux pas connaître ta tête, le corps me suffit.

– C'est à l'éducation de ta porte de jade que je pense. On ne peut pas la laisser dans l'ignorance. Il y a tout un boulot à faire.

Alba se déshabilla, balançant ses vêtements aux quatre coins de la pièce. Jason entendit le bruit de l'eau. Alba riait toute seule en improvisant une petite chanson :

A, B, C, D, c'est l'école
Porte de jade tu es folle
1, 2, 3, 4, faut apprendre à compter
Porte de jade à l'école
Et si tu laisses un grain de sable
Dans sept ans, ce sera une perle
Culture, culture, culture,
Perle de culture
A, B, C, D, c'est la folle
Il faut apprendre à être molle
1, 2, 3, j'ai deux rois,
Ils sont mes mandarins
Je suis leur mandarine
L'un me fait les yeux doux,
L'autre me lèche le cou,
Le cou, le cou, le cou
C'est doux, c'est fou,
A, B, C, D, c'est l'école
1, 2, je suis en feu
Doctoresse de la fesse
J'ai deux bandarins et j'suis
leur bandarine
Moi j'aime les parkings !

L'eau s'arrêta de couler en même temps que la chanson.

– Viens te désensabler, Jason !

Jason se déshabilla et prit une douche pendant qu'Alba regardait la télévision. C'était un match de football américain. Alba, enveloppée dans une serviette de bain, but un coup de bourbon en admirant la trajectoire des joueurs caparaçonnés. Jason se glissa derrière elle, il l'embrassa.

– Tu piques, dit Alba. Je vais te raser. Couche-toi, je vais chercher le matos.

De haut, le motel ressemblait à un jeu de cubes posés dans le sable. Gorodish atterrit. Il marcha jusqu'au motel pendant que Ben veillait au grain. Il portait quelque chose sous son bras. Les flics avaient une petite base à côté de la piscine. Gorodish en croisa deux et les salua. Il repéra la Chrysler, le numéro de la chambre et se rendit à la réception pour louer la chambre voisine. Il s'y faufila, écouta plusieurs minutes. Il n'entendit que le bruit de deux respirations paisibles. Alors il s'installa face au miroir, ouvrit la boîte chevalet qu'il avait achetée au peintre, chercha de l'eau dans la salle de bains, se fit une palette sur un morceau de bristol pendant qu'il ébauchait son œuvre au fusain. En moins d'une heure, il avait terminé. Il avisa une femme de chambre mexicaine et l'appela.

– Vous ne m'avez jamais vu, OK ? dit Serge à voix basse.

– D'accord, monsieur. De toute manière, je ne vous vois pas, vous êtes dans la salle de bains.

– C'est vrai... Prenez le billet de 20 dollars qui se trouve sur la table et allez remplacer le tableau qui se trouve au 132 par celui que vous voyez à côté du billet. Allez-y maintenant, ils doivent dormir. Ensuite, vous revenez ici et vous me racontez ce que vous avez vu.

La femme de chambre ouvrit la porte avec son passe. Sur la pointe des pieds, elle changea le tableau et ressortit tout aussi discrètement.

– C'est fait, dit-elle en poussant la porte de Serge.

– Alors ?

– Beaucoup de désordre, monsieur. Des vêtements partout. Le tableau est très joli. Vous ne voulez pas m'en vendre un pour mettre dans ma caravane ?

– Qu'est-ce que vous avez vu d'autre ?

– La demoiselle et le monsieur endormis. De la mousse à raser sur la table de nuit. Un magnétophone à cassettes sur la table et de l'alcool. Si jeunes...

– Endormis comment ?

– Comme des amoureux.

– Dans le même lit ?

– C'est une chambre avec un king size. Une chambre pour les jeunes couples.

– Enlacés ?
– Oui. Très mignons.
Il y eut un grand silence dans la salle de bains.
– C'est tout, monsieur ?
– Oui, c'est tout. Merci.
– Si vous avez encore besoin d'un service, demandez Pina.
Serge entendit la porte se refermer. Il n'avait même pas de quoi noyer son chagrin. L'histoire de la bouteille ne lui plaisait pas du tout. Il savait qu'Alba ne supportait pas l'alcool. Il décida de regagner l'hélicoptère avant de défoncer le mur qui le séparait d'Alba. Il rangea les tubes de couleur, nettoya les pinceaux et quitta sa chambre la rage au cœur. En passant à la réception, il eut une autre idée. Dans une salle attenante, il y avait un vieux piano. Il fila vingt dollars au mec de la réception pour qu'il lui trouve un magnéto à cassettes. Il avait envie de s'exprimer. Lorsque la bande fut enregistrée, il alla mettre un message sous un essuie-glace de la Chrysler.
Il s'arrêta au restaurant, commanda deux sandwiches, de la bière et rejoignit l'hélicoptère où Ben prenait encore des notes sur son maudit carnet à l'aide de son poinçon.
– Vous écrivez vos mémoires ?
– Plutôt des dialogues philosophiques.
– Entre qui et qui ?
– Entre le visible et l'invisible.
– Collez-vous ça dans les gencives, ça vaudra mieux, dit Gorodish en lui mettant un sandwich et une boîte de bière sur les genoux.
– Comment vont les tourtereaux ?
– Très bien. Vous commencez à me gonfler. Si vous continuez, je vais vous larguer !
Ben eut un petit rire d'asthmatique. Il déballa son sandwich, mordit dedans et tout en mastiquant, laissa un message à Gorodish.
– Sans moi… Prison… Pas d'Alba… Et à la sortie… Trop tard… Plus d'Alba… Et vous ne l'auriez jamais retrouvée.
– Je retrouverais Alba sous la banquise.
– Délicieux sandwich, merci.
– Je veux trouver une station de radio locale, Désert Radio, fréquence 101.2. Vous savez où c'est ?
– On va s'arrêter à une cabine. Regarder dans les pages jaunes. Que voulez-vous faire ?

– C'est mon problème.

– Il faut que vous réalisiez une chose, Serge, c'est que le groupe nous recherche, qu'il recherche Alba et Jason et qu'ils nous trouveront certainement. Il faut jouer serré.

– Je suis là pour jouer dur. Très dur s'il le faut, alors m'emmerdez pas.

– Vous mangez trop vite, c'est mauvais. Vous êtes très nerveux.

Gorodish mit en marche et démarra très sec. Ben eut l'impression que la bière lui descendait dans les genoux.

– Il faudrait qu'on dorme un peu cette nuit, dit Ben.

Alba ouvrit les yeux. Un corps chaud à côté du sien.

– Serge... dit-elle dans un demi-sommeil.

Elle toucha un peu. Se souvint de Jason qui s'éveilla lui aussi. Le jour entrait dans la chambre. Il était presque une heure. Alba avait rêvé qu'elle dormait dans un Steinway avec Serge en costume de bagnard. Elle se glissa doucement hors du lit, se regarda dans la glace, se trouva plus canon que jamais, s'étira en poussant un petit grognement, releva la tête. C'est alors qu'elle le vit. Son cœur se mit à swinguer. C'était dingue, elle était victime d'une hallucination. Dans le cadre doré se trouvait un nouveau tableau. Un cow-boy sur un cheval, avec son Stetson, ses flingues et tout. Le cow-boy avait la gueule de Serge et lui adressait un clin d'œil. C'était Serge. Alba s'approcha, enleva la feuille de bristol sommairement fixée par-dessus l'autre tableau. Le papier était encore humide. Alba sauta dans son jean, enfila son tee-shirt, ses pompes et sortit de la chambre. Elle se mit à courir partout en appelant Serge de tous ses décibels. Elle fonça dans le motel, traversa le restaurant, la réception. Un couple, avec deux lardons genre à démonter la tour Eiffel, la contempla en pleine scène de parking, hurlant le nom de Serge au ciel et à la terre. L'homme, pantalon à carreaux, veste orange, profil de golfeur stressé, s'approcha avec prudence.

– Vous avez un problème, jeune demoiselle ?

Alba l'attrapa par la cravate et le secoua.

– Je ne peux pas avoir de problème, espèce de tarte à l'abricot, je ne suis pas américaine !

Le carrelé s'échappa vers sa femme-maman qui semblait prête à déclencher le plan anticyclone pendant que les deux mômes assistaient à la scène aussi froids que des ordinateurs dans lesquels on n'a pas encore introduit de programme guerre des étoiles.

Jason arriva. Il prit Alba dans ses bras.

– Viens, on se tire. Les dunes nous attendent.

– Allons croquer un truc en quatrième vitesse et tirons-nous d'ici en cinquième. Il se passe des choses. Je reçois des communications de l'au-delà, comme Jeanne d'Arc.

– Qui est cette poule ?

– Vous êtes nuls en histoire-géo, dans ce pays. Jeanne d'Arc, c'était un travelo qui se prenait pour Rambo, qui aimait bien les chevaux, la guerre, qui puait sous son armure, se mettait du silicone dans ses blessures et avait une porte de jade en béton armé. Elle causait à son cheval, à la Vierge Marie et elle s'est fait bambouter par les Viêtcongs, en plein Moyen Age, au XVIIIe siècle, quand on était là-bas, juste avant nous.

Alba et Jason avalèrent leur burger comme une aspirine, se caféinèrent et mirent les bouts. Dunes = mirages = Serge, se dit Alba en balançant leurs affaires dans la Chrysler. Au moment de prendre le volant, elle vit le rectangle de papier blanc, message face au pare-brise :

Cow boy dit à femme blanche, toi écouter radio-désert, fréquence 101.2.

Les dunes n'étaient pas loin, c'était vraiment comme sur la carte postale. Radio-désert diffusait des chansons dédiées à des auditeurs.

– Et maintenant, dit la speakerine, comme chaque après-midi, la parole est aux prisonniers qui sont très nombreux à participer à cette émission, à écouter les disques qu'on leur dédie, à dédier des disques à leurs femmes, à leurs familles et à des amis qu'ils espèrent retrouver bientôt. Aujourd'hui, nous avons quelque chose de très spécial. Un gars appelé Serge dédie cette chanson à une fille appelée Alba, mais cette chanson, dont le titre est *La route du désert* a une particularité exceptionnelle, elle vient d'être composée, par le prisonnier lui-même et qui plus est, interprétée par ses soins, comme pianiste et comme chanteur. Le texte est un peu abstrait, mais la musique n'est pas mal et à sa sortie, cet homme trouvera peut-être sa voie dans la chanson. N'est-ce-pas, Jack ?

– Oui, c'est un joli petit début…

Quatre murs pour moi
La route pour toi
Mais une fée a mis un piano
Dans la soupe de croco
On s'est vus dans une gare
Tu m'as dit qu't'en avais marre
Tu m'as embrassé dans un bar
On s'est tirés, on s'est cassés
Mais ce n'était pas assez
Quatre murs pour moi
La route pour toi
On s'est fourrés dans un coup noir
Et tu t'es mise à boire
Mais moi je m'dédouble
On risque de ramasser des roubles
Mais faut zieuter les non-mirants
Qui veulent nous foutre dans le ciment
Quatre murs pour toi
La route pour moi
Non ! les roubles pour nous
On va leur rentrer dans le mou !

Alba et Jason firent un tour dans les dunes. Dès qu'ils furent de retour dans la voiture, Alba prit son magnétophone et dicta une nouvelle lettre à son prisonnier fou :

Mon homme magique, il faut que tu saches qu'ils ont gonflé et que dans ta main, ils prendront un peu plus de place qu'avant. Tout à l'heure, nous marchions dans les dunes avec Jason. De vraies dunes de sable, magnifiques. J'ai enlevé mon tee-shirt et j'ai demandé à Jason quelles dunes il préférait. Je me suis allongée dans le sable chaud, il a touché longtemps mon paysage et le paysage et m'a dit que j'étais le plus beau des déserts. Tu sais, Jason ne fait pas de compliments gratuits. Sans lui, je m'ennuierais énormément. Il me fait beaucoup rire et le soir, lorsque nous nous arrêtons, il sait bien me calmer, chasser mes angoisses. Il me parle doucement. Il pense que je suis faite pour régner sur l'univers. Il voudrait que tout le monde m'adore. Il m'appelle sa déesse et il a toutes sortes d'idées étranges. Par exemple, il ne comprend pas pourquoi le regard a tant d'importance dans l'éducation des voyants. Il dit que c'est ridicule et que les autres sens ou les autres parties du corps sont en révolte constante contre cet obscurantisme.

Je trouve qu'il a raison. Comme il fait très chaud, je suis presque nue dans la voiture et Jason a pris en main l'éducation de mon corps. Par exemple, lorsque la route est très belle, il me fait asseoir sur le gros accoudoir et poser les jambes de part et d'autre du tableau de bord pour que ma porte de jade profite du désert, pour que son univers s'enrichisse. Je ferme les yeux, je sens le soleil puis l'ombre qui passe sur ma porte de jade, les parfums du désert, les nuages ou la musique qui sort de la radio. Parfois c'est le silence complet. Parfois c'est une caresse légère et très douce du vent qui entre par les fenêtres baissées.

Jason dit que nous nous adressons trop à la tête, pas assez au corps et que l'éducation de la porte de jade est toujours négligée. Tu ne peux pas savoir ce que tout cela m'apporte. Toute la journée, c'est comme si mon corps me remerciait de lui montrer tant de paysages, goûter tant de saveurs, toucher sans cesse l'espace. Je suis certaine d'avoir la porte de jade la plus intelligente d'Amérique, la plus cultivée, la plus libre, la plus joueuse, la moins violentée. Jason dit que c'est très important de bien utiliser la période pendant laquelle la porte de jade est tout à fait libre. C'est là qu'elle peut emmagasiner le plus d'informations. Il dit que si l'on faisait un sondage sur l'univers des portes de jade, il ne s'en trouverait pas une capable de décrire de larges horizons, de parler de la musique qu'elle aime, de la peinture qu'elle aime.

Jason dit qu'il faut emmener sa porte de jade au cinéma, au théâtre, à l'opéra. Qu'il ne faut jamais la cacher complètement pour trop longtemps car plus elle voit de choses, plus sa mémoire s'étend. Ses capacités décuplent. Il faut aussi lui faire faire toutes sortes d'exercices pour multiplier son agilité, sa souplesse. Moi je lui fais attraper des morceaux de papier chiffonnés, dans la chambre. Dans le désert, elle attrape des petits cailloux, des morceaux de bois. Elle va bientôt regarder le lac dans lequel nous allons nager. Elle est très libre et très heureuse. Parfois même, Jason lui parle. Il se met entre mes jambes, tout contre elle et je sens ses lèvres lui dire de très longues histoires, des très jolies histoires, qui durent des heures et qui sont pleines de rebondissements.

Jason n'est vraiment pas un homme comme les autres. Il apprend tant de choses à mon corps. Serge, tu me manques terriblement. Pense aux histoires très longues que tu lui raconteras. Il faudra qu'elle apprenne la musique aussi. Ma porte de jade t'embrasse, elle commence à savoir le faire !

Alba.

Alba et Jason s'arrêtèrent dans une petite ville, Beatty. Alba décida de dicter une autre lettre à Serge pendant que Jason partait téléphoner à Lynn :

Ton esprit est si puissant qu'il m'envoie partout des marques, des signes, des fragments de toi, de ta présence. Je te sens sans arrêt. J'ai beaucoup aimé ta chanson à la radio, c'était superbe. J'aurais voulu une orchestration plus riche avec des violons et des gongs chinois, des contrebasses, des saxos, et plein de percussions exotiques.

Tu sais que je ne porte presque jamais de soutien-gorge, sauf de temps en temps, pour faire vamp mais Jason pense que je dois apprendre à me servir d'un soutien-gorge. Il m'en a acheté un, très joli, blanc avec des pois noirs. Il voue un véritable culte à ces machins-là, parce que ça ne sert à rien justement et que c'est destiné à être retiré. Toute sa théorie est là. Comme tu verras, Jason est très « technique pure » et il prétend même que c'est une arme de première importance. Chaque fois que nous arrivons dans un lieu public, Jason veut que je m'entraîne à l'enlever sous les yeux des gens, sans qu'ils s'en aperçoivent, très vite, pendant une conversation avec un pompiste, dans un mini-market, dans un restaurant. C'est très rigolo à faire ! Il faut une rapidité magique !

Jason exige qu'une seule personne remarque la scène. Il faut donc que je choisisse celui à qui je veux faire « l'offrande de la déesse ». Une fois qu'il est choisi, je le regarde bien dans les yeux, j'enlève le soutien-gorge et le remets un peu plus tard. Si quelqu'un d'autre s'en aperçoit, c'est raté, d'après Jason. Ce qui est certain, c'est que les types sont totalement hypnotisés et que Jason, pendant ce temps-là, pourrait leur piquer n'importe quoi sans qu'ils s'en aperçoivent.

Au début, c'était catastrophique ! Je me baladais dans les rayons d'un supermarché, j'ai fait tout très bien, mais l'homme que j'avais choisi n'était pas seul et sa femme a commencé à hurler. D'autres folles se sont jointes à elle, toutes des portes de jade misérables. Elles m'ont sortie du magasin en me tirant par les cheveux. Le mec auquel j'avais dédié ma séance s'est effondré en larmes dans les yaourts. Je suis sûre qu'il ne m'oubliera jamais. Jason aurait pu me défendre mais il trouvait que je m'y étais mal prise. J'ai décidé de travailler comme pour les jeux Olympiques, de devenir la virtuose numéro un de l'enlevé-masqué...

Une autre fois, on a rencontré un flic, un faux flic, enfin je veux dire, un flic en civil. Je l'avais repéré au bar qui était à côté du motel. C'est moi qui lui ai proposé de venir fumer un joint avec nous parce que je trouvais qu'il avait l'air triste. Il a accepté. J'ai cherché plein de glaçons, il a apporté une bouteille de téquila et des amandes salées. Il y avait tout pour passer une bonne soirée, non ? Je t'ai dit qu'on fumait avec Jason ? Je ne sais plus ? Non, je crois que je ne te l'avais pas dit. J'aime bien, ça donne de l'autonomie à chaque partie de mon corps et ça fait rigoler ma porte de jade. Elle est très contente, très cool, très musicale, très rythm and blues, si tu vois ce que je veux dire. Comme c'est dommage, mon amour, de n'avoir pas encore fumé ensemble. Je ne sais pas si tu m'aurais fait l'amour, mais moi, je t'aurai baisé. Non, on baisera d'abord, on fumera après.

On s'est installés avec le flic, on a fumé le pétard, on a ri. C'est alors qu'il nous a sorti son badge en hurlant : Police ! Jason a flippé, il l'a assommé et a sauté par la fenêtre. Moi j'étais trop pétée. Je ne voyais même pas qu'il y avait une porte. Pour réveiller le flic, je l'ai tiré sous la douche et j'ai ouvert le robinet d'eau froide au lieu de me sauver. Le flic est revenu à lui. Il était furieux. Il m'a traînée jusqu'à sa bagnole et m'a conduite au commissariat. Je me suis retrouvée là, entourée de flics qui me posaient des questions auxquelles je ne comprenais rien.

Tout à coup, j'ai eu l'intuition de faire le truc du soutien-gorge, pas pour un seul type, mais pour tous ceux qui étaient là. J'allais les hypnotiser tous !

Tu aurais été fier de moi. Je n'avais que ma mini-jupe de coton et mon petit tee-shirt. Je l'ai enlevé à la vitesse du son, je l'ai remis à celle de la lumière. Ils poussaient des cris d'exclamation, ils se sont mis à applaudir, c'était comme à un concert de musique classique, très chic. Comme ils demandaient un bis, je le leur ai donné et comme bouquet final, j'ai retiré le tee-shirt.

– Vous êtes un public merveilleux ! je leur ai dit en envoyant des baisers.

Je les ai laissés me contempler encore un peu puis je leur ai dit :

– D'autres commissaires attendent ma venue. La déesse traverse le désert et apporte l'extase dans les chaumières. S'il vous plaît, charmants gentlemen, ouvrez cette porte, que je puisse disparaître, retrouver le non-dit, l'inexprimable.

– OK, a dit le chef, nous retirons les charges contre vous et votre ami.

Je suis sortie, Jason m'attendait au volant de la Chrysler. La magie, ça sert, dans la vie. Je te ferai beaucoup de magie lorsque nous nous retrouverons. Tu es l'invisible rayon qui caresse mon âme.

Alba.

Serge et Ben s'installèrent dans un motel. Ils avaient besoin d'un petit tour de cadran. Serge regarda un peu la télé, il siffla quelques verres de bourbon, s'installa confortablement pour méditer et médita. Toute cette histoire commençait à le tracasser sérieusement. Il voyait des aveugles partout et en se promenant dans la ville, à quelques kilomètres d'Alba et Jason, il avait cru voir passer une voiture qui portait le signe habituellement réservé aux handicapés mais sur lequel se trouvait la mention : *blind*. Il s'endormit sans même arrêter la télé mais lorsqu'elle s'arrêta, l'absence de bruit le réveilla. Il avait fait des cauchemars dans lesquels Alba lui échappait, devenait le Sphynx adoré d'une foule d'aveugles givrés. Il se leva, fut pris d'un vertige léger qui l'avait déjà indisposé deux ou trois fois, après qu'il eut trinqué avec Ben. Il se fit un café, attendit un peu et poussé par une intuition soudaine, décida d'aller faire un tour du côté de chez son compagnon de voyage.

15

Jason entra dans la cabine, composa son propre numéro. Il n'eut pas à attendre longtemps, le flaireur décrocha immédiatement.

– Lynn ?

– Donne-nous ton adresse, petit branleur, qu'on t'envoie un morceau de ta sœur.

Jason se mit à trembler. Il lui fallut dix secondes pour retrouver sa voix.

– Touchez à ma sœur et je foutrai un bordel dont vous n'avez pas idée. Vous avez le fric, que voulez-vous de plus ?

– Le Sphynx.

– Allez vous faire foutre !

– Bon, on va déjà lui couper une main et la mettre au frigo en attendant que tu réfléchisses.

– Qui me prouve qu'elle est avec vous ?

– La main, justement. Tu connais les mains de ta sœur ? Tu préfères les yeux ?

Jason entendit un cri de Lynn.

– Jason, ne me laisse pas !

– Tu vois qu'elle est avec nous, Jason...

Jason balança un coup de poing sur l'appareil de la cabine.

– Que voulez-vous ?

– Tu vas jusqu'à une petite ville minière du Nevada qui s'appelle Tonopah. Là, on t'attendra. Tu nous livres le Sphynx, on te livre ta sœur.

– Où ?

– Tu rappelles quand tu y arrives. Quelqu'un te donnera des instructions précises.

Jason raccrocha furieusement. Il marcha dans la ville jusqu'à ce qu'il soit calmé. Il ne pouvait prendre de décision. Il voulait Lynn et Alba. Mais que pouvait-il faire, seul contre la puissance du groupe ?

Le motel était calme. Gorodish ne vit qu'une femme assise sur une pierre qui expliquait la vie de Frank Sinatra à un clébard, sous l'éclairage de néon rose du motel. Il s'approcha de la chambre de Ben. Aucune lumière, aucun bruit. Le vieux devait faire des rêves plus tordus qu'un havane et s'imaginer à la tête d'un groupe pur et dur. Gorodish trouvait que l'idéal de Ben suçait. Il y aurait des petits malins pour exploiter l'affaire, pour que ça redevienne le sale business que c'était en ce moment.

Serge repassa devant la femme qui détacha son regard de celui du clébard passionné pour regarder cet homme qui traversait le motel.

– Monsieur ! appela-t-elle d'une voix tremblante.

Serge s'approcha d'elle.

– C'est votre chien ?

– Non, si c'était mon chien, il connaîtrait Sinatra par cœur. C'est une âme égarée, comme moi. Insomniaque, comme moi, alors il faut que je lui explique tout de A à Y.

– Pourquoi A à Y ?

– Parce que Z, c'est le secret et que le secret n'est pas fait pour être expliqué, même à un chien. Je ne suis pas folle, vous savez. Je sais bien qu'il ne comprend rien à ce que je lui dis mais quand on n'a personne à qui parler on parlerait à une voiture ou à un hamburger.

– Ça m'arrive de temps en temps.

– Vous savez, quand vous êtes vieux, les gens ne vous parlent plus, ou alors, ils vous prennent pour des crétins et vous disent en faisant un effort énorme et un sourire idiot : « Beau temps, pas vrai, grand-mère ? » D'abord je ne suis pas grand-mère. J'ai horreur des enfants mais j'aimais bien les hommes. Un peu trop, même. Avec moi, les hommes, c'était comme des noix de coco. Il fallait que ça tombe.

Serge se mit à rire.

– Vous par exemple, vous me plaisez parce que vous ne souriez pas mais vous riez. Je ne sais pas si vous l'avez remarqué mais les crétins sourient toujours et sont incapables de se marrer franchement et si on regarde le monde d'un œil froid, il n'y a pas de quoi sourire mais de quoi se marrer ou se flinguer. Vous n'auriez pas une cigarette ?

– Quelle est votre marque ?

– Pyramide et chameau sans filtre.

Serge s'en alla vers le distributeur, acheta un paquet de Camel, revint vers la femme et lui offrit le paquet.

– Vous en voulez une ?

– Pourquoi pas.

Ils tirèrent quelques bouffées en silence. La femme le regardait droit dans les yeux. Elle avait un beau regard délavé qui devait en avoir vu pas mal. Elle se leva, serra la pince de Serge :

– Je m'appelle Alice.

– Serge.

– Vous avez une tronche, vous ! On doit faire partie du même club.

– C'est certain, dit Serge. Allez, venez boire un coup dans ma chambre. Ça fait un moment que je n'ai pas parlé à un être humain.

– Qu'est-ce-que vous buvez ?

– Du Wild Turkey.

– Moi du Michters. Il y a la même différence qu'entre Sinatra et Dean Martin. Venez plutôt chez moi.

– D'accord.

Serge traversa le parking en tenant Alice par la main puis il alla chercher de la glace au distributeur automatique. La chambre d'Alice était dans un extraordinaire fouillis. Plein de bouquins, des centaines de bandes magnétiques, un ordinateur, des petites lampes partout, des photos épinglées aux murs, des robes, des foulards de toutes les couleurs, des chaussures marrantes, des bouteilles vides, des bouteilles pleines, des fioles de parfum, un appareil de gymnastique fixé à la porte de la salle de bains et dans la kitchenette, plein de bouquins de cuisine et toutes les épices de la planète. Serge était fasciné. Alice servit le bourbon dans des bocaux à confiture. Un quart de litre chacun.

– C'est fameux.

– À mon âge, il faut faire attention à ce qu'on boit.

Serge, confortablement installé dans un grand fauteuil rouge usé avait l'impression d'avoir trois ans et d'être dans la grotte d'Ali Baba.

– Pas de télévision ?

– La télé, c'est bon pour les innocents.

– Les œuvres complètes de Sinatra ? demanda Serge en regardant les bandes.

– Non, pas du tout. Bien mieux que ça. Pourquoi croyez-vous que j'habite dans ce motel minable ?

– Le climat ?

– Pas du tout, darling. C'est vrai que j'aime bien le désert, on y rencontre proportionnellement moins de cons et plus de sable mais il y a une autre raison. Il y a huit ans, j'avais décidé de faire une virée en solitaire pour fêter une rupture. Moi, j'ai toujours fêté les ruptures et jamais les rencontres. Je me suis arrêtée dans ce motel et j'ai remarqué un truc étrange. Le système téléphonique est tellement foireux qu'on entend les conversations des autres chambres. Pour tout expliquer, il faut te dire que je suis anthropologue. Mon domaine c'était la Nouvelle-Guinée. J'ai publié quelques bouquins sur le sujet mais le jour où je suis arrivée ici, j'ai eu envie d'écrire une grande étude sur un motel, sur ce motel. Crois-moi, les sauvages qu'on y trouve sont plus primitivement croqueurs que mes broussailleux. Si je ne crève pas avant d'avoir terminé, c'est un bouquin qui fera sensation.

– Uniquement sur les conversations téléphoniques ?

– Non, tout a commencé comme ça mais ensuite, j'ai loué chaque chambre sous prétexte de trouver mon « lieu » et j'ai foutu des micros sans fils dans chacune. Alors, tout y passe. C'est passionnant.

– Je veux bien le croire.

– Toutes ces têtes, sur les murs, ce sont des clients du motel.

– Quelque chose de bien dans les derniers arrivés ?

– Oui. Mais toi, qu'est-ce que tu fais dans cette putain de vie, j'ai du mal à te cerner.

– Moi, je suis un mauvais musicien amoureux et un très bon escroc.

– Laisse-moi t'embrasser, dit Alice, en se levant.

Serge la serra dans ses bras.

– Dis donc, tu es un serreur, toi. Tu veux entendre quelque chose de très joli puisqu'on parle d'amour ?

– Vas-y.

Alice mit en marche son gros magnéto et regarda Serge amusée :

Mon Amour,

J'ai tout compris, enfin. Je commençais à me poser des questions. Pourquoi est-ce que les mecs restent toujours périphériques avec moi ? Jason a craché le morceau. C'est bien ce que je soupçonnais : il est homosexuel. Il a horreur des femmes, surtout des vierges. Moi il m'aime parce que je suis une déesse très intelligente et que ma porte de jade a gagné son autonomie, qu'elle pense par elle-même, qu'elle fait ce qui lui plaît, qu'elle regarde toujours par le pare-brise de la Chrysler et qu'elle est toujours prête à apprendre de nouveaux jeux. Jason m'apprend à la déconnecter totalement de mon cerveau. Elle doit vivre sa vie. Je ne peux pas tout décider pour elle.

Jason aime les hommes depuis qu'il est jeune. Il m'a tout dit. Il a une confiance immense en moi. Si je te dis cela, mon amour, c'est parce que je tiens à ce qu'il n'y ait pas de mensonge entre nous. Je ne risque rien avec Jason. Il n'est que le précepteur de ma porte de jade, mon conseiller en séduction. Il dit que lorsqu'on ne baise pas, il faut faire deux mille trucs pour sa porte de jade, sinon elle devient triste, nerveuse, neurasthénique et que c'est très mauvais. Il a raison, non ?

Depuis que tu m'as abandonnée, depuis que je suis partie avec Jason, je crois que le destin d'une tige de jade comme celui d'une porte de jade, c'est de suivre son instinct, sans s'occuper de l'amour. L'amour c'est autre chose. L'esprit peut rester sur une colonne au milieu du désert, comme les stylites, mais le corps a besoin de se tremper dans beaucoup de rivières. D'ailleurs, c'est ce que tu fais puisque depuis que nous sommes ensemble, tu baises d'autres femmes. Je n'en suis pas jalouse parce que je sais que ce que je connais de toi, elles ne le connaîtront jamais.

Donc à tige de jade et porte de jade, droits égaux. Il faut qu'ils s'amusent un maximum. Cesse de prendre l'air coupable quand tu disparais pour une nuit. Moi je reste avec ton odeur. J'ai pensé à quelque chose : pour chaque couple qui s'aime, il y a un nombre de fois donné pour faire l'amour. Donc, si nous commençons trop tôt, nous finirons trop tôt. Tu crois que c'est ça ? C'est possible, c'est le destin, non ? Toujours est-il que j'aurais pu baiser avec Jason et que tu n'aurais pas dû être jaloux. Les hommes sont toujours jaloux. Moi, je suis contre. Il faut vivre plus mou. Moi j'aime pas les durs.

Jason est très mignon, il m'explique tout, me montre comment ça marche. C'est très rigolo à examiner scientifiquement. C'est comme le « livre des transformations », sans cesse en mouvement. Ça gonfle, ça dégonfle, ça part sur la droite, sur la gauche et si on est douce et gentille, ça crache un très joli jus. C'est tout de même très amusant d'avoir ça.

Bon, l'instruction me fatigue. Il faut que je dorme. Je continuerai cette lettre demain matin. Jason est beau, Serge, d'ailleurs tu le sais. Mais lui, il ne me voit pas comme toi. Deux ou trois exercices, et je m'endors !

P.S. Je suis en train de prendre un café avec un beignet fourré. C'est très bon. Cette nuit j'ai eu un choc. Jason a voulu louer une chambre communicante. Il m'a caressée pour m'endormir, en m'appelant toujours sa déesse. Par moment, il y a une lueur étrange dans ses yeux, comme si j'étais vraiment une déesse. Il me contemple avec vénération, comme si j'étais très loin de lui, qu'il ne pouvait ni me parler ni me toucher ni rien apprendre à mon cœur.

Au milieu de la nuit, j'ai été réveillée par des cris très doux et très jolis. Sans allumer, j'ai entrouvert la porte de la chambre de Jason et je l'ai vu faire l'amour avec une très belle femme noire. Tu ne peux pas savoir ce que j'étais contente de les regarder. C'était merveilleux. J'avais l'impression que leurs corps flottaient dans l'espace. Ils se léchaient beaucoup, leurs corps luisaient dans la pénombre orangée. Ils faisaient une musique magnifique. Ils riaient, se tournaient dans tous les sens, je pouvais tout voir. J'ai pensé pendant une seconde que j'aurais aimé te voir faire l'amour avec ce beau bazooka noir mais comme je sais que tu les adores j'aurais peut-être flippé. Je n'ai pas pu dormir, ça a duré toute la nuit. Ils n'arrêtaient jamais, mais leurs mouvements étaient si doux, si harmonieux que cela ne donnait pas l'impression d'effort. Jason m'a dit un truc qui doit être vrai. 99 % des hommes croient que faire l'amour, c'est cracher son jus. D'après lui, ça n'a rien à voir avec ça. Je suis certaine qu'il a raison. Toi, qu'en penses-tu ?

Toujours est-il que Jason m'a menti. Il n'est pas homosexuel. Est-ce qu'il faut que je marche sur les mains dans le désert en attendant qu'une météorite me dépucèle ?

Je t'adore, Serge. Est-ce que tu seras bientôt comme un grand crocodile chaud qui glissera sur mon ventre pendant des heures et des heures ? Est-ce que tu me feras rigoler follement comme ce grand bazooka noir, est-ce que tes caresses feront teinter dix mille clochettes dans mon corps, est-ce que tu me rendras plus humide qu'une jungle et que tu me feras plein de cris d'oiseaux ? Est-ce que tu seras mon lion, mon tigre, mon anaconda amoureux ? Est-ce que tu joueras de tout mon orchestre pour que je fasse une symphonie qui enfoncera Mahler aux oubliettes ? Serge, je ne veux pas être une déesse, je veux être ta femme. Viens me chercher. Je marche dans le désert et je pleure parce que je sais plein de choses très belles et qu'il n'y a que la nuit à laquelle je puisse les dire.

Alba.

Alice arrêta le magnétophone.

– C'est le bourbon qui vous rend aussi émotif ?

– Non, dit Serge en essayant de se calmer. Versez m'en encore un petit quart.

Alice le servit.

– Ce joli petit message a l'air de vous foutre un sacré coup.

– C'est qu'il m'est destiné, dit Serge.

– Pourtant, ça vient de la chambre de l'aveugle.

– Justement.

– Arrêtez, j'ai l'impression d'être une fée.

– C'est ce que vous êtes, Alice.

– J'ai comme l'intuition que vous êtes dans une sacrée merde, mon petit Serge.

– Pourquoi ?

– Il n'y a pas que ça, sur cette bande. Il y a deux autres lettres, plus une introduction et une conclusion qui devraient vous intéresser. Je ne sais pas si vous devriez boire autant, cela se mélange mal avec les hypnotiques.

– Je n'en prends pas, je ne carbure qu'au bourbon.

Alice se ralluma un chameau, regarda Gorodish avec une certaine compassion, retourna à son magnéto, lui fit entendre les deux autres lettres qui replongèrent Serge dans des spleens nirvaniques entrecoupés de sérieuses pulsions de jalousie meurtrière.

Alice, qui avait vu plus de route qu'un syndicat de camionneurs, se doutait bien que c'était la scène la plus intéressante qui se soit passée dans ce motel depuis la guerre de Sécession.

– Bon, retapez-vous, mon vieux. La belle enfant a une pêche d'enfer et il faut que vous puissiez assurer. Vous allez me raconter tout le truc mais avant, je vais vous fournir les autres pièces du puzzle. Je vous assure que ça vaut le coup. Entre nous, il était temps que vous arriviez parce que les angoisses domestico-postfreudiennes du couple moyen commençaient à me momifier. Bon, on commence par l'introduction. Alice enclencha le magnéto :

– *Salut, Perkins, c'est Ben. Du nouveau ?*

– *Les Sages m'ont fait savoir qu'ils n'appréciaient pas ton silence. Tu devais donner ta position plus rapidement. Pendant un moment, ils se sont demandé à quoi tu jouais. Ils ont même suivi leur propre filière en repérant la sœur de Jason, Lynn, et en la mettant au frais pour mieux négocier avec le gamin.*

– *Ces technocrates m'emmerdent. Ils ne peuvent jamais faire confiance.*

– *C'est ce qui fait leur force.*

– *Je leur avais dit avant de quitter la prison que tout allait pour le mieux, que je contrôlais « le vieux fiancé ». Il est malin, rapide. Je savais qu'on mettrait la main sur les gamins avant peu. Enlever Lynn est une connerie, ça va faire une personne de plus à recycler et quand on sait le temps et l'énergie que ça prend ! On voit bien qu'ils ne s'en chargent pas. À part ça ?*

– *Jason a téléphoné. Le flaireur lui a mis le deal en main. L'échange doit avoir lieu demain.*

– *Au Grand Centre ?*

– *Non, trop dangereux. Tonopah, la mine des Deux Vallées.*

– *C'est bien, il faut éviter de faire entrer au Grand Centre les personnes en voie de recyclage. Des lettres ?*

– *La gamine vient de m'en communiquer trois par téléphone. Je les ai sur mon magnéto. Tu veux que je te les passe ?*

– *Vas-y, j'en tirerai certainement quelque chose.*

– C'est bien ? demanda Alice.

– Ça me semble *très* bien.

– On continue ? On parle plus de vous dans la conclusion.

– Avec plaisir.

Gorodish commençait à avoir les neurones agités par la danse de Saint-Guy. Ce n'était pas le moment de se bourrer la gueule. Il se leva, ouvrit le frigo et se servit un grand verre de jus d'orange.

– Vous vous sentez à l'aise, ici.

– C'est vrai, dit Serge, excusez-moi j'ai pris des habitudes barbares.

– Moi je trouve ça bien. Chez vous, un frigo c'est comme l'âme de son proprio, pas vrai ?
– Exactement.
– Je vous passe la suite :

– Ce que ça peut être lyrique à cet âge, dit Ben.
– Tu as augmenté les doses du « vieux fiancé » ?
– Oui. Je crois qu'il sera bientôt cuit. Je sens que je peux commencer à me promener dans sa tête comme dans les couloirs du métro. Il sera bientôt docile comme un mouton en train de faire briller les cuivres du Grand Centre en allant faire ses dévotions au Sphynx. Il n'y aura même plus une sonnerie dans sa petite tête. Il ne pourra même pas rêver de séduire le Sphynx. Tout sera nettoyé. Il aura l'esprit aussi clair qu'un carrelage de salle de bains. Quant à elle, elle ne verra même plus ce larbin. Tout rentrera merveilleusement dans notre ordre.
– Il n'y a que Jason qui est imprévisible.
– Toute personne qui en aime une autre est prévisible. Lui il en aime au moins deux. Pas de problème.
– On se retrouvera le jour de la grande cérémonie.
– Ce sera merveilleux. Je dirai au « vieux fiancé » de t'appeler. Tu lui passeras ses lettres, c'est important pour son recyclage. Il faut que tout continue dans la crème fouettée. Seulement, à partir de maintenant, c'est moi qui vais rédiger les lettres de la petite. Pauvre homme, son impression de solitude va s'accentuer.

– C'est vraiment *très* bien, Alice.
– Ce qui m'amuserait, ce serait de participer modestement à la suite des événements, si je ne suis pas trop mitée pour cela.
– Je vais tout vous raconter depuis le début. Si on cassait une petite graine avant et puis après, on essaiera de dormir quelques heures. Vous avez quelques jours à me consacrer ?
– Je comprends la gamine. Je serais à sa place, je ferais pareil. Vous avez un sacré charme. Je vous fais une petite kasha ?
– Ah ! Vous aussi ?
– Oui… Il y a des gènes qui ne s'inventent pas.

16

Le jour se levait. Jason sortait des brumes. Il ne savait pas s'il était réveillé ou non, mais il sentait quelque chose d'agité et d'humide sur sa poitrine. Il caressa les cheveux d'Alba et s'éveilla tout à fait. Elle sanglotait.

– Que se passe-t-il ?

– Je suis triste.

– Dis-moi...

– Depuis que j'ai rencontré Serge, on n'a jamais été séparés très longtemps. Jamais je ne pourrai attendre trois semaines. Je vais aller attaquer la prison, prendre des otages, le faire évader. Ils ne se méfieront pas de moi.

– Sois patiente. Je vais t'apprendre encore plein de trucs.

– Non, j'en ai marre. Je ne veux plus rien apprendre. Je t'ai vu à l'œuvre, c'était très bien. J'en ai marre de la technique. C'est trop chinois. Finalement, la méditation me faisait plus d'effet. Tout ce que tu m'as appris, c'est rigolo, mais ce n'est que de la mécanique et moi je suis une mystique. Je sais bien que sans toi, j'aurais craqué. Tu es très gentil mais les caresses me bloquent les circuits et par moments je n'arrive plus à penser à Serge. Et ce que je veux, c'est penser à lui. Alors on va continuer les câlins parce que c'est normal et que ça fait du bien mais on arrête l'éducation de la porte de jade. À partir de maintenant, elle devient autodidacte, d'accord ?

– Serge me remerciera.

– Il risque aussi de te clouer sur le Santa Monica Pier et de te vendre aux Chicanos comme appât pour la pêche. Il est violent, tu sais. En plus, je trouve que tu deviens bizarre depuis que tu as téléphoné à ta frangine. Elle va vraiment bien ?

– Pour le moment, oui.

Alba s'assit sur le lit et regarda Jason pendant trente-cinq secondes.

– T'es agité comme un nénuphar sur une toile de Monet. Dis-moi ce qui se passe.

Jason se leva sans répondre et partit prendre une douche. Alba s'habilla puis comme elle trouvait que ça durait un peu trop longtemps, elle alla couper l'eau. Jason n'allait pas du tout. Elle avait l'impression qu'on lui avait enlevé une pièce. Il hésitait, se cognait, se déplaçait curieusement.

Elle le laissa trouver ses habits. Rassembler ses affaires.

– Tu sais tirer ?

– Je sais lancer le couteau.

– C'est pas suffisant. On va aller acheter dix boîtes de cartouches, on va se trouver un coin peinard dans le désert et tu vas t'entraîner. Tu as une demi-journée pour devenir une experte.

– Encore un truc lié à la porte de jade ?

– Si la porte du paradis est en jade, oui.

– Explique.

– Ils ont enlevé ma sœur.

– Qui ça, « ils » ?

– Le groupe.

– C'est quoi, le deal ?

– Toi.

– Je comprends que tu veuilles m'apprendre à tirer. Tu veux me laisser dans la nature ?

– Non, je pense savoir où elle est. D'après l'acoustique, c'est un endroit que je connais. On retourne à L.A.

– On ne s'en sortira jamais.

– Tout dépend comment tu tires.

Alba réfléchissait en se grattant le sein gauche.

– À ce moment-là, on n'a rien à foutre d'un flingue. Faut acheter plus gros. Genre fusil de chasse à répétition. Bon, allez, te bile pas. On va attendre l'ouverture des magasins et on va aller se monter en artillerie lourde. Après on fait un arrêt exercice et on fonce à L.A. On est quand même dans un sacré pétrin.

Serge finissait de faire le plein et de bichonner l'hélico quand Ben se pointa.

– Bien dormi ? demanda-t-il.

– Lourdement. J'ai des sortes de vertiges. Je ne sais pas ce qui m'arrive.

– C'est peut-être l'altitude.

– C'est possible.

– J'ai appelé le motel. Les tourtereaux sont partis depuis un moment.

– Ne vous angoissez pas, on va les retrouver.

– Ah ! J'oubliais, Perkins a téléphoné, la petite s'emballe, il y a trois lettres qui vous attendent. Il faudra le rappeler.

Serge fit tourner le rotor. Ça baignait dans l'huile. Ben se hissa dans son siège, boucla sa ceinture et s'accrocha pour le décollage que Serge aimait bien nerveux.

En s'élevant au-dessus de la petite ville, Serge repéra la Chrysler, garée devant une boutique. Il avait un peu d'avance, c'était parfait.

Alba et Jason sortirent avec deux fusils à pompe et assez de cartouches pour déclarer la guerre.

– On achète ça comme des cookies.

– C'est aussi important que la religion.

Ils allaient quitter la ville lorsqu'Alba remarqua une jolie église en bois peinte en bleu et en blanc. Elle s'arrêta juste devant.

– Attends-moi une seconde. J'ai un truc à faire.

Le ministre était en train de tailler sa haie. Il avait une tronche qui avait l'air d'avoir passé un demi-siècle dans un bocal de formol. Il regarda Alba entrer dans son église, examina la Chrysler et par une subtile opération de géométrie arriva à la conclusion que l'âme qui venait d'entrer dans son église n'était pas à proprement parler une âme aussi bien taillée que sa haie. La religion, pour lui, c'était le cordeau et la cisaille. Il suivit Alba.

Il la trouva debout dans une attitude qui n'était pas habituellement celle de la prière et la gamine, sans aucune honte, baragouinait une langue barbare et parlait beaucoup plus fort qu'on ne doit le faire. Godoformol pensa tout de suite à l'envoyée d'une secte satanique qui venait accomplir en ces lieux saints quelque rituel démoniaque. C'est avec la voix de Chaliapine qu'il rappela cette créature à l'ordre :

– Ne vous a-t-on donc jamais appris le respect, jeune demoiselle ?

Alba se retourna. Godoformol tournait au violacé.

– Alors mon gros loup, t'as un problème de bouture, lui dit Alba d'une voix suave.

Godoformol, décontenancé, demanda à Dieu de lui rendre sa langue, mais elle ne lui fut rendue que lorsque la Chrysler démarra.

– Qu'est-ce que tu as acheté ? demanda Jason.

– De la magie.

– Une boutique de farces et attrapes ?

– Non, non, de la vraie magie. Je suis entrée dans une église et j'ai fait une prière.

– Une prière ?

– C'est un truc que j'avais encore jamais essayé, alors, on ne sait jamais. En tout cas, je me suis concentrée à mort. On verra bien. Bon, après la magie, la guerre. Entre les deux, on devrait s'en sortir.

Alice avait embrassé Ron, le patron du motel. Elle n'avait emporté que trois valises qui entraient facilement dans le coffre de sa vieille Lincoln à hublots. Heureusement, elle n'avait ni poisson rouge, ni mec, ni python affectueux. Elle se sentait libre comme le vent du désert. Son vieil instinct ne la trompait certainement pas : elle n'était pas partie pour s'ennuyer.

Elle s'arrêta chez son pompiste habituel, fit tout vérifier. La bagnole était une vieille dame racée et encore pleine de ressources.

En sortant de la ville, Alice se mit à gamberger. Cette histoire d'aveugles, de lavage de cerveau, de Sphynx, de grand centre, ce pouvoir occulte, cette puissance déployée par les Sages, le rôle caméléonesque de Ben, celui de Jason, l'amour d'Alba et de Serge, tout ça faisait un cocktail auquel elle avait envie de goûter. Pour l'instant, elle filait sur la route déserte, vitre baissée, elle happait de grandes goulées d'air matinal. Elle se dit que si elle avait rencontré Serge quelques décennies plus tôt, elle aurait peut-être été la femme d'un seul homme.

Beatty disparaissait peu à peu. L'hélico s'élevait dans le ciel bleu.

– C'est formidable ces petits engins, ça appartient au groupe ?

– Nous en avons plusieurs. C'est pratique, pas cher et d'une mécanique très simple.

– Quand vous aurez récupéré le groupe, qu'est-ce que vous allez faire des Sages et de leurs supporters ?

– Toujours le recyclage.

– C'est vraiment votre truc, hein ?

– J'ai passé une bonne partie de ma vie à mettre ça au point. La force de la méthode, c'est qu'elle est artisanale. Tout se passe entre le sujet et moi. C'est une relation très personnelle, très intime qui conditionne totalement le déroulement des opérations. Il n'y a pas de règles applicables à tous. On invente, chaque fois. C'est pour cela que c'est infaillible.

– Infaillible, vraiment ?

– Oui, moi mis à part. Je crois que je suis le seul à être passé entre les mailles du filet. Il faut dire que le recycleur qui s'est chargé de moi manquait d'expérience. Je l'avais formé. Les bases étaient bonnes, mais il manquait le petit je ne sais quoi qui fait toute la différence.

– L'art, quoi.

– Exactement.

– Votre dernière déesse s'est tout de même suicidée. Vous ne ressentez pas cela comme un échec ?

Ben réprima un petit rire.

– Non. Certes, c'est dommage car la disparition d'une superbe créature est toujours quelque chose de négatif mais au centre, nous redéfinissons chaque mot et une partie de l'éducation donnée aux adeptes est justement l'enseignement de « notre » définition de chaque mot. « Échec », par exemple est employé uniquement lorsqu'il y a danger pour le centre.

– Et quelle est la définition du mot « magie » ?

– Ce n'est pas un mot que nous utilisons, nous sommes des rationalistes, vous savez. L'existence de l'aspect mystique du groupe n'est qu'une manière de manipuler, de concentrer les forces de la communauté, un substitut à la religion que nous éliminons au cours du recyclage ou plutôt que nous détournons à notre seul profit.

– Moi j'ai toujours cru aux miracles. Les rencontres, par exemple…

– Vous avez raison.

– Qu'arrive-t-il lorsqu'un Sage ou un autre personnage important du groupe connaît l'échec ?

– En principe, il est « blanchi »…

– C'est-à-dire ?

– Destitué de ses fonctions et définitivement recyclé, si je puis dire.

– Vous vous chargez de ça, aussi ?

– Non. C'est un travail trop mécanique. Il n'y a pas le plaisir de vaincre les obstacles. C'est un traitement chimique.

Gorodish demeura silencieux. Il regardait les montagnes, la lumière bleutée dans les creux des vallées.

– C'est très beau, vu d'ici.

– Il ne faut pas prendre trop d'altitude, ces engins ne sont pas faits pour ça.

– Je force toujours les mécaniques. Chacun sa petite pointe de sadisme ordinaire. Avez-vous déjà pensé à votre mort, à la manière dont cela se passera ?

– Curieuse question…

– L'habitude du danger. Moi, par exemple, j'espère que cela sera une surprise.

– La mort est toujours une surprise. Vous voyez la voiture ?

– Quelque chose de clair, assez loin, c'est peut-être ça.

– Bientôt, la petite sera sur son socle. Vous ne regretterez pas votre patience.

– Je sais, le Sphynx et le socle. J'aime le fric et même si le socle est lourd, la carotte est légère. Vous savez ce que c'est que l'amour, Ben ?

– Oui, c'est une maladie que j'ai beaucoup observée.

– L'amour donne des ailes. C'est ce qu'on dit. Si vous n'avez jamais été amoureux, vous n'aurez pas d'ailes. Moi, j'en ai, le ciel est très pur, c'est un matin splendide et tout à coup, j'ai envie d'aller rejoindre Alba.

Gorodish remarqua un peu de nervosité chez Ben.

– Vous oubliez notre accord.

– Vous savez piloter un hélicoptère, Ben ?

– Bien sûr que non.

– Il va vous falloir apprendre très vite.

– Vous avez des vertiges ? demanda Ben, inquiet.

Gorodish se marra franchement.

– Non, je suis amoureux, j'ai des ailes et « le vieux fiancé » vous quitte maintenant, dit Gorodish en serrant la sangle de son parachute.

– Attendez…

– En hommage à tous les recyclés ! dit Serge en sautant.

Alice vit le parachute s'ouvrir. Elle vit aussi l'hélicoptère qui se prenait pour une hirondelle jusqu'au moment où très attiré par la terre, il y descendit très franchement. Il y eut une grande explosion, des flammes et une fumée noire qui emportait l'âme de Ben. Quelques secondes plus tard, Gorodish roula sur le sol. Il replia son parachute. Alice s'engagea sur un chemin caillouteux et partit à la rencontre de son dernier héros.

17

Serge n'avait pas vu la Chrysler prendre la direction de Tonopah. Jason avait probablement choisi d'aller se jeter directement dans la gueule du loup en les prenant de vitesse à L.A.

– Pas mal, dit Alice admirative.

– Il y a beaucoup d'accidents avec ces petits machins volants.

– Il faut que nous fêtions ça.

– Tout ne fait que commencer ma chère Alice. Il y aura beaucoup de choses à fêter. Au fait, vous ai-je dit que ce serait dangereux ?

– J'espère bien que je ne me déplace pas pour rien.

– Je prends le volant, on fonce.

– Pas question, je suis capable de foncer. Dans quelle direction ?

– La route de L.A.

Alice fit demi-tour. Ils retraversèrent Beatty, Serge repéra la boutique devant laquelle Alba et Jason s'étaient arrêtés. C'était une armurerie. Il imagina sans peine la suite. Il fallait les rejoindre avant le début du carnage.

– D'après vous, on peut faire confiance à Jason ?

– Il a essayé de se tirer du groupe. Un gosse aveugle qui fait un hold-up, à mon avis, était bon pour un blanchissage complet.

– Il est amoureux d'Alba.

– Il a raison. Il n'est ni le premier ni le dernier. Je l'ai vu. Il a une bonne tronche. On va arranger le coup en douceur. Tout le monde ne peut pas être le grand crocodile chaud d'Alba. Le gosse l'a déjà compris.

– Il a de bonnes idées, ce petit. Il faudrait développer ses dons de professeur.

– Il faudrait qu'il continue sa formation avec une experte.

– Je ne suis pas pégagogue.

– On fait du cent cinquante... Pensez qu'il y a parfois des flics.

– C'est vrai, dit Alice en levant le pied.

De temps en temps, Alice se tournait vers Serge qui était

sous le charme de ses yeux rieurs et pleins d'étincelles. Le genre à qui on ne la fait pas, aussi tordu que soit le chemin.

– Vous avez un plan d'action ?

– J'ai mis l'ordinateur en route.

– Quand est-ce qu'il nous crachera son programme ?

– Il faut voir ce qu'on trouve. D'après ce que j'ai compris, personne ne rencontre les Sages. Ils ont un messager-exécuteur qui s'appelle le « flaireur ». Jason les a rencontrés à cause de circonstances exceptionnelles. Il faut qu'il nous dise le plus de choses possibles sur eux. Ils sont la clé de tout.

– Riot-gun, dit calmement Alice.

– Quoi ?

– Vous avez entendu ce petit bruit sec ?

– J'ai entendu quelque chose, je crois.

– Arrêtons-nous pour essayer de repérer d'où ça vient.

Alice rangea la Lincoln, ils sortirent. Il y avait le silence immense et les dieux qui débouchaient des bouteilles de champagne.

– Difficile de dire d'où ça vient, dit Alice.

– Je crois qu'il faut continuer à rouler un peu.

– Finalement, le calme, ça existe, même sur cette planète.

– Fais-en une provision, mon ange.

Ils avaient posé un carton contre un bloc de pierre. Alba, à cinquante mètres, armait et tirait, jusqu'à ce qu'il n'y ait plus de cartouches dans la chambre. Le carton triomphait bêtement, toujours intact.

– J'aime ça, c'est super. Le seul problème, c'est que je ne touche pas la cible. J'ai l'impression que mon épaule va être arrachée. Un sacré recul ces trucs. Pourtant dans les films, tout a l'air si facile.

– On boit une bière, on recharge et on recommence. Dans la maison, les gens ne seront pas aussi loin, mais vaut mieux en savoir un peu plus qu'un peu moins. À moins qu'on achète des couteaux.

– Au couteau, il y a longtemps que le carton serait mort.

Jason fouilla à l'arrière de la Chrysler, sortit un paquet de chips et deux boîtes de Michelob. Ils s'assirent sur le capot. Alba regardait le carton, Jason recomposait le corps d'Alba dans l'espace. Il s'immobilisa soudain.

– Une bagnole arrive.

– Je planque le flingue ?

– Recharge en quatrième bourre !

Alba introduisit les cartouches une à une, arma. Elle finit par entendre le doux ronron d'une caisse qui s'approchait. Jason récupéra le flingue et mit ses lunettes noires.

La voiture s'approchait lentement sur le chemin de pierre.

– C'est pas les flics, dit Alba.

– C'est peut-être pire.

Alba regardait la Lincoln, arme braquée dans sa direction.

Alice se marrait.

– Vous tremblez, mon petit Serge ?

– J'ai peur des armes à feu.

– Bien sûr. C'est rare de voir un homme qui a déjà balancé ses dents de sagesse frémir d'amour.

Serge avait quarante de fièvre. Son corps le brûlait. Sa tête était proche de l'explosion. Il avait des frissons partout. Il ne se souvenait pas qu'Alba était si belle.

– Je comprends tout, dit Alice.

– Vous pouvez ralentir un peu, que ça dure plus longtemps, supplia Serge.

– Je vais vous faire ça dans le genre travelling, mon petit Serge. Dites donc, Jason n'est pas mal...

La musique était celle du silence, du désert.

Alba baissa lentement son arme. Elle savait que désert était synonyme d'hallucinations. À travers le pare-brise bleuté de la Lincoln, elle croyait voir le visage qu'elle voyait d'habitude dans le ciel, dans ses rêves, la tronche de l'anaconda couleur piscine qui seul savait faire pousser des palmiers dans son âme.

Incertaine, elle murmura :

– Serge...

Il y eut trois mille huit cent trente-deux relais dans son corps. Elle décolla comme une tribu d'Apaches fondant sur un chercheur d'or égaré.

Gorodish bondit hors de la Lincoln pendant que Jason déprimait du flingue et de tout le reste.

À la vitesse à laquelle ils allaient, il fallait bien une rencontre. Elle eut lieu.

Un ingénieur aurait parlé de ponts thermiques.

Un critique musical d'harmonie juteuse.
Un jardinier d'écolosion.
Billie Holiday : « I Got a Man Crazy for Me ».

Alba lui fit un : « mouillé arraché suave hirondelle dérapante suave glissé reggae givré la flamme indécise dérapante suceuse de jus lourd lent à la source cinémascopique aspirateur indécis coupé vert émeraude suraigu aux vapeurs de plaisir collé profond parking bourbon de son fruit et de sa passion montagnes russes sacralisé mordant vrillé dans le ciel opéra chinois forêt de bouleaux capriccio barbare-irris prestigieux égaré napolitain noir luisant zigzag opiacé ».

Pour Jason et Alice, c'était le dur entracte de leur vie. Ils s'assirent dans la Lincoln, fumèrent un paquet de pyramides à deux.

Lorsque l'explosion amoureuse prit fin, Alice décida d'apprendre quelque chose à la petite. Elle la tira gentiment par la main, demanda à Jason de remplacer le carton par une boîte de bière, prit le tromblon posé sur le capot de la Chrysler, épaula, visa et l'aluminium de la boîte rejoignit l'innommé cher aux taoïstes. Dire qu'Alba et Serge étaient soufflés serait exagéré, ils n'avaient plus de souffle. Serge croyait avoir engagé une grosse tête, il se retrouvait avec une escouade de marines.

– Tu vois, Alba, il faut bien placer la crosse... Comme ça... et tenir le truc fermement... comme une tige de jade. Ensuite, on superpose et appuie très très doucement sur la détente.

– Je suis contente de voir que mon sucre d'orge ne se colle pas avec n'importe quel bonbon à la menthe, dit Alba.

Alba fit ce qu'on venait de lui montrer et le carton se fit dessouder les angles. Elle vida le chargeur en hommage aux matières recyclables.

– Tu t'est évadé comment ?

– Ils m'ont libéré.

– Bon, puisqu'on a payé nos dettes envers la société, il est temps de recommencer à commettre quelques délits.

– Je suis d'accord, dit Jason. Mais ils tiennent ma sœur. Je crois savoir où. On va faire une petite descente.

– Sans Alice, on serait pas au pays des merveilles, dit Serge. Alors, si nous voulons y rester, il faut être plus rigoureux que Duparc.

– Qui c'est ce mec-là ? demanda Jason.

– Un copain de John Donne ? interrogea Alba.

– Duparc était un compositeur français qui a brûlé la plus grande partie de sa production. Quand tout sera fini, je vous promets qu'on l'écoutera dans la pagode, tous les quatre. Mais on est pas là pour causer musique. On va laisser la Chrysler dans le prochain bled. Ensuite, grand conseil dans la Lincoln, le temps d'arriver à L.A.

– Tu viens avec moi, Jason ? demanda Alice.

Serge rangea l'artillerie dans le coffre de la Lincoln. Alba se glissa contre lui. Ils suivirent la Lincoln.

– Serge, jure-moi que tu me feras fondre...

– Je te le jure.

– Comme tous les sommets de l'Himalaya ?

– Et comme la cordillère des Andes.

– Pourquoi est-ce qu'il y a toujours de l'action ?

– Pour nous empêcher de faire des câlins.

– Oui, mais là, personne ne nous voit et c'est écrit nulle part.

– Tu veux que je devienne écrivain ?

– Je préfère le son du piano au bruit de la machine à écrire.

– Alors, qu'est-ce qu'on fait ?

– Organise un grand dîner à la pagode avec John Donne, Maurice Scève et on leur racontera tout ce qu'on fait quand ils ne nous regardent pas.

Serge embrassa Alba, la Chrysler fit un looping et retrouva sa trajectoire.

– Un Indien qui fait du stop, dit Alba.

– Ça tombe bien, dit Serge. Il s'arrêta juste devant l'Indien. Il avait horreur de faire courir les auto-stoppeurs. Alba ouvrit la portière arrière. L'Indien s'assit.

– Français ? demanda l'Indien.

– Comment le savez-vous ?

– Je suis Indien.

Gorodish ne dit rien. La qualité du dialogue, ça méritait une récompense. Serge enfonça le champignon, dépassa Alice et Jason, s'arrêta sur le bas-côté, suivi de la Lincoln.

– Vous voulez une bagnole ? demanda Serge.

– Oui.

– Prenez celle-là. Je vais vous signer un truc et vous laisser mon adresse au cas où vous rencontreriez des flics. Vous trouverez les papiers au Caesar Palace à Vegas, au nom que je vous donne. Vous avez du blé ?

– Non.

– Voilà mille dollars.

L'Indien empocha le fric et prit place au volant. Alba vida les affaires. L'Indien démarra.

– J'aime bien les mecs qui ne disent pas merci, dit Alba admirative.

Serge, ravi, lui lécha la tempe gauche. Ils montèrent à l'arrière de la Lincoln.

– Bien... Bien... dit Alice.

– T'as pas une barre de céréales ? demanda Serge.

– Bien sûr.

Gorodish croqua en méditant et balança le papier par la fenêtre ce qui fit hurler de rire Alba.

– Alba, ne ris pas comme ça, je t'en supplie, dit tendrement Jason.

Tout le monde but à la bouteille de bourbon. La pause détente était terminée.

– Jason, où penses-tu trouver Lynn ?

– Dans une maison vide que le groupe utilise, sur les hauteurs de Santa Monica.

– Et si elle se trouvait déjà à Tonopah ?

– À Tonopah, il risque d'y avoir tout un dispositif pour nous coincer. À Santa Monica, pas encore. Et j'y ai des copains. Si on ne la récupère pas, on pourra toujours aller à Tonopah en force.

– Comment est cette maison ?

– Une grande maison humide. Deux étages, je pense.

– Protégée ?

– Non, pas lorsque j'y suis allé.

– Est-ce que les réunions y sont régulières ?

– Non, il n'y a jamais rien de régulier dans le groupe.

– Qui sont les Sages ?

– Deux femmes et deux hommes.

– Qui pourrait savoir où les trouver à part dans cette maison ?

– Personne, je pense. Ils ne se réunissent qu'exceptionnellement et peut-être jamais au même endroit.

– Connaissez-vous Perkins ?

– Oui, quand j'étais coursier pour le groupe, il m'est arrivé d'aller lui porter des livres ou de livrer ses transcriptions au centre.

– Coursier ?

– Oui. J'ai fait toutes sortes de boulots pour le centre. Nous y sommes obligés.

Serge déballa une autre barre de céréales. Alba écoutait, fascinée, Alice fonçait sans en perdre une.

– Tu n'as jamais eu l'impression de porter des messages importants, d'aller souvent aux mêmes endroits ?

– On travaille toujours dans son quartier. J'allais donc au centre informatique, au centre lui-même, et chez des gens qui habitaient dans la périphérie. En gros, entre Santa Monica et Hermosa Beach. Il y a quelques endroits où j'allais plus souvent qu'à d'autres.

– Quelle information te donnait-on ?

– L'adresse, c'est tout.

– Que livrais-tu ?

– Un peu de tout, mais nous étions surveillés par l'escouade. Il valait mieux ne pas être trop curieux.

– L'escouade ?

– Le centre emploie forcément des voyants. Ils ont des rôles de surveillance. Il y a les chauffeurs aussi. Les gens de l'escouade ont tous été recyclés, c'est-à-dire…

– Je connais, dit Serge.

– Le centre informatique a peut-être les adresses des Sages, dit Alba.

– Je ne pense pas, dit Serge. Mais les chauffeurs doivent conduire les Sages dans leurs déplacements.

– Ils font régulièrement le trajet Vegas-L.A., dit Jason.

– C'est certainement toujours le même chauffeur qui conduit les quatre Sages. Ce serait trop risqué autrement, dit Serge.

J'ai une idée, dit Alice. Je m'y connais en ordinateurs. Si les Sages ne sont pas sur le fichier, je suis presque certaine que les chauffeurs y sont pour leur salaire. Une organisation de cette importance ne peut pas fonctionner autrement.

– Vous avez raison, dit Serge, mais le centre informatique doit être très surveillé.

– C'est surveillé. Il y a des badges. Quelques gardiens mais ce n'est pas une forteresse. J'y entrais et j'en sortais comme je voulais. Mais c'était avant.

– On ne sait jamais, dit Serge. Ils n'ont certainement pas prévu que tu viendrais au centre après le hold-up. Tu as encore ton badge ?

– Chez moi, oui. Mais il y a toujours des gens qui travaillent au centre informatique. Il ne suffit pas d'entrer, il faut encore avoir accès aux fichiers.

– C'est trop compliqué, dit Alice. Ces chauffeurs travaillent pour le centre mais c'est un boulot légal. Ils n'ont rien à se reprocher, rien à cacher, donc ils sont forcément inscrits sur d'autres fichiers, ceux des impôts, du téléphone, etc. Ils appartiennent peut-être à un syndicat, à un groupe. Ils connaissent d'autres chauffeurs. Ils vont faire réviser les voitures dans des garages.

– Tu connais les marques des voitures qu'ils utilisent ?

– Des limousines Cadillac. Il y en avait une devant la maison où je les ai rencontrés et j'en ai entendu parfois dans le parking du centre, ça fait un bruit particulier.

– Les chauffeurs vont souvent au centre ?

– Non, ce que je vous dis là, ça s'est passé sur des mois.

– On pourrait éplucher les fichiers du garage Cadillac qui soigne ces jolies bêtes, dit Alba.

– J'ai peut-être une autre idée. Vous savez ce que c'est d'être chauffeur de limo, vous êtes à disposition vingt-quatre heures sur vingt-quatre. C'est bien payé, mais ceux qui s'offrent ce luxe sont des emmerdeurs. S'ils sont insomniaques, le chauffeur doit l'être aussi. Donc, jamais le temps de prendre un repas peinard ou de commencer une partie de billard entre deux courses. Alors que font ces mecs, ils se retrouvent entre eux dans des bars ou des restos taillés sur mesure, vite et bien servis. En plus, comme c'est un métier qui demande de la discrétion, entre eux ils se sentent à l'aise. Les coursiers font le même truc. Je ne peux pas vous dire où c'est, mais je suis certain que ça existe et si ça existe, mon pote Samy pourra nous trouver l'adresse sans problème, il connaît tous les vendeurs de sandwiches et de burgers de la côte.

– Admettons qu'on arrive aux Sages sans trop de problèmes, qu'est-ce qu'on fait après ?

– Les Sages sont la clé de tout. Quand on les aura sous la main, tout ira mieux.

Alba regardait Serge avec un sourire amusé. Il avait cette expression qu'elle lui connaissant bien : vide, les yeux légèrement plissés, le corps immobile. Ça devait bouillir grand cru. Serge était tout de même suffisamment rattaché à la terre pour soulever son bras droit, le temps qu'Alba, plus rapide qu'un mousquetaire, vienne se glisser contre lui.

18

En arrivant sur le parking, les passagers de la Lincoln blanche eurent l'impression que le Burger Paradise était aussi dilaté que les poumons d'un ténor prêt à pousser son contre-ut. Les vitres en devenaient presque comme des ballons. Sur une banderole, on pouvait lire :

PRIVATE PARTY

THE WONDERFUL PINK AEROPLANES

Il y avait tellement de buée sur les vitres, qu'il fallut ouvrir la porte pour découvrir une trentaine de colosses, l'équipe de base-ball locale dont Samy était le parrain. De quoi faire flipper n'importe quel anthropophage, un rapport volume/muscles optimal. Jason entra le premier. À la place de Samy, il y avait une forme livide et grise, assise sur un tabouret, le regard absent. Samy leva les yeux vers Jason. Il reprit des couleurs en moins d'une seconde.

Samy fonça entre les sportifs et serra son ami contre son cœur.

– Ils… Ils…

– Je sais, dit calmement Jason.

L'entrée d'Alba fit baisser le ton de quelques décibels. Les athlètes s'ébahirent. Pour l'instant, il n'y avait qu'une image divine qui frappait des rétines et, tel un termite, se creusait un passage à travers les molles circonvolutions de la cervelle jusqu'à l'entendement, où le désir pourrait éventuellement naître au prix d'une seconde opération du même genre. Alba assistait ravie à ce spectacle.

– Finalement, les idiots, ça n'existe pas, c'est juste une question de vitesse de circulation des informations, dit Alba.

– Ça me rappelle les premiers ordinateurs, dit Alice. Joli design, mais chips mous.

Goro respirait l'air pur de l'extérieur. La liberté.

– Viens, dit Jason, je te présente Alba que tu as déjà entrevue. Alice et Serge nous attendent dehors.

Le petit groupe se retrouva sur le parking.

– Ne vous faites pas de soucis. On va libérer Lynn très vite, mais il ne faut pas se précipiter. Nous devons être synchrones.

– Vous savez où elle est ? demanda Samy.

– Nous en sommes presque certains, dit Serge. Une bonne odeur de hamburger lui chatouillait les narines, il avait de la peine à penser le vendre vide.

– Dis, Samy, tu nous ferais pas quelques burgers pendant qu'on met notre stratégie au point ?

– Entrez, je vais vous installer dans la cuisine.

Gorodish traversa le groupe d'athlètes avec admiration. Il serra quelques pinces au passage. Ces types étaient étonnants. Pas harnachés pour deux sous. Cent pour cent pure viande. Gorodish retrouva son état méditatif, Alice s'en mettait plein les mirettes et ne désespérait pas de déployer sa force de frappe pour séduire l'une de ces merveilles. Jason était confiant mais nerveux. Alba se marrait franchement et Samy grillait fébrilement. Une petite flamme commençait à vaciller en lui. Le reste de la conversation n'était que coups fabuleux, nouveaux Di Maggio, nanas galactiques et rêves de victoires futures. L'un des joueurs suggéra un nouvel emblème pour le club, une paire de nichons en obus entre lesquels serait coincée une balle de base-ball.

– Tu veux qu'on perde le soutien des églises locales, dit le capitaine dans un sursaut de lucidité.

– Ouais, dit un autre, on pourrait même changer notre nom et s'appeler *Two plus one,* c'est super.

Pendant que la conversation continuait, Serge imaginait comment utiliser ces jeunes hommes charmants.

– Ça te plairait de devenir marraine du club de ces costauds ?

– J'adorerais ça.

– Bon, c'est très bien. Samy, ils voyagent comment, tes copains ?

– On a un bus, qu'est-ce que tu crois, on est déjà passés à la télé.

– Vous avez besoin d'un sponsor ?

– Un peu, oui.

– Alors laisse-moi injecter de la dynamite dans ces grands corps.

Gorodish finit son quadruple burger, vida son verre de bière, regarda Alba.

– T'as des fringues dans la bagnole ?

– Oui.

– Va te transformer en super-vamp, chérie.

Alba et Alice traversèrent la masse mouvante et chaude. Alice repéra un beau brun qui lui picotait les cellules. Elle fit une très légère pause en passant devant lui, et lui glissa, à voix chaude et basse :

– Oh ! douce montagne de miel, viens donc avec moi sur le parking que je te tartine.

L'athlète, fasciné, se laissa entraîner sans trop savoir ce qu'on lui promettait. Alba les vit entrer à l'arrière de la Lincoln. Elle ouvrit le coffre, enfila une minijupe et un fantôme de tee-shirt. Elle se ravisa. Il fallait absolument qu'elle leur fasse le coup du soutien-gorge. L'athlète couché au fond de la Lincoln n'avait jamais vu ça. Sous la lueur d'un réverbère, la plus belle fille du monde se déshabillait, s'habillait, se déshabillait pendant qu'on lui faisait un truc qui n'avait rien à voir avec les éclatements-boulots qu'il avait connus jusqu'alors.

Un peu plus tard, Alba fit une entrée discrète dans le Burger Paradise et se planqua derrière Serge pour réserver la surprise aux sportifs.

Samy était en train d'expliquer où se réunissaient les chauffeurs de limo. C'était un bar de Culver City, ouvert jusqu'à 5 heures du matin, et où l'on trouvait de la bouffe et une petite salle de jeu. Quelques filles venaient y traîner après le boulot. Serge nota l'adresse.

– Bon, dit Serge. On va galvaniser les foules. Ensuite, on se sépare. Alice et Alba, vous venez avec moi… Où est Alice ?

– Au Pays des Merveilles, dit Alba.

– Fortunata, dit Gorodish avant de continuer. Jason, Samy et les boys, vous allez récupérer Lynn mais seulement quand je vous le dirai. Vous attendez ici, tu coupes un peu la bière et quand je téléphone, vous foncez. Jason, tu trouveras la maison facilement ?

– Pas de problème.

– Tout est dans la synchro, alors vous plantez pas !

Commande le bus des boys et leur équipement et tenez-vous prêts à partir. Une fois là-bas, que tout soit fait très vite. S'il y a des mecs de l'escouade, vous les déguisez en sportifs et vous les embarquez dans le bus avec les aveugles qui se trouvent dans la maison. Un coup de batte pour ceux qui font du bruit, mais pas plus !

– OK, dirent en chœur Jason et Samy.

– Annonce-leur qu'ils ont un nouveau sponsor et une marraine de choc, dit Serge à Samy.

Samy enleva son tablier, s'essuya les mains, sauta sur le comptoir et poussa un cri qui attira l'attention.

– Les gars, j'ai une surprise de taille pour vous. Je la gardais pour la fin. Je vous présente notre nouveau sponsor : Serge Gorodish. Il a de la galette et va lancer notre club !

Les cris d'enthousiasme firent vibrer les vitres. Serge se leva, prit la parole :

– On ira très loin ensemble. Au sommet. Va falloir bosser mais quand on s'éclate, on s'éclate. Il y a une autre surprise. Serge saisit Alba, la propulsa sur le comptoir, les sportifs en eurent l'âme en zigzags bleutés. Ils avaient déjà vu des canons, des bazookas, mais ce qu'ils avaient sous les yeux, c'était cette chose immatérielle qui fait que la balle s'élève très loin dans le ciel. Ils le comprirent tous et les sifflets d'admiration furent à la hauteur.

– Vous allez jouer pour moi, les gars. Je serai là, avec chacun de vous, à chaque match ! dit Alba avec un clin d'œil.

Les applaudissements s'atténuèrent et Alba, sans dire un mot, enleva son soutien-gorge, comme Jason le lui avait appris. Fascination totale. Serge était médusé. C'était vrai, les seins d'Alba avaient poussé, en dix jours !

– La nuit va être longue, les gars. Vous savez ce qui est arrivé à la petite amie de Samy.

– Qu'on mette la main sur ces cinglés ! rugit un joueur.

– C'est ce qu'on va faire ce soir. Il se trouve que nous avons un renseignement sur le lieu où elle est prisonnière. Mais allez-y mollo. On ne peut pas commencer une grande équipe si votre nom se trouve en première page des journaux demain matin. Du toucher, de la délicatesse, du silence.

– OK, patron, s'écria le chœur.

– On fêtera ça chez moi lorsque tout sera fini, avec Alba !

– Vive Alba !

Serge et Alba traversèrent le restaurant, Alba relevant des fleurs de compliments, Serge bourrant quelques épaules avec une fermeté pleine d'affection. Un vrai triomphe.

– Il y a un problème, dit Alba, Alice est en train de stromboliser l'un de ces athlètes sur le siège arrière de la Lincoln.

– On ne va pas les déranger, dit Serge, on va monter discrètement et foncer vers Culver City en faisant une courte visite.

La Lincoln s'arrêta devant chez Perkins. Il devait être deux heures du matin. Il y avait toujours de la lumière. Il glissa son flingue dans sa ceinture, passa par le jardin.

– On joue très dur, dit Serge.

Perkins travaillait encore devant la fenêtre ouverte, Gorodish entra, suivi d'Alba. Perkins sursauta, se fit tout petit dans son fauteuil. Gorodish l'en sortit un peu violemment.

– C'est « le vieux fiancé », Perkins.

– Et Alba.

– Cesse de trembler comme ça. La vie est belle. Courte parfois, mais belle. On va faire un trou dans le jardin. Tu as bien trois bêches, toi, un si bon jardinier. On va t'y mettre avec tes chats et on va reboucher.

– C'est une super idée, dit Alba, toute joyeuse. Moi qui croyais qu'il n'y avait des enterrés vivants que dans les romans.

– Où est Ben ?

– Il ne sait pas piloter les hélicoptères. Il a été « noirci », si je puis dire.

– C'est fini ce Kamasoutra ? demanda Alba.

– Oui, souffla Perkins.

Alba fouilla dans les bandes.

– Je prends les bandes, on écoutera ça Serge et moi quand on aura fini le boulot. Serge, il y a un truc qui m'amuserait, j'aimerais bien égorger les chats, ça doit être très marrant, ils sont si confiants. Je vais chercher du jus d'orange et un couteau dans la cuisine.

Alba revint, s'assit sur le canapé.

– Je commence par le gros tigré, il est si joli. Je le caresse un peu d'abord.

Dans la pièce, on n'entendait que le ronron de Milton. Perkins était pétrifié sur sa chaise.

– Donnez-moi une chance, dit-il faiblement.

Seul le ronron de Milton lui répondit. Gorodish attendit encore un peu et dit :

– Vas-y, Alba.

Alba pinça le chat de toutes ses forces. Milton, surpris, poussa un cri rauque et se réfugia sous le canapé.

– C'est dégueulasse, dit Alba, ça pisse partout. Bon je fais le gris, maintenant.

– Laissez-moi une chance ! hurla Perkins. Demandez-moi ce que vous voulez !

– Tu ne peux rien nous apporter, mon vieux. Ben est mort, Lynn est sortie de votre foutue baraque, Alba est avec moi. Le reste, on n'en a rien à cirer.

– J'ai été obligé de travailler pour le centre par la menace, mais je rêvais d'autre chose.

– Là où tu seras, tu auras le temps de rêver.

– Je suis un idéaliste comme vous !

Gorodish fit gicler Perkins par-dessus le bureau, le récupéra, lui enfonça son genou dans la cage thoracique et lui cassa une dent en lui enfilant le canon de son flingue dans la bouche :

– Connais-tu les Sages, sais-tu où les trouver ?

– Personne ne sait où les trouver.

– As-tu eu des contacts avec les chauffeurs ou le chauffeur qui tansporte les sages ?

– Une fois, pour un document urgent.

– Quel est son nom ?

– Personne n'a de nom. Un chauffeur, c'est tout.

– Comment sais-tu que ce chauffeur était celui des Sages ?

– Un Sage m'a téléphoné au milieu de la nuit. C'était urgent. Il était énervé. Je crois que c'était son chauffeur personnel à cause de l'importance du document.

– Tu as une seule chance de survivre. Tu donnes un indice qui nous permette de mettre la main sur ce type.

Gorodish lâcha Perkins, le laissa s'asseoir sur le sol, essuyer sa lèvre sanglante.

– Nous n'avons pas le droit d'échanger le moindre mot. Je l'ai entendu entrer et sortir, c'est tout. Il n'y a qu'une petite chose, mais je ne vois pas à quoi elle peut vous servir. Cet homme fumait la pipe. Un mélange anglais.

– C'est bien, Perkins. J'aime bien les intellos. On va s'arrêter là. Il faut que tu comprennes une chose, les Sages sont cuits. Alors tu restes immobile, tu penses à l'avenir et si tes idées me plaisent, on verra si on te donne une chance de faire quelque chose. On va te laisser avec deux amis en attendant.

Serge fit signe à Alba, ils vidèrent les lieux. Milton quitta son refuge et vint lécher son maître.

– Milton... Mon vieux Milton...

Serge sortit la pétoire du coffre, ouvrit une portière arrière, se pencha sur Alice et lui dit très doucement :

– C'est magnifique de voir ça, chérie, mais si tu veux bien, continue sur le canapé de cette charmante maison. Au moindre truc étrange, fais sauter la tête de l'aveugle. Je repasse vous prendre tout à l'heure. On a un indice sur le chauffeur.

Alice fit un bisou à Serge, elle tira son athlète hypnotisé de la Lincoln, prit fermement le fusil et, à demi-nus, ils traversèrent le jardin. Perkins était toujours assis par terre à caresser son chat.

Serge roulait lentement sur les grandes avenues désertes de Culver City. Ils demandèrent leur direction à un poivrot et repérèrent un signe de néon vert sur un bâtiment de brique entouré d'une mer de limousines. L'endroit s'appelait : Moonglow.

Serge se rangea.

– On y va ? demanda Alba.

– Tu y vas, tu essaies de repérer ce pipeur. Pendant ce temps-là, moi je vais flairer les bagnoles. Si tu trouves le mec, tu l'invites à aller faire un tour. Si je ne suis pas dans le bar d'ici dix minutes, c'est que j'ai trouvé la limo et que je suis planqué dedans.

Alba poussa la porte du Moonglow. Un long bar sinueux des années cinquante, des box, des fauteuils de velours bleu, des spots bien distribués qui diffusaient une lumière très douce. Quelques chauffeurs jouaient au billard, d'autres regardaient un soft-porn sur un écran géant. L'endroit était spécialisé dans les spareribs, les steaks de Kansas City et le cheesecake. On pouvait manger au bar ou dans la salle. Les murs étaient tapissés de photos de « célébrités » qu'Alba ne connaissait pas. Il devait bien y avoir une cinquantaine de tabourets au bar. Il était encore un peu tôt. Il n'y avait qu'une demi-douzaine de filles qui se remettaient de leur nuit de boulot en avalant des protéines. La musique était parfaite. Les standards des grandes formations d'avant-guerre joués discrètement. C'était un endroit pour parler, échanger des tuyaux. Un panneau de liège était réservé aux chauffeurs. Il y avait des offres et des demandes d'emplois. Des propositions d'échange de courses ou de groupages. Pas mal de magazines traînaient dans les coins. Il fallait bien renouveler ses fantasmes quand on passait des heures à attendre. La plupart des chauffeurs étaient habillés en bleu marine strict. Ils laissaient leurs casquettes dans les bagnoles.

Alba choisit un poste d'observation au milieu du bar, s'installa sur un tabouret, commanda un Cuba libre et demanda une cigarette à l'un de ses voisins. Comme la plupart des types étaient concentrés sur leur assiette ou lancés dans des discussions, la présence d'Alba fut discrètement remarquée. Dix regards fatigués et sélecteurs l'avaient déjà découpée en morceaux. Les hommes sont des gamins. Il leur faudrait des femmes puzzle pour qu'ils soient contents, des seins par-ci, une paire de jambes par-là, une crinière, des yeux, une bouche, pensait Alba en grignotant quelques amandes salées. Un écriteau indiquait clairement la politique de la maison : *Your meal in seven minutes or it's on us.* Il y avait trois filles au bar.

L'une d'elles s'approcha d'Alba avec un grand sourire. L'œil un peu vague, démarche tropicale, crinière rousse, vêtue de velours vert.

– Salut, je m'appelle Théodora. C'est la première fois que tu viens ici ?

– Non. La dernière fois j'avais levé un mec gentil, mais il n'a pas l'air d'être là.

– Mineure ?

Alba fit un petit clin d'œil.

– Il n'y a pas souvent de flics ici, mais fais gaffe. Tu as quelqu'un pour prendre soin de toi ?

– J'ai quelqu'un.

– Correct ?

Alba fit une moue.

– Si on veut.

– Si tu en as marre, viens m'en parler, je suis là presque tous les soirs. Je pourrais t'arranger un coup superbe. Une clientèle très sélectionnée. C'est à ton âge qu'on peut faire cracher le maximum, penses-y. C'est qui le mec que tu cherches ?

Alba rit.

– Tu sais comme on les oublie vite mais celui-là m'avait laissé cinq cents dollars pour une gâterie au fond de sa limo. Le seul truc dont je me souvienne c'est qu'il fumait la pipe. Un tabac écœurant.

– C'est probablement Roberto. Il faut faire attention avec lui. Il appâte les filles en payant cher et tu te retrouves à l'hôpital.

– J'ai un ticket gratuit pour l'enfer pour n'importe quel cinglé, dit Alba avec son plus délicieux sourire. J'ai un truc à moi, très spécial...

– Tu apprends vite...

– C'est pour ça que je suis là.

– Roberto est dans la chambre de jeu. On dit qu'il gagne, ce soir. Je vais essayer de le persuader d'arrêter avant que la chance ne tourne. Ciao, Alba, si vediamo.

– Ne lui dis pas que je suis là. Ciao.

Théodora disparut au fond du Moonglow. Alba éclusa tranquillement son cuba libre. Elle n'aimait pas cet endroit. Tous ces types avaient des tronches sinistres. En fait, ce dont elle rêvait, c'était de retourner passer une nuit au Kingston avec Serge, de tirer sur un bon pétard de Jamaïcaine pure, de vider un ou deux bourbons, de danser toute la nuit avec Serge et avec d'autres belles pièces d'ébène, le tout entrecoupé de câlins sur le canapé défoncé. Ensuite, lent retour à la pagode dans la Cadillac décapotée. Ensuite...

Alba demeura dans le vague avec un sourire suspendu qui semblait fait pour durer un quart de siècle.

Le pipeur finit par sortir de la salle de jeu, les poches bourrées d'oseille. Il se balançait de droite à gauche en marchant pour laisser le temps à sa bedaine de prendre le cap. Il avait des cheveux courts frisés, une gueule d'empereur romain et un corps d'athlète tombé dans un trash compactor. Un parfait rectangle cent soixante centimètres sur quatre-vingts. Lui portait un costume vert foncé avec une cravate automne dénouée. Un petit regard vif et glacé. Tout pour déplaire.

Alba vida son verre, demanda à la barmaid de monter un tantinet les décibels et seule, elle se mit à danser pour oublier l'endroit. En trois déhanchements et un truc de derviche, elle devint la star du coin.

Le pipeur s'en bourra une. Il se commanda un quart champagne et fit des ronds dans l'espace, tranquille pendant que sa libido se mettait en route. Un mec de ce format, c'est comme une limousine, faut lui laisser le temps d'atteindre sa vitesse de croisière.

D'un lieu parfaitement conditionné Alba, en trois danses déchaînées, fit un bain turc. Tout à coup, elle eut l'idée de génie. Elle allait, tout en dansant, leur faire le coup du soutien-gorge. Dès que les limousines comprirent ce qui était en train de se passer, on se retrouva à Séville. Restait plus qu'à amuser le taureau en lui plaçant les banderilles.

Alba cessa de danser. Elle mit les tropiques dans sa démarche, commença la traversée du nuage anglais et balança dans la grosse paluche du pipeur son soutien-gorge de dentelle noire qu'elle tenait roulé en boule dans sa main. Le pipeur, aux anges et flatté, suivit Alba du regard jusqu'à ce qu'elle fût installée sur son tabouret où son voisin lui alluma une cigarette. Lentement, les yeux fermés, il porta le soutien-gorge d'Alba à son visage et respira le bouquet de fleurs folles qui lui était offert. Il lui fallut du temps pour récupérer. C'était si rare les gens qui savaient jouer. Et cette fille-là devait savoir très bien jouer. C'était pas le genre à faire son petit boulot tranquillement comme toutes ces nanas auxquelles on branchait une série télé dans le crâne. Ça, c'était du souple, du nerveux, coup de griffes et ronron assuré, ventre chaud, tétons d'acier, musique, rythme… Le pipeur n'arrêtait pas de rêver. Il commanda une bouteille de champagne, la fit livrer à une table et Alba qui avait tout pigé n'attendit pas qu'on vienne l'inviter, elle rejoignit la bouteille et la déboucha à la française chic, comme Serge le faisait, sans un bruit. Les Ricains étaient sciés. Ça faisait trop de choses en continu.

Le pipeur se dévissa de son tabouret de bar et approcha la table comme un chalutier qui rentre au port.

– Vous savez ronronner ? demanda le pipeur en prenant place près d'Alba.

– Les tigresses ne ronronnent pas.

Le pipeur eut un blanc. Lui qui avait la répartie facile restait coincé entre deux mondes.

Alba réalisa qu'elle lui avait fait un coup de maître zen.

Mais si elle le laissait explorer le vide, ça pouvait durer une heure. Alors elle servit le champagne.

Le pipeur comprit qu'avec une nana pareille, pour ce qui était de la conversation, il ne fallait pas essayer de sortir des sentiers battus.

Il ouvrit sa grosse paluche, regarda la dentelle noire.

– Je peux le garder ? Quel parfum... dit-il en relevant les yeux vers Alba.

– Ce n'est pas un parfum, c'est une lointaine image de mon odeur. Viens flairer la source mon bel Anglais, je te promets un direct Bagdad en tapis volant.

– Vous êtes merveilleuse, si inventive.

– Pure soie à points serrés. Viens fumer ton narguilé dans mes bras, je te raconterai pourquoi le génie n'est pas sorti de ma fiole.

– Combien ça va me coûter ?

– Tu aimes jouer ?

– J'adore ça.

– Écris sur un morceau de papier ce que tu veux payer. Ensuite tu me donnes le morceau de papier, je le regarde. Si tu as gagné, on part ensemble, si tu as perdu, je pars seule.

Le Pipeur tira quelques bouffées. Il chercha un morceau de papier mais ne trouva pas son stylo. Il retourna vers le bar, s'en fit prêter un. Il hésita cinq secondes et comme il voulait sentir l'odeur du paradis, il écrivit : 2 000 dollars. Théodora observait, fascinée par le manège. Elle se demanda où la gamine avait eu le temps d'apprendre tout ça.

Le pipeur tendit le papier plié à Alba.

– Je suis à toi. Allonge la verdure.

Le pipeur sortit une liasse de billets de cent dollars, en compta vingt qu'il mit discrètement dans la pogne d'Alba.

– On y va, dit-elle.

En passant devant Théodora, Alba, par une opération habile, se soulagea de mille dollars.

– Prends ça, Théo. Et merci.

– Tu es aussi belle qu'un fantasme. Reviens me voir.

Alba prit le pipeur par la main, ensemble, ils traversèrent le parking où la lune jouait sur les grands toits noirs. Il sortit ses clés, fit monter Alba, contourna la voiture et s'installa au volant.

– Au bord de l'océan ? Dans un motel ?

– J'aime les bagnoles tout cuir et vitres noires. Remontons la côte vers Malibu, on trouvera bien un coin tranquille.

– Quel âge as-tu ?

– Je ne réponds pas aux questions.

– Tu es une merveilleuse créature, tellement sexy…

Alba chercha une station de radio. Elle se trouvait très très bonne. La limousine filait sur la Pacific Coast Highway. Alba s'étira, glissa négligemment un bras entre les sièges, chercha un morceau de Serge auquel s'accrocher mais n'en trouva pas. Son cœur se mit à battre à double vitesse.

– C'est mon jour de chance, ce soir. J'ai tout ramassé, dit le pipeur.

– Quel genre de mec tu conduis, des stars de ciné, des rockers, des vieux bourrés d'oseille ?

– Pas du tout, je bosse pour un labo pharmaceutique. Des mecs aussi pâles que des aspirines. L'avantage, c'est qu'ils travaillent le jour et dorment la nuit, ce qui n'est pas souvent le cas dans notre métier.

Alba commençait à baliser. Elle n'était pas dans la bonne bagnole et manifestement Serge n'y était pas non plus, quant au pipeur, l'œil plus allumé qu'une centrale électrique, il furetait dans la nature pour dénicher un petit coin sombre.

– Il y a un autre chauffeur qui fume la pipe au Moonglow, il me semble…

– Un grand mec blond, on l'appelle l'Anglais, il fume ces tabacs dégueulasses inventés pour des tantes qui passent leur journée à potasser le journal dans leurs clubs de merde. Il s'appelle Peter. Il a un accent comme t'as jamais entendu. Ça devrait être interdit de déformer l'américain à ce point. Un mec super bizarre. Moi je fume du bon tabac américain dans des bonnes pipes américaines. Tiens, il serait temps d'y penser, on ne va pas remonter jusqu'en Alaska pour une petite baise, hein mignonne ?

– Si c'est une petite baise que tu veux, tu m'arrêtes ici, je te rends ton pognon et je rentre en taxi. Je suppose que tu n'as tout de même pas craché deux mille dollars pour t'en faire tailler une dans les bosquets, dit Alba agressive.

– Oh ! Oh ! te fâche pas poulette, c'était juste une manière de parler.

– Quand on tombe sur un lingot, on balance sa monnaie de cuivre. T'as vu le prélude ?

– Oui.

– Tu devrais comprendre qu'avec moi c'est de l'extraordinaire. Tu sais que j'ai des clients qui y ont goûté qui se suicident d'y revenir.

– Ils auraient mieux fait d'y revenir.

– C'est ça mon truc, personne ne peut y revenir. L'unique ne se réchauffe pas.

– Alors dis-moi ce que tu veux ?

– Je veux que tu sois docile, que tu fasses exactement ce que je dis, sans hésiter. C'est quelque chose dont tu te souviendras toute ta vie, mais il ne faut pas avoir peur.

– Écoute, beauté, si c'est un truc de dingue que tu me proposes, faut le dire tout de suite.

– On ne goûte aux grandes choses qu'en prenant de grands risques, Roberto.

Alba voyait le pipeur qui commençait à transpirer légèrement, dans sa tête devaient passer toutes les images de violence et de sadisme d'un *late night movie.*

– C'est dingue… dit le pipeur.

Alba respira profondément, ça se tassait, elle allait pouvoir le manœuvrer.

– C'est dingue… C'est mon jour de chance. C'est vraiment tout ce que j'aime. La violence raide comme une barre à mine. D'habitude elles comprennent pas, faut commencer à les étrangler pour qu'elles se secouent un peu mais toi, tu es si vive !

19

Gorodish, planqué dans la limousine de Peter, avait vu Alba et Roberto partir, mais il n'avait pu intervenir sans prendre le risque de tout foutre en l'air. Il ne pouvait laisser échapper cette chance de trouver très vite les quatre Sages. Il savait qu'Alba ne manquait pas de ressources et qu'elle se tirerait de là dès qu'elle aurait compris qu'elle était seule avec le chauffeur.

Un grand blond qui faisait des nuages sortit du Moonglow et se dirigea vers la limousine. Un son aigu, une pulsation régulière, l'accompagnaient dans le silence de la nuit. C'était un beeper. Serge entendit le chauffeur maugréer.

– Enculés, peuvent pas se mettre au pieu, comme tout le monde.

Il arrêta le beeper, monta dans la limousine.

Alba et le pipeur avaient fait demi-tour. Ils croisaient lentement le long d'Océan Avenue.

– Dis-moi ce que tu cherches, je pourrais peut-être t'aider.

– Le truc fou, l'improvisation… Roule encore… Ralentis… Arrête-toi là, sur le parking, ah ! c'est bien !

– Qu'est-ce qui passe dans ce truc ?

– Écoute-moi bien… Regarde-moi bien… On va commencer par un joli prélude… Tu restes au volant… Tu regardes… Quand tu n'en pourras plus, je disparais, j'entre là. Tu me suis et tu me baises, tu me laisses faire, personne ne s'en apercevra, on prendra notre pied au milieu de tous ces connards et on sera les seuls à le savoir, juste pour l'apéritif. Ensuite, je deviendrai *cattiva,* je sortirai mes griffes, on ira ailleurs et là, ça commencera vraiment. Tu as peur ?

– Juste ce qu'il faut pour que ce soit bon, mon ange.

– Je suis un hooligan !

– Vrai.

– J'ai peur, mais c'est si bon… Déjà entendu ça…

Alba reprit son soutien-gorge, le mit en deux temps trois mouvements. Elle sortit de la limousine et se coucha sur le capot chaud. En ondulant, elle se rapprocha du pare-brise derrière lequel le visage de Roberto semblait démesurément agrandi. Pour lui seul, Alba refit le coup du soutien-gorge dans un super-brise. Roberto était fasciné. Alba fit fondre son t-shirt, se caressa les seins dans la nuit puis les pressa contre le verre froid. Bon, comme ce n'était pas le moment de choper une pneumonie et que Roberto le cruel semblait mûr, Alba glissa du capot, remit son t-shirt, abandonna son soutien-gorge entre la limousine et le Paradis. Roberto la suivit, ramassa la relique.

– Pas un mot, les gars, vous ne me connaissez pas. Je suis suivie par un dangereux maniaque. Laissez-le faire et foutez-lui la main dessus au bon moment.

Alba s'installa au bar, commanda un milk-shake à la fraise. Roberto entra dans l'indifférence totale. Il fut excité par l'odeur de fauve qui régnait dans le Burger Paradise. Toutes ces montagnes de muscles sans femme, en train de se cuiter bêtement, de brailler, de raconter des conneries. La petite avait eu une idée géniale. Les gogos n'allaient y voir que du feu. Roberto était fou. Il se faufila entre les grands steaks chauds et s'installa à côté d'Alba. Il commanda une bière. Alba ne le regardait pas. Personne ne les regardait vraiment. Alba se tortilla un tout petit peu sur son tabouret en sirotant son milk-shake. Roberto n'en croyait pas ses yeux. Par le simple mouvement de ses hanches, Alba faisait glisser son slip. Roberto vit le passage de la dentelle noire sur les jambes blanches. À la fin du milk-shake, le slip fut sur le sol.

Il y eut quelques secondes de vide, Roberto fit tourner son tabouret, s'approcha d'Alba.

– Eh les gars, regardez un peu ce vieux salaud !

Roberto se sentit arraché du sol par élévateurs. Il poussa un cri rauque d'étonnement. Alba demeurait parfaitement impassible.

– Dis-leur, chérie, que ce n'est qu'un petit jeu ! hurla Roberto.

– Balancez-moi ce mec aux ordures ! répondit Alba d'une voix calme.

Dehors, il y eut un peu d'agitation.

Samy se marrait.

– Je me suis trompée de chauffeur, dit Alba.

– Ce sont des choses qui arrivent, dit Samy.

– Serge est avec le bon. Toujours pas de nouvelles.

– On attend. Le bus est prêt. Les battes aussi et personne n'a rien contre un petit match nocturne.

Peter sortit du parking, toujours aussi furieux. « Enfoirés d'aveugles ! Qu'est-ce qu'ils peuvent bien vouloir branler à cette heure ! Juste au moment où j'étais en train de me refaire ! Je te les collerais dans un trou à rats, ces cinglés ! »

Les pneus de la limousine crissèrent. Le moteur encaissa le coup de pied rageur que Peter venait de donner sur l'accélérateur et la bagnole entra sur l'autoroute à plus de cent quarante. Une glace teintée épaisse atténuait si bien les envolées lyriques de Peter que Serge était presque obligé de lire sur ses lèvres. Le chauffeur décrocha le téléphone, composa un numéro et dit :

– Trois minutes, madame.

Un autre numéro :

– Cinq minutes, monsieur.

Encore un :

– Neuf minutes, monsieur.

Le dernier :

– Quatorze minutes, madame.

Tout semblait réglé comme du papier à musique. Deux femmes, deux hommes, une urgence. Gorodish tenait le bon bout. Il remarqua un micro qui permettait de s'adresser au chauffeur. Il fallait décider d'une stratégie et vite.

Les athlètes remirent le chauffeur dans sa limousine avec le sentiment d'avoir fait correctement leur boulot de protecteurs. On n'avait pas une marraine comme Alba tous les jours, il fallait la garder.

Roberto tremblait de toutes ses tripes, il avait de la peine à faire passer le sélecteur de vitesse sur D. Un poing énorme traversa la vitre latérale et vint s'écraser sur son oreille.

– On a le numéro de ta caisse, ton adresse, ton numéro de Sécurité sociale. J'espère bien qu'on ne te rencontrera plus jamais ! lui hurla une voix dans ce qui lui restait de feuille de chou.

Ils respirèrent un bon coup, rentrèrent se faire faire un bisou par Alba, émue par l'enthousiasme de ses boys.

– Vous avez été merveilleux !

Serge était certain que le chauffeur allait réceptionner les Sages. Presque sûr qu'ensuite il se dirigerait vers la grande maison où se trouvait Lynn et le flaireur. Ce qu'il fallait, c'était prévenir Samy et les boys. Serge décida de jouer dur. Il s'installa confortablement sur le siège arrière. Il y avait un téléphone, il pensa qu'il ne pourrait pas l'utiliser sans qu'un voyant ne s'allume et ne trahisse sa présence dans le compartiment du chauffeur. Il mit ses lunettes noires et parla dans le micro, d'une voix douce, autoritaire :

– Avez-vous une cigarette ?

Le chauffeur se retourna, les yeux exorbités, la bouche ouverte, le visage filtré par la glace noire. Il bloqua, s'arrêta sur la bande d'arrêt d'urgence et Serge se trouva en face d'un pétard qui n'avait rien de jamaïcain. L'Anglais ne rigolait pas.

– Qu'est-ce que vous foutez là ? siffla le chauffeur entre ses dents.

Serge, calme, détendu, souriant, lui dit :

– Je suis le grand transmetteur. Vous parlez mal de vos employeurs, mais vos réactions sont rapides, ce qui est un bon point. J'espère pouvoir vous garder dans les nouvelles structures du centre.

Confus, comme seul un Anglais peut l'être, pâle avec des petits îlots violets, le chauffeur rangea son arme et revint avec un paquet de cigarettes.

– Pardonnez-moi, monsieur, il y a beaucoup de tensions en ce moment.

– Le nouveau Sphynx va faire régner l'ordre. Les structures vont changer. Je viens de passer les sept jours prescrits avec le Sphynx qui m'a sacré grand transmetteur. L'ordre désormais passera par mes lèvres car j'ai répondu à l'unique question du Sphynx. Les irrégularités seront punies, les excès sanctionnés sévèrement.

Le chauffeur alluma la cigarette de Serge.

– L'ancien ordre est révolu. Les Sages seront destitués cette nuit-même. Tout viendra du Sphynx.

Le chauffeur referma la porte doucement et reprit sa place.

– Je passe quand même les prendre ?

– Oui, mais vous me déposez d'abord à la grande maison où je les attendrai. Vous resterez en bas. Vous serez le premier à voir le Sphynx.

– J'espère que vous oublierez…

– Vous êtes intelligent, vif. J'augmenterai vos gages. Vous serez mon chauffeur personnel. Nous allons entrer dans une période faste.

Serge le laissa rouler, puis composa le numéro du Burger Paradise. Il fut soulagé d'entendre la voix d'Alba qui dit simplement :

– Paradise…

– Alba, tu es là ?

– Je n'allais pas passer ma vie avec ce vilain type.

– Tout le monde en quatrième vitesse à la grande maison. Attendez qu'on m'y dépose et que la limousine s'éloigne. Tous dans le bus et pas de bavures !

Le chauffeur arriva devant la maison. Il vint ouvrir la portière à Serge.

– Voulez-vous que je vous conduise ?

– Non, faites ce que vous devez faire et n'oubliez pas qu'ils ne connaissent pas encore leur sort.

– Je serai discret, monsieur.

Gorodish lui fit un signe de la main et monta vers la maison à pas lents, comme un aveugle. La limousine disparut et tout à coup, surgirent de la nuit des glorieux boys de WONDERFUL PINK AEROPLANES habillés comme pour un grand match, t-shirt de soie rouge et tout le tralala. Beaux comme des nouveaux dieux avec leur bâton cosmique. Au milieu d'eux, la déesse, l'aveugle, l'ami troublant pour la femme qu'il aime.

– On y va les enfants, dit Serge en trafiquant la serrure de la porte d'entrée.

Deux mille kilos qui grimpent un escalier vermoulu, ça fait forcément du bruit. Le flaireur, toujours dans son costume gris, bondit dans la cage de l'escalier. Il avait entendu toutes sortes de sons dans sa vie, mais ceux-là, jamais. Il pensa aux monstres de la préhistoire, puis quelque chose lui chatouilla les narines : c'était cette bonne vieille odeur de concombres à la saumure. Le flaireur fut victime d'une hallucination. C'était le Paradise Burger, tout le bâtiment qui, mu par une force de l'au-delà, montait les marches pour le hamburgeriser. Comme il ne voulait pas finir dans un bun, il actionna sa canne épée. La lame jaillit. Le Paradise Burger montait toujours vers lui, s'approchait. Il entendait une sorte de lourde respiration animale. Tout à coup, sa lame de Tolède se retrouva fichée dans le bois d'une batte bien balancée.

– Je ne veux pas devenir un burger ! hurla le flaireur.

On lui ferma la bouche. Il sentait plein de corps chauds autour de lui, des corps géants, comme si le monstre était en train de l'avaler. Il poussa de petits cris étouffés par le bâillon. Samy, Serge, Alba et Jason filèrent visiter toutes les pièces. Ils trouvèrent Lynn sur un matelas, menottée à un radiateur. Elle était couverte d'ecchymoses. Elle éclata en sanglots dans les bras de son frère et de Samy.

– Qui c'est ? hurla Samy.

– C'est cette ordure ! dit-elle en désignant le flaireur. Laissez-le-moi ! Laissez-le-moi ! dit-elle comme une démente pendant que Gorodish fouillait les poches du flaireur, trouvait les clés des menottes et libérait Lynn.

Serge, comme tout le monde, avait envie de brûler l'aveugle, mais les Sages n'allaient pas tarder à se pointer et il tenait à la mise en scène. Il leur ferait toucher le nouveau Sphynx. Il appela un boy, lui fila du pognon et lui dit : tu as sept minutes pour me rapporter de la peinture dorée hypoallergique. Rayon de fournitures pour artiste, dans le grand supermarché du coin. Cinq bombes. Magne-toi !

Pendant qu'Alba trouvait de quoi habiller Lynn, Serge commençait la mise en scène.

– Gardez-moi l'aveugle au frais, Lynn s'en occupera plus tard. Tous dans la grande pièce !

Serge installa les athlètes comme des potiches, en demi-cercle. C'était une explosion de rouge. Il mit la table au milieu de la pièce, appela sa muse, l'embrassa tendrement et la mit debout sur la table.

– Tu vas être le Sphynx, mon amour. Pas pour longtemps, juste le temps d'en finir avec ces ordures et de commencer quelque chose de nouveau à Las Vegas. Il faut que tu sois prête pour faire ton entrée.

– Je veux bien être le Sphynx, mais pour toi seul, si tu réponds à une seule question ?

– Vas-y...

– Qu'est-ce que c'est que l'amour ?

– Toi et moi, dit Serge.

– Je suis ton Sphynx. Alors, cette peinture !

Le musclé fit son arrivée en trombe. Serge referma la porte d'entrée. Ils éteignirent les lumières, coincèrent le flaireur entre deux « avions », Lynn cessa de pleurer, car à la lueur de la bougie, elle voyait Alba, nue, debout sur la table, qui se transformait en déesse, en Sphynx, sous la minutieuse peinture de Serge.

– Tu aurais pu attendre pour me peindre, de toute façon ils ne verront rien.

– C'est pour le toucher, l'or n'a pas la consistance de la peau et ces mecs, ce qu'ils aiment, c'est l'or.

– Tu es perfectionniste.

Les boys avaient de jeunes regards mystiques, personne n'avait eu besoin de demander le silence.

La limousine s'arrêta, deux ou trois flingues se pointèrent

vers la porte. C'était à eux de choisir : la douceur ou le hachis parmentier. Quatre pas légers se mirent à gravir les marches. Les bribes d'une conversation fusaient, celles que les hommes d'affaires échangent dans les couloirs de leur compagnie, nulle tension, nulle appréhension. L'une des Sages émit un petit rire sec. Ils se rapprochaient tranquillement de la grande salle.

La porte s'ouvrit, les quatre Sages eurent un mouvement de recul très violent, des mains plongèrent sous les vêtements, mais Gorodish avait le shotgun et les mouvements se perdirent, transformant les quatre Sages en curieux Napoléon. Deux boys les désarmèrent et les fouillèrent.

Gorodish, Alba et Samy étaient ébahis par leur découverte : Les Sages n'étaient pas aveugles. Serge s'en était aperçu dès la première seconde.

– Vous vouliez un Sphynx, le voici, dit Serge, menaçant.

Les yeux exorbités des Sages ne savaient où se fixer, sur le Sphynx, les athlètes de l'équipe, ou le regard de Gorodish dans lequel ils lisaient de la haine et du mépris.

L'homme le plus âgé trouva assez de salive pour articuler :

– Que voulez-vous ?

Serge, dégoûté, ne répondit pas.

Les minutes passèrent. Il n'y eut pas un mot, chacun faisait son parcours intérieur, rêvait de ses vengeances ou cherchait à penser à autre chose.

Gorodish se leva, il enveloppa son Sphynx dans un grand châle de laine bleu nuit, il le fit descendre de la table.

– Tous au grand centre, à Vegas. Alba et moi montons dans la limousine avec eux, Samy, Jason, Lynn et les boys, vous prenez le bus, vous passez au Moonglow à Culver City, récupérez la Lincoln et vous vous arrêtez chez Perkins, vous l'embarquez ainsi qu'Alice et votre ami. Nous vous suivons jusque-là, ensuite, nous ouvrons le cortège vers Las Vegas.

20

Le cortège filait à travers le désert. Les Sages étaient serrés sur le siège arrière, face à eux, Serge et Alba, sur les sièges repliables.

– Réfléchissez encore, il doit y avoir un moyen de nous arranger. Vous ne pouvez maîtriser seul tous les problèmes du centre, dit l'un des Sages.

– Encore un essai de ce genre et je vous loge à chacun une balle dans l'œil gauche. Si vous avez envie de parler, je peux vous poser quelques questions.

– Pourquoi est-ce qu'on ne s'arrête pas, demanda Alba, je ferais bien un carton au shotgun. Je suis certaine d'avoir progressé.

– Si un juge file trente jours à un jeteur de papiers comme moi, sur l'encouragement de ces dames et de ces messieurs, tu risquerais au moins trois jours pour ce quarté.

– C'est vrai, c'est trop !

Par la fenêtre arrière de la Cadillac, Serge voyait la Lincoln et le bus. Il imaginait l'entrée de tout ce beau monde au centre.

– Combien de membres de l'escouade au centre ?

– Douze.

– Où sont-ils postés ?

– Deux gardiens à l'entrée. Les autres peuvent être n'importe où. Toutes les tâches de surveillance leur incombent. Il y a toujours une permanence au centre vidéo duquel on contrôle les abords immédiats de la propriété et l'intérieur à part la maison que nous habitons, près de la piscine.

– Quand allez-vous au centre et pour quelles raisons ?

– Pour les cérémonies, trois fois par mois. Nous y restons en général quatre ou cinq jours.

– Comment se passent les cérémonies ?

– Tout le monde est réuni au temple. Le Sphynx reçoit des offrandes. Les plus méritants s'en approchent, lui effleurent les pieds. Le Sphynx se tient debout sur un socle d'or et communique nos ordres à la communauté.

– Vous n'agissez jamais directement ?

– Si, pour les affaires courantes. Mais c'est par le Sphynx que nous communiquons les grandes lignes de notre action lors des séances « d'adoration ».

– Quand vous dites que tout le monde y participe, il n'y a pas d'exceptions ?

– Les gardiens de la grande porte restent à leur poste ainsi que le surveillant du système vidéo.

– Et les blanchis.

Aucun des quatre Sages ne répondit immédiatement. Serge se fit menaçant.

– Alors ?

– Les blanchis ne quittent jamais leurs quartiers, dans les sous-sols.

– Comment se passent vos arrivées, en général ?

– Nous communiquons notre programme avant d'arriver. Nous commençons toujours par la séance « d'adoration » appelée parfois « grande réunion » pour les cas exceptionnels.

– Comment avez-vous présenté le suicide du Sphynx ?

– Une mort naturelle dont la cause a été attribuée au manque de discipline des membres.

– Depuis combien de temps attendent-ils le nouveau Sphynx ?

– Un peu plus d'un mois.

– Les membres de l'escouade entrent-ils dans le temple avec leurs armes ?

– Oui.

– Quel genre d'armes ?

– Des pistolets à air comprimé qui permettent de tirer des fléchettes paralysantes à effet immédiat.

– Combien de temps dure l'effet ?

– Six heures environ. Cela dépend du poids des sujets.

– Pas d'autres armes ?

– Non.

Serge alluma une Camel. Une Bugatti tournait sur le circuit de ses deux hémisphères.

– Est-ce que des étrangers pénètrent parfois au centre ?

– À l'occasion de concerts ou de pièces de théâtre.

– Y a-t-il des membres qui aient une condition particulière ?

– Les retraités de classe A, principalement. Les visiteurs qui viennent soit pour suivre une formation spéciale, soit pour se reposer lorsque nous l'estimons nécessaire. Ils vivent dans des appartements plus confortables, le service et la nourriture sont de qualité, un peu comme dans un grand hôtel. Les retraités de classe B et C vivent plus modestement.

– Tout le monde connaît-il l'existence des « blanchis » ?

– Oui. Nous laissons courir des bruits. C'est un bon ferment pour la discipline.

– Je vois, dit Serge en écrasant rageusement sa cigarette. Lorsqu'il y a un changement de politique, quelqu'un en est-il informé autrement que par le Sphynx ?

– Non, tout est transmis par le Sphynx. Ensuite, bien sûr, les informations sont passées aux membres qui ne résident pas au grand centre. C'est alors nous-mêmes qui nous en chargeons.

– Combien de personnes au grand centre ?

– Trois mille cinq cents.

– Jamais de problèmes avec la justice ?

– Nous sommes une fondation très respectée.

– Pas d'incidents ?

– Une seule fois. Un journaliste. Il avait quelques soupçons. Nous l'avons invité. Il est reparti avec un article très élogieux. L'informateur a été retrouvé. Tout est rentré dans l'ordre. L'ordre est…

– Pas de discours, des faits ! coupa Gorodish.

– J'ai sommeil, dit Alba.

– On va s'arrêter. Passe devant. Je te réveillerai juste avant d'arriver. Il faut que je continue cette intéressante conversation. Le chauffeur s'appelle Peter.

– Je peux lui parler ?

– Non. Tu es le Sphynx.

– Ah ! C'est vrai ! Mais je peux lui poser une question ?

– Si tu veux.

Peter n'en croyait pas ses yeux. Emmitouflé dans une couverture, c'était bien le Sphynx qui se trouvait à son côté. Il lui jetait parfois un coup d'œil à la dérobée. Alba lui souriait. Elle n'avait jamais pu être raide avec le bas peuple.

– Où se trouve l'âme d'une Cadillac ? demanda le Sphynx.

Peter devint écarlate. Ses mains tremblaient sur le volant. Il avait peur de ne pas savoir répondre. Les réponses possibles se bousculaient dans sa tête.

– Entre… la… la… peinture… et la carrosserie…

Alba lui sourit en faisant un signe d'assentiment. Peter démarra sur un tapis volant. Obscurément, il savait qu'il n'avait plus rien à craindre. Alba s'endormit comme un bébé.

Lorsque sa respiration fut profonde et régulière, Peter lui frôla le pied droit et s'en sentit tout illuminé.

Serge avait besoin d'une petite conférence au sommet. Il confia les Sages à la surveillance de Samy, laissa dormir Alba et fit passer Perkins et le jeune baise-balleur dans le bus. Il lui fallut une bonne demi-heure pour communiquer les données les plus importantes à la merveilleuse Alice.

– Il y a deux solutions : convoquer la presse et les flics ou les laisser se débrouiller. La lenteur de l'administration fera le reste et les aveugles n'y gagneront pas grand-chose. L'affaire est bien gérée et regorge de possibilités. Ce qu'il faudrait, c'est que les aveugles en profitent réellement.

– Tu as envie de faire sauter le couvercle ? demanda Alice.

– C'est ce qu'il y a de plus simple. Je ne me sens pas vraiment l'âme d'un bienfaiteur de l'humanité, dit Serge. Je n'ai pas envie de rendre la justice, mais en même temps, j'effacerai volontiers les Sages et le flaireur.

– Plein de contradictions... Je pense que tu as aussi envie de tirer un peu de fric de tout ça...

– Assurer l'extraordinaire, c'est un de nos principes de base avec Alba. Le Sphynx use d'un charmant petit socle. Trois mille cinq cents kilos d'or. C'est pas mal, non ?

– Lourd. Comment vas-tu l'emporter ?

– Je n'ai pas encore eu le temps d'y penser. Le centre possède une banque. Je pourrai tout bêtement laisser le magot aux bons soins des aveugles.

– En fait, dit Alice, pleine de mélancolie, tu ne penses qu'à un truc, c'est à jouer au gros Anaconda avec Alba.

– C'est vrai.

– Commençons par prendre le pouvoir, nous verrons après ce que nous en faisons.

– D'accord. J'ai comme l'impression que tu as envie de te farcir le gâteau.

– D'accord. Causons un peu stratégie, jeune homme.

– Il faut tout mettre en place pour la grande réunion et faire donner des ordres à nos lascars pour que notre arrivée soit bien préparée.

– On fait entrer les Wonderful Pink Areoplanes ?

– Ça les changera de la musique et du théâtre. Et puis il

nous faut une force de frappe si jamais l'escouade manquait de docilité.

– Il faut leur faire le coup du Sphynx.

– On est là pour ça, beauté.

Construit comme un palais mauresque enfermant une oasis de verdure, le grand centre aurait pu ressembler à un complexe hôtelier de luxe. Seule différence, aucune ouverture sur l'extérieur mais cela avait l'air d'un concept architectural plus que d'un système de sécurité. Les curieux étaient prévenus : *propriété privée, défense d'entrer.* Le portail électronique que deux membres de l'escouade commandaient d'une cabine vitrée s'ouvrit dès qu'ils virent la limousine se profiler à l'horizon. Le message avait été bien reçu. La Cadillac, le bus, la Lincoln une fois entrés, le sésame se referma. On sentait qu'il y avait de l'agitation dans les lieux, tout le monde préparait la grande réunion prévue pour le soir même.

Les bâtiments, sur trois étages et un kilomètre carré, simples et blancs, entouraient un merveilleux jardin dominé par des palmiers. Cascades, rivières, ponts japonais, orgie de fleurs, piscine à vagues artificielles, bungalows et la très belle villa des Sages construite dans le plus pur style sudiste, entourée d'un petit Niagara de bougainvillées. C'est vers elle que les véhicules se dirigeaient. Tout ce beau monde entra dans la villa.

– Ça ressemble au paradis, dit Alba. Luxe, mais triste. Je préfère dix mille fois la pagode.

– Moi aussi, dit Serge.

Les Sages filaient doux. Ils avaient compris que Gorodish n'était pas prêt à leur offrir des loukoums.

– On peut aller piquer une tête, chef? demanda l'un des boys à Serge.

– On règle d'abord les choses importantes, ensuite, pas de problème.

Le salon de la villa était comme un hall d'hôtel. Chacun pouvait se trouver une place sur un canapé ou un fauteuil. Tout était bleu, de la moquette au plafond. De grandes ouvertures vitrées donnaient sur les jardins et la piscine. On voyait passer des petites voitures électriques qui transportaient sans bruit les aveugles d'un point à un autre. Deux larbins aveugles attendaient les ordres, le Sphynx décida : jus de mangue pour tout le monde. Serge et Alice auraient préféré un bourbon mais il fallait garder l'esprit clair.

Serge n'avait même plus besoin de menacer les Sages dociles.

– On commence par l'escouade. Après on sera peinards. Réunion de tous les membres ici, immédiatement. Prétexte : organisation de la sécurité.

Il y avait des téléphones partout. L'un des Sages convoqua les vilains. Gorodish lui avait dit comment présenter les choses. Les boys étaient prêts à jouer du muscle en cas de pépin.

Serge avait demandé à Alba de s'installer sur la table basse du salon. C'est elle qui allait officier.

Les douze membres de l'escouade entrèrent respectueusement. Dès qu'ils virent le nouveau Sphynx, ils s'aplatirent dans la béatitude. Des tronches bien lessivées mais soigneusement choisies pour leurs émanations négatives.

L'un des Sages apprivoisé leur envoya le signal :

– Nous entrons dans une nouvelle ère. Ainsi en a décidé le Sphynx. Déposez vos armes. Prosternez-vous devant le Sphynx quc vous êtes les premiers à découvrir.

Les lascars se défirent de leurs petits engins anesthésiants.

– Aux pieds du Sphynx. Adoration ! rugit un autre Sage.

Gorodish et Alice, sans se presser, ramassèrent chacun deux armes. Ils se mirent à tirer. Gorodish allait passer à sa quatrième cible lorsqu'il réalisa qu'Alice avait terminé la file. Les douze momies gisaient comme dans une pyramide. Alba, qui n'avait pas encore tout à fait pris possession de son rôle de divinité, se marrait franchement. Elle descendit de son socle, s'approcha des armes, en saisit une et demanda, avec son plus beau sourire :

– Une sieste pour les vilains, ça me ferait si plaisir.

Les Sages se raidirent sur leur fauteuil : le flaireur esquissa un pas de deux avec l'un des boys.

– Attendez ! cria l'un des Sages.

– Vas-y chérie, dit calmement Gorodish.

Gorodish morphéeisa le flaireur puis les deux messieurs, sans rater sa cible, ce fut ensuite le tour de l'une de ces dames. Restait la plus jeune.

– Ne tirez pas, dit-elle.

– Pourquoi ? demanda Serge.

– Il y a dans la composition chimique du liquide un poison utilisé pour détruire la personnalité.

– Intéressant. Bon, on va garder vos facultés, nous aurons certainement besoin de longs entretiens pour réorganiser le centre.

– Je coopérerai.

– C'est très aimable à vous, dit Serge en lui balançant son poing dans la gueule.

Elle glissa dans son fauteuil, K.O.

– Au moins, ça n'attaque pas les cellules. Partageons-nous les endormeurs et allons visiter. On va ranger ce vilain monde dans les sous-sols et sortir les blanchis. J'espère qu'ils peuvent encore avoir envie de quelque chose. Allez chercher des voitures, les boys.

– Je peux venir ? demanda Alba.

– En principe, il n'y a plus personne pour te voir.

– On peut avoir besoin de cette garce. Il y a peut-être des codes d'accès aux divers bâtiments. Pas la peine de déclencher la panique.

– C'est vrai, dit Serge.

– Je la réveille.

Alice lui balança cinq gifles et lui versa un verre de jus de mangue sur le visage. La Sagette ouvrit les yeux.

– Debout ma petite, on part visiter.

Les voitures électriques attendaient. Lynn roulait une pelle à Samy. Jason était surexcité. Peter souriait. Cela faisait plus de douze ans que ces quatre fantômes détruisaient ses jours et ses nuits. Il aimait beaucoup le style franc de ses nouveaux maîtres. Au moins, on savait à quoi s'en tenir. Les boys chargèrent la marchandise. La Sagette fut placée entre Serge et Alice.

– Alors, joli cœur, les blanchis, pour commencer ! dit Serge d'un ton sucre vanillé.

– Vous prenez l'allée centrale jusqu'à l'angle du bâtiment. C'est la clinique du centre.

– D'autres voyants dans le centre ?

– Non. Nous faisons parfois appel à des chirurgiens de l'extérieur pour les choses extrêmement délicates mais nos chirurgiens sont capables de faire eux-mêmes la plupart des opérations.

– Un psychiatre ? demanda Alice.

– Oui.
– C'est lui qui met au point le cocktail des blanchis ?
– Oui.
– Le procédé est-il irréversible ?
– Je n'en ai aucune idée. Je suis banquière de formation.
– Vous avez une idée du cours de l'or ? demanda Gorodish.
– 15 794 dollars le kilo.

Ils s'arrêtèrent devant la clinique. Propre. Parfaitement montrable.

– Appelez le psychiatre, dit Alice à la Sagette qui transmit.

Chaque morphéeisé était porté par un boy.

Le psy se pointa sérieux.

– Le nouveau Sphynx est parmi nous. L'orientation change, voici deux nouveaux Sages, dit la Sagette en présentant Alice et Serge.

– On y va.

Ascenceur. Code pour étage ne figurant pas sur le tableau. Sous-sol. La porte s'ouvre. Nouvelle porte, nouveau code. Un immense couloir. Trois infirmiers costauds. Les chambres en enfilade dans un long couloir baigné d'une lumière crue. Un légume dans chaque piaule. Hommes et femmes de tous âges. À la visite de la troisième chambre, Alba morphéeisa les infirmiers. Quelques blanchis parlaient, répondaient plus ou moins aux questions qu'on leur posait. Deux boys tombèrent dans les pommes, un troisième vomit. Chaque « chambre » avait un cabinet de toilette, un pieu, un fauteuil.

– Combien y en a-t-il ?
– Cinquante-trois, répondit le psy.
– Peut-on rétablir leurs facultés ?
– Je n'ai pas fait de recherches en ce sens mais il faut une injection par semaine pour les maintenir dans la sérénité. Il se peut qu'après un sevrage assez long une partie de leurs facultés réapparaissent. Je pourrais également leur injecter certains produits qui amélioreraient leur rétablissement.

Gorodish avait envie de crucifier le psy. Alba d'apporter les clous.

– Transférez ces hommes et ces femmes dans les chambres les plus luxueuses du centre. Vous avez trois heures pour nous présenter vos suggestions. Qu'elles soient efficaces et rapides, dit Alice.

Après avoir repris un bol d'air, ils visitèrent le reste du

centre. Les résidences, les lieux de retraites A, B et C. L'école, l'université, les ateliers, la bibliothèque, la phonothèque. Les cantines, les restos, les magasins, les entrepôts.

– On se croirait sur un campus. Il y a tout, dit Alba.

– Peut-on téléphoner à l'extérieur ?

– Toute communication extérieure est filtrée par le service de sécurité, répondit la Sagette.

– Combien de standardistes ?

– Trois.

– Donnez-leur l'ordre de suspendre les communications avec l'extérieur. En cas d'urgence, qu'elles nous appellent à la villa.

Ils s'arrêtèrent dans un bureau. La Sagette transmit l'ordre de Serge.

– Des livraisons prévues ?

– Elles n'ont lieu qu'entre huit et dix heures.

– J'aimerais bien voir mon domaine, dit Alba.

– C'est vrai, montrez-nous le temple.

– C'est le bâtiment que vous voyez là-bas, avec les colonnes noir et or. C'est l'entrée principale. Il faut passer au centre de surveillance vidéo pour l'ouverture de la porte.

Serge regarda sa montre.

– Il nous reste cinq petites heures avant la grande réunion. Si on se gardait la surprise pour tout à l'heure ? Il faut encore que nous décidions du contenu de la déclaration du Sphynx, de la mise en scène et on pourrait peut-être trouver quinze secondes pour dormir.

– Pour un câlin, rectifia le Sphynx.

– Je manque tellement de sommeil que j'ai l'impression d'être un avion.

– Je serai ton pilote.

– Les boys, vous faites ce que vous voulez, mais vous vous démerdez pour ne pas quitter notre guide une seconde. Au moindre signe bizarre, vous lui balancez un coup de batte dans la gueule.

– On peut se baigner à poil, patron ?

– Veillez à ce qu'il n'y ait pas de piranhas dans la piscine.

Le petit groupe de visiteurs se divisa.

– Combien de chambres dans la villa ?

– Douze.

Alba, Serge, Alice et Jason abandonnèrent les voitures électriques et marchèrent jusqu'à la villa.

– Alors, Alice toujours décidée à te mettre tout ça sur le dos ?

– Avec l'aide de Jason, oui.

– Jason ? interrogea Serge.

– On peut faire un grand truc. Cleaner tout ça progressivement, dit Jason.

– Allons dans le salon bleu et décidons ce qu'on va servir comme Sphynx-delight, dit Alba.

21

Soudain, le Grand Centre se transforma en fourmilière. La Sagette avait été morphéeisée par les bons soins d'Alice. Les aveugles, sortis de partout, se dirigeaient vers l'entrée du temple. Les petites voitures électriques ne cessaient de faire des allées et venues. Il y avait des gens de tous âges, mais une proportion plus importante de jeunes gens. Chacun avait abandonné sa tâche. La plupart étaient tirés à quatre épingles et l'on sentait une fièvre générale qui semblait gagner même les palmiers.

Lorsqu'il n'y eut plus un souffle, plus une ombre, que le psychiatre tremblant eut présenté un plan acceptable pour tenter de ramener les blanchis à la vie et que les malades eurent à leur tour rejoint le temple, Alba, concentrée, plus belle qu'une pépite dans la main d'un chercheur d'or, traversa les jardins accompagnée de Serge, d'Alice et de Jason. Elle avançait avec grâce et légèreté, lointaine, dans son rôle de divinité flamboyante.

Les portes du temple étaient grandes ouvertes. Le Sphynx monta les marches et découvrit l'immense amphithéâtre blanc sur les marches duquel étaient assis trois mille cinq cents aveugles. Le silence était absolu. Chaque membre écoutait le bruit infime des pieds nus d'Alba sur le marbre.

Au centre du temple, le socle d'or. Alba avait l'impression qu'un piano l'attendait sur la scène de Carnegie Hall. Son cœur battait comme au plus fort de la tempête de sable. Elle se tourna vers Serge qui lui envoya quelques rayons magiques. Alba monta sur le socle d'or massif, respira profondément, centre de toutes les attentions. Elle remarqua tout de suite que les aveugles respiraient au même rythme qu'elle. Un courant très puissant s'établissait. Serge et Alice, fascinés, jouissaient démesurément du sens supplémentaire qu'ils possédaient.

Les minutes passaient. Alba ne se décidait toujours pas à prendre la parole. D'habitude, les méritants autorisés, rassemblés dans les premiers rangs, se levaient, déposaient des fleurs, adoraient le Sphynx en lui effleurant les pieds.

Tout à coup, Alba descendit de son socle, se dirigea vers les gradins et monta l'escalier qui la conduisit au dernier rang. Une rumeur d'étonnement traversait l'auditoire qui suivait chaque pas du Sphynx.

Rangée après rangée, Alba passait devant les aveugles, lentement, touchant les visages et les corps les uns après les autres. Certaines mains timides l'effleuraient, d'autres demeuraient immobiles, à plat sur les genoux. Alba les prenait alors et les portait sur elle. Un extraordinaire bourdonnement, un son rauque, sourd, étonné venait de la foule. Parfois une voix plus claire s'élevait au-dessus des autres. Quelques cris doux et joyeux, un rire ému. Les aveugles ne comprenaient pas que personne ne les rappelle à l'ordre, que la voix dure et cassante de l'un des Sages ou celles encore plus terribles des membres de l'escouade ne viennent limiter leur enthousiasme.

Plus Alba descendait dans les gradins, plus l'émotion se libérait chez les pensionnaires du Centre. Les Wonderful Pink Aeroplanes, sagement assis dans un coin étaient sidérés. Perçus au début comme une présence étrangère et menaçante, ils étaient peu à peu acceptés par les aveugles. Alba embrassait parfois un homme ou une femme, serrait certains dans ses bras, courait parfois entre deux rangées, les mains rejetées vers l'arrière, comme des ailes dont les extrémités touchaient les corps.

Lorsque après plus d'une heure Alba revint au centre du temple, elle ne remonta pas sur le socle d'or, l'immense clameur qui montait des gradins s'apaisa. Le silence revint mais il était différent. Ce n'était plus un silence de fanatisme et de peur mais un silence léger, caressant comme le corps du Sphynx.

– Je m'appelle Alba. On m'avait choisie pour devenir le

Sphynx, pour que tout continue comme avant dans la terreur et le mépris de ce que vous êtes. Mais ceux qui exerçaient leur pouvoir sur vous se sont trompés. Ils ont choisi quelqu'un qui désire continuer à être Alba. Ils ont choisi d'affronter un homme magique qui est là, ils ont tenté de réduire au silence Jason qui a eu le courage de se révolter contre la puissance du centre et de me sauver et puis il y a eu Alice qui a mis le paquet et les boys de l'équipe de base-ball Wonderful Pink Aeroplanes qui ont joué du muscle pour nous permettre d'entrer dans le centre. Finis les recyclages, finis les blanchis, finie la dictature des Sages et de l'escouade. Vous êtes libres d'entrer ou de sortir, de rester avec nous pour tenter d'organiser un centre nouveau dont vous ferez ce que vous voudrez !

Les aveugles, pris entre le désir de crier leur joie et celui d'entendre ce qu'Alba voulait encore leur dire se contenaient mais certains cris d'enthousiasme fusaient ça et là.

– On va faire une grande fête ! Toute la nuit ! Nous voulons parler à chacun de vous, Serge, Alice, Jason et moi. Le centre vous appartient, décidez ce que vous voulez en faire, comment vous désirez le transformer et utiliser vos immenses ressources. Nous allons passer la nuit autour de la piscine. Vous n'avez plus rien à craindre ! Vous êtes libres !

Pendant plus de vingt-cinq minutes, les aveugles libérèrent leur joie, ils embrassaient Alba, Serge, Jason, Alice et dans la foulée les sportifs vaguement inquiets pour celle qu'ils comptaient bien garder comme divinité, le terme de marraine leur paraissant tout à coup horriblement terre à terre pour une fille comme Alba.

Le temple se vida dans le délire. Chacun fonçait à son poste pour préparer cette nuit inoubliable. Quelques vilains à la conscience trop sombre furent rattrapés avant qu'ils ne franchissent le portail. Ils ne furent pas massacrés mais simplement enfermés en attendant qu'on décide de leur sort.

Serge fit venir un orchestre qui terminait un engagement dans l'un des casinos de Las Vegas. Les cuistots s'éclatèrent. Le parc se transforma en gigantesque aire de pique-nique. On dansait, on nageait, on cherchait Alba, Serge, Jason et Alice qui écoutaient inlassablement ce que chacun voulait bien leur dire. Alba plongea dans la piscine où elle perdit peu à peu son or, redevenant plus divine que jamais. Ensuite, elle passa un jean et un t-shirt et se remit avec enthousiasme à parler à tous ceux qui l'approchaient. Elle n'eut pas le temps d'embrasser Serge avant l'aube. Presque tous étaient restés à l'extérieur, dans la tiédeur de la nuit, participant à l'immense délire de revivre enfin.

Pendant les trois jours qui suivirent, le temple servit de lieu de réunion. Serge et Alice dormirent très peu. Alice n'arrêtait pas de proposer des idées, Jason faisait des apparitions remarquées, Alba relançait l'enthousiasme avec un art diabolique, Serge, de son côté, s'occupait de la stratégie d'ensemble pour amener toutes les personnes qui dépendaient du centre à participer au renouveau. Des voitures ne cessaient d'arriver de Los Angeles. Toutes les mesures d'urgence se prenaient au temple, à main levée.

Le matin du quatrième jour, Alba, songeuse, buvait une grande tasse de chocolat après avoir piqué une tête dans la piscine. Serge était sur la terrasse où il recevait les remerciements confus de Peter qui le mettait en même temps au parfum de toutes les ramifications du groupe à Los Angeles. Peter avait décidé de rester au service du centre. Il n'osait pas encore adresser la parole à Alba qu'il voyait encore toute dorée. Elle vint s'asseoir avec eux.

– Bonjour mademoiselle, fit Peter respectueux.

– Salut, Peter. Tu sais, ton truc de l'âme qui se trouve entre la peinture et la carosserie, c'était pas con.

– Mademoiselle est trop aimable.

– Tout le monde m'appelle Alba, au centre.

– Si mademoiselle me permet, je continuerai à l'appeler mademoiselle.

– Pour quelqu'un qui m'a vue à poil, c'est très classe.

Alba et Serge se retrouvèrent seuls, dans les bras l'un de l'autre.

– Il y a une furieuse activité, ici. Tu sais ce que je voudrais ?

– Retourner à la pagode et faire un cent mille volts géant.

– Pas du tout, ça, c'est ton fantasme. Moi je fais la grève des câlins. Je veux qu'on prenne le socle d'or et qu'on se tire.

Serge prit Alba sur ses genoux.

– On ne peut pas faire ça.

Alba se mit à rire comme une folle.

– Je voulais juste voir si tu étais vraiment pourri... On rentre en avion ? Ils peuvent très bien se débrouiller sans nous.

– Et pour le cent mille volts ?

– Il va falloir que tu me fasses une cour d'enfer.

Serge fonça sur le téléphone. Il n'y avait plus une place d'avion pour le soir même.

– Peter va nous conduire. On reviendra jeter un coup d'œil de temps en temps.

– Quand on aura fait un bon coup, ce sera un bon endroit pour se reposer et moi qui adore nager nue, ici, ce n'est pas un problème.

– J'ai pris une grande décision.

– Laquelle ? dit Alba avec une pointe d'inquiétude.

– J'ai décidé d'arrêter les barres de céréales.

– C'est ce que je t'avais dit, le petit délit ne paie pas. Faut voir grand et sans humanisme.

Serge prit son Sphynx dans ses bras et lui lécha une dernière petite trace d'or qu'elle avait sur la nuque.

La Cadillac arrivait dans la pagode. *A Trip to Paradise.* Des gratouillis de harpe traversaient le corps d'Alba pendant que les violons s'en donnaient à cœur joie sur les nerfs de Serge. Peter leur ouvrit les portières. La pagode était là, tranquille comme une vision.

– C'est merveilleux, dit Alba.

– C'est chinois.

– Tiens, j'ai complètement oublié de te dire que j'ai prêté la pagode à un guitariste génial...

– Je l'ai entendu. On s'occupera de lui plus tard.

Ils serrèrent la pince à Peter, qui s'en fut à contrecœur.

Serge ouvrit la porte. C'était la pagode. C'était chez eux. Il n'y avait aucun bruit. Pas de James Lewis dans le champ visuel ni dans le champ sonore. Il y avait le futon noir, le Steinway noir et un autre truc noir, au milieu de la pièce.

– C'est James qui s'est acheté une estrade. Une vraie star ! Tiens, il y a un message sur le piano.

Alba le lut à haute voix.

Chère Alba et cher Serge, les miracles existent depuis que je vis à la pagode, ma vie a changé. J'ai reçu une réponse de Sandra Wings. Je suis dans les studios d'Elephant Records en train d'enregistrer. J'aimerais bien que vous passiez. Merci d'avoir piqué ma tire !

James Lewis.

– Après ça, tu ne pourras pas me dire que je ne me défends pas en musique. Ce mec, je l'aurais signé tout de suite.

– Moi aussi, dit Serge.

Alba se jeta dans les bras de Serge.

– Attends, dit Serge. Il y a quelque chose de très important.

– Quoi ?

Serge fouilla dans ses poches, il en sortit une feuille de papier.

– Ta première lettre, ils me l'ont donnée quand j'ai quitté la prison. Elle est très belle.

Alba regarda la lettre. Tous les baisers avaient été marqués de croix rouges.

– C'est quoi, ces croix ?

– Tout ce que je veux que tu me fasses, maintenant, tout de suite.

– Est-ce que tu as conscience qu'il y en a qui sont assez terribles et que tu seras peut-être obligé de devenir mon grand anaconda ?

Elle allait lui faire un saxophonique opiacé lorsqu'elle eut une idée. Serge, les bras rejetés vers l'arrière, était au quinzième ciel, il ne sentit même pas qu'Alba se glissait hors du lit.

Serge entendit ce rire immense et profond qui le traversait sans cesse. Il fut obligé de monter dans l'ascenseur que la réalité lui envoyait. Il ouvrit les yeux, se redressa lentement : Alba était assise sur l'estrade noire. Il aurait fallu trois symphonie de Bruckner jouées simultanément pour couvrir son rire. Serge se leva en titubant, s'approcha d'Alba qui un couteau à la main avait dégagé un copeau d'or sous la peinture noire.

– Le socle… gémit Serge.

– Il y avait un petit message coincé dessous :

Un Sphynx sans socle, c'est comme la liberté sans ailes.

Les aveugles.

Alba attira Serge sur le socle. Elle l'y coucha.

– Il reste le saxophonique opiacé, si je ne te le faisais pas, tu le regretterais toute ta vie !

Table

Présentation, *par Serge Brussolo* 7

NANA

Roman 21

DIVA

Roman 121

LUNA

Roman 231

LOLA

Roman 331

VIDA

Roman 425

ALBA

Roman 537

Composition réalisée par Compofac
Impression réalisée sur CAMERON par
BRODARD ET TAUPIN
La Flèche
en novembre 1993

Imprimé en France
Dépôt légal : 7870 – Novembre 1993
Collection 17 – Édition : 01
N° d'impression : 1790 I-5
ISBN : 2.7024.2437.6

R. RENDELL

1

LES WEXFORD

UN AMOUR IMPORTUN

LE PASTEUR DÉTECTIVE

LA POLICE CONDUIT LE DEUIL

LE MEILLEUR DES TÉMOINS

ET TOUT ÇA EN FAMILLE

LE PETIT ÉTÉ DE LA SAINT-LUC

UNE FILLE DANS UN CAVEAU

2

LES ANNÉES 1965-1979

LA DANSE DE SALOMÉ

FANTASMES

LA MAISON DE LA MORT

MORTS CROISÉES

LE JEUNE HOMME ET LA MORT

L'ANALPHABÈTE

LA BANQUE FERME À MIDI

J.D. CARR

1

Dr FELL
1933-1935

LE GOUFFRE AUX SORCIÈRES

LE CHAPELIER FOU

LE HUIT D'ÉPÉES

LE BARBIER AVEUGLE

L'ARME À GAUCHE

2

Dr FELL
1935-1939

TROIS CERCUEILS SE REFERMERONT

LE MEURTRE DES MILLE ET UNE NUITS

À RÉVEILLER LES MORTS

LE NAUFRAGÉ DU TITANIC

LES YEUX EN BANDOULIÈRE

J.D. CARR

3

SIR HENRY MERRIVALE 1934-1937

LA MAISON DE LA PESTE

LA MORT DANS LE MIROIR

LA MAISON DU BOURREAU

LES MEURTRES DE LA LICORNE

ARSENIC ET BOUTONS DE MANCHETTE

4

SIR HENRY MERRIVALE 1937-1940

LA POLICE EST INVITÉE

LA FLÈCHE PEINTE

LE LECTEUR EST PRÉVENU

EH BIEN, TUEZ MAINTENANT !

(à paraître)

STEEMAN

1

PÉRIL

ZÉRO

LE DOIGT VOLÉ

SIX HOMMES MORTS

LA NUIT DU 12 AU 13

LE DÉMON DE SAINTE-CROIX

UN DANS TROIS

LE MANNEQUIN ASSASSINÉ

2

LES ATOUTS DE M. WENS

LE TRAJET DE LA FOUDRE

VIRAGE DANGEREUX

L'ENNEMI SANS VISAGE

LE LÉVRIER BLEU

FEU LADY ANNE

LA MAISON DES VEILLES

LES FILS DE BALAOO
de Gaston Leroux
et S.A. Steeman

STEEMAN

3

LES ANNÉES
1937-1945

L'INFAILLIBLE
SILAS LORD

L'ASSASSIN
HABITE AU 21

LA VIEILLE DAME
QUI SE DÉFEND

LA RÉSURRECTION
D'ATLAS

LÉGITIME DÉFENSE
(QUAI DES ORFÈVRES)

CRIMES À VENDRE

EXBRAYAT

1

LES IMOGÈNE

NE VOUS FÂCHEZ PAS,
IMOGÈNE !

IMOGÈNE
EST DE RETOUR

ENCORE VOUS,
IMOGÈNE ?

IMOGÈNE,
VOUS ÊTES IMPOSSIBLE !

NOTRE IMOGÈNE

LES FIANÇAILLES
D'IMOGÈNE

IMOGÈNE ET
LA VEUVE BLANCHE

2

LES TARCHININI

CHEWING-GUM
ET SPAGHETTI

LE PLUS BEAU
DES BERSAGLIERS

CHIANTI
ET COCA-COLA

LE QUINTETTE
DE BERGAME

CES SACRÉES
FLORENTINES

LA BELLE VÉRONAISE

DES AMOURS
COMPLIQUÉES

METS TES PANTOUFLES,
ROMÉO

EXBRAYAT

3

LE TOUR D'EUROPE D'EXBRAYAT

PLAIES ET BOSSES

VOUS SOUVENEZ-VOUS DE PACO ?

L'INSPECTEUR MOURRA SEUL

LES BLONDES ET PAPA

CE MORT QUE NUL N'AIMAIT

LES FILLES DE FOLIGNAZZARO

LES MESSIEURS DE DELFT

CHANT FUNÈBRE POUR UN GITAN

A. CHRISTIE

1

LES ANNÉES 1920-1925

LA MYSTÉRIEUSE AFFAIRE DE STYLES

MR BROWN

LE CRIME DU GOLF

L'HOMME AU COMPLET MARRON

LES ENQUÊTES D'HERCULE POIROT

LE SECRET DE CHIMNEYS

2

LES ANNÉES 1926-1930

LE MEURTRE DE ROGER ACKROYD

LES QUATRE

LE TRAIN BLEU

LES SEPT CADRANS

LE CRIME EST NOTRE AFFAIRE

L'AFFAIRE PROTHEROE

A. CHRISTIE

3

LES ANNÉES 1930-1933

LE MYSTÉRIEUX MR QUINN

CINQ HEURES VINGT-CINQ

LA MAISON DU PÉRIL

MISS MARPLE AU CLUB DU MARDI

LE COUTEAU SUR LA NUQUE

LE FLAMBEAU

4

LES ANNÉES 1934-1935

MR PARKER PYNE

LE CRIME DE L'ORIENT-EXPRESS

POURQUOI PAS EVANS ?

LE MYSTÈRE DE LISTERDALE

DRAME EN TROIS ACTES

LA MORT DANS LES NUAGES

A. CHRISTIE

5

LES ANNÉES 1936-1937

ABC CONTRE POIROT

CARTES SUR TABLE

MEURTRE EN MÉSOPOTAMIE

MORT SUR LE NIL

LE MIROIR DU MORT

TÉMOIN MUET

6

LES ANNÉES 1938-1940

RENDEZ-VOUS AVEC LA MORT

LE NOËL D'HERCULE POIROT

UN MEURTRE EST-IL FACILE ?

DIX PETITS NÈGRES

UN, DEUX, TROIS

JE NE SUIS PAS COUPABLE

A. CHRISTIE

7

LES ANNÉES
1941-1944

LES VACANCES
D'HERCULE POIROT

N OU M ?

LE CADAVRE
DANS LA BIBLIOTHÈQUE

CINQ PETITS COCHONS

LA PLUME
EMPOISONNÉE

L'HEURE ZÉRO

(à paraître)

D. GOODIS

1

UN RETOUR
À LA VIE

LA GARCE

LA POLICE
EST ACCUSÉE

CASSIDY'S GIRL

ÉPAVES

2

OBSESSION

LA LUNE
DANS LE CANIVEAU

LA BLONDE AU
COIN DE LA RUE

DESCENTE
AUX ENFERS

BEAUTÉ BLEUE

52.0606.5